春潮漫卷

书香永

# 开放声中

# 书人书事书信选

（上卷）

刘硕良 编注

漓江出版社
·桂林·

**图书在版编目（CIP）数据**

春潮漫卷书香永：开放声中书人书事书信选 / 刘硕良编注 . —桂林：漓江出版社，2018.10
ISBN 978-7-5407-8496-6

Ⅰ . ①春… Ⅱ . ①刘… Ⅲ . ①书信集—中国—当代
Ⅳ . ① I267.5

中国版本图书馆 CIP 数据核字（2018）第 193293 号

---

春潮漫卷书香永：开放声中书人书事书信选

编　　注：刘硕良
出 版 人：刘迪才
出版统筹：张　谦
责任编辑：霍　丽
助理编辑：艾　畅
设　　计：刘　凛
责任校对：苏子新
责任印制：张　璐
出版发行：漓江出版社
社　　址：广西桂林市南环路 22 号
邮　　编：541002
电　　话：0773-2583322　0771-5825243（发行部）
传　　真：0773-2582200（发行部）
经　　销：广西新华书店集团股份有限公司
印　　制：三河市西华印务有限公司
开　　本：880 毫米 ×1230 毫米　1/32
印　　张：34
插　　页：108 页
字　　数：800 千字
版　　次：2018 年 10 月第 1 版
印　　次：2018 年 10 月第 1 次印刷
定　　价：128.00 元（上、下卷）

广西出版局局长谢盛培，副局长李文杰和新建的漓江出版社班子：副总编辑蒋振立、刘硕良、陈肖人、副社长张杰

右起：金德宣、吴裕康、张杰、邓小飞、刘硕良和印制、发行部门的同志

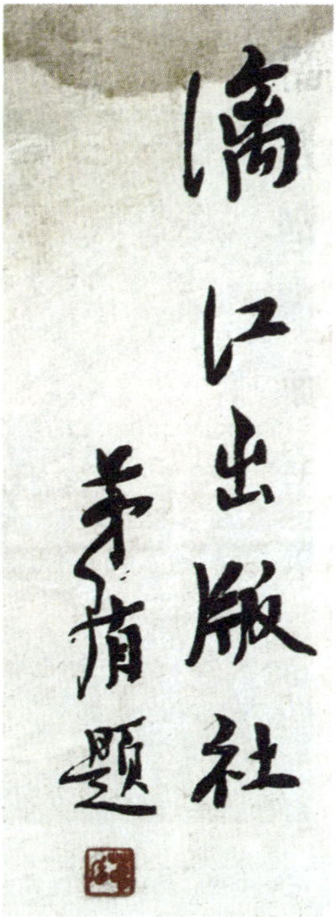


茅盾先生为漓江出版社题写社名

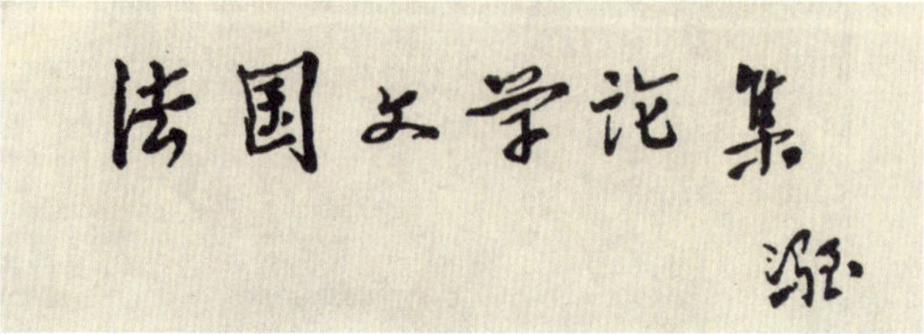


冯至为郑克鲁著《法国文学论集》题签

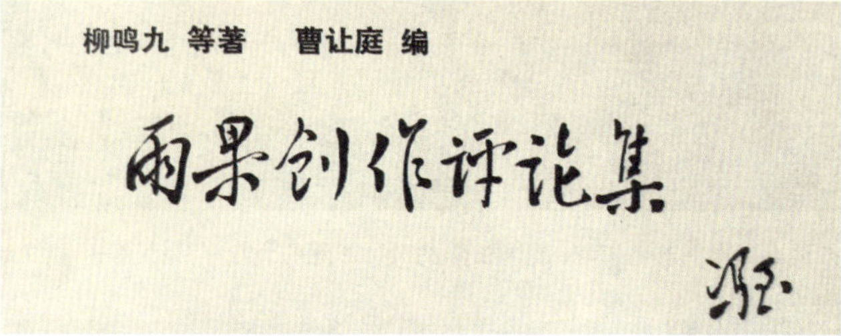


冯至为柳鸣九等著《雨果创作评论集》题签

冯至先生和夫人姚可崑在书房，中为郑土生

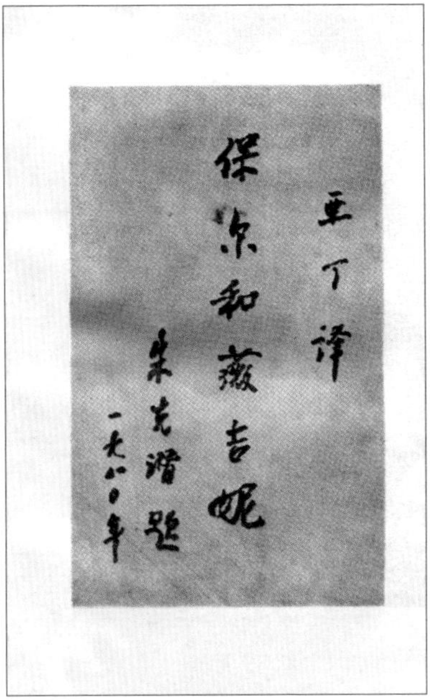


朱光潜为《保尔和薇吉妮》题签

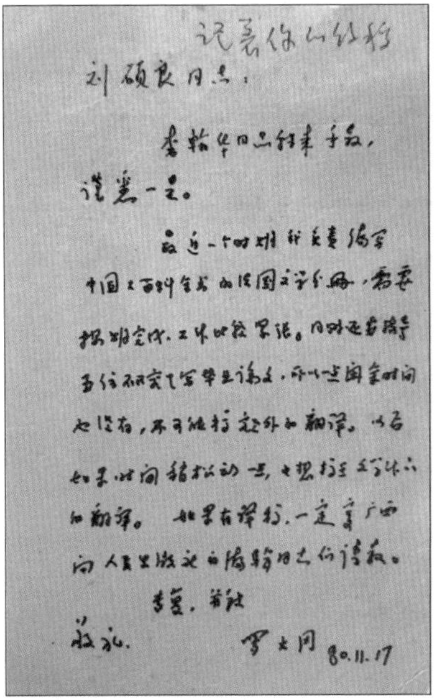

刘硕良同志：

谨悉一一。

罗大冈 80.11.17

罗大冈明信片

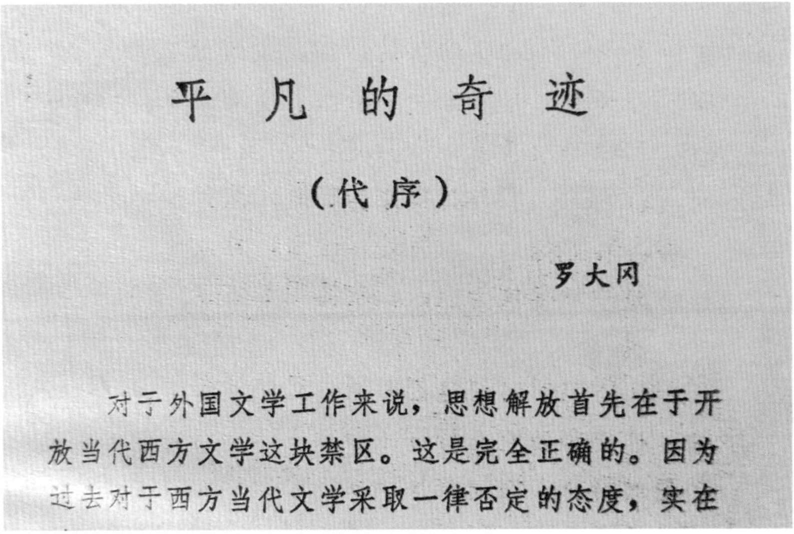

# 平凡的奇迹

（代序）

罗大冈

对于外国文学工作来说，思想解放首先在于开放当代西方文学这块禁区。这是完全正确的。因为过去对于西方当代文学采取一律否定的态度，实在

罗大冈为亚丁译《保尔和薇吉妮》作序

冰心为《阿尔道夫》题签

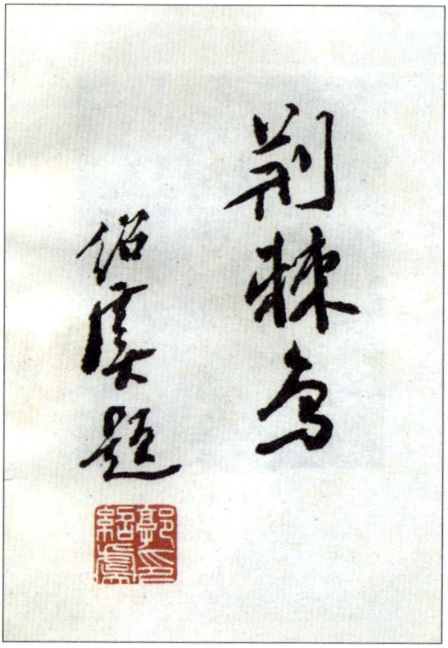


郭绍虞为《荆棘鸟》题签

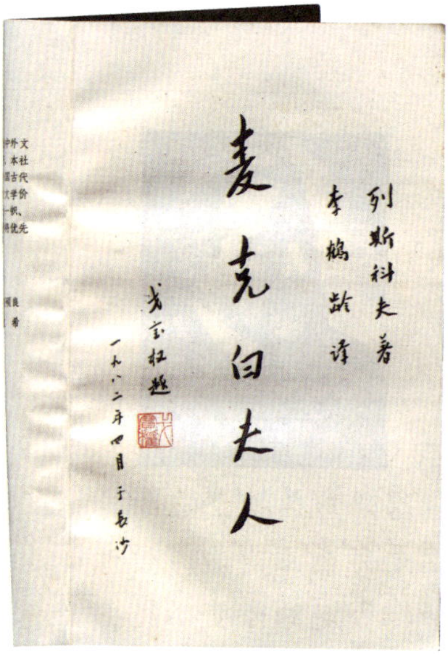


戈宝权为《麦克白夫人》题签

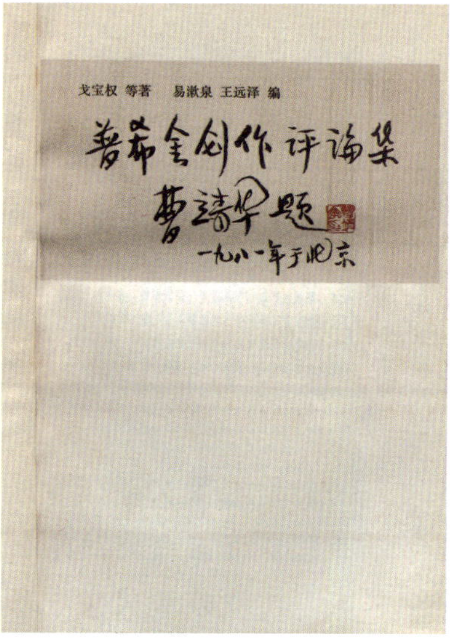


曹靖华为《普希金创作评论集》题签

## 小开本外国文学名著

上左起：《家族复仇》《保尔和薇吉妮》《白夜》《麦克白夫人》《强盗》《七个被绞死的人》《暗夜行路》《心》

上左起：《人鼠之间》《哥萨克》《普希金戏剧集》《丁香花开》《囚鸟》《麦田里的守望者》《爱玛》（上、下）《黑奴吁天录》（上、下）

《阿伽门农王》

《阿尔道夫》

《熔炼》

《情投意合》

《人面兽心》

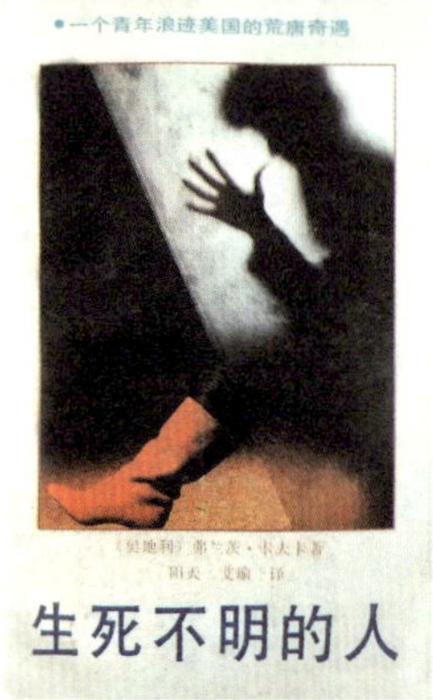

上左起：《石屋藏娇》《天地之间》《生死不明的人》《武藏野夫人》《收藏家》《孤女奇遇》《魔水》

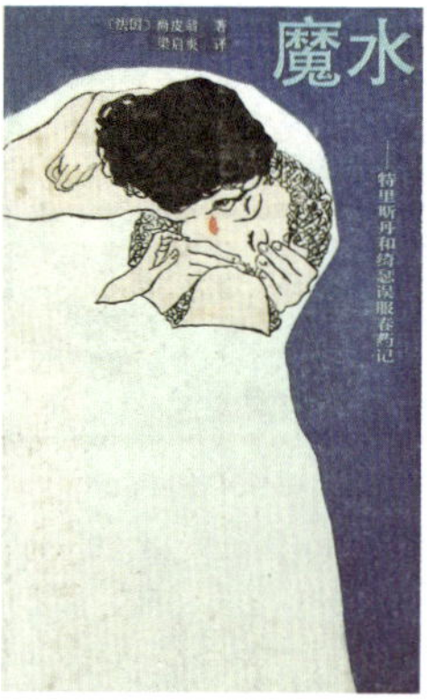

## 诗丛、诗集

上左起：《西方爱情诗选》《叶赛宁诗选》《丘特切夫抒情诗选》《意象派诗选》《劳伦斯诗选》《尼采诗选》《十二个》《外国哲理诗选》

《恶之花》插图本

《荷兰现代诗选》

《巴黎的忧郁》3个版本

《魏尔仑诗选》

《俄罗斯情歌选》

《美国自白派诗选》

《马克思青年时期爱情诗选》

《马克思与流浪儿》

康克清为《马克思与流浪儿》题词

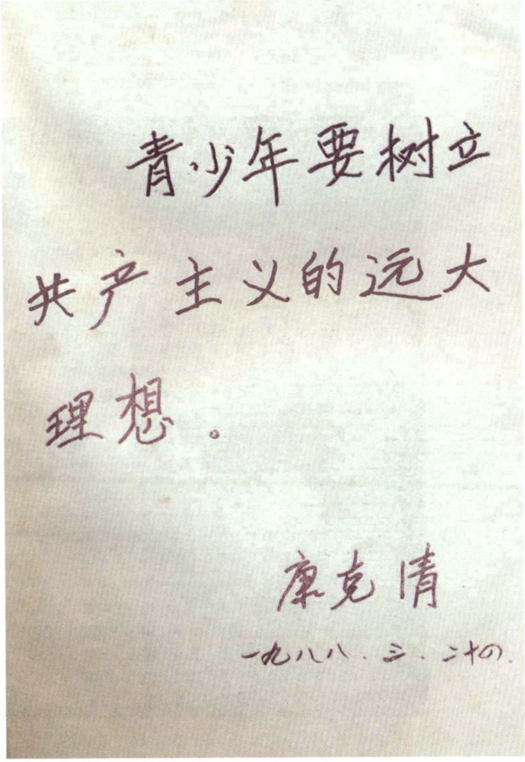

青少年要树立
共产主义的远大
理想。

康克清
一九八八.三.二十四.

# 首先问世的四种获诺贝尔文学奖作家丛书

## 获首届全国优秀外国文学图书奖一等奖图书

《爱的荒漠》译者：桂裕芳

《我弥留之际》译者：李文俊

《玉米人》译者：刘习良

领奖后和评委施咸荣（中）合影，左吴裕康

## 获诺贝尔文学奖作家丛书

《静静的顿河》四卷本

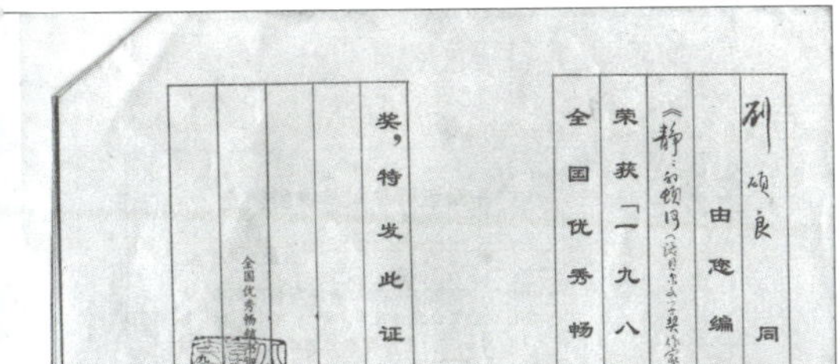

刘硕良 同志：

由您编辑的《静静的顿河（获诺贝尔文学奖作家丛书）》荣获「一九八七年全国优秀畅销书」奖，特发此证书。

获1987年全国优秀畅销书奖

力冈

## 获诺贝尔文学奖作家丛书

《日戈瓦医生》

《癌症楼》

《从圣彼得堡到斯德哥尔摩》

《米佳的爱》

## 获诺贝尔文学奖作家丛书

《老人与海》两个版本

《喧哗与骚动》

# 获诺贝尔文学奖作家丛书

上左起：《圣女贞德》《四个四重奏》

《大地》的两个版本

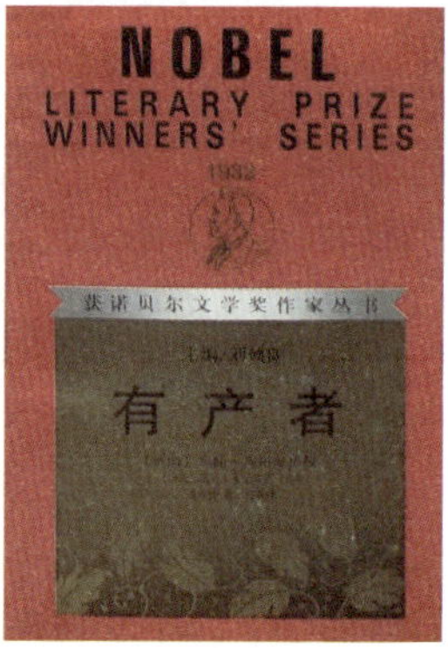


下左起：《丽达与天鹅》《有产者》

## 获诺贝尔文学奖作家丛书

上左起：《巴比特》《人鼠之间》《赫索格》
下左起：《老虎！老虎！》《风暴眼》《天边外》

左起：《哲学·数学·文学》《蝇王·金字塔》《魔术师·原野王》《不需要的战争》

## 获诺贝尔文学奖作家丛书

《人间食粮》

左起：《蓝色恋歌》《弗兰德公路》《弗兰德公路·农事诗》

## 获诺贝尔文学奖作家丛书

上左起：《约翰·克利斯朵夫》两卷本、《约翰·克利斯朵夫》一卷精装版

下左起：《苔依丝》《花的智慧》《孤独与沉思》

《创造的进化论》

## 获诺贝尔文学奖作家丛书

左起：《罗马风云》《女士及众生相》《迷惘》

左起：《群鼠》《荒原狼》《魔山》

## 获诺贝尔文学奖作家丛书

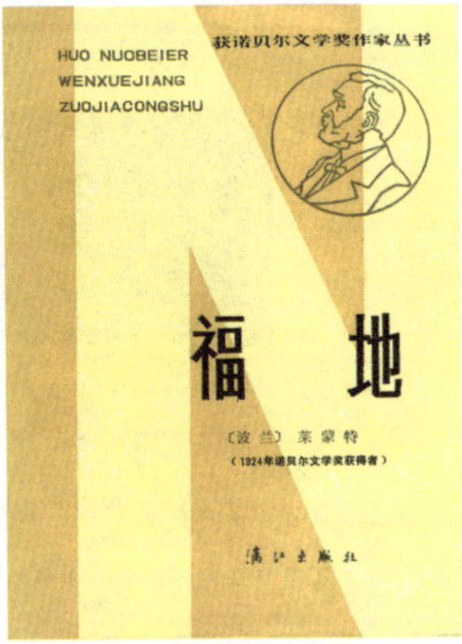


《福地》

《你往何处去》

上左起：《奥林匹斯的春天》《呼唤雪人》《萨尔卡·瓦尔卡》

下左起：《第三个女人》《磨坊血案》《紫罗兰》

## 获诺贝尔文学奖作家丛书

《骑鹅历险记》

《大地硕果·畜牧神》

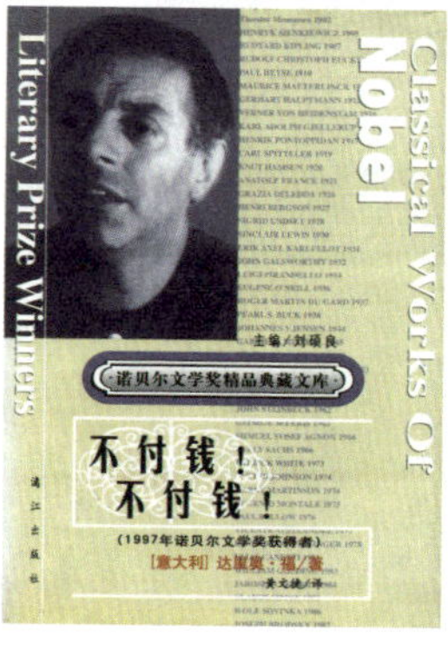


《不付钱！不付钱！》

《漫长的旅行》

《拆散的笔记簿》

## 获诺贝尔文学奖作家丛书

《幸运儿彼尔》

《少女西丽亚》

《大盗巴拉巴》

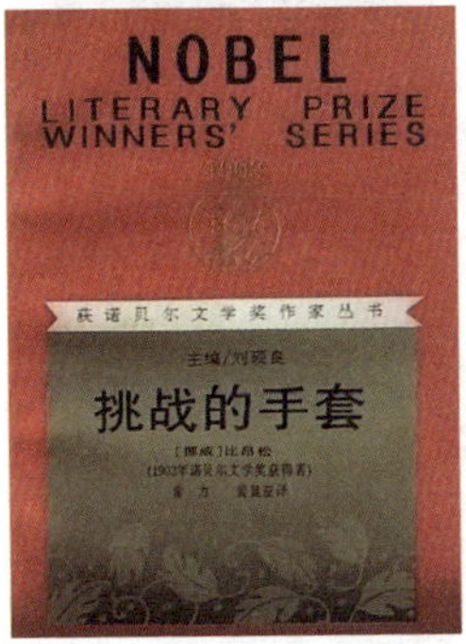


《挑战的手套》

《新娘·主人·十字架》

《逃亡》

《生活之恶》

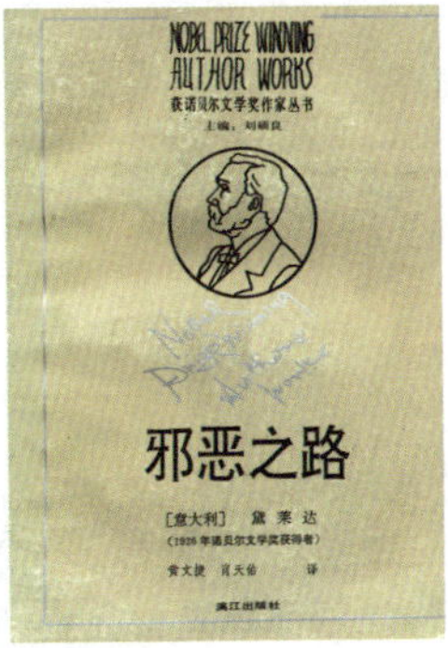


《邪恶之路》

《寻找自我》

# 获诺贝尔文学奖作家丛书

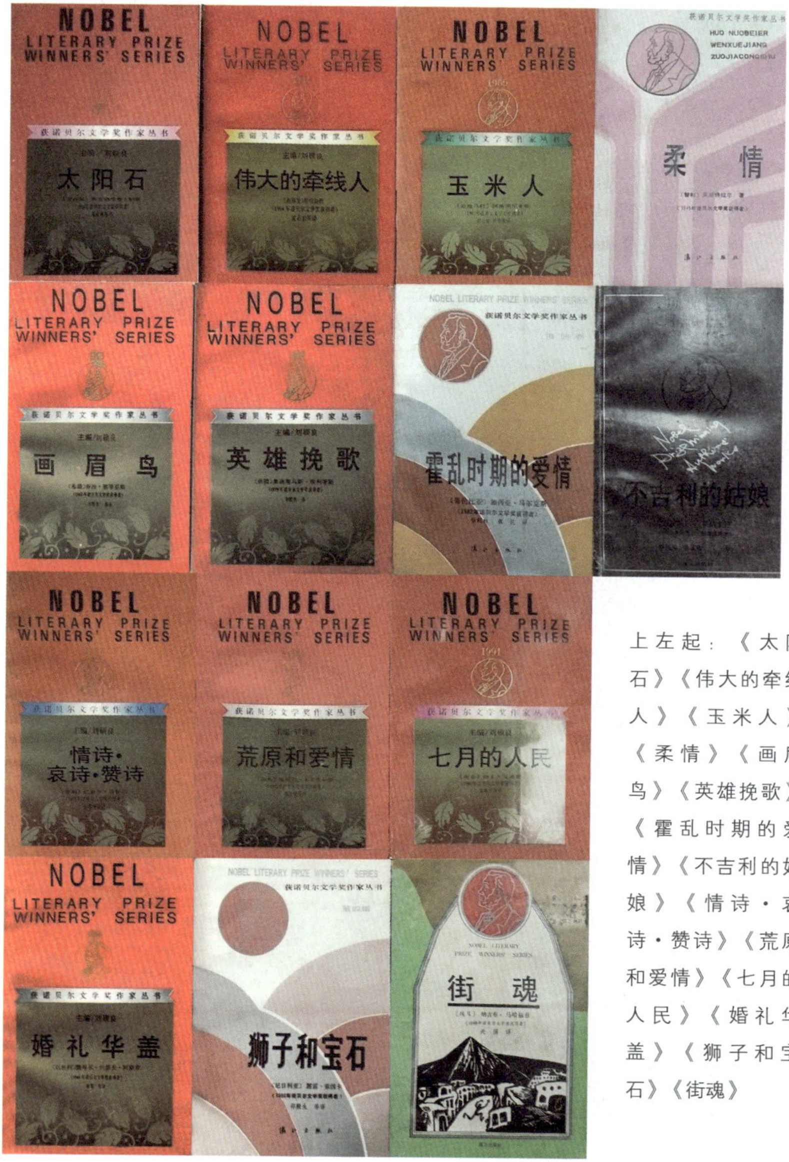


上左起：《太阳石》《伟大的牵线人》《玉米人》《柔情》《画眉鸟》《英雄挽歌》《霍乱时期的爱情》《不吉利的姑娘》《情诗·哀诗·赞诗》《荒原和爱情》《七月的人民》《婚礼华盖》《狮子和宝石》《街魂》

## 获诺贝尔文学奖作家丛书

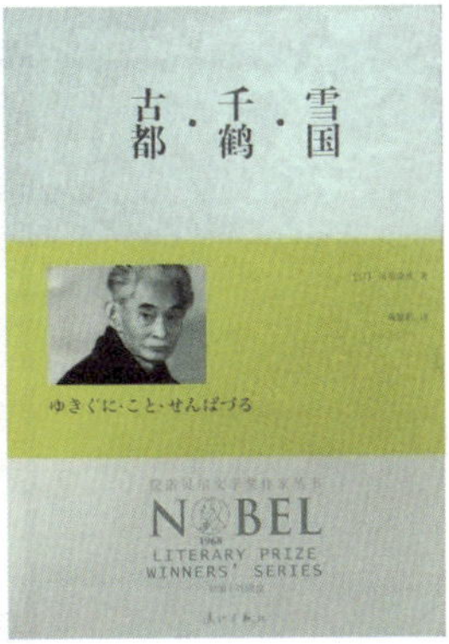


《雪国·千鹤·古都》
两种版本

李芒读《雪国·千鹤·古都》

左起：《个人的体验》
《吉檀迦利·饥饿石头》

# 法国20世纪文学丛书

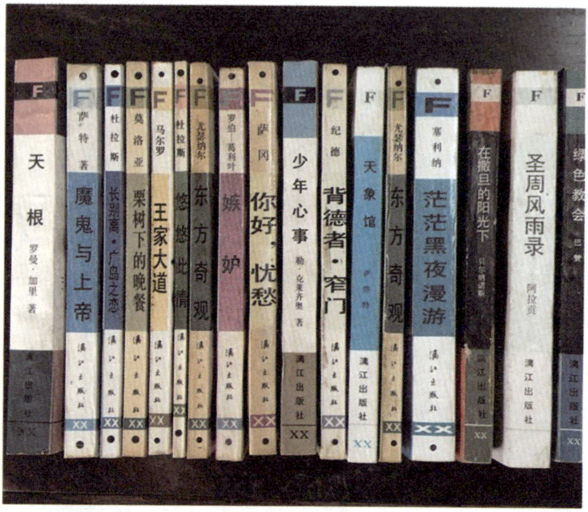


法国20世纪文学丛书

上左起：《王家大道》《天象馆》《约翰·地狱》

下左起：《圣周风雨录》《东方奇观》《嫉妒》

上左起：《长别离·广岛之恋》《正义者》《离异》

下左起：《背德者·窄门》《少女们》《毒蛇在握》

《栗树下的晚餐》

《茫茫黑夜漫游》

上左起：《绿色教会》《律令》《在撒旦的阳光下》

下左起：《情界冷暖》《少女心事》《有理性的动物》《天根》

《你好，忧愁》

《悠悠此情》

## 外国通俗文库

《假若明天来临》

《烈药》

《流浪儿迪克》

《美国通俗文化简史》

《情盗》

《战争与爱情》（上、中、下）

《夏威夷》（上、下）

《丑角》

《斯巴达克思》

《71号街幽灵》

《百分之七溶液》

《戒指》

## 艺苑人物丛书

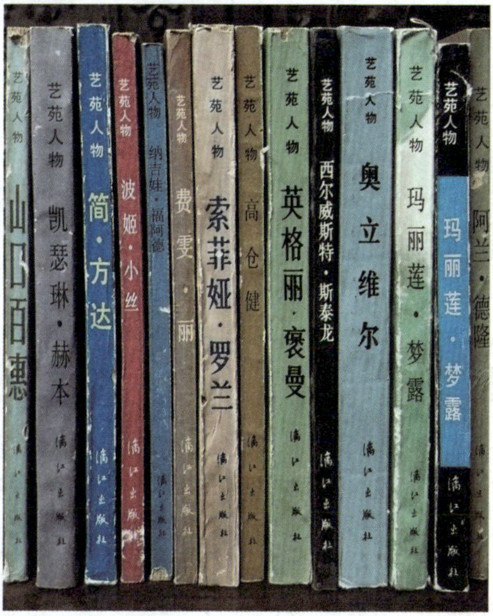

《苍茫的时刻》

《生活和爱情》

《凄艳一生》

《星运久长》

《我的故事》

《功夫巨星》

《机遇加拼搏》

《孤雁行》

《一个演员的自白》

《东方舞后》

《成熟的女人》

## 单本畅销书

《火坑》

《荆棘鸟》

《阿尔巴特街的儿女》

左起:《移民》《第二代》

左起:《阿玛莉娅》《生根》

## 入选“30年最具影响力的300本书”的滴江出版社外国文学8种

上左起：《老人与海》《日瓦戈医生》《意象派诗选》《挪威的森林》《假若明天来临》《在路上》《洛丽塔》《麦田里的守望者》

## 世界中篇名作选

世界中篇名作选

## 漓江译丛

上左起：《暗沟》《巴黎的秘密》《猎枪》《甜蜜的生活》《斜雨》

## 青年外国文学

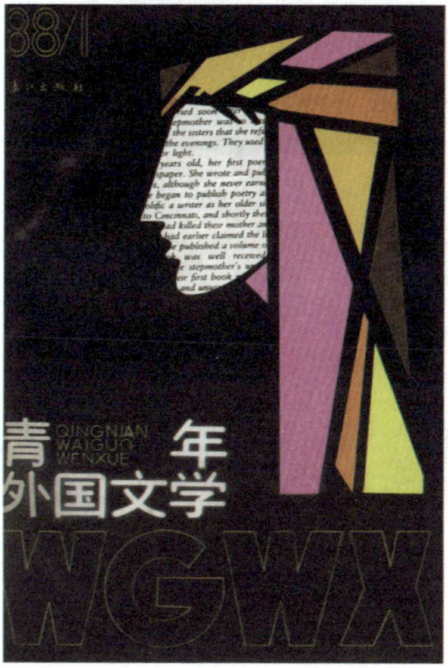

青年外国文学

# 国际诗坛

国际诗坛

《印度古代诗选》

《贞女劫》

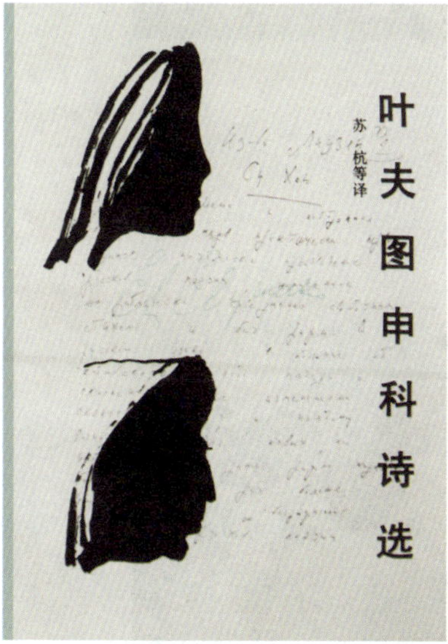


《叶夫图申科诗选》

## 名动京华

1986年4月，全国首届书市期间，在中国社科院外国文学研究所举行座谈会，专家学者和新闻出版界人士出席

广西新闻出版局局长谢盛培（右）致辞

刘硕良汇报有关情况

中国出版工作者协会主席王子野（左二）、北京三联书店总经理沈昌文（右一）、评论家白烨（右二）、翻译家杨武能（左一）等出席

翻译家董乐山（中）、傅惟慈（右）出席

诗人北岛、柯雷等出席

文艺理论家、外国文学研究专家柳鸣九出席

翻译家、外国文学研究专家吕同六出席

## 桂林盛会

中国译协和漓江出版社联合召开的全国第二次中青年文学翻译交流会于1988年10月11日至16日在桂林举行，到会中青年翻译工作者和特邀老翻译家、学者共100余人

广西区党委常委、副书记李振潜致词

中国译协代会长、中国社科院外文所所长叶水夫（左三）主持会议

广西壮族自治区副主席、桂林市市长郑义（左）致词，右：林煌天、邓小飞

叶水夫（左二）和李景端（右二）、汤永宽（右一）、刘硕良

叶水夫在漓江之畔

俄语翻译家卢永福（中）、德语青年翻译家蔡鸿君（左）泛舟漓江

翻译家宋兆霖（中）、沈念驹（右）游漓江

郑克鲁（左二）、朱碧恒（左三）、金子信（右一）游漓江

与法语文学翻译家罗国林（左二）、管筱明（右一）在桂林

吴德艺（左）、郑海棱（右）在漓江

左二起：王逢振、龚文庠、林煌天、傅惟慈、莫雅平、裴显亚等在漓江之畔

《文汇读书周报》编辑陆灏（右一）、徐坚忠（左一），上海《文学报》副主编陆行良（左二）

后排左起：宋安群、吴裕康、黄天源、梁义华、马高明、刘硕良、周仪、金龙格、韩家权
前排左二起：左自鸣、臧藏、唐小平、莫雅平

## 大师指引

拜访季羡林先生。《家庭中的泰戈尔》，[印度]梅丽亚娜·黛维夫人著，季羡林译

拜访萧乾先生。1986年4月24日《北京晚报》刊出萧乾先生所作的书展巡礼："谁能不兴奋呢？广西的漓江、广东的花城、福建的海峡、湖南的岳麓，真是群贤毕至，各有千秋。"

1988年王佐良参加在英国莎士比亚家乡举行的国际莎学会留影。其时，王先生大作《英国文学漫步》正在《青年外国文学》连载

拜访屠岸先生。先生为漓江、为河北教育出版社译诗，并对《诗海》《域外诗丛》及“世界文豪书系”的出版，赞赏有加

## 信封剪影

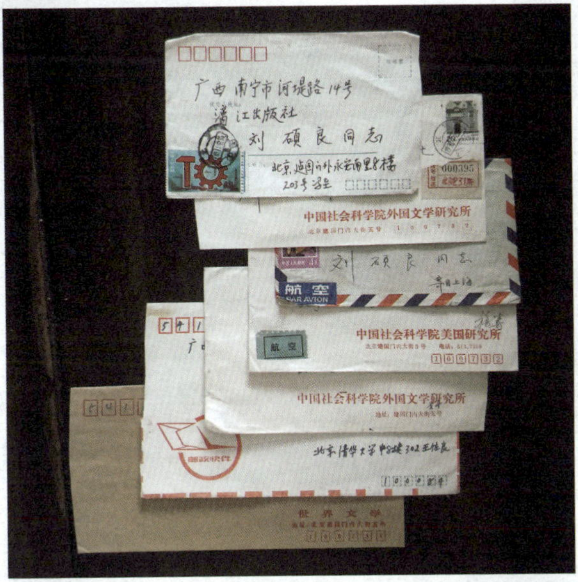

广西南宁市河堤路14号
漓江出版社
刘硕良同志
中国社会科学院外国文学研究所
航空
PAR AVION
中国社会科学院美国研究所
中国社会科学院外国文学研究所
世界文学


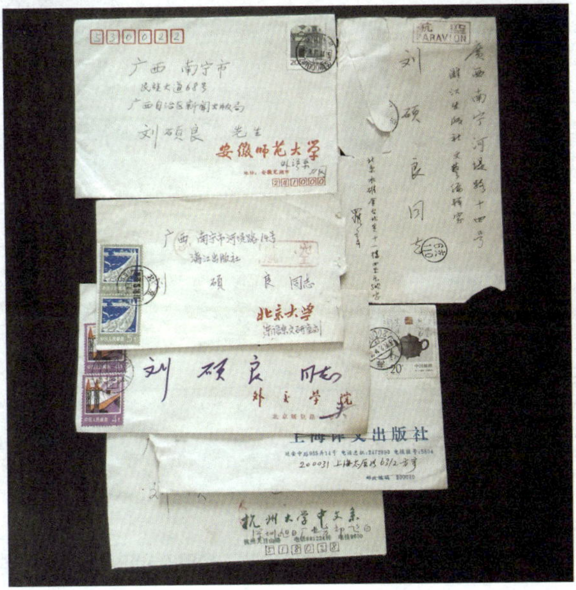

广西 南宁市
刘硕良 先生
安徽师范大学
PAR AVION
北京大学
外文学院
上海译文出版社
杭州大学中文系

刘硕良 先生
译林出版社
刘硕良同志
广西南宁市
刘硕良
中国社会科学院外国文学研究所
广西南宁民族大道68号
广西新闻出版局
刘硕良同志
南宁市民族大道68号
刘硕良先生收
邮政快件
广西桂林
刘硕良同志
BY AIR MAIL
浙江省文学学会
北京大学
南京大学外国文学研究所
南宁 广西人民出版社
文艺室
刘硕良同志
中国社会科学院外国文学研究所

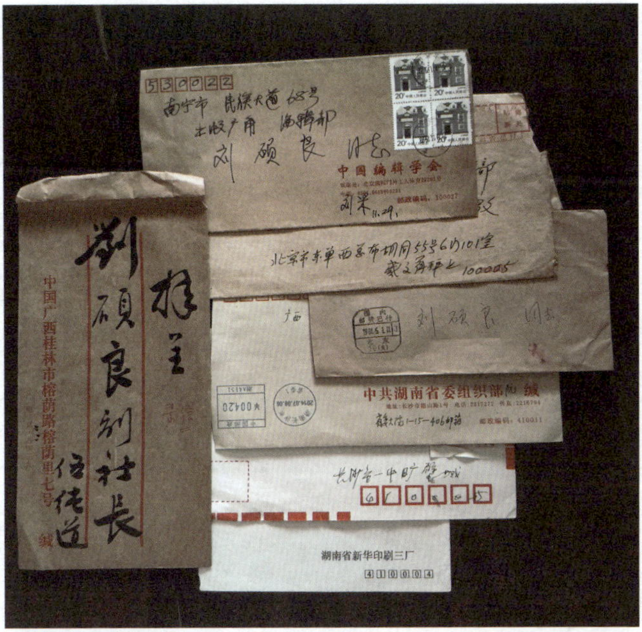
530022
中国编辑学会
刘硕良社长
中国广西桂林市榕荫路榕荫里七号
中共湖南省委组织部
湖南省新华印刷三厂
410004

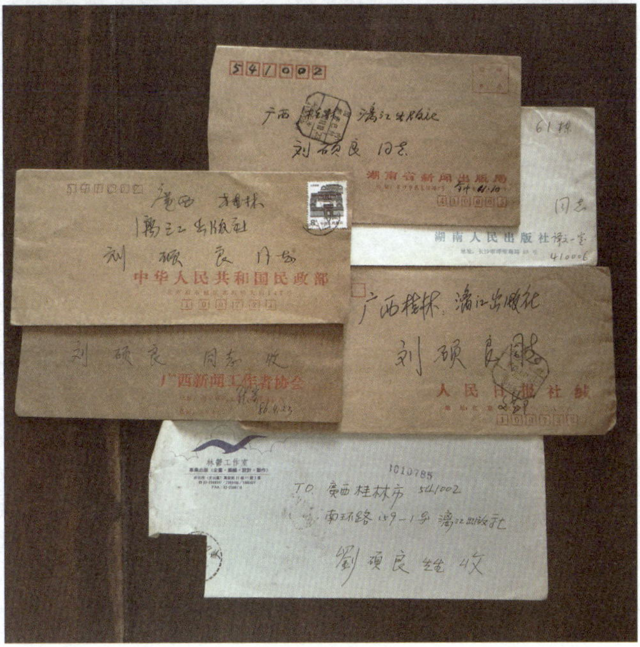
541002
湖南省新闻出版局
中华人民共和国民政部
湖南人民出版社
广西新闻工作者协会
人民日报社
刘硕良

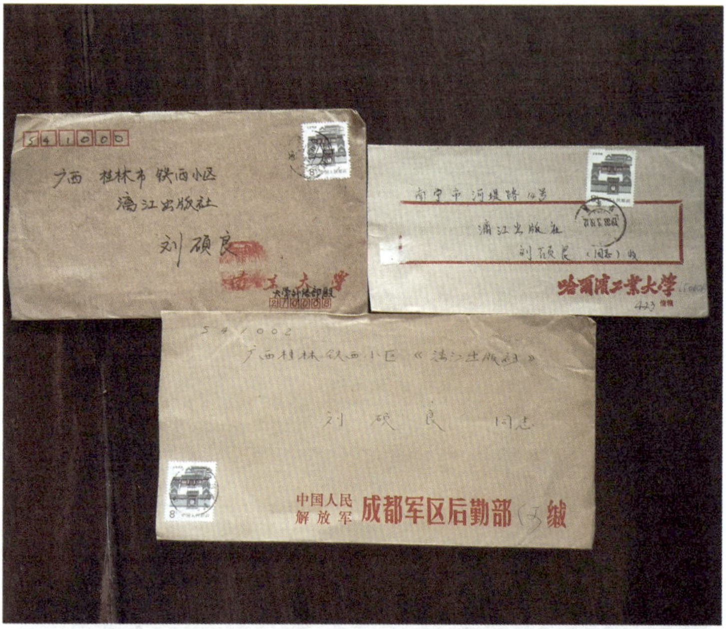
541000
广西 桂林市 铁西小区
漓江出版社
刘硕良
漓江出版社
刘硕良
哈尔滨工业大学
541002
广西桂林铁西小区《漓江出版社》
刘硕良 同志
中国人民
解放军
成都军区后勤部

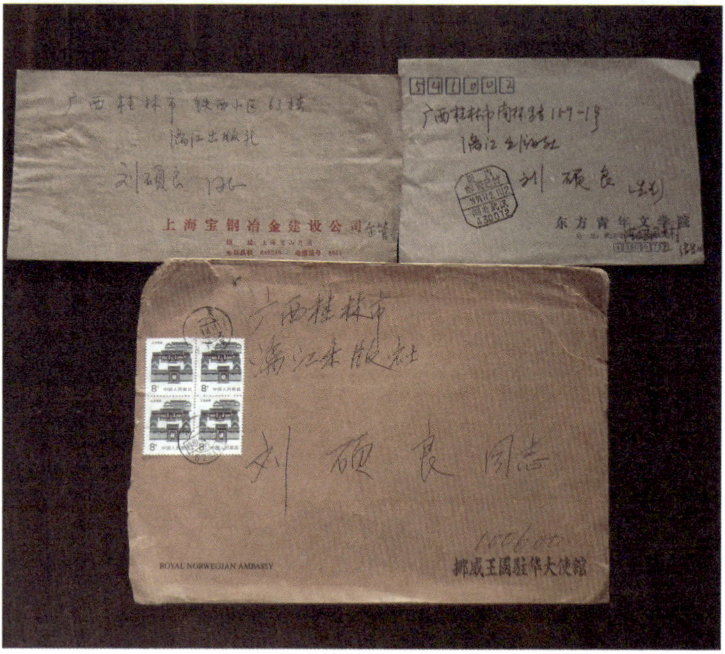
广西桂林市 铁西小区
漓江出版社
刘硕良
上海宝钢冶金建设公司
541002
漓江出版社
刘硕良
东方青年文学院
广西桂林市
漓江出版社
刘硕良同志
ROYAL NORWEGIAN AMBASSY
挪威王國駐華大使館

# 本书简介

本书从改革开放初期漓江出版社开拓外国文学出版过程中收到的众多译著者和读者的来信中，选辑了 454 人的 788 封书信组成。计分英、法、俄、德、日及其他语种文学译著者来信与作家、评论家、媒体人和出版界人士来信及各界读者来信等十部分。书信来源广泛，背景生动，时代色彩鲜明，对改革开放大潮漫卷下的社会风习、阅读生活、出版动向、编辑空间等从多角度做了真实的反映，为研究当代社会、文化、出版史提供了第一手资料和观照。

# A Brief Introduction of the Book

At the beginning of Reform and Opening to the Outside World, Li Jiang Publishing House had received lots of letters from translators and readers in its opening up the publications of foreign literary works. The book collects 788 letters from 454 translators, grouped into 11 parts of English, French, Russian, German, Japanese and other foreign languages translators, writers, critics, media people and publishers. These letters come from varied sources with vivid cultural backgrounds and bright times traits, reflecting from different angles the social customs, reading life, publication trends and edit space at the beginning of the great upsurge of Reform and Opening to the Outside World, proving with first-hand materials and approaches for researching China's present society, culture and publication.

Translated by Zhou Yi

# 本书编注者简介

刘硕良，1932 年 9 月生于湖南宁乡，1949 年 7 月毕业于清华大学及其校友会支持创办的长沙清华中学。就读期间参加地下党领导的外围组织和学生运动。1949 年 9 月入湖南新闻干部训练班学习，11 月随军南下广西，历任《广西日报》编辑、记者、记者站站长，农村、新闻、记者、理论等业务组组长，总编室副主任、文教政法部主任、副刊部主任，1956 年起任编委。广西文联党组成员，《广西文艺》编委。

1980 年 4 月，经广西区党委宣传部安排，到广西出版局工作，任广西人民出版社文艺编辑室编辑，漓江出版社编辑。1985 年 5 月漓江在桂林建社，任副总编辑，主管外国文学出版及全社编务、印制、发行工作。1993 年 4 月调回广西新闻出版局，1995 年创办《出版广角》杂志，任主编。期间，为接力、湖南文艺、浙江文艺、河北教育等出版社组织名著重译及世界文豪书系。1997 年 11 月广西高级人民法院纠正错案，撤销原判，工龄连续计算。2000 年 9 月离休，返聘续任广西出版杂志社总编辑。

2001 年 7 月应云南教育出版社邀请，到昆明创办并主编《人与自然》杂志及同名文库，2004 年到北京为长江文艺、湖北人民、湖北教育等出版社策划书稿。

2007 年回南宁，任《广西文史》及《广西政府参事文史馆员丛书》主编，《中国地域文化通览 · 广西卷》及其简编《广西地域文化要览》和续编《广西现代文化史》（插图四卷本）主编，并为漓江出版社组编了《诺贝尔文学奖作家丛书》《外国文学名著名译丛书》《当代著名翻译家精品丛书》等系列图书。

广西出版传媒集团有限公司编审，广西新闻出版局专家评审委员会委员，广西文史研究馆馆员，中国韬奋出版奖获得者，八桂先进人物，广西新闻出版系统先进工作者。事迹载多家报刊媒体和《新中国文学辞典》《中国当代作家面面观》《追寻韬奋的足迹》《广西通史》等图书，著有《三栖路上云和月》2 卷及论文、讲稿等。

# 总　目

## 上　卷



## 下　卷

# Fragrance of Books in the Spring Surge

——Letters from literary Men and their Works at the Beginning of Reform and Opening to the Outside World

## Contents

# 目 录

## 二、英语文学译著者来信

（60人，160封）

## 三、法语文学译著者来信

（29 人，82 封）

## 四、俄语文学译著者来信

（30人，61封）

## 五、德语文学译著者来信

（14人，32封）

下 卷

## 六、日语文学译著者来信

（8人，25封）

## 七、其他语种文学译著者来信

（28人，49封）

## 八、作家评论家和媒体人来信

（55人，87封）

## 九、出版界与相关人士来信

（82 人，117 封）

## 十、读者来信

（124人，135封）

# 上　　卷

代　序

# 很值得回忆，很值得纪念

硕良兄：

您编选的《开放声中书人书事书信选》校样，我已通阅了一遍。

感谢您做了这样一件很有意义的工作，它使我回想起改革开放后一段很值得回忆、很值得纪念的时期。

真是忆往昔日新月异稠，想当时，我辈年方四十出头，华发初生，气清神朗，健步如飞，关心着每一天的阴晴，应对着工作中的每一件琐事，真没有想到，我们是在参与书写历史，书写中国社会主义改革开放时期的文化史。

当时，创制出来的书卷，现在已成为了历史性的出版物，说它们是“文物”，似乎也未尝不可。如今，我辈老矣，坐在轮椅上，抚摸着这些本本，当时的书香犹在，不堪回首，令人感慨良多！

出版后，请一定赠我一册，鸣九拜谢！

柳鸣九顿首

2018 年 7 月 29 日

前　言

# 原生态书人书事的美丽温馨

刘硕良

古往今来，书信以其特有的私密性和可伸缩的自由空间，很自然地成为人们叙事、抒情和表达、沟通的手段与载体。

回顾人类漫长的文明史，多少值得记忆的思想、情感、史事、人物……经由一封封书信传留下来！

本书采撷的是党的十一届三中全会开启的改革开放新时期一系列巨大变革所激起的若干浪花涟漪。它围绕人们精神生活中不可或缺的书，更准确地说是外国文学图书而展开。写信人是书的译著者、策划者、编辑者、传播者、评论者，当然最广大的群体是书的读者，各方面各阶层的读者。所谈之事都可概括为书事，最终归结到万千书人们的关切之所在。

## 时代的投影斑驳悠长

中国是一个书香弥漫、书史悠长的书的国家，著书论道、知书达理，视书为国脉人文所系，风气绵延千古。而因书致祸，为书所累，视书如洪水猛兽必欲焚之灭之而后快的专制暴行亦不绝于史。远的不说，20 世纪乱国十年的“文化大革命”所造成的种种灾难就有不少同书脱不了干系。由于“四人帮”的倒行逆施，泱泱书国竟一度困窘到无书可读，有书难读，以致有关部门要采取拨乱反正的紧急措施，重印名著，缓解书荒。书情书事又一次牵动到社会神经，牵动到千万人的心。1978 年 12 月党的十一届三中全会提出的“解放思想，实事求是”的思想路线和改革开放的伟大决策，迅速调动起广大人民群众中淀存已久的积极性，向新的梦想新的征程奋勇前进。在万象更新的潮流簇拥下，出版界的春风悄然兴起。旧书重光，新书迭出，久历萧条的书市焕发出勃勃生机，屡屡成为社会风向标和助推器的外国文学出版再次站到了风口浪尖。

如同经济领域的改革首先从农村从地方找到突破口那样，出版改革之风也是最先从地方吹起的。地方出版社实施了几十年的“地方化、群众化、通俗化”方针在新的形势面前，已显得不相适应。立足本省，面向全国，走向世界的新视野新思路很快为求新思变的人们所接受。湖南带头《走向世界》，四川《走向未来》，浙江《飘》出巨浪，江苏《译林》诞生，处于内陆、边疆的安徽、云南也推出一部部新人耳目的佳作名篇。

而广西贡献于全国书界的，则不限于《白夜》《保尔和薇吉妮》《家族复仇》《麦田里的守望者》《七个被绞死的人》和《巴黎的忧郁》《西方爱情诗选》等另辟蹊径的“小清新”，也不限于神秘而庞大的诺贝尔丛书、法国 20 世纪文学丛书以及众多译丛、译刊，诗史、文学史，工具书、资料书……更重要的是带出了一个开风气之先的出版平台——以漓江命名的出版社。无论挂牌于邕江之畔或是建社于漓水之滨，她都秉持着一条基本的根脉：是千古漓江、绝美漓江、世界漓江赋予漓江出版社一种灵性、一股大气、一分柔情，反过来又令自身增添了素所蕴含的人文情愫。

我是 1980 年 4 月到广西人民出版社文艺编辑室工作的。室里分工让我编辑外国文学图书。1980 年 11 月 27 日，作为广西人民出版社副牌的漓江出版社挂牌，以出版中外文艺作品为主要任务。

头一批出的10种书中除第三本是《小五义》外，其余都是外国文学。从这时开始我便与漓江结下不解之缘，包括在南宁挂副牌的5年和桂林建社的头8年，献力漓江13年。1993年4月调到广西新闻出版局，1995年创办并主编《出版广角》杂志，直到2000年9月离休，一年后去云南创编《人与自然》杂志和同名文库，到北京办硕良文化公司。其间为接力、湖南文艺及河北教育、长江文艺等多家出版社策划和编辑图书，直到2007年回到南宁，应广西文史馆之邀，主编《广西文史》和相关丛书及《中国地域文化通览·广西卷》《广西地域文化要览》与《广西现代文化史》。这期间仍与漓江时有合作，可以说我的出版人生同漓江是密不可分的。

由于我近40年始终忙碌在出版第一线，著译者和读者及媒体同仁、出版同仁给我的信越积越多。开始时我会回复一部分，以后实在忙不过来，回信便少了。但收到的信大多保存下来，几次搬家，散失一部分，还装有几个纸箱，不下2000封信。2010年我开始着手整理并请人录入，后因事停顿，2018年6月才编成这个选本。

选本跨时数十年，而以20世纪80年代到90年代前期，亦即在漓江出版社工作的十多年为主，90年代中后期在《出版广角》等岗位收到的信也收入了一部分，之后的就只偶有所选了。

## 起于青蘋之末的微风沁人心房

来信最早的译著者是罗大冈先生。他的第一封信作于1980年11月17日，当时漓江尚未挂牌，他为之作序、夫人齐香教授为之校订的《保尔和薇吉妮》是在广西人民出版社名义下编辑的，十多天后漓江挂牌才很快决定将它与《白夜》一道作为漓江亮相的头两本图书推出。罗先生在不到一个半月的时间里挤出出差、开会的时间给出版社写了3封信和一篇3000多字的序言。

世界电影专家邵牧君的来信也是很早的。1981年第1期《大众电影》刊出署名舒展的一则文讯，报道意大利著名影星索菲娅·罗兰的自述《生活和爱情》问世，我看后立即给《大众电影》编辑部去信，请他们转致舒展先生，希望能帮助漓江组织此书译稿。待收到舒展来信，才知道他就是大名鼎鼎的邵牧君，还在50年代我就拜读过他编辑的《世界电影艺术译丛》了。

邵牧君于1981年4月3日来信，表示“很高兴”他的报道有人“感兴趣”，答应帮忙组织翻译此书，不过他自己没时间动手，后来为我们的诚邀打动，亲自主持这本书的译事，并动手翻译了一部分，还负责校阅了全稿。从此我与邵先生来往书信不断。这位世界电影名家不仅帮助漓江组译了《生活和爱情》，还推荐了《星运久长——赫本传》的译者，并撰写了《世界电影史事拾零》一书，为漓江开创了电影艺术图书的新天地。

与邵先生第一次来信日期相去不过几天，著名翻译家、人民文学出版社编审曹苏玲女士来信，谈她看到报纸广告所登漓江版《世界中篇名作选》选收《第四十一个》和《没有寄出的信》的问题。虽然漓江版实际收入的前一篇译文系王庚年新译，但《信》采用曹苏玲旧译而未先联系，仍是一个不应有的疏忽。曹信转达了她父亲曹靖华老先生的正确意见，对漓江是一个中肯的提示。曹老还要女儿在信中表示，曾经到过广西采风的他，对广西“很怀念”，并感谢出版社对正在病中的他的问候和关怀。

以上几封收到较早的信谈到的刚在书市或广告中露脸的漓江译作，已经开始引起社会注意。

1981年11月30日，一位署名“杨帆”的读者给《移民》译者邝启璋、彭嘉林写信称赞说：看了《移民》，“感觉非常好，因为我的人生路途上布满了坎坷，缺乏生活的信心与勇气。看了译作以后给我很大的鼓舞，使我觉得人就应该像拉维特那样去奋斗。当然，在我们这个国度里不是像丹那样去奋斗成为资本家，而是奋斗成为一个精神的富有者，对前途充满信心和希望的人。追求的内容尽管不同，但必要的信心和勇气却没有两样。这就是我从书中得到的主要东西。”

美国当代作家霍华德·法斯特的畅销小说《移民》由广西大学两位青年教师和学生译出，首印 10 万册，后两部《第二代》《生根》也印数可观。20 多年前“反修”“反右”时，曾被我国《文艺报》痛批为“叛徒”的法斯特，如今他的《移民》三部曲和历史小说《斯巴达克思》却在漓江得以出版，读者所惊异的自然不只是小说的现实意义，而更宝贵的是中国社会文化和出版格局所发生的深刻变化。

## 强大的队伍　可靠的基地

本书作者 400 余人大部分为文学译著者和作家、评论家与媒体人及出版界人士，大致属于专业范围；另一部分则为读者。前一部分 321 人，约占 70%；后一部分 139 人，约占 30%。两部分人的分布都比较广泛，所涉内容也丰富多彩。

文学译著者中有：

中国社科院外国文学研究所和中国译协领导人 9 人 23 封；

英语文学译著者 60 人 160 封；

法语文学译著者 29 人 82 封；

俄语文学译著者 30 人 61 封；

德语文学译著者 14 人 32 封；

日语文学译著者 8 人 25 封；

其他语种文学译著者 28 人 49 封。

以上七方面译著者 178 人，432 封。

这个数字只包括有信收入本书的译著者，而非全体译著人统计，但仅就这一名单来说，漓江的译著队伍已经相当可观了。而且，可观的不仅是数量，更重要的是名气、权威和结构。中国翻译队伍庞大，仅优秀译家也难以胜数，但熟行者不难看出其中很大一部分已进入本书。

展读目录，八九十年代的老一辈翻译家，50岁左右承前启后的挑大梁人物以及中生代、新生代中的佼佼者均有不少赫然在列。这三类人物形成良性的梯次结构，在外国文学翻译事业中共同前进，各显其能。如果说第一梯队的老译家更多地起着指引作用的话，50岁左右的译家就是年富力强并有深厚经验的主力军和上承下启的带头人了。漓江的许多大工程——无论丛书或单本重头书，大多是这一茬人领头、策划、指挥和实际操作完成的。其他中生代新生代人物则挟新锐之气和比一般年长者更多的有利条件，乘势而起，敢想敢干，取得一个个突破性开创性成果。

在地区及岗位分布上，漓江这些译者各据要津，相互呼应。大抵以著名高校和科研机构为依托者居多。其中尤以中国社会科学院外国文学研究所和北京、上海等中心城市高校为译著者的最大的集中地。

也许仅此一个孤例，漓江的迅速崛起和发展，是依靠中国社科院外文所为强大基地才得以实现的。虽然这两家原本并不相熟的机构从无成文的合约，但市场需要、文化需要、读者需要使双方自发而有效地走到一起，围绕项目进行多种多样的合作，几乎无一例外地取得了成功。

漓江最具影响力的宏伟工程《获诺贝尔文学奖作家丛书》，其创意即始自中国社科院研究生院毕业的年轻人郑克鲁和金子信。他们提出的倡议和计划在多处联络无果后，于1982年冬为漓江迅速接纳。漓江抓紧时间运作，自1983年年中推出第一批4种，到1999年已出版82卷，占当时获奖作家总数的75%，其中的近半数——38卷为外文所专家主译或参加翻译和撰写前言。漓江最重头，也是国内第一部《外国名作家大词典》和《外国妇女文学词典》的组织者和多数编撰者都是外文所的专家。前者由张英伦、吕同六、钱善行、胡湛珍主编，所内外专家 192 人撰稿，其中外文所 90 余人，几近 50% ；后者由朱虹、文美惠主编，所内外专家 72 人撰稿，其中所内 45 人，占 62.5%。

中国社科院外文所不仅是漓江译者的大本营，而且为漓江提供了多方面的支持。正如罗新璋、王逢振信中所说，漓江的诺贝尔图书广告“贴到了社科院门口”，外文所办公室主任唐学仕应诺为漓江“代销图书”。所、室一些行政人员主动帮漓江拍摄图像。尤为难得的是，1986 年漓江首次去北京组织的出版座谈会在外文所举行，所里提供了很多方便。1990 年的四部辞书发布会，中国社科院将新落成的学术报告厅无偿提供给漓江使用，邓力群和贺敬之、汝信、伍杰、杨牧之、梁光弟、刘启林、玛拉沁夫、叶君健、王佐良、冯至、叶水夫、吕同六等出席。院部和外文所同志为会议提供了全程服务和支持。

这样的幸运在出版界历史上是非常罕见的。吕同六把四大辞书的推出誉为“了不起的壮举”，认为在当前文化不景气情况下，漓江和外文所及译著者的合作是“愉快的、圆满的”。

## 高度的社会责任感

任明耀先生说得好，“译著者和出版社的关系是鱼水关系”。他的浙江同事宋兆霖先生更由衷地表白：“把你的事当成我自己的事。”什么事？无非书事，出书的事。而万事之中第一事便是方向、思路的确立。

译著者从本身的专业出发，自有学术上的追求和爱好，同时又不能不有政治方向上的考量与评估。书信反映译著者特别是老一辈译者都有高度的社会责任感，选题选材会自觉地将社会文化价值放在重要的乃至第一等的位置上。

1983 年的“清除精神污染”对译著者和出版者都是一个严峻

的考验，当时漓江的态度是既严肃认真又保持应有的清醒和冷静。从书信来看，众多译者也采取了同样的应该说是较为理性的态度。有的一时过于紧张，主动提出川端康成的《千鹤》是否删节或者不出，我们没有动摇，认为《千鹤》仍是一部有独特价值的文学作品，不能简单地打入“污染”范围。结果，《千鹤》得以与《雪国》《古都》一同推出，成为川端作品在中国最具影响力的经典读本，得到专家和读者的好评。

在风声紧迫的情势下，担心犹疑、退而求保的情绪是难免的。老成如傅惟慈先生谈到他编辑的《当代英国小说选》，特别提出，“目前国内正在进行反精神污染运动，我根据今天的标准，把作品同所写的介绍检查了一下，做了一些改动。”他说，“原来在选题时我的思想即比较保守，加以这套书是外国文学欣赏，对象也是一般文学爱好者，所以我原来就并未收录较荒诞的现代派作品，所选十几篇故事大都有一定揭露意义，希望国内读者通过这些作品看到西方社会的一些弊端……但究竟能否适合今天标准，仍需编辑部同志审读，做出决定。亦可征询一下贺祥麟同志意见。当初我定了选题曾向他请教过，今天的成稿改动不多（抽掉了两三篇不很适合的），但仍应征得贺老的同意。如你们有什么意见，请随时和我联系。”

鉴于当时我国对西方对欧美现代社会和文学知之甚少，正在有计划地着手介绍的著名美国文学专家施咸荣先生，当清污风起，也持谨慎态度，认为“有些情况得‘等着瞧’”。但译著者们并未因此张皇失措。冯亦代先生冷静分析了大势，他说：“最近出版局对于出版外国文学书刊，有新的规定，不知对你们有何影响。全国共有翻译文学杂志 27 种，出的书当然更多。有的翻译质量很差，而且选题紊乱，各式俱全，引起非议，也是事所必然。但城门失火，殃及池鱼。正正经经的翻译事业也因之捆上了手足。如果经济开放，文化要闭关，那是不可能的，我们只能择善而译之。”

主要从事文艺理论翻译与研究的专家们在突如其来的变化面前

自然更敏感，同时也更有清醒的思考。因《萨特研究》遭到一些人的不当批判的法国文学专家柳鸣九先生保持了一个理论家最宝贵的勇气，仍在力推他早已计划的“法国现代当代文学研究资料丛刊”。同漓江合作，首先不是作品，而是理论和研究资料，是继《萨特研究》之后的《马尔罗研究》。

他力言《萨特研究》的理论价值，赞扬漓江社所出的两本评论集——《普希金创作评论集》和《雨果创作评论集》，“此间反映甚好”。他在复杂形势中看到“很多事情不决定于事情本身”，而有其他诸多的因素，应该从更宽广的角度加以分析。他认为“理论研究不应与文学作品一般对待”，资料也不同于研究著作。他还就他所接触到的一些情况如镇江会议、上海会议的精神，及时向漓江通报，有助于出版人对所临形势做正确认识与理解。译著界和出版界的合作和默契达到如此自觉自如的地步，是何等难能可贵！

## 勇敢的开拓　坚韧的自信

对党的基本路线方针的坚信不疑使漓江在“清污”中有以自持，不仅初露头角的出书势头未减，还向大半个世纪从未有人系统开发的诺贝尔文学领地进军，系统推出设计周全、体例完备、规模宏大、阵营齐整的《获诺贝尔文学奖作家丛书》。

这一颇具突破性意义的盛举顿时在社会上引起巨大反响，不独文学界为之振奋，许多理工科师生和经济界、工程界人士，乃至解放军与武警部队官兵都广为注目。来自不同地区、不同行业、不同年龄段的普通读者纷纷来信赞扬丛书“中国一流”“极有收藏价值”，表示“见一本买一本”。有的已买到“28 套”“62 套”，“连标点符号都读了”。他们感激丛书“带来平静”，“敬仰漓江的大家气派”，“从播火者想到编辑的伟大”，并且“牵挂诺贝尔丛书的命运”：有段时间不见丛书新品种出版，听说编辑被撤了，赶忙来信询问，关切之情溢于言表。

人们透过诺贝尔丛书看到宽阔的人类世界，看到社会生活的斑斓多彩，更看到中国的发展和变化。新疆克拉玛依一位署名吴强的读者在1992年1月3日来信中写道：

我是您主编的《获诺贝尔文学奖作家丛书》的忠实读者，我每读一本您所出版的这套丛书，便又翻开了一幅新的人生画面，我不知怎样地向您和所有的工作者表示自己的感谢。漓江出版社出版的这套丛书和上海译文社的“外国文艺丛书”、三联书店的“学术文库”，将打开中国文艺复兴的大门。我相信在经过一段艰苦的孕育后，会有一位国人的大名出现在这套丛书之上。

果不其然，20年后的2012年就有一个大写的中国人出现在雄壮的诺贝尔行列，莫言得奖了！多么灵准的预见，多么坚韧的自信！

当然，诺贝尔并非一切，我们不唯诺贝尔马首是瞻，出诺贝尔文学奖丛书也不意味着以之画线。我曾经说过，“诺贝尔情结”大可不必，而“非诺贝尔情结”亦可不必。诺贝尔文学奖的影响和对世界文学的推动作用，已是公认的事实，奖事有过的不当不公，评委会眼下陷于性丑闻的窘境而搁置2018年度奖事，这些曲折既非偶然也不足怪，但它未必就能根本改变世人已经建立起来的对它的基本评价和期待。文化的自信理当建立在对更久远更广博的人类文明的尊重、了解和包容之上。诗人周良沛说得公允：“正如我们不能崇洋是真理一样，我们必须借鉴，也是真理。”所以，评论家白烨力言：“诺贝尔文学奖丛书需要宣传”，“千万不要因‘清污’而停出”。《人民日报》副刊为此特约专家李文俊先生撰写专文，对诺贝尔文学奖及其丛书进行了较全面的评论和分析。

由于各方协力，包括漓江的精心运作，诺贝尔文学奖丛书一本本一辑辑坚持下来，社会影响力逐步扩大，最终列入了国家重点出版项目。1991年11月，新闻出版署主持的首届全国优秀外国文学图书评奖，从1978年十一届三中全会到1990年全国出版的外国文学图书中评出96种优秀图书，其中一等奖19种，二等奖24种，三等奖49种。漓江有10种获奖，包括一等奖3种，二等奖4种，三等奖3种。获奖总数和一等奖数量均居各省出版社之首。诺丛中的《玉米人》《爱的荒漠》和《我弥留之际》均获一等奖，当天中央电视台“新闻联播”节目报道了评奖结果。这三本书的译者刘习良、桂裕芳、李文俊等都有书信收入本书。

## 一个人与一片天（上）

译家们围绕书事同出版社通信，视野开阔，关注点多，一个人常常带出一片天。

意大利文学专家吕同六先生，修养深厚，文笔优美，所译《卡尔美拉》脍炙人口，还借意大利文学会会长和中国社科院外文所常务副所长之便，对有关外国文学特别是意大利文学的编辑出版做了许多卓有成效的努力。《外国名作家大词典》近300万字的编撰工作，两年工夫完成，不只填补空白，且能达到新、准、全的水准。吕先生的组织推动厥功至伟。“漓江译丛”中的意大利文学专号——《甜蜜的事业》和“诺丛”中的意大利作家各卷，更赖他通盘规划，协调促进。在他的安排下，几乎所有较重要的意大利语文学译者都有了发挥的空间。这样的“大咖”傍上一个就靠上了一大片，可以收到事半功倍的效果。像北大的田德望、外经贸大的肖天佑、新华社的刘儒庭、国际广播电台的赵泮仲，他们给予漓江的支持中多少都有吕先生热忱的身影在。

类似的还有石琴娥之于北欧文学；李之义之于瑞典文学及诺贝尔奖事；林洪亮、张振辉之于波兰文学；冯植生之于匈牙利文学；刘星灿之于捷克文学；高慧勤、周炎辉、林少华之于日本文学；刘安武、白开元、倪培耕之于印度文学；董燕生、刘习良、赵振江之于西葡拉美文学……

如果说这些语种的译者相对较少的话，在英法俄德等语种译家密集的领域，个人的杰出作用同样突显。

柳鸣九，从文学史和研究资料，到法国20世纪文学丛书和多套名著系列，无论是理论上的前卫和坚守，抑或现代文学宝库的发掘和论列，都有开创之功、集大成之功。不唯有坐观天下的定力，还有大国匠人的技艺，不在编的编辑家劳绩，使人想起雄踞欧洲的小个子拿破仑。

罗新璋，名士风流，翩然文采，译笔求美，书不流俗，于古文欣赏、装帧设计、明星艺术均有兴趣。以罗嘉、方凯典之名再现阿兰·德隆的《机遇加拼搏》和玛丽莲·梦露的《凄艳一生》，而兴犹未已。认为诺贝尔丛书封面上的外文表意不清、《约翰·克里斯朵夫》的一卷本最佳与对台湾版《红与黑》和夫人高慧勤《雪国》的自许和推重都别见一番高明与神采。

郑克鲁，从其夫人朱碧恒一度为他发声的信中可知其为名门出身和绝对的富二代，却能忠诚事国，质朴为人。在北戴河休假期间抓紧赶译《蒂博一家》，已然学富五车还要风尘法国，“真切了解外国的真实情况”，以期更好地再现原作风貌。而夫人朱碧恒不惮里外操持之劳，并抽暇译出挪威诺奖作家温塞特近百万字的三部曲《新娘·主人·十字架》，实属下得厨房，进得书房，难得，难得。

郭宏安，波德莱尔专家。研究扎实，译风严谨，为漓江校《巴黎的忧郁》，译《恶之花》并以论代序，论文长达10万余字，还为河北教育“世界文豪书系”主编了《波德莱尔全集》，在广西师大出版了多卷本《郭宏安译文集》。他认为“新译总要有新意才好”，也不同意将他在《读书》发表的一篇相关随感收入《巴黎的忧郁》校本，认为“那篇小文章应属极浅薄的东西，只是想作一些一般的介绍，使这本书在《读书》上露露面，因此附在译本上是极不合适的。这决不是自谦，实乃由衷之言。原来那篇序言，是一般了些，但也无特别的缺点，因我只管正文的校正，故并未对序言做什么修改。将来出书，序言仍是译者的事，与校订者并不相干。所以，原序似可照旧。”表现了一位学者实事求是的治学态度。

## 一个人与一片天（中）

施咸荣，来信一开始就对编辑推心置腹，倾诉被作为“白专”典型而受的委屈，因工资改革未获加薪而离开为之献力近 20 年的单位，调到中国社科院美国研究所。“因为长期做出版工作，凡事都为读者考虑，因此所出的书，一般还能针对读者需要，又兼顾作家地位、作品的艺术性和社会内容，我认为这三者兼顾，出版物一般是站得住的。”他为漓江修订旧译《麦田里的守望者》，使之公开出版，成为我国改革开放后最受注目的外国文学作品之一，还给“漓江译丛”翻译了《伤心小姐》《傀儡主人》和《强盗遇贼》《待宰的羔羊》等优秀中短篇小说。1984 年访美，从东部到西部，遍访可供研究和翻译的资料，带回三十多箱一千多册图书，令只见过带回各式电器的海关人员惊诧不已。他完成《西风杂草》的写作，又为漓江组织和主编“外国通俗文库”，陆续推出《假若明天来临》《情盗》《烈药》《战争与爱情》《夏威夷》等畅销名著及《美国通俗文化简史》。以学者身份倾心致力于通俗作品，大大提高了通俗文学的地位和文化含量，在行业内外产生巨大的反响。

傅惟慈，用英德两种文字翻译，俄语也很好。他思路毫不板滞，对通俗文学兴趣很大，却谨慎选题，不为时俗所动。1992 年我请他重译文学名著，他考虑以后回复不愿接受。他说他年事已高，准备封笔，加之不看好名著重译的价值，来信表示“不愿做费力不讨好的事情了”。但十年后对我提出的请他参加名译家精品丛书极力支持，说“对译文自选集看得比较重”。以九十高龄抱病选编，还写了一篇长文谈他的翻译之路，希望在有生之年能见到新书，所幸这个美好的愿望在他生前圆满实现了。

方平，在著作界、翻译界和编辑出版界都是声望卓著的专家。本书完整收入他围绕主编并参与翻译诗体本《新莎士比亚全集》而写的7封书信。他自己承担了繁重的翻译任务，还要联络多位译者，校稿改稿，顾及注释、插图、印制、宣传等一系列环节，以及我国台湾版的推出，与国际莎学界的联系，一并大小事务，他都做得有条不紊，并以散文家笔调饶有兴味地叙述出来，为研究者留下了一份珍贵的历史档案。《新莎士比亚全集》的问世成为海峡两岸文化界的一件大事，《人民日报》和许多报纸发表了报道和评论。

董衡巽，新中国最早培养出来的著名外国文学研究专家之一。在信中留下他组织翻译薇拉·凯瑟、海明威等著名作家作品的历史印记，并就辛格一篇小说译文说明的失误主动承担责任，还表达了他对“诺丛”海明威卷几种署名的踌躇与保留。措辞用语的简洁明快，颇有他推崇的海明威风格。

朱虹，几封信都在登机出国前赶写，未署全写作日期或来不及署名就匆匆赶往机场了，回到北京后行装甫卸就忙着给我写信。她极重感情和承诺，要做的事千方百计去完成。自称“吃亏在英文比中文好”的这位资深学者特别珍爱中译英事业和妇女文学，为编辑《外国妇女文学词典》（与文美惠合作主编）和《夏娃丛书》（请于晓丹为助手），事无巨细，亲力亲为，末了最关心的是合作者的稿费劳务费是否落实。鲜明的女权意识、现代意识与细腻敏感的文风凝为一体，使她在中美文坛享有很高的人气。

李文俊，生于广东，长于上海，学成和工作于北京，粤海京风汇融，加之新闻专业出身与长期从事编辑工作的经历，形成老到、敏锐、清新、高效的作风。信中可见福克纳译事艰难而有创意，《彩色插图世界文学史》则尽显美术元素的魅力。对共同劳动的尊重和利益分配的多方顾全体现他行事的周密和一个成大事的人的气度。

飞白，汪静之之子，湖畔派诗人的遗脉余风和革命军人的刚毅顽强，成就他诗歌翻译与研究的神圣事业。信中讲述了他对《诗海》

各个大小环节的构思设计，把每页版样都清晰地画了出来，并亲自到印刷厂示范操作，由不熟悉电脑到成为排版行家，令工人师傅们叹服不已。书出来后他和他的弟子——在深圳工作的胡小跃亲自关顾发运与宣传推广。如此劳苦功高，报销的费用却压缩到最低程度。坐火车只坐上中位硬卧，住宿多半在亲友家。深圳一月除生活补助外只报了200多元。正是他严格认真、艰苦奋斗的精神保证《诗海》和《世界名诗鉴赏词典》的成功，并锻炼培养了英法俄几个语种的多名硕士研究生，使他们成为强大的外国诗研发群体。胡小跃就是其中杰出的一个。本书法语译著者部分收有他的5封来信。

## 一个人与一片天（下）

陈燊，有名的“老夫子”，自谦“禀性迂拙”，其实极有担当，也极有本事。主编我国三大外国文学丛书之一的《外国文学研究资料丛书》，找译者、寻出路，四处求助，一片忠心。漓江接下7本，他还想多多益善。请他做河北教育出版社《屠格涅夫全集》顾问并撰总序，他慨然出手，一展所长。

高莽，人称“老青年”。为俄语翻译，为报刊编辑，为对外友好合作服务一生。给漓江译诗、画画，提供设计资料，还不忘在《世界文学》上给漓江鼓劲。

刘文飞，1959年生人，俄罗斯文学新一代领军人物。小说与诗歌并举，翻译和研究俱佳。信中所说布罗茨基译事虽因已有安排未能实现，但他为漓江为出版界做了大量第一等的工作，包括普希金名著重译，《普希金全集》的主编和《俄罗斯文学大花园》的打造，等等。

与刘文飞年龄相近，上世纪五六十年代诞生的知名译著者，在本书中占有不小的比重，像英语界的申慧辉、毕冰宾、刘锋、莫雅平，法语界的许钧、胡小跃、金龙格，德语界的蔡鸿君，日语界的林少华，瑞典语界的李笠，以至走出校门不久或仍在攻读学位的牟百冶、孙晓红、施岷和业余译者肖亦艾……本书多少见证了他们历史性成长的过程。

细心的读者还会发现，百花盛开的翻译界不少是“译作之合”的“佳译天成”。如冯至和姚可崑，叶水夫和许磊然，罗大冈和齐香，柳鸣九和朱虹，李文俊和张佩芬，罗新璋和高慧勤，郑克鲁和朱碧恒，郑其行和谭立德，陈燊和邵殿生，王守仁和姜明河，刘文飞和陈方，林洪亮和文美惠，冯植生和张春风，斯文和石琴娥，张宝生和任吉生，陶洁和倪诚恩，赵振江和段若川，杨武能和王荫祺，汤潮和穆广菊，沈东子和张谦。屈指一算，刚好20对。那一道道亮丽的风景线浮出水面的不多，但我们却从林秀清先生高足朱静、金龙格笔下领略了一位一心育人、终身未婚的“慈祥老奶奶”的学者和译家风采。

## 献身精神与物质利益

译家们个个都有自己的故事，这里无法一一列举，但还有一些不能不特别提到。如力冈，为一次性推出四卷本新译《静静的顿河》，连续两年多埋头伏案，每天只有一点散步的空闲时间；周炎辉，为不分散日语教育与文学翻译的精力，多次婉拒包括省人大常委会副主任在内的多种行政职务的安排；杨武能，为漓江译书办刊，多年奔波于中德和国内几个大城市之间，组织译稿，扩大宣传，夫人王荫祺也一同投入战斗，二三十年如一日；王逢振作为漓江的老朋友，大事小事都费心不少，去美国也忙的是赛珍珠的《大地》和《最新西方文论选》，《诺贝尔文学奖词典》更是他心血的结晶……至于叶廷芳，中秋节“拼命赶了36小时”，吴岳添“春节没有休息”，褚钰泉“过年在看《出版广角》”，虽属特殊个例，但也可见学者专家对出版的热心与热情，甚至称得上是献身精神的体现了。

说到献身精神，自然会想到本书的第一封信——冯至先生收到我们寄给他的样书和他为《法国文学论集》题签的酬劳后，首先对出版社“为介绍外国文学所做的工作表示敬佩”，但不接受所付的题签酬劳；认为“区区六个字，就报以25元，不合按劳取酬原则，有如‘暴利’，实不敢接受。现将此款如数寄回”。老先生对正确维护按劳致酬原则，促进出版业健康发展的拳拳之心跃然纸上，读后使人感动。

但在学习译著者的高风亮节的同时仍应本着有关的法令条例，保障译著者应有的权益，及时支付稿酬。书中很多封信都涉及到这个出版社和译著者关系的核心问题。陈文荣要到印度武官处任职，孩子去上海的入托费待付；汪飞白的女儿女婿出国，给了一万元，小儿子结婚只给了一千元，要补一点，即将结婚的老二也要给一点。施咸荣的爱妻久病在床，宝贝女儿出国，儿媳生双胞胎，每个口子都要钱，连有机会来桂林也舍不得离开，出国省下的一点生活费大部分用来买了书，对稿费自然看得比较重。《麦田里的守望者》改本寄来后，我特地找一个高手抄出来下厂，按新稿千字最高9元付给译者。他觉得解决了大问题，心里很感激，对漓江的需求也就优先满足了。

译者们对稿费的关切是普遍的、正常的。弘征那么强一位诗人、学者、社长，张口同我算稿酬，如果不是“差了一大截”是断然说不出嘴的。再看北大响当当的俄语大教授臧仲伦，蒙老伴一笔一画抄出来的心血之作，谁不想多挣几个子儿劳务费来弥补一点物价上涨带来的开支？再看担任过湖南人民出版社译文室主任的唐荫荪，本是风流才子，能拉会唱，讨人欢心，被打成右派后流落农场，40多岁才经人介绍，和小他20多岁的回乡女知青见面、定亲、结婚一次完成。平反改正，重新工作，一儿一女，其乐融融。业余译点东西，帮补家用。正好《大地硕果》出书，希望开稿费时多用几个译者名字，少摊点税金。他自嘲这种变通办法是“穷斯滥矣”的不得已之举，希望得到出版社谅解。

每读到这些就不禁一阵心酸。责任编辑，责在哪里？当然首先要对自己安身立命的所在出版社负责，但同时也应当对译著者、对出版社赖以生存的作者和读者负责，理直气壮地代表和捍卫源头与终端的权利与利益。

## 有时人算不如天算

利益的根基在书，核心在书，书不好一切都是空谈。《书信选》收信几近八百，涉及的书少说也有好几百，其中许多书出版了，有的则在拟议之中，最终未能出书问世或者几经周折才得见芳容。个中原委复杂，主客观的因素皆有。选题如打仗，没有或很难有常胜将军。我自己就有过失误的时候，也许免不了要随缘吧。

看看书信中的几个实例——

王庚年是哈尔滨外专出来的老译家，80 年代初的一个春节，从桂林回北京探亲，我委托他与俄语同行接触。北京大学台湾籍俄语博导彭克巽先生提出《苏联 20 年代短篇小说选》和巴别尔的《骑兵队》供漓江考虑。王庚年来信转达后，我那会儿大概顾不上，没有引起注意。十多年后，就被其他社作为热门书出版了。特别是《骑兵队》，成了俄苏文学的一枝奇葩。

当年尚属年轻却已有了名气的哲学家周国平早在 1985 年就注意到“现代学术名著的翻译出版相当落后，基本上是空白，甚至还谈不上填补空缺的问题”，考虑“从影响最大的第一流思想家的代表性著作入手，搞一套丛书”。并强调，“一些出版社对这类稿子很感兴趣，竞争是很激烈的。关键在于以出版效率来争取著译者”。他邀我到他家面谈，我去了，谈得也很好，却没有当机立断，联手行动起来，过后便被别的事岔开。否则，日后多年行销书市的周国平作品就不会没有漓江的份额了。

都怨我心大又不够大，没有融进更多的新的东西。在美访学的北大国际政治系专家龚文庠提出“说服学大有前途”，想编一本通俗读物，本是一个很好的主意，但我没有表态接受。哈佛归来的美国文明史专家钱满素早已看到国内一些地方“意识形态的重要性下降”，商业味道“越来越浓”，在这种情况下，考虑的不是“下海”，而是“如何做一些对社会有益的事”。她说：“一个社会的物质文明上去了，精神上也应该更有条件提高，所以我倾向于做一些提高中国人素质的事，而不仅仅是小圈子里同行相互欣赏的纯文学纯理论的东西。”可惜三联和中国社科对她盯得很紧，她正在做或近期要做的书都有主了，我一时没想到合适的入门途径，同时又过于急成，缺少耐心，结果除请她译了“世界文豪书系”的纪伯伦集和应傅惟慈先生之约参与格林三部曲的译事外，我没有拿到她最擅长也是我所渴求的思想文化类作品。

## 山阴道上，目不暇给

文学译著部分写得很多，毕竟我几十年做的大多的是外国文学。离开这个大大小小的圈子，来到作家评论家和媒体人部分，仍似走在山阴道上。

王力先生是学术界泰斗、国宝级人物。年轻时我就将他的《古代汉语》和《诗词格律讲话》作为向科学进军的必读书，大略地看过一轮，也早知道报社老同事张谷、缉国是他女婿女儿，但未敢随便叨扰王老。80年代中不知怎么突然想起来要出一本“王力文学译著专集”，请张谷、缉国与王老联系。王老同意了，并且凭一时记忆，列出了主要书目。此事记不清后来漓江为何搁置，而拟议中的书由广西教育出版社出版了，教育社还出过他的《龙虫并雕斋琐语》。想来大概是按分工，先生的书由教育社一力承担了。不过王老和张谷的信还是很有纪念意义，并由此想到，如此重要的在全国在海外均卓有影响的广西籍大学者——梁漱溟、王力、雷沛鸿、罗尔纲，广西竟没有出过他们中任何一位的完备精良的全集，不能不说是一件憾事，觉得有愧于先贤巨匠。

陆地是老领导、老作家，但人们更多地把他作为老熟人，不觉他有领导的表面上的威严和架势。他的信只一封，却凝聚着一位可尊敬的老作家对往日多有接触和指点的后辈人的关切和期待，也记下了他“借一角之地表生平所悟”的历史时刻。

周民震是几十年深交老友，七十抒怀自称打油，却抒发了一缕缕真诚与真情，七十之后十余年以迄，仍然乐观自信如初，并且在继续收获一生的成果和努力，似乎永无止步的一天。人生能达如此境地也足可庆幸了。

上列几位出自本土，区外的大家，除前面已提到的白烨、周良沛、周国平外，还有老当益壮的彭燕郊，他与桂林和桂林文化城有深远的历史渊源，数十年后，旧缘重续，克服种种困难，为漓江创编《国际诗坛》《犀牛丛书》，产生很大的影响。他坚持学术立场，力主保全作品的独特性多样性，反对把出版物搞成“四平八稳的一锅汤”。

多面手弘征，凭借深厚的古籍出版与诗歌功力，对《唐诗三百首》作全新译析，我打破分工界限，为之担任责编，在版式设计上实现完全意义的对排，读者称便，销路上佳。本书所收一位年轻读者给弘征的信中提出一连串纯真的希望和要求，就是证明。遗憾的是我工作忙乱，没有把后续工作做到家，有负弘征先生的重托。

女诗人舒婷，用诗一般的语言“为《青年外国文学》鼓与呼”，并以“书架上的诺贝尔丛书叫人羡慕”而自豪，有声无声的絮语轻言帮助漓江不胫而走。

女散文家苏叶，自称“没有大胆子，不求名利满身，但求做一事是一事是耳”。她说她看了“许多‘五七’战士，高尚、卑劣、为官、为草芥者比比皆是”，而她找的这个“右派”——“探求者”陈椿年“倒是货真价实”，“将来可以写一本百万字的书”。她很珍惜做过的编辑和记者工作，认为“有一个阵地十分重要”。

学者、诗人、企业家汤潮，集文气商风于一身，企业风生水起，创作、研究有成，曾邀我和丽清到他的庄园，一观其气派流风，久久难忘。夫人穆广菊也是诗人，夫妇俩有鉴于外国出版社很想打入中国市场，一直在联手“推动海外合作”。

现代文学研究专家潘旭澜、当代文学评论家林建法、知名编辑潘平的来信虽为所编书籍要收入我的事迹而费心，所涉及的工具书性质的编撰原则对学术评价体系的构建和优良学风的养成具有指导意义。

媒体人的来信不离图书的宣传营销。我凭着多年新闻出版的经验，深深体会到图书营销的本质就是要充分发掘、展示图书内在的优秀品质，使之为广大读者所接受，从而达到畅销的目的。因而，出版物的宣传，舆论气氛的酿造十分重要。自《人民日报》、新华社、中央电视台，以至《光明日报》《中国青年报》《工人日报》《新京报》《中国新闻出版报》《中华读书报》《中国图书商报》《解放日报》《文汇报》《文汇读书周报》《外国文学评论》和《广西日报》等重要媒体对漓江出版物的多方位宣传，也许可以构建出某种成功的案例。

老报人廖经天关于编写广西新闻史料和出版社应“十分重视发行工作”的提议，京沪两地多位报人的有效活动都是出版研究的重要借鉴和参照。老革命家谢和赓和他胞兄谢和会老人的来信有助于我们更多地了解相关的人物和历史。不幸的是和赓老人的《在美国监狱里》终因疾病干扰，未能修订完成。

## 众人拾柴，火焰高飙

出版是一个系统工程，出版界与相关人士的来信人包括几部分：

一、新闻出版署领导和中共中央宣传部出版局领导；

二、中央直属出版社领导及署局部门领导人；

三、地方出版社人士；

四、版权贸易人士；

五、印刷业人士；

六、发行业人士。

这些来信较多集中于某些具体问题，但并未停留于就事论事，往往关注到更广更深的层面。刘杲同志几封信十分简洁，但不简单，如“主编偷不得懒”，“我的文章不能参评”都有深意；推辞专栏的继续写作和难以承受刊物对他的宣传亦有深意在。伍杰同志从《出版广角》接力佳作奖谈“体现刊物水平的三个特点”，袁亮同志认为评十位出版家“很难”，杨牧之同志则引肯尼迪的话“刊物是主编身影的延长”来谈当今办刊，无不蕴含丰富的内涵，令人联想到许多东西。

再如戴文葆对“极少见”的特大号《出版广角·新中国出版50年》的关注；沈昌文介绍“香港一位有心人谈《爱玛》”；董秀玉认为“编《读书》要多看书”；孙绳武强调“理论著作应照顾到普及的需要”；于青“及时捕捉读长篇的最初印象”；张泽青“点评一篇文章”，也切入有道，启人思索。

地方出版界人士来信中，一老一少的书信中有很好的建言。“一老”指钟叔河先生就古典文学领域的开拓提出“袖珍名著读本”的建议，旨意明晰，中肯可行，而漓江未能下决心实施，“此殆天所以资将军”的大好事空有美景迷人。“一少”指漓江人沈东子向我建议按年龄段分级推出世界少儿文学名著丛书的主张，这比后来一些出版社的类似做法要早10年，而我当时竟未据此修正给接力社所编的世界少儿文学经典的规划，不然效果会要更好一些。

地方社人才济济，卧虎藏龙。从本书正文和注释可见胡真及早破局，夏剑钦起伏沉浮，汪永标力陈“内部心齐至关紧要”，韩沪麟新年预卜“出书会日趋困难”，王为松慨叹“为什么你自己不在‘广角’上开个专栏”，字字直扣心弦。

还有翁文希遭车祸前几天还在为漓江形象探索，写下长信历数“装帧设计和印刷改革”的必要；李景端穿梭于群雄并起的多家出版社之间，呼吁“互相支持维护出版秩序”；江奇勇有感于“出外国文学成气候者不多”，单骑独斗，奋勇坚持，把《傅雷译文集》做出新的水平；黄伟经告别《随笔》；林青华倾诉承包制带来的“困窘”；刘迪才钟情第四代实力诗人；苏旅耿耿于抱负实现之不易；员荣亮洋洋数千言纵论“紧追世界当代文学潮流”和“集中展现出版风云人物的事功智慧”，宛如五台山下的《隆中对》。

出版人文化人心系天下，不忘七情。退居二线，远寓江西的曾霞初慨叹“分别了反而常常想起”；程、王连句，阮同念旧；“斯人斯境值得同情”，翟继栋的调动牵动众心；天有不测风云，漓江的迁址、分摊、压库，刘安武、吕同六、李文俊、郭家申都在念中。《花花世界》搅起的波澜更为各方牵挂，黄天源频频打气，刘星灿好言相慰，桂林印刷厂厂长申小渝派车送信：“一辈子什么事都会遇到。”

一木难支大厦，印刷、发行在书人书事中占有特别重要的地位。北京的举足轻重，上海的大辐射效应，华东的富裕，中南的稠密……都是漓江生命之所系。连续数年的惨淡经营终于使漓江在各中心城市和繁华地带扎下了根，从分派指标到上门推销，从粤中造货到深圳印刷，从长沙新华到上海中华，从“广西民族”到各地市厂家，印制业师傅劳苦功高。全国各地特别是大中城市的新华书店，与蜂起的民营书店加上社办发行队伍，全力撑起了漓江大厦。因此本书虽已上千页，仍坚持给包括台港同行在内的印刷发行界朋友们的来信留下必不可少的篇幅。几位外国友人为交流合作写下的来信，也收进了书中。

值得注意的是出版社在选书选作者，而作者也在选出版社，老译家郑永慧先生拿到加拿大小说《爱斯基摩人》的翻译授权后，其所以选中漓江出版，就是从出书快、编辑“有眼光、有决断、有职有权”以及出版地与外方的关系三方面权衡的。“打铁还需自身硬”，做强做大，先要自身强大。

## 不尽风光在读者中

从上游到中盘到终端，出版的美丽在终端凸显，读者来信成为本书最广大最精彩的部分之一。除前面已经谈到的内容外，整个读者来信给人几个鲜明的印象。

首先，广泛的代表性。130余位写信人分布在全国20多个省区市，地域不一，身份多样，年龄跨度大，文化、历史、背景也多差异。其中有炼钢工人、纺织女工，有交通运输线上的员工，有大跃进岁月诞生的一代人，有山区教师、失学青年、身残居民、边远地区的农民，有解放军官兵、边防战士、军人家属，有大中小学学生和老师，有俱乐部和读书小组成员。有以父女兄弟名义或一个班级、一个科室名义写来的书信，也有企业职工、退休人员、工程界实业界人士的来信，专家学者来信亦不乏其人。

其次，读者的自主意识、权利意识趋于强烈。“生活好了，文化要跟上”“让山区孩子多了解社会和世界”“希望爱情诗选重燃起她的爱情火焰”，人们买书的意愿凸显，读书的热情高涨。有的梦寐以求，有的边走边读，有的在书店为买到好书而高兴得失声大笑，有的收到购书包裹引来一车间的人欢乐。“一个十七岁少年的心愿”“全年级同学的心愿”“边防战士发现了新天地”“请接受我解放军朋友要我转达的谢意”……一封封来信就像一堆堆火焰，一阵阵春风带来温暖，带来美意。

第三，名著的引领能力增强，精品意识由出版界传导到读书界，社会文明进步有望，国民素质提升有望。人们从阅读中体会到“看得越多越觉得才疏学浅”，“读名著是很好的学习机会”，“还是名作的生命力强”，因而“多年集藏名著”，“买了中篇名作还想短篇名作”。爱情诗和影星传记固然销量广大，诺贝尔丛书等纯文学作品也有越来越多的读者感兴趣，他们欣喜于“读到多年渴望的《四个四重奏》”和“《特莱庇姑娘》引来的阅读欲望”，像《弗兰德公路》那样难读的新小说也有人读得津津有味。柳鸣九的厚厚一册《世界最佳情态小说鉴赏》在大连图书馆翻阅得磨损了许多，徐蓉好不容易才借到手中，她说：“一开始读这本书，我便被深深地吸引进去，每每读完一篇‘震’得我‘神志不清’，再回头看看柳鸣九先生的鉴评，我觉得对小说的理解又达到了一个新高度。”

第四，读者的辨别能力提高，需求空间扩大，兴趣多元，层次提升，对出版形成有力的促进、监督和倒逼。人们在肯定出版物进步的同时，提出许多高质量的批评、建议和要求。他们心细如发地发现了多处文字差错，史实有误和理论逻辑上的偏颇以及印刷包装上的纰漏，发行上的粗心。署名“上海一读者”的来信，由《尼采诗选》封面上的一个错字，指出出书的“滥”和普遍存在的错误，毫不客气地批评这些不负责任的书有“相当的比例来自广东、广西。两广诸多出版社和印刷厂有不可推卸的责任”。他不知道我的身份，但“不管如何，一种认真负责和有错必纠的美德是咱们中国人所必需的”。他以“白璧原本是不该有瑕疵的”来警醒我们。我读后涌起的愧疚之情久久不能自已。

第五，读者的专业化程度上升，或者说很多专家学者成为阅读大军的骨干与中坚，直接推动了阅读质量的提高。本书好些来信提醒出版人“学术著作又呈上升势头”，“不可不留意读者的心态走向”，“千万不要迎合低级趣味”，并提出许多选题供出版社参考。有位学工的大学生出于兴趣爱好，谈美术读物，头头是道。有位经济界人士谈帕斯诗选，对诗人诗作与散文作品都十分熟悉，所提选目调整的意见很有道理。武汉铁道部门的老专家石祖英先生收藏了漓江多种小开本名著，认为出书“当在版面精美上下功夫”，然后提出好些颇有可操作性的意见。还有几位读者不约而同地注意到市面上“精品不多”，而且长时期鲜有改进的成效原因何在，何以化解，石祖英先生认为应从改进思想作风入手，要像先辈鲁迅先生那样努力，并长期坚持下去。

第六，史料价值鲜明。阅读史是社会史，开放声中书人书事书信不能不反映很多时代的印痕，比如80年代初，山口百惠的自传《苍茫的时刻》奇迹般地畅销一时，就和当时国产电影很少，《绝唱》《血疑》等日本影视剧风行有直接的关联，以至读者特别是青年学生呼吁快快重版。又如珍宝岛地区一位中学教师就普希金一诗的两种译本进行比较，发表了一点自己的看法，这么一封在今天看来普通到不能再普通的信件，竟附有郑重其事的单位证明意见，还盖上了公章，年轻的读者不觉得有些奇怪到好笑吗？然而那就是近40年前社会的一个小小的朴真的角落！

书中还有那个“一封信引起的风波”和写稿被查的“雪莲”以及冤屈得到平反的译者孔令森，我们没有去一一查对，甚至也无法查对。但其历史的真实性想来应该不难得到今天的理解吧。

第七，亲和力感人。编者与读者虽未谋面，但有书信作为沟通的渠道，见信有如见人。种种欢乐、期盼和焦虑忧欣尽在其中，自然形成一种磁场，相互吸引，相互融通，作者、编者、读者共享着美丽和谐的景致风光。

1983年4月18日——35年前的一天，西安统计学校一个叫薛城的同学来信写道：“刘叔叔，我不知道您的尊龄和身世，这样称呼您是不是确切我不得而知。但从您是《世界中篇名作选》责任编辑看您不下五十岁，对与不对我只是猜测……”我不知道他为什么猜得如此接近——当时我已不下五十，而且五十有一了，难道冥冥之中有一种神秘的暗示？

祝愿原生态书人书事经由书信所呈现的美丽温馨随风远走，应时长存！

为这样一本好书得以问世，感谢广西出版传媒集团有限公司的关怀、指导，感谢漓江出版社及其南宁出版中心的悉心安排和出版中心编辑部主任、本书责任编辑霍丽与她的助手艾畅等同志的辛勤操劳！

本书注释部分参考了潘旭澜主编、江苏文艺出版社出版的《新中国文学词典》和媒体的相关资讯，并得到张福生、谭立德、管筱明、王逢振、王宏波、黄天源、李频诸位专家给予的宝贵帮助，在此一并表示深切的谢意！工作中的不当之处，还请作者读者批评指正。

2018 年 6 月 25 日

于南宁南湖之滨

# 一、中国社科院外文所和中国译协领导人来信

〖9人，23封〗

冯　至
中国译协
叶水夫
林煌天
张　羽
吕同六
郭家申
黄宝生
陆建德

# 冯　至
# （3 封）

## 题字酬劳太高

刘硕良同志：

九月二十五日来信及外国文学名著丛书三种、《法国文学论集》二册，均已收到。蒙一再惠赠你社出版书籍，非常感谢，并对于你社为介绍外国文学所做的工作表示敬佩。

日前收到你社财务组寄来 25 元，云系为《法国文学论集》题字之稿酬。区区六个字，就报以 25 元，不合按劳取酬原则，有如“暴利”，实不敢接受。现将此款如数寄回财务组，并请将我的意见转告该组为荷。

此致

敬礼!

冯至

10 月 21 日（1982）

※ 冯至（1905—1993），诗人，学者，翻译家。河北涿县人，原名冯承植，毕业于北京大学德语系。1930 年留学德国，主修德语文学。曾任上海同济大学教授、昆明西南联大教授、北京大学教授及西语系主任，1964 年任中国社会科学院外国文学研究所所长、研究员，全国外国文学学会会长。一生致力于文学创作、研究和翻译。主要诗作有《昨日之歌》《北游及其他》《吹箫人》《十四行集》《十年诗钞》，小说有《伍子胥》，散文集有《山水》，译作有《哈尔次山游记》《海涅诗选》《德国，一个冬天的童话》，专著有《论歌德》《德国文学简史》《杜甫传》等。获歌德奖章、格林兄弟文学奖。

改革开放大潮中兴起的漓江出版社得到中国社科院外文所和中国译协的指导和扶助。历任所领导冯至、叶水夫、陈冰夷、张羽、吴元迈、吕同六、郭家申、黄宝生、陈众议、陆建德等同志和各处室专家、研究人员从多方面给漓江以支持，有力地促进了漓江的成长和发展。本书选辑的书信相当一部分即来自实力强劲的外文所。

# 译本应注明外文书名及作者

刘硕良同志：

收到十月七日信后，又收到一包好书，谨向您表示衷心的感谢。近两年来，漓江出版社经常给我寄书，有的是译著，有的是诗选，我对漓江出版社没有出过一点力，深感愧怼。整体来看，这些书多半是名著，装帧也相当好，我很钦佩你们的努力。[①]

如果允许我提一点意见，就是那些译本都没有注明作品标题、外文的原名和作者的外文姓名。这不能不说是一个缺陷，不便于读者查阅原著。有外国朋友也向我反映，有些中文译本从译者的序言很难看出作者是谁，若是书名在译本上有变动，更不知是什么作品了。

再者，近些年来，诺贝尔奖的声誉已不及第二次世界大战以前那样隆重。例如它给不仅反苏，同时也反华的索尔仁尼琴以奖金；在1980年波兰工人罢工，政府难堪应对，它把奖金给一个并不知名的在美国背叛祖国的波兰外交官。很明显这都是别有用心。我觉得我们介绍的外国文学名著，无须把“诺贝尔奖金”作为一个衡量的标准。我的意见也许很不正确，提出来仅供参考。并请恕我直言。

此致

敬礼！

冯至

1983年11月8日

---

① 冯至先生与漓江的缘分还可追溯到桂林抗战时期。他的代表性诗作《十四行集》1942年在桂林明日社出版，是年7月21日桂林《大公报》刊出冯至《十四行诗》的版面图片75年后为黄伟林撰《广西现代文化史》第三卷《文学》章重载。书中并引述冯至离桂6年后写的散文《忆平乐》，表达了诗人对一个桂林普通劳动者诚实、守时品质的怀念和尊敬。

# 他山之石，可以攻玉

——祝《青年外国文学》创刊①

青年人最易于接受新事物，

青年人最需要接受新事物。

把外国文学中新鲜的、健康的、优秀的作品和进步的理论介绍给青年文学工作者和爱好者——“他山之石，可以攻玉”——对发展社会主义文学、建设精神文明是有益的。

冯至

1987年10月于广州

①《青年外国文学》双月刊，1988年1月创刊，大16开，主编刘硕良，副主编宋安群。创刊时，中国译协致电祝贺，中外文学界知名人士冯至、叶水夫、王佐良、杨武能、舒婷、草婴、赵长天、高莽、裘小龙、林秀清、贺祥麟、吴亮、刘安武、陈建功、智量、王逢振、白烨、刘硕良等18人参加创刊圆桌谈。

## 中国译协

# 中国翻译工作者协会贺电

漓江出版社：

热烈祝贺《青年外国文学》创刊！

全社会都来关心培养青年文学翻译工作者，为他们成才多办实事。

中国翻译工作者协会

一九八七年十一月七日

## 叶水夫
## （5封）

# 祝贺与希望

《青年外国文学》创刊了，这是我国文学百花园中又一朵鲜花，令人欣喜，值得祝贺。

要感性地、形象地认识世界，最好的方式之一是通过外国文学的翻译与介绍。当代的中国青年，在改革开放精神鼓舞下，求知欲特别强，比起老年人更希望了解世界各国青年的生活，而这，也要通过反映外国青年生活的作品的翻译介绍。

在世界各国从事文学创作和文学批评的人士中间，最为活跃的可能是青年人。他们有时不免有点偏激，但提出的问题常常能发人深思；他们在艺术形式探索上不免有些稚嫩，但也常常有所创新。介绍世界青年文学活动的新貌以资研究、欣赏、借鉴，也是中国青年文学工作者的愿望。

预祝《青年外国文学》获得成功！

叶水夫

1987年11月

※ 叶水夫（1920—2002），翻译家，外国文学研究专家。浙江宁海人。原名叶源朝。1939年在上海沪江大学学习时即在华俄夜校学习俄语。曾任时代出版社编辑、副总编辑、上海编辑部主任，《时代日报》副刊主任。1956年起参与并主持外国文学及苏联文学研究工作。历任《现代文学理论译丛》主编，中国社科院外国文学研究所研究员，副所长、所长，《世界文学》主编，中国译协副会长、代会长。主要译著有《高尔基早期作品集》《青年近卫军》等。80年代关心指导漓江外国文学图书出版和《青年外国文学》创刊并到桂林主持中国译协和漓江联合主办的全国中青年文学翻译会议。

## 为《屠格涅夫全集》作序

硕良同志：

遵嘱总算将文章[①]写好，约三千三百字，请斧正。题目可以改。现将稿子和磊然[②]的译稿一起挂号寄上，请查收。

匆此，顺祝

春节快乐！

叶水夫

1994.1.28

## 改程控电话联系方便多了

硕良同志：

前天发出一信，想已收到。磊然译稿和我的文章也已于昨天挂号寄出，可能要四五天才到。

上次信中忘了告诉你，我家的电话已改为程控，今后你如打电话来就方便得多了。

匆此，即问

春节好！

叶水夫

1994.1.29

---

①1994年8月河北教育出版社出版、刘硕良主编的《屠格涅夫全集》为王亚民、刘硕良策划的“世界文豪书系”首批15套全集中的第一种。叶水夫任《屠格涅夫全集》编委和顾问，并作总序《屠格涅夫及其在中国的传播》。

② 叶水夫爱人许磊然，翻译家，资深编辑，详见“俄语文学译著者来信”部分。

## 写好一段不知合适否

硕良同志：

二月一日来信收到。信中建议加一段，我同意。上次因为我不掌握情况，没有写。现写了一段，放在最后，不知合适否？

祝

新春快乐！

叶水夫

1994.2.9

## 希望及时收到《出版广角》

硕良同志：

你好！《出版广角》[①]第四期收到，但不知为何是寄到所里去的，以前三期都是寄到家中，请通知有关同志将地址改回来：

（100006）北京王府井大街东厂北巷

这样就能很快收到，因为我已经不大去所里了。

又，第三期利用过的照片及未用的我的单人照都没有寄回来，请查一下。务请勿忘掉。

何时来京就请过来玩。

叶水夫

1995.9.18

①《出版广角》，广西新闻出版局和广西出版总社主管主办，1995年1月创刊。

# 林煌天

## 在桂林举行全国中青年翻译会议

硕良同志：

你好！

1月6日来信及前发电报均收到，谢谢你对译协工作的支持。

日前，曾和水夫同志商议，关于共同举办会议事，我有如下设想。取得你的同意后，中国译协即可定案并进行筹备。

一、会议名称。拟用“第二次全国中青年文学翻译经验交流会”。第一次会曾于1985年7月在烟台召开。和山东译协合办，实际上由中国译协筹备。双方出资，山东负责选会址、安排、接待。第二次会可以青年文学翻译工作者为主，这是我们原先设想的。但考虑到中国译协曾开过一次中青年文学翻译经验交流会，把它连续下去更好些。此外，选些较成熟的中年文学翻译家与会，有利于对青年的培养，会议的质量可能更高些。这次会的主题着重在翻译经验、心得、体会的交流，着重培养青年翻译。与会的中青年译者均应有一二本译作，通过自己的翻译实践，来总结翻译经验，交流译事心得。还可请个别老翻译家在会上做推广、传授经验。

二、代表的产生。一部分由中国译协通过各省译协选派，一部分由贵社推荐。经双方协商后，由中国译协发会议报到通知。

三、会议规模：正式代表100人。另有特邀人员（作报告、工

※ 林煌天（1928—2017），翻译家。1953年进入国家外文局工作，先后在外文出版社、中国翻译协会、《中国翻译》杂志工作。历任中国译协第一、二届理事，常务理事，副秘书长。获“资深翻译家”称号。主编《中国翻译词典》。

作人员）不超过120人。既在桂林开会，广西译界可多去若干人听会，但不一定在那里吃、住。

四、会期：六天。五天开会，一天作为参观游览和交流活动。

五、会议时间和地点：可避开旅游旺季，由你们选定1988年下半年一合适时间。会址也由你们选定。可找一个适于开全体会和分组会的宾馆。住宿价格中等为宜。伙食较好一些。前不久，贵市将军桥饭店经理鲁洪昌曾来中国译协拉生意。不知这家饭店的条件如何？价格倒可以（现附去名片和价格表）。你们如有熟悉的宾馆，各方面条件好，又有优惠价的，则更好。这方面完全由你们定夺。

六、主办单位：中国译协，漓江出版社，我忘加上桂林译协。中国译协在桂开会，应有桂林译协参与好些，这样也可扶持桂林译协开展工作。此外，桂林译协有市外办、旅游局、市科委和广西师大做后盾，对会议接待和疏散工作方面有保证。此事，我尚未同桂林译协打招呼。你同意后，即可把我们的设想同桂林译协负责同志联系。秘书长刘絮言系市旅游局副局长。请你同刘以及贺祥麟会长进行接触。或者由中国译协直接给贺、刘去信。

七、经费：由三个主办单位负担。每方出四千元就可以了，如能找到有关单位资助则更好。全部代表的住宿费、旅费由本单位报销。集资的一万元用于伙食补助、会议费、参观、接待等。

八、今年除了这个会以外，湖南译协要和中国译协召开文学翻译学术讨论会（去年已决定，在湖南开），译林李景端要中国译协出面联合召开翻译出版学术研讨会（在广东）。我考虑一年开三个文学翻译方面的会有点重复，铺的面太宽。正在商议把后面两个会合并。是否合得成，难说。我意桂林会重在经验交流，商讨培养干部问题。后两个会，合二为一，重在探讨当前翻译工作问题和翻译出版合作问题（译者和出版社代表参加）。

以上考虑，也不一定成熟，请你研究后即函复，以便加快筹备工作。如你工作忙，可找个得力副手进行活动。

将来可由三方组成筹备组。

如你原则同意，会议的筹备工作也可由中国译协承担。桂林方面负责生活安排接待。到开会时，由我们三方进行具体领导。[①]

以后再谈。盼复。

祝

编安

林煌天

1988 年 1 月 19 日

另寄 1985 年会刊一期，内有第一次全国中青年文学翻译经验交流会信息。水夫的开幕词，会议报道都是我写的。

① 由中国译协、漓江出版社、广西译协联合主办的第二次全国中青年文学翻译经验交流会于 1988 年 10 月 11 日至 16 日在桂林举行。中国译协代会长、中国社科院外国文学研究所所长叶水夫，中国译协常务副秘书长林煌天，广西区党委副书记李振潜，广西译协名誉会长、桂林市市长郑义，广西译协会长贺祥麟，广西新闻出版局局长谢盛培，漓江出版社副总编辑刘硕良、邓小飞等出席。到会一百余人，叶水夫主持会议，并致开幕词、闭幕词，老翻译家傅惟慈、汤永宽、林焕平等出席指导，戈宝权、冯亦代、董乐山和杨武能发来贺电，汤永宽、傅惟慈、李景端、刘硕良、卢永福、张成柱、张廷琛、吴德艺、郑海凌、黄天源、朱寅生、李政文、卡的尔（维吾尔族）、杨松河、毕冰宾、姚锦清、龚文庠、陈新、吴建辉、马高明、管筱明、王逢振、赵琼、唐正秋、熊振儒等 25 人在大会上发言。

## 张　羽

# 一项重大文化工程

刘硕良同志：

你好。今年的几次会都没有请到你，想必又在忙什么大的项目。

承蒙馈赠诺贝尔奖作品[①]，十分感谢。这套书可太有价值了，真可谓一项重大文化工程。书出得相当精致，给人以高度的美感。

我没有为贵社事业尽一点微薄之力，接受你们这样贵重的馈赠，实感受之有愧，待今后弥补吧。

祝新年愉快！

张羽

12 月 16 日（1984）

※ 张羽（1927—　），翻译家，外国文学研究专家。内蒙古克什克腾旗人。1946 年入华北联合大学。1959 年毕业于苏联赫尔岑师范学院研究生班。回国后在中国社会科学院外国文学研究所从事研究和翻译工作，研究员，所长。全国外国文学学会副会长、常务理事。知名的高尔基研究专家。著有《高尔基简论》《小说家高尔基》《高尔基的死因说及对其再评价》等。

① 漓江出版社“获诺贝尔文学奖作家丛书”按每人一卷的要求陆续出版，自 1983 年年中首批 4 种问世至 1999 年共出 82 卷，占期间获奖作家总数的 75%。

# 吕同六（9 封）

## 意大利文学专号的方方面面

刘硕良同志：

您好！年前您来京，匆匆叙谈一次，未有机会再会晤，并略尽地主之谊，甚为遗憾。希望下次能有机会弥补。

现寄上“专号”[①]稿件一部分，供制图的《神曲》意文版图片，请查收。

前一阶段由于客观情况有所变化，一些约稿迟迟不能收齐，我又接受领导的安排，全力投入《论人道主义与异化》一书意大利文学部分的编选、翻译，花去了几个月的时间，因此“专号”就拖延了下来，我为此十分着急和不安，请多谅解。

现尚缺五篇稿件：女作家法拉奇《给没有出生的孩子的信》、文论三篇（译二，著一）、电影文学剧本《甜蜜的生活》缩写。共八万字左右。前四篇本月底下月初当可寄上。《甜》正由原译者赶写，大约下月初可从国外寄回，最迟下月中旬可寄您。届时，专号目录、编后记也一并呈上。

《神曲》插图选了七幅，附有文字说明（均采用《神曲》原稿），

---

※ 吕同六（1938—2005），翻译家，外国文学研究专家。笔名吕凝。江苏丹阳人。毕业于苏联列宁格勒大学意大利语言文学专业。中国社会科学院外国文学研究所研究员、常务副所长，《外国文学评论》副主编、主编。中国社科院荣誉学部委员。主要译著有《莫拉维亚短篇小说选》《意大利当代短篇小说选》《葛兰西论文学》《卡尔美拉》《爱的教育》等。负责《中国大百科全书·外国文学卷》意大利文学部分编写工作。为漓江组织主持意大利获诺贝尔文学奖作家作品及“漓江译丛”意大利文学专号的译选，参与并主持《外国名作家大词典》的编撰。

① “漓江译丛·意大利文学专号”——《甜蜜的生活》，1986 年 12 月出版。

请您再从中挑选。我意“专号”刊登的《地狱》四章译文每一章均能附插图一幅。

供封面用的图片，古典、近代和当代都选了一些，不知是否合适？如还需要，请来信告知，我再另选。

除田德望先生译作外，其他各篇我都作了校阅。每篇篇首各附简介文字一篇。有三篇系译者撰写，文末均已署上“译者”，其余是我试写的。全部译稿和简介文字请您审阅、把关，全仗你斧正。

曾请田德望先生撰写一篇评论，但他表示现正集中精力翻译《神曲》，工程浩大，难以抽暇，这是令人遗憾的。

寄上拙译《葛兰西论文学》一册，请指正。

顺颂

撰安！

吕同六

1984年2月18日

## 通盘规划意大利文学的译介

硕良同志：

您好！

漓江出版社已成为实体[①]，你荣任副总编辑，谨表示衷心的祝贺！漓江前景美好，也愿我们之间的合作取得丰硕的成果。

搬迁工作谅已完成。关于“诺丛”和贵社其他丛书意大利部分选题，我按照你来信中提出的意见，又进一步作了考虑。

1. 我去年冬答应为四川文艺出版社译蒙塔莱、夸西莫多诗歌合集，现同该社商量，只译夸西莫多一种。

① 漓江出版社作为广西人民出版社的副牌社，1980年11月在南宁市河堤路14号挂牌，1985年4月成为实体，5月27日在桂林举行挂牌仪式。新址：桂林市铁西小区63—64幢，副总编辑蒋振立（法人代表）、刘硕良、陈肖人。

这样，“诺丛”可单独出一本《蒙塔莱诗选》。我愿承担编选工作。明年第二季度交稿。“诺丛”是否还要出夸选？我意很难避免同四川那本重复，似可放弃。请考虑。

2. 你编的“域外诗丛”有“隐逸派诗选”，这个选题很好。我愿编译此书。隐逸派在二十世纪西方诗坛影响很大，出了两位诺奖获得者，意当今著名诗人或多或少同它相关联。我想，这本诗选应全面反映隐逸派诗歌的成就和特色，拟收入隐逸派“三杰”：蒙塔莱、夸西莫多、翁加雷蒂，并选择其他若干名在当代意大利诗歌界占有重要地位的隐逸派诗人，如隆巴、卢齐、佩耶、贝多基、塞雷尼等。其中蒙、夸两位诗篇，在书中约各占1/4。翁加雷蒂是位大家，但国内仅介绍过他的几首诗。其他几位在我国尚未作过介绍。所以，此书同“诺丛”不会有很多重复，拟明年春天交稿。

3. 关于皮兰德娄，我曾有两种考虑：一是出他的戏剧集，收四个左右剧本，以怪诞剧为主，兼顾其他时期、其他风格之作；二是鉴于皮氏创作丰富，作品甚多，可出一本“皮兰德娄小说戏剧集”，即收一部长篇，若干短篇，两个剧本。

现在既然徐霞村先生要修订他的旧译，那“诺丛”就收他的集子吧。地方十家出版社“世界文学名著丛书”愿出小说一种，还是“小说戏剧集”，望十家编委会定夺。

4. 黛莱达可先定为“小说集”。她的长篇不长，十来万字，或更少，可考虑收一个长篇，若干中短篇。黛小说文笔细腻，淡淡的、忧伤的抒情，关键在于译文的质量。如物色到合适的译者，交稿日期可定在明年底，这样比较保险。估计这个选题别的出版社短期内不会搞（除非从别的文字转译）。

5. 卡尔杜齐的诗歌在国内仅介绍过二三首，鲜为人知。若找到可靠的译者（懂意文的译者不多，愿译诗者更少），当尽快上马，否则，就缓一步。这个选题，别的出版社很难下手。

总之，一是保证质量，二是尽量早上，早交稿，避免被动。

论文集当按照你的意见收若干未刊新作，对已发表的各篇，亦将加以修改、充实。拟明年第一季度交稿。

专号《甜蜜的生活》谅已发排。最近读到钱锺书先生在香港出版的一本集子《也是集》，其中论及意文艺复兴时期小说家班戴洛。我想把钱先生的一段精辟的论述引用到拙文中去，故那篇评班戴洛《罗密欧与朱丽叶》的校样，望一定寄来一阅。谢谢。

其他方面，如有什么信息或者好的译作，我当及时推荐。再谈。

同六

1985年6月4日

## 意大利诺奖作家选集译事设想

硕良同志：

你好！来函奉悉。

《荡秋千》作者巴尔托洛梅奥·皮内利（1781—1835），系意大利十九世纪著名画家、版画家，曾为《神曲》《疯狂的罗兰》和《伊尼德》等古典名著制作插图。

《寻找自我——皮兰德娄小说戏剧集》收两个剧本，一个长篇，若干短篇，40万字左右。这样安排可好？明年第一季度交稿。

《生活之恶——蒙塔莱诗集》今年六七月可将稿子寄上。蒙氏诗歌难度很大。意学者认为，即使是具有中等文化程度的意大利人，也未必能读懂。

这两本书我负责选材，几人合译，我物色译者，审读他们的译稿，并翻译一部分，写序。所以，若作预告，还是不说我翻译，而是注明我编选为宜。

卡尔杜齐诗选，我想物色一位可靠译者，全部承包，正在联系之中。如成，则可望明年上半年完成。

夸西莫多诗选前年秋天四川人民出版社来约稿，我已答应给他们。贵社“诺丛”怎么办，我一时拿不定主意。可否采用这样的办法：卡尔杜齐诗选暂缓，我约请那位译者承包，另搞一个夸氏译本。你意如何，请告。

黛莱达小说，原文不算难，但要译得好，着实不容易，需要揣摩和把握原著的风格，细心认真地译，体现出黛氏小说心理描写细腻委婉，感伤的抒情味浓郁的特色。我考虑了一个人选，五十多岁，有一定文学修养，但长期在外事部门工作，正在设法进一步了解，并将尽快联系。如成，请他译一个小长篇。这本书拟收一个小长篇，两个中篇，若干短篇，30 万字左右。

译丛稿子寄出后，读到钱锺书先生 1984 年在香港出版的《也是集》，内中有一篇文章专门谈班戴洛。读后，我觉得很有必要在我写的那篇论班戴洛小说《罗密欧与朱丽叶》一文中加上一段话。过去我曾把这段文字写好寄你，但可能那封信失落，今重新誊抄寄上，请你代为加在该文尾部合适处。谢谢。我怕校样出来后再加上比较麻烦。

余不多谈。祝

新春愉快

同六

1986.1.30

## 希望《外国文学评论》与贵社密切合作

硕良同志：

你好！信悉。书展期间曾想和你晤谈，可惜未得机会。

从年初接受创办《外国文学评论》的任务，多半精力便花费在它身上，家里又有一位病人住院一年半，所以我有点不务正业了。蒙塔莱诗选一直在偷闲翻译，我的合作者是新华社的刘儒庭，现两人已共译七十余首。本想再约请一位译者以加快进度，但考虑到译诗质量和风格，便未敢造次。蒙氏获奖演说本拟借用香港一个现成的译文，但译得太糟糕，只得又请一位意大利友人从瑞典驻意使馆弄来原文另译。所以附录部分问题也不大。还准备继续选几十首。不知“诺丛”诗集一般是多少行，多少页，请示知，以便掌握。

《外国文学评论》争取下半年出两期。我想每期奉寄你一本，请你指教、帮助。同时，非常希望在这个刊物和贵社之间建立密切联系和合作。刊物辟有《新书评论》一栏，将对海内外出版、主要文学作品特别是文艺理论著作进行评论。贵社如有这方面的书出版，请早点寄样书给我们，以便组织书评。

余不多谈。

敬颂

文安

同六

1986年6月29日匆于天坛医院

## 隐逸派诗人的特征

硕良同志：

你好！

9月5日因牙痛发作，急去医院治疗，未能再见到你。请谅。9月9日来函收悉。

《甜》照片，回来一查，除原书封面、封底两张外，都撕下寄你了。幸好《甜》译者刘儒庭本月中旬从意大利回国，我和他谈了此事，他表示将立即写信去意，请那儿的朋友再弄些照片来。我请他为全部照片撰写说明文字，他已答应。

《蒙塔莱诗选》我想明年6月准定交稿。书名可取《生活之恶——蒙塔莱诗选》，吕同六等译或吕同六编。《生活之恶》是蒙的代表诗作之一，短诗，但鲜明地表现了诗人对生活之恶的憎厌，体现了隐逸派诗人的不满、厌恶现实，而转向内心世界的特点。诗人照片、前言、授奖词、答词、小传等，我当一并弄好，和稿子同时寄上。

《皮兰德娄小说戏剧选》，我将抽空选材，然后请人翻译，估计最迟明年第四季度完成。你看何时交稿为好？又，书名拟取《寻找自我——皮兰德娄小说戏剧选》，《寻找自我》是皮氏的一个剧本。

再谈

顺颂

文安！

同六

9 月 26 日（1985）

6 月 4 日寄你一信谅已查收。

“专号”校样出来，请寄我一阅。

## 参加中国作家代表团出访意大利

硕良同志：

你好！

6 月定海会议因故未能参加，曾托人奉上《外国文学评论》第二期和《甜蜜的生活》意文目录，谅收。6 月 27 日，你来所里，我因忙于开编委会，未及晤谈，很遗憾，请谅。

《寻找自我——皮兰德娄小说戏剧选》的译稿已全部出来（长篇《已故的帕斯卡尔》，剧本《西西里柠檬》《六个寻找作者的剧中人》《亨利第四》《寻找自我》），最迟 10 月底可寄上。《生活之恶——蒙塔莱诗选》年内亦可交稿。黛莱达的那本分请三位译者进行，已收到一部译稿，另一位译者出国，第三位工作较忙，都说年内可译完。

我近来工作头绪较多，刊物占去大部分精力和时间。爱人情况有所好转。趁暑假孩子在家照料，本月初去新疆讲学一周。那儿外国文学事业发展很快，刚成立了新疆外国文学学会。街头书摊极多，外国文学作品、西方学术著作均有出售，但上海、西安出版的书较多，漓江的未见到。

9月6日，我参加中国作家代表团出访意大利，主要活动地点是西西里和罗马。代表团系意方邀请和提名。王蒙同志因忙不能前往。冯至先生任团长，同行的还有舒婷、周涛、叶延滨。广西和西西里是姐妹地区，不知你有什么事要代办，请即来信告知。上次吴裕康同志来京，曾说要请我把贵社版《西西里童话》目录译成意文，但书始终未寄来，现在可能来不及译出和带往意大利了。如要我代为联系或送书，请告姓名、地址，最好还有电话号码。

《外国文学评论》第三期月内问世，当奉上一册。

余不一一。

顺祝

文安

吕同六

1987.8.22

P.S.《国际诗坛》创刊号已收到一册。该期刊有拙译，能否再赐寄一册？

## 中央台要播《寻找自我》

硕良兄：

你好！听说你四月初要来北京，但未成行，想必是工作繁忙，无法脱身吧。

中央电视台文艺部已决定在今年《外国名剧》栏目播出皮兰德娄剧作，由人艺林兆华执导。阅读与挑选本子的工作将在五月底完成，六月进入排练。我推荐的本子中有《寻找自我》一剧。烦请吾兄将该剧剧本复印一份，尽快掷下。时间十分紧迫，恳请吾兄务必关照和帮助。谢谢！

余言面谈。

祝

文安！

同六　上

1989年5月2日

## 了不起的壮举

硕良兄：

你好！

衢州会议[①]，原听说你要去的，所以行囊中带了两部稿子（萨尔加里《马来亚海盗》和《蒙塔莱诗选》）。到了那里，才知你无法赴会，十分遗憾。

《外国名作家大词典》面世，完成了一件大工程。一年内推出四部大辞书[②]，实在是了不起的壮举！北京的朋友都极敬佩你的胆识和开拓精神。有关该辞书的一些具体问题，和胡、钱两位商议后，已委托胡湛珍同志函告。这次合作是愉快的、圆满的，在当前文化不景气的情况下，我们完全体谅出版社的一些实际问题；英伦身在国外，有些要求不尽恰当，请以我们的意见为准。

《寻找自我》一书的样书已分别收到。我想再购买30册，肖天佑、刘儒庭两位各购5册，请均寄我处转，书款由稿酬中扣除。

---

①1989年11月下旬在浙江衢州—千岛湖举行的外国文学研讨会。

②1990年2月，漓江先后在上海、北京举行发布会，集中推出四部辞书工具书：张英伦、吕同六、钱善行、胡湛珍主编《外国名作家大词典》，朱虹、文美惠主编《外国妇女文学词典》，飞白著译《诗海——世界诗歌史纲》传统卷、现代卷，飞白主编《世界名诗鉴赏词典》。

从南方归来后，忙乱不堪。已转入处、室领导反思，高级职称评定，大学生、研究生下放锻炼，都很费神。

天气渐冷，请多保重。

祝

冬安！

同六

1989年12月14日

P.S. 已有两位同志告我，听说书店出售《寻找自我》，但赶到王府井书店，书已售完。一位是搞外语的，一位是写诗的。

12月18日

# 三项大型活动连轴转

硕良同志：

你好！

近来工作头绪纷繁，未能及时写信给你。曾打过一次电话，你不在。8月份以来，我忙于接待日本大众文学代表团，筹备中日大众文学研讨会、雪莱诞辰200周年学术纪念会和海峡两岸外国文学翻译研讨会这三项大型活动，连轴转，事无巨细，全得过问和安排，10月下旬才从珠海、深圳返回北京。

关于我那本论文集，我仔细考虑了一下。从目前情况看，这本书要在漓江出，经济上要赔本，也会给你带来困难，我充分理解这一点，所以，我也不愿让你勉为其难。你联系了广西师大出版社和广西教育出版社，并表示愿意负责到底，如果我愿意在那儿出的话。对于你的这番情意和帮助，我表示感谢。我们多年合作结下的友情，是弥足珍贵的。我同意你在北京提出的方案，至于在两家出版社中哪一家出，关系不大，就请你决定，也请你关照到底。1000元补贴可从即将出版的蒙塔莱诗歌的稿酬中直接拨过去。这样，这件拖了五年的事也就了结了。当然，我希望能尽早了结。

12月3日，我将南下，老家有点事情要处理。便中请你掷下一信，谢谢。余不一一。

祝

秋好

同六

1992年11月3日

## 郭家申

# 研究资料丛书能否继续

刘硕良同志：

你好。

寄上拙译《法国文学简史》，请批评。半年前听说你这里遇上了麻烦——遇的小说[①]压了社的资金，出版计划紧缩，我和陈燊就没敢再在这个时候往你那里送我们这套对出版社谈不上经济效益的书稿。不久前听说你这里情况又有扭转，我们为你社高兴。同时，也想探个究竟，特别是在出版计划上情况如何。

明年上半年我们打算找个地方（全国哪里都行），由我们出资，开个会，除“丛刊”编委们，还请各位出版家光临聚议，到时候一定请你参加！地点还没有定，你如有什么好主意——在哪儿开，请顺便告知。

祝

新年好

郭家申

1987.12.20

※ 郭家申（1935—　），翻译家，外国文学研究专家。河南南阳人。1960年毕业于莫斯科大学文学语言系。长期在中国社科院外国文学研究所工作，历任助理研究员、副研究员、研究员，《外国文学研究资料丛书》副主编，丛书丛刊编辑部副主任，外文所副所长、党委书记。合作撰写有《苏联文学纪事》《苏联文学史》《当代苏联戏剧》等。翻译作品有《谁之罪》《白夜》《艺术及其最新形式》《艺术创造的本性》《我的父亲列夫·托尔斯泰》《法国文学简史》及高尔基三部曲《童年》《在人间》《我的大学》等。此外，还与人合译了《戈尔巴乔夫回忆录》《赫鲁晓夫回忆录》等。发表论文多篇。

① 遇罗锦小说《在中国一个结过三次婚的女人的自述》，漓江付印后，未发行。

# 黄宝生

## 托文美惠同志赶译

克鲁：

你好。来信收到。未能及时译出授奖词和答词[1]深感歉意。接信后，我即委托文美惠同志赶译。因为她正在译吉卜林的授奖词和答词，所以我请她顺便把你要的那篇也译一下。她已同意，并表示一定在月内完成。这样，我为你找了一位好译者，也算是对我的失信的一点补救。待她译出后，我请她直接寄往漓江出版社刘硕良。

再次向你表示歉意。

代向夫人致意。

祝

暑安

黄宝生

1986.7.9

※ 黄宝生（1942—　），翻译家，外国文学研究专家。中国社会科学院学部委员。上海人。笔名林凡。1965年毕业于北京大学东方语言文学系。历任中国社会科学院外国文学研究所东方文学研究室主任、副所长、所长，《世界文学》主编，研究员。曾任中国外国文学学会会长。主要作品有专著《印度古典诗学》、《印度古代文学史》（合著）、《〈摩诃婆罗多〉导读》，论文《印度古典诗学和西方现代文论》《禅和韵》《神话和历史——中印古代文化传统比较》《语言和文学——中印古代文化传统比较》等。译著有《摩诃婆罗多——毗湿摩篇》等。

① 指《蒂博一家》作者杜伽尔获诺奖时的授奖词和答词。此前黄先生曾应邀翻译了多卷诺奖丛书中的授奖词、答词及小传。

陆建德

# 《法国革命论》值得一读

硕良先生：

几年来一直免费阅读《出版广角》，从无贡献，颇觉惭愧。今寄上小文一篇，若能刊用，不胜荣幸。

我在几年前写过关于柏克①的文章。去年，商务出了柏克的《法国革命论》，值得一读。我国几十年来译介有关法国革命的著作用力甚勤，这部“反面教材”受到冷遇大概多与我国的意识形态相关。其实在强调文化差异和社会安定的今日，我们可以从柏克的这部代表作里听到很多有益的声音。我的文章里一些提法也可能不尽正确、妥当，还望批评指正。

余不一一，专此

即颂

编安

陆建德

**一九九九年八月十四日**

※ 陆建德（1949— ），文艺理论家，外国文学研究专家。复旦大学外文系毕业。剑桥大学博士。历任中国社科院外国文学研究所研究员、副所长，《外国文学评论》主编，文学研究所所长。出版专著《麻雀啁啾》《破碎思想的残编》《思想背后的利益》《潜行乌贼》等，译著《考德威尔文学论文集》（合译）、《浪漫派、叛逆者、反动派》（合译），并翻译了特里林、翁格、弗罗斯特、詹姆斯等论文十余篇。主编《托·斯·艾略特文集》（5卷）。发表《英国的科技与文化之争及其启示》《互文性、信仰及其他》等数十篇学术论文。《〈法国革命论〉——另一种声音》载《出版广角》1999年第12期。

① 柏克（1729—1797），英国政治理论家。《法国革命论》作于1790年，中译本何兆武、许振渊、彭刚译，商务印书馆，1998年版。

# 二、英语文学译著者来信

〖60人，160封〗

| | | | | | |
|---|---|---|---|---|---|
| 叶君健 | 吴景荣 | 王佐良 | 袁可嘉 | 施咸荣 | 傅惟慈 |
| 董乐山 | 冯亦代 | 梅绍武 | 方　平 | 董衡巽 | 朱　虹 |
| 李文俊 | 飞　白 | 汪静之 | 杨德豫 | 李野光 | 邹　绛 |
| 邵牧君 | 王荣华 | 李　元 | 陶　洁 | 龚文庠 | 刘象愚 |
| 蓝仁哲 | 文美惠 | 黄　梅 | 钱满素 | 裘小龙 | 王逢振 |
| 侯明君 | 马传禧 | 沈培锠 | 薛鸿时 | 申慧辉 | 朱碧恒 |
| 邵殿生 | 宋兆霖 | 朱炯强 | 任明耀 | 汪义群 | 钱佼汝 |
| 张培均 | 孙景尧 | 潘庆舲 | 刘重德 | 唐荫荪 | 秦　似 |
| 贺祥麟 | 陈晓明 | 黄健人 | 刘　锋 | 傅　俊 | 毕冰宾 |
| 刘若端 | 杨德庆 | 邝启璋 | 彭嘉林 | 牟百冶 | 孙晓红 |

# 叶君健
# （3 封）

## 《阿伽门农王》清样已校

硕良同志：

你好。

寄来的《阿伽门农王》[1] 校样，我已抓紧时间看了。个别的地方我参照原文作了修订，也只有极个别地方，大致不会影响版面。因为原译在你处，有些缺字，我也按照原英文重新译补上去了。意思基本上未变。

此书的设计和排版，你们费了很大的心思。在此表示感谢。

此致

敬礼！

叶君健

1984 年 3 月 1 日

※ 叶君健（1914—1999），作家，翻译家，儿童文学家。笔名马耳。湖北红安人。1933—1937 年在武汉大学外文系学习时即开始翻译活动，并用世界语创作出版了短篇小说集《被遗忘的人们》。抗战期间历任重庆大学、中央大学英文教授，战后在剑桥大学研究欧洲文学，用英文出版长篇小说《山村》《他们飞向南方》，还把茅盾的“农村三部曲”译成英文出版。1949 年归国，任文化部外联局编译处处长、对外文化联络委员会副主任、《中国文学》副主编、中国作家协会书记处书记、中外文学交流委员会主任。著有散文、小说多种，译作多部，尤以《安徒生童话》影响广远。1988 年获丹麦国王授予的国旗勋章。

① 《阿伽门农王》，［古希腊］埃斯库罗斯著，叶君健译，贺祥麟序。漓江出版社“外国文学名著丛书”之一，1984 年 5 月第一版，首印 17900 册。

## 没想到出得这么漂亮

负责同志：

拙作《阿伽门农王》你社已出版，竟航空寄来一册，非常感谢。我想再增购30本，盼能以折后价售给我，价款从稿酬中扣除。

没有想到，这本小书印得如此漂亮，纸张也不错，很有特色。这个小丛书开本也很精巧，携带也方便。我曾译过梅里美的小中篇《加尔曼》。他是我最敬爱的作家之一。如果你们有兴趣在此丛书中再加我的一本翻译，我想再加三两个短篇，凑足六七万字，送你们供审查。梅里美的作品国内有译，但不同译者有不同的风格，重复译文并不是坏事，在国外，名著经常有好几种译本。在创作方面也是这样，一部创作可以同时有好几个版本。我有些创作，原出版者多年未能重版，如你们不厌重复，我也可以选一两种供你们考虑。

专此

敬礼!

叶君健

八月二十四日（1984）

## 从冷门书可见雄心和魄力

刘硕良同志：

收到你社航空寄来的《阿》剧后，我即写信你社，由“负责同志”收，因为又好久未与你联系，恐你不在社。后我从《蒂博一家》一书中看到你的信，故又写此信。关于《阿》剧一书，从装帧到纸张，我很满意，并在上次信中要求增购30本，作送朋友之用。你社处于边远地区，能出《马尔罗研究》[①]这样的冷门书，可见你们颇有雄心和魄力，而不单纯追求利润，也很难能可贵。因此上信中我还提到想将我曾译出的梅里美的《加尔曼》，再加几个短篇，凑成五六万字，供你们考虑加进《阿》剧那个丛书中去。我甚至还整理我的一部分创作转你社供考虑。你社的创作编辑部若对此有兴趣，可以直接来信联系。

此外，我有一位朋友张毕来，新中国成立前译了美国乔治·艾略特的名著《亚当·贝德》，约 50 万字。他想修订重新出版。不知你们感兴趣否？若感兴趣请即告我，他可以着手修订。

另邮寄上新近出版的拙作《山村》及《叶君健小说选》，请指正。敬礼！

叶君健

8 月 27 日（1984）

①《马尔罗研究》，“法国现代当代文学研究资料丛刊”之一，柳鸣九、罗新璋编选，漓江出版社 1984 年 4 月第一版，首印 4200 册。参见本书法语译著者部分柳鸣九、罗新璋书信。

# 吴景荣（2封）

## 支持《爱玛》重版

刘硕良同志：

八月十二日来信已经收到。我因病住院，今晨才出院。刘重德教授的《爱玛》①译文，现在要重版，我很赞成，导言我拟改后寄出。

我处并无原版插图，外国版本一般也没有插图。

承赠书二册，甚感。

匆复，此致

敬礼！

吴景荣

8月20日（1981）

※ 吴景荣（1915—1994），学者，翻译家。浙江平阳人。1936年毕业于清华大学西洋文学系。1940年获清华大学文学硕士学位。曾任陕西城固西北师范学院讲师，四川教育学院、白沙女子师范学院、中央大学副教授。1947年赴英国留学。1949年获利物浦大学英国文学硕士学位。同年回国。新中国建立后，历任北京外语学院（现为北京外国语大学）、中国人民大学、北京外交学院教授和系主任，全国英国文学研究会第一届理事，中国翻译工作者协会第一、二届理事，全国英语教学研究会副会长，第五、六届全国政协委员。和许国璋、王佐良一道，被称为“英语三大权威”。主编有《英语基础教材》《汉英辞典》《当代英文散文选读》《英国自学课本》（共四册），与他人合编有《精选英汉、汉英词典》等。此外，还参加了《毛泽东选集》第四卷和《中国共产党第八次全国代表大会文件集》等重要文献的英译和审校工作。《爱玛》为其任教中央大学时学生刘重德所译，吴为其作序。

①《爱玛》，〔英〕奥斯汀著，刘重德译于40年代。经修订后编入漓江出版社“外国文学名著丛书”，吴景荣作序，上下册，1982年5月第一版，首印132500套，1988年1月第二次印刷12000套。

## 争取时间有重大意义

硕良同志：

来信收悉。我处确无《爱玛》插画。实际上，我自已连 Austen 一部著作也没有。不久以前曾从图书馆借来全集，略翻一翻而已。

经过一百多年的考验，Austen 成为英国文学上著名作家之一，已无任何疑问。《爱玛》这部书是奥斯汀艺术的最高峰[①]。导言印出后，希直寄敝处，争取时间是有重大意义的。

匆复

敬礼！

吴景荣

11 月 24 日（1982）

① 吴景荣改定于 1981 年 8 月 22 日的长序《论奥斯汀和她的小说》，对奥斯汀的价值、地位和 6 部小说作了精当的分析和评价，认为“从纯学术的立场上来看，《爱玛》最为成熟”。

# 王佐良（2封）

## 切实为读者办些好事

听说《青年外国文学》即将出版，十分高兴。

希望这个新刊物能办得新鲜活泼，但又能切切实实地为读者办些好事，如通过准确、流畅的译文介绍一些好作品，评论能有新见、有文采，报道及时而能有所判别，等等。以漓江出版社的抱负和经验，我想这些都是能做到的。

总之，祝刊物茁壮成长，越办越好！

王佐良

1987.10.8 于广州

## 巴黎真是个好地方

硕良同志：

你好！

从国外回来，才看到你的信。关于译诗集的开本，我看像王逢振同志两书的大小不合适，留空白太多，所以建议用 32 开，封面

※ 王佐良（1916—1995），诗人，翻译家，外国文学研究专家。浙江上虞人。从西南联大外语系毕业后留校任教，抗战胜利后执教清华。1947 年赴牛津大学攻读英国文学，1949 年回国在北京外国语学院（现为北京外国语大学）任教授、英语系主任、副院长、校长、外国文学研究所所长、《外国文学》杂志主编。国务院学科评议组成员，全国政协委员。参加《毛泽东选集》英译工作。主要译著有《彭斯诗选》《苏格兰诗选》《英国诗选》《英国文学论文集》《英语文体学论文集》《照烛集》《论契合——比较文学研究集》，主编《英国文学史》五卷本，编著《英国诗史》等。

希望能设计得大方、雅致而又有点当代色彩。这事你是行家，就请你决定好了。

当天碰到了李德恩同志，他说会开得成功，并听到了你对我们这本《外国文学》的好评。谢谢！但我们有我们的问题，日子也不好过，不过我是一个乐观派，只要杂志还能出版，一定努力为之。

又寄上《英国文学漫步》的两篇续稿，可分为两次发表。我写此书是下了气力的，尽量在忠于事实的基础上发表己见，决不人云亦云。此外，适当引用原文，让读者略见原貌。不知读者有何反映？（第六章还未写完，还会有几节。）

这次我去英法两国，共约两月。在英是参加莎士比亚年会。在法是在人文科学院做研究，其实一切由我，他们提供设备、图书，尽介绍、接洽之责，使我比较舒服地读了一个月的书，见到了若干新、老学者，对法国的文化界略有所知。巴黎真是一个好地方，首先是一个文明、有文化、有教养的地方，学风、文风都比较成熟，但又常是新思潮新流派的创始处。

每次载有拙稿的杂志，是否多寄 2 本，我有用处。仍请寄北京外院好了。

余不一一，即祝

编祺

王佐良

1988.10.22

# 袁可嘉

## 马歇尔小说有意义

刘硕良同志：

你好！

北京外国语学院英语系副教授王家湘同志刚从美国进修回来，想把当代美国著名黑人女作家保尔·马歇尔（Paule Marshall）的小说 *Brown Girl*，*Brown Stones* 译为中文出版。书的内容详见附页，是有意义的作品。家湘同志的译作已出过多部（见附页），译笔是流畅可读的。请你考虑一下能否接受她的建议。

《国际诗坛》第三辑[①]的稿费早已收到，但始终没见到刊物，可能尚在途中。

匆此　颂

编安

袁可嘉

3.7（1988）

※ 袁可嘉（1921—2008），诗人，翻译家，外国文学研究专家。浙江余姚（今属慈溪）人。1946 年西南联大毕业后任教于北京大学西语系。"九叶派"诗人之一。中国社会科学院外国文学研究所研究员。发表英美现代派诗歌研究论著多种，主编四册八本《外国现代派作品选》，译有《英国宪章派诗选》、《布莱克诗选》（合译）、《美国歌谣选》等。

① 袁可嘉译《贝尔法斯特诗选》及所著《访英归来话英诗》，刊《国际诗坛》第三辑头条。1987 年 8 月出版，首印 11500 册。

## 施咸荣
## （10 封）

### 乐于将译作交你们出版

——顺话从人文社到美国所

硕良同志：

来函敬悉。你在百忙中写长信给我，对我推心置腹，我十分感激。我在与你几次信、稿交往中，也逐渐理解你的为人和处事，对你很钦佩，因此乐于将我的译作交你出版。此后我当尽可能帮你找些资料和选题，并推荐一些有水平的译者给你，很希望你们出版社的工作越做越好。

我曾在人民文学出版社当了近三十年的编辑，对出版界的情况也相当熟悉，深悉出版界的领导是无力的，对知识分子的理解和对待都很不理想。拿我来说吧，我从英国古典的莎士比亚、司各特、狄更斯、哈代到美国古代文学，曾编辑出版了大量名著，自己在翻译上、研究上也都下了苦功夫，业务上精益求精，但数十年在“左”倾路线影响下，领导总把我看作“白专”典型。前年加薪时交群众

※ 施咸荣（1927—1993），翻译家、编辑家，美国文学研究专家。浙江人。笔名方木。先后就读于国立政治大学外文系、上海天主教会圣方济学院、清华大学外文系，1953 年毕业于北京大学西语系英语专业。在人民文学出版社外国文学编辑部工作近三十年。后调任中国社会科学院美国研究所任文学室主任、副所长。1984 年 2 月至 1985 年 2 月赴美国哈佛大学、加州大学伯克利分校讲学和研究美国现当代文学。译有外国文学作品数百万字并出版论著多种，包括《莎士比亚和他的戏剧》、《美国文学简史》（合著）、《西风杂草》等，译作则有《最幸福的人》《马戏团到了镇上》《斯巴达克斯》《麦田里的守望者》《等待戈多》《战争风云》《富人，穷人》及《土生子》等文学名著。主持编辑并出版《莎士比亚全集》《外国通俗文库》《现代外国科幻小说选》等作品。

评议，一般编辑都不做研究工作，嫉妒心很强，反说我搞研究和翻译“不务正业”，还说我拿 103.56 元的工资是高工资，连一级也未加上，我终于一气之下离开了我工作多年的出版社。临走时，出版社新调来的社长周游同志，倒对我有所了解，百般挽留我，还说已向上级打了招呼，要提升我为副主任，领导英美书籍的出版工作。但我怎会因升官而留下呢？到了美国所，所长李慎之同志的领导工作和方法就完全不同，对知识分子既尊重，又大胆使用，我也愿意在我的余年多做些工作。所领导要我物色人才，将来成立美国文学研究所，并要我无论如何明年去美国一年。我因爱人患糖尿病，不忍离她远去，总在犹豫。明年万一成行，我一定为你们今后出书考虑，物色些好作品推荐给你们出版。你们今后出版力量如有所发展，我还可以考虑为你们编一套“当代美国文学名著丛书”，三五年内出版第一辑十本，以后再出版第二辑十本，可以细水长流。我因为长期做出版工作，凡事都为读者考虑，因此所出的书，一般还能针对读者需要，又兼顾作家地位、作品的艺术性和社会内容，我认为这三者兼顾，出版物一般是站得住的。

国庆节浙江人民出版社的郁飞同志来看我，他是郁达夫的次子，被错划右派后还在 1960 年被错判叛国罪，整整坐了十五年牢，现在总算改正落实了。他目前只是出版社一个普通编辑，他对我说他们出版社也想编一套当代英美文学丛书，由冯亦代同志帮忙，同时也要我尽力协助。我过去曾答应把《麦田里的守望者》[1] 修改稿给他，后来他说他们要明年才开始陆续发稿，出版日期上又作不得主，我就与他商量，我替他们另编一本美国黑人作家鲍德温的短篇小说集，而把《麦田里的守望者》交你们出版。这本书在“文化大

---

①《麦田里的守望者》，〔美〕塞林格著，施咸荣译，60 年代曾以“黄皮书”形式由人民文学出版社出过内部版，“文化大革命”后经修订由漓江出版社收入“外国文学名著丛书”，于 1983 年 7 月出版，首印 45300 册，1992 年 5 月第 5 次印刷，累印 76300 册。改革开放新时期我国出版的最具影响力的美国现代文学作品之一。

革命”前出过内部参考版，印数不多，我则是勉强塞责，译得较潦草，错误和漏译的地方不少，这次作了全面校订修改。我本以为手边有两本，一本修改，另一本寄你过目，谁知仔细一找，只找到一本，另一本可能给我孩子弄丢了。因此我只好把手头的一本用来作修改，目前集中全力修改，已改了一半，估计可在月底改完寄你。我希望你能帮我一个忙，在明年七月间出版此书，以便我万一去美国时带去，其他作品就不妨慢些出版。我把我拟交给你们的稿子暂时作计划如下：

1.《麦田里的守望者》，美国杰罗姆·大卫·塞林格著，原书1951年出版，现在校订根据的版本是 Banton 1979年第49次印刷，全书15万字，今年10月底交稿。

2.《傀儡主人》[①]，美国科幻中篇小说，约7万字，美国著名科幻小说家罗伯特·海因莱因著。11月底交稿。

3.《当代美国短篇小说集》，包括休斯、杜波依斯、马尔兹、欧茨、辛格、契佛、厄普代克等名家的作品，我想再寻一个5万字左右的中篇新译充实内容，将来或用篇名，或用短篇集重又出版，明年一季度交稿。

4. 论文集，目前正在整理中，约20万字，明年一季度交稿。

5.《谜》，当代英国短篇小说集，除你们译丛上已出版的《待宰羔羊》和格林的《强盗遇贼》[②] 外，拟收柯巴德的《五十镑》、约翰·韦恩的《救生员》等，我想再添上一些著名作家如莱辛、沃格斯·威尔逊等的新作，在我出国前交稿。

这些书，除《麦田里的守望者》外，出版期都由你安排决定，

① 《傀儡主人》，〔美〕罗伯特·海因莱因著，方木译，载“漓江译丛”第6辑《人生如戏》。1983年8月出版，印刷42600册。

② 〔英〕罗尔德·达尔《待宰的羔羊》和格宽厄姆·格林《强盗遇贼》，均为施咸荣译，分载“漓江译丛”第1辑《猎枪》（1981年9月）、第4辑《沼中梦》（1982年8月），当时印数都很高。

只要在我交稿后估计一个出版日期告我即可。

美国研究所里有个同事名叫姚琼，教会学校出来后在辅仁大学毕业（51届），也译过好几本书，他愿意为你们翻译些英美名著。我想向你推荐两本书，一本是英国忿怒青年代表作、约翰·韦恩的《学府奇闻》（直译《往下滚》，堕落之意），约20万字，把战后英国大学里稀奇古怪的丑闻描绘得淋漓尽致，是一本好书和名著，可惜一直未受重视；另一本《跑吧，兔子》，是美国厄普代克的代表作，也是他著名"兔子三部曲"的第一部，约20万字。你如有意出版，我就代你向姚琼约译，一年后交稿。你如要小说的详细内容介绍，我也可叫他写了寄给你。

桂林我从未到过，却是我梦想一游之地，但在出国前怕抽不出时间来了。等我从国外回来，我一定到广西一游，并专程拜谒你。

以琐事打扰你太久了，就此住笔，草草不敬，乞谅。祝

近安

咸荣　谨上

1982年10月15日

## 有些情况得"等着瞧"

硕良同志：

稿费正好在节前收到，十分感谢您的关怀。样书只收到29本（其中5本封有硬皮的），连您航寄给我的3本，共32本。我另购了50本，加上你们的赠书，数目对不上，不知你们赠译者样书几本？为何只寄我29本？其中情由请帮查询一下。

中宣部指令出版局发出有关出版西方文学的文件，美国当代文学首当其冲。据说以后地方出这类书，要由各地宣传部批准。你那里肯定还不知道信息，不知情况如何？我们商定的那个英美文学选题，要不要暂停？请速转告为盼。因为有些稿我已约译，是否暂时

停译？我的那本论文集受不受影响，便中也盼赐知。

中央正在开二中全会，听说关于意识形态问题要作出决定。有些情况看来得“等着瞧”。

祝

撰安

施咸荣　上

1983 年 10 月 6 日

## 你们有压力吧？

硕良兄：

前奉一函，谅已收悉。《麦田》新购的 50 本至今仍未收到，不知出了什么毛病，你们门市部是否寄出？便中代问一声。稿酬单中说明书款已转门市部，因此我怀疑所购之书是否由门市部寄的，但几次寄给我的书却是 24+5 册，又不像只是你们赠送的样书，因此更使我放心不下。按目前形势，这书最近不可能再版，而向我索书的人又很多，使我目前处境很为难。如已寄出而是邮寄失误，也盼能告我一声，在不得已的情况下我只有补购一些。

关于选题的事，我看只好搁一搁了，等今冬明春中央召开政治思想工作会议作出决定后再说。你说呢？《到灯塔去》正在看。

祝

近安

施咸荣　谨上

1983 年 10 月 16 日

附：稿酬单一纸，请转财务组。

又：你们出版的无名氏卜乃夫的小说集，这里看到点名几次，你们有压力吧？

## 访美前夕一大堆事要做

硕良同志：

自从去年别后，我就一直处于忙乱状态中。西北大学和西安师院请我去讲学，我也婉辞谢绝了。十二月间美驻华大使馆文化处找我谈了一次，正式答应给我富尔布赖特基金的资助赴美一年，但说大概八月份走。我说如果可能，我想提前些走。美方说争取试试，但可能性不大。谁知本月 1 日，美方突然通知，要我在本月 22 日乘民航班机去美，先在哈佛大学三个月，然后在西部加州大学伯克利分校待九个月，共一年。我于是决定在 16 日搬家，新址是复外全总宿舍老红楼东楼南门 8 室。退稿址还是医务室杜若莹转。

看来清除精神污染已告一段落，我们那套书是否还是细水长流？我这次去美，正好乘机充实选题。我抵美后，将再与你联系。

我们出版的《美国文学丛刊》山东不敢出版了。我很想转给你们出版，山东大学校长吴富恒也同意了，说是正式考虑一下，如果有可能，请你直接写信函到山大与吴校长联系。该书是由新华书店发行的，无期刊登记证。有关细节，你可与山大现代美国文学研究所郭继德联系。你们以后如有书刊送我，请寄我爱人。

你寄来的书我都收到了，谢谢，尤其是有无名氏的那部小说[①]实为难得。再次谢谢。

我有两个中篇，如蒙采用，最好每篇都给我一份副样，以便编入我自己的集子。副样寄给我爱人。我的论文集带到美国校好后寄给你。

① 指《现代中篇小说力作》中无名氏的《北极风情画》，1985 年 2 月。

另外匆匆，草草不恭，乞谅。问丽清同志[①]好！祝
撰安！

弟 咸荣 上

1984 年 2 月 14 日

《到灯塔去》稿及原文如不急，等我回国处理。如急，请函我爱人，我已包扎好，他们挂号寄还你。——又及

## 为写当代美国文学史做准备

硕良兄：

我此前曾给您一信，谅已收悉。到哈佛后，琐事繁忙，好容易安顿下来，我又转到西部加州大学了，瞬间三个月已过去了。看来在国外日子过得极快。我在美主要研究美国当代文学，回国后写当代美国文学史。过去我为你们定下的那些选题，您觉得根据目前情况，是否可以再充实些？国内情况从报上看似有好转，出版界情况便中盼能告知一二。我目前想结合研究工作先修改论文集，改后把稿子寄给您，不知可否？如我在八月交稿，今年可有希望发稿？

盼示复，祝
撰安

弟 咸荣 上

1984 年 5 月 19 日

（此信托人从北京寄发）

① 黄丽清（1937— ），女，广西岑溪人。1953 年 4 月毕业于梧州卫生学校助产士班，先后就职于广西妇幼卫生工作队、桂平人民医院、南宁红十字会医院。助产长、护士长、护师。“文化大革命”中受到冲击，1969 年 10 月下放到宁明板棍公社劳动，1972 年 4 月到卫生院工作，曾任宁明县赤脚医生培训班教员，海渊中心卫生院妇产科主任，期间到县中医院进修中医。在对越自卫反击中抢救伤员有功，获中国人民解放军总政治部颁发的“自卫还击，保卫边疆”纪念章。1981 年 4 月调回南宁市红十字会医院。1985 年 5 月调漓江出版社，任校对、校对科长，技术副编审。

## 由东到西美国行

硕良兄：

前奉一函，不知收到否？今接董乐山同志来信，说他曾给你写过多次信，询问《囚鸟》译稿的处理情况，但一直未接到回信。有空盼给他回一封信。

我在美转眼已待了四个月了，由东部转向西部，买了不少书，再过八个月，我就可回国。在美国，你如有什么事要我代办的，请来信，我当竭尽绵薄。

从报上看，国内情势大好。漓江分出去，搬到桂林，不知已正式决定否？

我的两个中篇译稿，不知能否发稿？我目前正在修改论文集，打算尽快赶出来寄给你，也希望你尽可能快些发稿、出版。

有空盼来信。如寄美国不便，可寄给我爱人，由她转给我即可。

问候你们阖家安好！

祝

撰安！

弟　咸荣　上

1984.6.20

## 从美国带回一千多册书

硕良兄：

4月17日寄给若莹的信已收悉。我已于2月底回国，因若莹不慎摔伤右臂骨折，回国后一直心神不定。后来又想，也许能在南京开会时见到您，及至杨武能同志到南宁时，本来想让他带一封信给您，接着又想，不如抽空写封信直接寄给您。回京后见到您的回信，就马上作复。

首先向您祝贺荣任副总编辑，这是您自身的业务水平及工作成绩带来的结果，今后漓江的前途必定光明灿烂！祝贺尊夫人也调到社里，请代我和若莹向她问好！我女儿小茵也于去年底赴美学习，攻读法律硕士学位，我的大孩子施亮也在我回国后结婚。令郎不知结婚否？便中盼告。

我的论文集承蒙您答应年内一定赶出来，太感谢了！这对于我最后评定“研究员”职称可能大有帮助。又蒙答应精装一些送人，更是感激。只是另有一事相求：集子里个别地方需作重要修改（当然不会太多太大），因此务请将初校副样航寄给我一阅，我一定在一两天内看完航寄还您。此事务请安排一下。

我这次带回来的资料图书很多，三十多箱，一千多册，其中一些也是打算为你们开拓选题用的。听说有你们漓江参加的十家出版社在昆明开会，商谈出版一套外国古典名著，不知详细内容如何？你们分家搬到桂林后有何具体打算？便中盼告一二。

承蒙您邀请我们到桂林一游，今年看样子安排不进去了，明年如若莹身体健康许可，我计划与她一起到桂林旅行，事先一定与您联系。

刚从南京回来，琐事繁杂，草草作复，见谅。

祝

阖家安好！

弟　咸荣　上

1985 年 4 月 29 日

《伤心小姐》[1] 不知发排否？陕西人民出版社刘亚伟向我要。如已发排，可否寄我一份副样？（要最后付型清样）——又及

---

①《伤心小姐》，〔美〕纳撒尼尔·威斯特著，施咸荣译，刊于《青年外国文学》1988 年第 2 期。被誉为“20 世纪三大最佳小说”之一（另两部为菲茨杰拉德的《了不起的盖茨比》和海明威的《太阳照常升起》）。

## 征订提要很重要

硕良兄：

前寄奉的《假若明天来临》[①]（航空）和航空信一封，想已收悉。今乘小贺来京之便，又让她带来译稿三部，其中两部通俗小说：侦探小说《百分之七溶液》及言情小说《情盗》，另一部是名著丛书《黑暗中的笑声》[②]。这些稿子质量都不错，而且零件齐备，可以直接发稿。

上次信中忘了告您：《明天》一书的译者之一是龚文庠，即《笑声》译者（《笑声》将在旧金山《中报》连载），目前在加州伯克利，另一部译者叫盛宁，刚从美国回来，目前在南京大学外文系执教，两人的笔名分别是：龚人、宁翊，我可能在稿上错写为“翊宁”，请改正。发稿时务请注意为盼。

我觉得，发给新华书店征订的内容提要很重要，“文库”的各个提要一定要请有水平的同志写，请您亲自把关。

《西风杂草》[③]一出版，请先航寄两本样书给我。

补发几份外文版本说明，放在《情盗》译稿之前。

问丽清嫂好！祝暑安。

弟　咸荣　上

1986年6月28日

---

①此处所提前三部小说均属施咸荣主编“外国通俗文库”。《假若明天来临》，〔美〕西德尼·谢尔顿著，龚人、宁翊译。1986年11月首印100000册，当月重印300000册；《百分之七溶液》，〔美〕尼古拉斯·迈耶著，章扬恕译，1986年10月首印65000册；《情盗》，〔英〕巴特·卡特兰著，柳风等译，1986年10月首印105000册，1987年4月不到半年又重印105000册。

②《黑暗中的笑声》，〔美〕弗·纳博科夫著，龚文庠译，1987年3月首印54000册。

③《西风杂草》，英美文学论丛，施咸荣著，1986年6月版。

## 闻讯住院十分惶急

硕良兄：

刚发出一封长信，与您谈及我有稿从光明日报出版社撤出而把英美通俗小说的选题全部给你们，却收到小贺来信，提到您因工作劳累过度，胃出血住进了医院，闻讯之后十分惶急，不知您的病情如何？可否出院？我在1979年也曾胃出血过，后来吃了一个时期云南白药，很快康复，至今未复发。您处能弄到白药吗？如有困难，我手边还留有一些，当可寄上应急，一切当以健康为重，因此望您最近一时期要好好休养，珍惜自己身体，如在京有什么事要我代办的，当竭尽绵薄。

29日家中添了两个双胞胎孙女儿，虽然是喜事，却忙乱了一阵，至今未止。

我爱人附笔问候，请您好好保重。如要到北京看病疗养，请住我家中。问丽清同志好！祝早日恢复健康！

弟　咸荣

1986年7月31日

## 青睐武侠小说和人体画册

硕良兄：

国庆节过得好吗？儿子不在，你们大概觉得冷清了吧！

桂林的会，我不能参加了。我爱人情况很不好，最近可能要转到北京医院去仔细检查。你走时我交给你的一份备忘录中的几件事，盼你能办一下。你们出版的武侠小说如《蜀山剑侠传》等盼能寄我，否则我错过了坊间买的机会，就落空了。龚文库说他要来桂林，因此你们那套“人体美术丛书”除已送我的两本《西欧》与《美洲》外，其他六册请龚文库带给我好吗？

《斯巴达克斯》的稿费和《月黑惊风》给张廷琛的预支稿费，请即寄给我。施亮的小说情况如何，盼告。

《畅销书：七十年代英美通俗小说》请寄我一份校样。《美国通俗文化简史》[1]的编者请送样书三本，航寄。

已出版的书《71号街幽灵》[2]及《美国通俗文化简史》盼寄到。

咸荣

1988年10月

①《美国通俗文化简史》（外国通俗文库），〔美〕托马斯·英奇编，董乐山等译，1988年8月第一版。

②《71号街幽灵》（外国通俗文库），〔美〕罗伯特·鲁德伦著，1980年出版，中译本杨国庆等译，1988年1月第一版，首印65000册。

## 傅惟慈
## （5封）

# “清污”语境下的谨慎斟酌

刘硕良同志：

很久未和您联系。我自今年秋季，借聘到特区深圳大学来教课，业余抽空把《英国当代短篇小说》一书的稿子整理完毕，现另邮挂号奉上。该稿本应在暑假内搞好，因杂事太多，拖延至今，实深歉疚。这一部集子我共选了英国当代较著名的作家十人，作品14篇（约20万字），每个作家及其作品都撰写了一篇作家简介和作品简单分析。唯以水平有限，分析介绍可能写得不好，请大力斧正。

寄上《黑色圣母像》译稿。另外尚缺苏珊·希尔、罗尔德·达尔、阿诺尔·韦斯克及《圣母像》作者斯帕克四位作家的介绍，因深圳资料不全，需我回北京再补写。估计在二月底以前定当奉上。

稿子拖延了几个月，倒也有好的一面。目前国内正进行反精神污染运动，我根据今天的标准，把作品同所写的介绍检查了一下，作了一些改动。原来在选题时我的思想即较保守，加以这套丛书是外国文学欣赏，对象也是一般文学爱好者，所以我原来就并未收录较荒诞的现代派作品。所选十几篇故事，大都有一定揭露意义，希

※ 傅惟慈（1923—2014），学者，翻译家。满族。北京人。1942年考入辅仁大学西语系，后借读浙江大学（贵州），1947年转入北京大学西语系。1950年毕业后在清华大学、北京大学为留学生讲授汉语，并从事翻译。退休前任北京语言大学教授。中国作家协会会员，中国译协第一、二届理事。2004年获资深翻译工作者称号。主要译作有德译长篇小说《布登勃洛克一家》《臣仆》、剧本《丹东之死》，英译长篇小说《月亮和六便士》《问题的核心》《密使》《长眠不醒》及《动物农场》。2013年在漓江版“当代著名翻译家精品丛书”中出版《傅惟慈译文自选集》。

望国内读者通过这些文艺作品看到西方社会的一些弊端，除最后一篇《鸟类》接近科幻作品（也有科学根据）外，都可算现实主义文学。但究竟能否适合今天标准，仍需编辑部同志审读，作出决定。亦可征询一下贺祥麟同志意见。当初我定了选题后曾向他请教过，今天的成稿改动不多（抽掉了两三篇不很适合的），但仍应得到贺老的同意。如你们有什么意见，请随时和我联系。

来信仍请寄到“北京西城区宝产胡同四根柏十号”。我下学期是否仍留在深圳，现尚未决定。

专此，即颂

撰安

傅惟慈

**十二月十三日（约在80年代中）**

## 与董乐山合作通俗文库计划

硕良同志：

多日未通信，想一切都好吧！关于《外国（或世界）通俗文库》一事，近日内我征求了一些人意见，已大致有一个计划。另外，我自作主张（事前未征求社里意见）邀请董乐山同志与我合编这套丛书。原因是他熟悉“行情”，且掌握一定材料，此外将来在定稿方面他可贡献力量，对译文的质量会有保证。我的设想是，这套丛书先出第一集十本，争取在一年半左右全部交稿，半年内先交稿四至五部。每集在内容、体裁及不同国别几方面尽量有一个适当比例，每部字数在十五六万字至二十五万字之间（考虑到读者购买力），过长的或作删节，或分出上下部。从内容、体裁上看，每集包括：

长篇小说六部——兼顾社会、历史、传奇、惊险等不同题材；

中篇一部（两三篇，电影故事、电视剧等）；

短篇集一部；

传记（或自传）一部——以歌星、影星、运动员等为主角。

从国别看，只能以英美为主（材料易找，有趣味的作品较多），但每集除英美两国外，至少应包括两至三本其他国家的（短篇小说不在内）。经同一些人研究后，初步拟定了第一集目录。当然，也希望你们积极推荐，如有现成译稿，属于此类的，也可调换。

（一）长篇小说

1.《牙买加店》，传奇小说，英国女作家杜・莫里哀（《蝴蝶梦》的作者）作，这是她另一部名篇。

2.《巴黎在燃烧吗？》，政治历史小说，美国柯林斯与拉苏耶尔合著。写第二次世界大战希特勒崩溃前，阴谋对巴黎进行大破坏，盟国情报人员如何破坏了希特勒的这一计划。故事根据大量资料写出，有极大真实性。（附简介）

3.《小妹妹》，侦破小说，也可称之为社会小说。

美国雷蒙德・钱德勒名作，钱德勒系美国有名侦探小说作家。他把这类作品提高到文学水平，在揭露社会及人物刻画上都有所突破，故事性也极强。我为上海文艺选的一套《现代外国惊险小说》第一集，即以钱德勒的《长眠不醒》为标题。

4.《非洲狩猎记》，冒险、爱情小说，美国约纳赞・拉蒂穆尔作。以在非洲狩猎猩猩及一种稀奇动物为背景，写一个爱情故事。既有蛮荒景象的现实描写，又有惊险、曲折的爱情故事，极有阅读性。

5.日本小说《黑雨》，一个月前《参考消息》有介绍，或可另选一部法国小说。现正托人物色此书。

6.暂空，董乐山同志推荐一部家史小说（爱尔兰移民在美国）或另一部以印度为背景的小说，他答应写来简介。

（二）中篇小说

7.两个电影故事：

（1）《失去的地平线》，英国希尔顿作。写一个英国人和他的三个同伴乘小型飞机被劫持到西藏的一个世外桃源。由于这里的气候及环境，人们可活到百岁以上，但这个英国人还是逃了出去。故事奇特、曲折，也掺杂了爱情。“香格里拉”一词即来源于此书。

（2）《再见，波拉》，英国电影小说。

（两部合起来约廿三四万字）

（三）短篇一部

8.《世界著名通俗短篇集》（一），正搜集资料。

（四）传记一部

9.美国电影女明星《琼·克劳弗德传》，董乐山推荐。他有此书。我已请他写简介。

（五）旅游一部

10.《摩托车环游世界》，英国 Ted Simon 著。

英国青年人费了 4 年时间，一个人骑摩托车作环球旅行。

因有的书还需要去国外买，也许最后还要有些更改。现迫切想知道你们的意见。首先是这套书是否能列入漓江出版计划。因目前出版界不景气，如果贸然动手，摊子一铺开，就收不住了（要约请不同人动手）。另外，如果计划确定下来，下一集的材料有的也可早些动手。希望早日得到回音。

另外上次信中提到李尧同志（内蒙古集宁市乌盟文联主席）有意翻译澳大利亚作家怀特的《乘战车的人》，征求你们的意见。怀特也是 Nobel 奖获奖者，不知你们定的是哪一本书。现随信附上这本书的介绍。这是一位有名的英国评论家选的“著名小说 100 部”之一。请参考。

专此顺颂

撰安

傅惟慈

1985 年 10 月 27 日

## 辗转几省，历时数载

硕良同志：

来信及惠赠格林三册[①]均已收到，谢谢。诚如信中所言，这三本书“辗转几省，历时数载”，现终能出版，令人极为快慰。应该感谢的还是您同出版社同仁的辛勤努力，我此次去英，小儿涛涛看到，一定也会非常高兴的，我同老伴去英国即住在他家。

专此　即颂

文祺

傅惟慈

二月十五日（1988）

## 不想做费力不讨好的事情了

硕良兄：

自通电话后，我考虑了很久，觉得仍是写一封短信才能把事情说清楚。我这两年已下定决心“封笔”，不再搞任何文学翻译，特别是大部头作品。原因是已年届古稀（我生于1923年，现已步入人生第70个年头），精力大不如前。来日无多，我现在只求生活得闲适一些，如时间和经济能力许可，则在国内多跑几个地方。今年上半年又一次去英国儿子处住了四五个月，明年可能还要去一次。对于“名”与“利”，我早已不再追求。重译名著，是一件费力不讨好的事，像《名利场》《傲慢与偏见》等作品，旧译已达到相当水平，实难超越。即使是我在电话中谈到的《汤姆叔叔的小屋》（译

①〔英〕格雷厄姆·格林的三部畅销名著《秘密使节》，傅涛涛译；《东方快车》，黄梅译；《恐怖部》，钱满素译。均收入“外国文学名著丛书”，1991年10月出版。

文我几年前曾大致翻阅了一下），原译——北大教师董某译得也不错，再译一次实是画蛇添足。恕我直言，我理解从出版社角度，重出一套名著新译，借助译者名气，是某一种“生财之道”，但如果从认真介绍外国文学角度看，则远远比不上漓江出的一套诺贝尔文学奖获奖著作。其实，重译名著，国内不少出版社都在打这个主意。去年春花城即有专人来京，也同我面谈过，叫我选一本名著再译一次，我已婉言推拒。我同您的关系当然远比同花城深，如您有什么想法，在我能做到的范围内，我一定尽力支持。但是这一次我怎么考虑也难以应命，只好叫您失望了。顺便说一下，译任何一本二三十万字的作品，且不论“名著”，恐怕没有一年时间也拿不下来。湖南定这个计划时间未免仓促了一些。您在光荣退离漓江后，去处何时能确定下来？以您的经验同能力论，还大有作为，再加上赶上当今的好时机，在此谨预祝您在事业上取得更大成功。何时来京，请尽早与我联系。

专此，顺颂

文安

傅惟慈

十二月二十一日（1992）

## 对译文自选集看得比较重

硕良兄：

我的自选集电子版全部稿件均已收到。近两三周，我的大女儿（傅嘉嘉，已退休）帮助我把打印稿一一校对，至今已经过半。除了仍有少许错误（错字）已改正外，我也趁机把过去的译文通读了一遍。我发现有三五处（不同稿件）译文不够顺畅，已做了修改（加字或减字，改动的地方少而又少）。按道理讲译文如有修改，应在寄给你们之前做到，现在又做改动给你们添了麻烦，务请原谅。但正像我在上一封信中所说，我对这次出版自选集看得比较重，不论在内容或装帧上，都希望能做到尽善尽美。内容由40万减缩至30万字，我也只能同意。我已建议保留洛克尔的《浮士德》及《哈姆雷特》，取消赫胥黎的《纪念宴》。全书字数比30万字略多一万字，也只能如此了。这是因为洛克尔的文章偏重思想性（与另外以叙事为主的文章有所不同），我的选集我认为还是该包括不同方面的作品。

此次寄去已校改过文章7篇:（1）《勒威尔先生的一次良机》（前已校对，此次未再看）;（2）《爱狗的人》;（3）《特利斯坦》;（4）《灵魂出窍》;（5）《给艾斯美写的故事》;（6）《爱德华·巴纳尔德的堕落》;（7）《喷泉中的宝物》。请再仔细看一遍并改正错字。另外还有5篇（《丹东之死》《浮士德》《哈姆雷特》《哈里逊·贝杰龙》及《艾皮凯克》）。我将在两周内校完用快递寄出。

硕良兄年事已高，此次承揽这一自选集巨大工程，花费了不少精力，可谓老当益壮，令人钦佩。祝愿你注意身体，既要把工作做好，也千万保重自己，等到大事做完，咱们好好庆祝一下吧。

专此顺颂

冬祺

傅惟慈　恭上

2012年11月26日

顺便问一下，我写的那篇《走上翻译之路》如何处理？是否不便附在选集上了？[①]

---

①“当代著名翻译家精品丛书”主编刘硕良、郑纳新，分别收入傅惟慈、李文俊、罗新璋、郭宏安、施康强、余中先、刘文飞、张玉书、董燕生、黄健人译文自选集，2013年出版。《走上翻译之路》刊《傅惟慈译文自选集》前。

# 董乐山

## 《囚鸟》何时可出

编辑同志：

施咸荣同志在出国赴美以前曾经告我，他已把我的译稿《囚鸟》① 寄给你社出版，以后叫我直接与你们联系。我希望知道一下该书的出版计划，便中请函告。

另外书中有提到北朝鲜女间谍一事，恐不太合适，如果方便，请删去该女间谍的国籍。

耑此即颂

编安

董乐山

（北京白家庄东里 18 楼 1 单元 302 号）三月十七日（1984）

※ 董乐山（1924—1999），翻译家，资深新闻工作者，国际文化专家。曾用名麦耶、麦叶。浙江宁波人。毕业于上海圣约翰大学英国文学系。1950 年到新华社任新闻翻译，后转到大学任教。1980 年调任中国社科院美国研究所副所长。中国译协理事，中国三 S 研究会副会长。主要译著有《西行漫记》、《斯诺在中国》（合译）、《第三帝国的兴亡》（合译）、《伤残的树》、宋庆龄《为新中国奋斗》的英译汉文本（合著），以及美国现代小说《囚鸟》等。

①《囚鸟》，〔美〕库特·冯纳格特著，董乐山译，“外国文学名著丛书”。1986 年 8 月第一版，首印 9000 册，1987 年 10 月重印 7000 册。

# 冯亦代
# （2 封）

## 择其善者而译之

硕良同志：

寄下的《世界中篇名作选》第四集和稿费[①]，均已收到，谢谢。最近因为忙，所以迟迟作复，深以为歉。

我早已从叶君健同志那里知道你，你单人匹马做这样繁重的工作，实在令人佩服。至于我，实在因为杂务太多，不能专心译作，这是一件天大的苦恼，平日也只能以我们这一代人只能做做铺路的石子聊自解嘲而已。

最近出版局对于出版外国文学书刊，有新的规定，不知对你们有何影响。全国共有翻译文学杂志 27 种，出的书当然更多。有的翻译质量很差，而且选题紊乱，各式俱全，引起非议，也是事所必然。但城门失火，殃及池鱼。正正经经的翻译事业也因之捆上了手足。如果经济开放，文化要闭关，那是不可能的，我们只能择善而译之。

---

※ 冯亦代（1913—2005），翻译家，编辑出版家，散文家。曾用名楼风、冯之发、马谷等。浙江杭州人。1936 年毕业于沪江大学。先后在香港、重庆、上海等地创办报刊、出版社，任编辑、经理、专栏作者。新中国成立后任新闻总署国际新闻局秘书长兼出版总署出版发行处处长。1952 年任外文出版社办公室代主任、出版部主任，《中国文学》编辑部副主任。中国作协理事，国际笔会中国中心理事，中国语协常务理事，中国国际文化交流中心理事，国际文化出版公司副董事长，民盟中央委员，全国政协委员。译有海明威、斯坦贝克、法斯特、冯尼格、毛姆等作家作品，著有《八方集》《龙套集》《漫步纽约》等散文集。

① 信中所提收入《世界中篇名作选》第四集译稿，为冯译英国作家王尔德名篇《亚瑟·萨维尔勋爵的罪行》。

不多写，有空请赐示。即致

编祺

冯亦代　上

10.5（1983）

请你代我购《世界中篇名作选》前三册（我只有你寄来的第四册，颇想保存完璧），需费若干，乞告知，当另邮寄。又上。

## 不署她的名，道义有亏

硕良同志：

3月10日来信及《西》[①]收到，谢谢。《西》的装帧设计十分漂亮，又有日本风味，是近年不可多得的设计。所惜在装订时封面用了厚纸版，翻阅不便，倒不如不用的好，不知我的意见，你意下如何，如要用厚纸，也须用较软的。北京有种纸纹封面纸，较铜版纸或轻磅道林为厚，又不如纸版的硬，可以择用。

译稿署名，用“冯亦代、郑之岱译著”如何？因为此书大部分的译著工作都是我爱人做的，不用她的名，似乎道义有亏。好在最近我经常和她合作译文，数见于杂志，不知你能同意否？

序言更改处，见于纸，发稿时请改正。

耑上即致

撰祺

冯亦代　上

3.15（1990）

①《西西里民间故事》，〔意〕卡尔维诺编，郑之岱译，1986年7月版。

## 梅绍武
## （2封）

### 收到《海尔曼老爷》稿费

硕良同志：

寄来的《世界中篇名作选》（五）五本与稿费318元均已收到。谢谢你们选登了我早译好的芬兰中篇小说《海尔曼老爷》。

上次曾听施咸荣同志说你来京开会，本想请你来家中小聚，并请施咸荣约你一齐来，后知你已返回广西，未曾相晤，甚感遗憾，下次若再来京，请打电话给我。我当略尽地主之谊。

附回稿酬收据一张，请转贵社财务组。

祝

春节好

梅绍武

1983年1月31日

### 乐见戏剧受到重视

硕良同志：

久未驰书问候，歉甚！

※ 梅绍武（1928—2005），翻译家，戏剧家。梅兰芳之子。1952年燕京大学毕业。中国梅兰芳文化艺术研究会会长，中国社科院美国研究所研究员，第六、七、八、九届全国政协委员。主要译作有《阿尔巴尼亚短篇小说集》《一个匈牙利富豪》《海尔曼老爷》《灰烬的沉默》《马克思和世界文学》《微暗的火》《瘦子》与奥尼尔、阿瑟·米勒剧作多种，著有《我的父亲梅兰芳》《京剧与梅兰芳》等作品。2004年被中国译协授予“资深翻译家”称号。夫人屠珍，翻译家，外经贸大教授。

近接朱世达同志来信告知，前几年留在兄处的拙稿，可望由河北教育出版社出版，实属意外。我原以为这类严肃文学论著难以问世，未料兄仍在为此稿奔波，实在感激不尽。若真能出版，我想再增加近几年我又写的十余篇美国文学研究文章（均发表在我们所内的内部刊物中），十万字左右，目录也想重新安排一下，这样分量可重一些，也许销路会好一些。我与屠珍大概在明年2月返京，届时会将那些文章复印给你。兄意如何？

至于《梅兰芳全集》，兄如有意出版，这倒是一件大工程，先父家乡泰州市原也倡议过此事。我想等我们回到北京后，可以详细研究，当会与兄联系，促成此事。在此先谢谢你的盛意。

我与屠珍今年5月来美访问，转瞬间已逾半年多。这次我是应燕京大学美国校友会之约前来的，一方面研究搜集美国文学戏剧资料，另一方面介绍先父百年诞辰在国内拍摄的电视文献片和电视连续剧。屠珍是应UCLA之约前来讲学的。我们俩均未退休，所以不能在此久留，明年3月开政协会，必得赶回京城参加。

世达兄告知你现在任职于广西新闻出版局，已离开漓江出版社。我记得前次与你会晤是在北京的一次书展会上，你曾约我译Steinbeck的小说，但我因工作太忙，未能应允，实在很抱歉。

在洛杉矶逛中文书店，所见的外国文学译著均是台湾出版的，大都是通俗读物。大陆出版的名著译本很少见到，其实大陆出版界真可在此地开阔市场，据说南加州就有30余万华裔人士，肯定会有很多人愿读名著译本的。

再谈。祝

新年快乐，万事如意！

梅绍武　敬启

1995年12月26日于洛杉矶

屠珍附笔问候。

# 方　平
# （7封）

## 出版社没有找错人

硕良同志：

您好！由于译事及杂务忙乱，久未通信问候，想必近好，甚念！我于四月初译完《皆大欢喜》，至此，七个“最佳喜剧”已译齐。附在《皆》后，交代写作年份、版本、故事来源等考证，亦已写好。国内论莎剧以《威尼斯商人》《哈姆雷特》最为集中，不可胜数。论《皆》较难，因此几十年来寥寥无几。实际上采用新的视角，有很多问题可谈，已写成，誊好。准备于五月初着手译《哈》，当初和您讨论时，原拟吸收卞译，所以是额外的任务。因时间很急，全力以赴争取八月底以前完成全稿（估计卞老当初翻译前后花了几年时间）。可能用四个月时间译出这些剧的诗体译本，可谓史无前例。

春节前得“中译会”林煌天信，告知台湾太平洋文化基金会将于今年七月上旬召开外国文学翻译研讨会，邀请“中莎会”方面六位学者参加，来回机票、会议期间食宿等全由他们负责，会议结束后陪同大陆学者观光台岛三天。这六人除叶水夫及林（正副会长）由台湾指定外，余四人由“中译会”推荐。叶、林研究后，推定李

※ 方平（1921—2008），翻译家，编辑家，散文家，莎士比亚研究专家。上海人。长期从事外国文学译介工作，上海译文出版社编审、外国文学编辑部主任。中国莎士比亚协会会长、国际莎士比亚协会执行理事。中国译协理事，鲁迅文学奖彩虹翻译奖评委。北京大学客座教授、青岛大学客座教授。有诗集、散文集、论集及译作多部发表。主编诗体译本《新莎士比亚全集》，并执译多部名剧，在国内外受到关注和好评。这里收录方先生的7封信围绕《新全集》而展开。

赋宁、季羡林、张君健和我。接着收到了台湾的正式邀请信和会议日程表、有关表格等。我很高兴有此机会，尤其因为能有机会和李老结伴同行，可以当面介绍《新全集》的情况，求得他的支持和帮助。我还准备把对莎剧素诗体移植问题的几点考虑（已写成文字，并附很多例子）向余光中先生请教。

这本是大好事，谁知中国社科院外事局说，据他们所知，太平洋基金会同时向美、苏学者发出邀请，是国际会议性质，涉及“两个中国”的问题，我方以不参加为宜。自然只能放弃。

前年深秋，“中译会”曾在珠海召开“海峡两岸外国文学研讨会”，我亦应邀出席。在开幕会上，叶向港台贵宾介绍 1949 年后我国文学翻译情况，特地提到冯至等四五位优秀翻译家，我亦忝为其中之一。我和叶不是太熟，受到赏识，这次又向台湾方面推荐，虽未能成行，几十年默默工作，得到肯定，亦不无自慰。我本不爱吹嘘，写了这些，无非为了请王总编[①]放心（我们是初交），你并没有错推荐译者，“河北教育”亦并没错约译者；而我担此重任，是全力以赴的，连春节都放弃休息，志在于提供一套比朱译显示出优越性的新译本。我从事翻译几十年，钻研莎剧亦并非三年五年，有此积累才能不到十个月译成三个莎剧（包括学术性的序言），只是很难再加快进度了。这是务必请您向王总编解释的。

李赋宁老方面，我还是要去信，求得他对《新全集》的支持，尤其希望他能指点怎样和吴兴华的家属（假如有的话）取得联系，解决了《亨利四世》上下集的版权问题，就放心多了。

今年 9 月 20—26 日，上海将隆重举行国际莎剧节，将由国内外剧团演出十多部莎剧。上海市委大力支持，主办单位有上海文化

① 王亚民，出版家，文物专家。河北平山人。毕业于河北师范大学中文系，历任河北人民出版社文史编辑室主任、副社长，河北教育出版社总编辑、社长，河北省出版集团副总经理，故宫博物院副院长、常务副院长。第十三届全国政协委员。对河北主持出版的宏伟工程“世界文豪书系”产生过重要影响。

局等 7 家，每家出资 10 万元，“中莎会”亦为其中之一（但出力不出钱），协办单位有好几家，各出 5 万元。已于四月初开了新闻发布会，上海各电视台各报都发了消息，新华社向国内外发出了消息。“中莎会”秘书知道我正在努力主持《新全集》工作，建议可否请“河北教育”考虑参加协办单位。戏剧节期间，各电视台、报刊都要大力宣传，协办单位的名称都要出现在屏幕和广告上。“中莎会”同时邀请全国专家和会员举行学术讨论会，愿意为《新全集》做宣传。如果王总编可以考虑，那就太好了，将邀请二位来沪观赏莎剧，我也有机会和二位一叙，汇报情况，共同商讨，交换意见，怎样更好更顺利地完成《新全集》。如王总编有意赞襄盛举，我将请“中莎会”直接联系，并寄来材料，介绍情况。这里附上《文汇报》4 月 6 日的一篇报道。

祝

大安！

方平

1994 年 4 月 29 日

## 新莎士比亚全集，我的梦想

硕良同志：

您好！《出版广角》创刊号已收到，谢谢。我国出版社林立，每年出书蔚为大观，理应有一本这方面的综合性刊物：出版工作者谈出版事业。在您积极筹备、主持下，这一刊物的终于诞生，说明了一位有几十年出版生涯的资深出版家全心全意地投入了自己所热爱的出版事业。《出版广角》印刷精良，图文并茂，是一份很有气势的大型刊物，祝愿她越办越好，得到读书界的欢迎和好评。

如果《出版广角》需要，我愿意尽添一砖一瓦之劳，在稍空的时候写一篇《〈新莎士比亚全集〉，我的梦想》，作为“著译者言”，奉上请教。

介绍《大英艺术百科》一文，我因是艺术爱好者，很感兴趣，（这本书）不知是否已出版，定价多少？如叨光你经手，能否有些优惠？

“河北教育”寄我的《屠格涅夫全集》已收到，屠是最受我国知识界欢迎的外国文豪之一。过去几十年介绍虽多，由您主编，集中人才出版全集是第一次，应是盛举，值得庆贺！装帧印刷典雅洁净，每卷都配合珍贵的彩色插图，一定会受到爱书者的欢迎。总序三篇，都出自专家手笔，很有分量，显示了编纂全集的郑重态度。每卷卷首都有评介，这工作做得很认真，这是每卷作品的有机部分，似都应列入目录为宜。第一卷的总序亦是这样，列入目录，更有气势。

我译事紧张，还得和好几位译者保持联系（单是和吴兴华家属联系就写了好几封长信）。承您建议，由南宁方面负责排印，非常感谢，我已去信告知王总编，如他同意，我三月份即可先寄上修订过的五个喜剧（已出版）先行校排。

目前我正在译莎翁早期喜剧《驯悍记》。我没有星期日，没有年初一，天天早晨以投入一场搏斗的心情（翻译莎剧对于译者是一个挑战）伏案工作，加以我积累了几十年翻译经验，所以进度不慢，不到一个半月已完成初稿。《驯悍记》较短，又长又艰深的《哈姆雷特》我花了三个月时间完成初稿，目前正在边修订边誊清，较花功夫的是需要写一篇有学术水平的序言。新中国成立后，莎学论文虽多，还没人碰过这喜剧，太难谈了，怎么看待剧中的明显的大男子主义？我阅读了许多英美现当代评论，已胸有成竹。

关于长诗《鲁克丽丝受辱记》，我最近有新的考虑。杨德豫是我钦佩的译者，原没有重译必要。问题不在于“漓江”已出版，而是早已收入“人文”全集；我们“新全集”和“人文”全集有雷同，虽是局部，总不理想。版权问题即使由您和“漓江”谈妥了，很可能“人文”会提出异议。所以我想请屠岸和他的女儿（英美文学博士）合译，我已请他们父女俩合译了莎翁杂诗四篇，已完成。屠岸译莎热情很高，也许他会同意。全诗近1800行，时间方面自然希望能快些。不知您以为如何？请告知为盼。吴兴华家属方面是否已去信了？

此颂

编安！

方平

1995年2月15日

# 喜得同道先贤共襄盛举

硕良同志：

您好！因工作忙乱，久未修书问候，想必近佳，甚念。

《出版广角》第6期两册已于日前收到。拙文已蒙发表，并在编排上作为重点文章之一，十分感谢。我将复印几份分寄国内外友人。文中末段提到参与全集的合译者屠岸、阮珅、张冲、谢蔚英，不知能否各寄贵刊一份？（汪义群夫妇现在美国，暂时可不寄。）他们的地址写在另纸上。

七月下旬从石家庄回来，续译完《雅典人泰门》，又在上月（以不到三个月时间）完成了《自作自受》译稿（朱译《一报还一报》，拙译第17个莎剧）。这一个半月来忙于写稿（论《泰门》），处理杂务，明年初才能开始翻译历史剧《理查三世》。

这是说，喜剧、悲剧、诗集都已解决，明年开始围攻历史剧了。立秋已和北大教授辜正坤约定，由他和他带的研究生（专攻莎士比亚）把《亨利六世》三联剧的译事承担下来；这样还剩三个历史剧《理查三世》《约翰王》《亨利八世》尚待落实，问题不大，已和张冲谈过，他表示同意；屠岸原则上已同意；阮珅积极性很高，想必会同意。将在近期内和他们一一讲定。

如果一切顺利，明年第三季度可望全部交稿。假如您那边明年开始陆续付排，后年12卷全集一起推出，奋斗四年，终于大功告成。又假如受到学术界的重视和好评，那时我们开一庆功大会，我将首先向您和王总编二位敬酒。

中秋节我去叶麟鎏[1]家看望他，谈得很欢畅。我于是要求他把《麦克贝斯》排工费开一清单给"河北教育"，以便了结此事（虽说已多年了，贴补一些差价亦是可以的）。他友好地当即把手一挥："算了吧，别管了。"我很高兴，本是一件心事，现在轻松地解决了。

我为《泰门》写了前言。新中国成立前，杨晦从社会经济学角度论述此剧，着眼于对资本主义社会的揭露和批判，为几十年来论《泰》定下基调。此外很多人把《泰门》看作是莎翁的自我表白，说他彻底悲观绝望了。

拙文提出不同看法。古希腊社会的悲剧也许正是一面镜子，从中可以窥见我们现代社会在拜金主义思潮的冲击下，面临的精神危机。这样，我把四百年前的莎剧和今天的我们联系起来，给予莎剧一种现实的意义。（这是我论莎的一个努力方向，曾和您谈起过。）兹寄奉请正。

也许我是国内第一个提出了《泰门》的版本问题值得注意，即不同于其他莎剧，它是一个被放弃的初稿，可能从没上演过，最初没有考虑收入原始的莎翁全集。我作了较详细的考证（将来附在译文之后），提出：根据被放弃的毛坯来论证剧作家的世界观是轻率的。

上次石家庄交的稿子想已安全寄到，待补的《驯悍记》前言、《亨利五世》的考证，都已写好，以后随下一批译稿一起寄奉。

---

①叶麟鎏，翻译家，出版家。时任上海译文出版社总编辑。

我用自己的稿费捐赠给中国莎士比亚研究会，和上海戏剧学院一尊汉白玉雕刻的莎士比亚胸像，于11月30日在“上戏”校园举行揭幕仪式，由王元化、英国文化领事、“上戏”院长和我共同揭幕，此间各报有报道。下次将寄上莎翁雕像照片，请您看看神态是否生动，系著名雕刻家吴慧明的作品。

此信停停放放接连写了几个下午。今晨得“上译”老同事来电话告知，拙文《我的梦想》昨天（12月14日）已由《人民日报》转载（我还未看到），不知是否通过您的介绍，那太感谢了。

上海图书馆现代文献部征求我的手稿、照片，又来我家录了像（把我列入收藏资料的对象）。我拿不出什么手稿，不知《我的梦想》一文的原稿是否可寄还，由他们收藏？

您忙，收到信后是否可通一电话？

祝

新年快乐！

方平

1995年12月16日

又：……这位老太太年纪越大，心地越偏狭，唯我独尊，人家都不行，不知她吹嘘些什么（见贵刊这期P32中栏）。其实我的译本三年前早就在台湾出版了，中国大陆印数至少70万册以上，今年上半年一下子就印了20万册，远超过她自夸“每年数万册”，有什么好吹呢？

## 参加世界莎学大会归来

硕良先生：

您好！上旬奉上拙作，附照片，想已收悉，请指正。

兹奉上第二篇稿子请正。写完全稿，不禁吓了一跳，没想到长达一万三千字以上（全文连排，各篇都用小标题），如蒙采用，一次刊出过长，分期连载亦可。有三幅插图可供考虑采用（已在图片上分别注明）。1899 年《约翰王》那一幅，十分难得，画面似可考虑稍大些。

我认为，作为一个理想的莎剧译者，除了其他条件外，这样三点亦很重要。

1. 文学修养（特别显示在文字功力上）。拙作《千年老树阅尽人间沧桑》是有感而作，同样亦有在文坛上表态之意，一个译者亦能写一篇纯文学的散文。

2. 对于莎剧应有深入的理解。既是翻译，又是对原作精神的阐释。承第三期发表拙文《论〈泰门〉》,《外国文学评论》今年第一期发表我的《历史上的驯悍文学和舞台上的〈驯悍记〉》(他们以编辑部的名义特地给我一长信，对此文表示赞赏），表明我把翻译和研究工作结合起来，既是译者，又是学者。

3. 对于戏剧艺术应该在行（这次参加大会的莎剧翻译讨论小组后，加强了我这一想法）。这次奉上《银幕上的莎士比亚》, 是观感，是随笔，不太专业，有可读性（甚至有些趣味性），提出一些文艺上的问题，亦同时表明我对演出有浓厚的兴趣。

这三篇文章（如果后两篇蒙予以刊用）可说是我作为莎剧译者的自我亮相，无形中亦是为我们未来的《新莎士比亚全集》做宣传。

大会期间演出了一台莎剧《麦克贝斯》，我亦写下观感，近六千字光景，有图片。除了介绍欧美目前演出莎剧有异于我们对戏剧的传统观念，实际上亦是在讨论我对这一大悲剧是怎样认识的。我可以和上海戏剧刊物联系发表，但我很愿意作为参加国际莎学大会“札记之二”在贵刊发表，如您不嫌谈了莎剧电影又谈舞台上的莎剧，占了过多篇幅，认为不妨一阅再作决定，我可随即寄奉，供您考虑（附图片）。

接下来将撰写参加莎剧翻译小组讨论的情况和体会，这是我参加大会最大的收获，稿成后当奉上请正，作为札记之二（或之三）。

《千年老树》一文第二句请代改为："治顺和玉澄一家陪我共游……"谢谢。

《泰门》稿费我很担心，请一查，但愿还未寄出，一切没事，是所感祷。

出国前承蒙在电话中允诺赴美参加大会的来回机票可代为报销，甚感。因忙于完成写稿任务，还顾不及捡出有关单据，只能下次寄奉了。

专此　即颂

编安！

方平

1996 年 7 月 19 日

## 叫译者头痛的莎剧之一

硕良先生：

您好！前挂号寄奉拙文《千年老树》《百年影展》《麦克贝斯》《如入宝山》四篇，想都已收到，是否适用？甚念。19 日上午曾拨长途电话，想和您通话，无人接应，可能编辑部并不天天坐班。

《如入宝山，有载而归》，谈世界莎学大会翻译小组一文，介绍日本大学者的论文，有几个人名没解决，特地去信东京向川地美子教授请教，现得到她的回信，拙文如准备发表，烦责任编辑把几个人名改动一下：

约 17 页末 3 行，我把论文作者误写成"川内吉子"（我向一位日文编辑请教，他告诉我的）；"Kyarin 大学"我未能注明中文。现请改为"杏林大学川地美子教授"。

约 22 页第 4 行提到另一位日本女莎学家 Akiko Sano，现知道中文名为"佐野昭子"，请代改正。

约同页第 5 行，提到 70 年代 Yushi odashima 以现代日语重译了莎剧全集，现知道中文名为“小田岛雄志”，请代改正。

此外，《千年老树阅尽人间沧桑》如准备发表，全文第二句请改为“治顺、玉澄夫妇驾车陪我共游‘优山美地’……”

《莎士比亚在银幕上：百年电影回顾展》如准备发表，其中《挨巴掌的小泼妇》一节，结尾处引用成语“智者千虑必有一失，愚者千虑必有一得”似不甚妥当，如准备发表，想不用这成语，烦请代改正。

这真是智者千虑或有一失，却正好是愚者的或有一得。

《麦克贝斯式的悲剧再不会重演了》如准备发表，请告知，我可以寄奉合适的插图。

三篇谈这次莎学大会的文章，请统一用“第六届世界莎士比亚大会”。

我在美国译完历史剧《理查二世》，回上海后又写了论文考证，按预定的计划，我担任翻译的18个莎剧全部完成，可以着手做后期工作了［包括校订已故吴兴华所译《亨利四世》（上下部），准备全集序言等］。

莎翁早期喜剧《爱的徒劳》约中央戏剧学院专攻莎士比亚一位博士担任翻译，当年他的硕士论文《哈姆雷特》我主持答辩，给我留下很好印象。此剧双关语特多，难译，考虑他有良好的戏剧环境，可以请有舞台经验的演员出些点子，所以约了他，要求先把部分译稿寄我一阅。我替他作了许多修改，在信上还说：如果我们的诗体译本，不能胜过朱译，又何必出版新译本呢。这语气够重了。但是他一心出国，显然没有全心全意投入工作。出国前把全剧赶出寄来，没有序言后记，甚至连“剧中人物表”都没有（代写一份人物表，必须读完整个译本）。我再一次审读，改得密密麻麻，太累了；如果不给他改，读者宁可读朱译，《新全集》的声誉败坏了。因此决定重译的好，已预付一千元稿费，很难讨回了，但这是小事，由我承担好了。

《爱的徒劳》是莎翁早期作品，文学价值自然不及后来的杰作，但却是最难对付、最叫译者头痛的莎剧之一。不知是否可以这样说：在目前国内，勉为其难译这喜剧，也许我是最合适的人选了。我好歹积累了几十年翻译经验，已译了 18 个莎剧，应付的点子多一些，脑筋动得快一些（事情多，不容许慢工出细活）。可望于下月初完成初稿，下月底以前誊清全集。

这是我译的第 19 个莎剧，全集 38 个戏剧，正好占一半（此外译了莎翁叙事长诗一篇）。

您是策划者，主持人，所以写了这么些汇报情况。

中秋、国庆，相继来临，祝节日快乐！

方平

1996 年 9 月 22 日

希望能通一电话！

## 国际莎协关注中国莎学

硕良先生：

您好！

国庆前夕收到贵刊第五期，没想到拙文已经发表，我算一下此稿寄出日期，几乎收到后即行发稿，十分感谢您的美意！

《爱的徒劳》我已复校，誊写完毕，又仔细通读一遍，现已完工。从开译起，前后不到两个半月，这是一本充满俏皮话，非常难对付的喜剧，进度可说不慢了。自以为拙译闹剧意味较朱译更浓。

至此，喜剧和悲剧 28 种基本上完成（少数几种序言待补），《新全集》进展情况可说已接近尾声。现在集中力量解决历史剧，历史剧共10种，最重要的四种已完成。《约翰王》屠岸已交稿。剩下五种：《亨利六世》上、中、下三种由辜正坤和他的三个研究生承担，《亨利八世》阮珅承担。不知进度怎样，这几天内将去信联系。最后是

《理查三世》，原约张冲担任，最近来信说是工作太忙，请另找人译，否则迟到明年六月才能交稿。

此剧篇幅之浩大，在莎剧全集中，仅次于《哈姆雷特》，即使有信得过的译者可以约译，未必有把握如期交稿。我考虑之后，由我再加把劲，把这任务接下来，辛苦一些，四个月内完成是有保证的。这样有希望争取明年第二季度交齐全稿。（不排除《亨利六世》会拖后一些，好在计划中《亨利六世》自成一卷，不影响全局。）如果及时安排，一切顺利，乐观些，也许可以争取明年第三季度推出全集。

待和阮珅、辜正坤联系后，具体情况再和您联系。

最近“国际莎协”秘书长从莎士比亚故乡有信给我，说是考虑中国在研究、翻译、演出莎剧方面取得很大进展，决定吸收中国有杰出成就的莎学家一人作为新一届的执行理事。他们征询了一些专家（包括我国专家）后，决定提名我为候选人，如果在即将换届的理事会上得到认可，即可正式聘任。我已去信表示感谢，“国际莎协”理事会上如有中国代表，对于我国展开莎学研究活动将有很大帮助，并可介绍我自己目前正主持诗体新全集译本，将于明年问世。

如果成为事实，我将是第一个进入“国际莎协”理事会的中国莎学家，想必会有利于我们新全集的宣传工作。

附上照片两帧作为《如入宝山，有载而归》的插图，另附插图说明。韩国莎翁全集的照片是否需要刊登，由编辑部决定好了。

另附《麦克贝斯》底片一帧，系美国著名版画家 Rockwell Kent 所作，也许可以作为《谈〈麦克贝斯〉演出》一文的装饰性插图。

合影照片，因想留念，插图底片，将来新全集可用，希望用后赐还。

我在美国写《银幕上的莎士比亚》一文时，有一段谈到默片《理查三世》，因手边没有莎剧全集，仅凭四十年前读过的印象写下几行文字。当时英国王室分成几支，内部争斗，其世系之复杂可谓盘根错节；不想我记忆有误（错把亨利六世的媳妇当作王后），所写于剧情有出入；回沪后又因工作忙，未加查考，这是我很大疏忽，十分惭愧，现想已不及改正，只能在下期附一更正，现把要更正的文字一起附上。给编辑部添了麻烦，十分抱歉！

祝编安！

方平

1996 年 11 月 3 日

## 中国台湾文化界视为一件大事

硕良先生：

久未修书问候，想必近好！九月底我自美返沪，看到拙作《我的名字写水上》已蒙发表，十分高兴（许钧先生看到此文认为很好，来信建议收入他主编的《译家丛谈》我的文集中）；后来《我家咪咪》又蒙安排在十一月份发表，十分感谢您的美意！

《新莎士比亚全集》[①] 于上月初在台湾推出，视为他们文化界的一件大事：“在 21 世纪来临前，中文世界首先推出了以诗译诗的新全集……不逃避无韵诗体的严厉挑战，还原了莎士比亚原作的诗韵与精神，在新旧世纪交替之际，《新全集》的出版尤其具有承先启后的重大意义。”

猫头鹰出版社特地举行了隆重的发布会，学术界名流余光中、彭镜禧教授等都出席参加，第二天他们各大报纸都以较大篇幅加以报道。

《新全集》承蒙您约译，得到您的关心和支持，十分感谢！上

① “世界文豪书系”《新莎士比亚全集》（全十二卷），方平主编，河北教育出版社，2000 年 1 月出版。

周听说《人民日报》发表一文，认为他们出版的朱译全集是最理想的了，言下之意，第三套全集是多余的。我在美期间，听说报刊上也有类似论调的小文章。我感到有必要撰文说明诗体译本的必要性。

语言在不断发展，和半个世纪前的用语已有很大不同。朱译常使用“女郎”一词，在今天的语言中已“淡出”了。但我在文中没有谈语言的发展和译文的老化问题；着重谈的是翻译思想的发展，对于莎士比亚、莎剧认识的发展，因此译莎有不同的追求，产生了艺术效果上的差异。我写得很克制，语调平和，避免用“完美”“理想”等词（毕竟文学翻译是遗憾的艺术），结尾只说“在前人的基础上往前跨出了几步”而已。

《我的梦想》一文承蒙予以发表后，反响很大，《人民日报》随即予以转载，《文汇报》发表了专题采访。兹奉上《新的认识和追求》请正，如蒙认为可用，想必有助于当前读书界对《新全集》有一个较公允的看法。旧岁将逝，遥祝

新年快乐！

方平

2000 年 12 月 17 日

# 董衡巽
# （6 封）

## 推介一篇领事译文

刘硕良同志：

临行时接你来信，我正在注意适合中国读者的中篇小说，但似乎中意的不多，或是已经译过，或是不适合我们读者的口味。

我在纽约、波士顿、芝加哥等地访问了一些大学与专家，上旬到达旧金山，也常去大学和书店，注意收集材料。

我住在旧金山领事馆。有一位朋友商振永同志，是分管文教的领事，他译了一篇辛格的短篇小说，内容很好，译笔也不错，先寄上请审阅能否利用。辛格是 1978 年度诺贝尔文学奖的获得者，国内译了不少，这一篇是新发表的，不可能有人译过，这也是我们驻外文化人的有利条件，这种杂志到国内还要等三个月。我写了几句介绍，可供贵刊写内容提要时参考（见另纸）。

我在这里还要住二十天左右，回国后再给你写信。同商振永同志联系，可寄旧金山（如果你与美国通信联系方便的话），也可寄我。附小说插图。

遥祝

---

※ 董衡巽（1934—2018），翻译家，外国文学研究专家。笔名石枚，浙江余姚人。1956 年北京大学西语系毕业后，即在中国科学院和后来的中国社会科学院文学研究所、外国文学研究所工作，任研究员、学术委员、英美文学研究室主任，全国政协委员。中国社科院荣誉学部委员。著有两卷本《美国文学简史》（合作）、《美国当代小说家论》，编译文学研究资料《海明威研究》《海明威谈创作》，翻译英美小说《一个迷途的女人》《竞选州长》《苹果树》等，并主持“诺丛”海明威卷《老人与海》、斯坦贝克卷《人鼠之间》译事。

编安

董衡巽

十一月二十六日于旧金山（1982）

## 薇拉·凯瑟小说值得译介

刘硕良同志：

我已于上月下旬回国，一共访问了六十五天，见了不少批评家和作家，了解到他们对美国当代文学的看法。

在旧金山时寄上商译辛格小说一篇[①]，想已收到，不知能用否？不然可以退我。

在美时我收集了薇拉·凯瑟的中篇小说，打算编一部《薇拉·凯瑟中篇小说集》[②]。这个女作家的主要倾向是崇尚美国拓荒者、正派的学者、印第安人、讲道德的老一辈人的优秀品质，反对迅猛发展的商业主义风气，但同时又流露出保守的思想倾向。文笔秀丽，抒情气氛浓厚，长于写人物，但不以故事情节取胜。她的一些书现在美国当教科书，很受批评界重视。写作活动主要在二三十年代。香港译过她一个长篇《草原长宵》，我们译过她一些短篇。我选了她六个中篇，约 30 万—40 万字。选目附后。我想年内交稿，如有兴趣，即告知。因为定下来之后，则不管另有他人译文发表，我们可以不管他，照我们计划进行下去。请研究。

我可能二月二十五日去桂林开会（外国文学规划会议）[③]，为期

① 商振永，中国驻旧金山总领事馆文化官员。所译辛格短篇小说《扫烟囱工人雅什》，刊“漓江译丛”总第 6 辑《人生游戏》，1983 年 8 月出版。

② 薇拉·凯瑟中篇小说集收《一个迷途的女人》《街坊罗西基》等 5 部中篇，以前者为书名，列入“外国文学名著丛书”。董衡巽、李自修、李文俊等译，1986 年 3 月出版，首印 25400 册。

③ 全国文学、艺术学科规划会议，于 1983 年 3 月在桂林举行，中国社会科学院副秘书长孙尚清和文学艺术界众多名家及工作人员 118 人参加。

七天，不晓得有没有机会来南宁。

顺祝

年安!

董衡巽

1983 年 1 月 13 日

## 欧美文学译介或将减少?

刘硕良同志:

谢谢来信。附上《一个迷途的女人》及《街坊罗西基》的内容提要。其余三篇，记得刘婉已写过提要并寄您。只剩一篇（篇名记不得了）未写。想贵社领导能从中见出大概。

最近胡乔木同志指示，大意是近来出版界欧美文学出版太多，而苏联文学（在 50 年代曾对中国青少年起过好作用）太少。不知您已否获悉这一精神。如果这一精神传达下去，对贵社发生影响，从而削减欧美文学出版计划的话，可将译稿退回，我另有出版社愿出。这完全是我的意思，不属贵社退稿性质。一切视贵社方针而定。你我之间也不用客气，能不使你为难，我就觉得快慰了。

此祝

顺利

董衡巽　上

5 月 9 日（1983）

## 译文介绍有不确之处

刘硕良同志:

今读《读书》今年九月号《简写本和重复出版》（作者王成仁）

一文，内中批评“漓江译丛”最近一辑《人生游戏》一篇译文的介绍有不确之处。这是指美国作家辛格的《扫烟囱工人雅什》，王文说“在目录上和正文前记中都说这是著者‘最新发表的短篇’，说原载一九八二年十一月号《星期六邮报月刊》”，但一九八〇年外国文学出版社出版的《辛格短篇小说集》就收入这篇作品，可见早已发表，“译丛编者何来最新之说？”

我认为王同志的批评是正确的，但过错在我，而不在你这位“译丛编者”。记得我当时是在纽约买到这份杂志（好像不叫《星期六邮报月刊》）的。我读了这篇小说后觉得很好，路过旧金山时，请当时在我国驻旧金山领事馆工作的商振永同志译出，商译后即寄贵刊。因他不是搞美国文学的，就由我写了几句介绍的话，限于当时当地条件，未能核对《辛格短篇小说集》中译本。那么“新”从何来呢？一可能是我想当然，以为如是旧作，何必再发表？二可能是新从希伯来文译出的。可惜我搬迁时忙乱，该杂志早已被我处理掉，无法查找原文杂志的编者是如何介绍的。

我写这封信的目的，一是接受王文的批评，二是洗清不该由你负责的责任。

我正在北戴河养病，找不到《人生游戏》一书。见信后烦你核对一下王文的引文，如无误可转寄《读书》发表。

即颂

编安！

董衡巽

十月十二日于北戴河（1983）

## 《一个迷途的女人》请寄校样

刘硕良同志：

久未通讯，不知迁址工作进行如何？

近接李自修同志来信，问及《街坊罗西基》译稿改动情况。我想如已发稿，能否将校样直接寄他（山东济南东郊山东省精神病院转），由他亲自过目定稿后寄您？其余的也不必寄我，只是《一个迷途的女人》，希望能看一下校样。一定及时寄还，少作改动。

假使尚未发稿，也不必着急处理，我知道您的事极多。

施咸荣同志已于上月底赴美，郑克鲁夫妇将调到武汉，这些情况想已知道。今年将召开全国外国文学学会，地点大概在石家庄，时间未定，内容是学术性，如现代派问题。您如有兴趣，请告知，我可事先同您打招呼。

即颂

编安

董衡巽

3.29（1984）

## 海明威选目与译者

刘硕良同志：

上次谈定后，进展情况向你报告一下。

我选目确定如下：第一部分:《尼克故事集》，24 篇，共 20 万字。第二:《老人与海》，8 万字。第三:《海明威访问记》，这是他谈创作的主要文字。以前有海观译文，但不全，译得也不理想，我打算重译，约 2 万字。我写一篇前言或后记，1 万—2 万字，主要分析海明威写作特点。全书约在 30 万—35 万字之间。

我除自己译之外，打算请两类译者，一类是请有名望的海明威老译者：冯亦代、吴劳（名气不如某，但译笔在某之上）、张健（山大教授）等，另一类是研究海明威的硕士研究生。前者译难度大的，后者译短的、较容易的。反正都是新老海明威专家，我校对也方便些。

有两个问题同你商量：第一，《尼克故事集》中有七篇上海译文社《海明威短篇小说诗集》中已译出，译者陈良廷、曹庸等都是名译者，打算收用。已同孙家晋同志联系过（译者都是译文社的），孙说请你写封信给他备案，并付译文社编辑费与校订费。我想你将来可以在译者报酬中拿出一点来给译文社，译者少给一点就行。具体篇目、译者、字数，等我校对之后（虽是名家，我仍不放心）再告。

第二，书名可依你。《老人与海》《尼克·阿丹姆斯故事集》[①]，分两行排。但署名是"董衡巽等译"好，还是"董衡巽编"好，你先考虑考虑，我觉得似都可以，又似都不妥。

如你同意我的计划，又没时间写信也不要紧，反正你不来信说明你同意，我就做主进行了。如有不同意见，请于节后写信告我，让我于10月10日之前收到。我节后即去复印原文与译文。来信请写北京劲松九区901楼103室。

等组稿完毕，我寄上详细目录、译者、字数等。如顺利，不出意外，明年第一季度末可望完成。

《海明威谈创作》一书已寄上，请查收。

顺祝

编安

董衡巽

10月2日（1986）

① "获诺贝尔文学奖作家丛书"海明威卷《老人与海》（含《尼克·阿丹姆斯故事集》），302000字，董衡巽等译，1987年7月第一版，首印22200册，1992年2月第5次印刷，累印58900册。曾获全国优秀畅销书奖，并入选改革开放30年300种有影响力图书。

# 朱　虹
# （7 封）

## 去机场前赶写

硕良同志：

书已给你寄出去。

我现在还在忙所里、组里的事，虽离上机已不到十小时了。真是有还不完的债。

王卫伟提出照片的报酬问题，我已付过他劳务费，不知出书后是否还有稿费。请你尽量照顾。如果要报酬，请从我的编辑费中扣出若干给他，至少 100 元。请你一定尊重我的意见，照我的办。

我还要给研究生的导师写推荐，不多写了，我答应的事都一定办到。

祝

好

朱虹

**（未及署上写信日期，时间约在八十年代后期）**

---

※ 朱虹（1933—　），女，教授，翻译家，英美文学研究专家。天津人。1953 年毕业于北京大学西语系。中国社会科学院外国文学研究所研究员、学术委员、英美文学研究室主任，中国社会科学院研究生院教授、外国文学系主任、博士生导师，国务院学位评定组成员。国际笔会中心会员，美国波士顿大学客座教授。著有《美国文学简史》（上下卷，合作）、《狄更斯小说艺术》、《英美文学散论》，领衔主编《外国妇女文学词典》及女性文学丛书。自称“吃亏在英文比中文好”，于中译英用力殊多，2018 年 1 月，85 岁高龄仍有毕淑敏小说《温暖的荆棘》英译本发布。

# 编好妇女文学辞典

刘硕良同志：

我刚回国，诸多烦乱。但第一件抓的是《妇女文学辞典》[①]。你在京时提的意见，文美惠写信告诉了我，我非常重视。经过仔细思考、查找、参考国外资料，给她回了一信，可惜她刚收到信，我已回国了，因此我来答复：

我们的书定名《妇女文学辞典》，我们很赞成。但为此没有必要在条目中增加作品、人物、流派之类新条目。因为这些东西都跟作家分不开，单独开辟条目会引起很多问题——与作家条目重复、入选标准难以掌握等。我的意见是：凡重要作家我们多写几笔，对作品单独介绍。然后在总索引中把作家、作品、人物、流派、运动都开列出来。总之，条目以作家为单位，但内容包括“妇女文学”的多个方面。

我们准备合写一篇有分量的前言，介绍“妇女文学”“女权主义批评”等概念及妇女文学的发展（以西方为主），以及关于这部辞典的总的设想。有些问题不容易说得太死，因此不便写入条目，可在一个多少带点研究性的前言中表达。

关于抄稿、图像等费用，望你便中复信告诉我们你的决定。

关于“妇女小说系列”，我们出国前已再三写信叮嘱，这次回国，除了北京的，其他外地的我还没有去写信。看来不是想象的那么快，因为就这么几个劳动力，都在为你干别的事。同时，因出版不景气，这套书也许会赔钱，所以我也不敢十分催，怕催来又不能出，被动。

我回国后忙得焦头烂额，不可开交。就写到这里。

①《外国妇女文学词典》，朱虹、文美惠主编，612000 字，1989 年 7 月第一版，4200 册。

祝你万事如意

朱虹

9.10（1987）

## 和文美惠全力以赴

硕良同志：

在重点读《外国妇女作家辞典》（暂且这么说）。我接你最后一封信后，当机立断，与文美惠同志重新商量。我们准备把其他一些工作放一放，先抓这个，进行了分工，3月底以前列出全部选题，估计40万—50万字。6月底（即我回国）开始收稿子，陆陆续续收稿、看稿，计划年底全部交出。

我们准备增加女学者、女权主义刊物、女权主义著作，这是别人搞不了的。这个辞典条目基本上是以作家为单位，但凡重要作品（提出妇女问题，有划时代意义的，如《玩偶之家》）也可列上。

格式译名办法基本上以“大百科”为准，待3月份选题定下后，我会详细呈报。现写这便条请你放心，我们二人合编，全力以赴。

祝好！

朱虹

1.13（1988）

## 外国妇女文学天地广阔

刘硕良同志：

交给你的撰稿者名单中缺了一个冯剑秋[①]。冯剑秋是朝鲜文学

---

① 冯剑秋，女，朝鲜语言文学专家。时任中国社科院外文所图书馆负责人。

条目作者，请你加上，谢谢。

缅甸文学条目已与张春风[1]同志联系，是林洪亮[2]同志亲自去跑的。写好后，定及时寄上。

关于《夏娃丛书》系列，容过几天把情况通报给你。

劳务费200.00元，我打得很紧，望一定早些寄来（最好邮寄），我好在年前打点这些帮忙的同志。非常忙乱，不写了。

新年好！

朱虹

（1989年）

P.S. 给你寄了两个快件，收到了吧？

刘硕良同志：

张春风同志的稿子到底交来了，是林洪亮几次跑到家里才催来的。文美惠和我都看过了。

要插到现已编好的稿子中，有几个技术性问题：

（1）按汉语拼音顺序将条目插入已编好的稿子中，汉语拼音请见稿子左上方。

（2）在后面的索引中加上缅甸，须参考大百科，按它的编排顺序插入缅甸，见大百科后附录。

（3）撰稿人名单请加张春风。

稿子你审阅得如何？

已给你发三次快件——撰稿人名单、全书书名英译，及现在这两个缅甸条目。

我现在忙乱之极，要赶上还欠下的账，不多写了，请百忙之中能多抽点时间处理我们的稿子，感激不尽。

---

① 张春风，女，缅甸文学专家。侨居缅甸多年，归国后在中共中央联络部工作。

② 林洪亮，波兰文学专家，时任中国社科院外国文学研究所东欧文学室主任。

再次提醒付劳务费 200.00 元。

朱虹

（1989 年）

## 出国前忙乱不堪

硕良同志：

阿德里安·里契（Adrienne Rich，1929—　）的稿子肯定在你们那里，我们的相片都是与文稿订在一起的，你既有相片，就必有文稿，请费心再找找。

此外，如若实在找不着，就用我现在附于信中的一篇。但请注意，若用这一篇有几件事要做：

1. 此篇较短，标页码时请注意，可能会有空页码（因原来的可能是三页）。

2. 此篇是武国强所作，请在撰稿人后面附上他的名字。

你还欠我 ¥200.00 劳务费，若真的要我自己解决，请说明，不要拖。

我定于 4 月底出国，现在忙于还债和结束一些工作，非常忙乱。但我始终抓紧“妇女小说系列”的事，我觉得这套书会有读者的，此后，我出国可以给你弄一套赚钱的书来，另如侦探小说系列……

朱虹匆匆于北京

## 美国女性主题作品持续热门

硕良同志：

你好！

从晓丹来信中知道，《钟罩》与《觉醒》[①] 两书已出版。我真高兴，对你、对出版社非常感谢。

美国女性主题的作品持续“热门”，我不掌握国内出版风向，不敢冒险推荐。我只希望已经译出的几卷可以出版。尤其是薛鸿时同志译的《人与天使》，下了大功夫，译得极好，但愿不至于劳而无功。

晓丹信中还说，编辑部拨了“主编费”，其中包括她的编辑费。只不过数目不详，她也不知道应如何处理。

这几本书（共六种吧）都是晓丹亲自仔细通读过的，并对着原文校对，做了大量编辑加工。我的意见是，名分不重要，主要是希望编辑部向晓丹付足校对、加工、编辑费。

请不要考虑我。我推荐了几本书，属于咱们之间正常的、普通的业务联系，谈不上取报酬问题。何况推荐的这几本书，出版后不见得会给出版社带来什么利益。我希望你一定尊重我的这个意见。你考虑英美文学方面有什么需要，要我提供什么资料，请来信。

你的刊物还在继续办吗？为了推动这几本书的销路，要不要配合登点文章？你知道吗，《钟罩》《她的眼睛望着上帝》《觉醒》都是美国现代文学中的经典！《人与天使》的作者玛丽·戈登是文坛及学术讲坛上极有声望的人物。

再次感谢你，并希望尽早将编辑费寄给于晓丹同志。

朱虹

11月1日（1990）

P.S. 我已将此信复印寄给晓丹了。

---

① “夏娃丛书”中的《觉醒》，〔美〕凯特·肖班著，文衷强等译，1991年7月出版；《钟罩》，〔美〕西尔维娅·普拉斯著，朱世达译，1991年8月出版；《疯妻子》，〔英〕琼·里斯著，丁颂、郑昱译，1992年3月出版。

# 李文俊（5封）

## 福克纳译事时刻挂在心上

硕良同志：

2月2日大札收悉，非常抱歉，打搅了您的节日休息。您几个月前写给我的那封信，我是收到的。当时匆匆忙忙准备出国，回国后忙于处理积压事务，又把回信事撇在一边了。日子一久，也就忘了。这是我的责任，邮局现在工作有许多缺点，这件事倒与他们无关。

我几个月之前倒是收到过贵社寄来的四十元稿费，但因汇款单上写明是“诺贝尔文学奖一文”的稿酬，所以我没有把它看作是《意象派诗选》的稿费。不知这两者是不是一回事？其实我最近的那封信目的还是为了想托买几本美术书。我见到广告已久，但北京书店里未见到有售，我儿子现在学习方向还不明确，但美术也是他的诸种爱好中的一种。

约译福克纳作品的事，我是时刻挂在心上的。但手头事情多，过去欠下文债未还清，因此还未着手。我想还是译福氏小说集《马

※ 李文俊（1930— ），翻译家，编辑家，外国文学研究专家。笔名戈哈。广东中山人。早年入读圣约翰大学新闻系，1952年毕业于复旦大学。曾在《译文》和《世界文学》编辑部工作多年。中国社科院外国文学研究所编审、《世界文学》主编。中国社会科学院研究生院教授、博士生导师，荣誉学部委员。中国译协授予“资深翻译家”称号。以译介福克纳驰名。主要译著有《喧哗与骚动》《熊》《我弥留之际》，所编《福克纳评论集》《福克纳中短篇小说集》及为“诺丛”福克纳卷所作长序影响甚大。此外，尚有专著《美国文学简史》（合作）、多种工具书词条及其他英语译作名世。领衔译介的《彩色插图世界文学史》集中展现了他在编辑工作中对美术元素及装帧插图的高度重视与灵巧运用。

鞭草的香味》吧。他的长篇，有的字数太少，有的太长。太少的篇幅嫌短，印出来不好看。太长的没有几年译不出来。我想短篇集预定为三十万字。基本上都是我译的，说不定也会收进几篇别人的现成译文(发表在刊物上的)。不知行不行？交稿期现在还难以确定。[①]手头还有几件事没有做完，也都是不能拖的。如漓江等不及，可以另约别人，千万不要因为我而误了你们的事。

佩芬[②]现在专搞黑塞，她说您所提到的几位德文作家其作品她不大熟，以后有机会帮你们译别的作品，可以吗？选题可以由她提出，由你们审核确定。

去年寄上的两本书目提要，不知是否已付排？何时能看校样？此书的图片都是我处庄嘉宁同志提供的，出书时请勿忘记给他样书，如能付一些（几十元？）美术资料费，那就再好不过了。

匆匆，顺颂

春安！

佩芬附笔问候。

文俊

1988年2月11日

## 福克纳的东西的确难译

硕良同志：

寄来《提要》[③]样书已经收到，谢谢。印得很好，图也都很清楚，而且配得都很准确。我看了非常高兴。同志们也都夸奖贵社的水平。

---

①“诺丛”福克纳卷《我弥留之际》收小说、散文、资料45万余字，李文俊等译，书前有李著3万字长序。1990年11月出版。获国家新闻出版署于1991年11月主办的首届全国优秀外国文学图书一等奖。

②张佩芬，女，翻译家。生于上海。中国社科院外国文学研究所副研究员，《世界文学》资深编辑，所译迪伦马特小说和黑塞小说散文开德语文学翻译新生面。李文俊夫人。

③李文俊等译《现代主义代表作100种/现代小说佳作99种提要》，1988年4月出版。

（字体安排设计得也很高明。）

我数日前曾致上一函，对此书的稿酬表示了一点个人的看法。我的意思大致是：一、给我们编辑部的庄嘉宁同志一些美术资料费。二、如可能，给我一定的编辑费，因此书最后我定了一次稿，也作了一些修改。三、至于译者稿酬，你看着办就是，可以交给我来分。我还得去问谁译了多少字。你告诉我千字标准就可以了。

又：《提要》原作复印两份，请便中还给我。

现将《我弥留之际》的《世界文学》三校清样寄上。此稿后注编辑部同志校读，也有个别修改，我自己又作了一些改动。如能按此稿发最好。不知贵社发稿没有？如已发，并来校样，可参照此稿，有问题处以此校样为准。福克纳的东西的确难译，我花了不少力气，相信是会受到欢迎的。

桂林会议①的发言稿，我已写成并交水夫改定。我爱人已出国，要10月25日才能回来。会议怕无法参加了。会议有关资料，最好给我留一份。我处李政文（编辑部主任）与蔡鸿君要去开会的。请你多加关照。

祝

好！

文俊　上

9月26日（1988）

## 足见贵社出版物威信颇高

硕良同志：

前些时寄上一函，想已收妥。

① 桂林会议，指1988年10月11日至16日在桂林举行的第二次全国中青年文学翻译经验交流会。

弟最近到浙江金华去了一次，是去参加浙江省外国文学学会举办的一次欧美 20 世纪文学技巧研讨会，是所里让我去的，但旅差费用对方负担。见到不少青年朋友，感到各地都有一些人在认真搞外国文学，也有成绩，心中感到十分高兴。回京后又参加文学系学生的外国文学读书报告会，他们中有三个人都深入谈了《弗兰德公路》一书对他们的影响，足见贵社的出版物威信颇高。

上次弟的信中问及两事，因未见回复，不得不再问一下。一是复印插图本世界文学史所垫费用 112 元之事，二是《提要》一书的稿酬之事。如果贵社资金周转有所不便，慢点给我或不给也是没有关系的，但最好给我一个答复，以便向参加翻译的各位朋友作一交代。累次在信中提及银钱之事，实在汗颜，乞谅，为祷！

祝

好！

弟　文俊　上

1988.12.29

## “漓江”是否分成两摊？

硕良兄：

衢州会议期间一直翘首等待吾兄莅临，后知不克前来，甚怅！这次会议开得不错，交流了外国文学情况，对形势作了估计，落实了一些出版项目。朋友们久未见面，聚在一起谈谈，心情总是舒畅很多。我于 28 日回京，又投入了生活的潮流，千岛湖的青山绿水，似乎已经遥远。

《插图本世界文学史》稿已收齐，弟正在编读，做些统一规范之类的事，遇到不妥之处，也少不了要作些改动。此书共 12 章，弟已校了 4 章，估计一个月之内便可校完。下一步便是照相一类美术工作，如何进行还盼示知。是否仍如前议，委托青年技术干部代办？所需费用，是否一一开列寄上单据？（此书共540幅插图，其中300幅为彩色。）我想在书上每幅旁标一号码，另每只信封装一底片，信封上亦标一号码。插图说明旁亦标一号码。

有的译者译了两章，他们表示赠书时希望按量计算，不要搞平均主义。因为他们翻译时请教了专家，答应出书后赠书表示谢意。这一点望贵社能予以考虑。

在浙时，会上有传言，说漓江出版社将分成“外国文学”与“美术”两摊，不知是否确定？此事对出书有无影响？望有准确消息时迅速示知。万一真的不能出版也好作别的打算。其实“插图本”与两方面都有关系，出版应该不成问题。①

先就写到这里。

祝

一切顺利！

文俊

12月9日（1989）

又：1. 是否需要做索引：简单的办法是用原版索引，按英文次序排列（加上汉译），后面注原书页码。同时在译文旁边注原文页码，如确定这样做，那么我现在就在译稿旁边加上原文页码。

2. 索引可否委托青年同志帮忙，以后适当给他一些报酬？

## 《彩色插图世界文学史》做得极精美

硕良兄：

电报收到。昨天，铁路局通知也来到，让邹海仑帮忙去取书，打开方箱，发现里面有9本，而不是像电报中所说的那样——10本。

---

① 广西美术出版社于1989年7月在广西人民出版社美术编辑室基础上联合漓江出版社部分美术力量建立。之后，漓江出版社仍有若干美术图书出版。《彩色插图世界文学史》为漓江外国文学出品。

这9本书我琢磨是无论如何不够分送的，电报上说“请分送”。我理解是除我以外，分送后来为重译图片说明的人，亦即申慧辉、邹海仑、沈睿（4位）——还包括为我译的文章译了几千字初稿的鲍慧宝，这就要四本，我留下五本。至于在北京的其他正式译者，亦即邵殿生、傅惟慈、文美惠，以及图片编者张海波，我想你一定会直接给他们寄出的——稿费当然亦由您致送。本来就不归我总管。所以我就不管他们的事了，否则我手中只能留下一本了。我想这绝非您的原意。

书[①]编排、印刷都很精美，个别彩照有些颜色失真（科伦那一页），别的暂时还挑不出什么毛病。

你的编后记写得很好，有些方面我没有想到要说，编排设计很复杂，没有您这样的行家用心对待，肯定会出很多毛病，我只是做了一部分的工作，许多都是出版者的功劳。

尊夫人代为致意！

北京译者与张海波你一定分别寄书，我这里实在是给不出了。

又：补寄的《我弥留之际》10册，亦已收到。书费的话一定从我的这些稿费（如果有的话）中扣除。

新年好！

文俊　上

1991年12月27日

① 指《彩色插图世界文学史》，〔瑞典〕托·柴特霍姆、〔英〕彼得·昆内尔著，李文俊组织翻译。大16开精装250页，收图500余幅。1992年12月出版，获第二届全国优秀外国文学图书二等奖（1995年）。

# 飞 白
# （10 封）

## 目录和序文设计也有讲究

硕良同志：

目录字体已标好，现寄上，排列顺序是：目录，序言，第一章……

序言有几处改动（在桂林时，因序言在小莫手里，尚未改，只好劳驾你改了）。

▲序言标题改为：

湿婆之舞（序言）。（仅仅是序言题目，并非书名。）

▲ 12 页 17 行，按宋安群同志提的意见加“我国”二字。

▲ 14 页 10—11 行删改如下：（因书的副题将改为“世界诗歌教程”）

本书讲解了世界名诗 500 首……

▲ 28 页末行：

……完成之时，湿婆之舞一旦休止之时，就不再会……

我已与石建航碰头，即将动手画版样和章节开头的图样。

原稿中章题、节（概述、诗人等）题，你审稿时请暂勿标字体，

※ 飞白（1929— ），教授，翻译家，外国诗歌研究专家。出生于浙江杭州。本名汪飞白。1947 年考入浙江大学外文系。1952 年参加中国人民解放军，任军事翻译、科长、团政委等职。1955 年起业余从事英、俄、法语诗歌翻译。“文化大革命”中被非法逮捕，1978 年平反。1980 年转业到杭州大学任教。中国译协理事，浙江译协副会长。教授、硕士研究生导师。主要译著有《瓦西里·焦尔金》、《山外青山天外天》、《马雅可夫斯基诗选》（三卷）、《英国维多利亚时代诗选》及《诗海——世界诗歌史纲》（传统卷、现代卷），主编《世界诗库》《世界名诗鉴赏词典》等。书信集中反映了飞白为《诗海》成功所作的无微不至的努力。

等我们的设计图。

匆此，握手。

飞白

1988 年 5 月 7 日

## 版样逐页画出来了

硕良兄：

你在给小跃信中说可能 6 月 18 日来，现已 28 日，不知何时能够抽身？

6 月上旬搞了研究生毕业答辩，工作较烦琐，至今我还有些表格未填完。但总算松了一口气。

我把版样逐页画出来了，大概由于加了题、线、画及少量边角留空吧，全书页码竟达到 1650 页之多。（节与节、诗与诗均连排，不空页，空白已压缩到最低限度。）实在出乎我的意料。

书名，又作了多次研究，征求了各方意见。由于篇幅大、内容全面系统，现准备改用如下书名：

诗　海

（世界诗歌大系）

这样，就干脆连“教程”字样也免掉了。上次考虑的《面向诗海》，大家仍觉得比较虚，故还是干脆用《诗海》，具有与《辞海》般的分量感。你看如何？等你的消息。

握手。

飞白

1988.6.28

# 慎重考虑成本和定价

硕良兄：

现补寄《诗海》[1]遗留的附件三件：

①作者相片（上次抽出给“鉴赏”用了）；

②“现代卷”目录；

③全书索引。

（②③因改填正式页码而带来）

烦请按我在各附件上的说明，分别安插到应有的地方去，切勿放在您的“文山纸海”里，为祷！

这样，《诗海》就不留尾巴了，能填的页码均已填明，只有极少数名词（如《诗律学》中的），因该篇文章所占页码甚多而难以判明出现的准确页码，只得留到排出样子才能补填了。

因《诗海》原稿比较复杂——分2卷，又各分3类（文稿、外文诗、中文诗），共6类，外加版样图片一包，而且全部是散页无法装订（有许多页文字到页顶端），所以处理时要细心，只能一件一件打开，阅过一样就按原样包装起来。不可把几类东西一起打开，否则容易发生混淆。

版式字号，这次费了极大的功夫改好了，一般情况请勿再作改变。因为每处字号都是牵一发而动全身的。

现在只剩《诗海》封面、护封设计（要等电告内纸厚度后20天内做好），还有环衬内封包括插页第一张，尚未交卷。此外《诗海》就没有尾巴了。

印刷问题联系得如何？广州7215厂虽是我十分熟悉的，但这

① 《诗海——世界诗歌史纲》（传统卷、现代卷），飞白著。150万字，32开精装，定价58.80元，广东新华二厂排版，深圳粤海旭日厂印刷。1989年8月首印7600套，1990年7月重印，累计13600套。获第四届中国图书奖一等奖。

里的人们都认为南京 7214 厂肯定要比广州便宜。

我与宋兆霖、郭建中等同行们，以及再年轻一点的中文、外语两系教师们谈起两书定价，大家的反应都是：超出 20 元一本的书，作为欣赏阅读用，我们是不会买的。不少人提出了和我想法一样的方案：最好像当前一般精装书一样，第一版先印凸版纸版本，估价在 20 元以内，站住脚跟后再印高级精装本。

至少得把《鉴赏》① 按其本来设想印成普及本（十五六元一本），以便“以丰补歉”。请慎重考虑。

飞白

1 月 17 日（1989）

## 从印刷厂写来

硕良兄：

4 月 17 日拿到二校样，27 日用点校法校完。7215 厂 5 月 8 日改完，我 10 日拿到三校样，在对红后发现还有问题，又用四天时间细读一遍，今天再编完目录、索引、页码，质量可以保证。

现请工厂将三校样用快件寄上，请过目。有几点说明：

①正文是三校样（清样），等你看后再给工厂改。

但目录和索引的清样因编好了页码，同时我还想把索引（六号字）由 31 行改为 44 行，紧凑一点，所以把清样留下了，寄二校样给你代替，其中红字现在已改。你再标时不要用红笔而要用其他彩色笔了（仅指目录、索引而言）。

全书页码是：

目录　　　　　19—20 码

①《世界名诗鉴赏辞典》，飞白主编并译诗，潘一禾、胡小跃、吴德艺、张德明、汪剑钊、李莉、季新平等 9 人撰稿。932000 字，32 开精装，深圳粤海旭日印刷厂印刷，定价 27.60 元。1989 年 7 月首印 21500 册，1990 年 6 月重印，累计 33500 册。

| | |
|---|---|
| 前言 | 7码 |
| 正文 | 956码 |
| 计 | 983码 |

再加9码恰好992码=31印张，现在索引稀疏，占13码，如排44行就正好9个页码。所以我正在与工厂商量看能否压缩。(一般索引还是密一点好看。)

②书中质量基本保证，只有些可改可不改的字，原来在原稿中漏改的，例如“凝炼—凝练”，“执着—执著”等，说错也不算大错(鲁迅著作中也用“执着”)，因系清样，我认为尽量少动，就没有改。——因为二校中改的地方，在清样中发现改错的较多(在清样错误中约占一半)，如果我们改数十处这类字，将来肯定会冒出七八个莫名其妙的新错误来。(如错字未改，却改了旁边的另一字。)

《诗海》停了几天，明天再去新华二厂。

深圳旭日厂的电话、地址、联系人，请告我。

飞白

1989年5月16日于7215厂

## 困难中成就大业

硕良兄：

衢州千岛湖会议已开过，会上新的信息量不是很大，但是为同行相聚和交流提供了一个机会。

会上我与人谈起你，都有好评。这些年你辛苦了，你在外国文学事业上可谓劳苦功高。

回来后发现上次寄的报销单还有遗漏，现将剩余的《世界名诗》及《诗海》编务邮电费单据寄上，这是第四批亦即最后一批报销单(约96.77元)，编务报销款现在可以结清了，烦你代为办理。

莫少云不负委托，已在《人民日报》《新民晚报》和《科技文化报》连发三篇书评或简评。

在衢州千岛湖会上，我也应众人要求介绍了《诗海》。

即颂编安！

飞白

11 月 29 日（1989）

今日同时收到小跃寄来的《诗海》（传统卷 20 册）托运单和火车站的到货通知单，明天可以去领了。

但《世界名诗鉴赏辞典》作者购书至今未到，个别作者虽然收到了二册样书，但外地（宁波）作者也未收到。我已数次致函贵社询问，尚无音信。因时间很长了，作者们很着急，只得请你关心一下此事，尽快把所购书（及样书）发出。谢谢！

《诗海》，除请小跃预领的 20 册外，作者购书及赠书亦望从速邮发。我原订购 55 套，石建航订 3 套，赠书几套请告知（必要时可能调整、增加作者购书数）。

两种书的飞白购书，请开给发票。

得知你完成了整套重点书，班师回桂。值此困难年景，成此大业，特向你表示祝贺和敬意。我们都该略作休整了，望多保重！

飞白又及

12 月 1 日（1989）

## 杭州热议《诗海》

硕良兄：

在浙江诗歌界、学术界的热情支持下，经过充分准备，3 月 15 日在浙江省联谊俱乐部召开了《诗海》座谈会。会开了三个多小时，气氛热烈，主要发言者是唐湜（九叶派著名诗人、评论家）、骆寒超（著名诗评家，浙大中文系主任）和宋兆霖。浙江电视台播了新闻，比上海台、中央台的简讯内容要丰富一些；各报也作了报道。唐、骆的发言都要写成专文。

按你的规定，与杭州市书店商定了凭座谈会请柬六折购书一种。今天我已与市店业务科长鲁元栋一同作了结算，并给他写了结算证明一纸。发出请柬48张，到会近40人，因许多人已有赠书（我给与会者赠《诗海》20套，《名诗鉴赏》20册），所以六折售书只供应了二十余份，对你而言负担不会太大。

发请柬后才得知：市店《诗海》（传统卷）已售缺。为了对会议能配套供应，我把（作者购书中）原拟退还服务部的传统卷十余册交给市店代售了。这些书中有12册略有破损（其中4册破损较明显），我把这4册作五折处理，8册基本尚好的，另外又添加2册完好无损的按六折供应，总算基本上满足了需要。

结果是六折售《现代卷》19册，《传统卷》10册（另五折4册），《鉴赏》6册；市店应付漓江275.18元，漓江应付市店469.44元。特此报告。（结算账目由鲁元栋寄上）

顺祝

编安！

飞白

3月20日（1990）

## 盈利之后的期盼

硕良兄：

现将此次出差的车票寄上报销，我的差旅费是最节约的：车票是硬卧（上铺、中铺），住宿在亲友家（仅去年在7215厂招待所住过十来天）。我向杭大财务借款时，财务估计赴深圳一月至少需一千余元，但我现在的票证只有二百余元（补助在外）。

三年来出差次数很多了，有些借款逾期。此次请一起予以报销，谢谢！

听广播，七月中才实行新稿酬标准，对稿酬我从不计较。但此次重印，三本书都可盈利，因此稿酬也可以从优了吧？若论质量，我的稿件可说是第一流的，通过社会检验可以证实。在盈利的前提下，是否能按优质计酬？或者，如不按最优质计酬，则是否能将《诗海》与《鉴赏》中重复的诗重复计酬？均请兄专裁。

因为我们已如此熟悉了，所以才这样以老友口吻给你写信，望你能一笑而不见怪。这里的老师都以为飞白已因三本书发财了，其实到目前为止，我还一点不宽裕。因为女儿、女婿出国，我支持了一万元（这算是少的，别人仅给一个女儿就交四万元学费才能出国，而我的孩子考上奖学金，我仅仅支持旅费）；小儿子结婚，我只支持了一千余元，以致小儿子颇有意见（我是因女儿刚走，钱都给女儿了，一时拿不出更多，只好待以后再补贴他一点）。今年老二（即大儿子，女儿是老大，大儿子是老二）也即将结婚，也得同样支持，可以看出我目前的经济情况。当然，你去年给我及时开出《鉴赏》的部分稿费，是帮了大忙的，要不，上面说的“支持费”就有困难。

作为作家，这三本书是我的高潮，以后纵有当代卷，以及或有“世界诗学”，都不如这三本书集中了，你说是吗？握手！

飞白

**1990 年 6 月 16 日，杭州**

## 合作堪称完美

硕良兄：

8 月 24 日我和你同时发的信。

向你表示衷心的祝贺！若不是你的眼光和魄力，《诗海》去年难以出版，即出版也不能达到现在的规模。

也是由于你的魄力与信任，我才在排版、印刷上能充分投入，做到精益求精。你、我，还有石建航的这次合作是堪称完美的。

上信中我说过：催要稿费不好意思。但说明一下情况也好，可见不是为催款而催款。去年、今年的稿费为我解决了大问题（不管是喜事也罢，不是喜事也罢，反正是对孩子们尽了一番义务）。这也得谢谢你的支持。

石建航遇到同样的问题（今冬结婚），他的稿费也望尽快发出。

《诗海》评论尚在陆续见报。《读书》7 月号发了唐湜文章，《诗刊》即发李元洛文章。《外国文学评论》原说第 3 期发徐岱文章的，未见发出。《人民日报》高宁采访于 5 月已见报，你想必看见了，姜一飞文章你给了哪家报刊？有消息吗？握手

飞白

1990 年 9 月 3 日

# 终于重返诗海

硕良兄：

多年不见了，但你我都还在努力。

从 1996 年家父病危，到他去世后有人假冒湖畔诗社名义，并侵占湖畔诗社纪念处牟利，使我不得不放下自己的工作来保护湖畔诗社的名誉，整整耗费了我三年精力。现在终于重返诗海。

收到你赠阅的《出版广角》多年，未做一点贡献，很惭愧！今年我终于有新书，特撰一文奉上，算是一点反馈吧。不过，你的大刊气派很大，这种边缘角落里的小题材不见得用得上，由您看着办好了。用不上就告诉我一声，以便另投他处。

即颂

新春繁荣发达

飞白

1999.2.28

# 汪静之

## 用作湖畔诗社课本

硕良同志：

你主持出版我的儿子飞白的三册译著，不计盈亏，你对繁荣诗歌事业的高度热心，是目前只顾经济效益，不顾社会效益的出版界少有的。可惜书价太高，不能普及。最好用原纸版印一种平装普及本，扩大影响。

湖畔诗社今年未能办函授，准备明年办。函授班采用《世界名诗鉴赏辞典》为课本，以印普及本降低学费为宜。

我的《蕙的风》尚须修改，请即挂号寄来。明年开办函授班时再寄上出版，作为课本。

凡为湖畔诗社做了好事的，照例要聘为名誉理事，以表谢意。

敬致

建设精神文明的敬礼！

汪静之

1989年11月24日

※ 汪静之（1902—1996），现代诗人。农工民主党成员。安徽绩溪人。湖畔诗社创立人之一，历任中学教师，上海建设大学、安徽大学、暨南大学、复旦大学教授，北伐军总司令部政治部编纂人员，《革命军日报》《劳工月刊》编辑，商务印书馆特约编辑，人民文学出版社编辑。浙江省文联委员，中国作协浙江分会顾问。著有诗集《蕙的风》《寂寞的国》《诗二十一首》、《湖畔》（合作），长篇小说《耶稣的吩咐》《翠英及其夫的故事》，论著《李杜研究》《诗歌原理》，选注《爱国诗选》《爱国文选》。其中，《蕙的风》漓江于1992年3月出版。

## 杨德豫
## （6 封）

# 能否业内调剂

刘硕良同志：

您好！

去年您通过舍弟德庆转交给我的《西方爱情诗选》早已收到，谢谢。听唐荫荪同志说，您独自一人负责贵社的外国文学书稿，劳苦功高，深为敬佩。

现在有一件事，想问问您的意见。几个月前，我收到人民文学出版社一位编辑转来的一部书稿，是葡萄牙当代著名作家费雷拉·卡斯特罗的小说《移民》。此人曾任葡萄牙作家协会主席，并曾被推为共和国总统候选人。《移民》是他的名作，曾被译成二十多种文字。(《中国大百科全书·外国文学卷》第 514 页将此书书名译为《侨民》[①]。) 译者张宝生同志在葡萄牙工作期间，该国许多作家都向他推荐这本书。张宝生同志曾任我国驻葡萄牙大使馆一秘兼大使翻译，现任驻安哥拉大使馆参赞（没有大使，是实际上的负责人）。人民文学出版社主管西班牙、葡萄牙、拉丁美洲文学的王央乐同志很欣赏这本译稿，本想留在该出版社出版，

※ 杨德豫（1928—2013），译诗家、外国诗研究专家。生于北平，国学大师杨树达之子。先后就学于中央大学、清华大学外语系。1949 年 2 月参加中国人民解放军，任军报编辑，1958 年下放农场。后转业到湖南人民出版社（湖南文艺出版社）任译文室编辑、编审、译审。长期从事外国诗歌翻译和研究，译有《朗费罗诗选》《贞女劫》(《鲁克丽丝受辱记》)《拜伦抒情诗七十首》《华兹华斯抒情诗选》等经典名诗，为国内公认最优秀的译诗家之一。获首届鲁迅文学奖彩虹奖。主编《诗苑诗林》产生重大影响。

①《侨民》，〔葡〕费雷拉·卡斯特罗著，张宝生译，漓江 1987 年 9 月出版。

但译者的爱人任吉生同志是该出版社外国文学编辑室副主任，她怕人说闲话，所以和我联系，想由湖南出版。我曾向室领导极力推荐此稿，想争取列入 1984 年出书选题计划。但因我室明年书稿特别拥挤，终于未能列入。（其实据我个人看来，已列入计划的书稿有好几种都赶不上这一本。）因此想问问您，贵社是否有意接受此书。如果您认为可以考虑，愿意看看译稿，我即将译稿寄上，请您过目。

我社所出两本印度小说《姬薇的婚事》《大湖彼岸》各一册，另行挂号寄上，请收。

贵社的《漓江译丛》第六辑出版后，盼能寄一册给我。预先向您道谢！

您有什么需要我办的事，请告知，一定效劳。

此致

敬礼！

杨德豫

11 月 15 日（1983）

（德庆已去北京，几个月以后才能回来。）

## 《大公报》评《诗海》

硕良同志：

久未联系，您好！

十月二十二日香港《大公报》的《读书与出版》副刊上发表了拙文一篇[①]，是评介飞白《诗海》的。我想，贵社也许愿意收集评介贵社图书的文字，所以复印一份寄上。可惜复印得不

① 杨德豫评飞白《诗海——世界诗歌史纲》的文章《大哉诗海　美哉诗海》，载香港《大公报》，1990 年 10 月 22 日。

大清楚。

听说贵社经济上也发生了困难。相信在您的精心擘画下，一定能够较快地顺利摆脱困境。

此致

敬礼！

杨德豫

1990年11月12日

湖南人民出版社原译文一室已集体调到湖南文艺出版社。附告。

## 从《女人变狐狸》谈到莎翁长诗

硕良同志：

久未联系，您好！贵社推出飞白主编的《诗海》《世界名诗鉴赏辞典》等书，气魄宏伟，令人惊叹。

五月中旬我到北京，见到卞之琳先生。他说他女儿青乔所译《女人变狐狸》[①]，已由贵社于去年八月出版；但青乔迄今并未收到稿费，也未收到样书。她手头有一本，是她在北京书店里看到，自己花钱买的。此事盼您向该书责任编辑和贵社财务科查问一下。麻烦您了，谢谢！

前年您来湘时曾谈到：拙译莎士比亚长诗《鲁克丽丝受辱记》可以由贵社出一个单行本[②]。此事我也至今并未忘记。但目前全国出版界都不景气，拙译莎翁长诗恐怕也不会有多少经济效益，还是再等一两年，等出版业走出“低谷”以后再说吧。不知您以为如何？

---

①《女人变狐狸》，〔英〕大卫·加奈特（1892—1981）著，青乔译，卞之琳作序，1988年8月第一版。

②即《贞女劫》（插图本），〔英〕莎士比亚著，杨德豫译，93000字，1992年7月初版，首印10700册，1994年5月重印，累印16700册。

即祝

编安！

杨德豫

1989年6月2日

## 《贞女劫》征订单和文本修订

硕良同志，并请转

《贞女劫》责任编辑同志：

《贞女劫》译稿于9月29日，《译者赘言》于10月8日先后用快件寄上，想必都已收到。

《贞女劫》征订单已遵嘱写好，现寄上。同时寄上翻拍的莎士比亚画像一张，请收。（估计这张画像你们也许需要加以放大，所以将底片也同时寄上。）

下面，想和此书的责编同志谈几个具体问题：

一、关于征订单

征订单写了四百多字，请你们审定，看是否可以。我自己认为还是写得实事求是的。其中“意识流文学作品的始祖”“强奸犯心理大全”这两种提法，显然是为了吸引新华书店的“小辫子”们，使她们多批一些订数。这两种提法也许有些夸张，但并没有夸张到失实的程度。

二、关于“本书排版设计要求”

《贞女劫》译稿前面有一页“本书排版设计要求”。这本是责编分内的事，我原不应越俎代庖。我之所以写出这些“要求”，是为了避免或减少以后的麻烦。比如逗号顿号等标点应该用“对开”的，句号、问号、感叹号等才用“全身”的，有关部门对此早有统一规定，“人文”出的许多书（包括《莎士比亚全集》和拙译《朗费罗诗选》等）也都是这样做的，只是各地有些印刷厂没有认真执行而已。此事我若不事先向印刷厂交代清楚，他们在拣排《贞女劫》时，逗号、顿号以至引号、括号等都用了“全身”的，我在看校样时就必须一一改过来，如果改得多了，我还需要再看第二次校样，那就反而给印刷厂增添了更多的麻烦。

三、关于“人文”出版的旧译本

这首长诗本来是“人文”于1962年约我译的。但至今将近三十年，“人文”从来不给我以修改译文的机会。我在《译者赘言》中含蓄地提了一句“……将近三十年间……一直没有机会作一次通盘的校改”，便是暗示了对“人文”的不满。此诗收入《莎士比亚全集》，“人文”原定于1965年出版，因当时政治形势而未出。粉碎“四人帮”后的1977年，我获悉“人文”准备将《莎集》付印，便写信给他们，说明此诗已译出十五年，我已作了不少修改，要求修改以后再付印。但“人文”回信说：此书已于1965年打成纸型，不能改了。《莎集》1978年出版后，每隔三四年就要重印一次，但重印之前“人文”从来不通知我，更不问我是否需要作什么修改，每次都是印出来以后我才知道。其实我也在出版社工作，也当过责编，我编发的书，例如江枫译的《雪莱诗选》，每次重印江枫都要求作一些改动，我都依他的，改动少的地方便在纸型上挖改，改动多的地方便部分（若干页）重排。“人文”对我却从来不肯给予这种方便。《莎集》那个旧纸型一直用到去年，在去年以前我连一个字也不可能改动。到去年，《莎集》的旧纸型坏了，需要全部重排。这回“人文”总该给我一个信息，问问我要不要修改了吧，也没有。我从其他渠道听说此事后，写信给《莎集》责编，说明这首长诗已译出近三十年，我对译文已作了很大修改，要求按我的修改稿重排。但《莎集》责编给我回信，说已经发稿了，不能改了，只能在他看校样时作“个别”改动。我又只好依他的，通知他在校样上改了“个别”明显的误译，而百分之九十九以上的诗行仍然一字未改。

“人文”既不给我修改译文的机会，也不给这首长诗以出单行本的机会。却总是把那个毛病很多的我三十年前的旧译一次又一次地不断重印，让谬种流传，贻误青年，实在太令人遗憾了。为此，我才决定把这个作了大量修改的译本交给贵社出单行本。

四、关于此次修改

我这次修改此诗，参阅了好几种权威性的英文注本，以及台湾出版的此诗的梁实秋译本。修改是全面的、大幅度的，历时半年以上，不但改正了不少误译，而且整个译文面貌也大为改观。此诗共二百六十五节，每节七行。现以第一节为例。“人文”版的第一节是：

情欲熏心的塔昆，离开了罗马军营，
从那被围的阿狄亚，向柯拉廷堡急行，
他振着不可凭藉的淫邪欲念的双翼，
把那无光之火暂时隐藏于心，
这火恰似埋在灰白余烬中的火星，
只等化作烈焰熊熊的火环，去紧紧
把柯拉廷贞淑的妻子——鲁克丽丝抱定。

而修改后的译稿第一节是：

淫念熏心的塔昆，从罗马军营溜号，
离开被围的阿狄亚，潜赴柯拉廷城堡；
不可凭恃的邪欲，举双翼将他引导；
他急急忙忙赶路，揣着无光的火苗——
这火苗藏在灰烬里，只等时机一到，
会燃起烈焰一团，前去紧紧环抱
柯拉廷贞淑的妻子——鲁克丽丝的纤腰。

两相对比，就可以看出改动有多么大，连韵脚也换了。而且新译也比旧译忠实。原诗明明是说“girdle the waist”，即“缠住腰”，而在旧译中，却根本不见“腰”字，只有一个“抱定”，显然不够忠实。

五、关于此次增补的注释

我在此次修改中，还给此诗增补了五十一条注释。“人文”版此诗的注释只有二十二条，现在增加到七十三条（《译者赘言》中的五条注释没有计算在内）。当然，我并不是主张注释越多越好。注释多了，烦琐了，读者容易生厌。但如果注释太少，使读者无法读懂正文，那也不行吧。

“人文”版此诗的注释那样少，是因为他们是把《莎集》作一个整体，此诗只是其中一小部分，因此，凡在《莎集》中前面已经出现过、已经注释过的人名地名，在此诗中就不再注释了。（例如“纳尔喀索斯”和“坦塔洛斯”，已在此诗前面的《维纳斯与阿都尼》一诗中作了注释；特洛亚国王普里阿摩斯、王后赫卡柏等人名，都已在《哈姆雷特》等剧中出现过、注释过。）现在《贞女劫》既然要出单行本，对这些人名地名当然应该一一作出注释。

我此次增补的注释的另一类型，是向读者和研究人员交代我的译文的依据。因为莎翁作品（包括此诗）有不少地方是不好懂的，有许多注家各自作出解释，其解释又各不相同。我只能从各家的解释中选择一种我认为比较可信的，然后根据这种解释来翻译。在此情况下，就需要用注释的方式来说明：这一行（或这几行）是依据哪一位注家的解释译出的。这一方面是向读者作出负责的交代，另一方面也是向莎学的研究人员和专家交底，让他们了解我这样翻译的依据所在。

六、关于《著作权法》

既然此次修改后的本子与“人文”版的面貌已大不相同，“人文”也就无权指责我（或指责贵社）违反了《著作权法》。何况“人文”与我从来没有签订过任何合同，他们又凭什么指责我呢？

七、关于《译者赘言》

我在《译者赘言》中，完全不提人民文学出版社，完全不提此诗曾在“人文”出版过，是出于策略上的考虑，免得陷于被动。我在《赘言》中所写的仍然句句属实，并无一句违反事实的话，只是对某些事实避而不谈而已。

我在《赘言》中还写了一句:“与这个定本有很大出入的旧译本，已经被我本人否定了，或者扬弃了。”这就是向“人文”暗示:那个旧译本你们要继续印下去，我也没有办法不让你们印，反正我本人只承认漓江这个本子才是合法的“定本”。

以上就七个具体问题谈了我的意见，谨供你们参考。

此致

敬礼!

杨德豫

1991年10月14日

又及:《贞女劫》征订单印出后，盼能寄几份给我。

## 插图设想补充意见

画家同志:

我上次写的关于《贞女劫》插图具体安排的初步设想，大概您已见到了。那只是供您参考的，您若有更高明的想法和安排，还是听您的。

现在又想起两点补充意见:

（一）这首长诗里的“反面人物”，如塔昆，如西农，我认为在画插图时，对他们不必在外形上加以丑化。因为长诗中多次说到，他们的外貌似乎是温良而诚恳的，他们的凶心和诡计是隐藏在内心深处的。如果把他们画成一副凶恶刁狡的样子，一眼看去就知道是坏人，那么，鲁克丽丝和普里阿摩斯又怎么会上当受骗呢?

（二）上次所写的《插图具体安排的初步设想》中，第三十图（最后一幅插图）的画面是:“罗马街道上，柯拉廷、瓦勒柔斯等人抬着类似担架的东西……”现在想来，这样画恐怕不恰当。柯拉廷和瓦勒柔斯都是贵族上层人物，他们是不会亲自抬担架的，抬担架的应该是他们的几个侍仆。我想，在这幅画里，可以把担架画在较远的背景上，抬担架的人可以画得很小，面貌可以画得模糊不清。

此外，斯威布著、楚图南译的《希腊的神话和传说》(上、下册)，是广西师大外语系刘坤尊教授借给我的。这两本书您用完以后，请您用挂号寄给刘教授。

此致

敬礼!

杨德豫

1991年12月16日

硕良兄:

在桂期间多有叨扰，甚谢。

《贞女劫》既然配有插图，那么在征订单上似也应加上一句“本书并有精美插图 ×× 幅”。

另外，我写了一封信给画插图的画家同志，麻烦您转交一下，多谢!

交给画家参考的那两本《希腊的神话和传说》，是向刘坤尊兄借来的，他再三嘱咐我不要弄丢了，因此，我已请画家同志在用完以后直接寄还坤尊兄。

阁下何时返湘一游？甚盼。

敬祝

编安!

并向贵社彭[①]、宋[②]、聂[③]诸首长问好。

杨德豫

1991年12月17日

---

① 彭匈（1946—　），作家。本名彭石生。广西平乐人。时任漓江出版社社长。毕业于广西师范大学中文系。曾任恭城县委宣传部长。

② 宋安群（1945—　），剧作家。广西宜州人。毕业于广西师范大学外语系俄语专业。时任漓江出版社副总编辑。曾在河池文化部门工作。

③ 聂震宁（1951—　），作家。在江苏南京出生，广西宜州长大。毕业于北京大学中文系作家班。时任漓江出版社副总编辑，曾在河池文化部门工作。

# 李野光
# （3 封）

## 两位希腊诺奖诗人

硕良同志：

电报及大札均收悉。您的热情令人佩服，可为出版界贺！所提各节，均可照办。现将两份目录寄上，供参考。其中埃利蒂斯的部分已全部编好，塞菲里斯的已译出近三分之一，必要时选目可略加删削。争取在明年“五一”之前交稿。

据我所知，塞菲里斯是以其整个成就获奖的。他的几本诗集中最为人称道的是《神话和历史》，同时《航海日志》先后出了三编，贯穿着整个中期，分量当然最重。但要选一篇“代表作”作书名则殊不容易。埃利蒂斯的名作是《英雄的挽歌》和《理所当然》（前译《俊杰》），前者是一首长诗，思想性和艺术性均属上乘；后者是组诗，从形式到内容都很有特色，是授奖时提到的一部主要作品，但西方评论家也认为不大好懂，所以都是选译。我个人认为前者更能代表诗人的特色和成就，而且较宜用作书名。因此按照您的主张，我拟出一个书名和封面格式，请酌定。其实，诗与小说不同，不一定以篇名书，用“塞菲里斯 / 埃利蒂斯诗选（合集）”也是可以的。

我准备写一篇八千字左右的译序，另请杨宪益先生写一短序放在卷首，因为他是希腊文学老权威，也是鼓励我译塞菲里斯的（我

---

※ 李野光（1924—2014），诗人，翻译家。原名李光鉴，湖南涟源人。1951 年毕业于北京大学西语系。在多所中学任教和在对外文化部门工作后，调入中国社科院外国文学研究所，曾任《世界文学》编辑部主任，后专事诗歌翻译研究。著有《风沙集——李野光诗选》《惠特曼评传》《惠特曼名作欣赏》，译有《草叶集》及“诺丛”埃利蒂斯卷《英雄挽歌》、塞菲里斯卷《画眉鸟》等。

所根据的希英对照版本即由他提供），但他年纪大，不好劳他写长篇译序。

埃利蒂斯的诗过去五年已介绍较多，不算刊物，收入选集者据我见到的已有四种，另有三种明年将陆续出来，特别是诗刊社所编“诺贝尔奖诗选”收入更多一些。这些都是我这个选集中的译文，我想也不致妨碍发行的。塞菲里斯的已有八首收入“诺奖”，可能明年再在刊物上发一二组。

匆匆具复，即颂

年禧！

野光

1985.12.25

硕良同志：

您好！

希腊诗人塞菲里斯诗选①、埃利蒂斯诗选②合集，因其中一篇授奖词，以及杨宪益先生的序言，至最近始收到，故拖了些时候。现将全部稿件分订为五本，今天与此信同时寄出，收到后请通知我一声，以此告知新近处理计划，就更好了。

埃利蒂斯授奖词无法弄到，只好照台湾译本那样的“授奖理由”代替。两人照片附上，另附毕加索新画的埃利蒂斯速写像一帧，供考虑作“埃选”部分的扉页插图用。如果需要，还可以再选一张有关塞菲里斯的扉页插图。

编排方面，当然应按“丛书”统一规格处理。如考虑节省篇幅，可将集内各章的诗篇接续排印，不另起页（但每样标题需另占一页）。

译文、前言及其他种种，均请费心审定，并多联系。

专此，即颂

---

① “诺丛”〔希腊〕塞菲里斯卷《画眉鸟》，李野光译，1995年2月第一版。

② “诺丛”〔希腊〕埃利蒂斯卷《英雄挽歌》，李野光译，1995年2月第一版。与塞菲里斯二诗人合选《英雄挽歌》，曾于1987年10月出版。

暑安!

李野光

1986年7月6日

## 就近搜集沃尔科特诗集

硕良兄:

去年11月19日发一函，谅蒙收阅。塞菲里斯诗选（前者将书名定为《转折点》，现拟改为《画眉鸟》）早已整理完毕，因不知出版社具体计划，迟迟未寄。本月7日吴裕康同志[①]来访，谈及贵社近况及“获诺贝尔奖作家丛书”继续出版事情，甚慰。我已托他将“塞选”稿带回。他原是《英雄挽歌》责编，对此亦较关心，我想今后多与他联系，以减轻老兄在领导事务中兼顾的些许负担，不知尊意如何?

去年诺贝尔文学奖获得者、诗人沃尔科特，现在美国波士顿大学任教，其作品主要以英文写成。戴侃从去年10月以来即在波特兰就近搜集他的诗集，并设法与作者联系，准备回国后与我合作翻译。贵社谅已将此选题列入计划，对编译人选如何考虑，可否明示一二?

春寒料峭，诸希珍摄。即候

文安!

李野光

1995年2月17日

---

① 吴裕康（1945—　），翻译家，编辑家。北京大学西语系德语专业毕业，曾任中学英语教师、冶金研究部门翻译。1985年调入漓江出版社，任编辑室副主任、主任。编审。责编诺贝尔文学奖丛书及其他外国文学作品多种，译有托马斯·曼《中短篇小说全编》及《磨坊血案》等。

# 邹绛

## 选入多种漓江名译

漓江出版社总编室负责同志：

你们好！

拙编《外国名家诗选》第四册已列入重庆出版社出版计划，这本书从贵社出版的《魏尔伦诗选》中选用了罗洛译的《夕阳》《小夜曲》《致克里蒙纳》《苍白的星星，在你消失以前》《皎洁的月》，从《世界名诗鉴赏辞典》中选用了飞白译魏尔伦的《月光》《泪水流在我的心底》《这是忧伤哀怨的陶醉》，从《柔情》中选用了赵振江译米斯特拉尔的《心事》，从《国际诗坛》1988年第一期中选用了吕同六译蒙塔莱的《又勾起我的思念，你的微笑》《我们不知道》《一封没有写完的信》，从《紫罗兰》中选用了星灿、劳白译塞弗尔特的《泪城》《一支歌》《百花争艳的布拉格》《一九三八年九月三十日》《妈妈的镜子》《紫罗兰花》《装着核桃的盘子》《渴望女神》，以上一共20首诗。

特此告知。按照《版权法》规定和出版社要求，请贵社写一份委托书寄给我，表示同意上列译诗选入《外国名家诗选》第四册。麻烦你们了。

我代表广大读者感谢你们组织出版了这些优秀的译诗集。

另外有致赵振江和致星灿、劳白的信，请转给他们，以便同他

※ 邹绛（1922—1996），诗人，学者。西南师范大学（今西南大学）中文系教授、新诗研究所所长。发表诗作及诗歌论著多种，并主编多卷本《外国名家诗选》。

们联系，因为我不知道他们的通讯处①。再次麻烦你们了。

此致

敬礼！

邹绛

1990年7月15日

① 赵振江，北京大学西语系西班牙语专业教授。星灿，本名刘星灿，人民文学出版社编审；合译者劳白为其爱人。参见本书“其他语种文学译著者”部分。

# 邵牧君
# （6封）

## 《生活和爱情》有原版书

刘硕良同志：

《大众电影》编辑部转来了您的来信，知道你们对罗兰的自述著作感兴趣，很高兴。

《索菲娅：生活和爱情》① 我们有原版书，我在为《大众电影》撰稿的同时，还在《电影艺术译丛》（1981年第一期）上发了详细摘要。均译自原著。

如果出版此书译本，我无法担任翻译任务，因我实在没有时间，或者我可代为物色译者，由你们试稿如何？

即祝

撰安！

邵牧君

4月3日（1981）

刘硕良同志：

4月8日函收悉。

《索菲娅：生活和爱情》一书是英文，并非意大利文，原书于

---

※ 邵牧君（1928—2015），电影家，翻译家。上海人。笔名舒展。1949年从上海圣约翰大学英文系毕业后进入清华大学研究生院外国文学系深造。历任文化部电影局翻译，中国电影出版社编辑、研究员。《世界电影》主编，中国电影家协会书记处书记。译著有《世界电影全纪录》《西方电影史概论》《电影的本性》等300多万字。在繁忙中为漓江组译"艺苑人物"系列《生活和爱情》《星运久长》等书，并在漓江出版了《美国电影史事拾零》。

①《索菲娅·罗兰自述：生活和爱情》，舒展、王鼎华、黎力译，1982年9月第一版。

1979年初版，全书九万字。有大量照片。

我个人并无此书，如需使用作为翻译底本，需从影协外国电影研究室借出复制，约需复制费12元左右。

我工作较忙，如需我处理此稿，时间较长，约今年冬天始能交稿，请考虑。

致

敬礼！

邵牧君

4月15日（1981）

## 照片说明需与影片年表统一

刘硕良同志：

来信收到多日，因忙，未复，甚歉。

现把《罗兰自传》原书寄上，以供选用照片。此书望妥为保护，翻拍照片后即寄还（一定要在十二月十五日前挂号寄回，切切）。

照片的说明，写在另纸上。说明中，片名需与附录的影片年表相统一，我用铅笔在每部影片后写了年号，请与年表对照统一。

近来工作忙，无暇为此书写前言，等清样排出，望即寄一份，寄回清样时，当附上前言。

山口百惠的书，中国电影出版社也要出，我打听了，他们也没有她的歌曲，实在无法帮忙。

有事请来信，即祝

近好！

邵牧君

11月25日（1981）

## 名著丛书小巧而大方

刘硕良同志：

来信、样书、赠书均收悉，非常感谢。

把样书约略翻了一下，格式、封面等都不错，发现了一些错字，如编写献词中把“最大优点”排成“那大优点”，第9章末多排了一个副标题“恨无非是……爱”，下次有机会再版，再行订正吧。

外国文学名著丛书搞得小巧而大方，我很喜欢，蒙赠阅，很感谢。将来工作上如能有余暇，我也愿意为此效力。

文艺出版社的本子至今未见下文，看来是还未出书，现在北京出书速度似不如地方，尤其是一些自己没有印厂的小出版社，更是可怜得很。

至于稿费的处理，是否请你们按每人工作量计算好再寄，免得将来单据不全。我们有一个工作记录，可作为计算根据。

舒展译39000字，王鼎华译75000字，黎力译43000字。舒展校王鼎华所译部分75000字。以上字数均按稿纸实际字数计算，可按版面字数加11%左右即行。

专此并祝

近安！

邵牧君

10月19日（1982）

## 明年当再效力

硕良同志：

稿费已如数收到。收据已签退，请查收。很感谢你的悉心安排。

艺苑人物的选题已代为留意，有合适稿件当寄上供选用。

明年如有余闲，当为你社效力。

专此顺颂

编安！

邵牧君

11月21日（1982）

## 《赫本生平》不必顾虑撞车

刘硕良同志：

蒙赐书，十分感谢。

《赫本生平》已完稿，质量似尚可，请审阅。

此稿风闻有别的出版社也已列入选题，一说是北京文化艺术出版社，一说是上海译文出版社，迄未得到确讯。希望你们深入了解一下，如果你们出书快，又是作为一套丛书的一种，当可不必考虑“撞车”问题。

序文似乎不必写了。

有什么确定的主意后，望函告。

即祝

编安！

邵牧君

（1985）

译者王荣华系北京加拿大使馆中文秘书，曾译《黄玉》一书，已出版。又及。

王荣华

# 多方面物色影星资源

硕良同志：

您好。

邵牧君同志自夏威夷返国后太忙，他让伍菡卿同志为赫本传作序，老伍讲未读原著不敢动笔；我说可将底稿给她看，她讲要到二月初才有时间看，我只好自己动笔了。我写的这几页文字，不知可用否，望示。由于原作不在手，此书何年由何出版社出版均不记得，您若认为此种内容必不可少的话就请您加上。

赫本的生活照很难找。这次再给您寄出十张底片，两张照片。我为剧照奔波数日，再找不到更多的照片了。我想加上原作里的照片，已经基本够用了吧。在寄给您的底片中，有十二张是《世界电影》编辑部拍的，每张需付费一元二角，烦您将钱寄给《世界电影》编辑部洪旗同志。若有困难，请告诉我，我自己付费给他。《世界电影》编辑部原尚有一些赫本的照片，估计被《外国戏剧》的谢榕津拿走了一些，谢也译了赫本这本书。

书名可否取《生活才是重要的》？这个书名若太长，可否考虑《星运长久》？

王立同志是我局俄文老翻译，他推荐了乌兰诺娃传。我让他写了一个简介。您看后有什么意见请告我，若觉得可译，我会要他直接与您联系的。

---

※ 王荣华，外事工作者。时任加拿大驻北京大使馆中文秘书。业余从事英语作品译介，译有《星运久长》《黄玉》等。

冯志军同志是世界知识出版社出版的《风流女皇》的译者，我让他写了《杰拉·菲利浦》一书的简介。菲利浦这位法国名演员我国电影界和观众是很熟悉的。您看后有什么意见也望告我。

若您觉得需先看一下这两部书的原著的话，也请告我。您若觉得须先让他俩试译一部分的话，也是可以的。

另外，中国电影输出输入公司的杨树正同志和裘翠定同志都译过不少电影剧本，他们想推荐亨利·方达的自传。您若觉得方达的自传可介绍，您看这套丛书需限定在多少文字之内，可让他们节译。

卡拉扬以及小泽征尔的传记我正让人找呢。找到后会立即告诉您的。希区柯克的传记我尚未译完。待我译完再与您联系吧。

剧照底片收到后，请来信说一下，我好放心。另外，能否讲一下赫本传大概在什么时候能出书？就啰嗦这么多吧。

祝

冬祺

荣华

1985年1月19日

李　元

## 提到漓江大家刮目相看

刘硕良同志：

年前收到您寄来的信、汇款及清单、照片和书，对您处理问题的周到、细致很感激，在此我向您表示谢意。

您的工作是大有成效的，一本又一本由您编辑的艺苑人物、外国文学作品问世，这是您的心血结晶，作为一个编辑，我很（能）体会也很佩服。

你社规模不算大，但近年来出了很多有影响的、受读者欢迎的书，因而享誉很高，我周围的同事提到“漓江”，都是刮目相看的。相反，上海反倒常常有点老大难。我是60年代中期毕业于复旦大学中文系的，在文艺界也工作些年了，搞翻译则是大学时代已起始的，但十年动乱坎坷人生，业务也荒废不少。目前我的专职是从事外国电影的出版。我们《电影新作》杂志有这么一个外国电影丛刊组，既出版不定期的丛书，又出版《新作》的“国外影坛”。

我50年代在大学文科预备班，专读俄文，当时由乌克兰老师教授。目前凡苏联、东欧的本子主要由我负责看，有空闲也兼搞英语。我想假如有比较好的苏联艺界人物传记，先问问您看，请您多加指教。

《外国电影丛刊》编辑组　李元

1984年2月14日

※ 李元，电影工作者、中国影协上海分会主办的刊物《电影新作》编辑。毕业于复旦大学中文系，专攻俄语，兼及英语。编介多种外国影视作品。

# 陶　洁
# （4 封）

## 希望有自己的“房间”

刘硕良同志：

寄上“福”会[①]集体照，作个纪念。

你同姚乃强谈了翻译问题，他要译《林子》，我们是同学，不好拒绝，我只好答应了。结果这套文集中一本我的书都没有，成了替别人干活的人，做选材、校对等最吃力不讨好的事。为此，我给安徽文艺的朱守中与江奇勇写信，希望他们能增加一卷，包括《盗马贼》及《标杆》两本小说。前者是福的最后一本小说，后者是背景设在约克纳帕塔法的一个故事。把这两本收进去，对福的介绍就比较全面。如果这一集由我来译，我便有了自己的房子，不知你是否同意。

祝好！

陶洁

1988 年 5 月 21 日

---

※ 陶洁（1936—　），女，教授，翻译家。浙江绍兴人。1958 年毕业于北京大学西方语言文学系英语专业。历任助教、讲师、副教授、教授，英语系副主任，北大校务委员会委员，中外妇女问题研究中心副主任，教育部外语教学指导委员会英语组委员，美国文学会副会长。福克纳研究专家。译著有《圣殿》《福克纳年表》《紫颜色》《国王的人马》等。

① 在北京大学举行的福克纳研讨会。

# 铁饭碗还是有优越性的

刘硕良同志：

谢谢你这么快就给我回信了。你知道，当教员的都想要自己的“房子”，我能理解姚乃强的心情。我去信跟他商量，同他合译，署名让他放在前面。这样做法，他来信表示同意。不过，这还是跟人合住，不如有自己的一套自在些。所以我还想加一集即 *The Reivers is Pylon*。福克纳在中国红起来了。我为河北教育出版社编的《福克纳作品精粹》已经重印，印数也在一万册以上，我想《文集》还是会有销路的。麻烦你帮我说句好话。

安徽文艺出版社至今未寄合同，也没来过信，不知是怎么回事。李文俊同志来问我，我也不清楚，不知他们同你是否有联系？

谢谢你如此关心我。我有时也想，不如退休，可以干自己想干的事，不过，一来北大对我还不错，我总得知恩，二来真退休了，没有东西可译或译了没处要，恐怕生活要成问题。铁饭碗还是有优越性的。

你真是忙，开会三天，你还到处联系工作，实在顾不上说话。今后你来北京，欢迎你来我家。

祝好。

倪诚恩[①]嘱代笔问候。

陶洁

6.8（1988）

信未寄出，吴冰来电话，她在兰州的一位朋友已译好《八月之光》，是原湖南人民出版社约的稿。吴冰问我是否已有人译了，我告她蓝仁哲已译，原是给人文的，她说那人想找漓江。所以可能会

① 倪诚恩，德语文学专家，北京大学西语系教授。陶洁爱人。

给你写信，我建议她让她朋友去找湖南文艺。看来，我们的《文集》要出得赶快。

又及。

6.9（1988）

## 支持中青年翻译会议

刘硕良同志：

大函收悉，迟复为歉。

姚锦清的开会通知，系里并未收到。但他来桂林开会一事问题不大。我已同系主任谈妥，到时候会派他出席的。我也告诉他系里未收到通知，让他自己去找译协。根据系里规定，只要他有论文，又有会议邀请信，可以从科研经费中报销他的费用的。

关于田晓菲出席会议一事，我未能办成，十分抱歉。她本人不愿出席任何会议或做报告，要求系里代为推却，系里也认为她从未发表过翻译作品，并不符合这次会议的要求，而系里符合你会要求的青年教师或研究生还有好几位。如派她来，恐怕会引起非议。希望你能谅解。

《福克纳年表》[①] 已发排了吗？如果方便的话，请改用我的笔名"叶宇"。我忘了告诉李文俊同志了。

祝好。

倪诚恩嘱我代为问候。

陶洁

7.8（1988）

①《福克纳年表》，〔法〕米·格里赛著，陶洁译。资料珍贵生动，几近9万字。收入李文俊选编的"诺丛"福克纳卷《我弥留之际》。

# 第一个出席福克纳年会的中国人

刘硕良同志：

你11日发出的急件，我15日方收到。在此以前，施咸荣同志已给我来信，可惜，我11日收信，12日找系里负责招生的同志谈时，她说已无挽回的可能性。

真遗憾，你难得推荐人，我却帮不上忙，实在抱歉。以后，如确有真才实学的人，仍然希望你予以推荐，但要早些告诉我。

谢谢你替我修改校样中的错别字，我一定太粗心了。我用英文写了一篇《福克纳在中国》，已为他的母校举办的第17届福克纳年会所接受。今年7月底我要去那里出席会议宣读论文，一切费用由美国方面负担（亚洲基金会资助国际旅费）。我还编了一个文献目录，将漓江出的这本书也列了进去。我是第一个中国人出席这个会议，也是第一个在会上宣读文章的人。现在我正在报请上级批准我出国，并收集一些译文及书想带了去炫耀一番，送给主办单位密西西比大学。如果这本书能在7月里出版，能否给我一本？我将在7月26日离开北京。

有机会我一定来桂林拜访你，但我相信，你来北京的机会一定更多。真心欢迎你来我家。

祝

编安！

倪诚恩嘱代为问候。

陶洁

1990年6月16日

## 龚文库

### 说服学大有前途

老刘：

久未通信，一向可好？

我于九月初来美国，访问加州大学，为期半年，或更长一点儿。上周接我爱人来信，说收到你们寄来的样书。书出版了自然高兴，原担心会一直拖下去，因为出版界不景气。只是怎么改成那样一个俗到底的书名，真让人感到遗憾①。是为了照顾地摊摊主的口味吗？也许我太远离实际了。

你们的日子是否好过一点了？现在又在作什么大文章呢？我是很钦佩你的魄力的。希望漓江能继续为繁荣祖国的文化作出贡献。

我在加州大学（圣巴巴拉）的传播学系访问，研究课题是“说服学”。记得在桂林时和你谈过这个题目。我正酝酿将中国古代哲人、说客、纵横家关于辩说术的教诲典故，与西方从社会心理学等角度进行的研究结合起来写一本《攻心术——古今纵横谈》，想写得活泼一点，配上漫画、彩色插图（如有趣的广告）。对象是普通读者。说服学是国外一门新兴的学科，研究怎样用个人交往和传播媒介手段来影响别人，包括面对面说服（如面谈）、社会说服、商业说服（如广告、推销）、政治说服……许多大学都在开这门课。我在北大正讲授此课，目前在写教科书，同时想写一本通俗的东西，

※ 龚文庠，教授，翻译家。笔名龚人。北京大学国际政治系主任，译著有《黑暗中的笑声》、《假若明天来临》（合译）等。

①《明星卵子绑架案》，〔美〕劳伦斯·桑德斯著，龚人等译，1991年7月出版。

来推广这门人人都离不开的学问。不知漓江是否有兴趣。如有其他选题也请见告。

有什么事要办尽管来信。随信附去打印好的英文地址，剪下来贴在信封正中即可。

此颂

秋安！

龚文庠

1991.11.14 于美国加州

# 刘象愚
# （2 封）

## 巴思：后现代主义代表人物

硕良先生：

近安！

寄上《迷失在游乐场中》译本序。可用否？请酌。

巴思是西方后现代主义小说家中的代表人物，他的作品必将在西方文学史上据一席之地。我最近译了他的《迷失》和《喀迈拉》两本合为一卷，同时研读了他的其余作品和批评。我以为他是值得出“全集”的，等乔伊斯校完后，倘尚有余力，愿承担此项任务。

简此 颂

编安！

刘象愚

3 月 27 日

※ 刘象愚（1942— ），学者，翻译家，外国文学研究专家。四川成都人。1967 年毕业于山西大学外文系，1981 年毕业于中国社会科学院研究生院外国文学系。曾赴伦敦大学研修 20 世纪英美文学及西方马克思主义文论，赴威斯康星大学研究欧美现代主义和后现代主义文学，并在该校白水校区讲学。历任北京师范大学文学院与外国语言文学学院教授、博士生导师、中文系主任，中国比较文学学会副会长，中国外国文学学会理事。编著有《文化研究读本》《后殖民主义文化理论》《文学思潮和文学运动的概念》《世纪短篇小说精品文库 · 美国加拿大卷》《爱伦 · 坡精选集》等。译著有《文学理论》《比较文学与文学理论》《后现代的转向》《文学批评理论》《当代马克思主义文学批评》等。

# 译乔伊斯我有兴趣

刘硕良先生：

内人转来董衡巽先生一信，称贵社欲约我译 *Ulysses*，我对此书一向有兴趣，前几年曾译过其中的一章（第三章），收在江苏人民出版社的《外国现代派小说概观》一书中。

目前我在美国威斯康星大学的英文和比较文学系做学术访问，为期一年。我在这里研究的题目是现代主义和后现代主义，包括乔伊斯。

不知贵社有什么具体要求，能不能来信谈谈？

刘象愚

五月五日（1992）

# 蓝仁哲

## 搜索原文补充新译

硕良兄：

您好！

《英国哲理散文选》稿原拟去年底前交贵社的，因为去厦门开会和年底行政事务冗杂，未能如愿。编一本散文选，最初以为挺容易，但动手后才发现也非易事，因为英国的散文以兰姆型的抒情个人随笔居多，培根式的议论社会人生的篇章并不多见。因此，翻阅了迄今的现成散文译文后，入选篇什不足。又去搜索原文作品，从中挑选，重新翻译。现在总算完卷了，寄上请审定。

兄在南京约我的另一种译稿，诺贝尔文学奖获得者文选之一的“罗素文选”，去夏已托朋友从国外带回罗氏各种著述，阅读之后现已挑定目录，随信附上。罗素著作浩瀚，撮其精粹，按内容分排，首尾按贵社该丛书体例，加获奖提名和演说词，罗素年表和著作表等。此稿已译出部分，年内尽早交稿。

即颂

新年快乐，万事如意！

仁哲

1989.1.17 重庆

※ 蓝仁哲（1940—2012），教授，翻译家。曾任四川外语学院副院长、院长。中国加拿大文学会会长。主持翻译诺贝尔文学奖作家罗素代表作《哲学・数学・文学》及《英国哲理散文选》等。

# 文美惠
# （2 封）

## 吉卜林短篇小说选目敲定

刘硕良同志：

您好！上次您来京约稿，我和林洪亮有机会和您见面，非常高兴。

关于《吉卜林短篇小说选》的选目，我经过考虑，做了一点修改，决定译35篇，共40万字。现在我手边有我和北大英语系中年教师王逢鑫同志两人的译稿14篇，近10万字。其余部分我打算加紧译出，争取明年初能够译完。现寄上选目，您如有什么意见，请即来信告知。

匆此即颂

编安！

文美惠

10月5日（1986）

## 和王逢鑫合译吉卜林小说集

刘硕良同志：

上次写信，把吉卜林短篇小说集的选目寄给您，大约您已经收

※ 文美惠（1931— ），女，翻译家。毕业于北京大学西语系英语专业。长期从事外国文学翻译与研究，中国社科院外国文学研究所研究员。主要译作有《吉卜林中短篇小说选》《曼斯菲尔德短篇小说选》，与朱虹合编的《外国妇女文学词典》，填补了国内空白，即在外国也是不可多得的工具书。

到了吧？

我约了北大英语系的王逢鑫同志（他已获副教授职称，现在教授散文及写作课）一同翻译这本集子[①]，他大约译十万字。我已通知他用三百字稿纸抄写，但他提出两个问题，一是，他已译出五六万字，均写在五百字稿纸上（过去金子信约稿要求用大稿纸），是否还要重抄在三百字稿纸上。另一条是，北大的稿纸没有三百字的，是否可以由出版社提供些三百字稿纸给他。如果有时间，是否请您直接写信给他联系，并寄点稿纸？他的地址是：北京西郊北大英语系办公室王逢鑫收。他翻译的那一部分，以后均交给我统一寄给您。

如有其他要求，请来信联系。

祝

撰安！

承寄奥尼尔戏剧一部，已收到，谢谢！

文美惠

1987年11月17日

① “诺丛”〔英〕吉卜林卷《老虎！老虎！》，短篇小说集，414000字，文美惠等译，1988年1月第一版。

# 黄 梅
（3 封）

## “诺丛”高尔斯华绥卷选目

刘硕良同志：

您要求我为漓江编选高尔斯华绥的集子。我目前已收集、翻阅了一些材料。高氏获得诺贝尔奖是由于他的两套三部曲《福尔赛世家》和《现代喜剧》。因都是以长篇为主，我觉得既不能不选，又不能多选。想来只有选用周煦良先生译的《有产业的人》（约 24 万字译文）最适当。版权事得由您去打交道了。

其他的也基本都有现成译作。我初步考虑可选：

（1）《苹果树》（董衡巽译，人文《英国短篇小说选》），约 40000 字。

（2）《品质》6000 字。

（3）《登峰造极》6000 字。

（4）《一篇平凡的故事》7000 字。

（5）《梦魇的孩子》5600 字。

（6）《良心》6400 字。

（7）《在前的和在后的》40000 字。

［以上（2）到（7）均收在上海新文艺 1957 年出的《高尔斯华绥短篇小说选》，沈长钺译。这些还可删除或调整。］

※ 黄梅（1950— ），女，翻译家，外国文学研究专家。湖南永兴人。1989 年毕业于美国新泽西州罗格斯大学，获博士学位。1977—1978 年在中国交通部情报所工作。1981 年调入中国社会科学院外国文学研究所。主要学术专长为英国小说研究，外文所研究员，英美文学研究室主任。

此外，可考虑选一个剧本。我以为《银匙》较好。只是译本太老，但又是名家（郭沫若先生）译，改不得，也许得重译？

如果你们大致同意上述选题并能与原译者或出版社谈妥版权的事，我就可以考虑着手编写（包括译授奖词等）。[①]

此外，还有一个经济问题。如果你们手头没有材料，恐怕得大量复印，是一笔不小的开支。您的意见是如何办理？

请来信说明你们的意见。

此祝

新年好！

黄梅

1991年12月15日

## 更正一处译文

刘硕良同志：

您好。刚刚寄去了高文集的序和附录等。不知收到否。

在写序前后曾重读自己的部分译文，发现一个差错。原想寄稿一并通知你，结果忘了，只好补写此信。该错句在原稿第一页末一行到第二页第一行（也即第三段第一句）。原句为："在特罗佛尔村国教教会和非国教礼拜堂之间并没伤和气。"应改为："在特罗佛尔村国教教会和非国教派的人之间本来就不和。"其中将"非国教礼拜堂"改为"非国教派的人"是小改动，只为语意顺些。而另一处改动是根本性的。原文意为"没有和气可伤"，故应译"不和"。我的原稿译"并没伤和气"，是粗疏造成意思全"拧"了，故应改正。请你们无论如何在校对时加以订正。

请把处理情况写短柬告我（以及稿子是否收到等），以免我

① "诺丛"〔英〕高尔斯华绥卷《有产者》，周煦良等译，黄梅选编，1992年1月出版。

惦念。

此祝

顺遂

黄梅

1992.9.2

## 发现一个细节错误

刘硕良同志：

你好。

我偶然地发现了有关高尔斯华绥文集的另一个细节错误。因稿样不寄我了，特向你说明。

在“授奖词”（附录）的第三页第三段（即全文第五段）有一句话，为“对每个人物的刻画高潮卓异”。其中“高潮”应为“高超”，是明显的错误（电脑输入的疏忽造成）。可能你们编辑或校对已经改正了。如还未改，不知是否仍可补救？当然最好是能够修正一下。

专此，即颂

编祺

黄梅

1992.10.13

# 钱满素
# （5 封）

## 去哈佛会多留意值得介绍的书

老刘：

这次真高兴能有机会跟你聊聊，希望以后还有这样的机会。

你走后我想起忘了给你陈凯的地址。记得你说你可以给《希特勒的含义》一书找找地方出吗？现在我把这封信寄给陈凯，如果他仍想译此书的话，就直接跟你联系，并附上此信。以后的问题，你们就直接联系吧。

我已收到哈佛寄来的办签证的文件，所以估计一月中可以成行。我在那儿会注意一下值得介绍的书。

多谢你的关心，祝你身体健康，新春愉快！

满素

1991 年 12 月 3 日

※ 钱满素（1946— ），女，翻译家，外国文学研究专家。生于上海，哈佛大学美国文明史博士，中国社科院外国文学研究所研究员，南京师范大学外国语学院特聘教授，博士生导师。主要从事美国文明史研究，著有《爱默生和中国——对个人主义的反思》《美国文明》《美国自由主义的历史变迁》，论文集《文明就是讲道理》《自由的阶梯》《文明给谁看》等；主编《我有一个梦想》《年轻的美利坚》《韦斯特小说集》《美国文明读本》《美国文明研究论丛》《绅士谋国》以及“世界文豪书系”之《纪伯伦全集》（合作）等。

## 出版有人，搞研究才能做出点事

老刘：

春节好！多谢来信。近一个月来，我一直在为返美的手续作无谓而忙碌的奔波，真可谓疲于奔命，事稍定后便开始忙于看病。因情况多变，想等定了再给你回信。多次改时间后，我已订好2月5日的机票回波士顿，但愿这次能成行。

我们虽初次见面，却一见如故，真是难得。你在外国文学出版方面的目光和成就是我们同行中一致称赞的，出版方面有你们这些人，也是我们搞研究的人的运气，终于在种种困难中还能做点事。

关于爱默生精华录（我大概有点怕“语录”这两个字），我一定要做的，因为我觉得会有意思，但是今年怕难以交稿，论文还有许多事要做，出国往返杂事很多，还有些别的事早就答应的，不得不交稿。我保证明年（1993年）交稿，其中有情况我会及时和你联系。我因为身体不好，有效时间不多，目前只能集中力量做一两件事。

我早给陈凯去信，并附了一封给你的信。他回信说准备抄出第一章译稿后寄给你看看。陈凯是个方正先生，为人诚恳，治学严谨，白烨也很赞赏他的工作，打交道比较可靠愉快。

其他的事情，比如发现什么好书，我会及时和你联系。我估计在9月中旬回京，等女儿去上学后，难得聚在一起，等她开了学我再走。另外也收集些资料。

今年北京不大冷，广西一定还暖和吧。你身体好吗？多保重。希望以后还有机会多聊。

恭贺新禧！

满素

1992年1月25日

# 倾向于做一些提高中国人素质的事情

老刘：

一年又过去了，我早就该给你写信。九月初我回到北京，才见到你一月份寄来的书和信，十分感谢。

我二月初去美国后，一直忙于赶论文，因为论文都必须自己打印出来，装订成硬面才算完成，这就更费时间。总算一切如期，于六月初毕业，结束学位。暑假去西部玩玩，又利用图书馆为别的项目收集资料。回来后这三个月写了一篇欠所里的上万字的文章，又把欠白烨的那本美国散文选搞了出来，于上周交稿。因为这是一套书，共六七本，我因在国外，开始得比别人晚，所以拖在后面，给催得够呛。交稿后，才能静下心来想想，下一步做什么。

这次不过小别半载，中国却又大变样了。意识形态的重要性下降，市场经济只要一打开，其势将猛不可挡，商业化的味道肯定会越来越浓。在这种情况下，我们将怎么办，大概也会有一个重新确定方向的问题。我当然不是说去"下海"，而是如何做一些对社会有益的事。一个社会的物质文明上去了，精神上也应该更有条件提高，所以我倾向于做一些提高中国人素质的事，而不仅仅是小圈子里同行相互欣赏的纯文学纯理论的东西。

关于我们谈过的爱默生精华一书，我并没有忘记，还没动手干倒不仅是时间精力安排不出来，而是我有两点看法，或顾虑：(一)如你所说的设想，这本书大致是本爱默生语录，而语录这种形式，很容易断章取义，把复杂的思想简单化，这是我所不愿意的；(二)三联已经搞了一部90万字的爱默生文集，都是新译的，所以你真要搞的话，不妨从中节选，可省去许多功夫，我向来不大喜欢做重复的事情。不知你的看法如何？另外，这一类书的出版、销路情况如何，我也颇为忧虑。三联的书是美国出资，不怕亏本。

我今年的计划有几项，一是将我的博士论文《爱默生和中国》搞个中文本发表，出版社还在联系当中。二是想写一组文章，谈美国民主的历史发展，大约有二十篇，每篇5000字左右，从美国历史最初开始，通过一些关键的事件，说明美国的民主怎样发展演变到今天的形态的。文章可以一篇篇写，各篇自成一体，集起来又有一条明显的线索、一个中心。我的意图是介绍民主的来由和基本要素，也分析到它的优劣之处，是面对一般读者的。三是继续搞我的社科基金项目：美国十九世纪上半叶的文化思想。再加上一些临时的事，我也就很忙了。

你情况如何？工作头绪很多吧，南方的改革势头比北方强，变化一定很大。什么时候还会到北京来？

有事来信。祝健康愉快，新年好！

满素

1992.12.10

## 很关心纪伯伦集子的外貌

老刘：

很高兴收到你的信，希望你在新住处新工作一切满意。

我很遗憾没能去成桂林，车票实在太难买了，但愿以后还有机会。

纪伯伦的集子①马上就要完成了，英文一共八本，由北京外语学院的薛庆国译6篇，我遵照你的嘱咐，译了冰心原译的两篇：《先知》和《沙与沫》。薛的译文我也全部负责校看了一下，他译得不错的。目前的情况是：薛还有两篇没交来，大约下周能够完成，然

① "世界文豪书系"《纪伯伦全集》五卷，816000字。阿拉伯文卷，关偁主编；英文卷，钱满素主编。河北教育出版社1994年6月第一版。

后我和他见一次，统一一些译名体例方面的事，我再把全书看一遍，写个序，就可交给关俩，我估计不会超过一个月，尽量提早。我自认比较尽心地做了这件事。

我现在很关心的是这本书的外貌，纪伯伦的书已经出了好几本，如果不在装潢上下些功夫，在市场上就会缺乏竞争力。这次白烨搞的那套散文选销售很好，三分之一在于装潢上。现在高雅文化渐渐在抬头，我希望封面设计一定要高雅些，让人一看就知道它的档次和价值。我国的硬封精装往往做不好，不如用好的软封。另外我建议用纪伯伦自己画的插图作为封面，又文雅又现成，我这儿有插图，可供选择。此外，散文诗的排版方面要宽松些，多留些空白，不要“顶天立地”。总之，我希望这本书拿在手里，放在书架上都能让人觉得可爱。请你务必让我们预先看看封面设计、版面设计，拜托了，多谢！

祝新年好！

满素

1994 年 1 月 14 日

又：把你这本书发稿后，我马上开始编《世界女性文学精选》的美国卷，全书共十卷，由吉林北方妇女儿童出版社出，为迎接明年的世界妇女大会，我和北大的陶洁任总策划。据说这套书最初还是你提出的，是吗？

## 好不容易找到插图

老刘：

今天给你挂号寄去五个书套和两本阿语的书，你看这些图片是否能用？这样由你去选择和制作比我在这儿做更好些。现在的文学作品一般很少插图，封面好看的也不多，好不容易才找到这么几张，大都是美国出的。如果你还需要，我这儿还有两本书的封面也许还有特色，但太小，不易拍制。

这些书套和书都是我写了借条借来的，用后请务必尽早归还。

文章我马上要开始写，争取在本月底寄给你。

《纪伯伦全集》的稿费请早点结算，这样我们也好买书，现在他们不付现款不让转账。

满素

1995.6.15

# 裘小龙
（3 封）

## “四重奏”按原计划进行

刘老师：

您两次来信及寄来的书都收到了，谢谢。

您走后见到了阮同一次，谈了这套书的情况。“四重奏”我正在赶，只是后几首的译稿找到了，还将重译。我已与老金说过，他承认稿子在他手中，但又说家中特乱，一下子找不到，得过几天好好找一找。也许只是推托而已，不管怎样我依然在按原计划进行，下个月可将全稿寄上了。

《迷惘》一书的情况是这样的，译者之一是沈培锠的亲戚，我对沈讲了一下情况，希望他告诉几位译者直接与你们联系。

这几天上海天气冷了，桂林也是一样吧。我们的见面虽是晚了、短了一些，但相互都有了一种直感感到亲切——至少我是如此。我想，我们以后的路是会很长的，我能得到您的帮助，这一点我也是深信的。

匆匆就先写到这里。

代问阮同好。

小龙

（1985）

※ 裘小龙（1953—　），作家，翻译家。浙江人。毕业于上海华东师大外语系。历任上海街道工厂工人，上海社科院文学所学术委员、外国室副主任，中国社科院研究生院硕士。师从卞之琳先生研习英美诗歌，以翻译西方意象派及艾略特、叶芝著称。20 世纪 80 年代后期留学美国，在华盛顿大学教授中国文学。译著有长篇传记文学《拜伦传》，诗集《抒情诗人叶芝诗选》《意象派诗选》《四个四重奏》《丽达与天鹅》等。《四个四重奏》获上海青年文学翻译奖。

## 叶芝诗选:《丽达与天鹅》

刘硕良老师:

前几天曾给您一信，谅已收到了，一直不见回信，心中甚是念念，望您收到此信后，请一定回上一信。

我这阵子已把两篇论文写完了。现已开始全副精力搞那本“叶芝诗选”[①]。如果一切顺利，估计六七月份即可完成，篇幅较《四个四重奏》[②]多些，大约有三十余万字。我想取其中一篇诗名为《丽达与天鹅》，当然，得听听您的意见。

前些天收到贵州一位友人信说他们愿意承包《四个四重奏》的销售工作，估计他已给你们社去信，他问及《意象派诗选》，望您能在信中告知一些情况。

匆匆先写这几笔，等您回信。

祝

好

小龙

1985.4.5

附：我寄您的书也已收到了吧。

## 在几个大城市设点

硕良老师:

信悉，前几天我已给您去了一信，大约已收到了吧。

漓江显然是要做一番事业了，这一点国内的出版界其实早应有

① “诺丛”〔爱尔兰〕叶芝卷《丽达与天鹅》，裘小龙译，1987年1月第一版。
② “诺丛”〔英〕T.S. 艾略特卷《四个四重奏》，裘小龙译，1985年8月第一版。

人想到，但事实上似乎还没见人做。在国外，一家出版社打出了牌子是一件很了不起的事，受到人们高度重视，而且一些重要的出版社在其他方面也是有实力和有影响的实体。我衷心希望您能实现这一抱负。我当然也是愿意尽我的全力为这番事业做些事的。具体做些什么，我想再考虑一下，我在上海作协、外国文学会以及最新成立的种种协会都报了名。这一阵子“活动”“沙龙”之类特多。我想去摸底。多少在读者群和读者需求上可以得到一些信息，待我到了南宁后，我们好好聊一下（你们出版社的公函还是寄给我好了，我即可据此去请假，动身来广西了）。

另外，上信中提到的人，在漓江的发展中也可以做些事。我在想，漓江是要越来越走向全国的。可以考虑在几个大城市设点，先不一定设什么办事处，但得有些年轻人做事，至少是可以提供一些信息。

上班前匆匆先写这几句，也许过几天您的信一到，我也就来桂林了，更多的就面谈了。

祝

好

小龙

1985.4.29

## 王逢振
## （4封）

### 为漓江奔忙

硕良兄：

你好。

在桂林蒙热情招待，成玲和我都非常感激。谢谢。

因罗芃搬了家，前天才找到他（第一次晚上去的，未打听到），已嘱他将杜伽尔获奖时的致辞答辞火速译出，他答应20日前完成，径直寄你。

老郭处的稿子已寄你（共三篇，想已收到）。

董乐山的稿子已拿来，随后寄上。傅惟慈处的稿子日内另寄。

名作选约张友元称《百年孤独》难度大，一时完不成，想选《华伦夫人的职业》替代，你认为如何？我已基本同意，下周内拿到后寄上先看看再定吧。

我到美国要搞的“批评理论争论集”已列入所里计划，北

---

※ 王逢振（1942—　），学者，翻译家。河北邢台人。早年毕业于北京大学英语系。中国社会科学院外国文学研究所著名专家。曾任国际美国研究会常务理事，全国美国文学研究会和英国文学研究会常务理事，美国加州大学（UCI）批评理论研究所、澳大利亚国立大学人文研究中心和美国杜克大学批评理论中心客座研究员。多年从事批评理论研究和文化研究，主要著作有《今日西方文学批评理论》、《女性主义》、《文化研究》、《二十世纪西方文论研究》（合著）、《美国文学大花园》等。文论译著有《当代文学理论》、《时间的种子》、《政治无意识》（合译）、《向权利讲真话》（合译）、《单一的现代性》、《黑格尔变奏》、《萨特：一种风格的起源》等。文论编著有《最新西方文论选》、*Dialogues on Cultural Studies*（北美出版）、《名师讲演集》、《美国大学批判》、《詹姆逊文集》（14卷）、“知识分子图书馆丛书”（已出版42种）、“先锋译丛”（11种）等。文学翻译有《高原世家》《大地》《都柏林人》和爱伦坡等人的短篇小说。另外在国外发表文章多篇，有的论文被翻译成日文和西班牙文。

京出版社编委会尚未研究，如果你愿意要，请收到信后即速告我，还可以安排；如果你觉得有困难，千万不要勉强，因这本书在出版方面不会有什么问题，我是想优先提供给你才问你的。如果你同意出，望在我出国前给我寄一份你们同意出版的证明，这对我在美国收集资料、寻求专家支持会更方便一些（证明英文稿附上，只要打一下盖个章就行了）。如不能出版，就把英文证明撕掉。

《青年外国文学》第一期稿子还缺什么，请即速通知我。翻译工作方面的稿子我准备自己动手综合一篇，周内寄上。第二期刘文飞组织了两篇，另外罗芃处也有，我再组织两篇，不会有什么问题的。

成玲附笔问好。匆此即颂

夏安

王逢振

1986.7.13

## 赶赛珍珠演说和译本前言

硕良兄：

你好。身体恢复得怎样？

我 18 日到美国，在旧金山逗留了几天，然后到 Irvine 的加州大学，于 24 日就到东部杜克大学（北卡罗来纳州）开会去了，会后访问了一些批评家，前后用了十一天的时间，接着又到纽约哥伦比亚大学，10 月 9 日才回到 Irvine。这些天没干别的事，把赛珍珠在授奖仪式上的演说译出，因中文资料不全，有些人名和作品名字及引文请找学中文的同志帮助校正，凡需核对的我都用铅笔标出来了。

其他人的稿子是否齐了？韩邦凯是否去通校过全书？鞭长莫及，我只能完成我自己这部分。前言也已写完，与“演说”另封印刷品发出，望收到后给我一个回信。

《青年外国文学》进展如何？需要我做什么，请来信。

因为译授奖演说（没想到是一本小册子）和写前言，其他事还未做，过段时间有什么新情况、新材料我会告诉你的。

匆此，即颂

康吉！

王逢振

1986 年 10 月 23 日

## 《大地》及其他

硕良兄：

来信收到。

惊悉身体欠佳，事先不知，未及问候，请谅。要想干事，身体不好是不行的。望兄注意疗养，不可太累了。如需要什么药物不好解决，可给我写信。

过去的稿子，凡不合适的，只管不用就是了。我还约了一些稿子，估计十月底之前会径直寄给你的。

小申的事进展如何尚不清楚。她早已不怎么上班，这两天可能就要生了。一月前她说已近完成。

《大地》[①] 译稿我剩了个尾巴，由山东师大马传禧完成，他是外国文学系系主任。前年从英国爱丁堡大学归来，是中年骨干，可以相信的。沈培锠那部已近完成，十月他将来京与我协商一些问题。韩邦凯的稿子将于九月底译完。已与韩邦凯说好，全书译稿由他去桂林集中时间通校。韩邦凯是朱光潜的研究生，因夫妻问题才去蛇

① “诺丛”〔美〕赛珍珠卷《大地》三部曲，785000 字，王逢振、韩邦凯、沈培锠等译，1988 年 7 月第一版。

口的。中外文水平都不错。目前是蛇口翻译协会理事长，由他通校你只管放心。前言由我来写，本想行前完成，因社科出版社有我一本书马上发排，急需补前言，所以《大地》的前言将在美国完成，一定在十月份寄给你。同时还会补些有关资料。

为了加快我将编的那部书（北京社的那部）的速度，我准备与南京大学盛宁同志合作。他不久前从美国归来（先在哈佛，后在斯坦福），在那边收了些文论资料。初步想年底前完成编选题目，译者已找好，由他在国内联系。我们想明年第三季度把全书校好。

《尤利西斯》天津外院金隄在翻译，据说是人文约他译的。我想你不必搞这本书了。这本书译起来很难，一般译者啃不动，老译者未必去干。金隄是燕卜荪的学生，为了这本书曾专门到英国去了一年。

《兔子三部曲》原来听说浙江想出，一直未出来。三部曲中一、三部较好，第二部较差。如分开出，第一部可找郑启吟，她一直有志于这本书，但未动手。第一部篇幅小，可以搞出来的。如想搞，我可跟她谈谈。

另外，我为你设想了一套书，看是否可搞。我想如果你组织一套《现代西方文学大作家传记》，既有学术价值又有可读性，会受重视的，可考虑乔伊斯、托马斯·曼、福克纳、卡夫卡、加缪、萨特、贝克特、奥尼尔等人（譬如全套十个人）。如果你想搞，我可在外面先收集资料。但到时候要由你组织翻译力量，我恐怕应付不了这件大事，但可推荐一些人。请考虑及把你的意见告诉我。

我已定妥九月十八日机票，去到会告你地址的。

行前甚忙，暂写这些。匆匆带住。

即颂

早日康复

逢振

1986 年 9 月 9 日

# 外文所办公室愿代销漓江图书

硕良兄：

你好！

那天因去送人，未接到你的电话。卖书的事我与唐学仕谈过，他们办公室愿意承担，你估计一下，每本多少数量，一并发来。小唐的意思是包给他们陆续销售，书不再往回运。如搞书市费用太大，未必能卖出多少。如你们想租柜台或找门面房子，再行联系。此事请你商定。为了赶时间，派人送书当然也行，但恐怕带不了多少。

美国开会的事，他们给我限定5个名额，估计只能从你们那里请一个人，你看怎么办？原则回程费用自己解决，入境后美方负担。我的费用他们全包。会议时间可能在1991年春天三四月份。

论文集[①]译稿因张廷琛去美不归，尚欠1篇。正在补，稍拖些时日，请谅解。

匆此即颂

康吉

逢振

1989年12月21日

问嫂夫人好！

祝你们新年愉快！

①《最新西方文论选》，王逢振、盛宁、李自修编，610000字，1991年10月第一版。

# 侯明君

## 一见如故

硕良先生：您好！

南京一别，不觉已有一个月了，不知你在繁忙的工作之中如何安排度过一个愉快的元旦？念念。

虽说在南京我们是初次见面，却有一见如故之感。我想，可能是因为共同的事业把我们连在一起的缘故吧！

由于在外期间给学生耽误了一周课，回校后抽时间先给学生补了补课，又抓了一下研究生论文的落实。这期间，又适学校中层系、处级领导换届，校长动员我做系主任，费了好大劲，总算推托掉了。刚舒了一口气，元旦便来到了。

学期临近结束，我的课于元月十五日就可停下来，日内我即可着手翻译几篇加拿大短篇小说中的精品给《青年外国文学》，春节前，我一定将第一篇给你寄出。如果你那里篇幅允许，我可以每期（或隔期）供你一篇加拿大短篇小说的佳作，你或可开一个加拿大短篇的栏目。

逢振曾在济逗留五日才返京，在此期间，已将五月份会议定下来，盼望您能前来赴会，届时我们再畅谈。

新年好！

侯明君

1988年1月2日

※ 侯明君（1943—2015），教授，翻译家。山东济南人。1965年毕业于山东师范学院外语系，后留校任教。曾任山东师范大学教授，外国语学院院长。译有《烈药》等多种文学作品和评论文章。

# 马传禧

## 始终一贯地介绍西方名著

刘硕良先生：

您好！

感谢你的关心，《大地》稿费已收到，请放心。真没想到，稿酬有这么多，对于一位靠吃皇粮为生的教书匠来说，这无疑是笔不小的收入。

我们虽未见面，但从逢振那里得知你是位很有实干精神的总编，在支持外国文学研究方面，真是立下了汗马功劳。就我所知，国内还没有一家出版社像你这么有魄力，在文艺界常处于风云变幻之时，敢于始终一贯地译介西方名著。

山东虽不太偏僻，你可能至今未涉足这块儒家文化的发源地。如果你有兴趣，在你认为方便的时候来参观一下，看看泰山，逛逛孔府，品尝一下山东风味的小吃，增加你一点对山东人的印象。这里有几位你见过面的朋友，我们会为你做出妥善的安排。

此致

敬礼！

马传禧

1990 年 2 月 11 日

※ 马传禧（1942—2015），教授，翻译家。山东淄博人。曾任山东师范大学外语系主任，青岛滨海学院西方语言学系教师。有译著《1945 年以来的英国社会》《大地》《世界简史》（汉语注释）及《摄影和摄影批评家》等。

# 沈培锠

## 不愿因赶时间而粗制滥造

硕良同志：

您好！听小龙说，半个月前你曾来上海，并曾到我室谈过工作。那天正巧我有事外出了，未能见面晤谈，真是遗憾。

《大地》第三部《分家》逢振让我帮着译，您是知道的吧？最初他说好年底交稿，后来提早到十月底，使我有些为难。九月我去北京出差月余，近来我所又开始整党，我参加整党办公室工作，一个星期得有起码三天时间花在交流汇报、整理简报上，实在是身不由己。这件事逢振一直在催我，他是尽了责的，但是我实在不能立即完成，再说我也不愿因赶时间而粗制滥造（我的要求始终是拿出的译稿不必改一字即可付排），这一点请您务必谅解。我想，逢振要对你负责，我何尝不应对你负责？我们以前也是有过良好的合作的，是吧？当然，我一定抓紧译事，请您放心。寄上《美国戏剧论辑》一本，内有我和义群的文章各一篇，请多加指教。

我所有一同志刚去过桂林，听他说你们社出版搞得好，盖起了很宽敞的宿舍大楼，为你们感到高兴。

余不赘述。顺颂

编安！

沈培锠

1986年12月5日

※ 沈培锠（1944— ），上海人。1962年考入北京大学英文系，后因病退学，毕业于上海外贸学院英语系。曾在上海戏剧学院、上海社科院文学所工作，后移居香港。著有《马经》，在内地时翻译过《大地》三部曲等文学作品。

# 薛鸿时
# （2封）

## "我是选编，不是译者"

硕良我兄：

大函敬悉。知道丘集今秋就能出书，甚慰。遵嘱将商务版译、校者名单开列如下：

| 卷数 | 译者 | 校者 |
| --- | --- | --- |
| 一 | 吴万沈 | 杜汝楫　张自谋 |
| 二 | 北京编译社 | 李平沤 |
| 三 | 韦　凡 | 白景泉　谢德风 |
| 四 | 北京编译社 | 天津市历史研究所翻译室 |
| 五 | 北京编译社 | 张自谋 |
| 六 | 福建师大外语系 | 福建师大外语系翻译组 |

看来此书译校者人数众多，无法一一找到，而且我和老董一个也不认识，此事只得麻烦您和贵社了。（据老董说黄宝生、罗新璋与商务联系较多。）

我是丘集的选编者，正文译文全采旧译（只有个别地方作了校改），而征订单上把我列为主要译者，我甚感不安，将来印在书上的署名请务必按我原稿上写的："多人译，薛 ×× 选编"，此点务

※ 薛鸿时（1936—　），翻译家。上海市人。1958年毕业于北京大学英语系。中国社会科学院外国文学研究所研究员。主要译作有《嘉莉妹妹》《雾都孤儿》《独立的人们》《人与天使》《阿格妮丝·格雷》等，编选有《狄更斯编选集》和"获诺贝尔奖作家丛书"丘吉尔卷《不需要的战争》等。并著有《浪漫的现实主义——狄更斯评传》、《吉辛前期小说初探》、《〈第二次世界大战〉总序》、《〈狄更斯小说故事总集〉序》（全书由薛主编）、《〈阿格妮丝·格雷〉序》等。

请注意，以免造成不必要的误会和纠纷。

《人与天使》收在“夏娃丛书”中甚好！出版事希望能顺利进行，并在中国读书界中受到欢迎。

专此布达，祝

身体健康，事业顺利

薛鸿时

1991年3月12日

## 此处复原为佳

硕良先生：

您好！前一阵子曾给您写过几次信，都未获答复。日前，王逢振谈起，有一次您曾在电话中打听过我家的电话号码。我家是刚装上的电话，也许知道了号码，您会拨冗打电话给我？

《有产者》书两本收到。但前此我和老董都按捺不住已在书店买了两本。看了新版Nobel集，我忽然想起《不需要的战争》是否也会出红封面版？目前此书在北京早已售罄，我在书市转了好几天，才在最后一天把某家书店仅有的四本都买来了，看来，此书虽然初版印数近三万，但销路甚好，不知何故？此书以我名义发表的前言第五页有硕良先生加的一段：关于“反对帝国主义……和平演变的阴谋”之类，当时未与我商量，我以为还是复原为佳，不知尊意如何？还有，正文第27页倒8行有一严重误植，把“纳粹”排成“纯粹”而未校出，如出新版，一定要改正，切切。

《人与天使》交稿已近五年，该有个交代了吧？如现在出书确有困难，那就请退稿吧，不要顾什么情面。

祝您事事顺利！

薛鸿时

1993年10月8日

# 申慧辉（3 封）

## 萧伯纳卷译事进展顺利

老刘：

您好！

四月底北京一聚，至今已有两个月了。想必您的工作仍旧十分繁忙，希望您注意身体，劳逸结合。

我早已动手翻译萧氏的剧本，迄今已译完并校出《武器与人》，基本上可以请人抄了。《圣女贞德》也已经开译，就目前速度看，七月份肯定会脱稿的。这一段编辑部比较照顾我，所以时间上反而充裕了，另一剧本《人与超人》也已找到译者，当时我们一起谈到的那位同志因手头有工作，无法应允。我便再三考虑，请了中央戏剧学院孙家琇教授的研究生、现戏剧学院讲师张全全来翻译。张是在北大读的大学本科，中英文底子都不错，又是专门搞戏剧的（他主要搞莎士比亚），估计会胜任的。他也已经开始动手翻译。

我在搞翻译的同时已经搜集了一些资料，为写前言做准备。从时间上看，争取九月份交稿还是很有可能的。万一不行，也拖不了多久。这就是目前的工作进展。

现在还有一项工作尚未进行，即与几位老译者联系。我一直在

※ 申慧辉（1956— ），女，翻译家。笔名多多、泰戈，山西垣曲人。1975 年参加工作，曾在北京大学西语系任教，1985 年调至中国社会科学院外国文学研究所工作。其间，1988 至 1990 年在美国哈佛大学做高级访问学者。《世界文学》常务副主编，编审。全国美国文学研究会理事、英国文学学会理事、澳大利亚研究会理事。著有《世界文坛潮汐录》《语言的研究与语言的表现》，主编“获诺贝尔文学奖作家丛书”萧伯纳卷《圣女贞德》及《斯泰因文集》，编辑《文学讲稿》《世界反法西斯文学书系》等作品。

等您寄来合同，以为有了合同老先生们会认真对待，您以为如何？如果不太麻烦的话，就请您将合同寄来，我也可尽早与他们联系。其实老先生们年事已高，未必有时间、精力来重新校订。不过通知他们一来是对他们的尊重，二来也让他们知道现在仍有人关心并热心于介绍萧氏，他们会高兴的。[①]

上海书店出了一批影印书，其中有《鲁迅作序跋的著作选辑·萧伯纳在上海》，收了不少有趣的短文，蛮有意思。

时进夏令，漓江一定很美吧。北京今年奇热，干旱而缺水，日子不太好过。

所内学术活动较过去活跃，与文学所刚刚搞了两次“当代文学意识”座谈会，发言者十分踊跃。我所自己也组织了两次“文艺沙龙”，大家互通信息，都是很有益的活动。

不多写，顺祝

夏安！

申慧辉

1986 年 6 月 20 日

## 从斯泰因谈到《世界文学》

老刘：

您好！

时间过得真快，转眼已是一月下旬了。终日瞎忙，连斯泰因的文章都未来得及细读，今天抽空读了一遍，觉得尚可，因此不便大动，照样寄去。另外，附上《艾丽斯自传》第四章及照片资料数页，请查收。（如文章长，可删）

① “诺丛”〔爱尔兰〕萧伯纳卷《圣女贞德》，杨宪益、申慧辉等译，534000 字，1987 年 8 月第一版。

希尼的照片后来收到了吧。我上班时去查，都说已发。想来是太慢的缘故，下次我会——这次就是自己去寄了，花点钱跑点路，但心里踏实一些。

金志平先生已退休，所里宣布由黄宝生兼主编，我为常务，副主编除许铎外，提起了余中先，那位留法的。小余是个非常用功的人，这次出了《理想藏书》，反响非常好。他人也好，很正派，心都在业务上。我自觉身体、精力都有限，干不了这个常务，也反复向所里表示了。老吴[①]不理我，老黄则只说干干再看，让我为难。您干了一辈子出版，知道办刊物有多少杂事，我真有点发愁。

其他一切还好。我儿子已经十岁，上五年级，学习还可以，中上等吧。人倒不笨，只是兴趣不在课本上，我也管不了。他身体很好，不太让我操心。我已和所里请了探亲假，已批准，护照也办好了。也许春节前后我就可以办签证了。可以长去，待上三个月半年的，也是一种休息和调整。

您近来身体怎样？在我印象里，您一向身体好，精力充沛，令人羡慕。不过，您还应多注意和保重身体，身体好才能做乐意做的事情。

很久没见您了，何时有机会来京？

忘了告诉您，斯泰因作品集已经校毕，正在赶着印刷、装订，以赶党校订货会。所以，贵刊第二期上，正好。此致冬祺！

申慧辉

1997年1月21日

又及：我把第五章也寄您，也许您会认为五章有趣。

---

① 即吴元迈（1934—　），文艺理论家，俄罗斯文学专家。安徽歙县人。毕业于安徽师大中文系。1956年赴苏联留学，先后就读于基辅大学和列宁格勒大学语文系。回国后在中国科学院（社科院）从事外国文学研究工作。历任研究员、室主任、所长，荣誉学部委员，全国政协委员。有《苏联文学思潮》《探索集》《现实的发展和现实主义的发展》等多种著作发表。

另：四卷本分别为《艾丽斯自传》（自传）、《雷诺兹夫人》（长篇）、《软纽扣》（文集）、《三个女人》（中篇集）。

## 令人骇然的批评

刘硕良先生：

您好！

久未通信，甚是关心近来身体如何？去年春蒙您厚爱，发表关于斯泰因文集的那篇拙文，很是感激。只因当时出国，回来后又一直瞎忙，未及回信致谢，现一并表述。

其实，虽自您主持漓江工作时我就认识了您，也一直有愉快的合作，但一直是君子之交，无事不相扰，这次写信亦然。

贵刊于1997年第四期发表文章《外国文学专名翻译谈》，其中第三部分批评书名译法，说《软纽扣》一书书名译错，正确的应为《温柔的侍者》，并称斯泰因为“女诗人”，这两处关键词均是错误，以错误纠正正确，实为惊人之举，令人骇然！更令人不解的是，贵刊曾发过拙文，文章虽不好，但却以个人读过斯泰因的点滴体会，将斯氏一些基本情况做过介绍，为何贵刊编辑竟不闻不问，径直去自探新路，实则走错了路呢？“软纽扣”一词是个多义词，用作题目很妙，妙就妙在其含义丰富，指涉含糊。但是，凡读此书之人必定知道，此作由“实物”“食物”与“房间”三部分组成，是文字的静物写生，一个人物也不曾真正出现的，凭什么却要译成“温柔的侍者”？显然是无据之译。

以贵刊在国内的影响，很自然，这篇周良仁先生的大作马上就被转载了。我从读到此文的一个朋友那里知道了此事，大为惊讶。因为，我不仅认识那位“转抄”的记者，也认识您。说实话，我很是想不明白，为什么都是朋友，却不肯和我打个招呼——我会解释给大家，而避免报刊这种不实报道的后果呀！后来一转念，我明白了，谁也不知道这件事的真相，这错误的批评文章能够出来，是因为从作者到编辑、从刊物到报纸，经手者无一读过所译之书，方才会出现这类荒唐可笑之事。

我本不想写信给您，怕惹您生气。私下写了篇文章，批评一下书评界的这种恶劣风气，不点名、不道姓地泛泛而谈一下，也就罢了。但是，我又一想，您是个有眼光有魄力有心胸有目标的人，这事瞒着您，反而是对您的不尊敬。所以，我给您写了这封信，同时将我写的一篇批评随笔一同附上，还请您对其提点批评意见。

此信匆匆而就，不当之处望海涵。

另，顺告，我已于今年初评上编审。您是看着我在《世界文学》一点一点做事、成长的，想必您会为我的这个消息高兴的。

我的儿子也好，全家都好。什么时候您有空来京，还望见面叙谈。

您的身体还那么好吧！工作还是忙吗？刊物总体来说办得很好，谨祝您在虎年里

工作顺利

身体健康

全家幸福

万事如意！

申慧辉

1998年12月15日

# 朱碧恒（2封）

## 颇费踌躇的揪心事

老刘：

来信收到，勿念！

可以想象你一直忙得不可开交。因为任务如此之重。单单“诺”书，中篇、名著选、译丛等就够你忙坏了，更不用说还有其他的书。你真是一人顶上了十人用，我们向你致敬。克鲁在国外也是十分的忙，最近有人回国休假，告诉我他在外面睡觉时间甚少，日以继夜地看书、写文章、翻译。我听了十分放心不下，去信让他要注意劳逸结合。

学习了蒋筑英事迹，感慨万千，但愿国家能多多想想活着的蒋筑英。你、老金、克鲁，不都在辛勤地干吗？中国之大，有多少这样的人在不顾身体地卖命工作呀！所以你们都要注意身体，别忘了身体是工作的最大本钱。我有时看到克鲁在写文章时（时间长了之后），常常觉得胸闷，头晕，我很不放心，就一定要他休息，去外面散散步，活动活动（听老金说，他有时也会出现这种情况，似乎心脏的血一下子过不去似的）。现在他在国外，我不在他身边，实在放心不下，我真希望时间快快地过，早早盼到他归来。

前几天外国文学研究所的领导给我打了一个电话，说这次评副

※ 朱碧恒（1940— ），女，翻译家。江苏无锡人。毕业于上海外语学院英语系，曾在中国社科院国际经济研究所工作。著名翻译家郑克鲁之妻。译有《假如给我三天光明》《秘密花园》《气球上的五星期》和获诺贝尔文学奖作家温塞特的长篇三部曲《新娘·主人·十字架》等，主编《欧·亨利短篇小说欣赏》，参加编写《外国文学史》。与郑克鲁携手策划众多外国文学图书的翻译和出版。

研究员，克鲁的著作、学术成果都已完全符合副研究员的标准了，所里学术委员也都一致通过了，但是院部有一个新规定，凡是出国的同志，这次不参加评职称，问我怎么办，意思是他如在国内，评上副研有把握，但如果不在国内，就要放弃参加评职称的机会，除非他在今年 3 月底之前赶回国。这对我真是出了一个大难题，是写信告诉他实情，劝他提早回国呢，还是隐瞒实情，放弃这次机会，支持他学满两年归来？你是我们的知己朋友，我很想听听你的意见。顺便告诉一下，现在说是这么说，以后要每两年评一次职称，但谁知道算不算数呢，就怕错过了这次机会，又不知要等到何年何月。克鲁是 1979 年初评上助研的，近四年刚刚进行第二次职称的评定。我室因为新成立，今年才第一次评，所以我今年才评上助研。条文上规定，从助研到副研必需满四年才能再申请，从副研到正研，又是四年才能申请。所以这次不参加，在时间上要受到非常大的损失，更何况谁也保证不了下一次是什么时候再评！

然而让他提前回国吧，也有许多具体的问题，冯老（冯至）给他任务，要他研究法国当代文学，争取早日写出有质量的法国当代文学史，以填补国内空白。他也的确是这样在干的，如饥似渴地跑图书馆、博物馆、资料中心，尽量多搜集资料，抓住一切机会接触当代作家，以得到第一手材料。如今工作刚刚走上正轨，有了头绪，又突然去信催他回国，岂不大大影响他的科研任务。我真不明白上头为什么要规定这些个不合理的条文。

克鲁是十分爱国的，他也有许多亲人在海外，他的二叔、大姑、三姑、姑婆都在香港，也都非常富有，都曾表示愿意资助他去国外深造，但他过去都一一拒绝了，要等国家派他出去。他说，国家迟早会派他出国去考察的。即使不出国也一样，在国内，努力工作、学习，也同样可以出成果，他的言行是一致的。我常常听克鲁说，人要爱祖国。他在国外给我来信，让我尽量多购国库券，我虽没有完全照他的意见办，但去年我也为他购了五百元。最近他又来信，让我一定要今年内为他认购一千元，不许我打折扣。他还说，只要国家有困难，还需要他购国库券，他将年年都尽可能多地认购，以尽一份心。我深感自己不如他，三年前，他二叔来信要他去，我很高兴，但他却婉言谢绝了二叔的好意和盛情。我还很生气。去年国家派他出国，他兴奋地问我："怎么样？国家不是真的派我出去学习了吗？"可是这次院部又拿出国来卡他的副研，你说有道理吗？所里许多人都为他可惜，劝我去信让克鲁提前回国，你说我该怎么办？盼你给我出个主意。我知道你也十分器重克鲁的，而且也费心地处处为他着想，克鲁也十分相信你，他说你为人正派，很听得进你的话。所以你的来信，我将转给他，也让他在做决定时，参考参考。我准备下一班信使出发时（1月14日）给他去信，告诉他这件事，由他决定回来还是不回来。你务必在1月14日之前给我来信。如能更早最好。

祝

快乐，冬安！

碧恒

1月4日（1982）

代问丽清和小方好！

## 稿酬寄付有脱节之处

老刘：

你好！

我们调回上海工作已两年多了，一家人团团圆圆享受天伦之乐。时间过得飞快，我们都已进入了老年，我今年已50岁了，还有五年，我也可以退休，届时我准备去法国探亲，看望女儿。

上月24日贵社总编室寄来稿酬清单一张，上写《西方马克思主义美学文选》译酬费207元（还有校订者丁世中），但至今（11

月 7 日）根本没有收到此款（而此款是 1989 年 9 月 15 日就开出了），不知总编室将此款寄往何处了。是邮局寄的，还是银行汇的？请告知，以便我们去查，或者由你们查。这 207 元包括两个人，叫我们如何交代？丁世中同志追问起来，我们作何回答？如今贵社寄来了一张蓝色的清单（三、作者存），我们才知道有这笔酬金。不然我们根本不知道，在贵社，我们只有你这么一个朋友，所以只得给你去信，麻烦你在百忙中给予查问一下。你如今是社领导，我们不能太占用你的宝贵时间，所以很长时间不便去信打扰你，倒不是我们忘了你这位朋友。我们多么希望大家能像从前那样，常常书信交往，你如能常来上海出差，又该多么好。我们家住在市中心，交通方便，下了火车，乘 104 路，延安路下车即到：上海巨鹿路 546 弄 7 号三楼。家里专门准备了一间客房，照顾亲友，招待南来北往的熟人。欢迎你能来我家小叙。

我译的书[①]，我与克鲁费了几年的心血，不知何时能出版，你大概不会食言吧！

克鲁又出任文学研究所所长，我认为不当官更好，可以有更多的时间搞业务，他也 51 岁了，也没有几年黄金时间，何必去抓行政呢！但我也做不了他的主，无奈！请你告诉贵社的有关部门，以后寄书、寄物请寄家中可好？因为我们不坐班，学校在郊区，收信便不及时了，谢谢！

祝

冬安

碧恒

11.7（1989）

①“诺丛”〔挪威〕西格丽德·温塞特卷《克丽丝丁》三部曲——《新娘·主人·十字架》，上下册，996000 字，朱碧恒译，1990 年 11 月第一版，首印 3800 套。

# 邵殿生

## 读懂索因卡

刘硕良同志：

到前天我才能交稿。时间晚了很多，真对不起。只希望虽然因我耽误，漓江的本子还能出在别人之前！由于索因卡的特殊性，我认为我们还是有可能走在前面的。

选集按照您的意思减少了一个剧本，增加八首诗，另外，增加他著名的童年回忆录的一个片断。这个回忆录比长篇小说更为著名，而且是他八十年代的新作。六个剧本中，《狮子和宝石》是他用自由体诗写的。因为我没有译诗的经验，所以特地请南开大学周永启同志译这些诗和这个剧本。他是南开教授，译过雪莱、济慈等的诗篇（收入《英国浪漫派诗选》）和哥尔斯密的喜剧（湖南人民出版社）等。他的译稿我根据原文校过。另外，受奖演说，用的是《世界文学》登过的汤潮的译稿。

索因卡以剧本著名（就小说、诗歌而论，尼日利亚就有比他出名的小说家和诗人），而剧本中至今最最有代表性的还是《路》和《疯子们和专家们》，在国外都有单行本。《路》在我国虽曾有过译文，但错误较多（在一百多页上，错误达一百五十多处）。去年我收到贵社约稿的电报时，促使我下决心译的也正是这篇译文。索因卡的《路》和《疯子们和专家们》不经过深入研究，是会莫名其“妙”的。如果把它们当作一般的荒诞派剧本来理解，也就不能体会它们所反

※ 邵殿生（1926—　），女，翻译家。中国社科院外国文学研究所《世界文学》资深编辑，索因卡研究专家。译有“诺丛”〔尼日利亚〕索因卡卷《狮子和宝石》等。《狮子和宝石》，429000字，1990年11月第一版，首印4200册。

映的非洲生活和真正内涵了。书名可用《疯子们和专家们》或《狮子和宝石》(周译“狮子”),由您决定。

在这个选本里,他的八十年代的作品,只收入他的驰名国际的童年回忆录,而没有收入他的剧本,只在前言里对他这个阶段的剧作作了介绍。这固然是由于国内还找不到这些作品;可另一方面,他这个阶段的创作,大多密切联系政治。非洲的政治情况复杂,尼日利亚的政局动荡、混乱,索因卡八十年代的作品大量揭露尼日利亚和非洲社会、政治丑闻,恐怕要大量加注才能使大多数读者理解,而要使注解做到恰如其分,非得在十年、二十年后,让眼前的事实变成历史,让非洲人自己先作出评论,不然,是很不容易的。所以,即使我们能拿到他最新的作品,也还得看了再说。

几个剧本,其实在三四个月前就已译好,所以陈燊以为很早就可以交稿。时间主要花在他的几个后期剧本的摸索上。他不像许多欧美名作家,研究著作很多,许多问题都有定论,足资参考。关于索因卡的论著,国内有的我大致已读过,最近还找到几本写于八十年代的新著,但有些问题,谁也没有说清楚,而索因卡的几个“荒诞派”作品又相当费解,非得理出个眉目来,而且要有自己的虽则是不成熟的看法,否则就无法向读者交待。拖延至今,主要由于这个原因,请您原谅!

别的没有什么要说的了,只有一点:索因卡的名字是渥雷·索因卡,译沃雷也可以,但不是沃尔,尽管英文是Wole。上次《人民日报》刊登我的介绍索因卡的短文时,随便把沃雷改成了沃尔,也是错的。

专此,即颂

撰安!

邵殿生

7月29日(1990)

索因卡剧中有不少文字游戏,翻译时很难处理,另纸附上《疯子们和专家们》中有代表性的一个片断,供编辑同志参考。

# 宋兆霖
# （5封）

## 为“诺丛”争取更多支持

硕良兄：

两次赠书及十一日信均收到。

《诺丛》已出的两种，见后很高兴，极好，堪称国内第一流，这主要是我兄辛勤劳动的结果，向你致敬。像这样的版本完全有资格打入国际书市，我特意将这两本书多次给文化界、出版界的老朋友看，他们都满口称赞，钦佩我兄有魄力，有气派，也有继承和创新。美中不足的是芯子的纸张似嫌薄了点，此意见仅供你参考。

赠黄源同志的已带转给他，他也大加赞赏，鼓励继续出好。我一定为我兄大力摇旗呐喊，特别是多向京、沪的老专家、领导人广为宣传，多做工作。冯亦代同志我很熟，已去信，要他多在《读书》上发介绍、评论文章。孙绳武好讲话，去年在西安时，我就同他谈了这套书的事，他确实深感“人文”力量不足，现在他已退居二线，但仍有一定影响。现在“人文”的外国文学一线，主要是绿原负责，未知你是否熟识？前不久上海译文主管外国文学

※ 宋兆霖（1928—2011），翻译家，外国文学研究专家。浙江金华人。毕业于浙江师范大学外文系。中国作家协会会员，浙江大学教授，浙江省作协外国文学委员会主任，省翻译协会、省外国文学与比较文学学会名誉会长。译著有长篇小说《赫索格》《奥吉·马奇历险记》《最后的莫希干人》《间谍》《双城记》《大卫·科波菲尔》《呼啸山庄》《简·爱》《鲁米诗选》等50多种，主编《勃朗特两姐妹全集》（10卷）、《诺贝尔文学奖文库》（10卷）、《索尔·贝娄全集》（14卷）、《狄更斯全集》（32卷）、“经典印象丛书”（56卷）、“世界文学名著经典文库”（青少年版，110卷）及《二十世纪外国小说读本》等，另发表小说、诗歌、论文等500余篇。译著曾多次获奖。

（一编室）及三编室的副总孙家晋（吴岩）夫妇来舍下看我并组稿，我亦同他谈了“诺丛”的事。孙是外国文学出版界的老前辈，也是老翻译家，译著有《农民》等，在外国文学界、出版界有一定影响，如方便也可给他寄两本样书去，反正要千方百计争取支持。《世界文学》负责实际工作的主编高莽、冯秀娟（总政文化部部长李瑛爱人），《外国文学研究》编辑部主任戴安康，均为我的好友，都已给他们打了招呼。冰夷同志在西安未来杭时均已做了工作。明年中央开的外国文学座谈会，他是个重要人物，一定要争取。总之，能使反对的人中立也好。上海译文老总包文棣，出名的“斯基”派，我准备也向他做些工作。你说得对，我们要确保这套书出下去，有争议的可放后，或内部发行。后面几辑的组稿情况如何，有便盼见告。春节时子信[①]来杭曾提出要我直接从俄文重译肖洛霍夫的《静静的顿河》[②]，我因手头任务重，一时不敢答应，未知肖和其他作家的组稿情况状况如何，念念。

反污染、控制西方文学，各地宽严情况不尽相同。浙江《江南》停刊，该属严的了，你和广西党政领导关系如何，至关重要。有的领导不熟悉业务，往往是看人行事的，社里个别人妒忌别人的成就，在所难免。领导支持你，我们这些译者支持你，广大读者支持你，这是主要的，人民、子孙后代是不会忘记我兄对外国文学的重大贡献的。

拙译《赫索格》九月中旬寄子信，但迄今未见来信，近悉他已去京组稿，未知《赫》稿编好寄你没有？心中甚为着急，特别是见十月十八日《光明日报》登出广告后。务请来一便函告知情况，如

① 金子信，编辑家。浙江杭州人。毕业于复旦大学中文系及中国社科院研究生院文学系。上海文艺出版社资深编辑。二十世纪七八十年代之交，与法国文学专家郑克鲁率先提出出版获诺贝尔文学奖作家丛书，并着手组织译稿。1982 年冬，漓江果断接受这一倡议，并迅速付诸实施，于 1983 年年中推出首批图书，取得引人注目的突破。此外，金先生还以白夫为笔名为漓江编辑了《世界中篇名作选》。

②《静静的顿河》已于此前 1993 年 10 月，请力冈翻译。

未寄你，你我再催。

即祝

近安！

兆霖

1984 年 4 月

## 库柏价值仍在看高

硕良兄：

年初给你去信仅曾连续收到你寄来赠书。迄今已有数月未接你的来信，念念。据子信春节来杭玩时，告知去年底你曾去北京，想因工作繁忙，行期紧促，未及来杭一叙，憾甚。

《库柏选集》[①] 的进展如何？念念。《杀鹿人》是否正发稿，务盼来信畅知。库柏作品的思想性、艺术性，世界文坛早有定评，并广为译介，我国近年来亦开始重视。《江南》1984 年一期刊出《文学报》负责人老作家刘金推荐拙译库柏《间谍》文一篇，题为《引人入胜，使人崇高》，对库柏作品评价甚高。他还来信赠书，盼我多译库柏作品，出书时他们当重点推荐。浙江社已决定重印《间谍》。上海译文出版社副总孙家晋（吴岩）亲来我家约稿，要我选择库柏长篇，列入该社和“人文”合出的《外国文学名著丛书》，现已订约。美国历史学会（库柏研究会、库柏故居、库柏图书馆等均为其下属组织）聘我为该会国际会员。已寄来大批有关库柏的研究资料，并约我撰文在该会刊物上刊登及参加该会学术会议等。但实际上，我除出版了《间谍》及在《外国文学研究》等刊上登过几篇有关库柏的论文外，尚无其他成果可言。《杀鹿人》未出，《选集》

---

①〔美〕库柏选集：《杀鹿人》，宋兆霖、郭建中译，400000 字，1985 年 5 月第一版，首印 48000 册；《间谍》，宋兆霖译，332000 字，1987 年 10 月第一版，首印 28000 册。《最后的莫希干人》，宋兆霖、郭廷牛译，1988 年 1 月第一版。

尚无头绪，为此我心急如焚，务请你给我一点信息，我可有个安排。《杀鹿人》如已发，请将两本原著先退我。特别是那本精装本，系较重要的资料，我给美国写论文急着看要参考。拜托……

《赫索格》是否已发排，何时可见校样，念念。据最近报载，该书在美国亦被选为二次世界大战以来（用英语创作的作品中）十二部当代最佳小说之一。我担心的是如不抓紧出书，恐又要为其他社捷足先登了。

咸荣出行前一天曾给我来一信，有些事未及详谈。据说《美国文学丛刊》山东已不肯出，有人提议请你帮忙出，未知落实否。如已肯定，我建议你提个条件，应有个固定的编委会为宜，按过去那样轮流“执政”，也不是办法。去年第四期迄今未见陆凡同志寄来，未知命运如何？

冰夷同志已约定，我去北京参加中央委托召开的外国文学工作座谈会，近接他来信，此会已延期，可能安排到下半年了。顺告。

你社出外国文学的前景如何？据悉不久出版局将开会研究此事。你不能新增两名外文编辑么？遇有什么困难、阻力，请来信谈谈，你我知交，也许能尽上一点绵力。

盼赐复。顺颂

春安！

又，方便的话，可否寄我一点你社稿纸。谢谢。

兆霖

1984年9月7日

## 抓紧联系译者尽快出书

老阮、老刘：

我抵沪所因购票困难，拖拉到十五日才返杭，抵家即接作协通知，要我负责接待美作家代表团。此次来我国举办中美作家会议的这一代表团人多（二十人）、级别高（包括著名诗人金斯伯格、斯奈德，著名小说家加斯、马洪·金斯顿、莫里森等人），只好前去接待，忙得精疲力竭。

现将有关“诺丛”情况向你们汇报一下：

潘庆舲处我已讲明情况，《巴比特》已完稿，尚在他手中，他希望你们能直接给他询问完稿情况的信，他即可直接寄给你社。他的地址是：上海延安东路连云路42弄1号。

朱炯强译稿情况较复杂，你们要采取主动，迅即与其他译者取得联系，抓紧出齐第一辑，登出第二辑选目。

有关库柏的几本原书请即挂号寄回，美国又来催我的论文了。

顺颂

秋安！

宋兆霖

1984年11月3日

## 把你的事看成是我自己的事

硕良兄：

二十七日来信收到。

我一直把你的事看成是我自己的事，“诺丛”当然也不例外，动员朱、任，是我应该做的，我兄不必道谢。希望第二辑的广告速出，第三辑抓紧组稿。又，辛格的是否已组？如未，我可为你代组一部，盼告。

寄上拙编《苏联八十年代小说选》第一卷两册（一册请转老阮），请教正。《美国八十年代小说选》第一卷出书后，当另行寄奉。

又，前寄一信想已收到（内附两本科技书的内容提要），此事务请你帮忙落实。能列入一本也好，拜托。

得悉《杀鹿人》《赫索格》[①] 均在赶排中，甚喜，希望能早日见到校样。两本库柏的原著务请尽快挂号寄我，因我为美国刊物写论文急需使用。

我应邀下月二日赴沪参加中国莎士比亚研究会成立大会，一周后返杭。《魔山》事，我会设法打听。潘的《巴比特》、小龙的《四重奏》，我也会再催促。

我爱人要我问你一下，她译的《幽灵》命运如何，盼告。

又近接陈冰夷来信告知，我已被批准为中国作家协会会员。顺告。

匆此　顺颂

冬安！

弟　兆霖

12月30日（1984）

老阮请代候，向你夫人问好。

## 祝漓江乔迁桂林

硕良兄：

寄来书目收到，漓江挂牌虽仅四年多，但硕果累累，皆兄等努力开拓、热心工作之结果也。现漓江正式成为实体，乔迁桂林，在诸位领导下，定会蒸蒸日上，办得更好，成为国内第一流文艺出版社，并盼积极创造条件，开展对外交流，打入国际市场。

① "诺丛"〔美〕索尔·贝娄著《赫索格》，宋兆霖译，359000字，1985年7月第一版，首印25900册，1992年2月第3次印刷，累印59000册。

昆明会[①]汤真来请帖邀弟参加，原拟前往，后因考虑太费时日，与南京美国文学学会二届年会又有冲突，故未去，失去与兄晤面机会，憾甚。有关情况听沈念驹谈了一点，得悉我兄接了七十种选题中二十多种，首屈一指，但详细情况不甚了解，来信时盼能告知一二。弟自南京参加美国文学学会回杭后，又参加我省三次作代会，会后又参加作协理事会，研究各项工作，还得为下半年的选修课“外国文学欣赏”编教材，忙得不亦乐乎。不过《库柏选集》的翻译工作，不敢有丝毫放松，否则对不起我兄也。第二卷《最后一个莫希干人》已译就校毕，暑假即可誊抄寄出。

拙译《赫索格》《杀鹿人》印装进度如何？订数多少？平、精装本各在何日可出？念念，盼能来信见告。国内外友人均盼先睹为快。又朱秀美的《幽灵》一稿，情况如何，亦盼告。

此致

敬礼!

嫂夫人请代候。

宋兆霖

六月二十日（1985）

①1985年5月，10家地方文艺出版社联合出版的“世界文学名著丛书”编委会第一次会议在昆明举行，云南人民出版社文艺编辑室负责会务工作，孙绳武、孙家晋、柳鸣九、赵德明等专家应邀出席指导。

# 朱炯强
（4 封）

## 历尽艰辛的译稿非漓江不出

硕良同志：

您好！

上午收到您信，拜读后极为您的一片诚恳真挚的情思和对这套丛书的献身精神所感动，马上去信给明耀同志看了，他也深受感动。通过这一事件，我们更加珍惜我们间的友谊，也更深深地体会到“路遥知马力，日久见人心”这一哲理的可贵。我们今后将尽我们的可能为您、为贵社、为这套丛书贡献我们菲薄的力量。但有什么事需要我们做，我们一定尽力。

下午又收到金子信同志寄来的《风暴眼》译稿（没有信），我看了一下，除将作者的照片撕去，似乎没有动过。不知他为何将照片撕去了，幸好我当时印了两张，现补上了。这照片是很宝贵的，是我从新华社一名记者处要来的，因他曾在澳大利亚见过他，是他拍摄的，而怀特对人是不会客气，不爱让人拍照的“怪人”。

※ 朱炯强（1933— ），教授，翻译家。浙江海宁人。1961年毕业于上海复旦大学英文系。历任中国科学院拉美研究所、中国科技大学、浙江师范学院及杭州大学外语系讲师、副教授、教授。杭州大学欧洲研究中心副主任，英语国家文学研究中心主任。浙江大学外国文学研究所名誉所长、英语国家文学和澳大利亚研究中心主任。中国外国文学学会理事，中国翻译工作者协会文化艺术翻译委员会委员，中国美国文学研究会理事，中国T.S.艾略特和E.庞德研究会副会长，韩素音中外文化交流奖励基金会秘书长，中国澳大利亚研究会理事，浙江省外国文学研究会会长。享受政府特殊津贴。著有专著《哈代——跨世纪的文学巨人》等3部，译著《风暴眼》（合译）、《英美著名诗人传》、《民主——一部关于美国的小说》、《维拉·凯瑟中短篇小说选》、《哈代精选集》、《康拉德精选集》、《飞行组曲——澳大利亚、新西兰散文选》等18部。

译稿寄回，我心事落下了，在周折过程中，我们坚持“友谊为重”“非漓江不出”，终于让成稿尽快到达你们手中。

译稿的译作过程，我上次向你谈了，我们历尽了艰辛，这主要是由于作者的手法奇特，意识流比比皆是，甚至许多地方不用标点，使我们译时耗尽了心血。其实我最后的通，最后的校，最后的定稿，真把我累苦了。而且，书中照片、授奖词等都是来之不易的，授奖词是通过外交部我的一个学生从瑞典科学院找来的。许多疑难点的解决，不仅求教于我校的外籍教师，还多次去信国外，向一位曾在我校工作过的澳大利亚学者询问。然而，更大量的问题是通过反反复复的阅读，从上下文推敲出来的。由于作品理解难度大，所以他的作品很少在国内出现，大家都望而却步了。连我的老师杨岂深先生（复旦大学原外文系主任，现今是顾问）知道所译书目时，也嘱我再考虑，因它难度太大，译此一书，可译其他作品两本三本。但我当时感到既已允诺，就义不容辞，再难也要完成它。

此书全文译出，没有任何删节，在造词用句上力求忠实原作，保持其风格。格式上按《特雷庇姑娘》，因此，除正文（共十二章）外，还有：①作者近影，②前言，③授奖词（怀特本人没有出席授奖式，故无答奖问），④作品中的人物表，⑤怀特的作品表，等等。全书约 50 万字。

今天即用挂号寄上，审阅指正，并能及早发稿，不胜感激（为了此书，我们的苦衷，我们的期望，等等，反正您已全知道，我不赘述）。

一大包译稿及原作，收到后，请赐函，以释我们悬念。

心情很激动，因急于寄发，就先潦潦草草地写上这几句，下信再详谈了。明耀同志嘱我代问好。

顺颂编安！

朱炯强

于 1985 年 11 月 20 日深夜

阮同同志请代我问好！

## 出版社拥有它应有的权利

硕良同志：

您好！

与《风暴眼》译稿同时发出的挂号信和电报都已经收到，念！知您也急于了解《风》稿境况，所以我打了那份电报，以圆您心愿。

老金至今没有信来，结果不会有信？因此，我今天也发出一信，告诉他已经收到译稿，表示感谢。同时再次劝他平心静气和你们恢复原来那样的关系。下月初我将去上海参加全国莎士比亚研究会成立大会，到时，再和他谈谈。

您上次来信，我们读后极为感动，这不仅是对您的真挚友情，也更为您对工作对事业的献身精神，无私忘我的工作态度，我们深信历史，我们文化出版事业的历史将写下您的功绩。

对诺贝尔丛书，我完全同意您的观点，出版社完全应该拥有它应有的一系列权利，否则，受制于人，后果是很难设想的。这点，明耀因为我听了您谈话后，就有这个感觉。而现在，头已开好，更需要磅礴的气势扩大影响，更应掌握好这个主动权。为了搞好这套丛书，我为了和您在一起，献出自己的余力，不论哪一方面的事，只要可能，我必将尽力而为。

第二、三辑的“诺丛”书目不知有否落实？方便时，请信告。英国第一个获诺贝尔文学奖的作家 R. Kipling（吉卜林，1907 年获奖）不知有否列入计划？我手头有他的代表作 *Kim*（《吉姆》），如能列入计划，我愿在一年内完成这本书（约 25 万字）。

这几天我正研究此位获诺贝尔奖的作家情况，力争早日能为贵社提供参考资料。

顺颂

编安！

朱炯强

1985 年 11 月 24 日

## 向澳大利亚总督赠书

硕良同志：

您好！

昨天寄出一封信想已收到？12日下午3时在杭大向斯蒂芬总督赠书后，13日的《浙江日报》登出了这张照片，现附上一张复印下来的。倘若今后要用到这张原照，我将再寄上以作资料。据外办对我说，他们需购一些这本书，以便将来与澳大利亚交流时用，不知贵社是否还有存书？倘有，请信告，以便社外办汇款邮购。

照片中间的是我校校长沈善洪教授，斯蒂芬总督手中的书就是《风暴眼》①，估计原照片一定很清楚。

即颂

编安！

弟　炯强　敬上

1988年2月14日

## 新版《风暴眼》够气派

硕良兄：

您好！

我数天前刚从南京开会回来，见到您寄来的《风暴眼》新版，十分高兴，也再次涌起我对您的眼光、魄力及为人的敬仰之情，更交织着我对您深表感谢的情意，再次归结为一句话：谢谢您！

这一装帧有气魄、有魅力、有特色，我将寄几本送澳大利亚国

---

① “诺丛”〔澳大利亚〕帕特里克·怀特卷《风暴眼》，朱炯强等译，513900字，1986年10月第一版，首印28850册，1992年7月第2次印刷，累印33300册。

家图书馆、澳中理事会、澳作家协会及澳文化委员会等单位，让他们知道这一情况。为此，能否寄我您的照片及名片数张，一并附去，让他们也知道您所做出的不可磨灭的功绩，好否？如可能，也探讨一下邀您短期访澳的可能性。

徐人望及姚暨荣二位的书已分别转交，我也给了任明耀同志，但他说您已直接寄他了，所以仍还给了我。也代他们致谢。

《双城记》一书已由我的三位已毕业留校的研究生完成，但我不够满意，因在风格上有些差异，所以我想抽时间校一下，统一下，润色一下。为此，请能宽容一些日子再寄上，此事深感歉意，但为保证此书尤其是您的全套书的质量，我必须这样做，务请鉴谅了。

我今年仍是三门课，每周 8 节课时，换言之，除带研究生外，还得为全体研究生（我系研究生分三个方向：英语语言、翻译理论、英美文学，我负责英美文学）上两门课，为本科四年级上一些英美诗歌课。所以平时总是耽于教务，再加上一些社会工作，尤其是全省的一些高级职称评审工作要参加，要鉴定他们晋升高级职称的材料，有几次一下子送来好些人的大包大包材料。此外，在省政协内，我又参与了与海外联络、联谊方面的工作。有时一天几个会，正是穷于应付，深感力所不及，而我的性格又是，只要承诺了一事，一定要认真对待，绝不马虎。

就先匆匆到此。

即颂

大安！

弟　炯强

1993 年 10 月 20 日

# 任明耀

## 著译者和出版社的关系是鱼水关系

硕良同志：

最近我跟朱从上海出席中莎会回来了。这个会开得极好，也很有气魄，我们深受教益。

关于《风暴眼》总算拿回来了，深感庆幸，我们真是书呆子气味十足，竟会发生如此变故，这是我们万万料想不到的，事情既已过去，我们都该从中吸取教训。做人都应该讲信用。出版社和作者、译者是鱼水关系，我们都应该相互支持，相互谅解，事情就好办。

《风暴眼》搁了一年多时间，我们希望尽快抓紧时间出版，您给我们的信，我都看了。您办事既有能力，也够果断，十分钦佩。您是很想办一番事业的。"诺"这套丛书出版以后，将在全国上下及世界具有影响。一定要千方百计把它出好。各方面都应该要求是高质量的。我跟朱都有这方面的意愿。作为这套丛书的译者之一，希望有一套这样的丛书，如能寄赠，或自费购买，我们都十分感谢的。

即颂

编安！

任明耀

1985 年 12 月 12 日

※ 任明耀（1922— ），生于杭州。民进成员。毕业于暨南大学外文系。曾任浙江大学中文系教授，浙江省艺术研究所特约研究员。浙江省第四、五届政协委员兼文史委员，浙江省民进常委，杭州市民进副主委。中国剧协、国际莎士比亚学会会员。1986 年加入中国作家协会。著有外国文学评论集《说不尽的莎士比亚》，戏曲评论集《京剧奇葩四大名旦》《梅兰芳九思》《艺海沉浮——宋宝罗回忆录》（整理），合译长篇小说《如此人生》《风暴眼》。有童话作品收入《浙江老作家儿童文学佳作选》。童话《奇怪的帽子》获小天使铜像奖，《四大名旦比较研究》获王国维戏曲论文提名奖。

## 汪义群

# 沪上学术空气日见淡薄

硕良先生：

《天边外》[①]精装本四册已收到，装帧十分精美，又冠以先生所作大序，真是美轮美奂。谢谢。

目前正在译莎剧《凯撒》，因要译成诗体，故很费斟酌。

沪上学术空气日见淡薄，志同道合者日少。唯与方平先生仍常有电话及书信往来。

桂林原有一有关“异化”的学术会议，无奈抽不出空，只得作罢。以后当找机会前来拜访。

匆祝

时祺

义群

1993年10月20日

---

※ 汪义群，学者，戏剧评论家。上海外语学院教授，上海外语教育出版社总编辑，上海戏剧学院客座教授。先后在英国肯特大学和伯明翰大学莎士比亚研究生院从事莎士比亚及英文戏剧的研究。其间，被国际戏剧协会英国中心吸收为海外会员。1995—1996年作为美国富布赖特访问学者，在美国宾夕法尼亚大学从事当代美国戏剧的研究，其间，应邀赴密斯堪萨斯大学英语系作莎士比亚演出与研究讲座。同时，担任全国美国文学研究会及中国莎士比亚研究会理事，先后被聘为《外国戏剧》名誉编委、中国莎士比亚研究会刊物《莎士比亚研究》编辑部主任、全国优秀教材（艺术类）评审委员会委员、上海话剧艺术中心文学顾问。著有《当代美国戏剧》《奥尼尔研究》《奥尼尔创作论》等学术专著多种，主编《西方现代戏剧流派作品选》《外国现代作家研究丛书》等，并长期从事剧本与戏剧理论的翻译，包括主持获诺贝尔文学奖作家奥尼尔卷《天边外》译事。

① “诺丛”〔美〕奥尼尔卷《天边外》，荒芜、汪义群等译，444000字，1984年11月第一版，首印33400册，1992年第3次印刷，累印41000册。

# 钱佼汝

## 推介美国读者反应理论文选

刘硕良同志：

您好！

有幸在南京会议上认识您，非常高兴。会后我动了一个小手术，后来又接连参加了几个会议，拖到今天才与您联系，很抱歉，请原谅。

我们在南京时曾讨论过几个可行的选题。后来我根据主客观情况考虑了一下，觉得编写一本运用多种批评方法来分析一部作品这样的书，目前条件还不够成熟，投入的力量也较大，需有充分时间，才能保证一定质量。为此，这一选题拟暂缓考虑。

另一选题为编辑一集“美国读者反应理论文选”，对这一批评流派作一比较集中的介绍，供我国读者和文学理论工作者参考。据

---

※ 钱佼汝（1940— ），教授，外国文学研究专家。江苏无锡人，1940 年 10 月生于上海，侨居缅甸。1954 年归国求学，先后在武汉和无锡完成中学学业，1959 年考入南京大学外文系英语语言文学专业，1964 年毕业，留校任教。1974 至 1978 年借调至江苏人民广播电台，担任广播英语教学节目主讲教师。1979 至 1981 年赴澳大利亚悉尼大学留学，获文学硕士学位，其间应澳大利亚广播公司之邀，参与澳广的对华英语教学节目的编写、录制和试播工作。1981 至 1985 年，任南京大学外文系英语专业副教授，1986 年晋升为教授，同年获博士生导师资格。1986 至 1987 年应美国康奈尔大学校长之邀，以高级访问学者的身份赴该校进行学术访问和研究。1987 至 1993 年回南京大学任教，主要担任硕士和博士研究生的教学工作，其间，1988 至 1992 年任南京大学外文系主任，1992 年入选国务院学位委员会第三届学科评议组成员，同年起享受国务院特殊津贴。1993 年赴联合国教科文组织总部工作，任翻译处中文科高级译审，2003 年退休。2004 至 2006 年任南京三江学院英语系主任。2008 年受聘为江苏省文史馆馆员。1983 年获全国杰出归侨奖，1994 年获第七届、1995 年获第八届台湾梁实秋文学翻译奖，2010 年获澳中同学会终身成就奖。

我所知，国内对美国读者反应理论介绍甚少。许多人知道德国康斯旦斯大学的接受美学派的尧斯、伊塞尔等人，而对菲什、霍兰德、布莱希等学者则比较陌生。因此，我认为这一介绍将起到补白作用。

钱彦同志是我的在读博士研究生。她的研究方向就是美国读者反应理论，几年来，她刻苦钻研，对这一流派有全面的了解，也有自己的见解，目前已进入论文阶段。这次我请她从大量有关资料中精选了十四篇有代表性的论文，按作者编集。前有前言，每位作者有一简要综述，每篇文章有一提要，共计十二万至十五万字，如果您觉得可行，我们将安排组织编译。如果顺利，可望暑假后，约今年九月完稿。

附上编译目的、篇目题名及主要内容、英文原名，请审定。有何要求或意见，请指示。

谢谢您对我们的支持、关心，希望我们能很好地合作，为广大读者服务。

祝

新春快乐，身体健康！

钱佼汝

1988年1月14日

# 张培均

## 找外国人求教还得花钱

硕良吾兄伟鉴：

各以事牵，时在念中，弟埋头译书，争分夺秒，无暇作书，尚希鉴谅。“马可·波罗”① 已译二十六万字，所余无多，钱也花了不少。上面有很多拉丁文，通过上海大学外语学院的闵北平先生找了好几个外国人，然而还没有全部解决，我想在此地找金陵神学院接接头。找外国人就是要钱，无情面可言。

现在有一桩事情要请教：我发现一张“马可·波罗旅游往返路线图”，我想画下来放在译文里。这是原版历史书上的。大点小点是不是都可以？我画大点你们缩小行不行？这样可以清楚些。

初版《黑奴吁天录》② 印刷错误多，我稿子糊涂，也有责任。这次“马可·波罗”，稿子清楚得多。文字也译得比《黑奴》好。你看了就会知道的。

《海盗船长》③ 再版出来没有？我上次看的时候还是有些地方

---

※ 张培均，教授，翻译家。长期在上海从事文化活动，担任多家出版机构编译工作。80 年代初任南京铁道学院英语教授，为漓江翻译长篇名著《海盗船长》《黑奴吁天录》等。

①《马可·波罗传奇》，〔美〕迈尔斯等著，张培均译，1992 年 2 月出版。

②《黑奴吁天录》(上、下)，〔美〕斯托夫人著，张培均译。收入“外国文学名著丛书”，438000 字，1982 年 11 月第一版，首印 65400 套。1987 年 8 月第 3 次印刷，累印 70400 套。1993 年 7 月，林郁文化事业有限公司在台湾出版中文繁体字本，书名《汤姆叔叔的小屋》。

③《海盗船长》，〔英〕笛福著，张培均、陈明锦译，231000 字，广西人民出版社 1980 年 12 月第一版，首印 212000 册。漓江出版社 1985 年 1 月第一版，首印 33000 册。

译得不满意。

希拨冗惠我数行为荷。

此致

敬礼

阮同兄请代问候!

再：听说中央讨论过稿费改革，请便中告我。

张培均

1987年12月23日

# 孙景尧

## 心中难脱依恋

硕良兄：

您好！

电报奉悉！谢谢您的理解与帮助。我们正在同上海与江苏的两家出版社联系中。对于《文贝》同贵社分手，有点像“离婚”一样，心中难脱依恋，别有一番滋味。这期《文贝》已印好，封面去掉了“漓江”字样，但书内一处，因香港送来的底版，早就翻印好了，印刷厂又将它们装订起来，因此无法更改正文末页上的贵社名字，没办法，只好再贴上白纸，否则就不伦不类了。当然，贴上白纸也已是不伦不类了。我只得叫研究生和我自己干了，因为没钱再支付厂家了。此事也望您能谅解！因经费不多，这期只印了五百册。

“西方时装史”译书情况如何？望来信赐示！还有编写文化精粹一丛书，也请来信明示。几位作者都很关心此事。

欢迎你们来苏一游。

颂

安！

景尧

1991 年 7 月 30 日

---

※ 孙景尧（1943—2012），比较文学专家。上海嘉定人。1966 年毕业于复旦大学中文系，1993 年在美国斯坦福大学任比较文学博士后研究员。上海师范大学博士生导师，国家教学名师，中国比较文学学会原副会长兼学术委员会主任，国家重点学科——上海师范大学“比较文学与世界文学”专业原负责人和学科带头人。生前，还受聘为北京大学比较文学与比较文化研究所兼职教授、复旦大学文艺美学研究中心兼职教授和中国社会科学院比较文学研究中心学术顾问等。出版著译 18 种，并在国内外发表论文 40 多篇。国内第一本比较文学学科理论著作《比较文学导论》的作者之一（与卢康华合著），国内最早开设这门课的教师之一，以及获国家级优秀教材的《比较文学》一书主编。主要科研成果还有《简明比较文学》和译著《西方服饰大全》《新概念、新方法、新探索》，及英文版《文贝》。

潘庆舲

# 伊朗文学名篇《哈吉老爷》

硕良同志：

惠函诵悉。谨在此祝贺您荣任贵社要职，深信您必将为我国文化出版事业作出更大贡献！

遵嘱将拙译《哈吉老爷》中篇及简介随函挂号寄上，请多多指正。这是现代伊朗文学史上名篇佳作，国内是我首先译介的。（有关作者概况，大百科外国文学卷上均有记述。）

《巴比特》① 校样，望在7月28日前寄至沪上，因为7月底，我应全国高校东方文学研究会会长函请将去大连作专题（8.2—8.8），

如来得及，将校样一并带去，抽时看看，不知尊意如何？

贵社选题计划如何？我当尽力支持，急于投邮，下次详叙。

专此即致

著祺！

阖府康宁！

庆舲

1985.6.22

※ 潘庆舲（1930—　），翻译家。原名庆龄。江苏吴江人。1952年毕业于浙江大学外文系。在中国较早译介波斯文学，填补了空白。译有《鲁达基诗选》《赫达雅特小说选》《阿富汗史》《巴列维传》等。70年代调上海，转事美国文学译介，翻译了《巴比特》《大街》《珍妮姑娘》等名著。

① “诺丛”〔美〕刘易斯卷《巴比特》，潘庆舲译，392000字，1985年12月第一版，首印6200册，1992年2月第3次印刷，累印26600册。

# 刘重德（2封）

## 奥斯汀作品值得译全

硕良同志：

许久未晤，至念。外国文学研究会定于五月下旬在湘西大庸县张家界举行。张家界乃新发现之旅游胜地，据说其风景之美不亚桂林，多希望届时莅临指导并一叙，正式书面通知将由研究会寄上。

我院科研处和外语系研究决定，由我领头成立翻译研究室，不便推托，已表示同意。一旦批准成立，就需要制定三、五年规划。英国女作家奥斯汀共有六部长篇小说，《傲慢与偏见》和《爱玛》已有译本，其余《理智与感情》等四部，尚无人翻译。您如感兴趣列入出版计划，我将亲自动手翻译《理智》一书，其余三部当组织本室同仁分别担任或合译，由我校阅定稿。如何？请研究示复！

余容后叙，顺颂

编祺！

刘重德　拜上

1983年4月13日

※ 刘重德（1914—2008），翻译家，教授。1914年生于河南，1934年开封高中毕业，获全省首届高中会考第一名。同年考入北京大学英语专业，1937年在长沙临时大学就读，1938年昆明西南联大毕业。湖南师范大学外语系教授、湖南省文史馆馆员、中国译协副会长、湖南省译协会长，出版《翻译漫谈》《文学翻译十讲》等专著和《爱玛》等译著，主编《汉英翻译艺术鉴赏例句辞典》及基础教材多种。获国务院颁发政府特殊津贴。

# 湘桂联手进行学术研讨

硕良同志：

久未晤面，甚为思念。去年5月，我曾应邀赴南宁参加贵区译协成立大会，表示祝贺，不巧您因公去京。10月长沙全国文学翻译研讨会，我曾亲自去车站接您，并于第二天清早又派秘书长王勇同去，均未见到，深感遗憾。后来接到那位女同志带来的信和《爱玛》，才知道您来不成了。我想同你商量两件事：

第一，湘桂为友邻，我考虑两省区可考虑于适当时机联合举行学术研讨会，轮流在湘桂召开，各有名胜，如桂之北海，湘之猛峒河。如您感兴趣，可与祥麟教授一谈。如原则同意，细节再商。

第二，您寄来的几套《爱玛》，寄赠朋友时，不慎配错了一套。近来才发现我书架上只留有下册两本。请再为我寄两本上册；如不便拆寄，那么，就请寄一套（上下册），以便留念。

顺便再问一声，不知道你们出不出英汉对照、注释读物。我译有一本《小红马》，约六万字，如对照注释印行，可作高中和大学生的课外读物。它描写一个热爱小马和劳动的少年，对青少年有很好的教育。如有意考虑，我愿把它奉献给贵社。

上述三事，敬候佳音。

顺颂

编祺！

刘重德　敬启

1989年4月21日

# 唐荫荪（4封）

## 地方社的贡献不能忽视

硕良兄：

前信收到。谢谢你的关心。

中央文化部出版局最近有个关于出版外国文学的报告（草案），大概是为了召开一次会议所准备的报告，要大家提意见。你可能也看到了。总的精神还是限得很严，是年底至年初大力宣传反精神污染时的气氛。我们讨论提了些意见，认为那种一刀砍的办法似乎不太好。当然，将来还要开会的，在会上还有交锋。这些年来，地方出版社对出版外国文学确实做了不少贡献（如兄在广西就很突出）。尽管从全国来说也确实存在着一些问题，但这些问题可通过加强管理来解决，不应用“堵”的办法来解决。会议不知何时召开，到时我们都应仗义执言，决不能让外国文学的出版情况又恢复到两家独掌的老样子，那怎么也适应不了目前发展了的情况的。

敝内事，略有头绪。她原为国营农场民办教师，这次通过考试可转国家编制教师，约六月份可办好手续。如此，则户口之事就好

※ 唐荫荪（1927—1996），翻译家，编辑家。笔名唐古拉。湖南常德人。民国大学外文系肄业。湖南新闻干部训练班学员。在报纸工作中崭露头角，多才多艺，不幸被错划右派，下放农场，改正后调湖南人民出版社任编辑、译文一编室主任，副编审。译著有诗论《谈诗的意象》《拜伦与友人谈诗》《论现代派抒情诗》《帕斯捷尔纳克的晚期诗》，诗抄《佩恩·沃伦诗抄》《布罗茨基诗抄》《戴·赫·劳伦斯诗抄》《东方沙漠之歌》《王尔德散文诗》，小说《马克·吐温短篇小说选》《加里·斯奈德诗选》《鲁滨逊漂流记》《理智与情感》《克雷杜克夫人》《亚瑟王的故事》《四修女》《大地硕果·畜牧神》，名著改写故事《哈姆雷特》《罗密欧与朱丽叶》，主编“世界文学名著缩写本”丛书等多种。

解决了。承蒙关心，特此附告。

握手

荫荪

1984.4.25

## 彭燕郊先生的宏愿可嘉

硕良兄：

最近才听说你们已迁桂林，我前次寄了一本《诗苑译林》(《涅克拉索夫诗选》) 给你，是寄往南宁的，想必已转到桂林来了。

漓江乔迁后，将更有条件大干一场，内心甚为羡慕。回顾湖南，近年来没有多大起色。最危险的，是我们似乎有点麻木，尾大不掉，坐吃山空，外国文学方面，尤其如此。社领导对外国文学既不太内行，又不大重视。如此以往，终必导致一蹶不振，我几乎有点失去信心了。我又有什么办法？只能想些拼拼凑凑、修修补补的办法。我今年已满五十八岁，还过年把两年，我干脆退休搞自己的翻译算了。

我省的彭燕郊教授（七月派诗人，曾遭折磨被划为“胡风分子”坐冤狱多年），有意办个介绍当代外国诗歌的杂志《国际诗坛》，并邀我加入为他们跑跑堂。北京方面的好多名诗人都支持或亲自加入这个刊物。他们想同贵社取得联系，看能否接受此刊物的出版。（他们不愿在湖南出，湖南的气氛不对头。）这个刊物出版后，开始时可能经济上稍有亏损，但它在文艺界的影响是很大的。为了补贴可能有的亏损，彭燕郊同志准备另外组织一套比较畅销的外国作品译丛同时交贵社出版，那套丛书定名为《犀牛丛书》。名字也很响亮。英国有套《企鹅丛书》，这个名字似乎可以和它媲美。他们有个比较详细的规划最近可能来桂林和吾兄商谈此事。特向您报个信，我个人是极力支持此事的。

早两天我已弄到上海译文出的《大地的成长》，粗粗翻了一下，译文基本可以，但也有不少毛病，看前二章就挑出了十来处，也有完全理解错了的地方。当然，对照之中，也发现我自己译文中的几处错误。这样，我们的书虽然后出版，但却有了保证质量的极好条件。——我们的错处可以改，他们的错已铸成，只能等待重印时改正了。“塞翁失马，焉知非福”，我想我们的书名一定要改一改，按挪威使馆的意见，他们也认为“成长”一词译得不好。我们译为“大地的生产”或“大地的产物”都可以，随你定好了。①

新建摊子，工作一定很忙。有机会我一定来桂林看你。余后叙。

荫荪

1985年6月20日

## 不能贻人口实

硕良兄：

今天是国庆节，昨天又是中秋，两个节日连在一起了。我正好休息了两天。想吾兄也一定节日愉快，阖家欢乐！

这三个月来，我一直在赶译鲁宾逊。我先是轻看了它，以为是青少年看的书，一定很浅，好译。一接触，就知道我完全错了。到底是笛福手笔，跟其他古典巨著一样难译，我平均每天只能译两千字。加上上个月我又病了10来天（重感冒），前后耽误了半个来月，所以到今日还只完成12万字（全书有20来万字）。这样看来，十月底交卷恐有一定困难。恐需延迟至11月20日左右。我尽量朝前赶。此事烦吾兄担待一下。译完后，我还要写篇像样一点的序言（拟主要对青少年谈谈读此书的意义，避免学究似的考据论证），还要

---

①“诺丛”〔挪威〕克鲁特·汉姆生卷《大地硕果·畜牧神》，唐荫荪译。407000字，1989年3月第一版，首印2000册。

组织插画。插画问题，已组织好30幅，质量是令人满意的，我将和译稿一同寄上。将来寄稿，是寄到桂林漓江交你收，还是寄别处（是否寄南宁交你收），请你一定来信告诉我，免得耽误书稿寄达时间。我当然是用挂号寄上。

这次翻译中，我参考了人民文学出版社原出版的中文译本，译者笔下还很健，算得上是上乘译品。这反而给我的进度带来了困难。因为一个句子，两人理解都正确，都有较好的中文表达能力，那雷同之处是不可避免的。如果那样，他在先，我在后，就不免有人议抄袭之嫌，这是万万使不得的。因此，我在行文时，往往在遣词用字上要使句子与他有不同的地方，这就可免贻人口实。另一方面，人文的那个译本也有一些地方有明显的错误。这样，我们的译本就完全有把握超过它了。确实也是，后者不能超越前者，我们又何必花这样多的时间与精力重译呢？

另外，你的这套计划不知已完全具体到人否？湖南出版社译文室有位同志，是上海师大的研究生，对你这套计划也很感兴趣，他说若还有未到人的项目，他愿意承担一部。若有请告知我，此人现为湖南社译文室的骨干，译文质量是能保证的。余言后叙。顺致

秋安！并问嫂夫人好！

荫荪

1993年10月1日

## 新译应力求有所改进

硕良兄：

译稿[①]寄上，请审处。

可告慰的是：这次新译稿比原来人民文学出版社1959年的译

① 指重译《鲁宾逊漂流记》，收入为接力出版社主编的“世界少年名著”系列。

本或可胜出一筹（原来的译本我看了，还是译得相当好的）。原译本里面有几处重要错误，如将“基督教徒的侨居地”译作“基督教殖民地”（基督教宣传和平与爱，怎么会掠夺殖民地呢？），还有将“一里格”译作“一海里”（一里格等于3海里），将“滑膛枪”（一种旧式步枪）译作“短枪”，将一段戏剧台词作诗行排列，等等。特别是许多注释，新译稿比旧译本详尽得多。因为五十年代毕竟没有多少参考书。古典名著给青少年看，应有较详尽的注释。所以，新译稿在质量问题上吾兄尽可放心。（如果不能超过旧译，译本就无更新之必要。）

插图原有30幅，其中4幅与书内容不大切合，我把它抽掉了，现有26幅，均已写好说明，按情节内容插入译稿内，并在插图背面写明应插入原稿P××后面，这样，抽出后再行插入时，也不会乱套。

这里要说明一点：译者的名字我写了四个，其实就是我全家人的名字。这样做，是为了减少稿费中税款的扣除。一个人辛辛苦苦爬格子爬了这么久，只署一人名，将来会要扣除好多，实在有点不甘心，所以才想出这个“穷斯滥矣”的办法。如兄认为还是署“唐荫荪”一人为好，则请同出版社商量，设法在开稿费单时，开四个人的名字，说另外三人帮了我不少忙，应由我支付一定稿费。此事不知会不会给兄带来麻烦？万请谅解。

以后有任务，请仍照顾我。但明年不行，明年我已答应文艺社一部译稿，30万字，需要加劲才行。

顺祝

时绥！

荫荪

11月22日（1993）

## 秦　似
## （2 封）

### 尊重译作者令我钦佩

硕良同志：

寄来样书[①]已收到。

纸张、印刷和插图都不错。你能尊重译作者，不作大改动，这是令我钦佩的。我这次在三联出版的杂文集，编者不改一个字。当然，不是说编辑不能改，而是说一个好的编辑，倘不是改得比原来好，就不应乱改。

开本，我看还是 32 开的为好。不过，已印了，就只好这样了。

我不知出版社送给我多少本，因向我索书的人多，因此，除赠我的之外，我还购买 50 本，书款在稿费内扣除。请即包装好寄来是幸。

匆此，即颂

编安！

秦似

1981 年 11 月 22 日

※ 秦似（1917—1986），作家，杂文家，语言学家。广西博白人。著名学者王力长子。原名王缉和。广西大学化学系肄业。1940 年在桂林与夏衍、宋云彬、聂绀弩等创办杂文刊物《野草》，并主持编辑工作。后任香港《文汇报》副刊编辑、《野草》丛刊主编。新中国成立后，历任广西区戏曲改革委员会主任，广西区文联副主席，广西区文化局副局长，广西师大教授，广西大学教授、中文系主任，广西政协副主席，中国语言学会理事。中国文联委员、广西语文学会会长。著有杂文集《秦似杂文集》等 5 种，工具书《现代诗韵》，文学评论集《两间居诗词丛话》，语言文字学著作《汉语词族研究》，剧本及人物传记《牛郎织女传》《西厢记》《沈括》《巴士特传》等 10 余种，翻译小说《人鼠之间》等 4 种。此外，参与《辞源》修订，主编普及读物多种。

① 指《人鼠之间》，〔美〕斯坦贝克著，秦似译，漓江出版社 1981 年 9 月第一版，首印 48000 册。

## 还是改了几个字

硕良同志：

我又重看了一遍《人鼠之间》，还是改了几个字。所改之处，都是一字挨一字，容易办到的，不至于影响再版的日程吧。

其中最主要的一个字，是《重译后记》里说的“这本中篇小说”，“中篇”应改为“长篇”。因为按文学史上的传统概念，五万字以上已算得上长篇了，这里有八万字，完全算得长篇了。外国评论家也一向把它当长篇小说。现在我们国内有一种不好的风气，文章越写越长了，所以字数都升了级，五六万字还叫“中篇”。此风不可长。因此这个字还是改了的好。

有改动的页码是：3、23、27、69、141、142，共六页。共六个字。

希望能早日再版①，并希望能搞一部分精装本。既是世界名著，为了保存，读者是愿意多花几角钱买精装本的。印三千左右精装本，大概是可行的。如何请酌定。

专此并颂

年禧！

（不是纸精装，是真精装，那样一来，书脊也厚一点。）

秦似

1984年1月14日

---

①《人鼠之间》于1984年2月第二次印刷，累计印数69200册。

贺祥麟※
（4 封）

## 译当代作品难在稿酬支付

硕良同志：

收到来信暨惠赐之书二册（《沼中梦》《麦克白夫人》），至深感谢。这两年来，你是开足了马力全速前进的，工作成绩，人所共见，“漓江译丛”，越办越好，希望你继续努力，争取更为突出的成绩！

布拉蒂奇的小说[①]在《译丛》第四期发了，太好了！这是为中南两国文化交流作出的一个贡献，应该充分肯定。我一收到你的信和书，看到《添丁之喜》稿子登了，当即放下其他一切工作，赶用英文打字机给原作者打了一封信，告诉他此事。布拉蒂奇在南是中年作家中较有影响之一人。塞尔维亚共和国作家协会的实际主持人是他。我国大使馆之所以郑重向中国作协推荐翻译他的稿子，大概也是从各方面认真考虑后决定的。现此事还留有两个小尾巴，一是给作者寄书问题，另一是稿酬问题。前者，与此信

---

※ 贺祥麟（1921—2012），作家，翻译家，外国文学研究专家。1945 年 8 月毕业于西南联大外文系，1949 年 5 月毕业于美国艾莫黎大学研究生院英国文学专业。归国后历任广西师范大学副教授、教授，外文系主任，外国文学研究所所长，广西作协副主席，广西译协会长，广西外国文学学会会长，民进广西区主委，广西师大出版社总编辑，广西壮族自治区政协副主席；中国翻译协会副会长，全国高校外国文学教学研究会副会长。著有长诗《再会了，美国》，杂文集《“日子过得好哇”俱乐部》及《自学的向导》《莎士比亚》，主编《西方现实主义文学》等。《莎士比亚研究文集》（主编），获 1985 年广西优秀社科成果二等奖。

① 《添丁之喜》（短篇小说），〔南斯拉夫〕拉多斯拉夫·布拉蒂奇（1948—　）著，范宝慈译，载“漓江译丛”总第 4 辑，1982 年 9 月出版。

同时我给你汇去人民币 2.40 元，请费心代购《译丛》总第四期即《沼中梦》二册，书先放在你那里，暂勿寄给我，我与此信同时写了一信给王东焘同志①。问他是否可请出版社用公款代为航寄此二书。如可以时，请你直接与王东焘同志谈，由出版社负责航空挂号寄这两本书；如出版社寄有困难，则请将书寄给我，我再转寄北京，请文化部或作协友人托便人带给贝尔格莱德，但这样辗转托人，就太慢了，不知何时才能带到。稿酬问题，一般外国作家，我国出版社大多不付稿费（因为我国尚未参加国际版权公约）。但像这样预先通知了用他稿子，又是我国友人，则应付给。过去是等该作家下次来我国时付人民币，此法可行，但也要落实清楚，以便向布拉蒂奇交代明白。我也在给王东焘同志信中详谈了。请于收到此信后两三天后去找东焘同志洽谈此事，所以要两三天，因给东焘同志信说的内容很多，是挂号寄的，比平信慢一两天。我一向办事，注意各方面工作都做到家，使大家都满意，因此在此事上也花了不少工夫，向各方往返去信。

"漓江译丛"以至广西人民出版社出版的翻译作品，我以为除了古典近代名著外，还应注意出一些当代名著。为了扩大影响，如能出一些现在还活着，并且有较大国际影响的作家作品则更好，我认识英、美、南等国好几位著名诗人，也曾想到译些他们的诗给"漓江译丛"，但一是自己太忙，不易抽出时间，二是这些熟人的作品一定要付稿费的，外国作家稿费不易处理（即使付人民币也很麻烦），所以未敢动笔。例如英国当代活着的最大诗人斯蒂芬·斯彭德，早在三十年代就与 W. H. 奥登等人闻名世界，我与他有过一面之交，如把他的诗译为中文，他必然十分高兴。此人已七十三四岁了，是当代活着的英国诗人中最老的了。南斯拉夫的波帕，在东欧当代诗人中名气很大。另外，美国的"垮掉的

① 王东焘，时任局社合一体制下的广西人民出版社副社长、广西出版局副局长。

一代”诗歌创始人金斯堡，都是前年我去南时认识的，波帕的诗受现代派影响太深，难懂难译，金斯堡则由于“垮掉的一代”在我国被不少人误解，也不便译。更重要的是诗歌看的人少，又比散文难译得多，再加上我工作忙得无以复加，实在无时间，因此一直没有敢译。但如从中外文化交流这一角度来看，将来如稍有余暇时，适当译一点，还是应该的。

有机会见到小徐[①]，请告诉他，我来外语系后与系里一些负责同志讨论过，我们十分需要、十分欢迎他来，外国文学研究室由中文系随我迁来外语系，我们决心努力办好，此次急需像小徐这样的事业心强能力又强的同志，不知他的转干、职称问题解决了么，还外出探亲否？请小徐抽暇回我一信，如他能利用办理电大公事机会于最近出差来桂一次则更好。

即颂

撰安！

贺祥麟

1982年9月23日

## 译柯勒律治诗两首

硕良同志：

那篇文学论文太长，我回来后工作又忙，看样子难以很快译就，考虑再三，只好以《柯勒律治诗歌二首》[②]代替，已于今日先将稿寄出，再写此信。诗前说明是我昨、今两日偷空赶写的；《老水手之歌》为鲁刚同志译，我校订，鲁现为黑龙江大学副校长，精通俄苏文学，英文也不错，译好后我曾代他详细校过；《忽必烈

---

①徐中元，文艺青年，《凡尔纳传》译者。

②《柯勒律治诗两首》，载“漓江译丛”总第6辑《人生如戏》，1983年8月出版。

汗》一首为我所译。请看看可否用。由于《老水手之歌》译好、校过后印成铅印，现又据铅印来由我的研究生重抄，我无时间再详细校对一遍，因此不敢肯定其中无一错字。但据研究生们说，他们已核对无误。

中国社会科学院桂林会议，定于二月二十五日起开，约十天。东焘同志未知是否能来？请先问问，俾便预先与主持单位商量。您和阮同同志大概都来，我们当努力争取，希望社会科学院能同意你们几个同志列席。

寄上拙编《莎士比亚研究文集》一册，请指正。

祝

好！

贺祥麟

1983 年 1 月 15 日

## 《马尔罗研究》出版是件大好事

硕良同志：

大札暨惠赠之二书均收到，这几年来，您负责编出之书，不仅数量多，而且其中有一些质量也是很高的，如这次见赠之《蒂博一家》（第二册）及《马尔罗研究》即是。前者为法国文学名著及诺贝尔奖获奖作品，自有定评，勿需我再饶舌；后者把马尔罗本人作品、别人对他之评论以及马尔罗生平资料均选入一册，甚至还附有近一二年法国文学动态，对研究者方便极了，可谓做了一件大好事。此丛书其他各书，希望能快些出版，其中《萨特研究》，请务必给我留一本，不论赠送或由我买均可。几年以来，您在广西出版工作上对外国文学贡献甚大，这方面，我的体会很深，我以为广西整个外国文学界（外省亦然），应该深深感谢您。

出版社一事[①]，我们一直在等我校新领导班子确定后，立即进行，估计本月（七月）当能公布。此事我认为势在必行，我们一定开足马力，促成此事。届时我们当然要请您出马，共襄盛举。

我忙极了，余再谈。

祝

好！

贺祥麟

1984年7月1日

又:《蒂博一家》只见第二册，未见第一册，可能你们已早出了，今邮汇去二元，请代购一本第一册挂号寄下，至深感谢。

又:《马尔罗研究》一书有一小小不足之处，即全书从头到尾竟找不到马尔罗之法文原名，这对懂外文同志想进一步查阅马尔罗资料十分不便。不仅是作者姓名，有时甚至作品的外文原文也应标出，或附在书后一专页上，因为有些不太著名作品的译名不一定统一，必须查到原文书名才行。这个意见不一定对，请参考。

汇去之二元，与此信同时发出。

## 这样退稿太可惜了

硕良同志:

我昨日刚由南宁返桂，明日即赴广州作快速旅行，在穗停留一日或最多二日即归。本月十五日左右，我将离桂赴沪，然后飞纽约。在美将留一年，一年后返国。

今有二事相请:

1. 前接罗念生先生来信，说漓江出版社已将他的《希腊古代

---

① 当时有关方面正申请成立广西师范大学出版社。1986年11月18日，广西师大出版社成立。一家地级中小型城市而拥有两家出版社（另一家为漓江），全国似只桂林一例。抗战时，桂林出版业发达，桂林文化城在很大程度上就是桂林出版城，此一光荣传统至改革开放新时期终得以承续光大。

墓志铭诗》译稿退还给他。我收到罗先生信后甚惊异，罗为我国研究古希腊文硕果仅存之唯一老一代学者，在国内外均很有名，我为《漓江译丛》约稿不易，他老人家给了稿子，只要求早日发表，不料一拖两年之久，仍未出版，现在又退了稿，不知是何原因。可否请您费心查查，回我一信，如稿子确已退回，我只好赶快写信向罗先生请罪了①。

2. 听说贵社曾出版 T.S. 艾略特之诗集中译本②，此书我正急需，未知能否售给我一册，十分感谢。书款于一收到书后，当托王庚年老师之令郎带上。

一年以来，我们虽同在一城，且有时也因工作接触，但不知怎样，我总觉得自从您主持出版社工作，把外国文学推给新的同事负责后，我们在外国文学方面之联系不是愈加紧密了，而是疏远了。这一感觉不一定正确，只是我个人的看法。

由穗回来后，如有时间，我当再与您联系。

祝

好！

贺祥麟

1986 年 8 月 3 日

---

① 罗念生译《古希腊碑铭体诗选》在 1987 年 11 月出版的“漓江译丛”第 11 辑《木已成舟》中刊出。

② “获诺贝尔文学奖作家丛书”艾略特卷《四个四重奏》，裘小龙等译，1985 年 9 月第二版，累印 18120 册。

陈晓明

## 不能被别人比下去了

老刘：

您好！

稿纸收到，《蒂博一家》精装本也已收到，小棠的姐姐[①]看了说："漓江的这一套书出得不错嘛！"可见是大家一致的意见。（等我公公[②]出院后再给他。）

劳伦斯传[③]已开始动工，初步计算一下，估计可在四五个月内（这些时间包括初稿、二稿、校对）完成，明年四月内可以寄出。因为其他的出版社也在出，几种版本，就要保质保量，不能被别人比下去了。

《荆棘鸟》如出书，是否能代我买五十本？钱在稿费里扣除。因为要是到上海来买的话，不知要跑多少书店，还是一次寄来，我们去邮局拿，也只要一次，方便得多。你看如何？

郭老和汪观清（画插图的）处的地址你都有吧？没有我再给你，还有杨岂深[④]。

---

※ 陈晓明，女，用"晓明"发表作品。华东师范大学中文系毕业。著有创作译作多种。与陈明锦合译、李小棠校的澳大利亚畅销小说《荆棘鸟》，1983年10月首印10万册，以后多次重印。

① 李小林，作家，时任《收获》副主编。

② 巴金。

③〔英〕劳伦斯·奥列维尔《一个演员的自白》，李小棠、晓明译，曹禺序，1986年5月首印15800册。

④《荆棘鸟》名家荟萃，老作家、书法家郭绍虞题签，复旦大学外文系主任杨岂深作序，画家汪观清插图。

外国文学研究会什么时候到上海来开就好了，你又可以到上海来玩玩看看，我们十分欢迎你来。

有事来信。

问你全家好。你的儿子毕业分配了吗？

祝

好！

晓明

1983年11月21日

## 黄健人
## （2封）

# 爬格子和防背疼

尊敬的刘总：

您好！来信收到。现将评《洛丽塔》[①]的译文寄上，太长了点，是不是？不过，这位洋大人分析得头头是道，且活脱中国批评家的腔调，“道德净化”呀，等等。给他这么一评，有关当局应能开绿灯了吧，您斟酌是否可用。前言一事恐一时无力完成，主要是挤不出时间，因为北师大的导师限我这期末交上学位论文初稿，须用英文写两万字，谈何容易！上期全忙着译书，论文至今一字未动。《洛丽塔》之后又译了一部美国西部牛仔探险的小说，现在被王纪卿的合伙人罗某带去海南岛了。

穷忙了这么久，有感想二。其一，“爬格子”十分的辛苦，而“效益”则遥遥无期，至今还未见发表一个字，刚开始的激动已渐渐变为悲哀。老老少少的中国读书人仍有许多放不下架子，不肯“为五斗米折腰”，不屑于街头巷尾摆一小摊，琳琅满目地卖上些零

※ 黄健人（1951—　），女，教授，翻译家。湖南长沙人。笔名黄建人、黄淑仁。1982年毕业于湖南师范大学。1989年获北京师大外文系文学硕士学位。中南大学外国语学院英语系主任，教授，硕士研究生导师。曾任教泰王国大成商学院，并由教育部选派至美国伯克利加州大学英文系做访问学者。课余从事英美文学作品翻译及研究，发表译作十余部，近三百万字，论文十余篇。主要译作有《洛丽塔》《飘》《苔丝》《简·爱》《霍桑短篇小说选》和收入《当代著名翻译家精品丛书》的《黄健人译文自选集》等。

①《洛丽塔》，〔美〕弗拉基米尔·纳博科夫（1899—1977）著，黄建人译，董鼎山代译序，唐荫荪跋，230000字。1989年5月第一版，首印50000册。入选为纪念改革开放30周年评选的“30年最具影响力的300本书”。

碎，结果只好一副孔乙已的寒酸相，连吃盐水豆也得连忙用手捂住碟子:“多乎哉？不多也。”其二，文人须时刻提防背疼，有一派智商并不高却手持大棍者，总想瞅空子劈头盖脑打下来，而他们又究竟懂多少文学，懂多少艺术呢？

“牢骚太盛防肠断”，言归正传。这篇洋人的评论中有好几段小说引文，您务必提请编辑注意核对一下小说译稿，以免有出入。我的草稿乱到无法收拾，也无从查对。

愿将来有机会到美丽的桂林一游，并得以求教于老师。

谨祝

健康!

学生:黄健人

11 月 9 日（1988）

## 老老实实做学问

刘总:

您好！转眼到美国求学已近四月，一言难尽。Berkeley 是全美公立学校当中排名第一的，条件很好，校园不大，却容纳着两万世界各地的学子。我跟的教授是位诗歌专家，在全国享有声望。专著就有九大本，啃一本花了我两个月。这学期修了他两门课，一门是 Ph.D 课：现代诗歌与视觉艺术；一门是本科生的“情诗”。原来还选了一位女教授的文学批评理论，可听了一两次就发现跟不上，参考书看不完，没法懂。美国学生阅读量太大了，我就选两门课还得拼命看书才基本跟得上。本科那门课我主要想学人家教学方法、思维方式，本身倒不难，许多作品都读过，主要是 Ph.D 的课难。同学们都说难，诗部分讲庞德、斯蒂文斯、格·斯泰因等，视觉艺术讲毕加索、塞尚、康定斯基等，老师讲两头，中间有相当一部分时间是学生专题研究报告，所以同学们被逼得焦头烂额。我一开始就没敢接任务，又不用修学分，所以比别人轻松。不过开学三个月来书可真啃了一大堆，自己觉得收获不小，好的书就复印下来带回去，买得起的也买一点儿。总之，老老实实在这儿做学问。

国家每月发800美元生活费，425交房租，30交医疗保险，电话30—40，余吃饭、交通、买书等，Berkeley收我们访问学者100图书、计算机使用费，其他不收费。选课只要任课老师同意就没问题，反正不交作业、不考试。我住在一对白人夫妇家里，男的在邮局工作，女的在律师事务所当秘书，都是60多岁的人还拼命上班，和他们交谈的机会都不多。我不善于交朋友，来了这么久没认识几个人，班上同学个个行色匆匆，听完课夹着书包就不见了，所以挺孤独。周末一般都坐地铁去表兄家过，偶尔也去教堂看看人家做礼拜。一切都得从头学起，包括坐车、邮局、银行，什么都得问，得学，不开口也得开，光借书就去了图书馆三趟才学会怎么弄，样样都是计算机。Berkeley的图书馆真棒，书多，阅读条件好，到处有沙发或者背椅、书桌，光线很好，很干净，设备齐全，想复印材料，到处有复印机，付硬币就自己动手印，人工太贵，所以图书馆负责借还书、上架、搞卫生的都是打工的学生。下学期想修小说和戏剧，文论部分可以自己看，也可以找老师问，导师人挺好，讲话像扫机关枪。一开头就声明不给我看论文，所以文章我得自己构思，回国前总得炮制一两篇东西出来。

计划明年五月底暑假后出门旅行，到中部、东部和南部跑一趟。回国机票反正由领馆负责，只能从旧金山出发，所以转一圈还回旧金山。旧金山已玩遍了，在城里住了七天，到处跑，亲戚朋友开车，感觉是城市布局乱，新旧混杂，总体上相当南京市规模和气派。不过旧金山找不到中山陵那样的雄伟，金门桥不错。去玩了一次Napa Valley，南加州的葡萄园和葡萄酒产地，喝了许多酒，参观了酒厂，弄了些资料。原想找机会在这转学生签证，打听了一下，很难，作罢。

很想家，想中国，想国内所有的朋友、亲人，头一个月哭了几次鼻子，现在好些。电话打掉一把美金，可惜没法儿和您联系，听说 11 月号的《广角》发了我的破文章，谢谢！给东子[①]打过一次电话，他说《飘》[②]11 月发。

遥祝

健康快乐！

黄健人　上

1999 年 11 月 21 日草

---

① 东子，沈东子，时为漓江出版社译文室编辑。

②《飘》，〔美〕玛格丽特·米切尔著，黄健人译。846000 字。1999 年 12 月第一版，经多次重印。2012 年 4 月收入“外国文学名著名译丛书”再版。

## 刘 锋

# 尽可能凸现人物个性

刘老师：

您好！

首先感谢您给我这么好的一个机会[①]。对刘先生您，我真是久仰。多少年前就听力冈老师称赞过您的魄力和学识。而今能成为您组译的译者，我十分荣幸；一定精心翻译，不辜负您的厚望。

合同收到有日，只因想和前四章译稿一同寄出，拖了几天，让您挂念了。请原谅。

现奉上的前四章译稿（未最后定稿）约计 9500 字，请您在百忙中抽空审阅一下并请赐教。译好后我看了一下（未细看）王、孙二位的译本，两本均很好，尤其孙译，语言简练、流畅，但有时过于简约，或不该简的地方也译得很简，似乎不太妥（然瑕不掩瑜，孙译可称是佳品）。王译在追求口语化的同时，译得太顺，对原文的力度有所损害。我极力想在人物使用的语言上花点功夫，尽可能凸现人物个性。整体风格上追求的是一种介乎于孙译的简练与王译的略嫌松散之间的语言风格，就是不知道，年轻如我辈者，能否实

※ 刘锋（1962— ），翻译家，出版家。安徽师范大学外语系英语专业毕业，曾任南京化工专科学校副教授，译林出版社编审、总编辑，民进中央出版与传媒工作委员会副主任，江苏凤凰出版传媒股份有限公司副总经理，国家出版基金评审专家，中国编辑学会翻译专业委员会副主任，江苏省学位办翻译硕士点评审专家，南京大学翻译硕士兼职指导教师。先后发表了《关于当前出版热点问题的思考跟踪》《〈猎物〉：国外超级畅销书的营销个案》等多篇专业文章，主编或参编教材 6 部，发表《傲慢与偏见》《玛丽·奥利弗诗选》等外国文学译著 300 余万字。

① 应约翻译《傲慢与偏见》，收入湖南文艺出版社名著重译丛书。

现这一追求，我一定尽力。

交稿时间可以保证。我这学期课多，三个班三个课头，下学期只有两个班一个头。

再有一事想和您商量一下，我很喜欢 Austin 这个作家，虽当时《傲》学的是简写本及原本部分选段，该作给我印象很深。我想全书译完后写一篇一万余字的译本前言或后记之类的文字，质量当然要保证，并且寄您认可。不知刘老师您以为可否？

合同一并寄上，请查收。

谨颂

大安！

刘锋　谨上

1993 年 10 月 17 日

## 傅 俊

# 南京近事

刘老师：

您好！

自从四月份南京一别，转眼三个月过去了，不知老师一切好吗？

四月份的几次交谈，老师给我留下了比此前更深的印象。您学识的深厚，对事业的勇敢开拓，对青年一辈的关心、扶持……这一切都使我难忘。

自从您离开南京，我们这些同行中发生了一些事：张杰已顺利通过了博士论文的答辩；我写的一篇加拿大文学的论文已被今年8月的全国加拿大研究学术会议接受，即将去呼和浩特赴会。十分不幸的是，黄树南老师的儿子（南京工学院正教授，霍英东奖获得者，非常杰出的青年）发现得了肝癌，已去上海动了第一次“手术”（插管化疗），现正在家中养息，准备秋天再去动第二次“手术”……（也许这些您已从他们的信中得知）老俩口的心情可想而知。我真为他们担心，怕他们也倒下来，让我们为他的儿子祈祷，愿他早日康复……[①]

现在正值学校的暑假。前一阵我曾与南大的徐新、王守仁等老师去苏州参加全国韩素音青年翻译奖的评选工作，这已是第四届，

※ 傅俊，女，教学之余从事文学翻译与研究，时为南京师范大学外语系副教授。

① 后不幸逝世。黄树南先生在此沉重打击下仍奋力完成《钢铁是怎样炼成的》等名著新译工作。

由《中国翻译》杂志社与江苏省译协承办。评选工作既紧张又很愉快。

现在我们想利用假期做些学问，搞些研究。想起您在南京期间曾向我提起的翻译贝克特小说及剧本之事，并说要等施咸荣老先生明确答复他究竟有无时间搞再通知我。因此我一直也不敢贸然行事。不知刘老师是否得到施先生在这个问题上的明确态度？望百忙中抽空简言告知为盼。

余不多言。

顺祝

编安！

学生

南师大外文系　傅俊

1992年7月18日

另外，您向我提起过的《译海》杂志，具体联系地址是什么地方？我系由我牵头成立了“加拿大研究中心”（有8—9个人），想先译些加拿大短篇小说，试投《译海》，苦于无具体地址。望一并告知。

——又及

# 毕冰宾

## 桂林见

刘老师如晤：

接到您的信后我即与石磊通了信，她正忙于译14—16章，估计可以从速交稿（11、12、13章已交稿）。这三章译完就完工了。她译的质量很高，拖延交稿皆因赴美的手续太麻烦，学校又卡她，对一个女同志来说也实在不容易。

刘先生本打算等石磊交稿后统一校，现决定先校我译的第一至第十章，边校边等石的译稿。您看是否可以把我译的十章先行寄给您？顺寄上刘先生写的校对意见书，是她随信寄给我的，本应她寄给您的，既已寄给我，就一并寄上了。

译协的中青年译者会议在桂林开，李文俊让译协发邀请给我，我或许可以去（如果与上海会议不冲突），就可以带去。劳伦斯会议述评会一开完我就可写好寄上。希望我们在桂林相见！祝

中秋快乐！

毕冰宾

1988.9.19

※ 毕冰宾（1960— ），作家，翻译家。河北保定人。笔名黑马。1982、1984年在河北大学和福建师范大学获英语学士、硕士学位。曾在出版社和电视台做编辑和翻译。2001年英国诺丁汉大学劳伦斯研究中心访问学者；美国勒迪希国际写作之家访问作家；在国内外大学开过讲座。出版劳伦斯作品译文十余种，收入10卷本《劳伦斯文集》；著有长篇小说《孽缘千里》和《混在北京》，两书均在德国出版德文版，书名分别是 *Das Klassentreffen* 和 *Verloren in Peking*；学术著作为《劳伦斯叙论集》；散文随笔集有《心灵的故乡》和《我的文学地图》等11部。《混在北京》改编成同名电影后获第19届“大众电影百花奖”最佳故事片奖。2018年将老舍《四世同堂》佚失部分从英文回译为中文，补齐原著。

# 刘若端

## 《虹》译忠实于原文

滴江出版社编辑同志：

毕冰宾同志所译《虹》[①]的前十章译文，早已交给我校阅，我认为他对原文了解透彻，中文表达能力强，译文质量很好。为了忠实于原文，在校对过程中只是对译者疏忽遗漏的地方给予补译，在用词不当的地方（如俗语、俚语等）加以纠正而已。

以上意见，仅供参考。

刘若端

1988年9月19日

---

※ 刘若端（1923—2018），女，翻译家，中国社科院外国文学研究所专家。

①《虹落浑尘》，〔英〕德·赫·劳伦斯著，毕冰宾、石磊译，1992年8月出版。

杨德庆
（2 封）

## 长沙清华少有的一次大聚会

硕良兄：

十月尾信悉，所赠书收到，甚谢！

金式的地址：湖南省文化局戏工室。

所赠廖典慧、朱尚同的书都已分别送到，他们也感谢之至，只有金式的书尚未送去，也没有看到他人。

宋扬上月曾出差来长，我们清中一年级时的班导师王鸿礼师，现在杭州市教育局，本月中也可能来长。

给你上封信发出的第二天，见到家兄德豫，当即将《西方爱情诗选》转交，并转致兄意。他说广西另外并没有人送书给他，他还不知道贵社出了这样一本诗集，收了他的朗费罗诗译。对兄的见赐与厚爱十分感谢，只是目前在病中，手头没有成稿，以后如有，当寄兄斧正。

日前见到旷校长（旷主任），她说大半年以前曾给你去过一信，不见回信，不知何故。

去年清华生物老师，当时地下党领导人之一的魏泽颖师补开追悼会，清华在长校友参加的不少，是解放后少有的一次大聚会。拍

※ 杨德庆（1930—1999），湖南长沙人，长沙一中英语教师。离休后从事社会考察及翻译与编辑活动。国学大师杨树达之子，译诗家杨德豫和湖南省新闻出版局副局长杨德嘉胞弟，幼承家学，天赋过人，入读长沙清华高级中学时，即已有良好英语及中文根底，并成为长沙学运活跃人物。长沙清华与一中合并后，应聘任英语教师，育人成绩斐然。有史蒂文森小说《金银岛》《诱拐》《新天方夜谭》《黑箭》等数种译作问世。

了一些照片，可惜洗得多，没有放大，看不十分清楚，有些二级、三级的你可能也不认得。现寄上一张，看你能识得几个人。

即祝

文安！

弟　德庆

12.3 晚（1982）

## 漂泊江湖　游学四方

硕良老哥：

多时未通音问，想老哥诸事如常，一切如意，为颂。

湖南此刻正进行“彻底否定文化大革命”的教育。……不想有事牵到小弟身上。所幸及时收手，尚未蔓及四邻，酿成人祸。此事说来话长，若老哥有兴趣不耻下问，小弟可以详为奉告。

弟去年由鄂、豫晋京，今春返湘后又去云南。在武汉停留一周，住在唐纯彩和盛大经家，难得的是，看到了余尚清老师（教音乐）。在北京，费了九牛二虎之力，找到了吴云霞。其他在京老同学也都常见，并两次邀约数人，专诚到很远的郊外，拜访了杨英明师。在云南的嵩明县，看到了朱文雅。我是“游学四方”，带着书本和一定的课题，漂泊江湖。

弟一直有一个印象，即老哥精力旺盛，奋发有为，以一当十，能者多劳，成绩斐著是也。“公务繁忙”淡淡四个字，远不足形容老哥的鞠躬尽瘁。只是年轻小伙的时代毕竟已成过去，年岁不饶人，还要为自己的晚年，为下一代，留有余地为好。小弟近几个月比较闲暇无事（去年初已离休），并且脑力没有完全恢复，目前仍不宜苦读。不识老哥的忙勤近来有无改善，有用得着小弟效力否？湖南译文室（夏敬文、唐荫荪两兄）曾要弟为他们做过一些审校的工作，稍迟大概还会拿些稿子来命弟代为编辑，但总嫌吃不饱。如果老哥信得过，弟自当竭尽绵薄，不辱君命。如果住宿费低廉，弟可以来南宁自费旅行一趟，看望老哥，否则还将稿子寄来长沙，说明要求、时限即可。

余不赘言，即颂

冬绥！

弟　德庆　拜上

1993年12月9日　长沙市学院街一条巷15号

## 邝启璋

# 始料不及的尴尬

硕良兄：

你好！久不通音问，料你一切都好吧。听说刘方已顺利赴加，是吗？

负笈海外，不觉已近三载。但今日的情形，却是我始料不及的。来前，我以为我是来协助我的赞助人搞一项研究，一年之内即可返国。来后才知，我的赞助人是要我当他的研究生，也就是说，我除了要帮他搞研究以换取生活费外，还要攻读学位。我以望五之年来做老童生，与其他年轻人一道做功课、参加考试、写学期论文，实在尴尬。不过，既来之则安之，只好硬着头皮应付。因忙，信甚少写。原先带来准备修改的《蝇王》等译稿，亦只好束之高阁。这些，都是对不起你的，还望老兄海涵为盼。

我出国后，两个孩子仍留在西大，由已退休的岳母帮照料。由于我从去年11月起即被停发工资，两个孩子失去经济来源，在今日百物腾贵的情形下处境十分艰难。因之我想，不知《第二代》和《生根》两稿是否已出齐？如书已出，能否将我名下的稿酬寄给他们，以应急需？汇票寄到西大外文系我收即可。

广西及桂林情况如何？望能拨冗来函告知一二。

匆匆，即祝

编安！

启璋

1988年7月22日

※ 邝启璋，广西大学外语系毕业后留校任教。教学之外从事研究与翻译，与学生彭嘉林合译美国当代名作家法斯特的长篇小说三部曲——《移民》《第二代》《生根》，在漓江出版，给国门初启的中国读者特别是意欲留学、移民海外的读者以新鲜的感受。

## 彭嘉林
## （2 封）

### 加拿大作家访华诗文值得一出

硕良兄：

有朋友去中国旅游，匆匆给你写封信让他带去。

你近来情况如何？反污染没反到你头上吧？

我的导师 Godes 教授在 1981 年曾率加作家代表团访华。现又接到了中国作协的邀请，请他有空到中国讲学。他写了一些有关中国的诗歌（其中有一组是关于秦兵马俑的），我现在正在翻译。另外，他有一长诗（其实并不长）是反西班牙北美殖民者的，已获去年的加拿大国家奖。我已经翻好，你看有无可能替他出本小诗集？我知道出诗集是很困难的，但外国人专门给中国大陆读者写许多诗恐怕还没有过，你看是不是可以考虑。当然，要待我把诗歌全部寄去，你才能考虑并与领导谈。①

问黄医生好！

嘉林

1983.11.29

※ 彭嘉林，广西柳州人。恢复高考后报考广西大学，外语成绩柳州第一，因超龄而险遭落榜。幸得甘怀义教授支持，才如愿进入西大外语系就读。在校期间与青年教师邝启璋合译法斯特《移民》三部曲。后赴加拿大留学。

①《加拿大：美与现实》，〔加〕杰里・葛德士著，彭嘉林、梁海译，1988 年 9 月出版。

# 葛德士将再度访华

硕良兄：

新年将到，祝你新年快乐，事事如意！

你现在工作一定会比以前更忙了，但望你千万保重身体。

葛德士教授的作品早已寄出，但秋琦昨天与我通话时仍说没收到。想来是圣诞节前后邮件积压的缘故。他已接到中国作家协会邀请，将于明年四月偕夫人及孩子访华，到时会到南宁。他很想与你们见见面。

黄医师身体好吗？请代我问她好。此外请代问你的各位同事好。在秋琦临走前，我想叫她以我的名义请他们吃顿饭，以感谢他们的帮助与支持，不知你意如何？

启璋兄想必是春风得意吧？不久前我系马丁教授到西大，蒙他热情款待。马丁说他尽管在美国待了一年，半点也没西化。下月末我又有位朋友要到南宁与杜辉谈谈，看是否有合作做生意的可能。我请启璋兄做翻译。到时也请你到我姐姐家坐坐。

好，就写到这里了。

顺颂

安好

嘉林

12 月 20 日于葛德士农庄（1984）

牟百冶

## 第一次尝试

刘老师：

你好！

春节过得愉快吧！

无论是在喧闹的节日里，还是在平静的日常生活中，我总在想，你是我毕业这么些年来在事业上真正帮助了我的导师，一个我需要、愿意接近的朋友，请原谅我的直率。我也希望我这么说能获得你的好感，因为，我是真诚地、发自内心地想你，希望你继续做我的好老师，无论你走到哪里。

我的稿子一定让你费心不少吧，第一次翻译这么长的书，是一次很愉快的精神体验，做完之后，内心感到无限的充实和幸福，虽苦虽累，却非常非常值得。通过这种锻炼，我也总结了许多东西，收获不小。我真希望能听到你的指教，这一点对我来说是非常重要的。你在这方面的才能是我一直十分敬佩的，从内心深处值得我的尊重。

寒假里彻底放松了一回，可脑子里总不敢真正松下来，未来的紧迫忧虑时时萦回着我，想着自己一事无成的三十年就有种隐隐的

※ 牟百冶，女，西南师范大学副教授，翻译方向硕士。主讲英译汉、高级口译。主要学术兴趣：翻译理论与实践、文学与艺术批评。主要文学论文、艺术评论和译著有《从物化之美到精神之魅——再看庞茂琨的肖像姿态》《肖像泥塑技法》《读者的迷宫——〈洛丽塔〉之个人阅读经验解析》《时代错位的征候——世纪末圣彼得堡架上艺术》《从曼斯菲尔德的〈花园茶会〉看她的小说叙述艺术》以及世界小说名著《荒野的呼唤》等。

痛楚袭上心头。于是，阳光明媚、风和日丽的天气对我来说更像一种折磨，我担心它们逝去太快，也不能踏踏实实地享受它们。看来，我需要的是时时刻刻地忙碌起来，干自己觉得踏实的事情。像你一样，总是说“忙”多么喜悦，像蜜蜂正值收获时节。

刘老师，家里安顿好了吧，漂亮吧，有什么事需要我来干吗？我十分乐意为你做点什么，请你尽管吩咐。

问候家人！望你好好保重自己。

祝

新春一切好！

小牟

1994 年 2 月 17 日

# 孙晓红
# （2 封）

## 视为我人生的一个转折点

先生：

近来好，收到您的信后我立刻去借了书，粗略看了一下是一部短篇集，译起来没有什么问题，但既然早先有人译过，我自然必须将它译得比较出色才行。我自己虽然信心十足，但不知译出来终究达到什么样的水平。我决心将这本书作为我人生中的一个转折点，尽力地把它完成得毫无瑕疵，然后在四十岁前再不问津与学业有关的东西，专心地去商潮中奋争。我的最终目的并不是钱，我只希望过上一种自由自在、不必为生计奔忙的生活。为此，我必须先去追求一切实现（包括艺术文学上的理想）的前提——足够的钱。关于这部书我有个建议，您看可以采纳否，这部书是以动物为主人公的类似寓言的故事集，描写的又是丛林生活。我想请我的一个好友为这本书画几幅插图，您看可以吗？付不付报酬都没关系，我只是想让这部书看起来更吸引人。行与不行请您回信告诉我。因为我这位好友亦是一个很认真的人，如果行，他定是尽力去做好的。

到公司去了半年，对自己多了些了解，也多了几分信心。前不久，我炒了老板的鱿鱼，暂时又回到了学校。中外合资的企业如果仍是中方管理，情况并不比国营单位好多少，八小时的闲坐更让我难以忍受，而我对公司管理的积极参与又让总经理感到不悦，所以

※ 孙晓红（1963— ），女，云南昆明人，广西师范学院（今广西师范大学）外语系研究生毕业，云南师范大学文学院副教授。出过国，下过海，而于文学仍恋恋于心，为接力出版社少年版世界小说名著系列译出吉卜林小说集《丛林故事》。

我一走了之。我知道我永远不能成为一个好员工。我只能当头，不管我的起点有多么微不足道，我将创立属于我自己的事业，我还打算拼搏十年。十年后，如果我仍是一事无成，那么证明我的确不配有更好的命运，那时我便安于我所能得到的，毫无怨言地过完我的晚年。

您回信照信封上的地址写。

晓红

1993年5月20日

## 逮住一片树叶就要做起梦来

先生：

近来好，五月末赶着寄去的书稿和画稿不知收到与否，若已收到，望先生告我，否则好去邮局查询。

期末杂事又缠上身来，但还是重写了前言，自己觉得比寄去的那份好，现在尽快寄去，以免误事。关于画稿，不记得是否已在上封信中强调一定要在画面和衬底之间留道白边以增强效果，故这里再提一笔，请先生叮嘱有关人士。

完了书的事，得有时间去张罗一下旅行社的进展，我生来性急，却常常给政府这些办事的吊在半空，心有余，力亦有余，就是无处可施。像您说的不能急，得耐心，可一回首，竟是半生人已去，年华不多。自毕业至今五年，待您见到我时不知还认得出不，细想起来，与您也就几面之交，却居然能有如此相知，可见，命运是有的。已逾三十的人依然抛不掉那些浪漫的幻想，每有机会，逮住一片树叶也就要做起梦来。在人群中俨然潇洒无忧的都市女郎，可心底里泛起的苦味只有自己知道。其实我并不觉得自己特别地不幸，只是爱捡些不平来想，禁不住愤愤然，天空灰暗的时候，心境也就沉郁下来，再说一眼望去轻薄、浅浮、俗不可耐之人何其多，我虽不敢称雅，但倒觉得自己比好些人要“有意思”些，不只是剩了一副肠胃。

学校的生活就像一潭死水……在十分灰心的时候，就想找一片美丽的大自然，把自己化作一根草，一棵树，我真的在土地上找到了对母亲的感情。这个假期大约去不了哪儿，因为我的旅行社没准可以开张了，当然，仅仅是开张而已。

祝您健康、愉快！

晓红

1994年6月16日

---

**世界小说名著**/接力出版社

| | | |
|---|---|---|
| 月亮宝石 | 〔英〕威·柯林斯著 朱秀美译 | 1995.9 |
| 真正的人 | 〔俄〕波列伏依著 磊然译 | 1995.12 |
| 血字 | 〔英〕柯南道尔著 姚锦镕译 | 1995.12 |
| 鲁滨逊漂流记 | 〔英〕笛福著 唐荫荪译 | 1995.12 |
| 金银岛 | 〔英〕史蒂文森著 王理行等译 | 1996.1 |
| 汤姆·索耶历险记 | 〔美〕马克·吐温著 莫雅平译 | 1996.1 |
| 荒野的呼唤 | 〔美〕杰克·伦敦著 牟百冶译 | 1996.1 |
| 丛林故事 | 〔英〕吉卜林著 孙晓红 等译 | 1996.1 |
| 夜航 | 〔法〕圣埃克苏佩里著 吴岳添 张桦译 | 1996.1 |
| 格兰特船长的儿女 | 〔法〕儒尔·凡尔纳著 罗国祥 李兴业 程平译 | 1996.1 |

# 三、法语文学译著者来信

〖29 人，82 封〗

罗大冈　柳鸣九　许渊冲　桂裕芳　罗新璋　郑克鲁

张英伦　郭宏安　吴岳添　谭立德　林秀清　郑永慧

黄建华　刘扳盛　黄天源　袁树仁　徐知免　冯汉津

陈宗宝　许　钧　周克希　陈瑜清　管筱明　胡小跃

陈圣生　韦遨宇　李翰华　张　放　罗国祥

罗大冈
（3 封）

## 如有译稿定寄广西

刘硕良同志：

李翰华同志转来手教，谨悉一是。

最近一个时期，我负责编写《中国大百科全书》的法国文学分册，需要按时完成，工作比较紧张。同时还要指导五位研究生写毕业论文，所以一点闲余时间也没有，不可能搞额外的译事。以后如果时间稍松动一点，也想搞点文学作品的翻译。如果有译稿，一定寄广西向人民出版社的编辑同志们请教。

专复，并致

敬礼！

罗大冈

1980 年 11 月 17 日

※ 罗大冈（1909—1998），诗人，翻译家，外国文学研究专家。曾用莫辰、铁树、陈灿、戈乃干等笔名。浙江绍兴人。1933 年毕业于北京中法大学文学院，同年留学法国里昂大学，1937 年获文学硕士学位，1939 年在巴黎大学获文学博士学位，1942 年至 1946 年旅居瑞士。1947 年回国，历任南开大学、清华大学、北京大学教授。1964 年调入中国科学院哲学社会科学部（现中国社科院）外国文学研究所任研究员。全国法国文学研究会会长。主要译著有中译法《唐人绝句百首》《古镜记》，法译中《父与子》《波斯人信札》《艾吕雅诗钞》《阿拉贡诗文钞》《拉法格文学论文集》，诗集《无弦琴》，散文集《淡淡的一笔》，专著《论罗曼·罗兰》等。1983 年被法国巴黎大学授予荣誉博士学位。

# 请注意催稿方式

广西人民出版社

刘硕良同志：

电报收到。

我在成都参加中国外国文学学会第一届年会，已十余日。每天上下午和晚上都有具体活动，时间极紧。但是我还是熬夜写出《保尔和薇吉妮》的序言，约4000字。日内抽空誊清之后，当直接寄你社，请指教。

本月六日我们就要离开成都，到重庆去开另一个会议：大百科全书外国文学分卷编委会。现在我还不知道重庆开会的地址。我到重庆后，马上就和你联系，尽快把序言用航空信寄去。请你放心，我一定尽力而为。

但是，如果你认为我的序言耽误了这本书的发排和出版，那么就请你及早另想办法，何必一定要等我的序言？我并没有要求非给你们写序言不可。我工作十分忙碌，给你们写序言是额外负担。我并不是你社的专任干部，我的时间不能由你社控制。请你注意对我催稿的方式，如果用命令方式，我是不能接受的，请你谅解。请你不要再来电报或来信催促，催也没有用，反正我尽速办理就是。

敬礼。

罗大冈

1980.12.4 于成都

# 为《保尔和薇吉妮》译本作序

广西人民出版社

刘硕良同志：

《保尔和薇吉妮》(李翰华译)[①]的译本序言一篇，2800字，已经前日（12月6日）于成都航空寄出，想必早已寄到。

此稿的写成，有不妥之处，请你指正。

如果采用，请注意人名书名的音译与李翰华译稿中有不一致之处。一切人名、地名、书籍名，均须按照我的序言统一，而不能按李稿统一。因为我的音译是根据《中国大百科全书》法国文学分册的。该分册现在正在定稿，将于明年四五月出版，我是该分册的主编。

此致

敬礼！

又：我将于本月14日离重庆返京，有事联系，信件直寄北京即可。

罗大冈

1980年12月8日于重庆

①《保尔和薇吉妮》，〔法〕贝纳丹·德·圣比埃著，亚丁译，齐香校、罗大冈序，朱光潜题签。81000字，29幅原版插图。列入"外国文学名著丛书"，1981年4月第一版，首印193000册，漓江出版的第二本书。

# 柳鸣九
# （12 封）

## 从《萨特研究》到《马尔罗研究》

刘硕良同志：

您好！

前几天，寄来《马尔罗研究》全部文稿、法文书与《萨特研究》各一册。另附新璋同志的信，想必已经收到。你们对《法国现代当代文学研究资料丛刊》的支持，新璋已向我转达，特此向你们表示衷心的感谢。

《丛刊》第一本《萨特研究》出版后，很引起注意，有的同志把它作为情况注意，有些同志把它作为好书注意。序言中有一两个提法，曾引起了学术争论，现在已经过去，争论是由一份夸大其词的报告（即提《萨特为亲＝冲击波》者）引起，实无多大必要。去年十二月，中国社科出版社征求领导意见后，已准备再版《萨特研究》一书，因为各界人士纷纷向书店订购，至于初版 7000 本，出版后不到十天即销售一空。此事在萨特问题提出以前，原因不外是《丛

※ 柳鸣九（1934—　），文艺理论家，翻译家，散文家，编辑家。湖南长沙人。1953 年毕业于湖南省立一中，同年考入北京大学西语系。毕业后，进入中国科学院哲学社会科学学部文学研究所工作，1964 年转到中国社会科学院外国文学研究所。研究员、研究生院教授、南欧拉美文学研究室主任、全国法国文学研究会会长、中国社科院荣誉学部委员、国际笔会中心会员，法国巴黎大学选定的博士论文对象。著述宏富，成果丰硕，在西方现代文学认识与研究、萨特研究、文学史建设等重大课题上均有开拓之功。领衔主编的三卷本《法国文学史》、10 种《法国现代当代文学研究资料丛刊》、70 种《法国 20 世纪文学丛书》影响所及，远超法国文学领域；《雨果文集》《龚古尔文学奖作品选》《诺贝尔奖获奖者传记丛书》和《世界短篇小说精品文库》《世界小说流派经典文库》为国人步入世界文学殿堂做了多方位的导引；所著序跋、论评、访游在其洋洋 15 卷《柳鸣九文集》中亦情思独步，风采翩然。

刊》的编法尚受称道，人们认为这种编法提供了一个作家全面的、基本的资料，何况法国当代文学的研究和资料既重要，又是处女地。

关于《马尔罗研究》[①]诸事，新璋信里已拜托，我再着重拜托一二：希望封面设计、内封设计以及《法国现代当代文学研究资料丛刊》出版说明，一定完全按《萨特研究》一书的规格，以求《丛刊》体例的统一。至于出版速度，只希望不迟于明年三月。

《丛刊》的第三、四本《莫洛亚研究》与《新小说派研究》，现已进入尾声，今年六七月即可发稿，此二书稿，中国社科出版社已订，但如果你们感兴趣，我们可以将其中之一寄给你们，此事不难与社科出版社商量，因为他们的出版周期太长。

另有一事相烦：早就看到了《雨果创作评论集》一书的广告，不知是否已经出版，出版后，可否赠我一本？请寄：北京市前门东大街三号中国社会科学院宿舍，稿费亦请寄同一地址，谢谢！

专此　即颂

编安！

柳鸣九

1983年3月12日

## 两本评论集反映不错

硕良同志：

您好！

非常感谢您热情的来信。

我是一个懒人，习惯于呆在北京不动，有些责无旁贷的会议几乎都推掉了。因此，无锡、西安二会均与您失之交臂，此次桂林会

① 参见本书33页注。该研究集包括柳鸣九序，马尔罗文学作品选、文论选和生平资料及相关评论，416000字。

议，本来也要赴会承担一部分工作，后来因要赶着交一部散文集的稿子，又一次失去结识您的机会，至为遗憾。

普希金、雨果二评论集[①]均已收到，谢谢。此间对这两本书反映不错，认为书后的资料索引亦甚好！漓江近两年工作颇引人注意，好评甚不少，我衷心地祝你们的工作取得更大的成绩。

《新小说派研究》原来已与中国社科出版社谈定，他们拟列入第四季度发稿计划，但我们总觉得他们出版周期太长。因此，我基本上决定准备将此稿改交你们，此事不难与社科出版社商量，因为《丛刊》的选题，他们拿去了好几个，分一两个出来，问题不大。此书稿争取在今年七月份寄给您，至迟不迟于九月。

寄赠拙译《雨果论文学》一本，请指正。去年访法归来，写了一些作家访问记与散文，寄上三篇，供一笑。

即颂

编安

柳鸣九

1983 年 4 月 4 日

雨果稿费已收到，谢谢！

## 与“精神污染”绝缘

硕良同志：

您好！

前些天在报上看到贵社出版的书目，内容丰富，品种全面，比例很适当，对推动社会主义文化建设与文化积累，都是有益的工作，谨向你们的劳动表示我的敬意。

---

①《雨果创作评论集》，柳鸣九等著，曹让庭编，199000 字，1983 年 1 月第一版，首印 13200 册，1984 年重印。《普希金创作评论集》，戈宝权等著，易漱泉、王远泽编，249000 字，1982 年 1 月第一版，首印 14000 册，1984 年 2 月重印，累印 19200 册。

昨天，又收到寄赠的三册书，谢谢。在外国文学方面，漓江出的书都很有用，也很别致，这在此间文化界早有定评，与“精神污染”是绝缘的。

近来的情况对外国文学的出版显然很有影响，关于我们在你们出版社的两部书稿，兹提出以下的想法，供参考：

一、《马尔罗研究》。马尔罗不是现代派作家，他是对华友好人士，他的作品对中国革命是同情的，他与我们的关系较多而博，却恰不为我们所了解，因此，我相信《马尔罗研究》一书，不仅对我国文学界、文化界，而且对外交界以至领导同志了解情况都是有用的，而且，此书是研究资料，不是作品，编选者序对马尔罗其人也做了分析，自信无吹捧、崇拜之嫌，且此书已经发稿。综上所述，我希望此书能够出版，万一贵社工作有难处，是否可略为推迟一点时间出版？北京的不止一个出版社就对一部分书采取了推迟的办法，本来今年要出的，推迟到明年出。不过，我相信《马尔罗研究》是一本有用的书，不推迟也不至于成为众矢之的。

二、《新小说派研究》。这是关于现代派的，可能会多一点困难，但我想提供一个情况：中宣部正在北京（外文所）组织编译现代派的资料，把现代派各名流的理论文章都选入了，准备明年上半年出版，以便组织讨论。可见，现代派的研究资料还是要出的，而《新小说派研究》也不过就是研究资料而已，我相信它对将来的讨论可以提供一点资料，而我对新小说派也不是全盘肯定的。不过，考虑到目前的情况，此书的出版，不妨推迟到中宣部所抓的现代派文学资料之后，以仿先例。如果万一再有困难，建议此书内部发行，供文艺界、文化界参考。北京的出版社目前在考虑有些书内部发行的办法。

三、书封底的书目预告，请将“即出”“将出”的字样一律取消，仅标出“已出版”的书与计划中要出的书就行了，我相信这一套丛刊总是需要出下去的，只要我们对外界的文化还需了解，还需研究。

以上意见，请参考，请酌定。如有困难，望坦率相告。我们可以商量。

专此　并颂

编安

柳鸣九

1983年10月23日

前寄赠拙著《巴黎对话录》，想已收到？

## 接推尤瑟纳尔研究

硕良同志：

您好！

前几天寄来一信，想已收到。写那封信的时候，没有看到《光明日报》上贵社部分书目中《马尔罗研究》的预告，因此，那封信所讲的意见，完全是马后炮。我很高兴《马尔罗研究》能按计划出书，我相信这是一本对各界人士有用的资料书。

预告中的署名有些不确切的地方。《法国现代当代文学研究资料丛刊》的主编应为柳鸣九、罗新璋；而《马尔罗研究》的编选者亦为柳鸣九、罗新璋。其他书的编选者就不同是我们二人了。如果《马尔罗研究》封面的署名与内封的《出版说明》中有不确切处，烦请您予以订正，好在原书稿上都写得很清楚，请照原稿好了。另，既然《马尔罗研究》预告已出，烦请您在可能的条件下抓紧，能按原计划在明年三月出书，烦神之处，不胜感谢。

《新小说派研究》这一资料，如有困难，可推迟一点，可后于中宣部抓的《外国现代主义文学研究资料》一书，此书将于明年上半年出版，以用于讨论，《新小说派研究》也是研究资料，如果后于上述那本资料在明年七八月出版，看来是适宜的，对于上述资料未尝不是一种补充和配合。以上意见，请酌定。对此，您有何意见，有何困难，得空时请顺告为感。

另，明年想向贵社提供一部《尤瑟纳尔研究》[①]的书稿，也是《丛刊》中的一种，这个作家是现实主义传统的，是反现代派文学的，也许这个选题比较好办，为了您汇报、决意方便，我写了一个简介，请见另纸。

专此　即颂

编安

柳鸣九

1983 年 10 月 30 日

## 很多事情不决定于事情本身

硕良同志：

《马尔罗研究》[②]校样已阅，现寄回。

编选者序分寸基本上可以，未作删改。

来信中说十一月廿九日来京，至今未见，想必还没有动身。抵京后，欢迎来舍下做客。

《新小说派研究》，加了一个符合目前精神的编选者序（此序前星期寄出，想必已收到），想必可以了。不论是公开发行还是内部发行，我都同意，请酌定，唯一的希望是请抓紧一点，很多事情，往往不是决定于事情本身，而往往是受形势变化的影响。

专此　即颂

编安

柳鸣九

1983 年 12 月 6 日

①《尤瑟纳尔研究》，"法国现代当代文学研究资料丛刊"之一，柳鸣九选编，579000 字，1987 年 7 月第一版，首印 3000 册。

②《马尔罗研究》于 1984 年 4 月出版。

## 理论研究不应与文学作品一般对待

硕良同志：

前星期寄来《雨果创作评论集》的书样并附一信，均已收到。

信里提到《新小说派研究》一书的出版问题，不知是否有决定？如果漓江今年不准备出版，我想请您将全部书稿以及有关的外文书和图片寄还给我，我已与社科出版社谈妥，只要你们不出，他们就准备出。

此外，《莫洛亚研究》① 八九月即可全部完稿，漓江是否需要？今年是否可发？作为负责《丛刊》出版的两个出版社之一，漓江最好今年还能发一部稿子。

镇江八大出版社会议情况，想您已知悉，不久将制订规划，加强管理（外国文学出版），我想，漓江如在《马尔罗研究》之后能再发一本《研究》，那就最好不过。我们的《丛刊》与一般外国文学的不同，是参考研究资料，是理论研究一类，不能与外国文学作品一般对待。

以上意见，请参考。

专此　即颂

编安

柳鸣九

1984.5.20

①《莫洛亚研究》，"法国现代当代文学资料丛刊"之一，罗新璋选编，408000字，1988年4月第一版，首印2500册。

# 镇江—上海

硕良同志：

寄回的稿件与书均已收到，正好是我动身来上海开会的前夕。这次会议与前次的镇江会议都以外国文学为内容，我想按你的希望提供一些情况，供你工作上参考。

镇江会议有八大出版社参加（即有外国文学编辑五人以上的出版社八家），有中宣部、文化部出版局的负责同志参加。会议精神大致如下：①实际上取消了去年出版局关于出版社每出一本西方文学作品均需经过宣传部审批的禁令；②放宽了去年拟议的一个规定：凡出版社外文编辑不足五人者不宜出版外国文学作品的规定；允许只要有“懂得外国文学的编辑”就可以继续出版外国文学作品。

镇江会议没有决议，只有精神，参加者是出版社的编辑，以上精神我是从与会者处了解的，不一定很准确，但大体上是准确的。

这次我来上海，是为了参加外国文学工作会议，会议一是为推动与加快“三套丛书”（“外国文学名著丛书”等）的出版，二是为完成中宣部交下来的要拟出四千（4000）种外国文学名著的选题，以便制订全国范围的翻译介绍的规划。

精神是很清楚的，对于外国文学出版工作显然是有利的，这实际上是对去年“清除”时某些“不恰当的做法”的一种纠正。我想，对你的工作也一定是有帮助的。我相信在这种精神下，你又可以恢复你的魄力与活力。

《新小说派研究》一书，经与社科院出版社深谈，才知今年不一定能发出去，因为一，原来有一“空缺”可以顶上，现在“空缺”又被填上了，《新小说派研究》又要排除。二，这里的出版周期特别长，至少要一年半以上才能见书，搞得不好，要两年。

因此，我希望你再根据镇江会议与上海会议的精神考虑一下，看漓江是否可在今年之内发《新小说派研究》，如果可以，我还想把稿寄回给你们，我现在需要比较快地出两本，速度是很必要的。

至于你的顾虑，我认为现在是完全没有必要了，何况《新小说派研究》亦可采取“内部发行”的办法。

希望你看信后，能尽快地给我一个回音，我将于本月九日左右返回北京，我希望回京后能看到你的来信。

祝好

柳鸣九

1984年6月2日

## 丛书要出得规范、统一

硕良同志：

你好！12月28日的来信今天收到了，有关各事分述如下：

一、杜拉斯的《悠悠此情》[①]（即《情人》一稿），已于十二月下旬寄出，不知收到没有？

二、《魔鬼与上帝》[②]（萨特剧作三种）全部工作已近尾声，一周之内即可寄出，请注意查收，亦将航空挂号。

三、为避免因邮寄往返时间长而耽误事情，前三种的校样不寄给我也可以，但1）前三种的编委会名单请一定要按《悠悠此情》的这一种统一；2）《长别离》[③]一种的作者名也按《悠悠此情》的这一种（即改为“杜拉斯”）统一；3）内封出版说

① “法国20世纪文学丛书”第1辑第1种——《悠悠此情》，玛格丽特·杜拉斯著，李玉民译，72000字，1986年8月第一版，首印26000册。1987年2月重印，累计46100册。

②《魔鬼与上帝》，萨特著，罗嘉美、谭立德、郑其行、李恒基译，收剧作4部，232000字，1986年8月第一版，首印11500册，1987年4月重印，累计34500册。

③《长别离·广岛之恋》，杜拉斯著，陈景亮、谭立德译，114000字，1986年10月第一版，首印26500册。

明页与封底，请一定按我这次（《悠悠此情》）所提供的式样与格式。

四、编委名单格式现最后这样决定：

主　编：柳鸣九

副主编：金志平　罗新璋

编　委：沈志明　李恒基　李清安

金德全　郑克鲁　罗国林

张裕禾　徐知免

（按姓氏笔画为序）

五、你有意独家出版《法国20世纪文学丛书》[①]，我将认真考虑，为此，请暂时将每一种的"出版说明"最后一句话改一改：

原文："……以袖珍本形式分别由中国社会科学出版社与漓江出版社出版。"

改为："……以袖珍本形式出版。"

六、请在你们的征订中加上一种："尤瑟纳尔：《东方奇观》"。[②]这样，前七种，就有六种是交给漓江了。

尤瑟纳尔的《东方奇观》将不迟于二月上旬交稿，届时亦将航空挂号寄来，如何？

七、诺贝尔丛书中萨特一种名为《苍蝇》。前已函告，其中的第一种小说，我基本上决定由我自己来译。

八、朱虹的高尔斯华绥中短篇小说集，选目一时还提不出来，这得花时间读全集，而她目前正忙于出国（一月份一次，四月份一次），因此，一时难以从事此事，请缓一年半载。

对你的赠书，预致谢意。我想不久就会收到的。

---

①"法国20世纪文学丛书"，柳鸣九主编，每辑7种，共10辑70种，前5辑35种由漓江出版社出版，后5辑由安徽文艺出版社出版。

②《东方奇观》，尤瑟纳尔著，刘君强、老高放等译，132000字，1986年10月第一版，首印17000册，1987年2月重印，累计33000册。

匆此即颂

编安！

柳鸣九

1986年1月3日

## 五份内容简介

### 《悠悠此情》

这是法国当代一位著名女作家的自传，披露了她十六岁时与一个华裔青年的情事，其坦率令人惊奇，其艺术手法给人新意，在西方曾引起了巨大的轰动。

### 《魔鬼与上帝》

共收萨特戏剧三种，集这位存在主义文学大师文学创作之精华，爱好思考的读者欲了解萨特的“自我选择”哲理有何内涵、具何性质、发展变化如何，可以从本集中获得形象的说明与满意的答复。

### 《东方奇观》

想象奇特，色彩瑰丽，实为二十世纪浪漫主义文学之佳品，其故事之引人入胜较《一千零一夜》与《今古奇观》亦不逊色，而其隽永、耐人寻味，则又远为过之，作者为当今法国的女文豪尤瑟纳尔。

### 《嫉妒》

写嫉妒之情的作品，古往今来，何止千万。法国“新小说派”大将罗伯－葛利叶此作出奇制胜，一个丈夫怀疑自己妻子不贞，事实真相究竟如何，写得虚虚实实，扑朔迷离，耐人寻味。

### 《长别离·广岛之恋》

一个生活安定的妩媚少妇，偶然遇一拾破烂的流浪人，猛然而惊，她疏远了自己的情人，改变了自己的生活，一切都为了这个神情木然的流浪者，其原委何在？另一个法国电影女演员，在广岛拍片期间，与一个日本男子有了露水之情，直到要分离时，她还不知道对方的名字，只这样称呼他："你的名字叫广岛。"这是出于什么情由？法国当代著名女作家玛·杜拉斯的两部爱情名著《长别离》与《广岛之恋》，缠绵悱恻，哀婉动人，在西方曾脍炙人口，搬上银幕后更在世界各国风靡一时。二作合为一集，将由漓江出版社出版。

## 挂念着《新小说派研究资料》

硕良同志：

前两天寄来《新小说派研究资料》一书的编选者序，想必已经收到。

该书稿中有一篇译文《未来小说的道路》，现由译者重新做了校改，现将校改样寄上，请将原译稿抽下，换上这一篇新校订稿。校订稿中的编辑加工我都弄了，只需请您在该书稿的目录中将此文署名"纪校"改为"朱虹"就行了。

《新小说派研究资料》的编选者序第5页第4行"其次，则是我们的文学论争的需要"一语，请改为"其次，则是与我们的文学论争有关"。

另外，提供一个情况供参考：上海文艺出版社出版的《外国现代派作品选》过去已出版第一、第二册，现要出版第三、第四册，已经得到了"内部发行"的批准。《新小说派研究资料》一书，如采取"内部发行"的办法，则根本不存在任何问题了。

请酌定。

专此　即颂

编安

柳鸣九

1986年11月22日

## 印数难于划一

龙格同志[①]转硕良同志：

你们好！

龙格同志来信收到了，知道了第三辑七种的订数。为此，我提出两个要求：

一、《魔》《流》《撒旦》[②]《律令》[③]既然已经达到了五千，请立即开印，尽早出版。

二、《我的自传》[④]《绿色教会》[⑤]《人的状况》[⑥]三种均已有二千册以上的印数，请争取可能再多一点后也早日开印。看来要一律达到五千是不可能的，希望漓江对F.20丛书[⑦]的开印标杆放低一点，以2300为准，如何？一律按5000的标杆办事，无异于枪毙这套丛书。

以上两个要求，至关重要，关系到巩固人们对漓江的信心与挽回法文界在F.20丛书上的乐观情绪。匆此即颂

---

① 当时漓江出版社外文室编辑金龙格。

②《魔鬼与上帝》《流浪女伶》《在撒旦的阳光下》三本书的简称。《魔》，见前注。《流》，柯莱特著，郑雅謦译，156000字，1990年9月第一版，首印5700册。《撒旦》，贝尔纳诺斯著，李玉民译，228000字，1990年9月第一版，首印5100册。

③《律令》，罗歇·瓦扬著，宋维洲译，226000字，1990年10月第一版，首印7200册。

④《我的自传》，萨特著，张放译，142000字，1990年9月第一版，首印5000册。

⑤《绿色教会》，巴赞著，袁树仁译，169000字，1990年9月第一版，首印5000册。

⑥《人的状况》，马尔罗著，杨元良、于耀南译，1990年9月第一版，首印5000册。

⑦“法国20世纪文学丛书”简称。

编安！

柳鸣九

1990年7月25日

## 《雨果文集》完稿

硕良同志：

你好！

前寄赠《法国短篇小说选》二册，谅已收到。

《雨果文集》[①] 已于九月份全部完工交稿，出版社说，可能在明年年初出版见书。

寄来《塞利纳故居》一文（其实是文史资料性质），此作家与你在漓江主事时有关，你可读读解闷，当然，希望你指正。此种文章，我还有那么几篇。专此即颂

编安！

柳鸣九

1997年10月9日

① "世界文豪书系"《雨果文集》20卷，800万字，柳鸣九主编，河北教育出版社，1998年10月第一版，获第三届国家图书奖提名奖。

# 许渊冲（2封）

## 译家之言

硕良先生：

南京大学许钧教授来电，说《译家之言》将由《出版广角》发表，并需照片及简历，现遵嘱寄上，收到请回信为盼。照片书架上均为简历中之著译，若嫌太多，可作删节。

祝好！

许渊冲

7月22日（1996）

另外合照一张，1991年5月在广西师大讲学与中美师生合影，前右三、五为许夫妇，后右二为美国休斯敦大学赖特教授。

硕良主编：

寄上《追忆似水年华》题记一篇，看看是否可用？若需照片，文中提到的人：端木正、吴冠中、朱光亚、王希季、徐采栋等曾分别与我合影，若需哪张，请告，当即寄上，匆此

问好！

许渊冲

11月12日（1997）

※ 许渊冲（1921— ），学者，翻译家。江西南昌人。北京大学教授。从事文学翻译六十余年，译作涵盖中、英、法等语种。中国古诗英译及所形成的韵体译诗方法与理论，颇具开创价值。在国内外出版中、英、法文著译六十本，包括《诗经》《楚辞》《李白诗选》《西厢记》《红与黑》《包法利夫人》《追忆似水年华》等中外名著。2010年获得中国翻译协会颁发的“翻译文化终身成就奖”。2014年荣获国际翻译界最高奖项之一的“北极光”杰出文学翻译奖，系首位获此殊荣的亚洲翻译家。

## 桂裕芳
## （4 封）

# 补上作者的话和波德莱尔引语

刘硕良同志：

来信收到，谢谢。知道书即将出版，很是高兴。我大约九月份赴法，如能带几本书去赠送友人，当然是很理想的了。来不及的话，只好将来托人带给我了。莫里亚克的长子也是作家，他对中国翻译他父亲的作品是很感兴趣的，法国还有一个莫里亚克之友协会。

预支稿费请寄到我的住所即可。谢谢。

《苔蕾丝·德斯美鲁》一文我是在 1979 年译的，当时从友人处借的书，连封皮都没有，我从第一章译起。罗新璋同志大概根据的是袖珍版，前面有一页作者的话及他引用的波德莱尔的诗。当然这与小说本身没有关系，但说明作者对这个人物的看法。如果来得及补上的话，请复信，我即译出寄上。

即颂

敬礼

桂裕芳

五月十七日（1983）

---

※ 桂裕芳（1930— ），女，教授，翻译家。湖北武汉人。1949 年考入清华大学外文系，1953 年毕业于北京大学。北大法语系资深教授，从事法语语言文学教学与研究五十余年。译有马塞尔·普鲁斯特《追忆似水年华》（第二卷）、阿尔方斯·都德《小东西》、米歇尔·布托《变》、纳塔丽·萨洛特《童年》，及“获诺贝尔文学奖作家丛书”弗朗索瓦·莫里亚克卷《爱的荒漠》《昔日一少年》等，主编《莫泊桑小说全集》，收入“世界文豪书系”。

## 给莫里亚克亲属赠书

刘硕良同志：

你好！今接家中来信，知又收到《爱的荒漠》[①] 一书精装本十册，谢谢！我已写信请家中托便人带来数册。

前次收到的简装本已送出，一册给莫里亚克的儿子，一册给巴黎莫里亚克研究会，一册给波尔多·莫里亚克研究中心，他们都很高兴，并表示感谢。我在巴黎买了一套精装莫里亚克全集，虽然很贵，但也值得。

如有什么事托办的，请来信。

即祝

撰安！

桂裕芳

2月4日巴黎（1984）

## 学术研究需要较长时间积累

刘硕良同志：

来信收到，谢谢！

《莫泊桑小说全集》[②] 除总序外，有一个大事记年表及国外研究著作纲要，这是必需的，至于其他，只能视时间及力量而定。坦白地说，我们对莫泊桑缺乏深入研究，国外的新批评谈论他也不是很多，但毕竟是位大作家，花点力气也是值得的。我们会尽力而为，

---

① “诺丛”《爱的荒漠》，〔法〕莫里亚克著，桂裕芳译，330000字，1983年6月第一版，首印91000册，1992年7月第4次印刷，累印105000册。获首届全国优秀外国文学图书一等奖。

② “世界文豪书系”《莫泊桑全集》，桂裕芳主编。9卷，316.6万字。河北教育出版社1996年9月第一版。

但由于种种原因，不一定会很理想（我这是老实话，因研究需要较长时间的积累）。

即祝

好

桂裕芳

1993年9月7日

## 找译者要慎重又慎重

刘硕良同志：

《莫泊桑小说全集》昨日完稿，累得够呛。我全部看过一遍，有的稿子改过后译者又抄了一遍，有的稿子译者出差出国没有重抄，但还是可以看清的。这次得到一个教训，找译者要慎重又慎重，译者交稿期要比编者交稿期提前许多，否则根本看不过来。

既然你来不了，我也去不了（除非坐飞机），我不敢从邮局寄，一般都没有底稿，丢失了无法补。再者，据出版社说，图片不能用普通照相机，必须有专门设备，因此我打电话给王亚民同志，他说元月三四号来两名编辑，将稿子取走（共6册，约280多万字），并将图片资料借去拍照，只有这样了。不知他们怎样将稿子送给你。

你身体恢复得怎样？祝

撰安！

桂裕芳

12月30日（1994）

# 罗新璋（8封）

## 马尔罗：一块重要的处女地

刘公足下：

承前函告知《马尔罗研究》已列入贵社出版计划。现另邮寄上这本丛刊的全部稿件，计十一函一〇四一页；另一邮包，寄上《萨特研究》一册（供编排参考用）和《马尔罗介绍》一册（供拍八张照片用）。这两本书用毕务请归还，尤其是《马尔罗介绍》这本法文书，因是借来的。

这部稿子，从编选、序言、目次、图片，所有编辑工作俱已完成，烦请审阅。如稿件选录取舍上无太大变动，已可即此发排。这本书，编辑意图与《萨特研究》相同。《萨特研究》初版印数不多，没几天即售罄，即拟重印三万册，几经起伏，现已开始重版。马尔罗，在法国是现代重要作家之一，而可怪异者，吾人久闻马氏大名，而且他有二本以中国革命为题材的小说，对他的作品，可能有人在翻译，却至今未见译本，更不要说有柳公[①]序那样全面、科学、高

※ 罗新璋（1936— ），翻译家，散文家。1936年生于上海，1957年毕业于北京大学西语系。曾在外文局《中国文学》杂志社从事中译法文学翻译17年。1980年调入中国社会科学院外国文学研究所，专攻法国中世纪文学，译有《特利斯当与伊瑟》《列那狐的故事》《红与黑》《栗树下的晚餐》《不朽作家福楼拜》等。其《红与黑》译本被公认为重译外国文学名著中的出群之译，并在台湾出版。编有《翻译论集》《古文大略》，另选编《傅译精华》五卷本一部。所写有关翻译文章合成《译艺发端》一书。曾应邀赴台湾师范大学讲授翻译史及翻译理论两年。著译之余，闲情偶寄，发而为文，遂有阿兰·德隆和玛丽莲·梦露艺事述录之作《机遇加拼搏》和《凄艳一生》问世。

① 柳鸣九先生。

水平的研究论文了。对马尔罗的介绍、研究，当属待开垦的处女地。而第一次提供完整的马尔罗资料，或许历史地降大任于斯书了——这只能说明介绍马尔罗的迟晚和必要！贵社支持出版此书对文化学术界也是功德无量！

作为法国现当代文学研究资料丛刊，我们年内争取发莫洛亚（上次寄你的《外国爱情小说选评》就有两篇此公的短篇，莫氏以写传记为擅长）和新小说派两卷，明年发莫里亚克和阿拉贡两卷。莫洛亚和新小说派原则上社会科学出版社已同意接受，如贵社感兴趣，柳公说，可以优先让与漓江。请阁下斟定，我们表示最大的信任和合作的诚意。这本马尔罗，希在封底能刊出所拟广告（即发排稿 1041 页），预告海内学人。

稿件收到后，乞烦便中赐复，以慰旋虑。匆匆。此颂

编安！

新璋　拜上

3 月 8 日晚（1983）

高[①]的川端译文、答词及序于三月底前一定寄金[②]。

## 从诺贝尔封面想到的

刘公足下：

《特雷庇姑娘》[③]收到，亦丰硕佳良的第一个成果！可喜可贺。书眉，星号，安徽没做到的，俱已实施，无可挑剔！好书还应用好纸印，纸张似一般。当然，只要是书好就行了。这套书想必是会有影响的。

---

① 高慧勤，日语文学翻译家，“诺丛”川端康成卷《雪国·古都·千鹤》译者，罗新璋夫人，详见本书第六部分。

② 金子信，漓江版“获诺贝尔文学奖作家丛书”初期策划人之一。参见本书第九部分。

③《特雷庇姑娘》，“诺丛”最先出版的品种之一，详见本书第五部分。

封面的N，是何寓意，南宁Nanning，还是Nobel，或兼而言之，南宁出的诺贝尔？！这头像，是否即诺贝尔奖章上的头像？我吹毛求疵：左面一行外文是中文！不中不外，原来是汉语拼音。中国识字的人，不看汉语拼音方面的书，不识字的人，至少会识洋字码。而且没四声，谁能一口气念正确？！我看，既要保持这洋字母，不如改用英文，可以为更多的人，不同国籍的人看懂。这英文已请教过英语专家，确保无误。而且为这套丛书取得一定国际性！

不知《千鹤》等稿，金子信是否已寄贵社。如已收到，便中乞复印《千鹤》一份寄我为感！

高仓健等艺苑人物已告高某，但迄未见回复。高译序题目等看校样再定，可否？

匆匆，祝

夏安！

新璋　拜上

7月9日（1983）

## “诺丛”广告贴到了中国社科院

刘公足下：

川端卷的稿件，不知金子信同志是否已转至尊处？如已收到，如方便，乞烦把《千鹤》的译稿全文（约一百五十页以上）影印一份寄我，费用请告数目，当即汇上无误。

高慧勤已去日本进行所谓学术交流，要九月二十八日才返京。不知贵社校样是否交译者看（高希望能看校样，减少错别字）。如此前打印好，请寄我代阅，她怕排字时字形有误，鲁鱼亥豕。如为赶时间，原则上不给看校样，当然服从。不过，在《译本序》里，已发现抄录时笔误一处，“转薄子”系“轻薄子”之误，详见附上的卡片，便中请予更正。

贵社诺贝尔丛书的推广品在我院进口处已贴出。当是一套精心、讲究、有价值的出版物，也是阁下一番功业，谨祝取得圆满成功！内有莫里亚克卷，想必一定会收《黛莱丝》这一名篇。据此，我前函议及拙译《黛莱丝》中篇译丛之事，俱可不再考虑。

尤其关于影印事，乞近期便中示知为感，顺颂
编安！

新璋　拜上

3月14日晚（1984）

## 与台湾版“诺丛”比个高低

刘公足下：

返京不久，即获赠书及大札，不胜感谢。《外国文学名著》《西方爱情诗选》《艺苑人物》等书，开本别具一格，设计精良，既可作普及本广为流通，也可作名篇供诸案头，雅俗共赏，出得很成功。

函告诺贝尔奖丛书已转至贵社，第一辑出十册，拟连发几本，集中出版，并推广宣传，用意可嘉，而且颇具魄力。内人闻之，甚为感奋，能予赞助，不胜荣幸。《雪国》与《古都》已重新改毕，《千羽鹤》正接续翻译，至于授奖词、答词及译序，估计要十月底才能交稿，不知是否影响贵社出书计划？

以贵社已出诸书的质量，相信必能百尺竿头，更进一步。函称印制质量力求不低于安徽《傅雷译文集》水平，当是过谦之词。“傅译文”在装帧印刷上，安徽可谓求质量而不惜工本。加之江奇勇事业心强，环环抓紧，一般得到好评。但因当时仓促上阵，缺乏经验，尚有许多不够完善之处。甚望你们的诺贝尔能出得更好（或可与台湾版比个高低）。因《傅雷译文集》，我帮忙看点稿子，有些设想，安徽未及采纳，也因我固执，愿奉献阁下，以供参考。

作为一套大书或丛书，我意最好能加书眉，尤其一本书里包括

几篇作品，有书眉标示，以清眉目，便于读者翻检。因印厂嫌麻烦，安徽未能采纳，等看到新版《鲁迅全集》，为时已晚。

另外，注号现行①②③，敝意用星号 *、**、*** 较为秀气，既达到注文的目的，又不像①②③那么显得呆滞。可参见拙译《巴黎公社公告集》所用星号。惜乎安徽只在题注用星号，正文仍用①②③，略觉美中不足。

鄙人或许卞和献玉，迂执可笑。但心是好的，阁下当能鉴察。匆匆。

此颂文安。

罗某　再拜

七月二十四日晚（1984）

## 玛丽莲·梦露是个谜

刘公足下：

久违，望一切顺畅。

日前，沈志明从巴黎回来，携三本大开本电影画册，印得甚精良。一本《不认识的玛丽莲·梦露》——沈说，此人是个谜，后来女星尚未超过她。一本是《好莱坞的迷人精》，全是女星；另一本是《男星》，但黑白的不少，印得很清晰。又，芳贺书店出的好莱坞与法国影星七本（前贵处阿兰·德隆[①]和梦露几本都是芳贺出的一套书里的）。近映文库四本：外国映画 40 年（1945—1954，1955—1964，1965—1974，1975—1986），第一第二本黑白的不少，第三第四本，全是彩色，此书开本不大，比两盒录音带略长一点。另有四本《女优》等，共计十八本，再加尊处也有十几本。

---

① “艺苑人物丛书”《机遇加拼搏——记阿兰·德隆》，罗嘉编，1987 年 2 月第一版，首印 42500 册。

几个方案，如贵社拟出的话：

A. ①玛丽莲·梦露（《凄艳一生》[①] 虽有二百多幅，但彩色与黑白、主与次尚有可改进处。可以出得精彩一点。如考虑到销路，或可从缓）。②好莱坞女影星。③男影星。

B. ①好莱坞女影星。②国外著名男演员。

C. 外国著名影星（男女统收）。

书名到时可再拟，右列者[②] 指内容。开本太大可能影响书价，或从近映文库本，每册 118 张 236 页。该文库本一张照片一页，在页下放名字，如满版照片，则名字印在照片上。全书末尾有八页说明介绍，即在这八页说明上，仍每页有一张彩照，文字的分量甚少。芳贺书店版像一本正规的书，但有些照片，如一张一版，觉得是撑大的。与其大而空的感觉，不如略小但紧凑耐看为好。沈志明带来的三本，则有此信纸两张大。翻拍，大的缩成小的效果较好。

如出，敝处提供书，还是底片？底片是普通彩色照片底片，还是反转片？照片要不要印出来，是否要印得跟版样要求一样大小？贵社是否有全套暗房设备，自己能否扩放？

请先考虑选题，若然，再一步步落实。便中赐复为盼。

又，中青年文学翻译会议，谭立德已收到邀请信，拙荆尚未，是否人员有变化？匆匆！顺颂夏安！

新璋　拜上

一九八八年七月廿五日

## 《约翰·克利斯朵夫》一卷本最好

刘公：

今天收到寄赠的《约翰·克利斯朵夫》精装与平装，谢谢。

---

① “艺苑人物丛书”《凄艳一生——玛丽莲·梦露从影始末》，方凯典编译，1987 年 3 月第一版，首印 10 万册。

② 指上述方案。原信为竖写，从右到左。

翻阅良久，令人爱不释手，我是指精装一卷本！《约翰·克利斯朵夫》，傅雷出的四卷本，台湾出三卷本，你们出二卷本与一卷本。以一卷本最好——外观上，就是一部原作。有收藏价值。我认识一香港人，专收克利斯朵夫各种版本。四卷本以平明版最好，皇皇四厚册。我建议漓江，以后要出就出一卷本——现在装订技术已办得到，作为礼品书，一卷本很好！真是好书，再贵也有人买。一卷本，可做点宣传，以利推广。这是功德无量的事。这是能改变人的一生的一本书！

又，林郁出版公司地址是否能告知，等浙江《红与黑》出了，我即寄去一部，免得尊处转，多所麻烦。三校上又改出些错别字。如来得及，他们能根据成书校对一遍最好。

好，再次谢谢刘公赐我克利斯朵夫！祝
百事顺利！

新璋

9月11日晚（1992）

## 台湾版《红与黑》出得不错

刘公足下：

甚谢关心不才的文名与文运！一月中旬，收到罗国林文的影印件，颇多奖饰之词，既感亦愧。拙译以提供可读的文本为务，文虽左右，求其旨不违中。小说的文字至少应可读，甚至美。原文是可读的甚至美的，译文不应等而下之。法国文学翻译，出了傅雷之后，翻译的技巧、翻译的水平，已经从文字翻译进入文学翻译。不少译者，只顾译，不顾学，人家的经验没有变成自己的本领，死盯着精确，变不出精彩来，是为可惜。

台湾本[1]出得不错，校勘尚精。是根据二校样排的；我看三

① 罗新璋译《红与黑》，为浙江文艺出版社首印，台湾林郁文化事业有限公司引进，1995年8月初版，漓江出版社收入“外国文学名著名译丛书”，2012年5月第一版。

校时又有点改动，未能吸收进去，若有所憾。哪怕达到百分之九十九，这百分之一，如同托尔斯泰所说，这一点点就是全部！封面画虽是《红与黑》时代的作品，但与内容关系不大，又，正文是竖排，《敬告读者》《书后识语》又横排，大概为求变化吧。总之，很像样，很不错。谢谢阁下。以后有便，请问一下，印数若何？

顺颂

新年好！

罗新璋

1月28日（1996）

## 谢谢作成

刘硕良同志：

世纪之交，人文[①]新大学生耿学刚对照几种川端译本，取高译。高郑重其事，据日文细校一遍。想当年她是应漓江之约开始译川端，谢谢作成。刘公真善识才也，想必不止高一人！译文，以此版本为准。校样希寄我一阅。（此书尚无暇看一遍，故要看校样。）

高罗佩要么不出，出，建议繁体竖排，具极高文献及版本价值，限印一千册！

芥川校样请先寄来，四月看完，奉还。

新璋

2012年2月

① 人民文学出版社。"外国文学名著名译丛书"收入日本川端康成著、高慧勤译《雪国》。

# 郑克鲁（5封）

## 调到武汉大学

老刘：

你好！上次给你一信，不知收到没有？希望继续保持联系。我将于本月20日到武汉大学，接洽调动工作事宜，主要是同刘道玉校长商谈工作安排问题。他的意思是让我担任法语系主任，兼管研究所工作。

近接人民文学出版社来信，要将我的三篇译稿（《家族复仇》①《柯内留斯老板》《长寿药水》）收入《人间喜剧》选集。我已回信表示同意。希望你们大力支持为荷。

顺致

※郑克鲁（1939—　），翻译家，外国文学研究专家。广东中山人，生于澳门。曾祖父为中国近代资产阶级改良派思想家、爱国民族工商业家，《盛世危言》作者郑观应。1962年毕业于北京大学西语系，1965年毕业于中国社科院研究生院外国文学系。历任武汉大学法语系主任、法国问题研究所所长，上海师范大学中文系文学研究所所长、系主任、教授、博士生导师。上海师范大学图书馆馆长，中国法国文学研究会副会长，中国外国文学研究会理事。1987年曾获法国政府教育勋章。1958年开始发表作品。1984年加入中国作家协会。著有专著《法国文学论集》《繁花似锦——法国文学小史》《雨果》《情与理的王国——法国文学评论集》《法国诗歌史》《现代法国小说史》《法国文学史》（合作），译著《蒂博一家》《康素爱萝》《失恋者之歌——法国爱情诗选》《法国抒情诗选》《巴尔扎克短篇小说选》《家族复仇》《茶花女》《基督山恩仇记》《沙漠里的爱情》《魔沼》《雨果散文》《卡夫卡》，主编《外国文学作品提要》《法国文学译丛》《外国文学史》《外国文学作品选》《外国现代派作品选》等。《法国古今短篇小说精选序》获上海1986—1993年社科优秀成果论文二等奖，《法国文学史》（上、中卷）获1994年中国社科院科研成果一等奖。

①《家族复仇》（"外国文学名著丛书"），〔法〕巴尔扎克著，郑克鲁译，收3个中篇、4个短篇，25万字。1981年4月第一版，首印105000册。1988年7月第3次印刷，累计164100册。

安好

克鲁

1981.2.17

你寄来的书均已收到，谢谢，又及。

## 休假译了近5万字

老刘：

你好！

来信、书、书签均已收到，勿念！

我们决定于六月十日左右去武汉，本来要早些去，因为五月三日到五月十八日我们去了北戴河半个月，刚回来，要整理东西。搬一个家可不是一件易事，武大的卡车不知具体在哪一天到，我们一到武汉，即会去信告诉你的。

武汉离南宁近多了，我们可以数月见一次面了。最近克鲁在加紧译《蒂博一家（四）》①。这次去北戴河，他也译了近五万字。我们想主要是去休养，所以估计不足，带去的稿纸没有了，后面两天就全玩了。北戴河这地方真不错，空气十分好，就是供应太差。

搬家主要是书，其他没什么，但即使这样，一卡车不知能装下否？《麦田里的守望者》一书，我们没有收到，不知你那里还有没有？

这次去武汉全家去，小琳也转到武汉的外语中学去念书。武大刘学长也为她联系好了这个学校。《春风译丛》即将复刊，仍由克鲁等人编。沈阳来了三位负责人和一位编辑。这次顺便想同他们谈你们春节前在北京商定“桑川”合编的《世界历史小说丛书》之事。

① “诺丛”《蒂博一家》，〔法〕马丁·杜伽尔著，郑克鲁译。1375000字。四卷本第一卷出版于1983年6月，首印84100册，后续各卷因先后出版，读者配套不便，影响销售。1992年5月，合成2卷，分上下册一次推出，深受读者欢迎。

如他们能接受，就可以办起来，书是现成的，译者也有的是。你意下如何？

祝

近好！

克鲁　碧恒

5.21（1981）

## 在真实接触中真切了解外国

老刘：

你好！我到巴黎已有一个多月了，前些日子住在郊区的一座大楼里，住的地方条件很好：一个人住一个房间，楼下是娱乐场所，每星期有电影、舞会、讨论会等。但离市区较远，进城要一个多小时，甚感不便，所以我设法搬到市区。因固定地址尚未确定，无法给你写信。我已于昨日搬到市区的大学城，在一个较长的时期里，地址不会变动。

来到法国，有了一些具体的接触，才比较真切地了解外国的情况。法国的生活水平很高（虽然在西方属于中上水平），法国人月获平均六七千法郎（约合人民币二千多元），我看，百分之九十五以上的人生活都很好。市场商品应有尽有，似乎从不会缺货。对我们来说，商品价格相当高（如水果一公斤在六法郎以上），可是，以他们的工资标准来说，水果非常便宜，因为对法国人来说，一个法郎等于我们一二分钱。较昂贵的可能是房租，像我目前住的地方一个月要一千法郎（在郊区五百法郎）。问题是法国人工资高，也还是付得起。我觉得他们房租的比例和我们国内差不多，但是他们的剩余部分数字很大，我们不能相比。他们在为自己的房子、汽车、别墅奋斗。在这种情况下，社会革命很难进行，情况与十九世纪迥然不同。

法国图书发行非常发达，书籍琳琅满目，诺贝尔丛书需要的书这里都有，问题是书籍很贵，厚一点的书都要一百法郎左右，我是无法购买的，只能望洋兴叹（你们出版社有没有办法）。好在巴黎无论市区、郊区都有很多公共图书馆，可以随便阅读（开架），要进行研究和选材都很方便。

"诺""译丛""中篇"的情况怎样？《蒂博一家》译稿已寄给你了吧？有什么问题请来信。

请代问阮同[①]同志好，顺致

安康！

克鲁

1983年2月12日

## 电催杜伽尔获奖词

老刘：

你好！接到你的电报后，我即给黄宝生去信，催他将杜伽尔授奖词和答词给你寄去。现接他来信，由文美惠代译，月内可完成。附他的信。[②]

暑假我们去上海，八月底返回。有事请直接往上海去信，地址不变。

上次到北京，听说你参加全国书展，也在北京，但未能遇上，甚憾。

顺颂

夏安

郑克鲁

1986.7.12

① 阮同，广西人民出版社及其副牌漓江出版社编辑业务负责人，参见本书第九部分。

② 见本书第26页。

# 《蒂博一家》和《克丽丝丁》

老刘：

你好！上次接到你信后，克鲁就认认真真地开始将《蒂博一家》从第一至第三册逐字逐句重新根据原文校订一次，花了将近两个半月（没有意料到要花这么长时间，一则看得确实很仔细，二则他杂事颇多，大部分的时间是在晚上到深夜）。我是最清楚，他目前想搞些笔头的东西，全部得靠晚上和深夜的时间，这对他的身体是极为不利的。但又有什么法子呢？虽说他还很壮，没有什么病，但毕竟年龄在长，开始老了啊！从保命的角度看，似乎该刹车，从事业的角度看，似乎得继续猛干。反正一天就 24 小时，真是一寸光阴一寸金，寸金难买寸光阴啊！

校订工作接近尾声，突然收到了你寄来的第四册，这就与你前信不符，你说等一至三册的修订到了再一起出一至四册，如今四册已出，不知一至三册还出不出？克鲁说，要出，就务必改后再出，不然再出一至三册就意义不大。这次改动，他是尽量考虑排版的，没有页和页之间的更动，所以不需要重新换版，只是有极少数的几页上，有一些大的改动外，其他都只是几个字的改动，而且也远远不是每页都有改动的。你如果要出一至四册了，随时来信，我们即将改好的三本书给你邮寄去。不是名著丛书（十家出版社联合出的）还要出这一部吗？（计划内有的，是漓江出）没有什么变化吧？现在有些研究比较文学的人就有人在研究巴金的《家》与此书的比较。此书在法国影响还是颇大的，地位也很重要。

我们十二月中旬（十日以后），即要去北京出差，主要是这里太冷了，北京家里有暖气，可以多干些工作。为了博士班的事及成立中法学院之事，克鲁得去北京，也乘机逃掉一些日常事务性工作，关在北京搞些研究，大约十二月底或一月十日左右回汉。

《克丽丝丁》一书，我让克鲁抓紧校对，决不会晚于1987年6月份交稿（全部交稿）。今年到明年六月，说什么克鲁也可以校完了。此书就由我译，克鲁校。这样我对书的质量才放心。我的书，克鲁会尽心认真校对的，而且我们还一起商量、斟酌着译文的文采。全书大约80万字，分三本出，但一次交稿。你该满意了吧！今年的寒假我们俩全力以赴此书，争取更早些交给你。明年三月份克鲁又要去巴黎一次，签订中法协议，又是刘校长带队，顺便又可搞些材料回来。

祝

冬安！

代问你爱人和儿子[①]好。

克鲁　碧恒

28/11（1986）

① 刘方（1959—　），祖籍湖南宁乡，生于广西南宁。幼时随母下放宁明山村，备历艰辛。高中毕业后插队劳动，1978年考入广西中医学院，1983年本科毕业，留任第一附属医院住院医师。1986年到加拿大学习，为加拿大卑诗省注册中医师，执教于多所中医学校，并在诊所工作。2012年回到北京，现任中国国学院槐轩大讲堂学术顾问兼中医讲师。早年曾拜师民间中医李阳波门下，后参与整理出版李阳波著作《开启中医之门》，2005年拜成都钦安卢氏医学第四代传人卢崇汉为师，深入学习扶阳思想的根源刘沅的槐轩学说，研究易学思想与中医辨证。

# 张英伦
# （2 封）

## 《外国名作家大词典》总体构架

硕良同志：

从南京归来，我们就为漓江交给的任务忙碌起来。我用了一个星期的时间，不分昼夜地对未来的词典[①]进行总体设计，几近废寝忘食。我先后提出了五个方案，经几位老搭档一次又一次的讨论，昨天，终于把词典的总体定型、词条的分档、各档次词条的比例以及各地区词条比例定了下来。“译林”的事被推到了第二位，虽然他们主动得很，已寄来 500 元资料费供我们开展活动。

下周，重写旧稿和组织新词条的工作就将展开，现在有必要将我们这里商定的事项通报阁下，以听取出版社的意见。

词典的总体设计，考虑的焦点，首先是保持原来那套《外国名作家传》的基本特色。与迄今为止的各种词典比较，我们的特色在于一个“传”字。因此，我们强调，未来的这部词典仍将以作家生平与创作并重，既要较稳定地表现作家的创作历程，也要较完整地记载作家的生平概况。另外考虑的是要比《外国名作家传》（442 条）的全备性大大提高。因此，新词典将在 250 万字的规模内罗列

※ 张英伦（1938— ），翻译家，外国文学研究专家，安徽蚌埠人。毕业于北京大学西语系和中国社科院研究生院外国文学系。历任中国社科院外国文学研究所实习研究员、助理研究员、副研究员。60 年代开始发表作品。著有专著《法国文学史》（合作），传记《大仲马》《莫泊桑传》《雨果传》，译作《被诅咒的孩子》《玛尔戈王后》《茶花女》，主编《外国名作家传》和《外国名作家大词典》等。

① 《外国名作家大词典》，主编：张英伦、吕同六、钱善行、胡湛珍，中国社科院外文所及所外众多专家参与。2970000 字，1989 年 10 月第一版，首印 6300 册。

1600 个作家词条。计有：

世界文化名人　16 名　每条 4000 字

具有世界性影响的大作家　160 名　每条 3000 字

世界著名作家　320 名　每条 2000 字

一般大作家　480 名　每条 1500 字

某地区或民族的著名作家　624 名　每条 1000 字

如果字数控制得严一些，就低不就高，词条还有望增至 1700 条。

为了体现以上两个特点，我们建议将这部词典定名为《外国名作家传记大词典》。若嫌太长，可删去一“名”字。

工作即将全面展开。希望能尽快得悉阁下的意见。

为节省篇幅，我们规定，只附作为词条条头的作家姓名的外文原文。除了拉丁字母、斯拉夫字母以外，是否可加日文？望告。

关于图片，是只要配在条头的肖像，还是适当选些有关作家生活和创作的？亦望告。

从目前势头看，同心协力，大兵团作战，可在明年年中交稿。印刷事宜，请早作筹划。

我们已冒计划内项目之名免费印了一点表格。寄上一种，供参考。

即此，专颂

编安及新年快乐

张英伦

1987 年 12 月 16 日

## 会议在桂林召开本身就是对漓江的充分肯定

硕良兄：

4 月 26 日曾有一信寄上，谅已垂悉。兄是出版界忙人，无暇对来信一一作复，弟非常理解。近读《人民日报》，全国外国文学出版工作会议[①]在广西召开，必又由兄一手筹备，其忙可以想见。会议在桂举行，本身就是对贵社工作的充分肯定，可贺！

我计划于明年暑期回国，眼前还剩一年时光。这一年，我将重点攻普鲁斯特，写《普鲁斯特评传》，兄曾对我提过出《寻找失去的时间》精选本的设想。如仍有此意，我想先把准备工作在这里做了。故望兄谈谈最新意见。

《皮埃尔·艾玛努埃尔诗选》翻译完毕。共译诗60首，除三四首逾150行，其余均为20—30行左右的短诗；诗论两段，约10页。该诗人之友协会的副主席答应写一篇10页左右的序文，九月交稿。我也写几页（不超过3页），估计全书在150页的样子。

此诗集的出版曾蒙兄慨允，故未再联系其他出版社，希望兄的承诺没有变化。至于我这方面，前曾表明争取提供某种条件，当照办无误。我还将力争更好的可能性。兄尽可放心。

耑此，即颂

大安！

弟　英伦　敬启

1990年8月28日　巴黎

①1990年7月中，国家新闻出版署在桂林召开外国文学出版工作座谈会。刘杲副署长出席并作重要讲话，杨牧之司长主持会议，7月17日，刘杲副署长和中宣部出版局张小影视察了漓江出版社，刘杲向全社同志发表了讲话。讲话纪录载《刘杲出版论集》，湖北人民出版社，1998年。7月21日刘杲给署党组的汇报亦见载于上书。有关情况或参看刘硕良《三栖路上云和月——为新闻出版的一生》上册170—178页。

# 郭宏安
# （2 封）

## 新译总要有新意才好

硕良同志：

来信收到，你对工作抓得如此之紧，令我感佩。

关于《巴黎的忧郁》的修订本，可以署上我校。至于我那篇小文章应属极浅薄的东西，只是想作一些一般的介绍，使这本书在《读书》上露露面，因此附在译本上是极不合适的。这决不是自谦，实乃由衷之言。原来那篇序言，是一般了些，但也无特别的缺点，因我只管正文的校正，故并未对序言做什么修改。将来出书，序言仍是译者的事，与校订者并不相干。所以，原序似可照旧。

就我来说，此书当然只有校的工作，而并无合译的工作。我无论改动多少，总是着眼于文字的正确与错误，而对文笔、风格等则不便多施刀斧。

波氏的论文[①]，我还有些注释的工作要做。我原打算全书译完之后，统一作注。所以，许多该加注的地方都空着。做好之后，我

※ 郭宏安（1943—　），外国文学研究专家，翻译家。1966 年毕业于北京大学西语系，1975—1977 年在瑞士日内瓦大学留学，1981 年毕业于中国社会科学院研究生院。中国社科院荣誉学部委员、博士生导师、外国文学研究所研究员、比较文学研究室主任。1978 年开始发表作品。著有专著《论〈恶之花〉》、论文集《重建阅读空间》《同剖诗心》，散文集《雪落在莱蒙湖上》，译著《波德莱尔美学论文选》《加缪中短篇小说集》《红与黑》《大西洋岛》《波德莱尔诗一百首》《批评意识》《墓中回忆录》，编辑《法国散文选》《李健吾批评文集》，并主持《获诺贝尔文学奖作家丛书·加缪卷》译事，所编《加缪文集》获 2012 年傅雷翻译出版奖，《郭宏安译文自选集》收入漓江版“当代著名翻译家精品丛书”（2013）。

① 其时郭宏安先生正在翻译《波德莱尔美学论文选》，该书后在人民文学出版社出版，1987。

即寄与你。抄件也好，清样也好，务必于年底前给我。

说起《恶之花》[①]，我原有意翻译，但听说人文已组钱春绮翻译，遂作罢。这已是三四年前的事了，至今不见有书出现，也许快出了吧。我想到时候再看，如我自觉可以译得更好，也许还会动手试试。否则，只好抱憾了。诗的译本不妨几个，但总要自信有新意方可。我打算今年译出波氏的论文集。明年完成论《恶之花》的专著，到那时，钱的译本也该出了。读后再作道理。你若有意，那时我们再谈。

我上次所说的两位，一位叫赵坚，我们合作译过《病夫治国》等，他自己译过《百万富翁》和《一个无尚荣光的女人》，此二书是最近才出版的。他近期将赴巴黎，故并无什么打算。另一位叫李波，虽与我同届，但起步较晚，尚无成本的东西问世，但我知道他的水平不错。我提到这两位，是向你通个气，今后有所动作时能与你联系。

写得不少了，打住，顺祝

编安！

宏安

1983年6月15日

## 诺丛加缪卷刍议

硕良同志：

年前接到来信，迟复为歉。

近一年多来，总是很忙，也并没有什么结果，想起来总感到惭愧。

---

①《恶之花》，〔法〕波德莱尔著，郭宏安译，插图本，译序10万字，全书338000字。1992年8月第一版，首印15000册，1994年4月第3次印刷，累计25000册。获广西壮族自治区政府颁发的桂版优秀图书奖一等奖。

来信说《青年外国文学》已获批准，令人高兴，只是我出不了多少力，每每使你的希望落空，真有些不好意思。武能那里许久不曾联系了，不知他近况如何？第一期稿子是否已发？这里我求你一件事，如见到清样，务必将我那小文复印一份寄我，我有急用（我正在编论文集，拟定人民文学出版社）。

另外，瑞士短篇小说，我已同人文说好，就不劳动你了。你那里若果真缺东西，我再替你张罗不迟。

加缪作品[①]一事，我迟迟未动手，因为我意是将《鼠疫》《局外人》《堕落》《流放与王国》《西绪福斯神话》诸篇收在一起即可，你这就牵扯到两家大出版社，得先征得他们同意才行。这里的人民文学出版社，我已提过，问题不大，上海译文如何？未联系，不得而知。你是否能向他们那里问一问？这本东西，我想你们出版社是否可以挂名编选？我出个序文也可。如这个办法可行，我可以代你把需要的东西找齐寄去，如不妥，再议。

你何时能来京？据说今年还有一个大型书展，届时可否见到你？

不多写了，有事来信，我能为你做的，一定尽力。若力所不及，也恕我直言。

顺祝

编安！

宏安

1987年1月8日

① "诺丛"《局外人·鼠疫》，〔法〕阿尔贝·加缪著，郭宏安、顾方济、徐志仁译，收长、中、短篇小说、散文、随笔，508000字，1990年11月初版，首印4200册，1992年4月重印，累计12800册。

# 吴岳添
# （3封）

## 给《世界长篇名著精华》①配图

硕良兄：

你好！遵嘱寄上插图照片12张，望查收。

这些照片均为黑白片，原因有二：一、征订单上一般都是黑白照片。二、彩照要65元一卷，拍几张就不用太浪费，且时间来不及（冲洗要一星期）。故暂拍几张应急。下次来信请将照片尺寸等具体要求注明，我们将按书拍摄，每书一张，但有些书没有插图也只好算了，一般小说中彩图较少，所以尽量能拍上一卷。

“诺丛”法朗士卷的序言我即将动笔，争取在春节前寄你并附有他的获奖词和受奖演说，另外，我译的法朗士的短篇小说《蓝胡子和他的七个妻子》也将一起寄上。

关于《社会批评概论》②，你可以放心，陈燊巴不得把这些事情处理完，好回家休息呢。

吴岳添

1992年1月12日

---

※ 吴岳添（1944—　），翻译家，外国文学研究专家。江苏武进人。1967年毕业于南京大学外文系法语专业，1981年毕业于中国社会科学院研究生院外国文学系法国文学专业，获文学硕士学位。1986年12月至1987年9月在巴黎高等社会科学研究院进修文学社会学。曾任中国社会科学院外文所研究员、科研处处长、南欧拉美文学研究室主任，中国法国文学研究会副会长、会长。从2002年起为湘潭大学文学与新闻学院特聘教授、比较文学与世界文学研究所所长。主要研究方向为法国文学流派，译著及编辑作品有《社会批评概论》《苔依丝》《羊脂球》《戴家楼》《世界长篇名著精华》等。

①《世界长篇名著精华》，主编：吴岳添、赵一凡、章国锋、石南征，102人撰稿，图片：邵小鸥、李联朝。选收作品194部，全书1714000字，插页21页，1992年2月初版，首印6200册。

②《社会批评概论》（外国文学研究资料丛书），〔奥地利〕彼埃尔·V·齐马著，吴岳添译，270000字，广西师范大学出版社，1993年8月。印数1000册。

# 比较才能分出高下

硕良兄：

你好！接电话后我立即设法查到了诺贝尔文学奖授奖词和受奖演说的英文版。上次是有关同志拿错了，拿了诺贝尔文学奖介绍，故请人翻译法朗士一段后无法用，只好复印了江西的译文。现在查到了英文版，我自己略懂英文，对法朗士作品很熟悉，所以翻译起来并不困难。现已译完寄上。对照之下才发觉台湾的译本错译漏译比比皆是，不忍卒读。而江西又是照抄台湾的，自然是等而下之。故上次寄你的法朗士材料中除保留我写的序言外，授奖词和受奖演说均作废。我已让人另译，不日和照片一起寄上。

我们编写的戏剧文学辞典已交稿两年了，今天才知道还有人未交稿，实在不像话。主编应当担责。

另有一件小事要问你的意见。《世界长篇名著精华》由李联朝为插图拍片，他自己花钱买的胶卷，约有一两百元。我知道书出版后会付给他报酬，但不知买胶卷的费用可否先给发票报销？或者先报销，以后在付稿酬时扣除。因为他家庭经济不宽裕，要他垫钱比较为难。

关于“诺丛”法朗士卷译事，你可和郑克鲁联系后来信或来电话，届时再定。我估计他答应多年，总该有一点东西吧，还差多少字，可以再商量。

祝

编安！

吴岳添

3月11日（未署年份）

# 连春节也没有休息

硕良兄：

你好！今年的春节我算是交代给你了。一天都没有休息，足不出户，前后将近一月，译出后又校了两遍，累得半死。你看了译稿，便知道原文很难，既不是传统小说讲故事，又不是现代派特点，不管读者懂不懂都可以译下去，而是介乎两者之间，又要让读者懂，又难译。要论稿费，译这种书太不合算，总算是为你老兄效劳，责无旁贷。

我从科研处到南欧室情况很好，工作效率极高。去年七月写完专著（已有二校，北大出版社），又为漓江重译了莫泊桑的《羊脂球》和《戴家楼》，是宋安群在京开会时当面约稿的。又为三联译了一本插图本的卢梭生平与作品，还为台湾译了一本《吸血鬼的传说》，还有你这一本。每本字数不多，但好歹也是一本书。现在开始为柳鸣九写《法朗士传》，已写了几万字，争取4月交稿（15万字）。当行政干部没有意思。这两天给所领导讲评，大家提了许多意见，所长已在会上表示不想兼所长和党委书记，太忙，我是不管发生什么事，稳坐钓鱼船，倒也自在。

张敏生来电话说，她已收到你寄去的《出版广角》和传真号，有事她会与你联系的。

《苔依丝》① 稿费已收到，请放心。

吴岳添

1995年2月12日

① "诺丛"《苔依丝》，〔法〕阿纳托尔·法朗士著，吴岳添译，414000字，1992年8月初版，首印6100册。

## 谭立德
## （3封）

### 编务工作琐碎而又重要

老刘：

现寄上《拉丁美洲当代文学论评》的译者通讯录。

那四本书的稿费几时能寄出？因译者、编选者一再来电话、来信询问，我们感到甚为难。也许除"拉美"外尚有不甚清楚的地方，请来信告知。

原想这次书展，您会来。今天给您挂长途，一直要不到，下周再打。

祝好！

谭立德

8月31日（1988）

### 梅特林克译稿寄往哪儿？

老刘：

你好！梅特林克一书译稿及序言[①]已弄好，不知该往哪儿寄，

※ 谭立德（1944— ），女，翻译家，外国文学研究专家。广东中山人。上海外国语学院法语系毕业。1983年2月至1985年1月赴法进修。1978年11月起在中国社会科学院外国文学研究所丛书、译丛编辑部工作。编审，研究员，法国文学研究会秘书长。主要成果有《文学中的自然主义》《热奈特：叙述话语 新叙述话语》（责编），《世界文论1～7辑》（副主编），《法国作家、批评家论左拉》（编选），《把真实世界引入小说世界》（论文），《花的智慧》《广岛之恋》（翻译）等。

① "诺丛"《花的智慧》，〔比利时〕莫里斯·梅特林克著，谭立德等译。376000字。1997年5月初版，首印5000册。

望来信示知。吕同六说他的稿子也已齐，也想给你寄去。听说现“漓江”又有人事变动，这套书日后的事该谁负责？吴岳添说，他至今未收到稿费和赠书（书已在外面书店销了近一年）。

不多写，有机会来京面谈。

祝

好！

谭立德

7月16日（1993）

# 《出版广角》稿容晚一点

老刘：

很遗憾，这次你因病无法来京。近来情况如何？伤筋动骨一百天，望多多保重。

托梁奇才同志[①]把梅特林克一稿交上。收后请通知一声。

《出版广角》要的稿未完成，因手头正赶译一文，月底要交。待写后，邮寄给你们。

恕不赘言，有可能还是希望你来京一聚。专此

祝

好

谭立德

1993.8.18

① 梁奇才，散文家，时任《出版广角》副主编。

# 林秀清
# （2 封）

## 犹记漓江一席谈

硕良同志：

今春广西大学举行比较文学讨论会，我本想参加并趁机到出版社去拜望，怎料生了一场病，愿望未能实现，实在遗憾。

虽然你远在边疆的出版社工作，我并没有忘记我们那次在漓江游艇上的一番畅谈。你们出版社发行的一些书籍不但内容充实，印刷也比较精致，经常吸引我的注意。

以前曾向你提及的写巴黎公社起义的一部长篇小说，我早已组织人翻译，由于其中一人现已赴巴黎工作，影响进度。大概今年底可望全部译完，如果质量令人满意，当介绍与你们的出版社。

承寄《马尔罗研究》一书，但直到现在尚未收到。以后来信，请寄以下地址：上海建国西路 581 号 111 室。

谨祝

安康！

林秀清

1984.9.15

※ 林秀清（1919—2001），女，教授，翻译家，外国文学研究专家。广东顺德人。1943 年毕业于西南联大外文系。1947 年赴英国、法国深造，获巴黎大学文学博士学位。回国后，曾在北京外交学院、上海科技大学等高校任教，后任复旦大学教授。以研介法国新小说驰名。著作有《新小说派》《论法国的短篇小说》等。译作有《弗兰德公路》《农事诗》《橡皮》《怀疑时代》《小王子》等。《小王子》各种译版很多，林版有其出自女性的独具风情。

# 惦着《小王子》

硕良同志：

从小金那里得知你到南宁工作去了，听说你已把那边的新居布置得很富丽堂皇和现代化，想你准备在南宁大干一番了。你各方面都很能干，想你一定会在新工作岗位上大施才能，取得更辉煌的成绩。

我不知你是否还管出版社的事，《小王子》的译稿目前是在哪里？今年是 Saint-exupery 逝世五十周年，法国文化部和文艺界已准备隆重纪念，我也准备在上海举行一次有关这位作家的讨论会，法领馆文化处已表示支持。我很希望这部书能在今年内出版。上次在桂林时，你说要把原来彩色插图拍下来，以便出版时用。我很不容易才找到上影的一位认识的摄影师把书中的彩色插图都拍了下来，他不肯收我的钱，我只好买了两卷 Konica 35 幅的胶卷还给他。现寄上，请查收，共 8 张。还有关于 Marcel Ayme 的两本童话的选译，巴尔扎克的《高老头》和《欧也妮·葛朗台》，到底应把译稿寄到哪里去？在桂林时你说要签合同，后来又没下文，那时你很忙，我就没催问。朱静曾来信说你打长途电话给她要我的简历，说是台湾方面要购我译的《弗兰德公路》的版权，这事到底如何了？尽管你很忙，我不得不请你回答我这许多问题，很对不起。

祝工作顺利！

林秀清

1994 年 4 月 8 日

※ 林秀清先生献身教育、文学，终生未婚，学生就像她的孩子一样得到呵护、栽培。金龙格、朱静均为林门高足。金毕业后分来漓江，编辑并翻译多种法国文学作品，后调桂林旅游高等专科学校任法语系主任，编审，教授，全国中青年优秀编辑，傅雷翻译奖获得者。朱静，女，文学博士。复旦大学外文系法语专业教授，有著译多种。

这里附录朱、金二位的文章以志对林秀清先生的纪念。

**附一：**

## 林老师留下了什么

⊙复旦大学外文系 朱 静

林老师悄悄地走了，她走得无声无息，一次午睡就再也不醒了。她女儿林梅说："妈妈一生无所求，我们要给她安空调，她不要，给她装修房子，她也不要……"是的，林老师一生无求，她只要工作。年过八旬，她还很高兴接受翻译约稿，她说："我的眼睛好得很呢。"

林老师的居室家具陈设很简单，她的衣着很简朴，书橱里的书却是很珍贵的。她出国多次，带回来的就是书、词典，她还给系里带回来了昂贵的辞书和法文版文学经典。每届研究生初入校门，我都要带他们去拜访我们教研室的老前辈林秀清教授，让他们身临其境去受一下"书香"的熏染。每次访师回来，他们都会感叹不已，向其他同学说他们见到了真正的学者风范。

林梅遗憾地对我说，妈妈走得太匆忙了，什么话也没留下。我说，不，林老师留下了很多很多，她留下了对"淡泊"二字的新诠释。"淡泊"是很难的，来不得半点虚假。"淡泊"二字写在林老师的居室里，写在她的衣着上，也写在她的脸上。大千世界，职称、官衔、奖项……人们争得不亦乐乎，唯有"淡泊"二字，不用你争我夺。要当好一名学者，确实也只有"淡泊"二字才是必由之路。

有一位哲学家说过，人生之路可用两个动词来概括，一是to be（活着），二是to have（拥有）。有人殚精竭虑，追求拥有，千方百计去拥有身外之物，没有时，他痛苦，看到他人有时，他嫉妒，甚至费尽心机去夺取，去占有，有了还想要，他摆脱不了物欲就摆脱不了痛苦，还给他人造成痛苦；也有的人一生只为做人，他宁静致远，默默无闻留下铿锵文字，至理名言，墨写的文字超越了时空与日月同在。林老师翻译的《橡皮》《肮脏的手》《弗兰德公路》等十几部作品在法国文学界独树一帜，为中国读者打开了一个敞亮的窗口。

林老师人走了，无言地走了，一生辛劳、一生淡泊的她，以她的学识、她的文字、她的风范，启迪着后人去发现人生、领悟人生。

**附二：**

## 她就像一位慈祥的老奶奶

⊙漓江出版社　金龙格

蛇年春节刚过，我从安徽老家返回桂林，就听到复旦大学教授陈良明先生的电话留言："告诉你一个不幸的消息，林老师去世了……"我感到震惊，春节前还给她打过电话，电话中她中气很足，给人感觉她身体很好。后来我从陈良明老师处得到证实，林老师因为煤气中毒，永远地离开了我们，知道她的人无不感到惋惜。

大学四年里，我对林秀清老师的印象并不是很深，只觉得她有几分神秘，因为常常是法国大作家罗伯·格里耶这样的文学大家在复旦做报告时，才能见到她也坐在主席台上，负责给大家讲解，还有她的经历，她很年轻的时候就考到国外留学，她的独身，都给她披上了一层神秘的色彩。林老师平时很忙，要搞科研，有大量作品要翻译，要出席各种法国文学学术报告会，还要带研究生，所以到了大学四年级时，她才给我们上过几节法国当代文学课。有一次上课时，她拿了两本法国当代作家丹尼尔·布朗热的短篇小说集要我们全班同学翻译，从那时起我开始对文学翻译有了浓厚的兴趣。毕业前，林老师又把我推荐到漓江出版社工作，使我成为我们法语班上唯一一个"搞法国文学"的人。

走上工作岗位后，我与林老师的联系更密切了一些，一是要约她译稿，再就是自己翻译过程中遇到什么困难总要向她求教。林老师学术态度严谨，学术水平高深，在法国文学界是有目共睹的。漓江出版社出的那套"获诺贝尔文学奖作家丛书"中，收了1985年获奖的法国新小说派作家克洛德·西蒙的《弗兰德公路》和《农事诗》[①]，对这两部作品，一般的法国读者阅读起来都相当费劲，把它们翻译成中文更不是轻而易举之事，而林老师出色地完成了。此后，她还陆续为漓江社翻译了《一生》《莫泊桑评传》《克莱芙王妃》《黑夜号轮船》等作品，为法国文学的译介做出了很大贡献。

林老师在法国文学界享有很高的声誉和威望，但她给人的感觉并不是高

---

① "诺丛"《弗兰德公路·农事诗》，〔法〕克洛德·西蒙著，林秀清译，484000字，1992年5月初版，首印数字无记录。此前《弗兰德公路》曾在"诺丛"第三辑出版，205000字，1987年3月首印44850册。

高在上、难以接近，而是和蔼可亲，平易近人，没有一点架子，有问题向她求教，她总是热情地帮忙解决，对人也非常关心。记得当年华东地区发生百年不遇的大水，她知道我老家是安徽的，便关切地来信询问我老家是否受灾。当我的儿子金天出世后，她也不忘写信来祝贺，平时写信也总要嘘寒问暖一番，她给我的感觉是一位慈祥的老奶奶。

佛家讲一个缘字，1995年我和林老师同获法国文化部文学翻译奖励金，同在巴黎度过一段美妙的时光，这也应该是一种缘分吧。林老师像一个老巴黎人，带我参观巴黎的名胜古迹，用她丰富的知识为我讲解，还带我走访了许多法国出版社，向我推荐了许多值得翻译的作品，这些情景至今仍历历在目。我庆幸自己遇上了一位好老师，她的言传身教，她的仁慈与宽厚，她的关怀与鼓励，让我终身受用不尽。

林老师走了，她的音容笑貌永远留在我的心中。

# 郑永慧
# （2封）

## 填补加拿大法语文学译介的空白

刘硕良同志：

二月十八日大函收到，惠赠图书亦已得收，谢谢。

三本加拿大小说由于来约稿的出版社不少，我不便拒绝，只好每本给一个出版社。我保留给你们的是《爱斯基摩人》①，这本书情节动人，出版后被译成十多国文字，作者获得加拿大最高文学奖，字数也不多，只有十六万左右，我约在今年六月底就可交稿。其余两本以后再谈吧，《爱斯基摩人》则请你们列入出版计划。

这本书有许多黑白版画插图，全部画的是爱斯基摩人的生活，图甚精美，希望你们选择其中一部分制版，以提高读者兴趣。

随函附上拙译《笑面人》两册，此书最近已再版，特奉赠请方家指教。

祝撰安！

郑永慧

1983年3月7日

※ 郑永慧（1918—2012），教授，翻译家，外国文学研究专家。原名郑永泰，祖籍广东香山（今中山），生于越南海防。1942年毕业于上海震旦大学法学院法律系。历任震旦大学法学院法律系助教，震旦女子文理学院讲师，《震旦法律经济杂志》主编，上海新业广告图书公司《健康家庭》主编，北京国际关系学院教授、法语硕士研究生导师。中国法国文学研究会理事。1987年获法国文化部翻译助学金，并应邀赴法，1998年获鲁迅文学奖翻译奖。一生翻译雨果、巴尔扎克、福楼拜、梅里美、大仲马、左拉、纪德、乔治·桑、莫泊桑以及萨特、罗伯·葛里耶、亚马多、伊夫·泰里奥等人作品，共40余部，600多万字。

①《爱斯基摩人》，〔加拿大〕伊夫·泰利奥著，郑永慧译，220000字，1986年2月第一版，首印5400册。

# 选出版社有三点考虑

硕良同志：

六月九日函收悉。

《爱》原书同另外两本加拿大法语文学著作，是加拿大魁北克省对外关系部女部长亲手送给新华社驻加记者顾耀铭，托他带回中国，找人译成汉语的。加拿大法语文学在中国是一个空白，对方急于填补这个空白，所以知道由我担任这个任务以后，一再催我快点译好出版。我于是将手中翻译任务放下，抽出时间来译这本书。至于出版单位，我有三点考虑：1. 中央出版社出版周期过长，我找一个地方出版社，可能早点见书，可以满足对方要求；2. 如能通过这一段姻缘，使广西壮族自治区同魁北克省结成友好省份，也是一件大好事；3. 您是一位富有经验的老编辑，有眼光，有决断，有职有权，同一般年轻编辑不一样，我信任您。所以我选择了你们的出版社，虽然加方很希望在中央一级出版社出版。你们去冬未将该书列入 1984 年度选题计划，我深感遗憾。我这个人向来说话算数，我相信一封信就等于“文化大革命”前的一个约稿合同，所以我自己信守诺言，也希望别人信守诺言。现在别无他法，只好追加选题，但我希望能尽可能快点见书，以满足对方要求，也表示我们中国人的办事效率。最好今年年底或明年春间能出书。平时我出版译著向来不催，这本书情况有点特殊，所以我催了，希鉴谅。

至于精装本，我要求不高，只要有二三十本，让我赠送加方有关方面，我就心满意足了。这次《外国文艺》登载了一部分，我已送给蒙特利尔大学东亚中心，他们收到时很高兴，向我表示感谢。

书名即照尊意，仍用《爱斯基摩人》，原文有“因纽特人”及“爱斯基摩人”两种叫法，仍按原文。

谨致

敬礼！

郑永慧

1984 年 6 月 15 日

# 黄建华

## 《熔炼》校后絮言

硕良兄：

你好！

久不通音问，近况可好？承蒙委托的校阅工作，终算完毕，现把译稿寄上，请查收订正。原书及有关参考资料，由扳盛同志另寄。

校阅过程中，我和扳盛同志曾多次相会，稿中个别改动太多的地方已由他重新誊正，因此就此发稿估计也不会影响排字的。

《熔炼》的原文有相当的难度，我曾和本院的法籍专家讨论，据他的意见，中等文化程度的法国人也不易弄懂，中国读者会遇到一些困难，那是很自然的。就我目前所见，国内一些谈及此书的文章也有不少误解之处。我的校阅对于订正误译的地方，自认为已经做到，但行文方面只能顺着原译者的文笔润色，我想我之所以这样做，你是会理解的。扳盛已经出过好几种译书，应当说，译文有相当的根底，他敢于啃下这部高难度的著作，精神是难能可贵的。我认为《熔炼》的译稿，虽不能说尽善尽美，但与当前出版的一些译著还是可以相比的。因此希望能早日安排出书，以免万一"撞车"，影响销路。

新的一年，改革之风盛吹。不知贵社有何革新的步骤？上海

※ 黄建华（1936— ），教授，翻译家，辞书专家。广东广州人。毕业于中山大学法语系，师从梁宗岱，研习法语语言文学，曾赴巴黎联合国教科文组织任高级译审。广东外语学院及广东外语外贸大学系主任、副校长、校长，上海《辞书研究》特约撰稿人。主编《汉法大辞典》。主译世界学术名著《自然法典》等4种以及文学、社科名著多种。为《熔炼》《阿道尔夫》等书校阅译稿并撰序。

与你告别[1]后，回到院内我又成了“大忙人”。上学期我从副职提升为正职，现在成了一系之首了。目前我系有法、西（班牙）、俄、德四个专业，教职工有过百之众，其中是有一些尚未扬名的“能人”的。吾兄在奔走京沪之余，何不也来穗一游?

不多写，希望有一天你能光临敝舍。

敬候

编安!

黄建华

1983年3月19日

P.S. 接到稿件后，希望来信告知。

---

① 记不清是哪一年冷天了，大约在1982年，和黄建华先生偶遇于上海国际酒店，两人相处一室，畅谈尽兴，以后就总记着要多依靠这位素以严谨著称的辞书专家兼翻译家、教育家。他应约为漓江校阅了《熔炼》《阿道尔夫》，并为后者撰写了译本序：《心理分析小说的奇葩》。此书贡斯当著，黄天源译，冰心题签，1985年2月初版，首印86000册。

# 刘扳盛
# （2 封）

## 尤瑟娜尔[①]正引起国内注意

老刘：

星期日把最后一部分稿子送给黄老师。把几个有疑问的地方也同时解决了，他说再从头到尾检查一遍，十天八日之内就可以把稿子寄出。

近两年来，尤瑟娜尔已引起国内文学界注意，一些重要期刊陆续有所介绍，就我本人手头搜集的资料，计有:《外国文艺》（1981.6）三个短篇，《外国文学报道》（1982.2）三个短篇、一篇介绍，《文艺报》（1982.12）一篇介绍。另去年的《花城译作》也译介过一个短篇。现将这些资料一并给您寄去，供编辑时参考。目前国内历史小说的创作方兴未艾，势头很猛，推出尤瑟娜尔这部历时五十年的力作，大概也是有益的吧。现稿子基本符合“齐、清、定”要求，近期内是否有空发稿？我在湖南的那部《凡尔纳传》原计划二月份出书，但听说印刷数只有七千，属短版书，自然要让路，何时能见书，至今还是个未知数。在黑龙江有一部《法国文学名家》发排已近十个月，至今也还没有消息，你们那里周期会不会短些？

注意劳逸结合，保重身体。

---

※ 刘扳盛（1944— ），翻译家，知识产权专家。广东广州人。1964 年考入中山大学外文系法语专业，曾在部队从事翻译与教学。后转业到地方出版部门，历任广东人民出版社编辑、副总编辑，广东省新闻出版局版权管理处处长，省版权局专职副局长。译著有《漫漫长夜》《孤岛历险记》《熔炼》《起义者》《凡尔纳传》及论著《凡尔纳》、编著《法国文学名家》等。

① 又译尤瑟纳尔。

此致

编安

刘扳盛

1983年3月16日

## 《熔炼》[①]何时发稿?

老刘:

寄来的招贴已收到，遵嘱已张贴了几张。剩下几张，待有机会再去完成!

我的确非常钦佩您的魄力，一个人同时搞几套大型丛书，而且都很有分量，我这个编辑战线的新兵，得向您好好学习。

给艾青去信一个多月了，石沉大海，本月初我又给在北大马列室的同学代我去找他，当面办成此事，但同样未见音讯。艾青已改了地址，现在是：北京东城丰收胡同21号。您是否有办法托人找找他?

此稿估计何时能发?

顺致

编安!

刘扳盛

1983年5月20日

① 《熔炼》（"外国文学名著丛书"），〔法〕玛格丽特·尤瑟娜尔著，刘扳盛译，艾青题签。257400字，1986年6月第一版，首印16300册。

# 黄天源
# （5封）

## 意志坚强才能做出成绩

老刘：

你好！这次去桂林，正碰上你大忙，虽未能详谈，但能见上一面，也感到很高兴。

看到你精神状态这样好，说真的，真有点出乎我意料呢，当然也使我感到宽慰。这说明你的意志十分坚强。也许正是凭着这种意志，你才能取得今日的成绩。要是我，早就垂头丧气了。

回来后，由于我没有时间参加译协会议，故没有碰到唐小平。电话里不好讲。我一直忙得焦头烂额，上午上课，下午处理系里各种杂事，不是我找人，就是人找我（高考录取）。一天下来，累得不想说话。过两天系主任出访美国，我的事就更多了，特别是要对付今年招收的4个班一百多名自费生、代培生。忙的结果是，我吃了亏。

论文只搭了个架子，没有办法静下来思考。我同时上两门课，下一段更忙。不过，我将尽力写出来。

《巴黎之梦》我已联系到两千本销量，今后或许还会多一点。另外，我希望能在年底前发征订，因为春节期间学校放了假，书店

※ 黄天源（1943—　），教授，翻译家。广西灵山人。毕业于中山大学外文系法语专业。两次享受教育部奖学金，在法国巴黎第四大学和巴黎高等翻译学院留学进修，多次陪同政府代表团访问法国和欧洲；享受国务院批准的政府特殊津贴，被评为广西优秀回国留学人员。广西民族大学法语教授、硕士生导师、学科带头人，广西翻译协会会长。出版译著11种，所译罗兰·巴特《符号学原理》被认为同书译本中的上佳译本，被学界广泛引用。其他著译有《巴黎之梦》《阿道尔夫》等，并有翻译研究论文多篇在外语类核心刊物发表。

的人又忙着准备过年，恐怕订数更受影响。

匆此，谢谢黄医生的礼物。

祝

秋安

天源

1988.9.1

## 时机成熟时出去看一看

老刘：

你好！这次会议你辛苦了。你做了一件大好事，大家都感谢。

离桂之前，我没有来得及将郑永慧儿子郑若麟（现在《文汇报》当记者）的来信内容写给你。现在把有关内容写上。他认为，现在关键在于选送几本法方能接受的书，因为法方出版物丰富，要找到我们感兴趣的不难，而反过来则比较难。他还认为提供书目可参考“拉封”出版社的丛书分类，这样对方较易纳入其丛书。法方喜欢中国较有影响的小说，另外，有精美插图的也可以，他们很重视画文结合的图书。

“拉封”的丛书分类主要有：

小说类（欢迎中国小说、戏剧等）

传奇类（如《莫扎特谋杀案》）

散文类

科幻、冒险类

名人传记（普拉蒂尼、马蒂厄等）

女作家写的女性生活丛书

实用书籍

我认为，如果你们对合作出书感兴趣，或有利可图，可以联系并尽快寄书去。如果太费力气，甚至吃力不讨好，那就算了。反正要出去，也不一定指望他们。此事由你定。

这次与白勒德会见很有必要，他对你有深刻印象，前些天接他从云南来信，要向你问候。在南宁，我正将有关材料交他们写一篇介绍文章，在《世界报》上发。万一发不了，也可在友协办的《今日中国》上发。我希望时机成熟的时候，你能出去看一看。

《巴黎之梦》[①] 这么快出清样，真是感谢之至。最近有几篇文章陆续在北京的报刊上发。这样有 2/3 左右发过了。目前我正在争取订数，我这里有学生代销几百本，另也有个体户直接与服务部联系的，湖南小管也答应帮助。

这次没有时间去看黄医生，请她原谅。

匆此。祝

编安！

天源

1988 年 10 月 30 日

## 白勒德先生将来南宁

老刘：

你好！首先祝你和黄医生新年快乐，万事如意。

《梦》书能付印，真是感谢之至。外文书店一位代销的女士想直接在南宁提货（既然书在民印厂印），不知是否可以。书的一半是在南宁销，估计问题不大吧。另有一些要销到有法语专业的大学。另外，法国朋友建议我给法国新任驻华大使及文化参赞赠书，不知尊意如何？

今年 3 月中旬，白勒德先生将来南宁，这次是以私人身份来的，将在南宁呆 2—3 天。不知你明年能否实现出访的计划。我想，如

①《巴黎之梦》，黄天源著，125000 字，1989 年 2 月初版，首印 3000 册。

有可能，我这次便口头与他谈，这比写信说好些。请你来信告知。顺便寄两张名片来。

由于去年我们招了一个明园饭店的代培班，所以课很多。我一个人上本科班的主课，每周 8 节，辅导、改作业、备新课，显得很忙。不过，总得挤出时间做点事才是。寒假有四周，还好能看点书。

耑此，祝

编安

天源

1989.2.14

## 十个指头中的半个指头

老刘：

在这个困难的时候，谨去函向你表示理解和支持。

详细情况我还不大清楚，只听民族社的人说并没有什么大问题。可早上与呵融[①]通了电话，她说比较复杂。由于电话不好说什么。我近日身体略有不适，未能与她晤面。“复杂”是否意味着对你有什么不公哇，要这样，那真是伤天害理了。每一个有良心的人都应该有这样的认识：如此一个错误，与你的成绩相比，那只不过是十个指头中的半个指头。你的成绩是有目共睹的，译界的名人会出来为你主持正义，我们这些受你栽培的小兵不管在谁面前都敢说公道话。

想象着你目前可能面临的情况，心里真是难过。但愿你面对风浪“胜似闲庭信步”。

① 吴呵融（1945—　），女，翻译家，版权贸易专家。湖南湘潭人。毕业于广西大学外文系英语专业。曾任广西交通学校教师，漓江出版社译文编辑室主任，广西新闻出版局及广西出版总社对外处处长，广西万达版权代理公司总经理，广西译协副会长。编校图书刊物多种。译作有长篇小说《偷宝石的猫》，短篇小说《势利小人》《鸡蛋》《纳杨佐的老爷》等。

祝

顺利

天源

1989年8月29日

## 邀请对介绍法国文学做出贡献者

老刘：

您好！昨天，我收到了白勒德先生寄来的一份法国剪报，上有一篇报道他们协会活动的文章，文章说：出版社的负责人十分重视翻译出版法国当代最优秀的文学作品。“希望不久的将来在戛纳接待他们的来访，向他们致意。”从这句话可以知道这样的信息：他们刚建立的独立的法中友好协会“法中协会”已经站稳脚跟，有能力接待你们了。白先生今年6月来南宁，我想到时将可落实出访时间，写好邀请信。在收到此剪报前，我给呵融打了电话，她谈及在桂林见到您时，您对此次出访的担心，怕名额被别人占去。我想要说清楚的是，此次是邀请一位对介绍法国文学做出贡献的人，而不是邀请别的什么编民间故事的人。如果不邀请你，那么这次访问对法国人毫无意义，他们会马上收回邀请的，他们不愿被愚弄。因此，他们的邀请书上将明白无误地写上“对介绍法国文学做出贡献”的字样。另外，我作为一个联络员，一个译者和作者，将对这次邀请的前因后果出书面（打印）的说明。当然，这个说明如何写，我会与呵融商量的。

你们在法可以待两周，一周在南方蓝色海岸（戛纳、尼斯、摩纳哥），在巴黎待一周，由我的常驻巴黎的学生接待，我已和他说好，你们将不用带什么钱或只花很少的钱。

对于这样的机会，不应轻易失去。

祝

近安

天源

1991年4月14日

写完信时，又收到了白先生的信。他说他们正在考虑你们访法的事，但未说到具体日期。他今年的安排大致是5月底6月初来南宁。10月底陪一个代表团访华。因此，如今年能赶得上，只有9—10月份了。如今年赶不上，只能推到明年春节。

信写完了又想起了译事。你约我译柏格森，这本是很好的，可是书找不到，我就泄气了，细想之下，不译也好，哲学的东西，需要重头功，何必费这个心！所以，我决定急流勇退。今后有合适的文学作品再说吧。我一直在钻研翻译理论，有不少想法，很想写下来，现已写了几篇，如继续写下去，凑个十来万字也是好事一桩。我也很想找一本文学作品实践一下，来个所谓理论与实践相结合。这对自己更合适，更有好处。法国作品已被人掌握，我绝无去打扰他们的非分之想，我知道“民族”这顶帽子会吓坏人的，如我有“外院”的牌号也许会好一点。每个人对另个人都可以有自己看法，我们不能干涉。我可以走我自己的路，只要好好干，还是有出路的。我在《外国文艺》发的作品，收进王道乾[①]编的一本书中去就是好例子。所以我是不灰心的。今后等你们社的情况再好一点，我再选一点别的国家的作品译，比如加拿大女作家安·埃贝尔的《卡穆拉斯卡》就不错（见《中国大百科全书·外国文学卷》P38），我自己也有书，还是从自己的藏书中找为好。或者是选译我藏的其他古典作家作品。

《戴高乐的女间谍》能找到的希望也不大。

① 王道乾（1921—1993），作家，翻译家。时任上海社科院文学研究所所长。

# 袁树仁
# （3 封）

## 对两位存在主义大师有何看法

刘硕良同志：

春节到了，让我首先向你致以节日的问候和良好的祝愿。

我赴法前匆匆致你一信，想已收到。十二月十五日回国后，经过短暂休息，我即继续赶译莫洛瓦文论，现已译好普鲁斯特（Prout）、莫里亚克（Mauriac）、马尔罗（Malraux）、圣·埃克苏佩里（Saint-Exupéry）及罗曼·曼兰（R.Rolland）五篇，约十万字。按照原来的计划，还有杜伽尔（Roger Martin du Gaid，《蒂博一家》的作者）、西蒙娜·德·波伏娃（Simone de Beauosiz）及萨特。杜伽尔当然不成问题。我要问你的是，关于后两位存在主义的大师，你们现在有何想法？在清理精神污染的斗争中，这两位似乎首当其冲。如果你们有什么想法，赶快写信来告诉我。不译这两篇的话，还可用别的代替，例如安德烈·纪德（Andre Gide）和克特多（Coteau），也是不错的。

欠了你的债，我心中总是不安。望速复。如顺利，估计二月底或三月初就可以将稿子寄给你了。

在法国的一段生活，非常丰富多彩，如果以后有见面的机会，当细细讲给你听，我想你会感兴趣的。——在我的印象中，你是一

※ 袁树仁（1938—　），女，教授，翻译家。内蒙古人。1963 年毕业于北京大学西方语言文学系法语专业。历任对外文委翻译、科员，北京第二外语学院西欧语系教师，北京语言学院外语系讲师、副教授、教授及教研室主任、系主任。全国外国文学研究会理事，国际普鲁斯特学会常务理事。译有名著《拉摩的侄儿》《卡斯特罗修道院女院长》《漂亮朋友》《在少女们身旁》《苍蝇》《绿色教会》，以及学术、文论《从普鲁斯特到萨特》《家庭史》等。

个精神视野相当广阔的人。敬祝
春安

袁树仁
1984年1月30日

## 名著有多种译本有利于比较和鉴别

刘硕良同志：

二月十六日来信及两包赠书均已收到，十分感谢。莫洛亚已译好十四万字。开学以后各种杂事相扰，进展缓慢。不过我想上半年总可以搞完的。

前几年我译巴尔扎克的《十三人故事》最近在人民文学出版社出版了，寄上一本，请您批评指正。记得在无锡时我曾与你谈过这部稿子，你那时说，拿到漓江去，当年可以见书。可是那时稿子已经进了"人文"，我不好意思那样做。于是又等了两年。终于出来了，我还是很高兴的。如果一切顺利，1982年底到1983年初我给"人文"译的另一本巴尔扎克的书，今年内可能出版，到那时再请您指正。

郑克鲁同志在"漓江"出的《家族复仇》集子中，有一篇叫作《费拉尼斯》的，便是《十三人故事》中的一篇。"人文"保持了原作的完整，将三篇故事一一译出。我觉得这种做法是可取的。《蒂博一家》在郑之前已有人译出，译者是1957年从北大西语系毕业的一位女同志，我认识，稿子在上海"译文"，他们请了一位老先生帮助修改。因为是名著，他很精雕细刻，没想到，你们那里快，先出了。据说"译文"社仍要出版这本书。我觉得名著有多种译本并不坏，有利于比较和鉴别。

祝
春安

袁树仁
1984年3月22日

## 《从普鲁斯特到萨特》①

刘硕良同志：

给你寄去的《十三人故事》想早已收到，希望听到你的批评意见。

莫洛亚文论集终于译完了，去年开始，今年结束，好艰巨啊！这中间夹进了许许多多的工作，几次中断。现在终于点上了最后一个句点，我感到一阵轻松。

关于这个集子，有以下几点要加以说明：

一、关于书名，是用文学评论集，还是用文学评论选，还是用别的什么，请你决定。这几篇东西，是从莫氏 1965 年出版的两本书《从普鲁斯特到加缪》和《从纪德到萨特》中选译的。原来的两本是上下构成一套，每本谈十个作家，一共谈二十位作家。我从中选择了八位：普鲁斯特、莫里亚克、圣埃克苏佩里、纪德、罗曼·罗兰、杜伽尔、波伏娃、萨特，前三位是在原书上册之中，后五位是在下册中，上述顺序（也是稿件中的顺序）是按照原书中的次序，没有变动。出书时是按这个顺序，还是另有什么排法，由你决定。

二、我建议这里加上马尔罗，译稿已收入你社出版柳鸣九他们编的《马尔罗研究》中。如果你同意，照原样加进本书就可以了。因为那篇马尔罗本来就是这套书的一部分（顺序是在上册，圣埃克苏佩里之后），写得也比较精彩，我想收入较合适。这不算重复，因为两本书是不同的编法，一以马尔罗为中心，一以莫洛亚为中心。我提这个建议，主要是为了这本书比较完整，从凡是中国读者较熟悉的作家均收入来考虑，至于马尔罗一篇的稿费算法，自然是照你

---

①《从普鲁斯特到萨特》，〔法〕安德烈·莫洛亚著，袁树仁译，199000 字，1987 年 8 月第一版，首印 5500 册。

们的一般规定来办。

三、关于注释，这本书译的时间拖得长，注释中前后安排可能有不合适的地方，可能会出现一个人名第一次出现时未注，后来出现时才注的情况，请你看稿时帮我纠正。也有同一人名前后译音不相同的地方（较少，大概有一两处），请你看到统一一下（我记得较清楚的是有一处 Charles Hasse 译为“夏尔·哈斯”，另一处则译为“查理·哈斯”，但是我找了很久没有找到。Charles 从前一般均译为“查理”，近年来也有译为“夏尔”的，如 Charles de Gaulle 译为“夏尔·戴高乐”，而不是“查理·戴高乐”，其实法文是一个字，译成中文统一就行了）。

四、其他待修改处，如系文字方面的，由你做主，如系意思不清的，你提出来，我再查对原文，一一订正。你只要指出哪位作家名下哪一段哪一句或哪几句就可以了，我这里原稿上对相应的原文的页数均有记载，很容易找到。

又，《马尔罗研究》书出来了吗？

敬祝

夏安！

袁树仁

1984 年 7 月 16 日晚

# 徐知免

## 大方、优美，像是一本书

硕良同志：

你好！1月10日才发出一信，可能你还未收到。今天（1月14日）即收到出版社寄来的《凡尔纳传》[①] 四本，谢谢！这本书仍然像漓江出的其他文学书籍一样，保持了大方、优美的风格。封面纸也很好。说明很严肃，内行，像是一本“书”。此书内容，我作为原稿的读者，也（觉得）很淹博，选材良佳，所以，初版只印一万九千九，大概很快就会销光了的（中青出的《凡尔纳选集》，以前印二十几万册，现在当然因为各种书多，但也得印五六万册）。有几点我看到了，想提出来，使之在再印时更趋完美，你看怎样？

1. 内容，我编译的放在最后的《凡尔纳生平及著作年谱》中有几处与前面正文译名不同（由于两者没有对照统一一下），我初步看到的有：

P.294 倒第十行：《大法官》改为《大臣号》；

P.295 第二行：《大法官》改为《大臣号》；

P.296 第十行：《让加达》改为《大木筏》；

---

※ 徐知免（1921—2015），教授，翻译家。原名徐幸生，字知勉。江苏如皋人。1941—1945年就读于昆明中法大学法国文学系。毕业后从事过新闻、编辑工作，后长期从事法语教学与法国文学研究和翻译。南京大学外国语学院法国语言文学教授。1980年后在南京大学外国文学研究所指导硕士研究生，兼作《当代外国文学》编辑工作、“法国20世纪文学丛书”编委，全国法国文学研究会理事。

① 《凡尔纳传》，〔英〕彼得·科斯特洛著，徐中元、王健、叶国泉译，吴呵融校，徐知免序。1982年11月初版，首印20000册，1988年2月第3次印刷，累计31900册。

P.296 第十三行:《让加达》改为《大木筏》;

P.299 第一行:《飞行岛》改为《机器岛》;

P.299 第十行:《飞行岛》改为《机器岛》;

P.299 第十三行:《飞行岛》改为《机器岛》;

P.299 脚注：①的外文字应为（Edmondo de Amicis···），其第 2 行末尾“我国有夏丐尊译”，“丐”字排错了，应为“丏”（音勉）。我现在看到的就这几处，是不是在纸型上挖改一下就可以了。

2. 形式，我已经说过装帧印刷都好，如欲吹毛求疵，就是①改为穿线装更好，只是要增加成本；穿线装也许会使书脊上平整好看。②封面上凡尔纳的像略往上抬一点，下方可以空大一些；但这也许不易做到，因像较大。

我还要感谢徐中元等同志，出版社和你对我的宠遇，实际上我对此书做的事太少了，不过，我很喜欢这本译作，喜欢看到这样的书出版。

祝

新年愉快

徐知免

1983 年 1 月 15 日

# 冯汉津
# （2 封）

## 在教务杂务中抢做译事

刘硕良同志：

十一月初收到您赐赠的新书三册，早经收到，谢谢！近因有一些事，至今才奉复，请原谅！

《雨果创作评论集》和《普希金创作评论集》征订单已分别送至有关单位，他们早已去书店订书了，勿念。

我和另一同志合译的《情感教育》，我身边早已没有存书（我买了六十本），我即去人民文学出版社函购，如寄来的话，定寄赠一本给您，请您指教。如已售罄，也无妨，因该书早已决定再版，我一定可以购到的。

我这两个月，写了一篇准备去合肥参加浪漫主义讨论会的论文，一篇给陕西“外国文学鉴赏文库”的论文，两篇为江苏人民出版社拟于明年出版的《外国现代派小说评介》一书写的论文（《“新小说”和“超现实主义”》），并附七万字的译文（其中一部布勒东的名著《娜嘉》）。这就是新近的一些情况，不耻向您献丑。今后一两年的事情也已排满，主要是为译文出版社完成约译的《印第安娜》（已有四川出版的罗玉君译本《印典娜》），为人民文学出版社译拉马丁代表诗作《沉思集》，为中国社会科学出版社三套丛书委员会选译一本《存在主义文学评论集》，还有我们和北大合译的《法国

※ 冯汉津（1935—1987），学者，翻译家。原名冯日德、冯汉全。浙江义乌人。1957年毕业于南京大学外语系。历任南京大学教师、外文所研究人员。全国法国文学研究会副会长。著有专著《法语介词》，译著《情感教育》《鲍狄埃诗选》《多瑙河领航员》等。专著《乔治·桑》《评萨特的存在主义文学》分获1984年辽宁省出版系统优秀图书奖、1985年江苏省社科著作成果奖。

文学史》(我室译下卷，约七十万字，我需参加校阅工作)。如果时间抓不紧，这些事是无法在两年内完成的，我真担心会破产。

上次在锡因有一些跑腿事务，未能移樽就教，十分愧恧。不知您是否准备参加合肥的浪漫主义讨论会(时间未定，该会原定在淮北煤炭师院开的，后改在合肥)，如参加我们可以在合肥再次晤面。

拉杂奉告，就此搁笔。

即颂

撰安!

冯汉津

1982 年 11 月 19 日

## 想译萨特三部曲

刘先生:

烟台分手后，未通音问，歉甚!

您多次寄来书刊，十分感谢。不过我无功而受禄，也颇觉愧恧。这次贵社编的《斜雨》丛刊和稿酬均收到，勿念。

厦门会议已经结束。以前曾听黄天源同志说起，你因曾去厦门，不想再参加这次合肥会议了，故后来未再向您发通知。此次出席会议的有八十多人，收到四十多篇论文。我们拟编选一个集子出版，正在联系中。

上次黄天源同志带口信说，您想嘱我翻译一本诺贝尔奖金获得者的小说。我经初步考虑，想译萨特(1964 年诺贝尔奖金获得者)的三部曲《自由之路》。该三部曲分别名为《懂事的年龄》《延缓》《心如死灰》，共计有一百多万字。如果贵社同意出版该书，我想在 1986 年开始译，因目前手头还有一些事未了。但如贵社不便考虑此事，也没关系，请来信告知便是了。

余寄后述。耑此候安

冯汉津

1984 年 12 月 16 日

## 陈宗宝

### 付出一分辛劳，多少会有点收获

刘硕良先生：

4月南京再次见面后，谅你贵体康安，一切顺利吧。

我想你一直很关心《巴黎圣母院》一书翻译的进展情况，现去信向你简单汇报一下。从4月底以来，可以说我集中主要精力在翻译这部巨著。由于前面已有译本，也由于这部巨著历史性特别强，这给我的翻译增加了不少困难，或者说得确切些，增加了不少的压力。不过，付出了一分辛劳，多少会有一点收获。三个多月下来，已译出了五分之二多一点，有关建筑艺术最艰巨的部分已译完了，已转入了小说故事部分了。同时，我搜集了此书的几种版本，本世纪初的一种版本有许多精美的插图，将来可以挑选一些作为译本的插画。遗憾的是我即将赴加拿大进行学术访问，《巴黎圣母院》的翻译不得不暂时中断，只好等11月回来后再重操译笔了。请你放心，我会尽量争取如期完成的。

另外，关于《太平洋——堤岸》的译稿，5月份已寄给莫雅平同志，不知是否已付梓？此事请你关照一下为盼。

我8月31日离宁赴京，9月4日动身去温哥华。但愿加拿大回来后，能再次在石头城同你会面，到时再比较详细地向你汇报翻译的情况。

即颂

夏安

宗宝

1992年8月18日

※ 陈宗宝（1932—　），教授，翻译家。福建人。南京大学外国语学院法语系教授，博士生导师。译有《巴黎圣母院》等名著。

# 许 钧
# （3 封）

## 《名士风流》不愧是大手笔

刘硕良先生：

您好！

春节前给您的去信想必已经收到。我们青年译协最近开展了一些工作，如举办学术讲座，筹备文化沙龙，承接外国文化考察团的接待与交流工作等，还需要您多给予指导。

前一段时间我全力以赴翻译西蒙娜·德·波伏娃的《名士风流》一书，上下两部，共 61 万字，现已全部脱稿，由专人带去北京交给柳鸣九先生。这部书写得十分感人，不愧是大手笔。有的章节苏叶读了，她称之为“不多见的上乘之作”，我已写了一个供以后征订用的作品简介，也已寄给柳鸣九先生。但愿我的翻译能使您满意。最近从法国弄到一部书，是雨果母亲的传记，名为《索菲传奇》，读后觉得很好，不知你们是否需要这方面的选题。另外，还有一套惊险小说，内容较新，可读性极强，我去年给群众出版社介绍了其中一部（一朋友译的），一征订就是十万册。如果你们感兴趣，我可组织搞一两部或成系列（原著就是系列丛书：SOA）。

※ 许钧（1954— ），教授，翻译家。浙江龙游人，毕业于解放军南京外语学院法语系，博士，教育部长江学者特聘教授，1991 年起在南大任教，2010 年受聘为浙江大学文科资深教授、外国语言文化与国际交流学院教授、博士生导师。北京大学欧美文学中心兼职教授，国务院学位委员会第六届、第七届外国文学学科评议组召集人，全国翻译硕士专业学位教育指导委员会副主任，中国翻译协会常务副会长，并担任 META、BABEL、《外语教学与研究》《中国翻译》《外国语》《外国文学》等国内外十余种学术刊物编委。译著有《名士风流》、《追忆逝水年华》（合作）等。

今年五月在西安召开“全国首届青年翻译理论研讨会暨翻译出版交流会”，不知您是否有兴趣参加。我们有一批朋友将在西安相聚，希望能见到您，把他们介绍给您。

南京有事需办，请尽管来信！

敬颂

春安！

许钧

1989 年 2 月 26 日

## 两部名著重译

刘硕良先生：

您好！

来信收悉。陈先生的稿子[①]已经完稿，将在近月给您寄去。我同时写信给陈宗宝先生，让他写一译后记，写好后给您直接寄去。这部书稿会让您满意的，为了抢时间，找人用计算机排印，花了不少精力，我们还有软盘，如需要，可将软盘寄去，编辑就可直接编发打印了。但希望你们考虑另付部分输入编辑费。这一点望明示。

刘锋译稿[②]质量不错，他已译近十万字，估计会提前交稿，我几乎天天在催他。

敬颂

大安

许钧

1994.3.7

---

① 陈宗宝译《巴黎圣母院》，湖南文艺出版社出版。

② 刘锋译《傲慢与偏见》，湖南文艺出版社出版。

# 回眸20世纪文学翻译与出版

刘硕良先生：

您好！

二十世纪过去了，在这个世纪中，文学翻译起着重要作用，对二十世纪外国文学翻译与出版的情况，作一梳理与回顾，我想是有意义的。这里奉上我撰写的一篇文章，是说二十世纪法国文学在中国的翻译与出版情况。算是开个头，若有同行对二十世纪美国文学、英国文学、日本文学、德国文学等翻译情况也作一梳理，将是非常有益的。

您刊[①]近期注重于出版理论研究，这是特色。但愿我的这篇文章属于您刊关注的范围。

请在百忙中告知拙文的处理结果。

敬颂

春安！

许钧

2000年5月14日

---

① 指《出版广角》。许钧所作《20世纪法国文学的翻译与出版》（上、下），分刊《出版广角》2000年第9、10期。

# 周克希

## 《王家大道》要再买 32 本

刘硕良同志：

您好！

挂号寄下的《王家大道》[①]18 本已于昨日收到。谢谢。我想烦请贵社再另寄 32 本此书给我，不知是否方便。

寄费如能从稿费中一并扣除最好，若已不能这么办，则烦请来信示知，我当另行汇款寄上。

常听得谈起您的大名，真可谓心仪已久，只是谋面缘悭，但愿以后能有机会当面请教。

于此即颂

编安！

周克希

1987 年 4 月 14 日

※ 周克希（1942—　），教授，翻译家。华东师范大学外语系法语专业教授，博士生导师。译作有《追忆似水年华》《王家大道》等。

①《王家大道》（"法国 20 世纪文学丛书"），〔法〕安德烈·马尔罗著，周克希译。126000 字，1987 年 11 月初版，首印 9500 册。

# 陈瑜清

## 沈雁冰表哥看重的一个中篇

刘硕良同志：

浙江大学宋兆霖同志介绍我同您通信。贵社去年八月出版的《世界中篇名作选》第二集①，承收入拙译巴尔扎克《假面具下的爱情》，不胜感激！诸候是我的笔名。此篇原题 *l' Amour Masqué*，最初译为“伪装的爱情”，抗日战争时期，在上海《西洋文学》上连载，后在重庆由舍亲沈雁冰表哥介绍在自强出版社出单印本。1956 年，上海春明出版社要再版时，我根据一个英文译本 *Love in a Mask* 修改一下，连书名也就改为《假面具中的爱情》。粉碎“四人帮”后，表哥又来信嘱我译巴尔扎克的小说，我已译了个中篇《大名鼎鼎高迪萨》，将在《江南》发表。另外我又写了一篇《巴尔扎克的一生》（约两万字），拟出一集子，未知贵社能出版否？将来我还准备译巴尔扎克的长篇《婚姻生理学》（约三十万字）。

承请宋兆霖同志转下稿酬叁百壹拾肆元及样本两册，均早收到，谢谢。

《世界中篇名作选》第二集，杭州、上海都缺货，向我要的亲友又不少，未知贵社能给我斡旋拾本否？如蒙俯允，当寄上书款不误。耑候复示。此致敬礼！

陈瑜清　上

1983 年 7 月 10 日

※ 陈瑜清（1908—1992），笔名诸候，翻译家，浙江桐乡乌镇人。浙江图书馆研究员，中国作家协会浙江分会会员。出版有《假面具中的爱情：陈瑜清文存》《茅盾致陈瑜清书信》。

①《世界中篇名作选》第二集，白夫选编，1982 年 2 月第一版，1992 年 7 月第 5 次印刷，累计 168300 册。

# 管筱明

## 圣－琼·佩斯吸引了我

刘老师：

您好！惠寄的书和《青年外国文学》已先后收到，谢谢！《青年外国文学》印制精美，内容充实，我十分喜爱。

关于《国际诗坛》的事情，从南京返长后，我即把您的意见向社领导和唐老师做了汇报，并和唐老师一起，两次去了彭先生家，希望他与您或编辑室里的同志谈谈，交换意见，打消误会，继续合作。我们表示此事关系到我们两个社之间的关系，应该慎重。他目前仍在考虑，也未来我社商谈，合同也未订（原先跟局里说今年一季度要出一辑）。

我一直在寻找材料，想为《青年外国文学》效绵薄之力。目前已找到贝凯特（1969年诺贝尔奖得主）的两个短篇，写法甚新颖，就是对通俗层的读者吸引力不大。我想在最近抽时间试译一篇寄上，能用则用，不用也无妨。

承蒙您信任，在南京时约我为“获诺贝尔文学奖作家丛书”译点东西。我回来后找到了瑞典科学院给米斯特拉尔（1904）和梅特林克（1911）的颁奖词，和圣－琼·佩斯（1960）的全部作品。前

※管筱明（1953—　），文学翻译，编审。原籍江苏常熟。1968年上山下乡。1972年回城，在工厂任宣传干事。1977—1980年在广州外语学院学习。1981—1989年在湖南人民出版社工作。1990年以后在湖南文艺出版社工作至退休。业余从事法国文学翻译，主要译作有漓江出版社《包法利夫人》《忏悔录》《美丽人生》《你好，忧愁》及收入该社“获诺贝尔文学奖作家丛书”的《蓝色恋歌——圣－琼·佩斯诗选》和犀牛丛书的《巴尔扎克情书选》等。

二位作家没有出席授奖仪式，因此，没有答谢词。后一位的颁奖词和答谢词正在托人找，估计不会落空。依我的兴趣，我很想翻译圣－琼·佩斯的[①]。因为我正在读他的作品，被深深地吸引住了，自我感觉较好，相信能较好地译出来（我也对照读了圣－琼·佩斯几篇诗的中译，发现有的译者在有些词句上处理得不够好，大损诗意）。但这须经您的同意。

早几日寄上拙编三册，估计已经到达。请您以长辈、老师、编辑家（我觉得您是当之无愧的）的身份惠予指教。

敬颂

大安！

管筱明 敬上

1988年1月27日

① "诺丛"〔法〕圣－琼·佩斯《蓝色恋歌》，管筱明译，216000字，1991年10月第一版，首印5500册。

# 胡小跃
# （5 封）

## 适合现阶段我国读者的口味

刘老师：

您好！

最近，我从法国搞到一本苏利·普吕多姆（Sully Prudhomme）的诗集。书中有一百多首诗，多系短诗。包括《考验》（含“爱情”“怀疑”“梦幻”“行动”）、《奥吉亚斯德牛圈》、《意大利速写》、《孤独》、《战争映象》几部分。

我觉得普吕多姆的诗值得介绍，他是第一个获得诺贝尔文学奖的作家，虽然称不上第一流的诗人，但他的诗既有浓烈的抒情味，又有一定的哲理性，时而幽默，时而忧郁，兼有传统诗歌和现代诗歌的特点，尤其适合我国现阶段读者的口味和欣赏习惯，起码我是陶醉其中了。

我把想法跟飞白老师谈了，他要我听听您的意见。我现在忙于准备毕业论文和翻译《法国象征派诗选》《缪塞诗选》。如需要的话，《缪塞诗选》可往后推，先译普吕多姆的诗。

祝

※ 胡小跃（1961—　），翻译家，编辑家。浙江兰溪人。广州外语学院西语系毕业后，入读杭州大学中文系研究生，师从飞白进行诗歌翻译与研究。中国作家协会会员、中国翻译家协会专家会员、海天出版社海外部主任、法语译审。2002 年获法国文艺骑士荣誉勋章，2012 年获第二届傅雷翻译出版奖。后留学加拿大蒙特利尔人文学院。参与《外国文学名著赏析词典》《世界名诗鉴赏词典》《世界诗库》等重大出版工程。重要译作有第一位诺贝尔文学奖获得者普吕多姆诗选《孤独与沉思》，加斯东·伽利玛的《半个世纪的法国出版史》，加拿大小说《街猫》。重译名著《红与黑》《娜拉》《茶花女》《巴黎的忧郁》等。

编安！

胡小跃

1987.3.28

## 飞白到旭日厂天天干到黑

刘老师：

您好！

深圳一别，不觉已两个月。您说还要再来，直至今天也不见您的人影。飞白老师九月中旬来深，在我这里住，近一个月，天天在旭日厂干到天黑回来。过几天他好像要回杭州，他两次来深圳，两次都被小偷割了包，真够倒霉的。

《孤独与沉思》(普吕多姆诗选)[①] 已经寄出，请查收。这本书拖了好久，真对不起。普吕多姆的照片和画像夹在稿件最前面，请注意保管。

上次寄您的一部侦探小说《目标——谋杀里根》，人民文学出版社准备采用，你那里就不要用了，方便的话把原稿退回给我。

最近出版情况如何？《青年外国文学》和《国际诗坛》处境如何？可能的话寄我几册，深圳很难见到。另我的单位12月20—26日有个图书音像节，不知您有否兴趣？

《鉴赏》一书的稿费收到了，谢谢！

编安！

胡小跃

1989年11月4日

① “诺丛”《孤独与沉思》，〔法〕苏利・普吕多姆著，胡小跃译。234000字。1991年3月初版，7100册；1992年4月重印，累计15400册。

## 关注萨德

刘总：

您好！

很久没有联系了，近来忙吗？扬州会议收获大吗？

前不久听说今年中国要参加国际版权组织，不知是否真的，要真的参加，我们这些人恐怕要失业了。出版社准备采取什么措施呢？

来信想与您谈一件事：今天我刚刚收到法国朋友替我订的《读书》杂志1992年第一期，内有法国评选出的1991年法国二十本畅销书，名列榜首获桂冠的是《萨德传》（莫里斯·勒韦著）。《读书》杂志对该书评价很高，说它是近年来难得的文学传记，史料翔实，文笔活泼，把一个200多年前的才子、侯爵、无赖的光辉业绩和无耻行径栩栩如生地呈现在读者面前。该书我曾读过片段，当时您在我深圳的家给您谈起过。

萨德现在在法国重新走红，法国掀起了一阵“萨德热”。七星文库出萨德文集可说是一个高潮，其他报刊也不断报道和介绍他，现在译萨德的小说也许还不是时候，但出这本传记也许是明智之举。因为萨德风迟早总会刮到中国来，如果我们通过《萨德传》了解了萨德其人，以后读他的作品就会容易得多。《萨德传》的文学价值是不用说的，可读性也极强（因为萨德的经历太复杂、太刺激），如果稍作一些宣传，我看书的畅销不会有太大问题，您意见如何？

该书由法国法雅出版社（Fayard）1991年出版，876页。由于书太贵，198法郎（合人民币200多元），邮费起码要八九十个法郎，所以您接受选题我才去法国买，否则太浪费钱。其他出版社对萨德不熟悉，也懒得跟他们去解释。

能否尽快给我一个答复?

最近来不来深圳?我 2 月 2 日回浙江过年,十天后回深圳。

祝

新年好!

胡小跃

1992 年 1 月 20 日

## 为《诗海》发运奔走

刘老师:

您好!

归途顺利吧?

《诗海》已托运走,费了不少周折。车站把书全打开检查,并怀疑是黄色书,都是些大老粗,很难向他们解释。最后给他们塞了几包烟,总算过关。

给《深圳特区报》的文章我花了几个晚上,写了二千多字,但程燕如诉了一大堆苦,说简讯都不一定发得了。因为报社养了大批记者,外来稿还得付稿费,他们不愿意。反正能发就发,不能发就算。

补上一篇资料,请标在《孤独与沉思》的附录中。稿子应该收到了吧?

您留下的事我会妥善处理的,请放心!

另请告诉《文学报》副主编的姓,您留下的信中只有他的名字,没有姓,我无法寄。

上次托运的单寄给出版署领快件了,寄上一张买邮票的发票,想必一样吧?

祝好!

胡小跃

12 月 5 日(1989)

# 从比利时文学谈到经纪人

刘总：

很久没有联系了，近来可好？法国之行顺利吗？去找 Camborsy 了吗？他前天刚来信，没有提起。不过他刚从加拿大回来。

我最近一直在忙《世界诗库》，国内的译诗名家无一漏网，全在我组稿的范围内，外语院校和出版机构的一些法文教师和编辑以及国外的一些博士生都来信要求参加译著工作，我根据情况约安排了三分之一，不敢全吸收，否则质量参差不齐，我到时候总编时不好处理。下个月我们将在广州开第二次编委会，讨论编辑进度及其出现的问题。

由于《世界诗库》含比利时诗歌，这两年我跟比利时的文化机构、文学社团混得很熟，资料也比较全。去年 10 月份起我开始准备《比利时诗选》的翻译工作，由于《诗选》规模大，拟分上下两册，我约了南京的杨松河副教授协助我。杨曾在中国驻比利时使馆搞文化工作，熟悉比利时文学，1980 年在上海译文社出了一大本《凡尔哈伦诗选》。该诗选我已在比利时有关方面大造舆论，引起了包括比利时驻华使馆在内的比利时文化机构的关注和重视。他们表示将给我提供一切可能的帮助。我趁机提出了出版赞助问题。现此事也在比利时文化部文化交流促进会备案研究。与该诗选同时申请赞助的还有郎贝西的一部诗选。郎贝西我已译了他的一组诗（明年第 1 期《当代外国文学》），还写了一篇八千字的论文，将在 1993 年第 1 期《法国研究》上发表。

我现在被比利时的国际诗歌研究中心聘为亚洲联络员，要求替他们的报刊写些文章，报道一些中国方面的信息，包括中国出版外国诗歌的情况、外国文学刊物、出版外国诗歌的出版社。我看你们的《国际诗坛》完全可以与他们进行一些交流。另外，比利时方面希望我能主持翻译一批比利时文学作品，从古至今的名著恐怕有二十来本。不知您现在还有没有魄力接。当然，我会拉些资助，尽量不让你们亏本。其实，拉这个项目的目的，不图赚钱，可能能到欧洲走一趟倒是真的。这个项目已有出版社感兴趣，但如您也有兴趣，我当然先拉过来给您。因为我们彼此比较熟悉，合作起来比较方便。有些出版商我还真信不过。

另外与我联系的还有比利时俗文学研究中心，该中心专门研究侦探小说和科幻小说，拥有一个很大的图书馆，经常举行国际性的讲座和会议。明年 3 月 10 日至 17 日有个会议，已发帖邀请我，由于经费问题尚未落实，不一定能成行。该中心现在有意让我译比利时三大侦探小说家之一的史蒂曼（另两位是西默农和雷）。这三位小说家在国际上都有声望，当时是与英国的阿加莎・克里斯蒂齐名的。史蒂曼的侦探小说可读性很强，技巧也很高，大部分已拍成电影或电视剧（约十多部）。群众出版社已表示对这位作家感兴趣，要我一本本译出来，但我似乎没有时间译。不过，为了今后交流方便，也许会译一两本。

您社明年有些什么计划？您本人还打算干几年？我建议您急流勇退，率先在国内搞一个文学经纪所。你出版界熟，译著者也熟，做经纪人是再合适不过了。国外的作家、演员都有经纪人，国内也在呼吁。我看再过几年国内也会出现文化经纪人，这对出版社和著译者也有好处。著译者不用把时间和精力花在寻求出版或乱找选题上，出版社也不用再像无头苍蝇一样乱找稿源。我一直有这个念头，但我资历和经验悟性都不够，否则我就站出来了。

祝好！

胡小跃

12 月 6 日（1992）

# 陈圣生
# （2封）

## 从长计议柏格森

刘硕良先生：

您好！

约两月前去信谅已收到？梁女士与您通电话，据说您同意去弄一合同，至今未果，我估计现在出版社都有一些困难，对于发行量无把握的书较难决定下来。我现在将有关情况告知，你们可以重新考虑怎样安排为好。

自接您口头委托后，我断断续续摸了柏格森在国内外传播情况，认为他在西方本世纪哲学和文学界都是举足轻重的人物，与罗素齐名，稳定性与不争性高于萨特，声名及实绩（哲学及文学理论著作）不逊于克罗齐、海德格尔，法国人至今还受益于他。而在文学、思想领域盛况不衰，且往往成为西方文艺思想界的“始作俑者”，因为柏格森的“创造性进化”思想确自成体系，并非简单的“生命力哲学”所能概括的。我国在二三十年代虽从英文转译几种他的著作，但一直未引起大家注意，近年我国台湾、大陆重译了一些，同样不大起眼。我认为学术界缺少一批柏格森的研究者是主要原因，所以停留于一些简单化的结论。其次是译本质量问题：柏格森文采斐然，由于译者较难在哲学与文学两方面兼顾，译本往往顾此失彼，结果两方面读者都不十分赞赏；对于从英文转译也缺乏

※ 陈圣生（1939— ），文学理论家，翻译家。福建福州人。中国社会科学院文学研究所研究员，从事中外文论及比较诗学研究。主持选编和翻译诺贝尔作家丛书柏格森卷《创造的进化论》，完成了漓江列入计划而十多年未能完成的艰巨任务。

信任。

为了突破上面两种障碍，办法最好是双管齐下：①撰写《柏格森哲（美）学》（评介），约需15万字。这一设想我已与本所理论室毛崇杰同志商讨过，他口头上确定编入中国文联另一搞美学的同志王庆璠编的美学丛书，只是出版合同目前也未定下，您可否向漓江或其他出版社探听一下有无兴趣？为能赶在柏格森文选（诺奖）前出版，可能相得益彰。②诺奖文选的翻译质量要有显著的提高：以法文原文为主，兼考英文；文字要如同原著一样晓畅易读，术语要统一并加必要解释；代表作的面要宽些，力求全面反映柏格森整体思想。

以上两项我都在零星进行，还兼顾手头一些主要研究工作，所以进度缓慢。为了保证质量，如果您认为两者均可保证在漓江等出版社出，最好将两书交稿期定在1998年上半年同时交付，这是我所乐意的；如果仍维持原议，望将合同期推迟一两个月，即六月至七月，最好是九月前付邮，因为根据法、英两版本，并校准现有中译本中不少难点，所花时间倍于据一种原著译出，而且原估的《创造进化论》和《笑》两书的字数多出十来万字，需要再找一两种原著来补译。

梁女士接译的《笑》，也未进行多少，她常有外事，非文哲专业，恐在如期完成及质量上均有困难，我又不能花太多功夫修改，只能统看一下，是否合格，由您定夺；我想将柏格森代表作尽量译全，《笑》并非最重要的，且已有一两位著名译者译过，较普及，她的质量如不能赶上原译，可以放弃。但劳您有便与梁女士打个招呼。我二十年前与她同在科研单位工作，既找她合作，似乎无权否定她的工作，这当然是“丑话说在前”的事，我们仍尽量督促她干好，但愿一切都顺利；如果我本人不能达到您的要求，您肯定也会否定掉我的译作。所以我认为，如有一合同写上“如翻译质量赶不上旧译本，或文字上与旧译本相仿之处太多，本社将拒绝付印”等字样，实有必要，免得以后诸多纠纷。

我认为只要能达到上述两个目标之一，出版社都不至于赔本，除原来各藏书单位会续购外，还可以增加哲学和文艺两大类的新读者；至于出版社选择何时出版一种或两种，问题都不大，可视自己的方便。估计一两年内没有什么人要在这一冷门上使劲，就一般情况而言，有关柏格森的专著即使多出三五种，与这一大思想家仍是相称的；至于出他的“诺奖”丛书或选集，除你们外，再无别家了（台湾有两家已出，所选作品很少，语言问题却不少）。我希望这本能作为您编的这一大丛书完满的“分号”，以后“得主”多偏向于小国诗人或小说家，翻译难度更大，读者面也窄，需另考虑出版规格（如篇幅大小、内容选译）及合适的出版时间。

顺便寄上《回忆波德莱尔》一册。此书我在八十年代中期译的，主要根据英文（我在复旦大学读过五年英文，又当过很长时间英文翻译），略参考法文。现在我经过“北外”法语出国培训一年，又在法国巴黎高等社会科学学院进修五年多，估计可以胜任您所交托的任务，这可能也是您与出版社联系订立合同的一项根据，有了合同对双方的利益都可照顾顺利，我也可向另一合作者做明确的交代。

匆此，祝

新春快乐！

陈圣生

1997年1月21日

## 柏格森读者远不止文学界

刘硕良先生：您好！

今年初的明信片谅已收到？现将您所嘱的“柏格森著作选”进行情况向您详细报告如下：

由于柏格森哲学对于国人还是较生疏的，除《笑——论滑稽的意义》（约8万汉字）已由徐继曾先生译出，出版质量不错之外，其他主要著作即使有点中译本，与原著作和英译本的距离都甚远，所以翻译进度甚缓慢；加上我这一两年为晋正高级，花了不少功夫写论著（《现代诗学》不久即可由社科文献出版社出版，届时还望您的杂志能予推荐），断断续续地翻译中的《创造的进化论》[①]（估计 21 万字）和《形而上学导论》（约 5 万字）至今仍有过半未完成。以上各书可以概括柏格森的前期成就，但总共不到 35 万字，与其他大作家的选本（如萧伯纳《圣女贞德》相比）少 20 万字左右。考虑到柏格森是获得这一文学大奖的仅有的两位哲学家之一，读者面远不止文学界，而是广涉哲学、生物科学、伦理学、宗教学……我又选了他后期的代表作《道德与宗教的两种根源》（约 19 万字）。为了加快进度，我打算将后面这部著作委托现在武汉大学读博士学位的两位同仁翻译，最后我再校阅一遍，连同我这里的稿子一起在明年初寄上，不知可否？

与您通电话的梁女士已将《笑》译好，但我要求她继续完善，尽量避免受徐译的影响，以免以后的无谓纠纷。您如果认为必要，也可以先让她将此译稿寄给您审阅，实在不合适，可以不收入《创造的进化》（暂拟以此为全书标题）中。《笑》是他早期著作，与文学关系密切，但不属于他的代表作。

我认为初次出版较全面的柏格森著作选销售量一定可观。漓江出版社如能以出版合同方式予以促进和保障，各个译者会加倍努力，如期保质完成；当然，即使这种正式手续难以办到，我们还是信赖您的威望，照样尽力而为，争取早些将这位法国大师介绍到我国来。来信或来电告知您的意见均可，我还是每周二上班。祝

安好！

陈圣生

1998.3.18

---

① “诺丛”《创造的进化论》，〔法〕亨利·柏格森（1859—1941，1927 年诺贝尔文学奖获得者）著，陈圣生译，263000 字，2012 年 10 月第一版。

# 韦遨宇

## 同时抓两只兔子的苦恼

刘硕良先生：

您好！

多次收到你的来信及来电，我也深知您的心情，本想此次桂林会议时向您当面做出解释，因家中有事，夫人出差，故此次未能成行，特托盛宁带给您一封信。

《创造的进化论》本来应能尽快完成，无奈上次您来京期间，我有一事不便对您直说，但今天看来应该实事求是地对您说：我所柳鸣九先生指定我翻译一本十几万字的法国哲理小说名著，最迟于十月中旬交稿，因此六、七、八、九这四个月我全部精力都得扑在上面。此前我曾与柳公协商，是采取先刘后柳，还是先柳后刘还是刘柳同时并进？柳公否决了一、三方案，说两手同时抓两只兔子，不如两手一只一只地去先后抓两只兔子。由于柳公的书特急，出版社要得紧，柳公只好压我们。我现尚在给此书扫尾。完了以后我再接着干柏格森，柳公曾说您的弹性比他的弹性大，我信了。

我理解您的心情，也相信您能理解我的处境与我的苦衷，我不是想失信于您，也不应不会失信于您。对您这套丛书我亦很重视。总之我在完成“现管”的任务之后，会抓紧去做您交代的工作的，再次请您谅解。

顺祝

编安！

韦遨宇

1993年10月12日

※ 韦遨宇，文学博士，中国社会科学院外国文学研究专家。

# 李翰华

## “你瞧瞧人家漓江……”

硕良同志：

来信和书均收到。信迟复几日，请多谅。

关于在报纸上发消息一事，现在中青报答应将封面刊登一次，内容简略介绍。那天碰到《人民日报》第八版管新书架的那位同志，谈完了工作，犹豫了好半天没好意思开口，天津的《散文》我也没有再联系。我想有一个地方登一下就算了，反正书已出来了，得到大伙的承认、赞许。几乎在北京的所有年轻诗人都来信问我索书，我这里现在十分困难，我托你购的五十册怎么样了？我现一直住在人民文学出版社招待所，前两天我送给周良沛一本，最近他一直住在这儿改稿。他看了后马上把 ×× 出版社一位负责人叫来说：“你瞧瞧人家漓江！你们以后也出点有意思的东西！”于是，这老兄马上向我约稿，我没能答应。诗刊社的刘湛秋、李小雨（李瑛女）等，解放军报社的纪鹏等，都写信表示赞许。

你们现新出的这套《世界中篇名作选》很棒，编选者白夫不知是谁？我很愿为你们这套书中译点东西，如果一个有名的中篇，质量绝对保证，少于四万字，能什么时候出来呢？等示。

祝全家好！

翰华

1982 年 10 月 11 日

噢！请把为此书插图的那位同志的联系地址告我，因我们这里有人想要让他插图。

※ 李翰华，笔名亚丁，毕业于北京大学西语系法语专业。80 年代初为新诞生的漓江出版社翻译《保尔和薇吉妮》《巴黎的忧郁》，受到广大读者欢迎。后往来中法之间，从事文化交流活动，取得显著成果。

# 张　放

## 萨特电影剧本《木已成舟》很有意思

刘硕良同志：

你好！

萨特的电影文学剧本《木已成舟》① 现已审校完毕，约六七万字。我觉得内容蛮有意思，很能反映萨特的哲学思想和文学思想。当前国内哲学和文学界都在研究萨特，这个剧本有助于了解作者的思想，而且萨特生平只写了这一部电影剧本，很有特色，也可供借鉴。为了醒目，我在译文前加了个简短标语。（如不合适，你们可另行起草，如决定采用此稿的话。）

我觉得程燕如同志的译文文字总的讲不错，一些错译和不明文字我都根据原文进行了修改和润色，针对原文文字的审校由我负责。现将译稿寄你，请审定，如需要原文请来函便寄去。为便于你们审查，将译者准备的剧情简介也随稿附上。译者程燕如同志现在国外，你们有处理意见请直接与我联系。

另外，这里一些同志合译了法国当代作家马塞尔·埃梅的童话集，即《栖在高处的猫的故事》，共有 12 篇故事（约 16 万字），很

※ 张放（1937—　），学者，翻译家。辽宁清原人，北京外国语大学教授。1960 年毕业于北京外国语学院法语系，留校任教。1975 年在巴黎联合国教科文组织大会任口译；1987 年在巴黎联合国教科文组织中文科任审校。《法语学习》杂志主编，全国法国文学研究会理事。有译著多种及论文 40 余篇发表。1987 年在巴黎参加法国全国诗歌比赛获特别奖。

①《木已成舟》，〔法〕让－保尔·萨特（1905—1980）写的唯一一部电影文学剧本。程燕如译，张放校，刊“漓江译丛”总第 11 辑，1987 年 10 月第一次印刷。此辑以《木已成舟》为书名。

有特色，作者原序讲“是给从四岁到七十五岁的孩子写的”。有的评论家认为“这个故事集是法国当代文学中的不朽篇章”。该书一再再版，也就是无锡会议上林秀清教授讲话中提到的“在法国家喻户晓，妇孺皆知”的那本书，现全书已译好。因为你们出书快，且稿酬从优（我给你做了点宣传，你不反对吧？），译者愿将稿子投给你们，不知你们是否欢迎？请速告我，以便速寄去或另寻他路。谢谢。

祝

好！

张放

8.21（1987）

# 罗国祥

## 取名“西方科学冒险系列小说”较好

刘老师：

您好！

奉上《格兰特船长的儿女》译稿，请查收。您让我帮着考虑一下这个系列小说的名称。我这样想：这个系列中的小说集科学幻想和勇敢的冒险故事于一体，单称“科幻小说”似不全面，仅称“冒险小说”又似乎体现不出其科学幻想的特色。我想，是否可以干脆就叫《西方科学冒险系列小说》，因为科学的发展中必然有许多幻想和冒险的成分在内（我在“译序”中略作了阐述）。这样，既能体现这个系列小说的社会（“科学”）教谕价值，又可看出它是一个可读性（“冒险”）很强的系列小说，对广大的青少年读者和科技人员都会有较强的吸引力。这只是我的建议，仅供您参考。

“序”中如有不当之处，请刘老师斧正。

另外，由于我时间不够，故约了另外两位同事参加这项译事，希望署名时能按我在译稿封面上的署名排印。另外，关于稿费问题，原来签合同定为每千字 27 元，但由于咱们的货币贬值，不知是否有可能考虑这个因素。如您有为难之处，也就罢了。

※ 罗国祥（1952— ），教授，翻译家。1972 年入武汉大学外文系法语专业学习，1975 年留校任教。1976—1978 年在法国巴黎第三大学进修。武汉大学教授、欧洲研究中心副主任、法国研究所所长、《法国研究》杂志主编、国家哲学社会科学基金项目评审专家。译有《格兰特船长的儿女》等作品。

十月金秋来汉，请一定赏光来寒舍一叙。

谨颂

安好！

罗国祥

1994 年 7 月 26 日

又及：此书约何时出版，请方便时告知。

---

**世界经典童话系列丛书 / 接力出版社**

| | | |
|---|---|---|
| 埃梅童话 | 〔法〕罗塞尔·埃梅著　林秀清译 | 1997.8 |
| 格林童话全集（上、下） | 〔德〕格林兄弟著　潘子立译 | 1997.9 |
| 普希金童话诗集 | 〔俄〕普希金著　王守仁译 | 1997.9 |
| 小王子·灰姑娘 | 〔法〕圣埃克苏佩里　夏尔·贝洛著<br>林秀清　金龙格译 | 1998.1 |
| 爱丽丝漫游奇境 | 〔英〕刘易斯·卡罗尔著　黄建人译 | 1998.2 |
| 安徒生童话全集（4 册） | 〔丹麦〕安徒生著　于晓丹译 | 1999.5 |
| 绿野仙踪 | 〔美〕弗兰克·鲍姆著　陈浩东译 | 1999.6 |
| 豪夫童话 | 〔德〕威廉·豪夫著　杨武能　王荫祺译 | 1999.9 |
| 木偶奇遇记 | 〔意〕科洛迪著　陆煜泰译 | 2000.5 |
| 尼尔斯骑鹅旅行记 | 〔瑞典〕塞尔玛·拉格洛夫著　姚本标译 | 2000.5 |

# 四、俄语文学译著者来信

〖30人，61封〗

戈宝权　草　婴　陈　燊　高　莽　磊　然　曹苏玲
付　克　刘文飞　钱善行　王守仁　姜明河　力　冈
冀　刚　沙　金　徐振亚　沈念驹　苏　杭　张　捷
孙美玲　臧仲伦　顾蕴璞　崔松龄　张福生　黄树南
张会森　赖耀先　李　蟠　戴启篁　王庚年　翟继栋

# 戈宝权
# （5 封）

## 关于《十二个》

刘硕良同志：

你好！

日前接到你的来信，王守仁同志也来看过我，催我尽早把《十二个》[①] 的译稿寄给你。我保证在本月中旬寄给你，但现因应黑龙江翻译工作者协会之请，今晨飞往哈尔滨，参加他们举行的成立大会。我把译稿带在身边，准备到了哈尔滨后再稍作加工，并补译一篇回忆文字，在从哈尔滨回来后，即可在下旬寄给你。迟延之处，请多多原谅！

此致

敬礼！

戈宝权

1984 年 8 月 14 日

※ 戈宝权（1913—2000），翻译家，外国文学研究专家，鲁迅研究专家。曾用葆荃、北泉、北辰、苏牧等笔名。江苏东台人。1932 年肄业于上海大夏大学（今华东师范大学），历任天津《大公报》驻俄罗斯记者，汉口、重庆《新华日报》编辑，中华全国文艺界抗敌协会对外联络委员会秘书，时代出版社《苏联文艺》编辑负责人。新中国成立后，任中国驻苏联大使馆参赞、中苏友好协会副会长、中国科学院文学所和中国社科院外国文学研究所研究员。著有《苏联文学讲话》及研究普希金等作家论文，编有《普希金文集》《高尔基研究年刊》《奥斯特洛夫斯基研究》，译有《普希金诗选》《谢普琴科诗选》《马雅可夫斯基诗选》《十二个》等，并撰鲁迅研究文章多篇。1988 年获普希金文学奖。

① 《十二个》（“域外诗丛”），〔苏〕亚·勃洛克著，戈宝权译。79000 字，1985 年 8 月第一版，首印 2700 册。

# 单行本《十二个》

刘硕良同志：

你好！

我刚从哈尔滨回来，就接到你寄来的《阿伽门农王》《马尔罗研究》《蒂博一家》等书，至为感激！

勃洛克的《十二个》，很想在本月下旬寄给你，但因去哈尔滨开会稍有耽误，有部分作为附录用的译稿，是在哈尔滨开会期间译出的，现正在抄写中，争取在本月底或下月初连同插图一起寄给你。现在将目录附上，供你参阅。

此致

敬礼！

戈宝权

1984年8月26日

## 勃洛克著《十二个》

1. 译者前言
2. 勃洛克自传
3. 作者关于《十二个》的几句话
4. 《十二个》(正文，附安年科夫的插图)
5. 奥尔洛夫:《十二个》是怎样写成的?
6. 阿良斯基:安年科夫怎样为《十二个》作插图
7. 别克托娃:关于《十二个》的回忆
8. 戈宝权:我怎样翻译《十二个》
9. 戈宝权:访问列宁格勒的勃洛克故居博物馆

## 巴黎讲学前寄上译者简介

漓江出版社

刘硕良同志：

你好！

烟台一别，想你已安抵南宁。我决定下月 2 日飞往巴黎，进行访问和讲学，我的爱人陪同前往。

在烟台时，谈起为《十二个》写段译者简介，现写好一份，连同照片一起寄上，供参考和采用。

时间匆匆，以此

敬礼！

戈宝权

1984 年 11 月 6 日

## 出此单行本无碍版权

广西人民出版社

刘硕良同志：

当此新春佳节行将来到之际，请先向你，同时亦请你代向你社全体同志祝贺节日幸福康乐！

前承来信，知道《十二个》一书年前即已弄好，阮同同志提出的有关版权的问题，我是这样理解的：

我译的《十二个》，最早于 1948 年由上海时代社出版，新中国成立后在 1954 年已印到第四版，后再没有出版过。当袁可嘉同志在 1979 年选编《外国现代派作品选》时，曾征求我的同意，将我译的《十二个》选进去，我当即表示同意。此书在 1980 年由上海文艺出版社出版，现已五年，其间似未见重版。当时《十二个》是作为诗选编进去的，并非以单行本出版。

现我提供给你社出版的《十二个》，是以单行本出版。译文由我重新审阅和修改，适当加印插图；同时书中又附有关于《十二个》的资料多篇，它已成为一本全新的书，因此我想你社出版《十二个》的单行本，并不涉及上海文艺出版社的版权问题，不知你们以为如何？

书稿重排后，最好能将校样寄我一阅。　此致

敬礼！

戈宝权

1985年2月10日

## 买了近三百本都分送完了

刘老师：

你好！

我[①]和戈先生刚从苏联、丹麦、法国、意大利等国讲学回来。见到寄来的“诗选”第一辑，谢谢你。

这次去苏时，我到高莽处要来一本《苏联女诗人抒情诗选》，在莫斯科时送给了女诗人莫里茨，她非常高兴。直到现在我没有接到你们寄来的这本“诗选”，见信后，请查问一下。谢谢。

《十二个》我带到苏联几本，都分送给各图书馆和勃洛克的故居博物馆，他们都要陈列出来。我和先生在你社和新华书店买了近三百本，都分送完了。不知你社还有存书否？或者是否还要再印？还有《十二个》的插图请尽快地寄给我，因有人要看。

我们五月中旬要去日本、美国访问。接信后，请速来信。

如近期来北京，欢迎你来我家做客。

戈宝权先生代笔　梁培兰

1987年4月25日

① 梁培兰，戈宝权夫人，中国社科院外文所工作人员。

## 草 婴

# 喜见《哥萨克》再版样书

硕良同志：

去年扬州一别，至今已有一年，近况如何？漓江新书源源出版，足见你们工作努力，成绩可观，可庆可贺。

收到《哥萨克》①再版样书六册，谢谢。以后信件、书籍、稿费请直接寄到舍间。如有机会来沪，欢迎到舍间聚谈。又近新年，敬祝新年快乐，万事顺遂。

草婴

1992年12月16日上海

※ 草婴（1923—2015），翻译家。原名盛峻峰。浙江宁波镇海人。南通农学院肄业。1938年开始学习俄语。1941年起开始在上海《时代》周刊和《苏联文艺》月刊发表译作。1945年到1951年任时代出版社编译。1960年参加《辞海》编辑工作，任《辞海》编委兼外国文学学科主编。中国译协副会长，中国译协名誉理事。我国第一个翻译肖洛霍夫作品的翻译家，还曾翻译过莱蒙托夫、卡塔耶夫、尼古拉耶娃等人的作品，在中国读者中产生巨大反响。后来又以一人之力完成《托尔斯泰小说全集》的翻译。1987年获苏联文学最高奖——“高尔基文学奖”，1997年获中国作协颁发的“鲁迅文学翻译彩虹奖”，1999年获俄中友好协会颁发的“友谊奖章”和奖状，2002年被中国翻译工作者协会授予“中国资深翻译家”荣誉称号，2006年被授予“俄罗斯荣誉作家”称号、“高尔基勋章”，2011年获“上海文艺家终身荣誉奖”。

①《哥萨克》（“外国文学名著丛书”），〔俄〕列夫·托尔斯泰著，草婴译。132000字，1986年3月第一版，首印14600册，1992年7月重印，累计24600册。

# 陈　燊
# （4 封）

## 众力共推《外国文学研究资料丛书》

刘硕良同志：

您好！在南京时，到您房间中找过您两次，都没有遇上，您很忙，许多同志找您谈话，我不敢多加打扰，只在临别前匆匆同您谈过几句话，只好留待以书面联系了。

我们寄上的《拉美现代文学评论集》[①]，想已收到。此书稿不够理想，但编者陈光孚同志在国内是这方面的少有的专家，这也反映了我国拉美文学研究的水平，我们不能脱离实际来要求，所以我想，这本书出来还是会受欢迎的，只是征订书目中的提要需写得好些。我们最近又寄上《惠特曼研究》[②]的书稿，这部稿子的质量我看是不错的。《法国当代文学与批评》一书，译者是刘宗次同志，本来答应在去年九至十月交稿，后来据说因为与夏仲翼同志一起为

※ 陈燊（1921—　），学者，翻译家，外国文学研究专家。笔名陈湛若等。浙江温州人。1956 年毕业于北京大学俄语系。曾在中国社科院文学所工作，后任外文所研究员、博士研究生导师。中国社科院荣誉学部委员。中国外国文学学会与苏联文学研究会理事。享受国务院颁发的政府特殊津贴。1954 年开始发表作品。1979 年加入中国作家协会。著有《亡羊集》（三卷）：《论屠格涅夫、列夫·托尔斯泰、陀思妥耶夫斯基》《论文学诸问题和现代派文学》《文史散论》。主编《外国文学研究资料丛书》（国家社科基金“六五”重点项目，71 册）、《二十世纪欧美文论丛书》（国家社科基金“七五”重点项目，23 册）、《陀思妥耶夫斯基全集》（22 卷）。作品获新闻出版署全国首届优秀外国文学图书特别奖、中国社会科学院 1977 年—1991 年优秀科研成果奖。

①《拉丁美洲当代文学论评》，408000 字，陈光孚选编，1988 年 7 月第一版，首印 1950 册。

②《惠特曼研究》，李野光选编，453000 字，1988 年 8 月第一版，首印 2100 册。

贵社赶译一部小说，所以拖了下来，但他已于年底定稿，只是其中还有些法文诗歌，要找人译，估计一月底可以交稿。《文艺学的形式主义方法》[1]一书已交来，郭家申同志正在解决其中个别问题，估计一月底可以发稿。此外，《杰克·伦敦研究》[2]张玲同志已做过编辑工作，我审读过，只要稍稍再加工，就可发稿。总之，这三部稿子我们大约分别在一、二月内，保证能够发出。虽然较我的诺言稍晚了些，但都有些客观上的原因，请鉴谅！

我们的《译丛》选编，已编好三册：(1)关于意识流小说；(2)关于萨特；(3)关于加缪。(书名当另定。)现将各书的选目寄上。这几本书的译文质量是好的，特别是因已出版过，不必你们再审读加工(都是我审读及发稿的)。请审阅附寄的目录，并请早日示复，以便将稿子寄上。这三本书的字数，大约都在20万—25万字。

惠赐的年历已拜领，谢谢！

专此，顺颂

新年快乐！

陈燊

1988年1月9日

## 编好文集的三点希望

刘硕良同志：

您好！来函奉悉。我们的《外国文学研究资料丛书》，承您一再大力支持，实深感谢。只以禀性迂拙，未能为您效劳，抱歉之至！嘱为河北教育出版社的《屠格涅夫文集》作序，并担任文集顾问，自当遵命承乏，更何况屠格涅夫是我喜爱的作家，我很高兴在我国

① 《文艺学中的形式主义方法》，〔苏〕巴赫金著，李辉凡、张捷译，183000字，1989年1月第一版，首印2000册。

② 《杰克·伦敦研究》，张玲选编，1988年出版。

能再出一个新的文集！只是前言字数是否可以多些，让我能稍稍全面地谈谈作家的思想和艺术？估计 11 月底可以交稿。

您真不愧为一位出色的编辑家和出版家，在您负责编的“屠集”能考虑到冠以前言。人文出版的《屠格涅夫选集》（十三册，这个十三册的容量少于您编的十二卷）没有一篇总序，只是在其六部长篇前后附有前言（我为其《罗亭》《贵族之家》《父与子》《前夜》分别写了四篇译本序）和后记。他们编的《托尔斯泰文集》（十七卷）则是有总序的。一部严肃的、有学术性的多卷本文集是应该有总序的。而这对于读者来说，也可以做一“导游”。

要我任“顾问”，我有义务出点主意。我有三点希望：一是全书的译名（包括书中人物的姓名）应该统一。可以分给每位译者一份译音表，请他们照表翻译。（有些译者要人名译得好听些，往往别出心裁，但在整个文集——不是单行本——中译者还应该规范化，译名统一是很必要的。）第二，每个作品的名称，不一定与过去的译本“立异”。如“罗亭”不必译作“路亭”，“贵族之家”“父与子”等均可仍旧。强译新名，有时弄巧成拙。第三，我认为是最重要的：每篇小说之后，似应附有简略扼要的题解。苏联编的“屠集”（十二卷本）都有这种题解，介绍作品发表的时间、出版社或刊物名称。像六部长篇还可概括地谈谈其历史背景。字数不必很多，每个题解少则几十字，多则三四百字。这对研究者（当然不只是俄国文学研究者）是有帮助的。这也是具有学术性的文集的要求。以上三点希望，是否必要，请酌夺！

吴岳添同志的译本，已经排出清样，应该多多感谢您！林焕平同志的“臧原唯人”不知最近能否排上日程？

专此寄复，顺颂

夏祺！

陈燊

1993 年 7 月 29 日

王逢振同志等编译的《后现代主义……》一书，贵社如尚有存书，希见赐一册，先此谢谢。我们的《二十世纪欧美文论丛书》最近出了普鲁斯特和朗松的两本文论，当于日内寄上供参考。

您编的“屠集”是否参照苏联出的12卷集？该书的编次如下：

第1卷：猎人笔记

第2卷：罗亭、贵族之家

第3卷：前夜、父与子

第4卷：烟、处女地

第5卷—第7卷：中短篇

第8卷：前一部分为中短篇，后为散文诗

第9卷：戏剧

第10卷：诗

第11卷：文论、回忆录

第12卷：书信

我们当然可以稍作变动。但屠格涅夫的六个长篇小说篇幅不大，似只能分成三卷（每卷两个长篇）。第一卷似乎还应放《猎人笔记》？这也请斟夺。

## “小说家中的小说家”

刘硕良同志：

您好！

《屠格涅夫文集》总序早于去年年底前写好。因不知该寄递何处，未能寄上。接到来电后，我再读过一次，又做了些许改动。有些地方可能还不免粗糙，请大力斧正！

您要求在总序前安一个标题，但我觉得有时候不够大方，所以没有写上。如果一定要的话，可否借用亨利·詹姆斯的话（见总序文中）“小说家中的小说家”。这位美国作家青年时代见到过屠格涅夫，对后者倍加推崇，因此给他以如此高的评价。我觉得他也不是盲目推崇，从小说艺术来说，屠格涅夫确实有其独到之处。不过，如果用这句话的话，必须加上引号。在其下面加上副标题“《屠格涅夫文集》总序”。该如何处理，悉听酌夺！[①]

广西师大出版社尚未寄来吴岳添同志译书的赠书。（给我们编辑部的，一定要寄发票，否则我们无法报销！）我们拟购取40册（价款俟书和发票寄到后即汇还），也未寄来。我不知该社的地址和邮编，只好劳烦，谢谢！

顺颂

近安！

陈燊

1994年2月4日

为了节省篇幅，我将所有注文删去，因为我们面对的是一般读者，注文过多反而显得书卷气。务必请出版社给我寄上二校样（或清样），我不会做大改动，并且一定马上寄还，但校样我必须过目，切盼，谢谢！

## 索因卡以剧作见长

刘硕良同志：

您好！由于我的头晕症没有痊愈，工作又复忙乱，很少同亲友书札来往，因此在最近一段时间内没有去信，抱歉之至！

您给邵殿生[②]的电报已悉。原想即日回信，但因我所图书室的索因卡作品集被人借走，到现在仍然未借到，所以拖延至今。邵殿

① 陈燊先生作《屠格涅夫全集》总序，发表时题为《屠格涅夫：个性，思想，艺术》。

② 邵殿生，中国社科院外文所研究尼日利亚作家、诺贝尔文学奖得主索因卡的专家，陈燊夫人，详见英语文学译著者来信部分。

生对索因卡相当熟悉，读过他的几乎全部作品，还看过不少关于他的论著，因此，她有把握可以把他的作品译好，也愿意遵嘱担任这项译事。据她说，索因卡的代表作是剧作，他写过诗和小说，但都比较差，代表不了他的水平。如果要出他的一个选集，她打算选收以下七个剧本:《沼泽地居民》《雄狮和宝石》《裘罗教士的经验》《森林之舞》《强种》《路口》以及《疯子和专家》。不过，最近索因卡又发表了两个新剧作，国内还没法借到。她准备尽可能去搜罗。但新作是否要选，是否要以新作更换上述剧作，还是以后再说。在目前，先定下这七个剧作，字数三十万字左右（她手头有记录），交稿日期约在年底。不知您意如何，请示复，以便遵办。

我们的《外国文学研究资料丛书》拟于四月间邀请几家出版社负责同志，开一个编辑工作会议，商讨改进工作问题。地点未定，拟请你们几家出版社决定。您看，在什么地方开好？顺便请示意！

专此，顺致

敬礼

陈燊

1987年1月19日

# 高　莽
# （4 封）

## 井上靖小说插图精彩

文希[①]同志：

我刚从西安回到北京，看到郭振华同志的来信，转达了你的要求，并收到了惠赠的“漓江译丛”[②]两本。迟复，请谅。

这两本译丛对我有用，其中又有几位外国作家的头像是我的拙作，所以就不客气地收下了，多谢你！

我看到了你为井上靖小说做的精彩的插图，一定向你好好学习。

我不是专门从事美术工作的。所以你提的要求，我一时难于办到，尚请见谅。

我们《世界文学》的美术插图，有一位女同志负责。每期她都

※ 高莽（1926—2017），翻译家，美术家，编辑家。笔名乌兰汗。黑龙江哈尔滨人，长期在各级中苏友好协会及外国文学研究所工作，从事翻译、编辑俄苏文学和中外文化交流与对外友好活动；同时从事文学与美术创作。中国社会科学院荣誉学部委员，中国翻译工作者协会理事，中俄友好协会顾问，中国作家协会、中国美术家协会会员，俄罗斯科学院远东研究所荣誉博士，俄罗斯作家协会名誉会员，俄罗斯美术研究院荣誉院士，《世界文学》杂志主编、编审。译有《保尔·柯察金》《永不掉队》《团队之子》《苏联女诗人抒情诗选》等作品，著有《久违了，莫斯科！》《枯立木》《圣山行》《俄罗斯美术随笔》等散文集，并绘有大量速写及其他美术作品。2013 年 11 月，因译作阿赫玛托娃的叙事诗《安魂曲》，获“俄罗斯—新世纪”俄罗斯当代文学作品最佳中文翻译奖。

① 文希，时为广西人民出版社装帧室主任，漓江版外国文学图书的最早设计者（参见本书第九部分）。

② “漓江译丛”自 1981 年 9 月至 1987 年 10 月，6 年间出了 11 辑，大致每年 2 辑。各辑书名依次为《猎枪》《巴黎的秘密》《最后一个莫希干人》《沼中梦》《在码头上》《人生如戏》《斜雨》《暗沟》《为了你》《甜蜜的生活》《木已成舟》。印数少则过万，多则 5 万、10 万。有的还能重印。

得到美院去求稿，因为他们那儿资料多，专家多。而我们这里，美术资料很少。再说，相对这方面的情况不够熟悉，又不懂英语，借阅美术书籍相当麻烦。我曾为此跟北京图书馆的人吵过嘴。

如果时间允许的话，我可在今后留意一些供刊物用的美术作品。我们相距过远，联系起来比较费时间，万一不及时，就会耽误编排付印。我想，黑白画好办些。彩色的恐怕难办。

你们的《丛刊》美术装帧很好，可能是你的功劳。插图也都很精致，可以看出你的匠心和插图画家们的严肃态度。

你们所转用的作家头像，可能是从《外国名作家传》里复制的，有些走样了，倘若需要的话，我可把原件寄给你，或许好些。

就写这些吧！

祝

撰安！

高莽

1982年11月2日

老刘同志，意外发现高莽同志是外国文学家像的作者，你若缺这方面的东西，可以请他提供。

——文希

## 苏联女诗人诗作可先在译丛选登

硕良同志：

收到来信，十分高兴。《苏联女诗人抒情诗选》[①]的稿子一直未能集成，心中一直感到不安。我当时夸下海口，说二月份交稿，而现在已经是六月了。情况如下：

① 《苏联女诗人抒情诗选》（“域外诗丛”），乌兰汗编，1985年初版，至1986年11月累印15400册。

阿赫玛托娃的诗完成了（乌兰汗译）

卡托科娃的诗完成了（谷　羽译）

德鲁尼娜的诗完成了（璟　厚译）

阿赫玛杜林娜的诗完成了（丘　琴译）

莫里茨的诗完成了（戈宝权译）

别尔戈丽茨的诗完成了（卢　永译）

阿丽格尔的诗即将完成（几人译）

剩下两个诗人之作，都未能及时交稿，一是苏杭同志答应译的茨维塔那娃，一是王守仁同志答应译的叶芙谢耶娃。这两位译者都在我们所，反而拖了下来。

我想《漓江译丛》希望转选部分，我将给你抄上一部分，每人两三首，如何?

不知你需要多少人?多少行?望告之。

我同时可把几位诗人的头像寄上。

望复

祝好!

高莽

1984年6月1日

这次去苏联，对编选这本集子，有促进作用。苏联诗人也提过几个方案，前些时，还有人来信，建议选译某某人的作品呢！看来，这本集子非出不可了。

## 《世界文学》关注外国文学出版

硕良兄：

前两个月，曾向你邀稿，写一篇文章介绍介绍贵社出版外国文学书籍的情况。你也答应了，何时可以写出来?明年，《世界文学》将辟一专门栏目，向读者推荐各兄弟单位出版社的值得阅读的外国文学作品。你们做了很多工作，有魄力，有成就，所以，首先选中了你。

文章不必太长，五千字以内，但千万别写成纯广告式，最好像篇文章，突出几个重点，也不妨提提读者的反映。你看着办吧！

能否在下月交稿？望赐复。

代向熟人们问好！

高莽

1986.10.14

## 写篇文章谈谈漓江出版社

硕良同志：

我们《世界文学》从明年第一期开始介绍兄弟出版社出版外国文学作品的情况。你答应写篇文章谈谈漓江出版社，何时可以完稿？请早些把文章寄给我们。

明年第一期已发了绿原写的有关人民文学出版社和外国文学出版社的情况的文章。接着准备发你们的和上海译文出版社的（他们由包文棣代写）。

知道你忙，但你们的成绩显著，我们想尽点宣传的责任。

祝

好！

高莽

1986.12.20

# 磊　然
# （2封）

## 《父与子》已经译好

硕良同志：

《父与子》[1]已经译好，共407页，现挂号寄上，希望在春节前寄到。译稿收到后，务请即来函告知，因为现在信件时有遗失，叫人很不放心。

译文有不妥之处，请责编同志斧正。

此致

敬礼！

磊然

1994.1.27

## 愿为陀思妥耶夫斯基全集献力

硕良同志：

您好！

您约我译的屠格涅夫《父与子》已经译完，重抄一遍明年一月

※ 磊然（1918—2009），女，翻译家，资深编辑。上海人。1937年入读沪江大学，次年在华俄夜校学习俄语。1941年开始翻译苏联文学作品，1944年进入苏联所办时代出版社工作，1953年调入人民文学出版社。主要译作有《日日夜夜》《村姑小姐》《真正的人》《教育诗》《最后一个乌兑格人》《毁灭》等，并编辑校审了大量俄罗斯名著译本。

① 《父与子》，〔俄〕屠格涅夫著名长篇小说，磊然译，收入“世界文豪书系”《屠格涅夫全集》第三卷，河北教育出版社1994年8月出版。

上旬即可寄出。但不知译稿是否仍寄漓江出版社您收？

另外，您上次在舍间曾提及河北教育出版社拟出陀思妥耶夫斯基全集[①]，此项计划不知有没有落实？我希望能翻译其中的《罪与罚》或《穷人》及《白夜》。

以上两事盼早日赐复。

此祝

身体健康，新年快乐！

许磊然

1993.12.16

---

① “世界文豪书系”《陀思妥耶夫斯基全集》，陈燊、刘文飞主编，22 卷，824 万字，河北教育出版社 2010 年 1 月出版。磊然译《穷人》收入第一卷。此外，磊然还为刘硕良主编的接力版“世界小说名著”翻译了《真正的人》，〔苏〕波列伏依著，1995 年 12 月第一版，首印 5000 册，1997 年 8 月重印，累计 11000 册。

# 曹苏玲
# （2 封）

## 转达曹靖华同志的意见

漓江出版社负责同志：

您好。曹靖华同志因骨折手术住院，在病榻上听说您社已刊登广告，准备出版他译的《第四十一》，以及我译的《没有寄出的信》。《第四十一》及《信》都是20年前的译本，去年我又对原文校订了这两个中篇，《信》已交陕西人民出版社出版，《第四十一》因属争议作品，曹靖华同志不同意出版，就搁下了。您社在出这两个中篇时，至少应与译者联系一下，把20年前的译文原封不动编到读者面前，是不合适的。校订稿改动很多。曹靖华同志嘱我来信，请您设法补救，最好印行修改稿，《第四十一》如出版需加说明。他希望你们尊重译者的劳动，并爱护他的声誉。

敬礼！

曹苏玲

1981年4月13日

地址：北京朝阳东大桥体育路1–1–5号

又：在刊登上述两中篇前，与我们联系是很容易的，那两个中篇50年代、60年代人民文学出版社都出过单行本，与文学出版社联系就可以。

---

※ 曹苏玲（1930—2014），女，翻译家，资深编辑。1951年和1955年分别毕业于北京大学西语系和俄语系。人民文学出版社编审。获中国译协授予的“资深翻译家”称号。译著有《旅伴》《战争风云》《白比姆黑耳朵》等。

# 采用旧译最好先同译者联系

漓江出版社文艺编辑室同志：

来信及寄赠的书都收到了，谢谢你们。《世界中篇名作选》的封面设计很别致，看到的同志都很喜欢[①]。当初看到您所发的消息中，《名作选》收有《第四十一》和《没有寄出的信》，所以给您社写了信，《第四十一》既采用新译文，就不存在信中所提的问题了。不过现在这种情况较多，这次贵州人民出版社同志来医院探望时，曹靖华同志也提到出版社在出版旧译作前，最好能跟著译者联系一下，多半都会有改动的地方，重新排印是修改的好机会，失掉自然会感到遗憾。正如您信上所说，曹靖华同志1962年曾在广西访问[②]，留下很深的印象，至今念念不忘，他经常说，他对广东、广西非常怀念。这次在病榻上看到你们的来信及寄赠的样书，嘱我转达他对你们的问候，并感谢你们对他的关怀。

祝好！

苏玲

1981年6月28日

① 白夫编《世界中篇名作选》第一集收英国高尔斯华绥著、沈长钺译《在前的和在后的》，英国史蒂文生著、汤真译《自杀俱乐部》，美国埃里奇·亚格尔著、蔡国荣译《爱情故事》，意大利亚米契斯著、吕同六译《卡尔美拉》，苏联拉兹列涅夫著、王庚年译《第四十一个》，苏联阿捷里·库图依著、曹苏玲译《没有寄出的信》。311800字。封面设计美观别致，采用久已不见的凹凸版印刷。1982年2月面世，1992年7月第5次印刷，印数21.95万册。

② 曹靖华先生曾于1962年来广西采风，所作散文《风物还是东兰好》，原载1963年3月2日《人民日报》，收入《广西游记》，1964年初版，1980年10月增订重印。

# 付 克
# （2 封）

## 艾青关心《叶赛宁诗选》

刘硕良同志：

你好！工作还是那样忙吗？不知最近你社出了些什么好书？你送我的两本均已拜读过，虽然都是旧作，但选材很有特点，不能对照原文读，但译文是好的。在装帧设计方面也较好，符合外国作品和外国人阅读习惯。

一年又过去了，不知你社有什么新的打算，重点能否见告一二。

前些天艾青同志曾带话给我，询问《叶赛宁诗选》① 的事，他问出书了没有？因为有他一篇序文，所以他有所关心，而且他是喜欢叶诗的。

不知诗选进展情况如何？蓝曼同志曾叮嘱我，要我询问一下，因为他一直等“大样”来。我知道你甚忙，想必也很关心早日成书，所以一直未写信给你。但两年过去了，最后还是决定给你一信，一

※ 付克（1919—1990），翻译家，外语教育家。河北安平人。笔名小兵。1945 年毕业于延安军委外国语学校俄文系。曾在东北民主联军编译室、哈尔滨外语专科学校工作，1952 年后历任成都华西大学秘书长，教育部高等教育出版社副总编辑、党委副书记，教育部高教第一司副司长，教授。1936 年开始发表作品。1966 年加入中国作家协会。著有短篇小说《蒙古妈妈》《东北来的一封血书》，译有中篇小说《奥库洛夫镇》，长篇小说《生命之歌》，诗集《叶赛宁诗选》，短篇小说集《在一个静静的村庄里》《巨蟒集》等。所编《中国外语教育史》获华东区第一届优秀书刊评选第一名。

①《叶赛宁诗选》（“外国文学名著丛书”），〔苏联〕叶赛宁著，蓝曼、付克、陈守成译，艾青序，198000 字，1983 年 5 月初版，1988 年 7 月第 4 次印刷，累计 96000 册。

则向你问候，二则受蓝曼同志之托，也代表我们几人共同的心情。可能给你添麻烦。

何时能来京，请来我处一叙。专此致以

敬礼!

付克

1983年3月6日

## 编书者的莫大安慰

硕良同志：

您好!

真对不起，当你把校稿和信寄来时，正值我去苏州开一个“文学翻译评比”会，会完后又去上海一趟，前后共二十多天。等回到北京之后，校样已交蓝曼同志看过后寄回，顺说没多少改动。校样寄来时可能在航空压了几天，蓝曼同志看后赶快寄回，担心耽误事，不知是否已送到厂里?

这次在苏州开会，都是外国文学翻译界名流和学者，也涉及出版发行问题。有人反映漓江出版社出了几本不错的书，特别是《世界中篇名作选》，有的地方市场买不到，不得不去出版社索购。说明发行量不少。对这个反映，当然同你的辛勤劳动分不开的，经过你手中编出的书，已经在翻译界引起注意，这对编书确是莫大的安慰呀!

最后说明一点，我的真名是“付克”，过去出版东西也都是以笔名。但有时我写文章，排字工人排成“傅克”。真实的“傅克”，有两人，都在北京，往往弄错，请您注意一下为盼。

握手。

付克

1983年4月28日

# 刘文飞
# （2 封）

## 布罗茨基诗最好从俄语直译

硕良同志：

近好！

好久没有信，不知您及您的出版社的近况。不久前接到宋安群先生一信，谈了那套《世界文学史话》的事。我受王智量[①]先生之约，写了其中的《苏联文学史话》一书。现在情况如此，不知这套书的命运如何。还请多关照。

我今年头几个月在搞布罗茨基，想写一篇关于他的长文。请海外的朋友帮忙，弄到了不少关于他的资料，手中还有他的五本俄文诗集和一本英文诗集（几乎是他的全部创作）。早就听说您在找人搞布罗茨基，不知可有合适之人选，他有无详尽的第一手资料。若

※ 刘文飞（1959— ），翻译家，外国文学研究专家。安徽六安人。毕业于安徽师范大学俄语系和中国社会科学院研究生院。文学博士。中国社科院外国文学研究所研究员、俄罗斯文学研究室主任，中国社科院研究生院教授、博士生导师、长江学者，中国俄罗斯研究会会长。享受国务院特殊津贴专家。北京大学、黑龙江大学等十余所高校特聘教授或客座教授，美国耶鲁大学富布赖特学者。主要著作有《二十一世纪俄语诗史》《布罗茨基传》《插图本俄国文学史》等十余部，主要译著有《普希金诗选》《俄罗斯文化史》等二十余部，另编有《普希金全集》《诗与思文丛》等十余种套书或文集，发表论文百余篇。

① 王智量（1928—2012），学者，翻译家，外国文学研究专家。笔名智量。1952 年毕业于北京大学俄语系，留校任教。1954 年调中国科学院，今中国社科院外国文学研究所工作，1957 年被错划为右派。1978 年入华东师范大学，改正后任副教授、教授。发表专著《论普希金、屠格涅夫、托尔斯泰》，长篇小说《饥饿的山村》，主编《俄国文学与中国》《外国文学史纲》，译著《叶甫盖尼·奥涅金》《上尉的女儿》《安娜·卡列尼娜》《我们的共同的朋友》《前夜》《贵族之家》《屠格涅夫散文选》等。2013 年华东师范大学出版社出版的《智量文集》收王智量 1978 年后作品 14 种。

还没定，我想为你弄这本书，不知您能信得过我否？[①]当然，搞诗集，又很难为您赚钱了。另外，最近有一份材料，是当年布罗茨基在苏联受审的现场记录，读来好荒唐，却有趣，还包括许多背景材料，不妨译出在《青年外国文学》上，人们也许爱读。

我今年九月可能去苏联，已办好手续，现等苏方的通知。您若有什么吩咐，请尽早通知我。多年来受您器重，却没能为您做什么贡献，感到不安。我与王家新等定合力为你们办好《国际论坛》。

编安！

刘文飞

1989.5.9

P.S.

布罗茨基的诗最好由俄语直接译。他虽然用英、俄两种文直接进行写作，但绝大部分都用俄文写成，诗论、散文等则多用英文。我见到的国内刊物上的布氏译诗，多从美国译来，对照一下俄文原文，发现有不少的出入。译者经过两次转译，其中原诗的成分必然丧失很多。

## 西山年会：面向 21 世纪

硕良先生：

一个余月未通消息，不知您腿伤如何，甚念。您的年岁已不年轻，恢复起来可能要困难一些，望您一定静下心来疗养。

这次在西山召开的外国文学年会，主题是“面向 21 世纪的外国文学”，会上讨论的热门话题是“建立外国文学研究的中国学

① 此前已约南京大学王希苏、常晖译“诺丛”布罗茨基卷《从彼得堡到斯德哥尔摩》，并于 1988 年 10 月完稿，1990 年 11 月出版，首印 4000 册。

派”“外国文学的学科建设”、外国文学学会今后的组建和发展趋势，等等，总的看来，学术气氛不浓，关于理事等的平衡，甚至争抢，倒是热烈，甚至激烈的。

《全集》①事已全面铺开，但最近，译者纷纷给我写信或面询，打探预支稿费事，因为已过了合同规定的期限，有人是想早些拿到一些钱，但更想通过拿钱确认合同的可信性和这项译事的可靠性，望您能迅速与亚民联系一下，把预付稿费发出，否则我有些“招架”不住了。

在您养病期间，还来烦扰您，乞谅！唯祝您早日康复！

文飞

1994.10.6

① 指特邀刘文飞主编的《普希金全集》，河北教育出版社“世界文豪书系”中的一种。十卷，3799000字。1999年12月第一版，首印2000套。

# 钱善行
# （2 封）

## 《外国名作家大词典》基本完成

老刘：

您好！

由承德返京，我们一直继续集中精力在抓《外国名作家大词典》，总算已基本完成，钱老先生的题辞[①]也已备好。现在只剩下很少数几篇还要往后拖几天，其中有朱虹、柳鸣九的，要用《名作家传》的旧稿改写，因他们较忙，未能及时交稿，还有是“安徒生”一篇的作者叶老临时出国，也会晚些日子，还有英伦自己两篇尚待寄来。同时，同六、湛珍和我三人研究，不能再拖了，先把已经完成的绝大部分先交上，你们可以先审看起来，等快发稿时，再把剩下的几篇送上，这样可以不耽误你们的技术加工及同印刷装订部门打交道。因同时分担任务，湛珍最近参加两个会议的组织工作，太累了，我将于 11 月份去苏联，所以这近三百万字的稿子怎么送去好，邮寄恐太慢又不保险，是否你们近日有人出差来北方，顺便到

※ 钱善行（1935—　），翻译家，外国文学研究专家。笔名钱溸冰、靳戈等。浙江嵊州人。1961 年毕业于苏联国立列宁格勒大学语文系。中国作家协会会员。历任中国社会科学院外国文学研究所苏联文学研究室副主任、丛书丛刊室主任，《世界文论》主编，中国文化书院学术委员，军事文学委员会理事，中国社科院研究生院教授、研究员。1952 年开始发表作品。出版有专著《当代苏联小说主要倾向、流派的嬗变》、《苏联文学史》（3 卷，合作），主编《外国名作家传》（3 卷，合作）、《外国名作家大词典》（合作），译著《六根国柱》、《爱情的历程》、《七个被绞死者的故事》、《阿尔卑斯山之歌》、《暴风雨》（合作）、《一部浅蓝色的书》、《红笑》、《彼得堡》（合作）、《安娜·卡列尼娜》等。

① 钱钟书先生为《外国名作家大词典》题签。

北京将稿子带回为好。本当我们送去，只是实在抽不出人。如你们有人出差来是最好不过的了。盼近日拨冗示复。余不多写，并颂。

编安！

钱善行　上

1988年10月27日

## 按新资料订正辞典细节

老刘：

您好！

组团去苏事，正积极筹办中。

七月底，社科院来了清查组、审干组，共8人。所长、副所长已经院级、所级、全体三次反思学习，我已经所级、全体两次反思学习。本所及我们都不曾参加诸活动，所以已称无事，一切正常工作。

据最近到的苏刊发表材料，公布苏联作家皮里尼亚克死亡时间为1938年4月21日。如还来得及，请予在《外国名作家大辞典》“皮里尼亚克”条中更正一下。我记得原来注的作家死亡时间为1941年，那是根据以前苏联的材料，现在这个材料来自今年4月底新公布的档案，我们获知此材料已是7月中旬了。

余恕不赘。多有麻烦，请谅。代问贵社诸公好。

并钦

秋安！

钱善行　上

1989年8月13日

# 王守仁
# （3封）

## 多关注当代作品

硕良兄如晤：

22日的来信收到了。很高兴。漓江出版社的调整令人鼓舞，这意味着展宏图、大发展的时刻已经到来。我相信你会取得更大的成绩。

就目前的情况来看，国内的外国文学刊物很多，不少出版社都在出外国文学丛书，因此很难避免重复。我意应从求新方面考虑计划和选题，这既有开拓意义，又能吸引读者。比如说，出一套“八十年代外国文学”丛书：《八十年代外国文学中篇小说选》《八十年代外国短篇小说选》《八十年代外国抒情诗选》《八十年代外国电影剧本选》《八十年代外国电视剧本选》《八十年代外国幽默讽刺小品文选》等，这套丛书的规模可大可小，每一种又可按一、二、三往下编。有的长篇小说，自然，也可以纳入进去。至于你信中所说的“世界中篇名作选”和“域外诗丛”，我想与此同时也可以出，但不作为重点，出到一定程度就可停下，集中出“八十年代外国文学”丛书。这是个初步设想，供你参考。总之，你的工作我们会全力支持的，你需要我们做什么和介绍什么，请尽管来信提出，我们必定尽力而为之！

※ 王守仁（1934—　），翻译家，外国诗研究专家。山东烟台人。苏联列宁格勒大学毕业。中国社科院外国文学研究所研究员，主要从事诗歌翻译与研究。著有《诗魂——苏联诗歌创作漫步》，译有《苏联抒情诗选》和别德内、叶赛宁、阿赫玛托娃、茨维塔耶娃和伊萨科夫斯基、特瓦尔多夫斯基、加姆扎托夫等诗人作品，并简要介绍了苏联56位诗人。

姜明河向你问好！顺颂

春安！

王守仁

1985 年 4 月 28 日

## 回龙观会议及苏联文坛近况

硕良兄好：

回龙观会议已经结束。会上我介绍了苏联当代诗歌概况。这次会议共 11 天，看了三十几部苏联电影，住宿条件、伙食都比厦门会议好。叶水夫于 20 日上午介绍了苏联观感。给大家总的印象是，苏联方面很主动、热情，我们则比较谨慎。

戈宝权、高莽已于 13 日回到北京，写总结汇报一周，22 日向所里同志介绍了莫斯科会议情况。在莫斯科他们见到的大多是一些中青年作家、诗人，老作家见到的很少。中年诗人当中，叶夫图申科、阿赫玛杜琳娜、卡扎科娃等都跟我们非常友好。叶夫图申科一再表示愿意访华，说要“写好诗歌颂伟大的中国人民”。这些情况已汇报到使馆，使馆正在研究是否向他们发出邀请。戈宝权、高莽各得一枚荣誉奖章，表彰他们在促进友谊和翻译方面的功绩。

张羽、李辉凡已于 18 日飞莫斯科，二月初回京。

关于胡湛珍同志的《白轮船》，我准备这样跟她谈，不知妥否：

“我已写信给漓江出版社的刘硕良同志，推荐你的译本《白轮船》，刘来信说，等出版社研究之后，直接写信跟你联系。”

我把这个难题交给你了，实在抱歉，我想你是能够理解的。

《阿赫玛托娃诗选》已初步确定了选目，元旦后即可着手译了。

黄伟经[1] 同志 12 月 22 日写给我一封信，问了两个俄文翻译方

① 黄伟经，作家，翻译家。历任《羊城晚报》、花城出版社编辑、编辑室主任，《随笔》主编。

面的问题。关于《诗魂》，他写道："由于我们已开始整党学习，加上《随笔》和其他书刊的一些日常工作……大约要明年二月以后，我才能抽出时间来拜读你的《诗魂》(原计划一月份拜读的，要推迟)。"我和姜明河都有点担心，"拜读"之后的下文如何。这个情况我已写信告诉老郭[①]了，让他在适当的时候侧面了解一下。

由于匆匆去回龙观开会，未能送你，甚歉！顺颂

新年幸福！

守仁草

1985年12月29日

姜明河向你问好！

## 俄苏诗人汇《诗魂》

硕良兄：

上月底黄伟经同志回信说，由于花城出版社出书数量所限，今年无法安排《诗魂》[②]的出版，最近他托人将书稿带回了北京。我花了一些时间重新编排和通读了一下，现挂号寄上。

这是我在苏联文学研究方面的第一个集子，也是我和姜明河极为关心的一件事，望兄设法尽早发排。全书共收文章17篇，书后附有"诗人简介"，总计约21万字。文章中有12篇曾发表在公开刊物上，有3篇曾发表在内部刊物(《外国文学动态》)上，余下两篇亦将在杂志上刊载。内部刊物上发的3篇，基本上谈的是诗歌创作的本身，不涉及政治，所以不会影响集子的公开发行。当然，此书究竟作为公开版还是内部版，还请兄根据具体情况决定。

① 郭锷权，北京俄语学院毕业。被错划为右派，改正后入读中国社科院研究生院新闻专业。任湖南人民出版社译文编辑室编辑。

②《诗魂——苏联诗歌创作漫步》，王守仁著，戈宝权序，223000字，1986年第一版，首印2450册。

兄在通读书稿过程中，如觉得哪一篇不妥，可抽出。《后记》一并寄上，不妥之处亦请直接修改！《序》，我意不必请人写了。老一辈学者里戈宝权同志对俄苏诗歌有研究，可他对当代苏联诗歌比较陌生，如果请他写序，可能使他为难，况且时间至少也要拖延几个月。因此我想你写三五百字“编者的话”或“出版说明”即可。

《阿赫玛托娃诗选》[①]工作正在进行中，大约八九月份可寄上。

知兄很忙，收到稿子后简复即可。

姜明河向你问好！

顺祝

编安！

守仁草

1986年3月7日

① “域外诗丛”《阿赫玛托娃诗选》，王守仁、黎华译，163000字，1987年4月首印20000册。

## 姜明河

# 《火坑》被盗版

老刘：您好！

《火坑》[①]出书已半年有余，托购的50本书至今未见寄来，真是"望眼欲穿"！北京的新华书店守仁不知去过多少回了，一直未有销售，如果这里能买到，我们就不想麻烦您了。贵社寄来的赠书20本我早已分送完，周围还有不少亲朋好友向我要书，我一次次允诺，无法兑现，我所解释的理由恐怕难以使别人相信了。无奈只好再求助于您，请您百忙中抽空过问一下此事。

从友人处见到第二次印刷的《火坑》新本，发现错漏处都未改正（上次我曾应小贺的要求把勘误表整理后寄上），不知何故？不管怎样，总感到有些美中不足。曾有一天，从个体书摊上买回两本盗版《火坑》，印刷质量极差，实在有损贵社的声誉，可气可恨！

顺祝

春安！

姜明河

1987年3月11日

---

※ 姜明河（1935—　），女，翻译家。上海人。1952年上海体育中学毕业后考入上海同济大学，1960年毕业于苏联莫斯科建筑学院，高级工程师。主要文学翻译作品有《尤丽雅》（1982）、《米佳的爱情》（1982）、《涅夫佐罗夫的奇遇》（1985）、《火坑》（1986）、《伊凡·杰尼索维奇的一天》（1986）、《癌症楼》（1989）等。

①《火坑》，〔俄〕亚·库普林著，姜明河译，275600字，1986年5月第一版，首印170000册，1986年10月重印205900册，1987年4月重印44100册，1987年12月第4次印刷58000册，累计一年多共印478000册。

# 力　冈
（3 封）

## 为《静静的顿河》新译本预热

硕良：

来信和寄来的书都已收到。

我自己感觉，今年比去年精神还好。所以译事进度正常，九月下旬可以寄出第三部。我本来计划就是这样。第四部最长，估计明年五月可以完成。

第二部还是等你去桂林以后再寄。

我想，关于《顿河》[①]，除了你社发广告外，由吴德艺出面，

※ 力冈（1926—1997），教授，翻译家。原名王桂荣，山东广饶人。自幼失母，生活贫苦。1950 年考入哈尔滨外国语专门学校，毕业后到安徽大学任教，不久开始文学翻译。1956 年在上海出版《里雅希柯短篇小说集》，次年在反右运动中蒙冤，被划为右派，开除公职，押送劳教。1960 年 7 月摘帽返校，重拾译笔，以《查密莉雅》在《世界文学》刊出而引人注目。"文化大革命"中再遭放逐，下放劳动，1978 年重回教坛，在安徽师范大学教授俄罗斯语言文学与翻译，刘文飞、周起超、吴德艺等名家均出其门下。应漓江之约重译的《静静的顿河》四卷本于 1986 年一经推出，新华社向全国报道，同时用英语、俄语向海外播发电讯，在当年全国书展上被评为 1986 年度"优秀畅销书"。之后又连续推出帕斯捷尔纳克的《日瓦戈医生》（与冀刚合译）和帕氏诗选，及《当代英雄》《猎人笔记》《复活》《安娜·卡列尼娜》等名著重译，加之八九十年代所译《爱的归宿》《野茫茫》《儿时伙伴》《白轮船》《风雨人生》和《高尔基传》《别林斯基传》，形成新时期外国文学一道亮丽的景观。2017 年 12 月 21 日，安徽师范大学出版社举行《力冈译文全集》19 卷发行及力冈逝世 20 周年纪念大会，吴元迈、朱家存、刘文飞、沈念驹、吴德艺、张杰、聂珍钊等出席。

① "诺丛"《静静的顿河》,〔苏联〕肖洛霍夫著，力冈译。全四册，1563000 字。1986 年 3 月第一版，首印 15200 套。1992 年 6 月第二版分平装上下两册、精装一册出版，第 6 次印刷，累计 73800 套，内含精装 1800 套。成为漓江最具标志性意义的出版物之一。出版时新华社以俄文稿、英文稿向海外播发电讯报道。在首届全国书展上获评"优秀畅销书"。

在适当的时候发一两条消息，以利将来征订。你认为合适吗？

吴德艺考汪飞白的研究生，考得很出色，今天赴杭参加复试。汪飞白在信中说，复试只是见见面，录取不成问题。

吴德艺希望研究生毕业后去你社工作。但我估计，念驹可能留他。

你给我寄的《福地》是平装的。不行。这一套丛书都要给我精装的。

我校中文系有一位胡叔和老师，是研究戏剧的，写有《曹禺评传》，将由戏剧出版社出版。他想要一本《天边外》，平装的就行。如样书不多，就由邮购部寄一本，让他付钱。

《漫长漫长的童年》在《世界文学》发表后，听到不少好的反映。其中的一篇《阿克云朵斯》尤其精彩，是先生艺术精品。你编的《世界中篇名作选》如果需要，我剪贴后，加几处必要的注解，写几句前言，给你寄去。这一篇有四万字。就推荐给你，主要是认为，像这样的精品，应该在中篇名作中占有地位。如果用不上，不要勉强。

家瑶、小燕都好。小燕这学期当教师已经习惯些了。

祝

全家好！

力冈

1985 年 4 月 27 日晚

## 出版合同要全面、平等

老刘：

半个月前收到来信和附寄的出版合同。因为你即将外出，也因为我也要外出参加会议，所以到今天才回信。

你社拟订的出版合同是不合格的。作家协会 4 月间寄来一个小册子，除了《著作权法》《书籍稿酬暂行规定》等内容外，还附了一份出版合同格式。我复印一份寄给你看看。

只有这样的合同才是全面的、平等的。

你社拟订的合同是片面的，是不平等条约。

在同样的条件下，我愿意让《顿河》留在你们社。但不能让我吃亏太大。

《日瓦戈医生》[①]还不到5年。等满5年再说吧。

我刚译完《复活》，即将动手译《安娜·卡列尼娜》。计划于明年年底译完。暂时没有时间译其他作品了。

你社想出陀思妥耶夫斯基的作品，我向你推荐几位译者好吗？

祝

全家好！

力冈

1991年6月2日

## 出全集同时考虑出单行本

硕良：

河北教育出版社的稿费已在春节后寄到。冀刚、念驹、宪生等也都收到。王亚民也和我通过电话。他才36岁，年轻有为，会干出一些成绩的。你为他出谋划策，是值得的。

---

① “诺丛”《日瓦戈医生》，〔苏联〕帕斯捷尔纳克著，力冈、冀刚译，薛君智序。484000字，1986年12月第一版，首印41000册（含精装1000册）。1997年12月统一封面版印数5000册，含精装1000册。2008年12月纪念中国改革开放30周年之际，获评“30年30本影响广泛的文史类图书”，列第17位，入选理由为：“洪流越是浩大，灵魂越美越孤独无依。帕斯捷尔纳克用生命的毁灭、爱情的绝望、家庭的破碎、良知的挣扎，记录了大时代中知识分子的心灵史，哀痛缠绵，感人至深。”此一评选在当年深圳读书月活动期间，由有关部门组织知名专家和人民日报、光明日报、中华读书报、新闻网等16家媒体编辑进行。《中国新闻出版报》以《30年阅读史——一部精神成长史》为题做了报道。

接到朱宪生电话，说他即将去南宁，协助你编屠氏文集，这很好。

为利于单卷出售，我建议：在设计封面时，不要在封面和书脊上标明第 1 卷、第 2 卷……只标明：屠格涅夫全集 · 猎游散记，或者：屠格涅夫全集 · 中短篇小说 · 18× ×—18× × 年……

不知译稿是否都收到了？

你在电话中说，可以再给我几本《顿河》精装本，给我全套丛书的精装本，希望你兑现。到现在为止，我只有一本《魔术师 · 原野王》。

我女婿张光生寒假回来，又回俄国去了。学了四个月俄语，普通交谈已经能应付。你们什么时候去俄国，他完全可以为你们当翻译。

念驹夫妇于今年 6 月出访俄国，并且正在为华东几家文艺出版社筹备去俄国办书展。实际上也是为出版界同行找机会出国看看。

祝

健康

力冈

1994.3.8

**附：**

## 怀念父亲——力冈

王　燕

父亲原名王桂荣，力冈是他的笔名。父亲离开我们已快一年了，可我至今仍不相信，也不愿承认这就是事实。在我的心里，我从没有感觉父亲的离去。我无法相信那么善良、可亲可敬的父亲就那么迅速那么悄然地走了，我到今天仍然认为去年冬天的那一切都是假的，假的。每当从外面回家时，我总想开门的一定是父亲；每当进入书房时，我仿佛看到父亲仍伏案翻译俄罗斯文学名著。……可是这一切都已成为过去。我深情地怀念着父亲，父亲的音容笑貌、工作和生活的情景一遍一遍地映现在我的脑海里。

父亲一生历经磨难。少年丧母，时而寄人篱下，时而流离他乡。1948年底，山东解放了，父亲到济南华东大学学习，不久被推荐到《大众日报》社工作。1950年考入哈尔滨外国语专门学校，毕业后被分配到安徽师大外语系任教，并开始从事文学翻译。1957年，父亲被错误地打成“右派”，送去劳动教养。“文化大革命”中又被迫带着全家下放农村长达九年之久。但父亲却很少对我提过去的事。每当别人提起时，他总是显得很平静，唯一感到惋惜的是觉得失去的时间太多，长期离开了他心爱的文学翻译工作。

党的十一届三中全会后，父亲的冤案更正了，重新走上教学岗位，一边认真搞好教学，一边埋头翻译工作。他特别珍惜时间，每天的时间安排得井然有序、极有规律，真可以说分秒必争，除了吃饭，早晚散步外，几乎整天都在想啊、写呀。屈指算来，从1980年到1996年父亲生病为止，父亲先后翻译了《静静的顿河》《安娜·卡列尼娜》《复活》《猎人笔记》《当代英雄》《上尉的女儿》《风雨人生》《日瓦戈医生》《白轮船》《野茫茫》等20多部俄罗斯文学名著近700万字，平均每年有40多万字的译著出版。父亲生前正在重译陀思妥耶夫斯基的《罪与罚》，还没有完稿，无情的病魔过早地夺走了他的生命，否则父亲还会给广大读者奉献出更多的译著。

初次接触父亲的人，看见他表情严肃，不苟言笑，可能会以为父亲难以交往，其实父亲是一个充满爱心，乐于助人的人。说到这里，我想起母亲跟我提起的一件发生在六十年代的事。一次父亲陪她到医院看病，因为母亲行动不便，就叫了一辆黄包车。当他看到车夫是一位六十多岁的老人，不仅他自己不坐车，而且一定要代车夫拉车，让车夫跟在车后走，到了医院，他付给了车夫相当于车费十倍的钱。老人感激不已，连声说：“我今天遇到了一个好人。”每当父亲的朋友或同事碰到困难时，他不仅在精神上给以慰藉，而且在物质上给予帮助。哪怕是不认识的人，遇到什么困难、麻烦，只要父亲碰到了也会设法解决的。

父亲爱憎十分鲜明，认为你这个人可成为真诚的朋友，他会全心全意地对待你，会处处为你着想，你遇到什么问题、困难，只要他能办到的，他会尽心尽力地帮助你。而对于那些私欲熏心，靠整人向上爬的人，不管他地位多高，他都是不买账的，甚至连见面打招呼都不愿意，根本没有如今社会上的世故。父亲对他不喜欢的人或话不投机的人，他连一些敷衍的话都讲不出来，常把人晾在一边。所以不了解他性格的人，都认为他很怪。以至于我女儿的钢琴老师对父亲说："一开始，我到你们家教课时，有的老师劝我不要来，说你这个人挺怪的，开始我真有点怕，结果一接触才发现你对人特别真诚。"有一位芜湖电视台记者早就听说了父亲是著名翻译家，一直就想给父亲拍一个人物专题片，只是听人说父亲很怪，不喜欢别人宣传他，一直没有与父亲联系。但最后他鼓足了勇气登门来访。一个人物专题片拍完了，他和父亲成了忘年之交。因为通过那一次次的交心长谈，他发现父亲是一个"挺可爱的老头"。因此，漓江出版社的原副总编刘硕良叔叔亲昵地称父亲是"扬子江畔的格里高利"。

父亲历经磨难，不仅从未灰心丧气过，反而养成了格外刚强的个性，只要他认为对的，他一定坚持下去，一定要做好。1982年，在厦门市一次外国文学讨论会上，刘硕良叔叔约父亲重译《静静的顿河》。开始时父亲认为重译要超过原译难度很大，不肯接受。他说："重译必须要超过原译本，如果不能达到这个目的，那就没有意义了。"后来，他看到刘叔叔态度坚决、真诚、恳切，他把这个任务接受下来了。他说："为了争一口气，表明我们这一代人有能力做好这件事。"两年多后《静静的顿河》重译本出版了，在国内外影响很大，新华社、塔斯社和苏联《真理报》等新闻媒体都发了报道和电传，因此，他在翻译界获得了很大的声誉。但父亲从不以名人自居，更没有利用自己的身份拉关系、谋私利。有时我们为他不平，常常在他面前讲：某某出国了，某某又到什么地方休养了，他听了只是笑笑，没有流露出丝毫羡慕的表情。他常常对我们说："一个人生命是短暂的，如果把时间花在自己不愿做的事上，不做几件对人民有意义的事，那就太不值得了。"有一次一位曾受父亲帮助的中文系学生来找父亲，希望介绍他参加省作家协会，父亲语重心长地对他说："重要的是作品，不在乎头衔。这么多年，我从未提过加入哪一级作协，《静静的顿河》出版后，是作协找我参加的。"父亲对名誉看得极淡。正如芜湖电视台给他拍电视片时，记者问父亲："你不觉得寂寞吗？"父亲回答说："我从来没有感觉到寂寞，因为我从来没有想到要轰轰烈烈。"这就是父亲一生的做人宗旨。

别以为父亲只爱他的翻译工作，其实父亲对培养青年俄语人才也特别关心。记得1987年系里安排三个青年教师跟父亲听文学欣赏课。开始他们的兴趣并不大，对学好俄罗斯语言文学也缺乏信心，父亲知道了这个情况，就耐心地给他们讲学习俄罗斯语言文学的重要性，帮助他们树立信心，掌握正确的学习方法。结果这三位青年教师均取得很好的成绩，其中一位考取了杭州大学研究生，毕业后留校任教，从事翻译工作。他非常感激父亲，每次见到父亲总是说："王老师，如果没有您的教导和鼓励，我是不会有今天的。"父亲只是笑笑说："这是你自己努力的结果。"父亲就是这样，从不以功劳而自居。在课堂上父亲常常教育学生："要勇于攀登，敢于向名人挑错。"他说："不敢向老师挑错的学生，是没有出息的。"

父亲不仅在教学、翻译上兢兢业业，完成工作，在家中也是一位好丈夫，好父亲，时时给我们以无微不至的关怀、爱护、体贴。母亲的腰不好，父亲尽力抽出时间帮助做些家务，以减轻母亲的负担。听我母亲说我小的时候父亲几乎把全市点心品种买遍，以致我长大之后，见了点心都不愿吃。我上大学时在外地，父亲和母亲差不多每个星期都要到我那里去，每次都会给我带上一大堆吃的、用的。每次写信都要千叮咛万嘱咐，要我做个品学兼优的好学生。我工作以后，有时因事下班回家晚了，父亲肯定会来单位接我。每天吃饭无论我回来多迟，他们都一定要等我回来。父亲是一位儿女心很重的慈父，从来不求回报。我的女儿出世后，父亲几乎是每天抱着她到外面呼吸新鲜空气，沐浴阳光。在我的女儿不会说话时，父亲就已经注意到对她的教育，告诉她这是什么花，那是什么树，教她学说话、学走路，关爱备至。人们见了都很感动，报纸记者曾想以"力冈和他的外孙女"为题写文章，但被父亲婉言谢绝了。父亲对我、对我的女儿给予了无限的爱。然而对于自己的一切，父亲并不在意，尤其是对衣食，他吃得简单，穿得随意，夏天常穿的是一件老头衫，一条西装外短裤，冬天常穿的是件中式老棉袄。遇到外出开会，我母亲总想让他穿一件好一点的衣服，他总是不肯，他说："衣服本身是为人服务的，如果穿在身上不舒服，为了好看，勉强穿上，那就失去意义了。"虽然父亲为自己想得很少，但对家人特别关心，不管家中谁不舒服，他都非常着急，认真服侍，他按时把药拿好，把水倒好，看着你吃下去他才放心。因此我母亲同他开玩笑说:“你是我们家中保健医生。”而他对自己就是遇到烦恼、痛苦却总是自己默默地承受，从不向家人发泄。在他生病的最后日子里，那一次次化疗和放疗，父亲所受的痛苦是无法形容的，但从来没有向家人说过一个字，他没有叫过一声，从来没有抱怨过家人的服侍不周，对家人所做的饭菜从来没说过一个“不”字。当我们征求他想吃什么时，他从来都是两个字“随便”。所以现在每当我回忆这些，就觉得心里特别难过。

我也喜欢文学，喜欢父亲翻译的一部部俄罗斯文学名著，然而我更喜欢生活中的父亲。现在父亲离我们而去了，我再也得不到父亲的关心和帮助。然而我却时刻谨记父亲的谆谆教诲。尽管我不能完成父亲的未竟事业，不能把父亲尚未译完的《罪与罚》等名著奉献给读者，但我一定要像父亲一样做一个对社会有用之人，以告慰九泉之下我那可亲可敬的父亲——力冈。在我的心中，父亲永远活着。

王燕（1963— ），力冈女儿，毕业于安徽工业大学。江南大学人文学院教师，从事俄罗斯外教翻译和教学辅助工作。

# 冀　刚
（2 封）

## 沙金托人寄来明信片

老刘：

遵嘱今晨打电话给沙金家，得悉沙金托人寄来一明信片（一月十一号写的），请家人转告我译稿将于一月底寄出，直接寄往漓江出版社。是否托人带回国内寄或从莫斯科直接寄则不详。

另外我已分别给智量、振亚打了电话。智量的译稿近日即可寄发南宁。

草此即颂

大安　并祝

春节快乐

冀刚

1994 年 1 月 29 日

## 沙金从莫斯科打来电话

老刘：

昨晚 9：40 沙金自莫斯科打来电话，说一月底已托人将译稿带回北京，寄往漓江出版社，问您是否收到。我已将您在南宁家中的

※ 冀刚（1930—　），教授，翻译家。全名王冀刚。华东师范大学外语系俄语专业教授。译有《瓦吉姆》《李戈甫斯科依公爵夫人》《食客》《处女地》及《日瓦戈医生》（合作）等作品和屠格涅夫、雨果、马克·吐温传记。2006 年获中国译协颁发的“资深翻译家”荣誉称号。

电话告诉沙金。估计他已给您挂电话了吧。

我的译稿《处女地》和《食客》是否已收到？您没来电话也没来信。看来已经收到。否则就会来催了。

河北教育出版社预付稿酬已于二月十一日收到。

草此，即奉

编安

冀刚

1994年3月3日

# 沙　金

## 莫斯科来信

刘硕良先生：

您好！

8月24日我和王冀刚先生通了一次话，他说您没有收到我给您寄去的目录。现在再给您寄一份。

苏联科学院和《科学》出版社1960—1968年出版了较全的28卷的屠格涅夫全集，其中15卷是著作，13卷是书信。1925—1979年出过汉译的作品集，其中没有书信。

1982年开始出的30卷全集中1—12卷是著作（1986年出完），另18卷是书信（目前只出了8卷）。

后两次的版本基本上与28卷的相同，只是最后一次补充了许多新发现的信。

屠格涅夫写了十个完整的剧本（约38万多字）。

这些剧本从前都有人译过（我译过三本）。

您的意思是不是都要重新翻译？请明确告诉我。我现在已开始译了。也组织了两个人一起译。但没有合同，参加译的同志也不放心。我目前还不能回国，请你给我写信或打电话或传真。

沙金

1993年9月10日

---

※ 沙金（1928—　），戏剧家，翻译家。上海戏剧学院副译审。翻译俄苏剧本《村居一月》《单身汉》等30余部，并为34部影视剧、科教片翻译、录制、配音。获“资深翻译家”荣誉称号。

# 徐振亚
# （2 封）

## 桂林归来近一年

刘硕良同志：

您好！桂林一别，至今已近一年。名甲天下的桂林山水至今仍然历历在目，而漓江社同志们的热情款待更加令人难忘。

当时您要我将自己的翻译体会写成文字，我也贸然答应了。可是回来仔细一想，又觉得没有什么特别新鲜的感受，要说的人家都已经说过了，硬说也只是炒冷饭而已，于是几次动笔，最后还是没有写成。自己许下的诺言没有兑现，实在抱歉。

夏仲翼[①]同志约我为贵社《苏联二十—三十年代文学丛书》译点东西，我挑了布尔加科夫的《白卫军》一书，至今尚未完成。一则我翻译的速度向来不快，二则近来出版界不景气，俄苏作品尤

※ 徐振亚（1943—　），教授，翻译家。上海嘉定人。华东师范大学教授。曾任台湾中国文化大学客座教授。2006 年获俄罗斯作家协会颁发的高尔基奖。获中国译协颁发的“资深翻译家”称号。主要译著有《另一种生活》《罗亭》《烟》《美好而狂暴的世界——普拉东诺夫小说》《特辖军的一天》等。与他人合译有《卡拉马佐夫兄弟》《陀思妥耶夫斯基书信选》《陀思妥耶夫斯基论艺术》《捍卫记忆》《精神领袖》等。主编《陀思妥耶夫斯基集》。

① 夏仲翼（1931—　），教授，翻译家，外国文学研究专家。上海人。1955 年毕业于上海复旦大学外文系。后留校任教。1963 年至 1970 年任洛阳外国语学院讲师，后调复旦大学。教授，博士生导师，上海翻译家协会会长。多年从事欧美文学、俄罗斯文学及 20 世纪西方文论的教学与研究工作，讲授“欧美文学”“俄罗斯作家专题”“陀思妥耶夫斯基小说艺术”“小说艺术研究”“多元视角与综合研究——20 世纪西方文学批评”等课程。2000 年退休。现任上海市文学艺术界联合会副主席、《辞海》外国文学分科主编。与刘宗次合译苏联雷巴科夫著长篇小说《阿尔巴特街的儿女》，580000 字，1988 年 3 月第一版，首印 41000 册。刘宗次，北京师范大学教授，博士生导师，著名外国文学专家。

其不受欢迎，想到与冯增义[①]合作的《陀氏论艺术》一书给贵社在经济上造成损失，总觉得欠了一笔债似的，生怕再给你们增添负担。

年初看到苏联发表《布哈林夫人回忆录》，觉得内容不错。这部用血和泪写成的书不仅为“布哈林案件”始末提供了翔实可靠的珍贵资料，而且披露了许多鲜为人知的政治内幕，真实而生动地描绘了苏联20—30年代政治社会生活触目惊心的图画。我已将此书全部译出（共25万字），不知贵社是否感兴趣？请告知。

我们上海的几位同志（包括冯增义、冀刚等）经常提起您，大家一致同意我的朋友沈念驹说的话：“老刘将在中国的出版史上留下自己的名字。”您到上海的话一定到华东师大来！

顺颂

编安

徐振亚

1989.8.5

① 冯增义（1931— ），教授，俄国文学教学和研究专家。曾任华东师范大学外语系副主任。主要翻译作品有：《陀思妥耶夫斯基书信选》《陀思妥耶夫斯基论艺术》《卡拉马佐夫兄弟》《生活与命运》（以上为合译），托尔斯泰《忏悔录》等，论文有《屠格涅夫长篇小说的心理分析》《〈死屋手记〉散论》《陀思妥耶夫斯基艺术观初探》《论〈罪与罚〉》等；参加编写的外国文学教材、辞书有《俄国文学史》《外国文学作品选》《当代世界文学名著辞典》等。《俄国文学史》获全国高校优秀教材特等奖。妻子为俄语文学专家倪蕊琴。

# 转型中的上海

老刘：

《罗亭》已于十一月二十二日寄出，不知收到没有？请给予回音，以免挂念。

全集的事想必进展顺利，我熟悉的几位译者都很认真。冀刚全力以赴，奋斗半年，已经译毕。沈念驹也日夜兼程，大约已经完稿。估计按时出版不会有多大问题。

上海通货膨胀如脱缰野马，势不可挡。以蔬菜为例，青菜每斤价在一元五角以上，菠菜最高价近四元五角一斤，市民们叫苦连天。市政府才采取应急措施，发动大量人员赴外地采购，但平抑物价难度不小，大约尚需一段时间。上海面临另一个难题是社会治安，由于大量外地民工涌入，加上管理脱节，偷盗抢劫时有发生。我们校园里已发生十多起大白天上门撬窃的案件，自行车失窃已是司空见惯，停在楼下数分钟，待你下去已不翼而飞。至于交通住房问题，十分突出，但因为时间已久，反而不那么迫切了，至少暂时退居第二位。

学校创收乏力，缺少拳头产品，情况不妙。目前正陆续筹备八大学院，外语学院已宣告成立。不发展生产力，只调整生产关系，最终不会有好结果，无非是再增加一个管理层次，多一些扯皮的事。高校永远是只烫手山芋，难养。

近来可好？请注意劳逸结合，不要过于劳累。

祝

安好

徐振亚

1993年12月14日

# 沈念驹

## 为长远计应再添人手

硕良同志：

手书奉悉。快聆教言，欣慰至甚，不胜感荷。顷接力冈来鸿，惊悉贵体违和，深以为念，未知是否稍见好转？你实在太辛苦，这么大的工作量，亏你承受下来。钢铁尚且会疲劳断裂，何况乎人！望以此为戒，从今注意身体，勿使超负荷运转。以同行之心言之，你应当再招兵买马，不仅招有活动能力、善于开拓的青壮年，还要搜罗一批外文人才，争取大语种都有专职编辑[①]。你善于找译者，一般找得都比较准，因而稿件的质量有相当的保证，从而弥补了编辑人手的不足。但从长远讲，从提高声威和在学术界的影响讲，如

※ 沈念驹（1940—　），翻译家，编辑家。浙江德清人。1963 年毕业于杭州大学外语系俄语专业，即在杭州二中任教。1981 年调入浙江人民出版社，任外国文学编辑室副主任，1983 年转入浙江文艺出版社，历任外国文学编辑室主任、副总编、编审，浙江省作家协会外国文学委员会主任，中国出版协会外国文学出版研究会副会长。主持编辑出版《外国文学名著精品丛书》《外国著名诗人诗全集书系》《世界戏剧经典全集》等大型丛书及其他名著多种；主编出版《普希金全集》（与吴笛合作）、《果戈理全集》《契诃夫全集》等大型文集。发表论文多篇。业余从事俄罗斯文学翻译，发表《记忆》《鸟影》《阿尔沙克的秘密》《比安基动物小说》《烟雨霏霏的黎明》等现当代俄苏作品及一系列古典名著的新译，包括屠格涅夫小说《贵族之家》《春潮》《阿霞》《初恋》和全部散文诗，普希金小说《杜勃罗夫斯基》《黑桃皇后》《普希金童话》与契诃夫、高尔基等作家作品。

① 沈先生所言极是，漓江在桂林建社时调集吴呵融（英语，广西大学毕业）、吴裕康（德语，北京大学毕业）、宋安群（俄语，广西师大毕业）三位骨干的基础上，吸收了自学成才的青年编辑沈东子（英语），后又从全国名牌高校分别选用了莫雅平（英语，北京大学毕业），金龙格（法语，复旦大学毕业）、汪正球（日语，南京大学毕业）。由于基本功较好，专业结构、年龄结构和所出高校分布合理，漓江译文室声威大震，为有志发展漓江事业者打下了良好根基。

果在你原先的基础上再加上一批得力的专职外文编辑，不是猛虎添翼了吗？你这几年成绩斐然，使我钦佩。社会上亦已有公论。如果再在编辑力量上得以加强，不是可以在地方出版社中雄踞一方吗？

我目前的困境是多种复杂因素造成的，短短一纸难以说清。不久前我向党委提交了辞呈。此举纯出于内心，并非要挟之技。我的气质只会当一名书生，如在编辑部大概只能做文字匠，行政管理才能和巧与周旋的能力，是全然没有的。我不想在扯皮和无谓的摩擦中虚掷光阴，所以真心想下台。夏总[1]因健康的原因已久不视事，只审外文室的稿件。我成了上不着天下不沾地的梁上君子，做事处处碰壁，花数倍于人的力气才能办成一件事。这种日子真不是人过的。

说到离开，久在酝酿中。眼下暂时还下不了离杭的决心，因为岳母病重，我撇不下。但我不是没有这方面的考虑。辞职只是第一步，不管成败与否，此步一定要跨。辞了职，以“布衣”身份，到其他单位联系也方便，人家不至为这个不起眼的弼马温之职而伤脑筋。作为技术人员，总也有用武之地的，人有闲得无聊而安享其乐者，人亦有苦于求施展一技甘愿辗转辛苦而不可得者。世事之不公道，至此！如果这里真的无法合作，我不排除离开杭州的可能。当然要走，总得在 50 岁以前，过了知非之年，人老珠黄，人家不太会有兴趣了。

希望你早日康复。康复后即给我复信。

顺颂

时绥

念驹

1986.7.24

① 夏钦翰，编审，时任浙江文艺出版社总编辑。

# 苏 杭
# （2 封）

## 中央电视台拍了《叶夫图申科诗选》

硕良同志：

你好！

2 月 26 日挂号寄去叶夫图申科谈诗人译稿，想已收到。

叶夫图申科在 25 年前曾写过一首短诗《斯大林的继承者们》，当时引起轰动，后来在他编选的各种集子中都没有把这首诗收进去。自从戈尔巴乔夫上台以后，他于 1987 年将此诗稍加修改再次发表，又一次引起争论。这首诗译文国内还不曾公开发表过，如果《国际诗坛》想要，我可寄给你。

顺便提供给你一个信息，中央电视台一台将于本月 21 日（周二）晚 8：33 播放叶夫图申科编剧并导演的影片《幼儿园》，电视台请我对影片做些艺术分析并已录像，将于本月 22 日晚 8：29 在《电视你我》《影片〈幼儿园〉观后感》节目中播出（也许于 21 日与影片同时播放）。录像时，电视台专门将漓江出版社出版的《叶夫图申科诗选》拍摄了一个镜头。

耑此

※ 苏杭（1927— ），翻译家，外国文学研究专家。河北抚宁人。1951 年毕业于北方交通大学外语系。历任铁道部第三设计院翻译组组长，《世界文学》编辑部苏联东欧组组长、编委，编审，俄罗斯国立哈巴罗夫斯克师范大学暨俄罗斯国立哈巴罗夫斯克经济法律学院教授。1982 年加入中国作家协会。享受政府特殊津贴，获“资深翻译家”荣誉证书。译著诗集《莫阿比特狱中诗钞》《叶夫图申科诗选》《婚礼》《致一百年以后的你》，散文集《提前撰写的自传》《老皮缅处的宅子》，小说《一寸土》及专著《美学简明词典》《继往开来——论苏联文学发展中的若干问题》。

撰安！

苏杭

1989年3月17日

## 目录要显条理分明

硕良同志：

叶诗选校样看完，现奉还，有几点应当说明一下。

1. 目次中原分译本前言、短诗和附录三个栏目；长诗我记得原与短诗在一起，现在删掉了，似乎显得不对称。建议在目次中加上“长诗”栏，如果可以，那么相应长诗标题后的“（长诗）”则应删掉。

2. 现正文中“短诗”栏另辟一页；鉴于改动页码太多，“长诗”栏则保持原样，不再另辟专页。

3. 目次中短诗题名现排五黑，看上去令人觉得黑乎乎一片，不干净，建议改排五宋；同时，如长诗加栏目，则长诗名在目次中可改排五宋，以便统一。不知可否，请考虑。

又，《叶夫图申科诗选》出版后我个人订购70本，书款请由稿费中扣除。谢谢！

苏杭

1989年7月20日

另：请不要忘记给封面和插图作者张守义署名。

译者地址：张孟恢、乌兰汗（高莽）、王守仁、赵少伟、苏杭、刘文飞均为北京建内大街5号，中国社科院外国文学所。田大畏，北京沙滩后街文化部政策研究室。张守义，北京朝内大街人民文学出版社。非之，由我转。

# 张　捷
# （2 封）

## 要查对的东西很多

老刘：

您好！

这次本想到桂林参加讨论会，有些事情想和您面谈。陈燊也托我对您说几件事，不料北京火车票十分紧张，想了很多办法都没有买到，因此未能成行，实在感到遗憾。

《屠格涅夫文论和回忆录》一书，在比较了屠氏文集的各种版本后，最后决定照十二卷集的第十一卷译出（因为收集得比较全），估计约有 30 多万字；再加上回忆录（屠氏的生活回忆录和文学回忆录共 10 篇，其中比较重要的文学回忆录有 4 篇，我打算只译文学回忆录，共约 7 万字），总计约三十七八万字。看来数量已相当可观了。不知这样决定是否合适，请示知。在翻译过程中，加一些必要的简要注释，帮助读者理解，这类注释力求简单，以免增加过多的篇幅。题解不打算搞了。因为篇数太多，有的篇目很短，不到一页，设了题解反而显得累赘。我想供一般读者阅读，有简要的注释以及每篇开头注明首次发表的时间和地点就行了。不知您以为

※ 张捷（1931—2016），翻译家，外国文学研究专家。笔名季耶。浙江诸暨人。1957 年毕业于哈尔滨外国语学院研究生室。中国社科院外国文学研究所研究员。20 世纪 50 年代开始发表作品。1989 年加入中国作家协会。著有《苏联文学的最后七年》、《二十世纪俄罗斯文学史》（合作）、《俄罗斯作家的昨天和今天》、《热点追踪——二十世纪俄罗斯文学研究》，译著有《战争与和平》《沼泽地上的人们》《屠格涅夫文论》《美学：问题和争论》，合作翻译出版《白痴》《暴风雨》《艺术家托尔斯泰》《艺术创作·现实·人》《尼古拉·果戈理》《文学与革命》《文艺学中的形式主义方法》等。

如何?

此书从5月份确定后，我就抓紧时间翻译。可是因为涉及的面太广（除了文学外，还涉及艺术，包括音乐、绘画、雕塑，提到许多历史事件和历史人物），需要查对的东西太多，还夹杂着德、法等国文字，翻译难度较大，进度不够理想。现只译出约25万字初稿。现正在赶译，争取按时完成。可是今年我可能要搬家，会受到一些影响。所以我想和您商量一下，如果分了房子，搬家要花点时间，（交稿期）是否可以适当往后延长一点。至于稿子质量，您可以放心，我一定做到齐清定，您不必花太多时间就可以发排。一切都照直接发排的要求做，做到都符合规格。

如果您对上面讲的做法（包括内容的确定）有意见的话，请赶快告诉我，以便及时调整。

祝编安!

张捷

10月19日（1992）

## “回忆录”部分完成

老刘:

您好!

现将《回忆录》部分，约十三万五千字寄上，请查收。本来这部分应在春节前完成，但由于搬家、过春节以及其他杂事，拖了几天，实在抱歉。三月初我又要去无锡参加苏联文学研究会年会，还要在会上发言，所以《回忆录》部分的前言尚未写好，等我三月上旬开完会后，再寄给您。

《文论》部分约33万字，早已于1月上旬寄上，谅已收悉。其中只缺前言。现已与陈燊同志商量，此前言由他来写。他是俄罗斯文学的著名专家，尤其对屠格涅夫有很深的研究。此前言由他来写更为合适，这将为《文论》增色不少。他将于近期写完，我将把它与《回忆录》的前言一并寄上。您看这样行吗？

祝编安

张捷　拜上

1994.2.22

孙美玲
（2 封）

## 待字闺中的肖洛霍夫研究专著

硕良同志：

近两年未通音讯，不知近来好吗？我想，您当然一定仍旧很忙。记得 1988 年 2 月我曾收到贵社寄来的两套精装本《静静的顿河》，因当时我正在生病住院，未能回信，请原谅。前不久，又收到贵社寄来的《西方马克思主义美学文选》（其中收有我译的《萨特及其存在主义》一文）两册。

两年间出版业的变化很大，图书市场萧条。在这样不景气的环境中，贵社仍旧在出版《外国文学研究资料丛书》以及其他研究类的著作，可见贵社胸怀、魄力之大，志趣、水平之高，可谓创名声于艰世，取信誉于识家，立出版史之伟业，放长眼看未来，真是社会之幸，读者之幸。

1987 年您曾答应我在贵社出版我撰写的《肖洛霍夫论》一书，但由于我前些时候一度生病，后来又忙于我们研究所的集体项目《苏联文学史》的稿子，一再耽搁，现在终于完成了，但是现在出版情况和两年前的确不同了，不知贵社是否还能安排出版？

这本书最后我还是按照您的建议，把书写成一本专著，成为一

※ 孙美玲（1931—2002），女，外国文学研究专家。满族。北京人。1959 年毕业于莫斯科大学俄罗斯语言文学系。历任中国科学院哲学社会科学部文学所研究人员，黑龙江大学中文系教师，中国社科院外文所研究员。1945 年开始发表作品。1990 年加入中国作家协会。著有专著《肖洛霍夫的艺术世界》《肖洛霍夫》，编著《肖洛霍夫研究》《莫斯科女人》，评论《俄国象征派诗人勃洛克论评》《勃洛克》《勃洛克名诗欣赏》等。

个统一的体系，这样更有价值。我个人以为，这本书是有价值的。我一向不勉强为文，总是心有所得才形诸文字的。一个中国研究者应该从自己的角度撰写肖洛霍夫研究的书，参与世界学术界的对话，这样才更有意义。

此前，我编选的《肖洛霍夫研究》一书和我的论文，在国内和苏联都产生了较大的影响，我想我现在写的这本专著，大约不会比以前的东西更差吧。

今年二月份我收到苏联科学院世界文学研究所和苏联作家协会的共同邀请，将去苏联进行学术访问。到时我准备会见苏联肖洛霍夫的研究家们，去顿河肖洛霍夫故乡看望他的夫人，去肖洛霍夫博物馆，搜集有关肖洛霍夫的资料。我可能还要做关于肖洛霍夫的书在中国的出版和研究情况的报告，等等。大概我在写给您的第一封信中曾经向您建议，贵社是否可送给肖洛霍夫夫人和肖洛霍夫博物馆各一本精装的《静静的顿河》，请您在书上写上贵社的题词（我将在另纸上译成俄文）。现在我仍然这样向您建议，并且我可以亲自送到顿河去。①

如贵社仍能安排出版我的书（约20万字），我将于6月份将全部书稿寄来。望您在百忙中回我一短信。

即颂

春安!

孙美玲

1989年4月8日

① 孙美玲先生专著《肖洛霍夫论》未能在漓江出版，有关建议亦未认真落实，致失“顿河”事业持续发展的一大良机，殊为可惜。

# 亲历难忘的一天

硕良

南南先生：

你们好！非常感谢你们每期寄赠我《出版广角》。这本杂志办得有声有色，常配以照片，图文并茂，且信息量大，我十分爱读。

现寄上拙文《难忘的一天》[①]，不知是否适用于《岁月留痕》栏目？拙文所述毛主席对留学生的讲话，其中："你们看，我们都多老了，好像下午三四点钟的太阳，就要落山了。"这是首次披露，别处没有发表过。

这篇文章是应约为《希望寄托在你们身上——忆留苏岁月》一书而写的。这本书是欧美同学会为纪念毛主席在莫斯科接见留学生四十周年而编的，主编是朱训（政协全国委员会秘书长、欧美同学会留苏分会会长）。他们拟于今年十一月出版。

如果你们有事来北京，非常欢迎来我们研究所或我家坐坐。

即颂

编安！

孙美玲

1997 年 5 月 31 日

---

① 孙美玲《难忘的一天》，载《出版广角》1997 年第 5 期。

# 臧仲伦
# （2封）

## 从物价想到稿酬

硕良先生：

大函早已收悉，迟复为歉！

《罪与罚》已完稿，译本序也已草就（是在人文版《罪与罚》原由我撰写的序言的基础上改写的，并补充了一些新材料、新观点）。但内人工作繁忙，加上家务和社会工作繁杂，译稿一时打印不出来。此外，她新学电脑，速度较慢，她又坚持要用电脑打印，送出去打印吧，这点微薄的稿费，我送不起。

因此可否将原定交稿期（今年7月）延长3个月，至今年10月交稿？（我们将争取尽可能提前！）请示下。

顺颂

阖府安康！

仲伦敬上

1994.6.2

硕良先生：

您好！

现寄上《罪与罚》译稿及译序《人的命运与人的哲学》(另邮)，请查收。

---

※ 臧仲伦（1931—2014），教授，翻译家。江苏武进人。北京大学俄语系毕业，曹靖华先生高徒。资深教授。译有陀思妥耶夫斯基《罪与罚》等5部长篇及众多俄罗斯文学作品。

作者像及插图（我有全套插图），如确属需要，当另邮寄上。请函告。

译稿寄达后，谅必签订出版合同。现在物价飞涨，可否请先生建议出版社适当调整稿酬（每千字不少于30元）。费心了！

顺颂

大安！

臧仲伦

1994.9.20

# 顾蕴璞
# （3 封）

## 诗的精华在抒情诗中

尊敬的编辑同志：

偶然从一个朋友那里拜读了贵社最近出版的《西方爱情诗选》，觉得编得非常好，有了它，不用东找西寻，无须特殊破费就能饱览西方六十位著名诗人的力作，欣赏各种不同的风格，广采博收百家之长。诗的精华在抒情诗中，抒情诗的最奥妙处往往蕴含在爱情诗中，我相信，这部作品定会受到广大诗歌爱好者的欢迎和赞赏。

幸运的是承蒙纳入拙译莱蒙托夫诗和叶赛宁诗各一首。不知可否向贵社索取一册，以资留念及学习，北京现在根本买不到。

此致

敬礼

顾蕴璞

1981 年 10 月 30 日

通信地址：北京大学俄语系苏联文学研究室

※ 顾蕴璞（1931— ），教授，翻译家。江苏无锡人。北京大学俄语系教授、苏联文学研究所所长。主要译著有《莱蒙托夫抒情诗选》《叶赛宁诗选》《帕斯捷尔纳克抒情诗选》，并主编五卷本《莱蒙托夫全集》等。

## 推荐入选《中国当代文化精英录》

硕良同志：

您好！

不久前填写了一份“中国当代文化精英录”（上海社科院出版社出版）编纂联系表，是朋友推荐的，我把它再推荐给您。因为我觉得您在改革开放十年来介绍外国文学方面成绩斐然，是相当突出的有成就的出版专家，我觉得您无愧于当代文化精英的称号。

此书主要是对外的。与英国剑桥“国际名人传记中心”、美国“当代人物传记”等国际名人录建立多向交流网络。当然最后是否入选是他们的事，但我认为您是出版方面最合适的人选之一。填好表后可直接寄出（表上有地址及联系人）。

顺祝

秋安！

顾蕴璞

1989.8.31

## 《莱蒙托夫全集》付邮

老刘：

你好！

张学增因去了香港一个多月，到二月二十三日才把稿交来，陈松岩也在二十二日才交他的《阿尔别宁》，致使延误了交稿期限，我感到内疚，但也无能为力。

张译质量较高。他的两个剧本中的《人·情·欲》和《假面舞会》（第一稿）的前半部译得较出色，但后半部很差，由他的研究生译，还未来得及改好。后一个剧本我决定暂时不用，除非后半部和前半部取得一致的水平，所以没有寄上，如果可以让他修改后直接寄出版社，仍可用。但不知时间紧到什么程度，请发表你的意见（准确些说指示）。他说还需要加工半个月，现在我还没有让他动手，先休息一会儿再说。望来电告诉您的意见（他心脏也不好，怕把他逼病了）。

插图随稿寄上（底片在口袋中），发票先不寄，发现上面只写“出版社”字样，拿去改成“河北教育出版社”再寄去，反正成品已寄上了。①

请收到后立即给我电话，以释悬念。

顾蕴璞

1995.2.26

① “世界文豪书系”《莱蒙托夫全集》，顾蕴璞主编，五卷，1908000 字，河北教育出版社，1996 年 5 月第一版，首印 5000 套。

崔松龄

## 又译了一个奥氏剧本

刘硕良同志：

《漓江译丛》二册收到，谢谢。编得很好，装帧也好，颇为大方。

奥斯特洛夫斯基的剧本我又译了五幕喜剧《火热的心》，送给人民文学出版社，该社来信告诉我，他们拟出一本奥氏选集（两卷集），决定将我送去的《火热的心》收入。我与他们联系后得知除收入过去国内已发表的奥氏几个剧本外，新译只有《火热的心》和《名伶与捧角》。我告诉他们后者我也已译出，他们说该剧已请北京大学一位同志翻译，已快译完，还向我解释说，该剧为奥氏名作之一，重译是可以的。情况就是这样。该社选集拟明年发稿，具体日期尚未最后确定，说是因为姜椿芳、陈冰夷同志的旧译还未修改完毕。

以上情况供你在处理拙译时参考。我意，如准备收入译丛，最好与该选集出书大致在同一时间，或稍提前亦可。明年为奥氏诞生一百六十周年，如何处理，尚请您通盘考虑酌定。

致礼！

崔松龄

1982年10月19日

※ 崔松龄（1930— ），翻译家，中央编译局专家。所译〔俄〕奥斯特洛夫斯基剧本《巴尔扎明诺夫的婚事》载“漓江译丛”第4辑《沼中梦》，1982年8月出版。

# 张福生

## 有用我的事请别客气

刘硕良老师：

您好！终于收到您的来信，知道《渔家女》您已收到，很高兴。

遵嘱寄上屠氏文集，是匆忙搜罗来的，别挂在心上。

有用我的事，千万别客气。我非常愿意为您做些事。

敬颂

编安

张福生

1994.5.30

※ 张福生（1952—　），翻译家，编辑家。北京人。1977 年北京大学俄语系毕业后分配到人民文学出版社工作，编审。中国译协文学艺术翻译委员会秘书长。组织出版外国文学图书多种，译有“获诺贝尔文学奖作家丛书”〔冰岛〕拉克斯内斯卷《萨尔卡·瓦尔卡》等作品。《萨尔卡·瓦尔卡》即“诺丛”书目中预告的《渔家女》，362000 字，2002 年 7 月第一版，首印 3000 册。书中附录颁奖词、受奖演说、作家小传为胡允桓译。

胡允桓（1939—2018），翻译家，编辑家。天津人。先后毕业于北京外国语学院和中国社科院研究生院。长期在人民文学出版社编辑英美文学作品。译著有《霍桑文集》《所罗门之歌》等。

# 黄树南
# （4 封）

## 得到奥斯特洛夫斯基生前最后版本

硕良兄：

你好！

你和力冈离南京后，我给你去了一封信，收到了没有？

最近我已收到从莫斯科捎来的尼·奥斯特洛夫斯基的三卷本文集，是国立奥斯特洛夫斯基博物馆同仁为表示对我译介奥氏作品的谢意赠送给我的。此最近版本根据奥氏生前最后一版即第五版印行，改正了个别明显的错误。另外，根据奥氏手稿做了校订，以注释的方式增加了奥氏作品中原有而在第五版及以后各版中剔除的文字约三四万字，其中有好几个段落长达三四页。连同改正的错误，修改之处八十余处。

我准备立即动手做校订和修译的工作。暑假即至，正好有一段集中的时间可资利用。为阅读方便起见，我想不采取注释的方式，而将新增的文字直接插到正文中去，而改正的地方也直接在译文中改过来。老兄意下如何？

另外，我想利用此机会对整个译文进行一次校订，以进一步提

※ 黄树南（1932—2009），教授，翻译家。江苏宜兴人。1954 年毕业于哈尔滨外国语专门学校俄语专业研究生班。曾任黑龙江大学俄语系兼职教授、哈尔滨外国语专门学校俄语教研室主任、南京师范大学外文系主任、江苏省翻译工作者协会副会长、《外语教学》杂志副主编。1988 年至 1989 年以高级访问学者身份赴苏联莫斯科普希金俄语学院进修半年。曾开设俄语词汇学、俄语句法学、翻译理论与实践、俄语语言国情学等课程。“文化大革命”以后，主持翻译《钢铁是怎样炼成的》《暴风雨中诞生的》《岁月——布哈林狱中绝笔》《乌苏里山区历险记》等作品，并译校马列经典著作、史学著作《列宁文稿》《苏联历史百科全书》《俄国文学史》《永恒的召唤》等。

高译文的质量。对译文的修改就写在样书上，新增的文字则另纸书写后插入其中，这样是否可以？等校订工作做完后，我就把书寄给你，一来可以加快速度，二来也省去誊写的麻烦。但对排版是否方便？望示。

如果你希望用稿纸誊清一遍，我也许只好雇人来做这工作。你是否肯负担此费用？

望拨冗尽快复我是盼。

即祝

编安！

黄树南

1992年7月3日

P.S.（1）何时交稿为好？

（2）我可能要写个后记之类的东西，做点说明。几千字。

## 新版《钢铁是怎样炼成的》

硕良兄：

《钢铁是怎样炼成的》译稿今日由邮局挂号寄上。如果运气好，你今年年底以前可收到。这样，我总算没有把这部书稿的债拖到明年去。

一切按你来信要求的办。

全书都重新看过。一是把新版增加的约四万字全部译出加进去；二是原译少数地方不妥，不准确，遗漏的地方修改补正；三是译名按地名委员会颁发的俄汉译音表重新统一，但少量译名已通行者，如保尔·柯察金、冬妮娅仍保留原名。

关于用字的规范要求，我以《现代汉语词典》为准。所以“好象”的“象”，仍用“象”而不用“像”。根据《现代汉语词典》，只有“肖像”必须用“像”，其余地方在“象”“像”通用时，以用“象”为好（请查该词典）。《辞海》中也是用的“好象”而非“好像”。你来信特意关照我要用“好像”，不知是否有更权威的依据？

排版方面，你自会考虑。我提醒一下，请注意书中书信、命令、便条、诗歌、布告、日记、电报以及诸如此类的文字。人民文学出版社用小五号字，前后加空，但又不完全统一，你看是否统一一下，个别地方我用铅笔注了一下。

再如书信中写信人的落款，其字号和位置也不一致。请留意。

剩下的问题：

（1）前言或后记。我还没想好，写还是不写，等过两天考虑，但我想不影响你发排。如果写，一个月内寄出，如果不寄出，那就是不写了。其实这本书大家都知道，不写也无关大局。

（2）作者像和插图。最好有，我手头有一些，都是原版书里的，复印给你，怕不清楚。撕下来给你，我又舍不得把书弄坏。怎办？

（3）开本。如有可能，望用大 32 开。

（4）封面设计。如来得及，望设计好后给我看一看（复印件即可）。

（5）稿酬支付。是稿费式（基本稿酬＋印数稿酬）或版税式，请你酌定，以怎样对你不利为原则。

暂想到这些。以后如想起什么，再写。即祝

冬祺

树南

12 月 10 日（1993）

## 一段名言新译引起的争议

硕良兄：

前几天给你写封信，不知道收到没有。本想请你给我找点翻译的活干，现在不需要了。莫雅平来电话，约我译《复活》，对我有吸引力，我同意了，日内就开译，半年多可译完。在此之后，如果有出版社愿意出版《战争与和平》，我也愿译，你代我留意一下看。

《钢铁》[①]已出版，但尚未见到样书。莫雅平告，有些年纪大的读者，看到新版，先查那段名言，一看做了改动，与他们熟记会背的不完全一样了，不无惋惜之情。莫问我能否改回到原样去。这件事我从 1976 年至今，考虑了 18 年，也是想照顾读者原有的印象，不愿破坏，所以一个字的改动也颇费心思。最后还是下定决心要改，主要原因是梅译的"碌碌无为"与原文相去甚远。而翻译的最重要标准是忠实于原文，不可以译者的思想代替作者的思想。"碌碌无为"与"虚度年华"几乎同义，无必要重复。而作者在这段名言中反映的思想，除了从正面肯定要为解放全人类而斗争外，又从反面分三个层次反对了三样东西，即虚度年华（如作者认为其兄由产业工人而在其妻影响下转而从事农业劳动）、庸俗生活（如作品中多次提及的两个小市民以及青年人喂鸽子的游戏，甚至后期冬妮娅出嫁给资产阶级工程师）和卑鄙行径（如维克多的告密，白军的虐犹暴行，托派的反党活动等），三层意思仅用"虚度年华"和"碌碌无为"是无论如何概括不了的。我由此想到，有没有必要就这段名言的理解和译文的修改写一篇文章做些说明，以期引起读者（年纪大的读者，年轻的无所谓，反正不存在先入之见）的理解。你那个杂志肯不肯登这样的文章。我只是先这样问问，并不是说我已决定要写。即便你同意登，写不写我还要再考虑。因为第一，即使登了，读者也不一定看到；第二即使看到了，也不一定同意，顺其自然也是一个办法。年纪大的人逐渐总要见上帝去，过若干年，这个问题便不存在了。

最后有件事问问你。《钢铁》稿费的事，我一句话没说，随便

---

①《钢铁是怎样炼成的》（全译·插图本）;〔苏〕尼·奥斯特洛夫斯基著，黄树南等译，1994 年 9 月第一版，几年间累印数十万册。由此而带出影响几代人的红色经典系列，在全国造成很大影响。获桂版优秀图书奖及 1999 年全国优秀畅销书奖。

出版社怎么定。莫告，每千字照30元支付，是最高标准。大概在武汉书市上销路还不错。但我留意到1990年6月版权局定的《书籍稿酬暂行规定》中说:“译文的校订费，每千字4至10元，由译者请人代为校订者，费用由译者自付；出版社请他人校订者，校订费由出版社支付。”《钢铁》一书，1976年出版时我们译完又自己校订，当然不应另有校对费。但这次出版，是你要我除增译新发表的文字外，再对全书做一次校订的。这次的校订（原书本来可以不再校订），是否应理解为由出版社（你为代表）请人校订并应由出版社另行支付校订费？我给莫雅平去信也讲了这意思，请他酌定。不过你的意见举足轻重。知识分子挣点稿费不易，又要七扣八扣交什么个人所得税。如果你同意我的意见，说一句话，我们的日子就好过些。

即祝

编安！

弟　树南

11月12日（1994）

## 只要一个名分

硕良兄：

香港《明报》周刊张颐武谈《钢铁》的一篇文章复印寄上，此文是我国《港台经济文化信息》半月刊1996年第1期转载的。《明报》登在哪一期上则不清楚。供参考。

《安娜·卡列尼娜》或其他书的翻译，请你酌情安排。你计划好之后，把你的要求告诉我即可。

关于优秀图书奖的事，我并不是要争。《钢铁》的情况有些特殊，一面世就挨骂，并非我们的过失。见了朋友熟人，要一一解释，牵扯许多精力，而且一两句话也说不清楚。一纸奖状在手，省却许多口舌。你最好别拿一个复印件来搪塞。你说到自治区政府去盖图章比较麻烦，你麻烦一点，我就省许多事。为了老朋友，何乐而不为？而且我只要一个名分，不要任何物质奖励。

《出版广角》很有看头，煞风景的是文理不通和印刷错误太多。

即颂

编安！

弟　树南

3月15日（1996）

又：你不能像弄《屠格涅夫全集》那样，把《列夫·托尔斯泰全集》或《陀思妥耶夫斯基全集》弄出来吗？你如上马，本人愿助一臂之力。××××出版社今非昔比，抱残守缺，难成大事。

张会森

## 题解性文字不必照搬

硕良同志：

你好！

我担承的屠格涅夫第七卷，现在编译中，现只剩3篇小说，约5万字。还有原全集后面的题解性文字。这些资料性文字，对于理解作品当然是有益的，但不宜全部译出，我想从中摘取一部分，再参考书外有关的资料重新撰写之。

因是全集，涉及其他各卷的处理，你有无统一的意见，你上次信中说加"题解"(作为附录)，最终加不加，如何加？望尽快赐告！

祝

好！

又：8月份在北戴河开一学术会议，见到了河北教育出版社(他们是主办单位之一)总编王亚民同志谈及此书。我译的第七卷12月将按时寄出。

张会森

1993年10月19日

※ 张会森(1933—2011)，翻译家，华东师范大学俄语专业教授。在"世界文豪书系"《屠格涅夫全集》译事中负责翻译第七卷·中短篇小说集《幽灵》，1994年8月第一版，首印4000套。

# 赖耀先

## 逐字推敲马克思爱情诗译稿

硕良同志：

10月13日来信于10月19日收到，当时您正在厦门开会。这个会的筹备经过我是知道的。但由于我自己在这方面没有多少研究，加上教务繁忙，未能在厦门见到您，甚为遗憾。但您没有顺道来福州一玩，更为失望。

接信后，便立即加紧《马克思青年时代爱情诗选》[①]的修订工作，现在总算完成了。这次修订，是认真核对原文、逐字逐句推敲的。除了少数几首只字未改外，绝大部分都做了或多或少的改动。大大小小共改动371处。

我在修订时，原来是用铅笔改在书上的。但字迹潦草，怕影响您的审阅，决定重新誊写，现在寄给您的就是抄正稿，共计稿纸三本，289页。

改动的情况大致是这样：

有改动一个字的，如原书566页，第三节“从那甜蜜的枷锁的梦乡”一句中的“枷锁”改为“困锁”，核对原文，困锁更为确切。

---

※ 赖耀先（1935—　），外国语言文学教授。福建永定人。1953年毕业于广东梅县东山中学，同年考入武汉大学。第二年被选送赴苏留学，先后在莫斯科基辅大学和莫斯科大学学习。回国后长期从事俄语和英语教学、翻译与研究。福建师范大学外国语学院教授、闽南科技学院外语外贸系主任。参加翻译《马克思恩格斯全集》第四十卷，获福建省社科成果一等奖，还翻译了契诃夫中篇小说《草原》和《马克思青年时期爱情诗选》，并在《外国文学评论》《外国语》等杂志发表学术论文多篇。

① 《马克思青年时期爱情诗选》，赖耀先译，1986年2月第一版，首印9600册。

又如原书541页，倒数第二行，“在美妙的声意中融化”，“声意”改为“声音”；原书第517页第一行，“像着了迷似的”，改为“着了迷”。有改动二字的，如原书561页最后一行，“这片心无人作保障”，核对原文，是这两颗心，心心相连，并没有屏障相阻隔之意，因而改为“这片心无什么屏障”。

也有改动整句或整节的。

但就总体来说，改动不多，基本保持了原来的风貌。

关于书名，除了原拟定的“马克思青年时代爱情诗”外，也可以考虑“马克思青年时代抒情诗”。前者对青年读者更醒目，更有吸引力；后者所容纳的范围更广泛，因为爱情诗也包含在抒情诗之列，似觉后者更好些。最后如何确定，完全听从您的决定。

关于插页，除马克思的诗册《爱之书》第一部的封面外，建议插入马克思青年大学生时代的照片一张；燕妮少女时代的照片一张。请考虑。

我看过您负责编辑出版的《叶赛宁诗选》《普希金论文学》等书，很有特色和很有水平。可以相信，这本书也一定会编辑、装帧设计得很好的。

关于对马克思青年时代的诗作的评价问题，我同意你的见解。最近人民文学出版社出版的《马克思论艺术和社会理想》(苏联里夫希茨著)有相当一部分篇幅谈到了马克思青年时代的诗，很有启发。该书译者吴元迈同志是我的挚友，和冯植生同志在一个研究所工作。此次厦门会议时，他交代刘宁同志给我捎来问候。

您如见到韦其麟同志[①]时，请代我向他热情问候，待以后稍空时，我会给他写封长信。请先转告他一个好消息：即最近日本出版的《中国名作家传》中，已列入他的条目，重点提到了他的成名之

① 韦其麟(1935— )，壮族。诗人、作家、教授，民间文学研究专家。广西横县人。武汉大学中文系毕业。历任广西师范学院教授、广西文联主席、中国作协副主席。著有长诗《百鸟衣》《凤凰歌》和诗集《寻找太阳母亲》《含羞草》及学术论著多种。

作《百鸟衣》，此事实堪庆贺。

本信随同三本抄正稿及插页，还寄上俄文版影印件一本，德文版打字稿一本，请查收，供审校。盼妥为保存。

就此搁笔。

敬礼

赖耀先

1983.12.16

# 李　蟠

## 一次满意的合作

老刘：

列氏小说集（原文）、稿酬和你的信都收到了，稿酬已如数收领，收据附信寄回，麻烦你代为转交。谢谢！

现在可以说，我们的第一次合作今已圆满结束。我对这次合作，非常满意。在这次合作中你给予我的帮助、支持、鼓励和照顾，我是不会忘记的！

刘老[①]对你的看法也很好。你的难处，我们是理解的。我们能够体谅，请相信！

对戈老，你们的做法很好，我打算再去信道谢！

祝你

一切顺利！

蟠上

1984年9月22日

※李蟠（1931—　），翻译家。湖南师范大学外文系俄语专业教授，湖南省译协副会长。为漓江译出列斯科夫中短篇小说集《麦克白夫人》（"外国文学名著丛书"），戈宝权题签，235000字，1984年8月第一版，首印52800册，同年12月第二版第二次印刷，累印89300册。

① 刘老，刘重德，资深翻译家，湖南省译协会长。参见本书第二部分"英语文学译著者来信"。

# 戴启篁

## 做出版家也做出版商

硕良兄：

你好！

收到你寄来的《福地》与《孤雁行》，谢谢！

老兄已荣任漓江社领导职务，为兄高兴，为兄祝贺！启予[①]来信说漓江不久将迁往桂林，企业独立，自负盈亏。好得很！只要有相对的独立的权力，只要不过多地掣肘，何愁办不好事业，以老兄之才干，以老兄之学识，定能把漓江出版社办得像漓江水那么美！有人曾提出“不做出版商，要做出版家”[②]。笑话！我要说：他一辈子也做不成出版商，更甭说出版家了，只配做出版官——新时代的“套中人”而已矣！我有一言赠老兄：做出版家又做出版商。祝漓江在兄等领导下蒸蒸日上，办出特色，办出水平，多出书，出好书，在竞争中击败一个个对手！老兄大展宏图之时到了！

※ 戴启篁（1931—1997），教授，翻译家。湖南长沙人。毕业于湖南师范大学外语系俄语专业。后任教于湖南师范大学、广东韶关大学。译著有《普希金戏剧集》《普希金小说集》等。《普希金戏剧集》为漓江所出，收入“外国文学名著丛书”，戈宝权题签。155000字。1982年12月第一版，首印18800册。此外，参与选编《外国哲理诗选》，收入“域外诗丛”，189000字，1988年5月第一版，首印15700册。

① 戴启予（1924—2001），戴启篁之兄，湖南大学历史系毕业。入新湖南报和新华社湖南分社主办的新闻干部训练班学习后，分到《新湖南报》《南岳人民报》工作，后调《广西日报》，任理论编辑。反右时被错划为右派。在林场农场劳动20年，孑然一身，孤苦无依。1978年始获平反改正，调回广西日报。虽满腹经纶，已难有用武之地，好在年过半百，得与话剧演员李西箴女士成婚，一家“和睦”，生活“平顺”。

② 语出一位知名的省级出版行政领导，一时引起舆论关注。戴启篁先生不在出版圈内却能就出版事一语中的，直击要害，可见其目光之犀利。

小弟近来非常忙乱。诸事繁杂，一言难尽！幸好身子还没出大毛病。

今年本想对托翁艺术做一定研究，已动手弄了一些。待到动手发现许多问题尚未弄清，要看的材料太多，要思考的问题太深，真有难如移山之感叹。下定决心要试试看，学问之道无他，实事求是，量力而行是也！不为捞教授头衔而著书就可心安理得。现打算于后年写完。启予来信说，你曾对他说，此书如写成可交你出版。如真写成，当遵嘱。

郭锷权氏曾要求我译一两本古典作品。我已答应他译出托尔斯泰的《哥萨克》（译此书的目的在我是为了领悟托翁的语言风格）。我已译出了两章，可望九、十月交稿。

此颂

撰安！

启篁

1985年4月24日

# 王庚年

## 几个有创见的新颖选题

硕良兄：

寄下的三包书和一长信都收到了，谢谢！第一次如此快速，特别是这儿与广西远，信走四天，不急死人吗？他们收到书，深表感谢！

你的意见很好，我还是依你说的办，不过也不能太爱惜身体而坏事，春凉正是出成果的时候，现已停散文诗专门攻铁夫等那一套，文字还好，速度也可快些。

彭克巽[1]的意见是《苏联二十年代短篇小说选》总名字叫《活水》（以一篇小说之名为题）（“经典文学单卷集丛书”中的一本），包括了当时各种流派代表的小说集，可说是比较全面地反映了时代特征，共三十七个作家，每人一篇，如译成中文约三十二万字。我

※ 王庚年（1930—1996），教授，翻译家。北京人。早年就读北师大一附中。1950年进入哈尔滨外专（今黑龙江大学外语学院）学习俄语，毕业后留校任教，开始从事翻译和研究活动。译有《白桦》《乌克兰诗选》《海地诗选》等作品。不幸在政治运动中连遭迫害，饱经磨难，平反改正后才焕发青春，重返文坛，出任广西师范大学外文系俄罗斯语言文学教授，并发表《白夜》《第四十一个》《普希金爱情诗选》《落叶·米佳的爱》及《托尔斯泰一生的最后一年》（合译）等著作。《白夜·别人的妻子　床下的丈夫》，〔俄〕陀思妥耶夫斯基著，王庚年译，收入“外国文学名著丛书”。96000字，1981年3月第一版，首印325000册，1985年3月第3次印刷，累计577500册。漓江出版的第一本书，也是漓江著名的畅销书之一。王庚年译俄语文学另一名著《第四十一个》，载《世界中篇名作选》第一集。

① 彭克巽（1928—2017），翻译家，外国文学研究专家。台湾高雄人。1948年来北京求学。1953年毕业于北京大学俄语系后留校任教。1990年评为俄语文学博士生导师。中国外国文学会理事。著有《苏联小说史》《陀思妥耶夫斯基小说艺术研究》，译有《果戈理文论集》等。

仔细看过了，确是个好选本，这里学习班出过译文的不少，是否可以将他们的力量聚起来，在今年插进这本书，如果在装帧插图上搞好点，是会抢在其他人前面打开销路的，而且有资料价值，因为其中包括了那些以后在苏联一直不可能单独出版作品集的作家，前言是科学院的鲁金院士写的，本子较新，是1981年的。当然，这要看老兄最后定夺了。

另外一本也是彭克巽建议的，是曾名噪一时的《骑兵队》，作者为巴别尔。这是一种类似战地纪实的短篇小说集，总名《骑兵队》，共三十四篇故事，计中文字十二万字左右，在苏联是部有争议的小说，是自然主义的代表作，几乎各种文字都有译本。彭先生不久前还收到了日文译本，我通读过后，觉得很有特色，所说的“自然主义”，不过是写了中间人物，没有表现党和人民的作用，其实把那个时期的混乱状态反映得淋漓尽致，难怪是名著！我觉得高尔基反对当权者的言辞很有力量，他给矛盾的本质以明确的回答，评价很高，有出版的价值。彭先生想写序言，估计这书的出版会为社里增加一定收入，然后再请考虑他的论陀氏的长文，将几篇论陀氏的文章并入，出一个像郑克鲁那样的本子——《论陀氏的创作》。这些就是他的全部建议了，你可以考虑一下。

阿尔绥巴舍夫（鲁迅译过的《工人绥惠略夫》的作者，你可看全集11卷）的《沙宁》俄文本找到了，是我国的库存本，弄来看完，觉得被人们称为俄国的《金瓶梅》纯属诬陷之词。不错，其中有几处谈到了“性”，但几乎都是暗示性的，根本不像欧美那样的赤裸裸的描写，和《金》完全风马牛不相及。小说主要描写了主人公在家乡的一段生活，作家阐发了当时一些青年中流行的思潮：支配人行动的是兽性，类似对犬儒主义的暴露，有对少女失身后的痛苦心理的描写，有对纯洁爱情夭折的悲剧的描写。青年男女，特别是姑娘们看后甚至可以受到教育，提高她们的警惕。现在当然不合时宜出版，但将它翻印出来却要五十元左右，自己没力量，又无法报销。这就是我上次打招呼的原因，如你能想办法报销则发票抬头如何写为好，亦请示下。（这书是 1921 年柏林版旧字体）

祝好！

庚年

三月十四日夜（约在 1984）

由于不明白你出俄苏的计划，这只是一面之词，望从事业考虑，别顾面子，你不考虑它也无妨。

——谨志于发信前

## 翟继栋

# 春色满园关不住

硕良君：

来信我已收到十多天了，谢谢你给我的多方面的指导，如果元君[①]的斡旋不能成功的话，我不再坚持去广西。归根到底，我希望解决职称问题，但是待在目前的岗位上，我是永远不会有职称的，结果就吃亏和受气……

不久前我给《译林》寄出一个不到四万字（包括注释）的苏联学者的论文，题目是《斯蒂芬·茨威格的时代与创作》，这篇东西早在1962年，当我在南湖之滨的广西艺术学院教书时就译出了，一直没有机会发表，现在经过整理，不知他们是否需要，在附上的信中，我稍稍谈了广西“漓江译丛”的主编刘硕良先生选用了我的几个短篇，他建议我向《译林》的副主任汪永标先生投稿。不知这样说话是否得体和妥当？最近我完成了法国斯当达的一个短篇，加注，八千多字，篇名为《春色满院》（我借用：春色满园关不住，一枝红杏出墙来），讲的是修道院里发生的儿女风情，等整理出来

※ 翟继栋，江苏苏州人。毕业于上海复旦大学外文系，曾在中央戏剧学院任教，后下放到广西艺术专科学校（广西艺术学院）执俄语教席，俄、中文均显才华。“文化大革命”中回到故乡，在卫生防疫部门工作。80年代初一度有望调进漓江，终因种种原因未能如愿。

① 李元君（1943—　），女，出版家。广西桂林人。广西大学外文系俄语专业毕业，历任广西人民出版社少儿读物编辑室主任、接力出版社社长、漓江出版社社长、广西出版总社副社长，广西出版集团有限公司助理巡视员。中国韬奋出版奖获得者。所译〔俄〕加·柯罗连科短篇小说《奇怪的女人》，载“漓江译丛”第11辑《木已成舟》，1987年10月出版。

后，如果你想看看，我就寄去，要是你那儿“消化不掉”，我再设法寄《译林》或别处，我不愿意让你为难，并给广大读者这样一个印象，仿佛我是“漓江译丛”的特别投稿人，尽用我的译稿……[①] 你说对吗？

我在上封信中提到了“肖邦”，是一本原文共计574页的原书，出版于1959年，是根据史实而叙述的传记文学作品，因为其中有名有姓有地点，但不是历史传记，而是有描绘的文学（小说性质）作品，我只译了一个开头就停下来了，怕没有地方接受造成精力、心血的浪费，倘若你有兴趣，我可以把原文寄给你看看，再考虑要不要，如果元君想试试也可以，文字并不难懂。这本书没有照片，但有十幅钢笔速写……你问能否节缩？回答是否定的，因为肖邦一生只活了三十九岁（？），他的音乐天才正是从小就崭露出来了，到了青年时代，他活跃在巴黎的上流社会，结识当代名流……无法节缩！

我在最近接到北京中央戏剧学院老同事的来信，她说：“我看了‘漓江译丛’那位同志打算编的‘艺苑人物丛书’，大多是现代的，可是我们图书馆这类书奇缺。由于外汇关系，不是直接业务关系，根本不让进书，就是业务书，也只许进一本，我们图书馆关于乌兰诺娃的书还是五十年代的哩！所以材料有困难，北京图书馆可能有些，也能复印，但代价贵得吓人，解决不了问题。”因此，眼下还弄不到这方面的原材料，北京中国电影出版社有一支实力很强的翻译力量，每年出许多译作，不知他们会不会译这方面的东西？世界

① “漓江译丛”在两三年里发表瞿先生短篇小说译作4篇。这些作品选材考究，译笔圆熟：

《柔采·罗曼》，〔法〕莫泊桑著，刊“译丛”第5辑《在码头上》，1983年4月；

《虚度一生的老太婆》，〔德〕布莱希特著，刊“译丛”第6辑《人生如戏》，1983年6月；

《修道院内幕》，〔法〕斯汤达著，刊“译丛”第8辑《暗沟》，1985年2月；

《不可思议的勤务哥》，〔意大利〕亚米契斯著，刊“译丛”第8辑《暗沟》，1985年2月。

著名影星还很多，如英国的劳伦斯·奥利弗，法国的钱拉·菲利浦，美国的亨利·方达……都是人们喜爱的！可能原材料十分难找。

你在信中提了不少体裁，可是哪儿会接受呢？普通的杂志都偏重小说，少量诗歌和剧本，至于论文……似乎还未见过。

不用关照元君给我寄空白稿纸来了，我用稿纸不多，译的速度也不快，我有稿纸，谢谢。今后当努力把字写得清楚些就是，把注释写在每页下面。但是，刘编辑，你写的有些字，我是费了大劲儿才认清的，有时还要端详好一阵子哩！不生我气吧？！

请抽空到苏州来玩玩，另外，江西、云南、湖北、福建人民出版社在苏州都有代销处（设在新华书店的一个支店），广西没有，广西的出版物也很少在苏州新华书店出现，你们没人负责搞推销工作吗？

请问“漓江译丛”1983年第一册何时才能出，我真希望看到。

我还要给元君写封信，下次再见，你忙，不用给我来信，有话嘱元君转达即可，不浪费你宝贵的时光，向你的夫人请安，祝好！

继栋

1983年1月25日晚

# 五、德语文学译著者来信

〖14 人，32 封〗

绿　原　钱春绮　叶廷芳　陈恕林　胡其鼎　杨武能
佟景韩　李世隆　赵乾龙　潘子立　钱文彩　李清华
王　建　施　岷

# 绿 原（4 封）

## 米沃什诗选排印规格

硕良同志：

米沃什诗选《拆散的笔记簿》① 译稿及作者像（原书封面），另邮航空挂号寄上，请查收。收到后，烦即回我一信，以免挂念。

关于此稿，有几点希望：

1. 排印格局请按原稿（即按原书），如散文部分每段开头不空字；有些地方是一行一段，不能接排。

2. 凡入目录的篇目均另页起排，不要和前一篇接排。

---

※ 绿原（1922—2009），诗人，翻译家，编辑家。原名刘仁甫，又名刘半九。湖北黄陂人。3 岁丧父，13 岁失母，大他十九岁的胞兄刘孝甫助他完成中学学业。抗战时期流亡重庆，1939 年开始文学写作。最早发表的诗作《送报者》载 1941 年《新华日报》。1942 年进入复旦大学外文系学习，与邹荻帆、姚奔、曾卓、冀汸等友人合编诗刊《诗垦地》；同年出版第一本诗集《童话》。抗战胜利前后，写出《给天真的乐观主义者们》《终点，又是一个起点》《你是谁？》等多篇热烈而深沉的政治抒情诗，多次在群众集会上被朗诵，在国统区的进步青年中产生过积极影响。1948 年加入中国共产党，在四川、武汉等地教授英语。1949 年在武汉市中共中央中南局机关报长江日报社任文艺组负责人。1953 年调往北京，在中宣部国际宣传处工作。1955 年遭遇“胡风反革命集团”案件，在七年监禁生活中自学德语。1962 年被释放，分配到人民文学出版社编译所转任德语文学编辑。1980 年获政治平反后，为人民文学出版社编审、副总编辑、中国诗歌学会副会长，系国际笔会中国中心会员，国际日耳曼语学者协会会员。新时期陆续出版《人之诗》《另一支歌》《我们走向海》《绿原自选诗》《小时候》等诗集。1998 年获斯特鲁加国际诗歌节金环奖，为首获此奖的中国人。译著《浮士德》1998 年获中国鲁迅文学奖优秀文学翻译彩虹奖。2003 年获国际诗人笔会“中国当代诗魂金奖”。2004 年获中国译协颁发的“资深翻译家”证书。2007 年获首届“中坤国际诗歌翻译奖”。2007 年武汉出版社出版六卷本《绿原文集》，2017 年人民文学出版社出版十卷本《绿原译文集》。

① “诺丛”《拆散的笔记簿》，〔波兰〕切斯瓦夫 · 米沃什著，绿原译，171000 字，1989 年 2 月第一版，首印 3000 册。

3. 有少数地方变字体，一律用楷体。

4. 全集分 4 部分，每部分前面加插页，以示区别。

5. 麻烦校对同志照原稿校对。

6. 注释有两种：一、题解放在每篇正文后面；二、正文注释放在同页末。

最后，付型前请将二校清样寄我一阅，拜托拜托！

祝编安

又，《卡夫卡随笔》[①] 不知安排否，乞告。

绿原

1987.10.5

## 但愿不被畅销书挤掉

硕良同志：

近好。前上一涵。谅已收阅。

米沃什诗选及卡夫卡随笔二稿，去年在南京即闻业已付排，清样照说早已出来，但迄未见寄，不知何故？

顷闻足下月前又曾来京组稿，并到人民文学出版社会谈北欧文学丛书事宜，惜未能就便面询上二稿的情况。

目前出版界困难是实，唯上二稿亦属丛书范围，想不该有被“畅销书”挤掉的厄运。

特再函询，便中乞复。顺颂编安

绿原

1988.07.08

我拟为《青年外国文学》译美国散文（ESSAY）数则，月内即

① “犀牛丛书”《卡夫卡随笔》，〔奥地利〕弗兰茨·卡夫卡著，冬妮译，绿原序。118000 字。1991 年 6 月第一版，8800 册。

寄上。又，刘冬妮译，美国休斯《大海》数章，如蒙在《青年外国文学》上发表，请在“大海”后面加“茫茫”二字，即《大海茫茫》。

## 喜闻米沃什诗文集付印

硕良同志：

近好！据六月中旬来信，《米沃什诗文集》已付印。不知现已出版否，能否参加今年的书展？若已出版，烦转请发行部门同志在按通例致赠书之外，为我代购该书 20 册（平装 10 册，精装 10 册），书款由稿费扣除。谢谢！

顺致

编安！

绿原

1989 年 8 月 19 日

## 扩大选稿范围

硕良兄：

奉上照片一帧。用毕，如方便，请退还。

另附书讯一则，近期《广角》如能一刊，不胜感谢。

《广角》拟扩大选稿范围，甚为明智，将受到更多读者和作者欢迎。近日如有新作，一定寄来。

祝好！

绿原

1996 年 11 月 26 日

# 钱春绮
# （3封）

## 物色可靠人选

刘先生：

9月29日大礼收到。承蒙告知某先生情况，我已有数。实因韩世钟先生原讲好重译我的两个剧本，现他说不译了，叫我找某某译。我只得写信去，但他至今未回信。我一个人要担负两卷（除章鹏高《葛茨》，韩世钟《哀格蒙特》两个剧本，还需约10个剧本），恐时间来不及，只得另请华东师大曹乃云副教授和上海图书馆王克澄二位协助分担。这样可以不致耽误先生的计划。

曹乃云教授跟我配合较好。我跟他谈起《歌德书简》，他愿意承担此项工作，但时间方面需延长至1995年。俟歌德戏剧译完后再着手。不知先生已约好他人否？如未物色到别人，交曹教授译也是可靠的。当然我会协助他译一部分。请予考虑。

如《文论》卷尚无人愿译，我亦可商请曹教授跟我合作，为先生完成此项重大计划，但时间应推迟。同时我有个看法：译论文较其他花时间多，故我问了好些人都不愿译（因事倍功半也）。如在稿酬方面提高半成，或许有人愿干，尊意如何？

---

※ 钱春绮（1921—2010），翻译家。江苏泰州人。1946年毕业于上海东南医学院，后长期行医，20世纪60年代转而从事外国文学翻译活动。历任中国德语文学研究会理事、中国翻译工作者协会理事、中德文化交流研究中心名誉研究员、上海翻译家协会名誉理事和上海文史馆名誉研究员。翻译出版有席勒、海涅、歌德、尼采诗集及波德莱尔等法国象征派诗人诗集多种。2001年，被中国译协授予“资深翻译家”荣誉称号。

专此，敬颂

文安！

钱春绮

1993年10月17日

## 译文论需花更多脑汁

刘先生：

11月2日来信敬悉。

《歌德书简》德文版我没有。上次韩世钟即因没有选本而未接受。现在李清华教授肯译，那是再好不过了。至于原本，没有选本，只要有三卷本也可以选译的。

杨武能处有无选本，我不知道。先生可去信联系。

《文论》卷，如先生找到他人，仍请约他人译。如实在没人肯译，再来信告知。时间方面不能太紧。因为“文论”很复杂，需花更多的脑汁。稿费也不能低于40元/千字。因为物价月月在涨。而且现在大多数译者情愿给台湾译，拿美金。40元/千字，对译者来说，并不合算，因为译这种理论性文章，每天译的字数不到译小说的一半。尚希先生裁夺，反正稿费是由出版社付的。

先生信封上的地址是从南宁寄出的，恐先生不在桂林，只好将此信寄往南宁，未知能及时收到否？

即颂

近安！

钱春绮

1993年11月16日

# 魏家国教授可担此任

刘老：

您好！不知骨裂完全康复否？念念！

关于歌德文论卷可曾去信魏家国教授联系，我已去信给他，请他担任这项任务。高中甫方面既已应允，何以变卦？文研所是有足够的翻译力量的。

歌德戏剧集，由于个别译者迟不交稿，看来，约好的日期难以完功。特别是 ×××，多次去信，一概置之不理。他只交了一部《伊菲格尼》，另一部《塔索》，杳无音讯，我暂时又不便约他人来译，真是伤脑筋。（出版社有人去北京开会，我已托人去询问。）

复旦米教授，约他两部，一部《斯台拉》，他说已译，另一部《萨堤洛斯》，大概尚未动手，我想另约人译，真是麻烦。

既然歌德文论尚无人承担，那么歌德文集[①]要一齐出版，恐不免要拖延时日。歌德戏剧能否延迟 1—2 月？请赐示。以便考虑如何行事。事非得已，现在约人组稿，往往不能兑现，先生可能也有同感。（其他约稿情况如何？）

专此即颂

早日康复！

钱春绮

1994 年 11 月 22 日

① “世界文豪书系”《歌德文集》，全 14 卷，杨武能、刘硕良主编，500 万字，河北教育出版社 1999 年 9 月，首印 2000 套。

# 叶廷芳

## 拼命赶了36小时

硕良兄：

你好！接到你的绝对命令后，拼老命为你赶了36小时，总算不辱使命了[①]。

卡夫卡生平照片（底片）一查不全，而那本画册又还留在石家庄，其他资料图册拍照又来不及，无奈之下，只得将手头仅有的新出的《卡夫卡散文》（拙编，中国广电出版社出，上下册）中的全部插图（共四页）撕下（忍痛毁了一本书，28元，你当赔偿——笑），奉上供选用。所幸K.氏的绘画底片倒还全。

太匆忙，可能不能使你满意，请多包涵。

即颂

节日幸福

廷芳

1996年中秋

---

※ 叶廷芳（1936— ），翻译家，艺术评论家，外国文学研究专家。浙江衢州人。1961年毕业于北京大学西方语言文学系德语专业。历任北京大学教师、中国科学院外国文学研究所《世界文学》杂志编辑、中国德语文学研究会会长，中国社会科学院外国文学研究所中北欧文学室主任，研究员，全国政协委员。发表艺术、文学论文随笔多篇。翻译卡夫卡小说、书信，并主编10卷本《卡夫卡全集》，集卡夫卡译作之大成。全集收入“世界文豪书系”，3396000字，河北教育出版社1996年12月第一版，首印8000套。

① 叶廷芳、黎奇译《卡夫卡书简日记选》，载《出版广角》1997年第一期。

# 陈恕林

## 与章国锋合译豪普特曼

刘硕良同志：

我在社科院外文所从事德国文学研究工作。两年前，金子信同志约我编选一部德国诺贝尔奖奖金获得者豪普特曼（旧译霍普特曼）作品的集子。他同意我的选目。我已着手翻译。期间，由于健康欠佳，工作进展缓慢。新近获悉，金已将编选出版诺贝尔奖获得者代表作的全部工作转交给贵社。也许，他已向你们交代了我承担的工作。现将我的编选计划及进展情况向您汇报一下。

如您所知，豪普特曼首先是个剧作家，但在小说方面也颇有建树。因此，选题应以戏剧为主，兼顾小说。戏剧方面，我选了《大老鼠》等五出；小说方面，我选了两部中篇：《铁路守路蒂尔》和《异端》。合计约四十万字。

在选题方面，我力求选择思想性与艺术性较好的作品，有的作品（如《西》），过去在我国有过影响，但从今天的眼光看来，恐怕过时了，因此未予选入。所选的《织工们》《獭皮》和《异端》，都有过译本，但由于不够准确，根据金子信同志的意见，决定都全部从原文重译。

※ 陈恕林（1934—2011）、章国锋（1940—　）均为北京大学西语系德语专业毕业，中国社科院外国文学研究所专家。陈事译作，在中北欧文学研究室供职，副研究员；章重理论，于后现代主义多有阐发，研究员，理论研究室主任。两人合作的诺贝尔奖作家丛书豪普特曼卷《群鼠》，收 3 部剧本、2 个中篇小说，321000 字，陈恕林、章国锋、胡其鼎译，章国锋撰序。1997 年 12 月第二版，5000 册。此前第一版只收了 3 个剧本，230000 字，1991 年 9 月印刷 9460 册。

目前，小说部分的翻译基本完成，为了争取早日完成此项工作，我约请我的同事章国锋同志与我合作，他同意承担部分翻译。豪普特曼的剧作都是用柏林方言写的，翻译上会遇到不少困难，两人的合作可使质量更有保证。全部翻译，估计明年底，至迟后年上半年能完成。

未知您对选目诸方面有何意见，也未知你们的出版计划如何，是否同意我们承担此项任务，希望得到你们的明确答复。

顺颂

敬礼！

陈恕林

1984.11.6

# 胡其鼎
# （3 封）

## 萨克斯诗风属于表现主义

硕良同志：

奈丽·萨克斯的诗集终于弄到，章国锋也从联邦德国帮我买回一册，我已着手翻译。有如下说明：

作者有一些戏剧作品但无原书。读了一些有关材料，都说她的成就在于诗歌。因此，和国锋商量后，决定从她七部诗集中选 200 首左右（戏剧因无书无法选，不选也可以），加上附件，全书约 300 页，18 万字左右。包括前言在内。顺序按诗集出版年代排列。①

她的诗风属于表现主义。常借用《圣经·旧约》中的语词，隐喻不少。翻译时难度较大，有些地方还需请教在京的德国专家。所以，预计六月底才能交稿。还有，她引用《圣经》的话，是自己从希伯来语翻译成德语的，找到几处，都与通行的马丁·路德的译本不同，所以，不可能按《圣经》字典查到出处（章节数），也不能照抄官定中译本。

她的诗对于德国人来说也属于高层次的。由于出版社的努力，影响日增。估计中译本的初版印数会较低。如果有可能，今后再为贵社译一本能畅销的书作为补偿吧！

---

※ 胡其鼎（1939—2013），翻译家，编辑家。上海人。1961 年毕业于北京大学西语系德语专业。先后在人民音乐出版社和人民文学出版社工作，编审。曾任编辑室主任。获“资深翻译家”称号。译有《铁皮鼓》《水狸皮大衣》等，与章国锋联合主编“世界文豪书系”之《海涅全集》。

① “诺丛”《逃亡》，〔瑞典〕奈丽·萨克斯著，孟蔚彦译，298000 字，1991 年 6 月第一版，首印 5800 册。

贵社所出诺贝尔文学奖得主丛书，可否寄下一两册（以诗为主的），作为规格体例的参考？预祝

春节快乐！

其鼎

1989 年 1 月 19 日

## 译者找不合适会遇到许多麻烦

硕良先生：

《海涅全集》[①] 的诗歌部分，已于 1994 年 8 月完稿。后因外文所陈恕林先生打退堂鼓，潘子立教授和我又承担了他的那部分，也于今年年初完稿并交章国锋。他那部分麻烦不少，金海民手上的书信不知是否在进行？

海涅作品我们商定分体裁编排，即诗歌、游记、理论、其他散文、书信。诗歌部分编排如次：

第一卷：译序，《短歌集》（1827），《集外诗》（1812—1821）（541 页）；

第二卷：译序，诗体悲剧《阿尔曼索》和《威廉·拉特克利夫》（1823），《新诗集》（1844）（550 页）；

第三卷：译序，长篇叙事诗《阿塔·特罗尔》（1843/1847）和《德意志，一篇冬日童话》（1844），《1853 年与 1854 年诗钞》（1854），长篇叙事诗《比米尼》（1869）（553 页）；

第四卷：译序，《罗曼采罗》（1851），《集外诗》（1845—1856）（606 页，因译稿各诗间有空页，本文约 550 页）。

各卷之间篇幅大体平衡，总序本来让我写，最后还是请国锋写。

昨天见到国锋，他说，他手上那部分要 8 月份才能完。前四卷是否到时一起交？

---

① “世界文豪书系”《海涅全集》，12 卷，章国锋、胡其鼎主编，3600000 字，河北教育出版社 2003 年 1 月第一版。

我手上这部分，最好有人来京时带走。因为我没有底稿，万一寄丢就麻烦了。

我去年搬迁，同国锋仅一楼之隔。

《出版广角》收到两期，多谢！

漓江最近决定出学术名著，尼采文集，我已答应译《查拉图斯特拉如是说》。听说要弄海德格尔，不知找哪几位？已出的几种，我对过原著，有的译文质量甚差。有一篇《艺术作品的本质》，几句没有一句话是译对的。北大的范大灿教授也如是说。有不少术语，海氏本人（在别的文章里）有解释，但译者没读到，便随意译，如Lichtung，译作“澄明”实在荒唐。译者找得不合适，将来会有许多麻烦。专此，即颂

时绥

胡其鼎

1995年6月10日

## 迎接海涅诞生200周年

硕良先生：

海涅的书今年是否能出版？今年是海涅的纪念日，诞生200周年。9月，北大同德国杜塞尔多夫海涅大学联合在京举行国际研讨会。如果能在此时出最好。

漓江买了格拉斯的但泽三部曲的版权，收我的《铁皮鼓》[①]中译本，不日寄去。那边我已经没有熟人，请便中稍加关照。

《出版广角》收到，多谢。

胡其鼎

1997.2.21

① 德国获诺贝尔文学奖作家君特·格拉斯“但泽三部曲”之一《铁皮鼓》，胡其鼎译；之二《猫与鼠》，蔡鸿君译；之三《狗年月》，刁承俊译，分别出版于1998年1月，1991年10月，1999年4月。三部曲译本获第五届全国优秀外国文学图书二等奖。

# 杨武能
# （9封）

## 保尔·海泽小说选译完

硕良同志：

久未通信，想必一定很忙吧。

诺贝尔奖获得者文选之一的保尔·海泽小说选已全部完稿，估计子信自己就会发到了你那里。另外，托马斯·曼的《魔山》我也尽力协助解决。

我寄给你的《茵梦湖》等两篇施笃姆小说[①]不知是否已决定采用？如不用，请及时掷还；如用，也请帮忙复印一下，并且最好是留下复印稿，把原稿还我。原因是现有一出版社对出我译的《施笃姆爱情小说选》感兴趣，急欲拿去发排，而作为代表作的《茵梦湖》又是不可能少的。所以请你一定帮忙，及时寄回原稿。

载《护身符》的译丛何时能出？这期时间似乎拖的特别久。如有机会来京，盼能晤面一叙。即祝

编安！

杨武能

1982年10月26日

---

※ 杨武能（1938— ），教授，翻译家。重庆人。1957年入南京大学德语专业学习。1978年至1981年，在中国社会科学院研究生院师从冯至先生研修德语文学，主攻歌德研究。历任四川外国语学院教授、副院长，四川大学教授、欧洲研究中心主任。译作有《少年维特的烦恼》《纳尔齐斯与歌尔德蒙》等，并有《杨武能译文集》（11卷）及《德语文学精华》行世。论著有《歌德与中国》《三叶集》等。编辑作品多种，包括诺贝尔文学奖作家丛书保尔·海泽卷《特雷庇姑娘》和托马斯·曼卷《魔山》。

①《苹果熟了的时候》，〔德〕施笃姆著，杨武能译，载“漓江译丛”第5辑《在码头上》，1983年4月。

# 订数能超6万实堪欣慰

硕良同志：

4日信悉。在当今书荒已经解决的情势下，《特》书征订印数能超过六万[①]，实堪欣慰。这部分地要归功于你的宣传工作。你有关版式等方面的考虑，我也完全同意。等广告寄到，我一定让它尽可能发挥作用。

至于样书，如能在其他名义下多给我几本精装，当非常感谢。其余我拿来也是为了赠给钱钟书、冯至、王蒙等权威和名流，并准备带几本到国外（给替我找作者像的朋友以及慕尼黑的“保尔·海泽协会”），其作用和对贵社的宣传效果也不一般。

我准备抽暇为译丛译两个当代的短篇小说，供你选用。因为是当代作品，可以想象表现手法稍怪一些，不妨事吧？但也能懂可读。

另外，我为江苏准备了一本《海涅抒情诗选》，先选十首八首出来译丛刊用如何？全书江苏要我6月底交稿，明年初即见书。因此你必须赶快发，来得及么？

至于《护身符》[②]，望能尽早安排。这篇小说是篇名著，一开头虽情节发展嫌慢了一点儿，但留下了悬念，而往后越来越紧张，还是可读的，如能配上插图，效果也会不错。因为中国青年社拟出的《德语国家中短篇选》也选中这篇，我希望你能尽快发出，赶在中青社前面。中青社大概明年上半年能出书。

如有机会到重庆出差，欢迎来舍间小坐。即祝近佳！

武能

1983年5月3日

①“诺丛”《特雷庇姑娘》，〔德〕保尔·海泽著，杨武能译。283000字，1983年6月第一版，首印86100册。1992年6月第二版第三次印刷，累计105400册。

②《护身符》，中篇小说，〔瑞士〕迈耶尔作，杨武能译，载“漓江译丛”第九辑《为了你》，1985年7月。

# 争取更多人的支持

硕良兄：

《诺》书广告已托学生分别张贴到市中心和几个主要的区，想来会有相当作用，请释念。

海涅的诗和两篇当代小说争取月内寄上。

关于《诺》书，本来早想建议给中短篇集附一外文目录（便于国外的人了解选目），现在看来，颇有必要，但大概已来不及了吧？能否争取给精装本附上？

你的编个“外国诗库”的想法，本身是不错的。但译者不易物色，因为译诗事倍功半，吃力不讨好。我主要在江苏，是去年路过南京，碰到了李景端、蔡玉华，实在却不过他们的情。对于你的计划，我自然也当大力支持，不过时间不能太急。这样，从从容容地，才可能搞出一个比较精致的《德国抒情诗选》。还有《诺》书的其他德语选题，不知你是如何组编的？霍普特曼、黑塞、伯尔、卡内蒂是否都已组稿？是否需要我再帮点忙？我想这应摆前一点。在我目前主持的小小的德语文学研究室里，也还有几位译笔可以的成员，我还可以把把关。

最后，因为我们已相互了解、信任。我想提醒你一下，《诺》在社会上和广大读者中影响必定不错，但某些方面的人（你可能知道）也会说这样那样的话，我想你和子信的态度第一是不要理睬，第二是不要过分刺激他们，能帮助宣传的人则尽可能联系一下。

我已为《读书》撰写一篇介绍海泽的文章，提到了漓江出的《特莱庇姑娘》。

武能

1983 年 5 月 15 日

## “席勒与中国”国际学术研讨会

硕良同志：

我已于去年年底返国。有事请及时来信！

寄来的《漓江译丛·斜雨》及稿费[①]均已收妥。谢谢！

由我和几位德国学者发起，今年3月25日至31日在我们学院召开“席勒与中国”国际学术讨论会。你如有兴趣，可以来列席参加、指导。届时将举办一书展；展品的第二部分为1976年以来的德语文学译本。人文的绿原已答应参展，并赠送与会者（约四十五人）每人一本书。希望你们也寄书来参加展出。

你通过金子信组译的《魔山》[②]，舒昌善已译出一半。不知是仍如原议先出上册，或是译完全书后一次出齐？请来信示之。

能赠我“诺贝尔……丛书”的其他各册么？如能，当非常感谢。

还有出《德国抒情诗选》的计划吗？

杨武能匆草

1985年1月2日

## 《青年外国文学》出刊了吗？

硕良兄：

我挂号寄上的《青年外国文学》试刊号稿件谅已收妥。不知你那里是否按计划发了稿？十月份出试刊号有无问题？发行渠道是否畅通？北京王逢振他们有没有如约把稿子交给你？

---

① 联邦德国短篇小说两篇——西·伦茨《圣诞老人也担风险》和亚·克鲁格《爱的试验》，杨武能、王荫祺译，载“漓江译丛”第七辑《斜雨》，1984年8月。

②《魔山》译事延宕，后请杨武能联合洪天富、郑寿康、王荫祺完成。全一卷，70万字，1990年10月第一版，首印8220册。1998年1月重印6000册。

很希望能在暑假中与你见一面。商量下一步行动，商量编委会的调整等问题，等等。你近期有无可能来重庆一趟？或者我来桂林？

请您定好可及时通知我，以便安排暑假时间。

顺颂

夏祺

杨武能

1986年9月8日

## 挂记漓江

硕良同志：

两封来信及《特雷庇姑娘》书精装本俱已收妥，谢谢。

创办《青年外国文学》之事你们在抓紧进行，甚感欣慰。我把情况全部对郭宏安和董秀玉讲了，他们也很高兴。我想，只要努力，迟早总会有结果的。

不久前关于外国文学的文件，主要是针对有的地方出书滥和现当代（现代派）作品介绍不当，与“漓江”大概牵扯不多。拟议的全国性会议名义上以冯至承头，下设两个组，其中一组由陈冰夷管，负责起草文件，郭宏安即此组成员。据郭说，人是组织起来，但迟迟未采取行动。会议最早也要过了春节才能开起来。你可直接与他联系，他会告知你情况，并表示有机会尽可能为“青年”和漓江在老头子面前疏通。

前天去看冯至，把话题引到各地出书的情况方面，我讲有的地方出版社出书还是严肃的，比如漓江。冯答，是的，漓江出的书都寄给了我，他们搞得不错。因此看起来，他对你们印象不坏。另外，陈冰夷不知你有没有照顾到。还有作协的叶君健、毕朔望也应寄样书去。

我去联邦德国后，一切全权交托给郭宏安处理。根据目前形势，

“青年”可能一时半会出不来。先办好手续，做好准备，我回国后将可大干。我在德将与郭宏安保持联系，进展情况可通过他告诉我。要我做什么也请来信。

祝

一切顺利！

武能

1987.10.10

## 《魔山》进入后期工作

硕良

裕康　同志：

《魔山》第 6 章已译竣。少数几个注释我去北京请教专家后补寄上。稿子准备请张良春于 11 月中旬带来。张来主要想商量《中国文化研究》出版的事，看看你们是否已安排；如未安排，如何想法补救。

宋安群同志来信称你们积压书很严重，我建议你们开几次书市。重庆沙坪坝的文化区，读书人多，我可帮助解决场地和人手问题。张来也打算具体商量此事。

《魔山》的序是否要我写？马上写还是等一等？盼告！

郑寿康来信说，洪天富也快译完了。另外，我建议这本书的署名为：

（封面）杨武能等译

（内封）杨武能　洪天富

郑寿康　王荫祺　译

之所以署上王荫祺，是因为第 6 章的大部分初稿由她翻译；我翻了一小部分并对全稿做了校订。在序中，我会说明每个人承担的工作。

稿子收齐已不成问题，可否赶在上海译文之前征订？

顺祝

安好！

武能

1989年10月28日

## 文论要慢慢啃

硕良兄：

外文所与广西师大合作开一个关于“异化”的讨论会，本拟参加，趁便和你碰头。可我回国后事情颇多，月内就有三次国外来客，桂林的会议只好放弃了。见着耀成学兄，请代我致歉！

歌德文论定下译者没有？如高中甫不乐意，我建议找南大的洪天富、李清华。洪确有“拖”的毛病，不过从上次合译《魔山》看，他真是特别认真，水平也不错——最近我在为重印修改《魔山》，又增强了这个印象。而译文论正好需要慢慢“啃”，慢慢“扣”，洪的个性和工作作风很合适，加上他又在南大专门搞研究，想必也有译此书的时间和兴趣。我们既了解他的脾气，一开始就催紧点，合同也定严点，他大概不致太拖后腿。相反，马虎从事，自以为是的胡译赶译，我们将来会更加头疼！他不行自然也可考虑李清华，你看着办吧。

《维特》《亲和力》量小，你不用着急，我一定解决好。必要时我可以再找人——必须确实译得好。

盼早日得到《特雷庇姑娘》新版样书。我最近需要人民币，望及时开稿酬。注意：是10年后再版，且加了两篇！

《精华》的事情待我多催催宋安群；我已表示可用全部稿酬买书，必要时还愿意包销一些，请他一定在年内把书付印。

《三色花》安排了吗？

顺祝

全家安好

武能

1993.10.7

## 豪夫童话先出选本

硕良兄：

来信和合同都收到了。我们研究后觉得有两个问题需要和你商量：

一、豪夫童话全部译出估计在40万字左右，王荫祺一人绝不可能在你所要求的时间内完成。我本人又有歌德文集要搞，无力帮助她。所以，要么把交稿时间推迟一年，要么先只搞一个选本，全集以后再出。

二、稿费千字30元低了。在前不久的杭州文学翻译研讨会上，译家们互通情报：除两三家老大出版社仍勉强维持官定付酬标准外，其他社多已提至40甚至50。

考虑到你的难处，还有我去杭州前在电话上已基本答应你，我们建议稿酬标准可以不变，但至少预付20万字稿酬，以便多少保一点值。

这些都是非常实事求是的考虑，谅能理解，请研究后答复。

预支给罗悌伦的稿费以及合同望抓紧寄来！

目前外国中短篇小说市场看好。《蓝色花》应快快出来。一本嫌厚，可改成两本。实在不肯出，就赶快退给我，多少付一点退稿费，以便我向供稿的朋友们交代！

不赘。祝好！

武能

1994年11月19日

## 佟景韩

# “钻动”应为“攒动”

硕良同志：

我是《马克思主义与美学》一稿的译者。去年七八月间经陈燊同志转来该稿校样，阅毕寄还想已审阅。此后因举办画展，我去苏联访问数月，最近归来偶翻旧稿，发现该稿第十二章第三节“资本主义异化和颓废主义的客观基础”引雅科布·凡·霍迪斯《世界末日》一诗，译文有错字。该诗第一句“万头钻动帽横飞”，“万头钻动”应为“万头攒动”，不知是否来得及改正，如果来得及，我想此句最好改为：“人头攒动帽横飞，……”

这是我译稿中的错误，在为校样校对时亦未改正，十分抱歉。

此致

敬礼

佟景韩

1985年2月5日

通信处：北京中央美术学院

※ 佟景韩（1933—2010），翻译家，美术理论家。曾任中央美术学院《美术研究》主编。从莫斯科俄文版翻译、以柏林德文原版校订的《马克思主义与美学》，收入《外国文学研究资料丛书》，502000字，665页，1985年1月出版，印数7800册，说明这一类书当时仍有不错的市场。

# 李世隆

## 情系《荒原狼》

刘硕良同志：

你好！今天（11 月 15 日）我收到了刘泽珪同志从上海的来信，信中还附上了你 11 月 5 日给我们二人的信，读后不胜感慨和高兴，事隔两年我们终于见到了你的回音，非常感谢。关于你信中所提的问题，我根据刘泽珪同志的意见和我本人的想法提出以下几点，供你考虑：

1. 本书的分量你要我们再加一些。我记得《荒原狼》大约有十几万字，如加至 30—32 万，那么就等于再加译十几万字。这样大的分量，要在短期内完成，是很困难的，如果你早些提出来还是有可能的。我现在调文化部工作，平常工作较多，只能靠星期日和晚上，而刘泽珪同志在上海进修，课程较紧，明年初还要出国。因此十几万字在近期内无论如何是搞不出来的。如果等十几万字搞出来，起码要上一年的时间，这本书的出版就要大大推迟。刘泽珪同志告我，《荒原狼》一书，上海译文出版社正在准备出书，是由北大赵登荣翻译的，译稿已交到上海译文出版社。你们如果再拖时间，可能上海就要先出了。我想，既然上海能出《荒原狼》单行本，不嫌分量少，那么广西也是可以的。从上述情况看，还是请你们早出

※ 李世隆（1938— ），外交官，翻译家。北京外国语学院德语专业毕业后，在外交部工作，曾任中国驻民主德国大使馆参赞，后转至文化部外联部门。所译诺贝尔文学奖得主、瑞士德语作家海塞（一译黑塞）《荒原狼》，含长篇小说 2 部（另一部为《彼得·卡门青》），短篇小说 3 篇，外加译本前言及附录，共 34 万字，李世隆、刘泽珪译，1986 年 3 月第一版，首印 17800 册，1997 年 8 月重印 5000 册。

版为好。

2. 前言我在1983年8月份已修改过一遍，并将修改稿连同海塞的受奖致辞的译文一起寄给你了，不知你收到没有，信中未见你提到。请来信说明，如未收到，我可以再寄去。前言当然还可再加工一下。海塞自传没有，年表有，可以随时译出寄去。

硕良同志，你在《荒原狼》一书的翻译过程中，多次来信，给予指导，言辞诚恳，我们深表感谢。但后来多次给你去信，未见回音，作为译者，其心情你一定是会理解的。在此，我们再恳请你能多费点心思，使《荒原狼》一书早日出版。

致

礼！

李世隆

1984年11月15日草

又及：本书出版署名请改为：李世隆译，刘泽珪校。

# 赵乾龙

## 《奥伊肯》难啃

刘社长：

你好！你等我的稿子一定等着急了。《德国辞典》直到8月20日才算交卷。然后我立即翻译《奥伊肯》，并分了5万字给别人。最近被原封不动地退回，理由是：稿件太难翻译，译不了。我正在译《人生的意义与价值》。这有台湾译本，然而我的版本是修改本，版本不同，加上台湾译本译得不准确，我也很难得到参考的好处。原文确实难译，我的进度很慢，加上教学与杂事缠身，至今未能译完。照此进度，恐怕得11月底甚至12月才能交卷。实在对不起，打乱了你们的出版计划。台湾译本有奥氏获奖的《致答辞》。给我寄复印件的教授现在在武大，告我：他们曾通过馆际借书询问过几个图书馆，均未查到，打算回国去再查询。所以这也是推迟交稿的原因之一。

致

问好！

赵乾龙

1993.9.16

※ 赵乾龙（1935— ），教授，翻译家。湖南常德人。北京大学西语系德语专业毕业后在新华通讯社任编译。1972年起在武汉大学任教。1981—1983年在联邦德国海德堡大学德语系进修德国当代文学。中国德语文学学会理事、湖北省外国文学学会理事和湖北省翻译家协会理事。武汉大学德国研究中心主任。1991年获政府特殊津贴。主编《西方七国知识辞典·德国卷》，《外国抒情诗赏析辞典》条目撰写。译著有《卡夫卡传》、《卡夫卡全集》第七卷、歌德《意大利游记》、茨威格《游记》、瓦格纳歌剧《特里斯坦和伊索尔德》等。著作有《歌德》和《歌德名作欣赏》。

潘子立

## 重译名著，质量是关键

刘硕良先生：

惠书昨日拜读，谢谢。出版社方面希望《格林童话全集》6月15日前交稿，焦急的心情可以理解。

去年秋天，由胡其鼎先生转来《格林》译事合同时，因感合同规定时间过于紧迫，对是否签字，颇为犹豫。胡其鼎说：出版社方面曾表示可晚交几个月；遂签字。出版社方面对交稿日期后延的口头允诺，谅必先生知之甚详。

《格林童话全集》约近50万字，现已译近18万字（定稿），约三分之一强。之所以没能获得更快的进展，主要是因为希望把它译成精品，希望译文质量能争取超过前两先生分别在人文、译文出的《格林童话全集》。窃以为这一点在两先生的同名译著已在书市大量出售之后，尤为重要。上译译文甚忠实，文字简洁，语言或许比今天的稍稍旧一点点，一读便知出自老先生的手笔。人文译本不存在这问题，也很生动，但每每多出原文所无的形容词之类，如“王后望着雪花”，译为“王后望着空中飞舞的雪花”（《白雪公主》篇），译者凭空添加了“空中飞舞的”五字，生动则生动矣，但这与格林童话原文的语言风格其实已有所违逆。简洁、朴

※ 潘子立（1938—　），教授，翻译家。福建泉州人。1955年厦门市集美中学毕业，同年考入北京大学西语系德语专业，1960年毕业。天津大学社会科学与外国语学院教授。教学之余，从事文学翻译。主要译著有《伽利略传》《轮下》《格林童话全集》和《海涅全集》（三、四卷）等，并从事《浮士德》与歌德诗歌研究与翻译。

素、流畅是格林童话的语言特点，它的语言美是自然的美，朴素的美。人文译本每一页都添加一些东西，难怪全书比上译竟多出九万字。在理解上，两位先生的译文也还有可以商榷之处，虽然整个来看，这两位的译著在粗制滥造之作多如牛毛的今天都可算是不错的了。我希望拙译能避免我所认为的二位译家上述之不足，做得更好些，这自然要多费些功夫。我想，像格林童话这样不是只会风行一时的书，如果译文质量确实是上乘的，总是能卖出去，不至于令出版社经济上吃亏的。在这个意义上，质量是关键。早几个月晚几个月似乎不是必争之点。我对此书拙译的竞争力之所以颇有几分自信，还因为我所据的原文版本是此书的最好的版本，这是我在去年九月签约后托人在汉堡购买，受托者比较不同版本之后从瑞士苏黎世 MANESSE VERLAG（曼涅塞出版社）定购的两卷本 *KINDER-UND HAUSMAERCHEN*（《儿童和家庭童话》），据德国专家说，这个版本是格林兄弟所定的真本，不像有些版本经过后人删改。

刘先生，您是出版界老前辈，深知文学翻译的甘苦，自然十分明白要在每周给博士生授课十学时的重负下一年译出四五十万字高质量译品，绝非易事。而若要求在一个月左右的短时间内译完三十万字，还要保证质量，那是不可想象的，不可能的。我恳请出版社诸公假我以时日，我当最迟在 1996 年 12 月下旬交出此书全部译稿，保证达到我在此信中提出的高标准质量要求。我认为这样也最符合出版社的最大利益。如果坚持要求迅速交稿，我以为最早的、有现实可能的日期是九月下旬，在这种情况下，我将请一位青年译者承担全书最后十五万字的翻译工作，由他自己把关，自负文责（因为不可能有时间帮他修改），我自己继续翻译余下的十五万字，这十五万字也可能考虑以我的一个笔名署名，这样，本书表面上将是三人合译，也有可能是三种质量。一味求快，难免粗制滥造，那也顾不得许多了，不甚满意之处只好请编辑先生多多费神了。这当然是下策，但也是迫不得已的办法。

开诚布公地谈了这些，恳切地请先生谅解、理解和指教。

敬祈文安　并祝

阖府康泰

潘子立敬书

1996年5月11日于天津

# 钱文彩

## 卡内蒂夫人提供有关信息

刘硕良同志，您好!

接内子家信欣闻拙译《迷惘》快要编发了，一种难以名状的感受不禁油然而生，可以说酸、甜、苦、辣，样样皆有。我深知，如您所说，个中原因决非三言两语可以说清。如今之所以有这样一个积极的结果，与你的关心和奔走是分不开的，请接受我对您的真挚的感谢。

信中说到，希望我在德期间能否搞到作者肖像和“小传”“自传”之类的文章。我当即写信给我在瑞士的朋友，我的瑞士朋友黄晓蕾女士随即和卡内蒂夫人电话联系，卡内蒂夫人得知这个消息，非常高兴，但她家里没有作者的肖像。所以肖像之事只好作罢了。此外，据卡内蒂夫人说，她丈夫没有单独写过“自传”之类的文章，只写过两本自传体小说：一是《得救之舌》，一是《耳中火炬》。但在 Canetti lesen 这本论文集里最后一篇文章是作者自己写的，这篇文章介绍了他写《迷惘》的经过。现将这本书寄给您。供您参考。作者生平事迹，我在前言里都谈到了，目前市场上有关卡内蒂的书中，谈到作者生平事迹时，没有超出我在前言中所介绍的情况，特此奉告。顺致敬礼!

钱文彩

1985 年 12 月 16 日于德意志联邦共和国杜伊斯堡

※ 钱文彩（1934—　），教授，翻译家。江苏人。北京外国语学院德语专业教授，所译保加利亚出生的德语作家、1981 年诺贝尔文学奖得主卡内蒂长篇小说《迷惘》，424700 字，1986 年 3 月出版，首印 17200 册；1992 年 8 月重印 5000 册。

# 李清华

## 歌德书信如何选得更好

刘老师：

您好！

您寄给我的三份合同书，家里已经收到，并在电话中告诉我，待我回南京后签上名字即寄给您。这次我来南方前，到院图书馆匆匆借了两本《歌德著作》（*Goethes Werke*，魏玛版，1987年慕尼黑德国袖珍书籍出版社，即DTV出版社出版）。这部“著作”共148（或150，我记不清了）页。我借的两本为第103、104卷。103卷为歌德书信部分第10卷，收了歌德于1792年8月9日至1795年12月31日所写的信。由此可见歌德书信篇幅之浩瀚。我若译歌德书信，要选足三四十万字，并非难事，可就担心所译的并非歌德最重要或较重要书信，况且这部“著作”的注释着眼点在语源和不同版本上，对于信中出现的人物和事实几乎未触及。记得中国大百科“歌德”条目中曾提到1976年汉堡曾出了歌德著作的集子，其中有两卷是《歌德书信》，有详细注释。麻烦您写封信或打个电话给杨武能同志，若他有这版本的《书信》，或其他精选过的《书信》，请寄给我用一下（我会复印下来将书奉还）。

书请寄到我家。我不知杨同志地址。

另外，请您问问杨，选《书信》翻译该按何原则，方便时告知。谢谢！

※ 李清华，翻译家。南京大学外国语学院教授，《歌德文集》书信卷译者，还为漓江翻译了《香水》等德语文学佳作，《香水》在1992年为台湾引进出版。

　　顺颂

编安

李清华

1993.10.16

# 王　建
# （2封）

## 译名著不能仓促而就

刘硕良同志：

您好！

《罗马史》一书的译稿已经基本完成，最后一部分的草译稿已毕，有关译者再做一番修改之后即可开始誊清，这一部分由于种种原因拖的时间较长，亦属我安持得不够妥帖，非常抱歉。

《罗马史》一书由于是历史著作，所以在翻译中遇到许多通常比较少见的难题，这一点在译稿过程中尤其突出，它涉及专有译名的统一和历史名词的确切译法，因此译稿的工作量比预期的长。目前我仍在全力从事这一工作，亦正将不合格的稿件退回要求重新修改，所以交稿的日期至今尚未能遵守。我知道这将给您带来极大的麻烦，但如你所说，你希望出一本好书。如果一代名著以仓促而就的译文形式奉献给广大的读者，那将是一大遗憾。

我将尽力以最快的速度将尽可能好的译稿寄发给您。再次恳请你的谅解。

祝

好！

王建

1993.6.14 于北大

※ 王建，教授，翻译家。北京外国语学院德国语言文学专家。经王建统校，有他和徐萍、李玲、范文芳、井茁、姜丽、任卫东、王柄钧等参加翻译的第2位诺贝尔文学奖得主、蒙森的历史巨著《罗马史》选译本《罗马风云》，于1997年8月出版，42万字，首印5500册。

# 接力《罗马风云》

刘硕良同志：

您好！

昨日终于收齐了最后一部分稿件，经我阅校后将于阳历年后发出，估计约在一月中旬左右。

我拟以挂号邮件的方式将稿件寄去。由于部分译者的种种原因和我的组织不力，致使全稿延期了很长时间，耽误了您处的发排计划，在此致以深深的歉意。

今年五六月上旬我有可能赴德进修，此后若有有关《罗马风云》一书的事情，请与“北京外国语学院德语系王柄钧 100081”联系。当然，若有赴德确信，我会写信告诉您，以便您知道与谁联系有关事宜，如若不走，我会将此事负责到底。

顺祝

新年快乐，万事如意

王建

1993.12.24 于北大

## 施 岷
## （3 封）

### 在江轮上看到《青年外国文学》

刘老师：

您好！新年好！

我现在正在南京开往汉口的江汉字17号轮上。在阅览室里偶然发现您主编的《青年外国文学》创刊号，一找主编姓名，这才发现我干了件极大的蠢事，接连寄了四封信给您，却连收信人都没弄清。实在是失礼了，请您原谅。

去年十月底接到您的亲笔信，又是欣喜又是感动，随即给您先回了封信，也略述了我的情况，十二月十日左右又将作家作品介绍（似乎是挂号）寄给您的；圣诞节前寄过一张贺年卡；放假前偶然又发现有关于施努雷的文字，于是又从中抄了几句，您都收到了吗？如果您至今仍未收到作家作品简介，请您立即告诉我，我会给您快件寄去的。给您添烦了。真抱歉。

寒假是在"闭门思过"中度过的。仔细想来，发觉自己上大学后的许多日子是混过来的，内疚已极。但愿下个学期能痛改前非，将功赎罪吧。

据系里有关老师说，我们今年暑假去桂林实习，如有机会，一定登门求教。

您若忙就不打扰您了。只要稿子收到我就放心了。

※ 施岷，女，武汉大学德语专业研究生毕业，为《青年外国文学》翻译联邦德国作家沃·施雷姆小说《逃亡》，1988年杂志第二期，杨武能为它做了评点。

恭祝

新年万事如意！

学生　施岷上

1988年2月2日下午

## 有记忆以来最困难的日子

刘叔叔：

您好！

您到南京了，我都没能抽时间去看您，很遗憾，我也很抱歉。想必您也能谅解。当时我父亲病危，他是于11月18日去世的。去世后许多事情都是由我操办的，幸亏南师大中文系鼎力相助，减轻了我不少事情。尽管如此，我在回到德国之前都累得生病，到了德国后，也一直萎靡不振。至今已两周多了，还没有完全恢复过来。父亲生前十分疼爱我，这次对我的打击可是够大的。目前是我有记忆以来最最困难的日子。

您一切可好？身体还好吧？黄阿姨还好吗？

如果《出版广角》1997年第1期采用我那篇文章，请您将稿费通知有关部门寄给我母亲吴葆孙。

恭祝

新年快乐　身体健康　万事如意！

施岷敬上

1996年12月16日

# 开译《奥林比斯的春天》

刘叔叔：

您好！

前两天寄给您一封信，向您汇报我的近况、翻译的进度。我忘了跟您说，请您这事千万不要露给赵老师，别弄得武汉大学以为我在家泡病号给您赶稿子呢！那样可就糟了。实际上我现在也是以休息为主，每天在家歇歇，吃得好好的，睡得足足的，然后有时间就尽量看点译点。

每天都在煎中药吃，我母亲从一本收集有许多江苏省著名老中医验方的书中碰巧看到一个验方，我吃了一周效果不错（当然是到医院请医生转了方子），后来就斗胆给这位年近八旬的老医生提笔写了封信，没想到他老人家很快给我回了信，而且就我的症状将原方酌情加减，开了一个新方，让我服用20帖。我接信后真是特别感动。今天上午到医院把他的药配来了。我准备月底复查一次，要是能转平安就太好了！

四月份德国一个著名的翻译中心有一个人要来讲学，专门讲翻译方面的问题。我希望医生能同意我返校进行一些轻工作。这样可以赶上这趟车，多学一点总好。好在我病情不重，而且比较稳定，所以还算不幸之中的万幸。

不多写了。稿子我会在身体允许的情况下尽量抓紧的[①]，啰里吧嗦写了这些，您一定厌烦了。

祝您

身体健康　万事如意！

学生　施岷拜上

1993年3月4日晚

---

① 施岷译诺贝尔文学奖得主、瑞士德语作家施皮特勒的长诗《奥林比斯的春天》于1996年5月第一版，589000字，首印10000册，其中精装2000册。

春潮漫卷

书香永

# 开放声中

## 书人书事书信选

（下卷）

刘硕良 编注

漓江出版社
·桂林·

1990年2月21日，漓江版《外国名作家大词典》等四部辞书出版座谈会在中国社会科学院新落成的学术报告厅举行。邓力群同志（左二）和贺敬之及宣传文化部门的领导同志出席。右起：吕同六、叶君健、汝信、梁光弟、伍杰。右后：王佐良

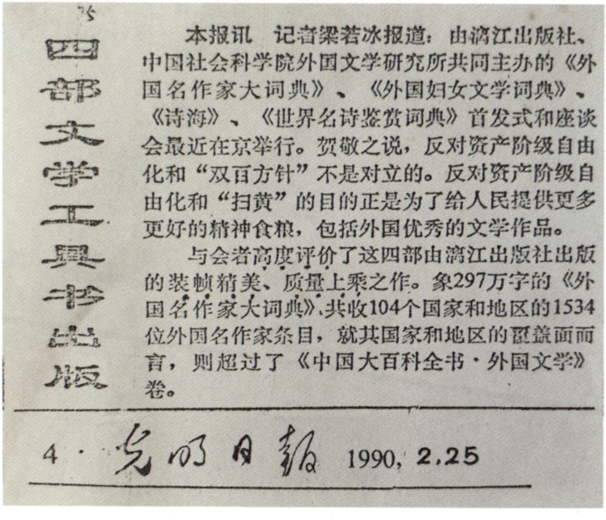

四部文学工具书出版

本报讯　记者梁若冰报道：由漓江出版社、中国社会科学院外国文学研究所共同主办的《外国名作家大词典》、《外国妇女文学词典》、《诗海》、《世界名诗鉴赏词典》首发式和座谈会最近在京举行。贺敬之说，反对资产阶级自由化和“双百方针”不是对立的。反对资产阶级自由化和“扫黄”的目的正是为了给人民提供更多更好的精神食粮，包括外国优秀的文学作品。

与会者高度评价了这四部由漓江出版社出版的装帧精美、质量上乘之作。象297万字的《外国名作家大词典》共收104个国家和地区的1534位外国名作家条目，就其国家和地区的覆盖面而言，则超过了《中国大百科全书·外国文学》卷。

4·光明日报　1990，2.25

中央电视台“新闻联播”和人民日报等多家媒体报道四部辞书出版及座谈会消息。图为《光明日报》1990年2月25日报道

## 四部辞书工具书

《外国名作家大词典》，主编：张英伦、吕同六、钱善行、胡湛珍

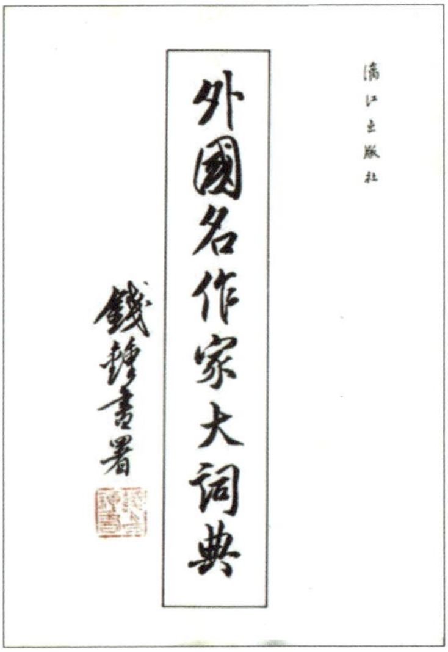


钱钟书先生为《外国名作家大词典》题署

张英伦

吕同六

钱善行

胡湛珍

《外国妇女文学词典》
主编：朱虹、文美惠

朱虹

文美惠

《诗海——世界诗歌史纲》（传统卷·现代卷） 飞白 著译

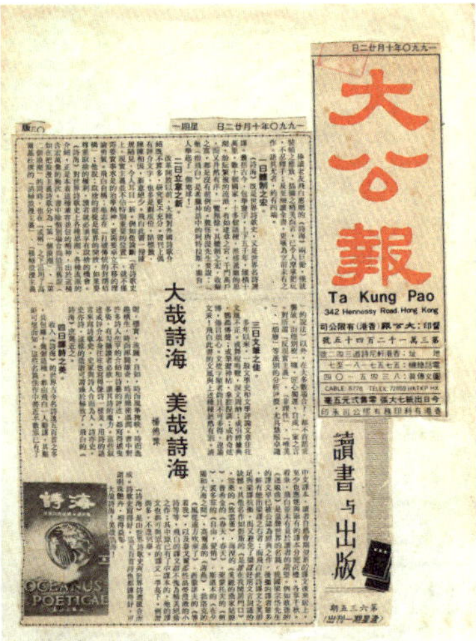
大公報
Ta Kung Pao
342 Hennessy Road, Hong Kong

大哉詩海 美哉詩海

讀書与出版

香港《大公报》刊载译诗家杨德豫文赞《诗海》：大哉诗海 美哉诗海

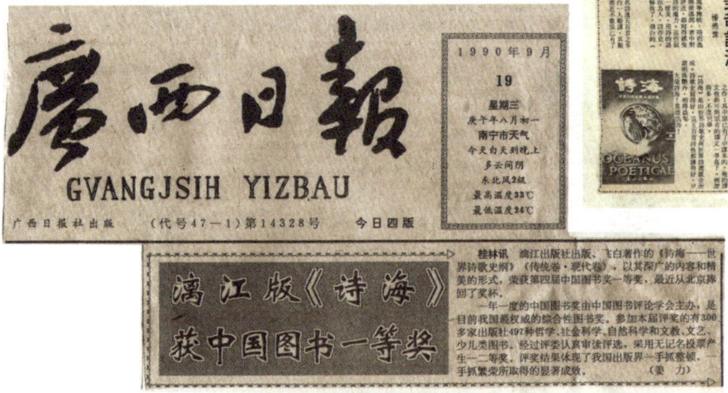
廣西日報
GVANGJSIH YIZBAU
广西日报社出版 （代号47—1）第14328号 今日四版

1990年9月
19
星期三
庚午年八月初一
南宁市天气
今天白天到晚上
多云间阴
东北风2级
最高温度33℃
最低温度24℃

漓江版《诗海》获中国图书一等奖

桂林讯 漓江出版社出版、飞白著作的《诗海——世界诗歌史纲》（传统卷·现代卷），以其深广的内容和精美的形式，荣获第四届中国图书奖一等奖，最近从北京捧回了奖杯。

一年一度的中国图书奖由中国图书评论学会主办，是目前我国最权威的综合性图书奖。参加本届评奖的有300多家出版社497种哲学、社会科学、自然科学和文教、文艺、少儿类图书。经过评委认真审读评选，采用无记名投票产生一二等奖。评奖结果体现了我国出版界一手抓整顿、一手抓繁荣所取得的显著成效。 （姜 力）

《诗海》获中国图书奖一等奖

《世界名诗鉴赏辞典》

飞白　主编

飞白

飞白弟子胡小跃、吴德艺、张德明、张蕾莉、李力等造访漓江出版社

# 彩色插图世界文学史

《彩色插图世界文学史》李文俊等译

萧伯纳

高尔基拜访列夫·托尔斯泰

## 文论

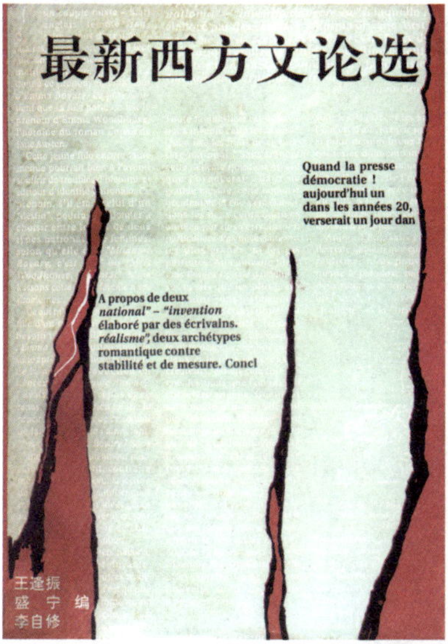


《最新西方文论选》

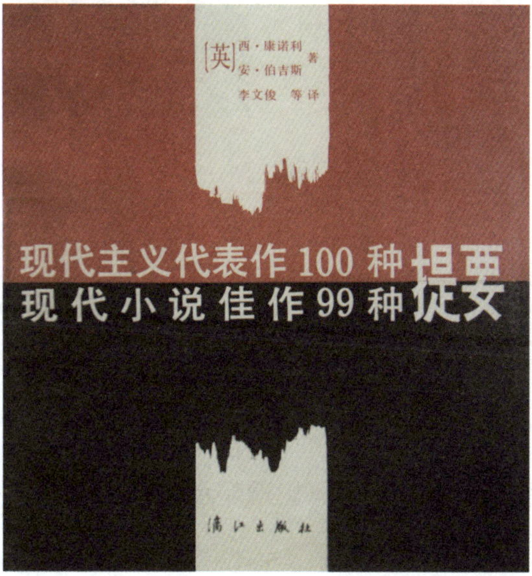


《现代主义代表作 100 种
现代小说佳作99种提要》

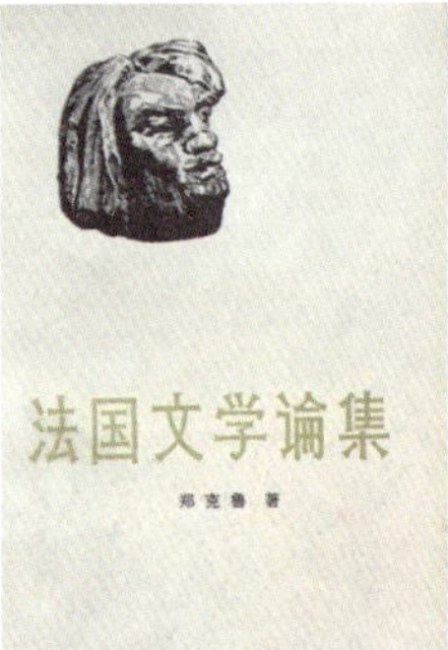

上左起：《陀思妥耶夫斯基论艺术》《普希金论文学》《列夫·托尔斯泰论创作》《法国文学论集》《雨果创作评论集》《普希金创作评论集》

下左起：《普列姆昌德论文学》《从普鲁斯特到萨特》《诗魂》《西风杂草》

## 外国文学研究资料丛书

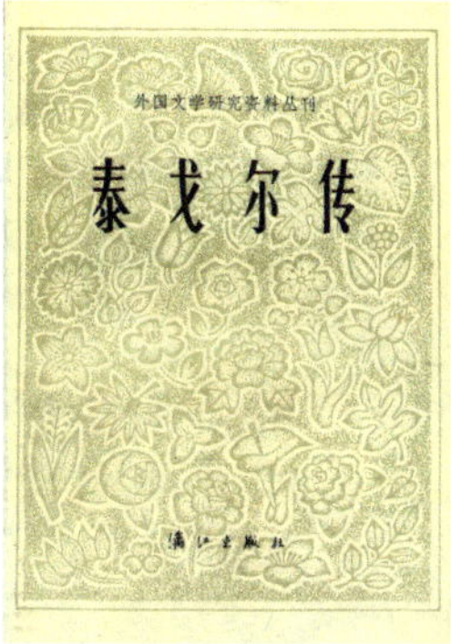

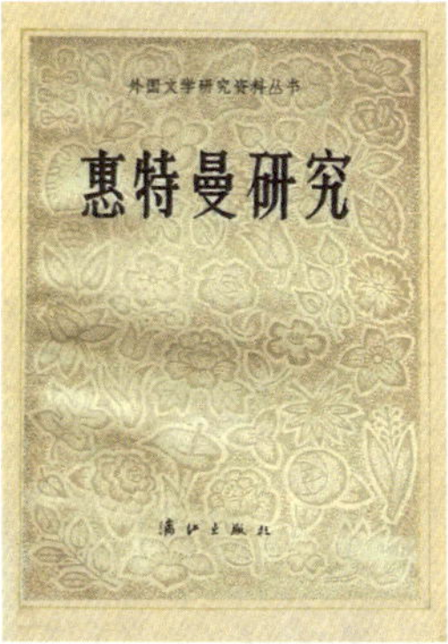

上左起：《泰戈尔传》《马克思主义和美学》

下左起：《惠特曼研究》《杰克·伦敦研究》《拉丁美洲当代文学论评》

## 犀牛丛书

上左起：《卡夫卡随笔》《自杀的女诗人》《乔治·桑情书选》

下左起：《巴尔扎克情书选》《爱经》

## 当代著名翻译家精品丛书

上左起：《罗新璋译文自选集》《施康强译文自选集》《张玉书译文自选集》《郭宏安译文自选集》《余中先译文自选集》

上左起：《傅惟慈译文自选集》《李文俊译文自选集》《董燕生译文自选集》《刘文飞译文自选集》《黄健人译文自选集》

## 世界文豪书系／河北教育出版社

《歌德文集》

《海涅全集》

《屠格涅夫全集》

上左起：《新莎士比亚全集》《雨果文集》

《卡夫卡全集》

《莫泊桑小说全集》

《普希金全集》

《莱蒙托夫全集》

《纪伯伦全集》

世界文豪书系编委会合影于石家庄

右起：张小影、刘硕良、王亚民、江枫

前排右起：张小影、刘硕良、王亚民、宋兆霖、钱满素；后排右起：谭立德、江枫、高慧勤

初访石家庄，与河北教育出版社同仁相聚，左一：王亚民，右二：王鸿雁

方平，2000年摄于美国加州佛利蒙

海峡两岸文学翻译研讨会后合影。右起：吕同六、郝运、王佐良、方平、卢永福。珠海，1992年10月

与日语教育和文学研究专家周炎辉摄于长沙岳麓书院门前

本书前言所列20对夫妻翻译家中的一对：罗新璋与高慧勤

## 各方关注

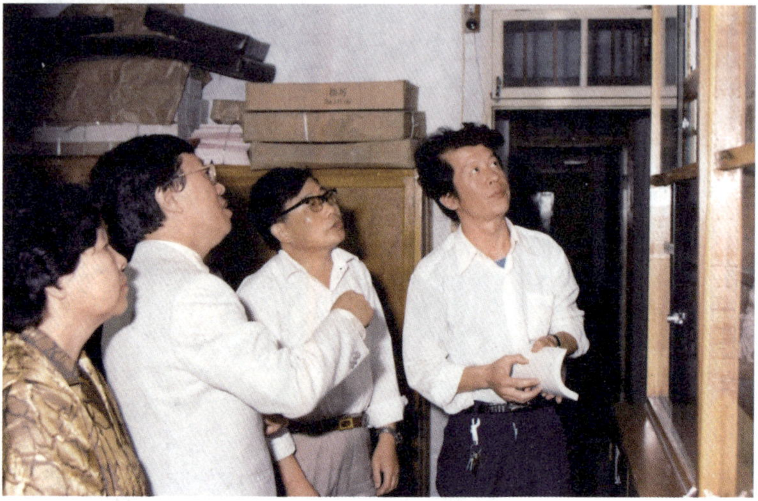

作家王蒙夫妇（左一、二）访问漓江出版社，右一：庞俭克

作家贺敬之夫妇访问漓江出版社，左一：邓小飞；右二：沈东子

作家刘白羽（左）访问漓江出版社，右二：陈肖人

外国文学专家朱虹陪同外国友人（右二、三）访问漓江出版社，左一：张广珍

贺祥麟教授陪同外国客人访问漓江出版社

澳大利亚总督威廉访问杭州时会见《风暴眼》译者朱炯强教授

法国友人白勒德先生访问漓江出版社，左二：黄天源；右一：吴呵融

和广西新闻出版局局长孙权科（右二）、广西民族出版社社长冯艺（左一）访问法国，右一：金龙格

学术研讨会为漓江问学会友、沟通译事的重要渠道。图为在南京举行的全国外国文学会代表合影。前排右起：董衡巽、陈燊、汤永宽、张羽、侯维瑞、桂裕芳、吴元迈

（左起）北岛、舒婷、柯雷、王家新、刘硕良

孙绳武（后左）与许磊然（后中）、蒋路（后右）、刘星灿（前右）、叶明珍（前左）

孙绳武（右二）与绿原（左三）、包文棣（左四）、白烨（左二）、阮同（左一）、刘硕良

董秀玉（右二）、于青（左二）、白烨（右一）

北大俄语系教授为孙绳武祝寿。前左一：顾蕴璞，前左二：臧仲伦，后右一：张福生

绿原（左）和胡风（中）

1990年7月，新闻出版署在桂林召开外国文学出版座谈会，与人民文学出版社副总编辑秦顺新（左二），上海译文出版社社长骆兆添（左一），总编辑叶麟鎏（右一）相聚于漓江之舟

郑克鲁

郑克鲁与夫人朱碧恒同游刘公岛 甲午战争纪念馆

台湾出版人林郁先生来漓江洽谈版权

张秋林先生一度投身版权贸易，与海峡两岸出版界多有联系

## 购自漓江版权的台湾版外国文学名著

漓江译作在台湾出版繁体字版，上左起：《暗夜行路》《人面兽心》《局外人》《恶之花》《鼠疫》《齐瓦哥医生》（即《日瓦戈医生》），下左起：《红与黑》《老人与海》《洛丽塔》《爱的荒漠》《茫茫黑夜漫游》

1986年秋，漓江出版社与广西新华书店联合召开漓江版图书发行座谈会，新华书店北京、上海、重庆发行所与京沪等中心城市店40余人出席。右二、右一分别为上海市新华书店供应科长刘湜明、相关业务人员乐佩华。后着风衣者为重庆发行所负责人

广西新华书店业务科长张耀华（右二），副科长申稚媛（左一）和业务主管杨子明（后右二）等与编务室主任廖玉桦（左二）、印制科副科长梁冰（后左一）合影

多家中心城市新华书店与漓江关系密切

参加漓江发行会议的中心城市新华书店代表，右一为编务室俞凡

上海市印务公司经理吴殿英（左一）

与新疆青少年出版社社长韩全学（左）自南向北横跨天山途中

《出版广角》“新中国出版五十年特辑”，1999年10月

封面人物：董秀玉

封面人物：陈昕

封面人物：王亚民

新闻出版署副署长桂晓风（右二）、中宣部出版局局长张小影（右一）在广西区党委宣传部副部长王其鹏（左二）、广西新闻出版局长阳建国（左三）陪同下参观“广西出版成就展”

香港联合出版集团董事长李祖泽（左三）、中国版协秘书长谢明清（右二）和上海世纪出版集团总裁陈昕（右一）应邀参加广西出版改革与发展研讨会，广西新闻出版局局长阳建国（右三）主持会议

北京论坛，右起：吴江江、程大利、王建辉、王亚民、程志方等出席

合肥论坛，前排左二起：席广辉、黄书元、刘硕良、王建辉、龚存玲、胡守文、孙国庆、符积才、孙巍、吴源、肖启明

合肥论坛，前排左起：孙巍、曹光哲、王国伟、贺圣遂；后排左起：高兴、王荣森、鲍康健、吴寿兵

南京论坛，石启忠、刘健屏、巢峰、吴智仁、罗国林、周百义等出席

在上海举行的社刊工程研讨会。前排左起：赵济清、江曾培、吴智仁、胡守文、楼荣敏

《出版广角》编辑部和广西师大出版社联合召开高校出版发展战略研讨会。伍杰（中）、夏永翔（右二）、刘建斌（左二）出席开幕式并讲话。左一：刘硕良，右一：肖启明

《感动共和国的50本书》，《出版广角》编辑部编，杨牧之序，江苏教育出版社出版

《同步的足音》三卷，《出版广角》文存（1995-1999），广西人民出版社出版

刘 杲

伍 杰

杨牧之

袁 亮

戴文葆

钟叔河

采访江苏新闻出版局长石启忠

时任安徽新闻出版局副局长兼安徽教育出版社社长黄书元在合肥论坛上发言

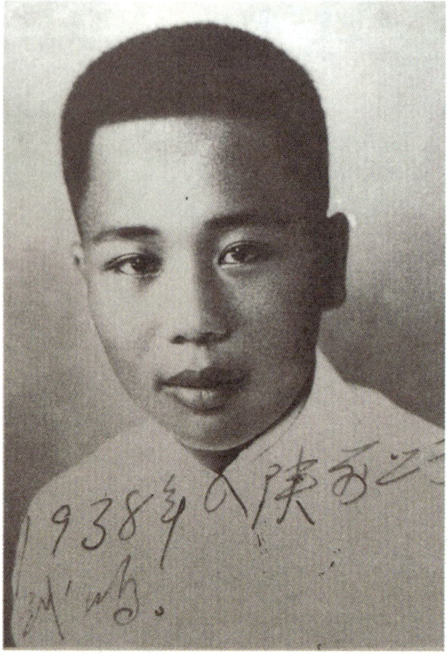

陆地1938年赴延安前夕

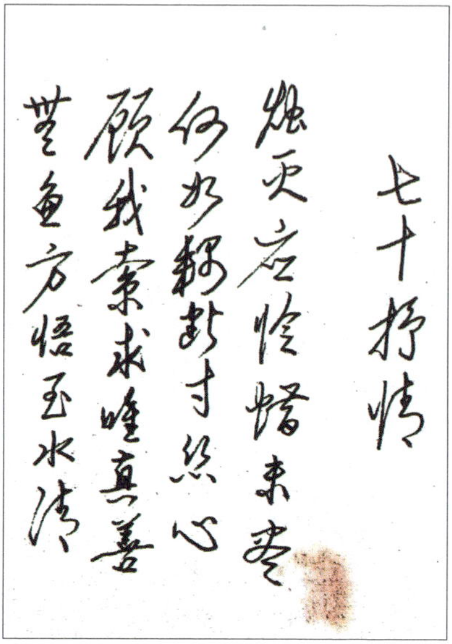


陆地手迹

潘荣才著《陆地传》封面照

王力与女婿张谷

秦似、陈翰新夫妇在玉林（1978）

1943年，王莹在白宫演出后
与罗斯福总统夫人合影

王莹与谢和赓，1952年于纽约

《洁白的明星——王莹》封面

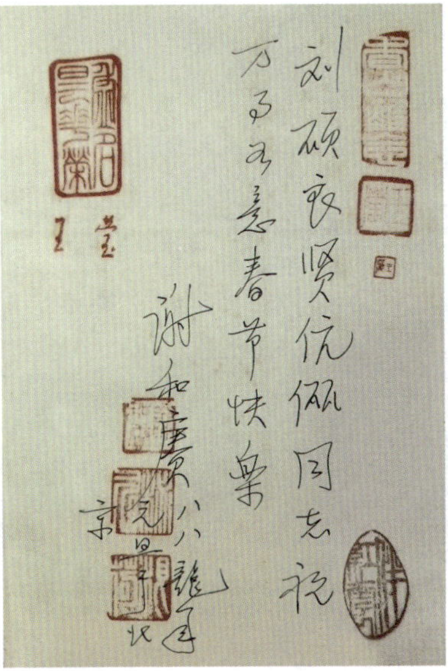


谢和赓题赠《洁白的明星——王莹》

1963年8月，王莹与谢和赓摄于颐和园

《中国地域文化通览·广西卷》及其简编与续编编委会主任李康与主编刘硕良

《广西现代文化史》副主编廖子良（2017年逝世）

《广西现代文化史》四卷插图本

李宁（1933–1995）

廖经天（1913–1998）

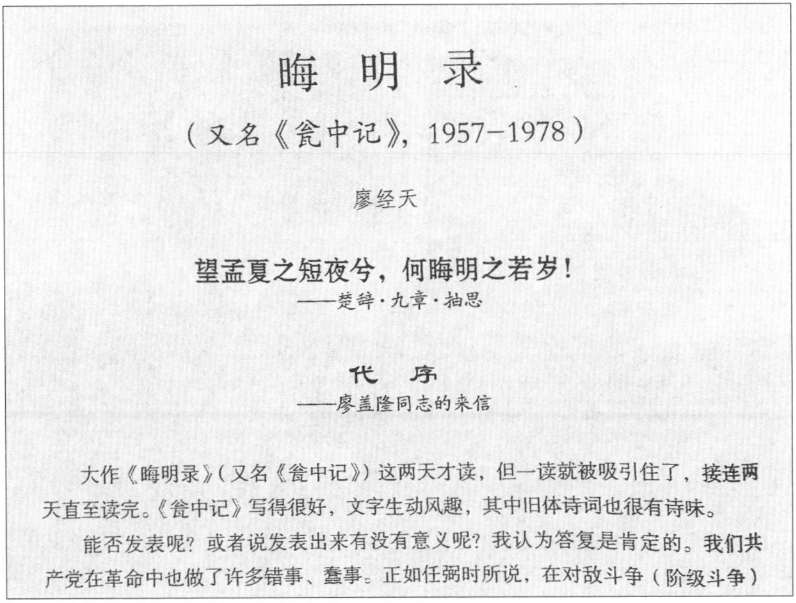

# 晦　明　录

（又名《瓮中记》，1957–1978）

廖经天

**望孟夏之短夜兮，何晦明之若岁！**

——楚辞·九章·抽思

**代　序**

——廖盖隆同志的来信

大作《晦明录》（又名《瓮中记》）这两天才读，但一读就被吸引住了，接连两天直至读完。《瓮中记》写得很好，文字生动风趣，其中旧体诗词也很有诗味。

能否发表呢？或者说发表出来有没有意义呢？我认为答复是肯定的。我们共产党在革命中也做了许多错事、蠢事。正如任弼时所说，在对敌斗争（阶级斗争）

《晦明录》题图

阮同（1929–2003）

曾霞初（1912–1990）

程兴业（1925–2013）、王慕冰（1928– ）1993年秋于南宁鲤湾路宿舍

副　刊

人民日报　1990年3月10日　星期六　第八版

# 莫道新来少好书

## ——读《外国名作家大词典》

周珏良

能使人一见外观就爱不释手，翻看内容又引人入胜的书当前颇不多见，而漓江出版社最近出版的《外国名作家大词典》(张英伦、吕同六、钱善行、胡湛珍主编)正是这样的书。

在过去10年间我们翻译出版了大量的古今外国文艺作品，读者读了书不免想对作者生平、创作上的风格特点、在文学史上的地位有所了解，这一词典就是满足这种需要的。在它之前也出版过类似的书，如80年代初期的《中国大百科全书》"外国文学"卷。以两者比较，可以看出"词典"除具有"百科"的优点，如词条的内容丰富、文字简洁之外，还有自己的特点，而这特点集中在一个"新"字上。首先就收入的作家来说，它增加了许多为"百科"所未收的近现代作家，而且还包括了一些所谓"流行文学"作家，如英国写侦探小说的阿加莎·克里斯蒂、美国写《战争风云》的作家赫尔曼·沃克和位在雅俗之间的美国的西德尼·谢尔顿等。这些人的作品在我国读者是不少的，把他们列入"词典"，也反映了西方，尤其在美国学术界打破"严肃文学"和"通俗文学"界限的新倾向。就古典作家来说，如弥尔顿、雪莱的词条中增加了这两位大诗人在20年代初现代派诗崛起时遭到贬低，而近年来又重新受到肯定评价的新内容。此外"词典"收入了一些当代文学理论家如结构主义者罗朗·巴尔特、解构主义者雅克·德里达、读者反映论者斯坦利·费什、西方马克思主义者弗雷德里克·詹姆逊等等。鉴于在西方学术界，文学理论的地位日渐提高，甚至有批评即文学之说，为了了解各种新学说，加入这些词条很有必要。为了追溯源头，"词典"还收入了19世纪和20世纪初的一些严格说来并非文学家，但对现代文学理论影响极大的思想家如尼采、莱维—斯特劳斯（人类学家）。至于弗洛伊德和索绪尔（语言学家）则是应收未收的，这当然是一时遗漏了。

"词典"对于某些难于评价的作家没有回避，而是做了较客观的介绍。我指的是英国的戴·赫·劳伦斯、美国的弗拉基米尔·纳博科夫和他们有争议的作品《恰特莱夫人的情人》、《洛丽塔》。对日本的三岛由纪夫，书中既批判了他的军国主义思想，也估价了他的作品的艺术价值。在当前改革开放之际，我们需要批判地了解资本主义国家的文艺，这么做无疑是有益的。

《外国名作家大词典》篇幅大，印刷不惜工本，显然是一桩赔钱买卖。希望其他出版社能学习漓江出版社的眼光和魄力，多出一些质量高的好书，为建设社会主义精神文明做出贡献。

《人民日报》发表著名学者周钰良评《外国名作家大词典》专文

人民日报

文心探访

# 诗海是我的寻找

## ——访杭州大学汪飞白教授

高宁文　苗地画

汪飞白，1929年出生，50年

要的位置。然而翻开我国编纂的这类专著，关于诗歌的介绍不多，而且内容大都侧重于荷马、但丁、歌德、拜伦、雪莱等人以及他们的几部叙事诗，这无法概括世界诗歌的全貌。事实是，世界诗歌70%以上是抒情诗……

**记者**：外国诗歌对于中国现代文学的开启并不亚于其它文学样式。

**飞白**：东西方诗歌的交流不自今日始，并曾在中外诗歌思潮流派，会成为汪洋一片。但诗又是活的，动荡的，很难把它纳入类别的框框中。我认为，诗歌是一个情、理、美三极的张力场，真正的诗歌都位于这个场内。即使各各倾向于一极，也是不能脱离其它两极的。如现实主义诗歌偏重于理的一极，但它并不排除情以及艺术美、形式美。同样，被我们称之为唯美主义的诗歌尽管偏重于形式美的一极，但美要有所依附，因此，这类诗歌不可能完全排斥

《人民日报》记者高宁采访飞白，著名画家苗地配图

文匯 读書周報

DUSHU ZHOUBAO 文匯報社编辑出版

第260号 1990年2月17日 刊号：CN31—0030 发行代号3—40

在本报等单位举行的“漓江版新书发布会”上

有识之士献良策

本报讯 在本报与漓江出版社、新华书店联合举办“漓江版图书汇展”期间，举行了一次“漓江版新书发布会”。本市新闻出版社的有关人士、外国文学研究专家六十余人出席了会议。会上不少同志对当前的出版工作发表了许多启人深思的意见——

上海市委宣传部副部长龚心瀚：目前图书市场疲软，要解决这一问题，进一步加强图书推广宣传工作是十分重要的。希望报刊能加强书评工作，特别是对重点图书的宣传。

上海新闻出版局副局长赵斌：同行之间的相互了解、相互学习，对促进出版事业的繁荣，以及上海的出版工作是大有好处的。

上海社联名誉主席罗竹风：出版界出现的要作者自己卖书等等怪现象，在中国的出版史上是空前的。如今到了认真研究一下如何使出版事业纳入正确的运行轨道，究竟应该对出版事业采取什么方针政策的时候了！

老作家王辛笛：出版社如果……

## 让上海成为优秀图书汇萃的窗口

——记“漓江版图书汇展”

由本报和漓江出版社、新华书店联合主办的“漓江版图书汇展”展出以来，读者踊跃，盛况空前，仅头二天就销售图书近万元。《战争与爱情》等多种新书两天就告罄。许多读者抱着一大捆书，兴奋地对记者说：“没想到漓江出了这么多精彩的图书，我们以前怎么都没见到？”

在上周六召开的“漓江出版社新书发布会”上，与会领导、专家、学者对举办这种形式的图书汇展给予很高的评价，认为出版社与读者直接见面，不仅有助于出版社了解行情、发行新书，同时让读者对出版社的风格特色有了进一步的了解。目前，各地出版社都面临着走出低谷，重振雄风的问题，而发行渠道是否通畅是其中的关键。出版社出了一些精彩的图书，但由于发行渠道不很畅通，读者不知道，埋怨买不到好书，而……

一个出版社要战胜各种危机，立于不败之地，还需办出自己的特色来。漓江出版社在这方面是比较出色的。这家地处偏隅、成立才五年的小出版社，通过自己的努力，在外国文学出版领域已经可以同北京外国文学出版社和上海译文出版社这样的老牌出版社抗衡媲美，关键在于该社能不断创新、开拓。譬如最近出版的《世界名诗鉴赏辞典》和《诗海》，虽然价钱较贵，但因为在这类题材上属创举，所以购书者仍然不少。举办这样的图书汇展，同时促进各出版社之间的相互交流、相互学习，共同繁荣我国的出版事业。

通过这次汇展，上海读者对漓江出版社的风貌有了较为全面的了解。眼下，全国有五百多家出版社，每年出书六万种，上海读者知道的有多少呢？不少读者从书展出来后，希望我们以后多……

《文汇读书周报》报道在上海举行的“漓江出版社新书发布会”

C12 个人史 新京报

责编 牛文怡 美编 刘月 责校 李学萍

2005年4月5日 星期二

寻找逝去旧身影 翻开历史新篇章

追寻80年代 之(二十二) 关键时期的见证人 之九

一个闪亮的名字联系一个时代的文学记忆——漓江出版社老出版人回顾创业历程

## 刘硕良：把诺贝尔介绍给中国

长沙清华，物超所值的中学生涯

《新京报》2005年4月5日“追寻80年代”专版，张弘采写

## 获奖证书

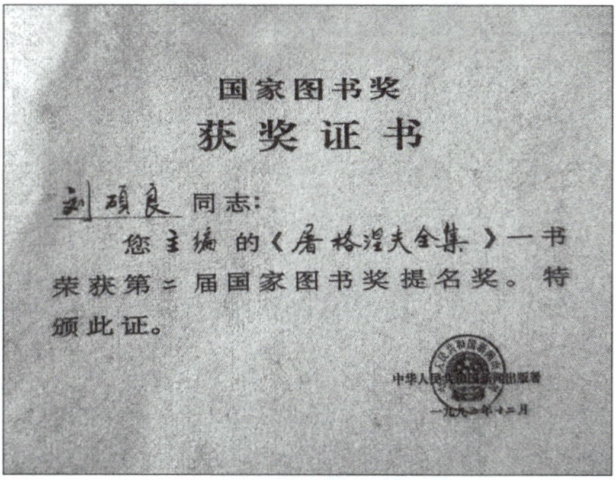

国家图书奖

获奖证书

刘硕良 同志：

您主编的《屠格涅夫全集》一书荣获第二届国家图书奖提名奖。特颁此证。

中华人民共和国新闻出版署

一九九[illegible]年十二月

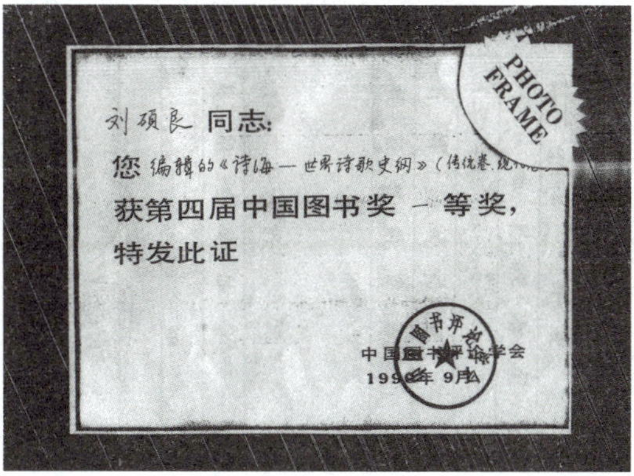

刘硕良 同志：

您编辑的《诗海——世界诗歌史纲》（传统卷、现代卷）

获第四届中国图书奖一等奖，

特发此证

中国图书评论学会

199[illegible]年 9月

荣誉证書

《诗海》获广西首届桂版优秀图书特别奖。

责编：刘硕良

1991年10月

荣誉证書

《恶之花》荣获第三届桂版优秀图书奖壹等奖。

责编：刘硕良

一九九三年十二月

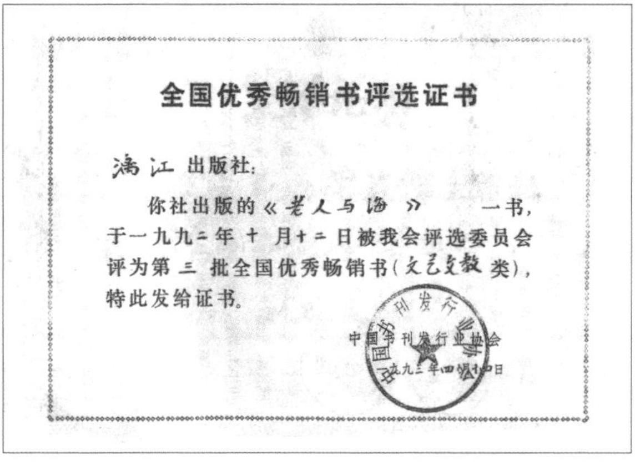
全国优秀畅销书评选证书

漓江出版社：

你社出版的《老人与海》一书，于一九九二年十月十二日被我会评选委员会评为第三批全国优秀畅销书（文艺文教类），特此发给证书。

中国书刊发行业协会

一九九三年四月十四日

# 总　目

# Fragrance of Books in the Spring Surge

——Letters from literary Men and their Works at the Beginning of Reform and Opening to the Outside World

## Contents

### Part Ⅰ



### Part Ⅱ

# 下　　卷

# 六、日语文学译著者来信

〖8人，25封〗

高慧勤　周炎辉　李德纯　孙日明　林少华
肖亦艾　莫爱莲　刘和民

# 高慧勤
# （5 封）

## “清污”是否波及《千鹤》？

刘硕良同志：

您好！寄来的书已经收到，谢谢。

自日本回来已经月余，本该早些同您联系，因回来后，罗新璋即仓促赴法，有些情况未及介绍。出去了半年，对国内形势也不十分了然，疑疑惑惑，以至拖延至今。日前金子信同志来京出差，原拟与他面谈，但两月来，始终未见到他。考虑到事情不宜再拖，便先写信同您商量。

是关于《千鹤》一书的出版问题。根据二中全会精神，提出要抵制和清除精神污染，今后对外国文学的出版和介绍，将十分严格。从我所和北京一些出版单位的情况来看，对此十分重视，开始清理和检查近年来的出版工作。据说人民文学出版社有若干种外国文学作品将不予出版或暂停出版。其中有左拉的《娜娜》、卡夫卡的小说以及荒诞派戏剧等。联想到《千鹤》一书，内容颓废，人物关系涉及乱伦，目前似不宜出版。是否能从“川端集”中将此篇抽掉？倘觉得篇幅不够，嫌其单薄，或可以其他作品代替。当然，这样一

※ 高慧勤（1934—2008），女，翻译家，外国文学研究专家。1934 年生于辽宁金县，1957 年毕业于北京大学东语系日文专业。中国社会科学院外国文学研究所研究员、东方文学室主任、研究生院外国文学系主任，中国日本文学研究会秘书长、副会长、会长。撰有《标举新感觉　写出传统美》《传统·创新·别立新宗》《自然主义与“私小说”》《忧伤的浮世绘——论川端康成的艺术世界》《日本古典文学中的悲剧意识》等文。译有森鸥外《舞姬》、芥川龙之介《蜘蛛之丝》及川端康成《雪国·千鹤·古都》《美丽与悲哀》等。编有《日本短篇小说选》《川端康成十卷集》《芥川龙之介全集》（五卷本），并主编《东方现代文学史》。

来，工作上会有许多麻烦，甚至某些经济损失。但鉴于中央精神和目前的形势，对此书的出版，确实应当重新慎重考虑才是。不知您的意见如何？望赐复。

顺颂

编安！

高慧勤

11月2日（1986）

## 日本小说二三事

刘硕良同志：

恭贺荣任副总编一职！相信以阁下的才干和魄力，在其位，谋其事，工作定会成绩卓著，更上一层楼。诸事还请格外关照。

关于日本作家写中国历史小说这一选题，看来是可行的。但不知贵社拟出几卷？据我所知，井上靖较好的几种，如《天平之甍》《敦煌》《杨贵妃传》《西域小说集》都已先后出版；司马辽太郎的《项羽和刘邦》，听说云南要出，陈舜臣的小说也有人在译。因为我对这方面作品，平时很少涉猎，不大了解情况，但选个四五部尚不致成问题，如果卷次再多，而又要不重复，似较为困难。再者，日本小说一般都写得很琐碎，历史小说也不例外，其可读性，远不及看《三国》《水浒》那么有趣。当然作为日本文学的一个方面，外国作家所写中国题材小说，给我国作家某些借鉴，出个把选集或五卷集，我认为还是可以的。另外，日本有些名作家，以纯文学的形式，写过些颇为精致的中国历史小说，以短篇为多。如森鸥外的《鱼玄机》、谷崎润一郎的《麒麟》、中岛敦的《李陵》和《山月记》等。这些短篇，似也可收成一集，列入丛书里。

此外，我还觉得，日本历年的芥川奖（纯文艺作品）和直木奖（大众文艺）等得奖作品，不妨选其精华，出一二本也未尝不可。《芥川奖得奖作品全集》，日本就出了十二卷，直木奖作品数量也不相上下，其他如新潮社奖、文学界奖、推理作家协会奖等，从中选几十篇，恐怕不会太难。总之，这个选题也供阁下参考。

最近听说在昆明召开一出版会议，请阁下也前往出席。会上就选题问题，不知协商得如何？年初，我与所内另外二同志参加沈阳春风文艺出版社关于“日本文学大系”全30卷讨论会。前几年人民文学出版社已有一从古至今的全三十卷丛书（已陆续出版）的计划，现在辽宁又准备出三十卷，为避免撞车，有些作家的代表作收不进“大系”，不免使人遗憾，与人文重复，又牵扯版权问题，看来困难不少。

今年六月，将在洛阳召开日本文学讨论会，曾给阁下发去一通知。出版社的同志，出席会议无须带论文，阁下重任在身，恐怕难以拨冗出席，不过，可另派一负责日文的同志参加，一来可了解信息，二来也便于组稿。如果人选已定，请来信告知为盼。啰里啰唆，就此收住。

谨颂

业祺

高慧勤

4月18日（1985）

## 字斟句酌，踌躇多日

刘硕良同志：

您好！

十分抱歉，川端译稿，旷日持久，昨日才全部核完一遍。因想把译文弄得好些，字斟句酌耽搁了不少时日。尤其《雪国》一书，在川端作品中，文字最为简约、含蓄，有些地方甚至很晦涩，颇费推敲。稿子因贴贴补补，弄得很不整洁，但实在不能再耽搁重抄了，只好如此，审阅时，请多包涵。

关于《千鹤》和《雪国》[①]中某些描写稍显露骨的问题，请您酌定，做适当技术处理。《雪国》问题不大，只有两处。当初未译，后来补在正文右侧，下面用铅笔注明：上海译文本译及含糊，山东本未译，要否删掉，请考虑。《千鹤》主要在第一章第四节，中间部分也有一点含蓄的描写。如改动个别词句或删削某一段落，而又不影响文气通顺，请尽管删去，我没有异议。校样出来后，如可能，希望寄我一阅。

今晨因寄得匆忙，译文序的标题漏写，请代为补上：“标举新感觉，写出传统美”。这部译稿给您添了不少麻烦，用日本中文说，诸事请格外看承！

即颂

编安！

高慧勤

3月19日（1985）

## 为出版低谷中的文学翻译殚精竭虑

刘硕良同志：

六月十八日深得函悉。看得出阁下为川端、为雨果、为出版低谷中的文学翻译，殚精竭虑，“再造青春”。

卷数，根据尊意，篇目又重做调整，去掉太长的《东京人》，另补两个十几万字的作品；最后一卷分为二卷：小小说、短篇小说出一卷，散文随笔与评论出一卷。这样，还是八卷，每卷三十来万字，基本上求得平衡。

① “诺丛”《雪国·千鹤·古都》，〔日〕川端康成著，高慧勤译，345000字，1985年9月第一版，首印10830册（含精装730册），1992年7月第4次印刷，累计28230册。

时间，同意所示，一九九五年秋出书——最好一次出齐。一九九四年底交第一批稿二卷，一九九五年二月发第二批稿三卷，四月三十日，齐稿。[①]

现将议定书寄回两份，擅自改动了卷数和时间，如同意，即照此办理。

盼即赐复，我可据以正式约稿，并向译者规定交稿日期。

在日尚有两个月，恐怕事情不少，但有事需办，请尽管吩咐。

顺颂

编安

高慧勤

1993.7.2 于日本

方便时请告府上新地址及电话号码，又及。

## 重校《雪国》 合力川端

刘硕良同志：

恭贺乔迁之喜！

接电话后，得知在阁下的关照下，《雪国》等拟在台出版。虽然时间紧迫，但考虑之下，还是再校订一遍为妥，毕竟是十多年前的旧译，当时尚未去过日本，习俗、风土等都不甚了了。所以，花了近两个星期，将《雪国》仔细校订了一下，做了若干改动。《古都》《千鹤》因来不及，只通读了一遍，个别处改了一下。现将书另邮快件寄上，无论如何，务请以此书为准。拜托拜托！

河北教育社的川端译者有所变动。长篇《身为女人》因李芒患白内障、年事高，改为山东大学日文教授金中先生承担，他是石川达三作品的译者，译过《破碎山河》《风中芦苇》《金环蚀》及若干

① “世界文豪书系”《川端康成文集》，高慧勤主编，全 12 卷，河北教育出版社。

短篇等。现已离休在家，时间、精力都很充沛，明年十二月交稿不成问题。短篇原由《平安物语》的申非译审承译，近日因心脏病住院，已无可能译什么，为此介绍上海外院谭晶华教授（五木宽之的译者）和陈生保教授（司马辽太郎的译者），再就是汪正球。

新年在即，祝

万事如意！

高慧勤

1993年12月24日

**附：**

## 记高慧勤

罗新璋

一九三四年，高慧勤出生于辽宁金县，诞日好记，即圣诞节，十二月二十四日。在沈阳、大连，读小学、中学，五三年考入北大。五七年以优异成绩毕业于东语系日语专业。她喜欢语言和方言，尤善模仿，注意语音语调，毕业前预分配，因音色上佳，为中央人民广播电台“日本放送”相中，拟要去作广播员培养。恰值反右斗争，毕业前政治鉴定，对她很不利，因同情“右派”同学——当时只是同班同学，言论偏激，定性“右派”是运动结束后的事——思想严重右倾，开除团籍。这样，就止步于新闻出版部门，而分配至国际书店，经管对日图书进口业务，于兹达二十一年之久；她觉得浪费了许多读书做学问的大好时光。日后，在一次工作接触中，结识中央台资深日语广播员陈贞，可能惺惺相惜，两人遂成莫逆之交。翻译中不懂处便向陈贞请教。翻森鸥外《泡沫记》遇到一难题。主人公要从慕尼黑到德累斯顿去，在德累斯顿一词后，用了助词“を”，逻辑上讲不通，就去请教陈贞，陈贞看了也解释不了，特地写信去问平冈敏夫。平冈敏夫接信后，翻自己的藏书，发现以前看的时候就用笔加了一个日本词“さして”。平冈敏夫转询森鸥外研究家小泉浩一郎，说日本的研究界还没人提出这个问题。平冈后来著文，认为“事情看来虽小，但很重要，因为涉及阅读文本的根本问题。森鸥外的这个笔误，日本学界百年来一直没有发现，却让一个外国人指了出来。”日本一藏书家，有一套森鸥外大全集，计三十八厚卷，收森鸥外的全部作品，包括业务上的医务报告之类，片纸只语，靡无遗漏。觉得这套书对高或许更有用，特地分四纸箱寄来北京，盛情可感！

我在北大学法文时，当时无现成课本，全用齐香、吴达元先生自编的讲义。高结婚后，于六二、六三年，照着我大学一二年级的油印讲义，基本是自学，循序前进，练习照做，不费分文，学会了法语。她注重发音，每天四点半起身，收听中央台对非法语广播。那时对外广播尚用法国人，取其语音纯正，所以她还学到一点标准法语语调。九八年曾去巴黎自费游二月。我因参加会议，只居留前半月，余下一个半月，她就靠早年习得的一点法语“应付裕如”。凡要办事打交道，事前把法文写在纸上，到时变笔语为口语，以能与巴黎人用法语会话为快事。

六四年，国际书店进出口分家，国际书店只管出口，进口划拨新成立的中国图书进口公司。高原管日文图书进口，分家后在朝内大街九岳府图书进口公司上班，与人民文学出版社望衡对宇。时任人文日文部主任的叶渭渠先生，有时过马路（那时车少，路中尚无隔栅）到图书公司订书，遇到低班同学，久而相熟。那已是“文化大革命”后期，约一九七三年，人文开始编译不定期内刊《外国文学情况》，供文艺界领导了解情况，参考批判之用。叶渭渠提供日文资料，约高写文章概要，觉得还合适，稍后扩大至作品翻译。高本闲置，很高兴有事可做。如七五年六月出版的《外国文学情况》总第七期上，刊有“根据山崎朋子原作改编的《望乡》”一文，约二千字，文末无署名，此文为高所写。后来她还译了《望乡》电影文学剧本。“文化大革命”中反资产阶级法权。写文章出书，都无名无利无稿酬。早年高修完大二法文，接着对照读法文《欧也妮·葛朗台》。查字典，看懂文句，再看傅雷怎么翻。傅雷译笔传神，卓然超群。于中法文对照阅读中，对具体的文字处理，译法的精良，有着切实的了解和领会，获益匪浅。叶先生后来约高翻译日文作品，法文日文文字虽不同，但翻译的道理可以相通，便把傅译原则运用于自己的日语翻译中，学以致用。受傅译影响，其日译文字略有点一己特色。一般而言，有特色，才出色。高在“文化大革命”后期编译的文章和翻译的作品，作为微薄的业务成果，为她七八年脱离外文书店、调入社科院外文所创造了条件。所以，高在生前对叶一直心存感激，时常提及。

到了外文所，首先是学术转轨，从事日本文学研究，撰有《日本古典文学中的悲剧意识》《传统·创新·别立新宗》《自然主义与“私小说”》《忧伤的浮世绘——论川端康成的艺术世界》等文。

八四、八五年，应聘曾去京都工艺纤维大学为基础人文课程，用日文讲授中国文学中国文化两年，自兹口语大进。九三年去东京大学访学一年。

行有余力，则以“译”文，作为研究之余的副业。森鸥外，芥川龙之介，为高喜读作家，译有两家中短篇若干，分别出有《舞姬》与《蜘蛛之丝》两本小说集。改革开放之初出版的《外国名作家传》里“川端康成”一则为高所写。出版能人刘硕良在主政“诺贝尔文学奖丛书”时，特请高译川三部获奖中篇。是为高译川端之始。以后，又陆续译出《伊豆舞女》《美丽与悲哀》等名篇。约2006年，人民文学出版社新来编辑耿学刚，比较数译，择取高译《雪国》，列入“名著名译插图本”丛书，于2008年一月初出版。时高在中日友好医院住院，于元月四日看到快递送来的样书，展抚良久，在扉页上签上叫了一辈子的姓名，是为其绝笔。六天后，即溘然长逝。

前不久，从刘硕良著《三栖路上云和月》，附文《“获诺贝尔文学奖作家丛书”读者反映》中读到安徽读者张正升致译者函：

慧勤老师：

拜读了您的《雪国·千鹤·古都》，有一种说不出的心情。川端作品中的那种花轻似梦、细雨如愁的气氛，令人低回往复，哀乐无端。借用前人王士祯的七绝，可以说是“绝代销魂”。您的译笔又是那样的优美、清丽、传神，成功地将川端作品中的禅心语境传达给了我们这些不懂日语的读者。每一个真正的文学爱好者，心中必定都对您怀着一种深深的崇敬与真诚的感激！

——安徽岳西县统计局岳桐转农村青年 张正升

可惜，此函当时未转译者。“优美、清丽、传神”，谬蒙崇奖，非所敢承。但有读者喜欢其译笔，译者地下有知，当会感到欣慰与高兴！

2013 年 4 月

# 周炎辉
# （7 封）

## 批评了别人，自己要译得更好

老刘：

您好。来信及两本书均收到，谢谢。以前的两本书也给我寄过了。

我又去北京出了趟差，才回来。《东方》被老陈拖住了，看来要十月底才可能给你寄去，我已拼命催他，他的事太杂。

《心》① 早已抄好，我一直放在身边等湖南的出来。八月底我终于提前见到了一本样书。这本书译文质量之低劣，错误之严重，使我大吃一惊。于是我给湖南出版局胡真局长写了一信，指出问题的严重性。胡局长很重视，给我回了一信，并寄一书，我做了抽样调查，在书上做了批改，并回了一信。这本 12 万字，202 页的小说，错误大约有五六百处。你看怎么得了。而且都是原则错误。此书印

※ 周炎辉（1935—2009），学者，教授，翻译家。笔名麓山樵、白溪、严非、金辉。湖南湘乡人。毕业于北京大学东方语言学系日语专业。1957 年被错划为右派，在水利部工作一段时间，后下放农村劳动。1961 年摘帽，调湖南大学。1980 年 2 月和 1981 年 9 月破格晋升为副教授、教授，是湖南大学改革开放后最早晋升教授的三学者之一。创办湖南大学日本语言文化研究所和日本语言文化系，任所长、系主任。湖南大学图书馆馆长，教育部大学外语教材编审委员会副主任兼日语组组长，中国译协理事，湖南省译协副会长。主编高校日语教材三卷，发行逾 300 万册，主编《日语入门》和《中级日语》，同时在全国十几个省市电视台进行广播教学。所著《日语惯用型》和《现代日语语法》创新日语句子分类及句子结构理论，并在教材编写和教学实践中得到有效运用。文学方面也有深厚底蕴，所译夏目漱石小说《心》和校审《武藏野夫人》《苍茫的时刻》受到好评，1986 年 2 月至 1990 年 3 月任日本国立筑波大学客座教授。

① “外国文学名著丛书”《心》，〔日〕夏目漱石著，周炎辉译。135000 字，1983 年 10 月首印 78500 册，1987 年 9 月重印 14000 册。

了 64000 册，定价 0.53 元，尚未发行。

不知湖南会怎样处理，我看最明智办法是把印好的六万多册书当废纸回炉，损失三万多元保存面子。如果怕经济损失硬要发行，就得冒被人评批的风险。

由于上述原因，我看有必要赶快把我们的《心》出版出去。如果你手头没别的急件，就可在《东方》之前发稿。

我的译文，自信是有把握的，不过抄稿以后，我只通读了一遍；难定还有笔误，请您加工时再把一次关。

关于明年的选题，我按照你在上海同我谈的意思：译井上靖的，我两次去北京同高慧勤做了商量，她同意我给的看法，并把她的一册《井上靖西域小说集》借给了我，给我全部译出，分两册出版，这些篇目是：

《漆胡樽》《异域人》《僧行贺之泪》《天平之甍》《楼兰》《敦煌》《洪水》《苍狼》《狼尖地》《风涛》

全部译出有五六十万字。其中《天平之甍》和《敦煌》有单译本，可以重译，也可以不译。如果去掉这两篇，则只剩三十多万字。此事请您早做定夺，以便我早动手。

祝

全家好！

炎辉

1982 年 9 月 27 日

老刘：这封信写完未发出，我又把《心》通读了一遍，这是一部名著，而且我又批评了人家，所以要慎之又慎，现在自信没问题了，请发稿。

又及，9 月 30 日

## 行政职务我一直在推

硕良兄：

我正准备去宾馆报到参加省六届人大会议，接到你的信，我得回了信再走。

谢谢你们一家的祝愿，但这正是我目前彷徨的地方。听说我是省人大常委候选人，全国人大代表候选人，我想，这是不能推的，也不应推，这是一个为广大知识分子呼吁的讲坛，当然最后还得看选举结果。至于行政职务，我一直采取推的态度。例如酝酿过我当副省长，我婉拒了。至于校长，我更是早就断然拒绝了的，因为我舍不得我的专业，我还应该在我的专业领域去拼搏。

湖大落实政策问题，在国内外引起了强烈反响。日本驻华使馆文化专员（政治学教授）来长时，点名要求见我。他看了《光明日报》3月9日消息（头版头条报道我），很关注。上午见了，晚上又请我吃饭。席间他向我索取两本《苍茫的时刻》[①]，他说，一本赠他，一本他要送山口百惠，可是我手头已经没有了，不得已再找你，能否再给我寄两本？

《丑角》[②]已译完初稿，但我还得精细加工，目前无时间，只好往后推。

张家界风景优美胜桂林，你应该去，可惜我五月末要去郑州审稿。我是主审，无法推，如果时间不矛盾，我希望你来我家住几天。待我知道郑州会议准确日期后，我再告你。如时间不冲突，你也去，

---

① “艺苑人物丛书”《苍茫的时刻》，〔日〕山口百惠自叙传，安可译，周炎辉、孙日明校，10万字，插页16页。1982年3月首印28万册，1987年3月第4次印刷，累计618000册。

② “外国通俗文库”《丑角》，〔日〕大佛次郎著，周炎辉、李远喜译。166000字。1987年3月，首印110000册。

我也可以去，否则我就不去了。

《东方》我提了些意见，又由老陈在搞，最近我社会活动太多，怕耽误时间。

匆此 祝

全家好！

炎辉

1983年4月22日晚赴会前

## 《一个女人》和《珊瑚枕》都是好书

硕良兄：

我到郑州开会去了，今天回来看到了你的信。

关于《一个女人》，我当然知道它的价值。此书我记得解放前有人译过，去年还是前年我就听说有人要译，是否撞车，我心中无底。此书我看了一下，译出来大约有26万字，如果你决心要抢，而且不怕撞车，我估计年底（或最晚到春节）弄出来是可能的。

在此之前，我本来已选中一本好书，是爱国华侨陈舜臣用日文写的（陈的《新西游记》湖南出过）一部分上下卷的小说：《珊瑚枕》（上卷《风云少林寺》，下卷《幻梦秘宝伝》）。

此书是去年出版的新书，译出来约28万字。写的是明代少林寺和尚到日本参与一场政治斗争的事，是虚构的历史故事。自从电影《少林寺》出来后，我国风靡少林武术，此书光是书名就吸引人。为了译这本书，这次我去郑州开会，特地详细参观了少林寺。此书我估计撞车的可能性较少。

到底译哪一本，请你决定后告诉我。

湖南要成立翻译工作者协会，师院刘重德教授，出版社老夏等筹备了很久，但报告一打到省里，省委宣传部指名由我和刘老先生为筹备组负责人。我赖不掉，看来只好挂个名，但我译的书还是想在你那里出版。

另外，今天接省里通知，要调我参加高校机构改革工作组，时间两个月，明天去听厅局做报告，我明天想去省里辞谢此事。

祝好！

炎辉

6 月 7 日晚（1983）

## 永井荷风选目可定

硕良兄：

来信早已收到，迟复为歉。

关于永井荷风的选题，可用他的代表作之一《争风吃醋》作书名，他没有长篇，都是中短篇，如果只出他的代表作，则约十四五万字，即：

一、《争风吃醋》 约 9 万

二、《墨东绮谭》（或译《墨东趣谈》） 4 万

三、《雨潇潇》 1.5 万

如果只译这三篇，今年下半年交稿。

也可加译几篇，变成三十万字，即加：

四、《梅雨前后》 5.6 万

五、《背阴里的花》 4 万

六、《美国的故事》《法国的故事》 4.5 万

七、《花火》

小报上次是出了一次试刊，正式的刊号尚未批下来。现在湖南省译协决定办一刊一报，由胡真任总编，我任副总编，能否办好，尚属未卜。

《八墓村》已发稿，谢谢你的关心，湖南社为了与我重修旧好，

不敢再变卦了。

另外，作为省译协的一项学术工作，我将主持翻译一套《井上靖选集》，计划出十卷，约三百万字，由湖南社在四年内出齐。此事是湖南社提出要我搞的，我看到这件事很有意义，就答应了，正在拟订计划。

问

全家好！

炎辉

1985年2月1日晚

## 办好一个出版社要有两手

硕良兄：

最最诚挚地、最最热烈地祝贺你荣任副总编，早就应该是这样了，还是用得着那句话：天将降大任于斯人也……现在是你大展宏图的时候了。

办出版社，我是门外汉，不过从作者角度想到一些问题，供兄参考。

我认为，要办好一个出版社，要有两手：一手创牌子，一手创收入。当然，后面一手是为了保证前面一手。

创牌子方面：

1. 可否考虑出几套有影响的丛书？尤其是外国文学，不要东出一本，西出一本，出就出几套丛书，可形成气候，又赔不了本。

2. 能否出64开的文库本？要搞缩印，成本会高些，但物美价廉，容易普及。例如能否出套我国古典文学文库？包括四才子书，三言二拍，唐宋传奇、明清小品……尽量收得齐些。或者干脆搞套漓江文库。

3. 可否考虑出辞典？这类书流传久远。

4. 可否考虑出中译外的书？这类书可打入国际书市，影响深远。

5. 可否考虑与外国合作出书？我即将去日本，先摸摸行情看。

创收方面：

1. 通俗文学向来最赚钱，看准了就干；

2. 外语教材，外语自修读本动不动就是几十万册，要设法抓；

3. 读者服务部不可不办；

4. 小报如有可能也要出。

要干好这些事，关键是要有人才。日语方面，我向你推荐一条“卧龙”：此人叫刘某某，现在安徽芜湖市一家研究单位，比我小一岁，是北大同窗，现郁郁不得志，我曾想调他来湖大，但人事部门通不过，此人日汉两语俱精，不可多得，你能否下决心说服人事部门调去？他有一老母，一年轻妻子，一幼女，如能安排好，我可说服他去你那里。

“八”书早已发排，谢谢你，荷风小说，我的助手正在译。

我大约七日去北京，十一日去东京，六月初回国，欢迎你六月中旬来长晤读。

丽清慧眼识硕良，我祝她幸福，并问孩子好。

炎辉

1985.5.3 晚

我家已有电话：长沙 83171 转分机

# 关照两部日文译著

砚良兄:

您好，久疏问候。

知道您一定一直很忙，我回国已一年了，也一直比较忙，没能找个机会去桂林看看您和您全家。

有两件事想麻烦您一下。

一是我的学生陈访泽、刘小珊译的《武藏野夫人》[1]，是部文学名著，可读性又很高，我还特地找作家大冈升平（他已去世了）写了中译本序。听说此书已排好版只因订购数不够，一直未开印。现在有一特殊情况，就是刘小珊得了声带癌，所以我恳求您帮帮忙，尽快把此书印出来，对她是一个安慰，我也会非常感激您。

另一件是李远喜译的《争风吃醋》[2]已于去年三月出版，但至今未寄稿酬给他，他不好意思问。我估计是财务处给忘了，麻烦您过问一下。李远喜已从南京调到长沙，如寄稿费请寄 410003　长沙市国防科技大学图书馆交。

给您添麻烦，谢谢!

向您夫人问好!

敬祝

编安

炎辉

1991 年 4 月 15 日

---

① “外国文学名著丛书”《武藏野夫人》,〔日〕大冈升平著，刘小珊译。116000 字。1991 年 7 月首印 12000 册。

② “外国文学名著丛书”《争风吃醋》,〔日〕永井荷风著，李远喜译，1990 年 3 月出版。

# 大部分时间在改日语教材

老刘：

来信及书均收到了，谢谢您！

我也仍旧很忙，社会活动和行政工作都较多，今年大部分时间在修改我那三本教材，年初加工《丑角》，搞了3/4又丢下了，《一个女人》译了两万字也丢下了。今年底，明年初，想把《丑角》搞完，明年上半年还要修改一本教材，下半年看能否译点什么。

“八”书一直没有消息，最近我会写信去问问看。

我曾通过日本专家和日驻华使馆文化专员两次给山口捎书，她都没有回信，不知她是计较版税还是怪我们删节了她的书？所以我不大想再去碰了。

你的孩子情况如何？我家老大已考取研究生，将在武大再读三年，老二在复旦读日语专业，成绩不错。

向黄医生问好。

祝

好！

炎辉

1994年8月27日

李德纯

## 为“诺丛”大江健三郎卷搭桥

硕良同志：

关于翻译出版大江健三郎书事，经与他联系，要我找他版权代理人。同此人谈妥，由贵社直接同他们联系并签约。他的条件是：（1）付大江稿费，是中国每本售价的 5%，也就是说，一本书定价是人民币 10 元，则付他 5 角。（2）我选好了的作品是：①《饲育》②《剥芽出仔》③《亲自为我擦干眼泪》④《万延元年的足球》⑤瑞典授奖会上的讲话《暧昧的日本和我》⑥评奖委员的评语⑦瑞典科学院院长授奖会的演讲。代理人将就此事同大江联系，估计问题不大。据代理人说，国内光明日报出版社经过日本北海道的一位教授（我的朋友）联系，决定出版：①《个人的体验》②《万延元年的足球》③《性的人间》④《死者的骄傲》⑤《广岛笔记》。③④合为一本，为短篇集，共拟出三本。另外，文联出版社联系好出《个人的体验》[①]。

为保证译文质量，我请好《孔子》译者郑民钦译，他现在东京，

※ 李德纯（1926— ），日本及日本文学专家。辽宁大石桥人。1944 年留学日本东京一高，1948 年毕业于东北大学英国文学系。曾在外交部亚洲司工作，中国社科院外文所特约研究员，日本大学艺术学部客座教授、研究员，东京大学教养学部比较文学研究室研究员，中国日本文学研究会副会长，中国译协首届理事、文学艺术委员会委员。1945 年开始发表作品，有专著《战后日本文学管窥》（日文）、《战后日本文学》《战后日本文学史论》，中篇小说《红木屐》（日文），译著《伊豆舞女》《潮骚》等。论文《大江健三郎论》获中国中日关系史学会首届优秀论文名誉奖。

① “诺丛”，1994 年得主大江健三郎卷译本后采用杨炳辰、王新新译《个人的体验》，此书收入长篇 2 部、短篇 4 部和随笔 7 部，522000 字，1997 年 12 月首印 3500 册。

另一译者李长声，原系吉林出版社《日本文学》副主编，现在日本已六七年。序言由我写，我于出国前曾于1994年10月29日《人民日报》写了一篇有关大江的文章，如暇似可找来一阅。

在日本跑此类事既花时间又花钱，为了出书也就不多说了。大江照片拟于近日去新潮社找一张好的，作为《大家》封面。

李德纯

1995年3月2日夜11时

孙日明

## 年轻人会比我们有出息

硕良同志：

19 日来信收到了。艾萨克·巴什维斯·辛格的书[①]就照你说的办吧。书封我完好地保存着，因为我看你其他几本书中都有作者照片。

小臧生了个女孩，“上帝安排的”。出院后住在她公婆家。我的老伴前几天刚从北京开会回来，大开眼界了。

我一切都好。离休后几个月来只在北京工作（搞点私捞），晚上看看书报、电视，渐渐胖起来了。有些好心的同志还问我是不是浮肿了。

你说得对，看来刘方和小臧会比我们有出息的。总不会像我这样 50 多岁才当副教授，60 多岁才当教授。

问夫人好。

顺颂

撰安

日明

5 月 27 日（1989）

※ 孙日明（1922—2011），日本语言文学教授。毕业于东京帝国大学。在广西师范学院外语系执教多年，主持翻译日本文学名著《暗夜行路》，并撰译序《小说之神——志贺直哉》。281000 字，孙日明、梁近光、梁守坚译，1985 年 2 月首印 165000 册。

① “诺丛”《魔术师·原野王》，〔美〕艾·巴·辛格著，陆煜泰、臧藏等译，40 万字，1992 年 2 月首印 8200 册。臧藏，孙日明、臧慕莲之女，广西大学外语系教师。

# 林少华（3封）

## 《沼中梦》引发的冲动和联想

《漓江译丛》编辑部：

我是在暨南大学外语系从事日本文学的教学和科研工作的教师。最近有幸买到您处编辑的《沼中梦》①，开始时只是随手翻翻以作消遣，而后竟有些爱不释手，不忍卒读。

仅就这一辑而言，深感编辑同志在作品的代表性、思想性、艺术性、趣味性方面结合得很是适中、得体，可谓雅俗共赏，老少咸宜，译文也大多流畅，读后颇受教范，可见编辑同志的用心良苦，这本书在广州较受一般读者欢迎，销路很好。

由此我也产生了不顾才识浅陋而冒昧向贵刊投稿的愿望，不知贵刊的编辑方针、对稿件的基本要求，务请于便中示知一二。

就最近涉猎范围来说，我觉得有两部中篇较好。一是日本著名作家太宰治的《不够格的人》（约六万字），写一个人越是想做一个正直的人，越是失去了做人的资格，揭露了资本主义社会里人与人之间的畸形关系，其深刻程度，在日本文学中恐怕是不常见的，但某些议论和趣味恐稍差；另一篇是人们较为熟知的水上勉的《青楼哀女》（约九万字），写战后一个日本少女由于家贫母病沦为妓女的

---

※ 林少华（1952—　），教授，翻译家。吉林人。毕业于吉林大学日文专业，现为中国海洋大学日语系教授。因译村上春树《挪威的森林》而为广大读者熟悉，此后陆续翻译32卷村上春树文集及夏目漱石、芥川龙之介、川端康成、井上靖、东山魁夷等名家作品。

①《沼中梦》，中篇小说，〔日〕井上靖著，孙日明、曹阳译。“漓江译丛”第四辑刊发此作并以其标题为此辑译丛书名，375000字，1982年2月首印45000册。

悲惨遭遇，充满了对弱小的贫苦人的同情和对玩弄妓女的大资本家的憎恨，文笔凄婉，情节紧凑，楚楚动人，而无色情之嫌，掩卷之后不觉泪下。不知两篇之中，哪一篇适合编辑方针、要求，不敢贸然动笔，恳请一并赐教。

我已在正式刊物发表过文学译作。此致

敬礼!

广州暨南大学外语系　林少华

一九八三年元月廿七日

## 令人神往的漓江

刘老师：

您好！来教接阅。当编辑事务冗杂，您却如此迅速回信，很是感激。贵刊之所以旗开得胜，其原因由此不难想见。

从信中得知贵刊的编辑方针，感到很高兴，也很受鼓舞。近年来，外国文学刊物异军突起，已数以十计，其间亦不无半途而废者。而贵刊虽刚刚扬帆译海，却很有自己的特色，用意不俗，颇有耳目一新之感。可以预见，在编辑同志的苦心经营下，"漓江译丛"必将越办越好，就像令人神往的漓江一样，以其美丽动人的曼妙风姿吸引着莘莘学子。至于我，虽是日本文学研究生出身，也只是蜻蜓点水，仅知一二。如今蒙您信任，有意约稿，欣喜之余，很是不安。唯恐自己才识浅陋，有负厚望。总之，今后力不从心、弄巧成拙之事当不会少，还望您不吝指教、帮助，幸勿见弃。

到目前为止，在正式刊物中已经发表的日文翻译小说有：《春风》文学月刊一篇（1.5 万字），《世界文艺》一篇（1.3 万字）；另在《研究生论文集刊》发过一篇研究日本古典诗歌的论文（1.0 万字）。现已交稿并拟刊用出版的有：吉林人民出版社《日本文学》杂志一篇（3 万字），商务印书馆《日汉对照日本文学丛书》三篇（5

万字），人民出版社书一部（井上靖著《论日本帝国主义的形成》，与人合译，20 万字）。另外还为吉林人民出版社校对过由日文翻译过来的《外国法律常识》（20 万字）及部分日文翻译小说（短篇）。关于水上勉的那篇，据我所知，似乎尚无人着手翻译。我手头的这部为一九八〇年版。由于篇幅较长（约有八万余字），翻译上需要一些时日，不知您有无时间要求，何时交稿为宜，及还有哪些其他要求，望于信中示知。我打算不日即动手翻译，力求做到您要求的那样："在准确的基础上讲求文采，经得起行家的校对。"

两广之间，相隔咫尺，您到广州出差机会当不会少，下次来时，务请到寒舍一坐，以当面求教，我期待着。①

即颂　编祺

林少华

1983 年 2 月 24 日

## 《挪威的森林》译稿杀青

刘总编：

电昨日奉悉，译稿亦于昨日告成。但尚有几处"拦路虎"（主要为作曲家及曲名的中文固定译法）有待最后确认，并需最后过目一遍。但至迟二十日前总可寄出（快速专递），请勿念。

珠海盛会，有幸得见，尤感真诚。事后思之，每觉难忘。日后打扰之处定当不少，尚望诸多关照。

耑此匆匆，即颂　编安

林少华

一九八九．四．九

①35 年前的 2 封来信，让编者马上记住了这位风华初露、起点不凡的年轻人。一次到广州开会，特专程前往石牌拜访。几年后林译《挪威的森林》风靡书市，1989 年 7 月首印 30000 册，1993 年 8 月第 4 次印刷，累计 74000 册。

# 肖亦艾
# （5封）

## 宝钢飞出的“孤雁”

硕良同志：

你好！

看到你编的书，真高兴，这几本书我都喜欢，谢谢你！你要同时出好几种书，一定很忙、很累。开始还以为你专门出日本作品呢。

从图书馆借来《出版工作手册》《作译者须知》，看了以后才了解了出书的规矩和译者的责任，因此按要求把稿子都抄了。原来我想的比较简单，只要译成中文就没有我的事了，不知道这么复杂。

《高仓健》一书，现有的《望乡诗》《独白》中的文字全用上了。至于《南极物语》，你说得对，作为一部电影来介绍与本书不符，所以只选了一小段（译时删了一点），最近又公映了一部《小酒店的兆治》，从书上选了两篇，报纸上选了四篇，杂志上选了一篇。这七篇都是围绕《小酒店的兆治》写的，如果关于这部电影的分量太多，可以去掉一些。内容简介我译出了，附在信后，供你参考。《独白》中的七小节是按他的性格分的，不分时间先后，这给两书的合成造成了一定的困难，不知插在哪个时期合适，我暂时照目录上的顺序排了。

另外，还有几点值得考虑的。

1.《望乡诗》是第三人称，《独白》是第一人称，合在一起协

※ 肖亦艾，女，上海宝山钢铁公司职员，业余为漓江编译了“艺苑人物”之高仓健影坛生活：《孤雁行》。孙日明校。105000字，24插页，1985年2月首印83000册，1987年12月重印5000册。

不协调？可别成了一本不伦不类的东西。我想，《望乡诗》中最主要的一篇是八森稔的《男子汉·高仓健》，这篇正好是第三人称中夹有第一人称，全书也用这样的口吻，看来并不别扭。

2.《独白》中的七小节，原文像诗一样排列的，中文如果也这样排，好像当成了诗，可又不是诗，也不是正式剧本的台词，干脆就排成了小短文的形式。除《孤雁行》外，其余六节插在后三个时期中，每时期两节。

3. 有些文章之间内容有点重复，是删掉一些好呢，还是任它这样？我考虑本书文字少，重复的地方不多，读起来没有重复、啰唆的感觉，所以没动。

4. 除了四个时期以外，前后仍加了一节《孤雁行》。因这个标题两本书中都有，是高仓健性格的重要特点，《望乡诗》中排在书首，也是编者有意渲染。第四时期之后，将两篇内容比较全面的文章和简历放在一起作为结尾部分。

5. 拍片年表删去 11 部影片，剩 183 部，加上《小酒店的兆治》共 184 部。有人跟我说，拍片年表不用删，保持原来的完整性，认为有问题的片子到演员表为止，最后的内容介绍不要，这只是客观记录，不包含出书人的态度。我觉得既然编进年表里，这本身就意味着一种态度，还是去掉保险。

6. 各篇文章署名问题。目录中一律没署名。因为一部分文章是报纸报道，作者是报社记者，独白词是第一人称，都无法署作者。有的署，有的不署，排起来不好看。但在书中，有名字的文章均署在标题下面了。报纸报道也在文章后面注明了出处。有的几篇是一个作者，只第一篇署名。

关于译本说明，总算写了一千字，不知行不行。我的基本想法是，摆一点事实，谈一点感受，保持自己的观点立场，这样我才感到坦然。“说明”中的第二、第三小段是参照《南极物语》中“高仓健”那小段写的。总之回避对高仓健的直接评价，无论是他的艺术成就还是他的人生态度。评价一个明星不是件简单的事，而写在书上的文字要经得起历史的考验，我不敢乱写。你寄来的书，前言后记我都仔细看过了。邵牧君一定是专门研究外国电影的，杂志上经常看到他的名字。艾青是有名的诗人，他当然知道的很多了。付克、陈守成的译后记能看出他们对叶赛宁了解得比较深。施咸荣、曹锡珍的译本说明也有书中所没有的新内容。相比之下，我简直不知应该怎样写这一千字。一是我对电影外行（对什么都外行，没上过几年学），再是对高仓健不很了解，同时也不知道怎样用马克思主义的观点来认识一个资本主义社会的明星，话的分量说过了或说得不准、不够，都会闹笑话。不过，这本书本身也有点特殊，书的风格和高仓健本人是一体的，沉默而含蓄。高仓健自己不爱说话，原书编作者话也不多，可说是“哑书”，只能靠读者自己体会、品味，不认真体会是看不出味道来的。因此，说明也不便写得太明吧，这好像可作为我的说明写不明白的理由。

本书照片的选择，《望乡诗》以前我表过态，这次是其余的（附在信后了）。我真的不懂美术作品，照片、画等都看不出好坏。我知道你是为尊重我的意见，不过最后还是请你拿主意，从实际出发选出好的照片为好。

书名能否就用“高仓健”三个字，去掉一切粉饰。

上述所有看法，都是我个人的不成熟的看法，只供你参考。另外，你还要从全局考虑（当然包括体例、装订、成本等），无论你有其他什么意见，我都愿意听你的，决不坚持自己的看法。

知道你已找好一位教授校对，可说是我现阶段最高兴的一件事。早就想认识一位老师，可惜一直没机会。他看过译稿后，会把意见告诉我吗？不管译稿行不行，我都想知道他的意见，特别是指出译文中具体错误的意见（当然不勉强别人）。就翻译中碰到的一些难点，我把自己的想法归纳一下，又将全部文字部分拷贝一份，请你寄书、稿时一起转去。以后把书寄还你了，万一有什么文字上的问题，他手上有一份原文也方便。

报纸上的报道已复印一份给校对的教授，另一份是给你的。原版报纸不寄了。

暂此搁笔。

祝你新年愉快！工作顺利！

亦艾

1983年12月29日

## 用不着一味赞美

硕良同志：

你好！

3月6日收到你寄来的《日本》一书和信，非常高兴和感谢。我只是顺便问一下有无买这本书的可能，买不到就算了。没想到你这么认真，麻烦了几个人，实在不敢当。今天上午我到外语学院去还书，不巧陈晓明同志不在，在家休产假，也不便到她家去打搅，影响她休息，只好到市政协去找李小棠同志，当面把书还给了他，并请他代向陈晓明和借书的同志道谢。

年前寄来的书《爱的荒漠》《沼中梦》早已收到，寄后来那两篇稿件时告诉过你收到了，你又忘了？

1月16日的来信收到后，本来要回信的，当时孙教授还没看完译稿，不知道他看了以后会说些什么，想等几天有消息再说，哪知每天忙忙碌碌，过得真快，一晃就是两个月了，迟复为歉！

也许孙教授对我宽容，放我过关了。不管怎样，这对我确是一件值得庆幸的事。去年的这个时候，我没抱任何希望地往邮筒里投进了一封寄往南宁的信（还是山口百惠引起的，我喜欢听她唱歌），地球公转一周，结果会是这样，我自然是极为高兴的。宝钢的设备、技术先进，但日语水平很低，翻译是从工人中抽出培训的，连文化程度都有限（并无贬低他人之意，我自己也是当过工人的），要想找一个像孙教授这样经常出书的人看看译稿很困难，所以我无法判断自己的实际程度。通过这次实践，我有信心了，非常感谢孙教授。你给过我许多鼓励和帮助，能理解和体谅人，这使我对你增加了一层亲切感。聂建国对我的帮助也很大，他是学建筑学的，但看的书比我多，知识面也比我宽。文章中一些不易理解的问题，有不少都是他和我一起讨论的，稿件也是他帮助抄的，没有他的支持，译稿能否写成这个样难以想象。可以说，译稿只有我一半的功劳，另一半是别人给我的，我忘不了（聂建国也非常感谢你对我的帮助和鼓励）。

孙教授订正过的地方能给我看看吗？其中一定有不少地方译得不贴切。有的地方怕脱离原意，中译句子的处理就受了限制，有的地方对原意理解模糊、肤浅，只好语气含糊地搪塞过去。其中是有很多技巧的，我还没掌握这些翻译技巧。我最了解我自己，这次真像瞎猫碰了只死耗子。说来也好笑，我对日本很不了解，对日本文学简直一无所知，像我这样的译书人大概还找不出第二个。过去我对日本不关心，也不爱看日本小说（不好看），即使现在我也仍觉得日本小说不如苏联、法、英等国的好看（最好看的还是中国名著《红楼梦》）。不过我对日本有了兴趣，想了解他们的各个方面，特别喜欢日本妇女，觉得她们和蔼可亲，温柔善良。

我将前言重新看过，总感觉写得有些做作，不大自然。打算改变原来的意见，收回这个前言。我不知道是否一定那么严格，译书必要有前言。如果取消前言，在书的适当位置注明“本书译自……”不可以吗？这前言实在是有些难为我的。从内心讲，本没有什么新内容要告诉读者的，唯一需要说明的是文章的出处和书的组成。这么一点点事一句话就能说清。因为你要一千字，只得再体验一次1966年以前当中学生时交作文考卷的滋味，硬造一点出来。不过，我想改变主意的主要原因还是前言中对高仓健的评价太轻率，那根本不是我的评价，中间的两段议论是从《南极物语》中译过来的。写的时候很有些糊涂，并没意识到写进前言就成了我的态度，只想着是别人的，是大家的，是事实。你所说，我的态度“透露得十分显明”，才让我醒悟，只要写进去，是不是我的都不能抵赖了。每篇文章都在赞美他，我可能受了影响，不自觉地站在了他们的立场上，还误认为是站在一个普通中国观众的立场上，所以出现了主观意图和客观效果的不一致。严格说起来，这些看法都是日本人的，中国电影界和中国观众承认他是明星，但到底具体怎么看他并无定论，应该怎样看他我也是不懂的。可是我竟然跟着日本人吹起来，自己感到可笑。难道是高仓健魅力的作用？我简直不明白，不太可能。倒看出我还不能清醒地左右自己，难免人云亦云。前言的内容其实是片面的，对一个人光赞美不论怎样都不全面。不过应当批评他什么呢？看起来，他向往的自由（“在自己喜欢的时候，在自己喜欢的土地上生活，多自由啊”，羡慕那个印度人），他渴望的幸福（对海明威生活方式的憧憬），他的人生观（人生虚幻，不可靠）等，都值得考虑。总之他不是我们这个社会的人，思想意识离我们太远。为了写得全面而把这些问题提出来，势必扯得太深，搞得复杂化。我自己不仅说不清，反倒会被扯进去，进退维谷。高仓健不需要粉饰，他是靠自己的本色征服人的，他的电影为他说明了一切。我看还是取消前言，保持沉默好。这本是高仓健的办法，拿过来对待高仓健的书，你不认为这是上策吗？我企图说服你，因为决定权在你，不在出版手册上的条款。一篇狂热的、从头到尾吹捧人的文章，我怕别人看了会觉得恶心，我自己也不自在。不知道怎样搞方不过分。你的意见怎样？在这个问题上希望能采纳我的意见（不过决不勉强）。

关于《高仓健》一书，还有些什么事要我做？另外，我想出版社应该对我的情况有所了解，是我自己告诉你呢，还是你们通过单位了解，或者是发一张履历表我填一填？

高仓健的书用完以后就留在你那儿吧，我想你喜欢的。

最后出个字谜请你猜，谜面是：

罗帷空挂，

佳人远嫁，

一缕情思空牵挂，

只剩得半勾明月，

两片残花。

罢！罢！罢！

（打字一）

谜底这个字是给江利智江美的，我一直为她难过。

你还想出日本的什么书？

祝工作顺利！

亦艾

1984年3月9日

## 尝试向大学生推销

刘总：

前些时去一信，不知收到否。我的同志联系了北京大学法律系一个研究生，北大五四校庆活动，另外团组织也有一些活动，他们愿意推销书，提出要600本。我看这是第一次尝试，如果500以上是7.5折，就搞500本，一定要7.5折。反正谁把书推销出去钱就是谁的，这样他们就有积极性。“艺苑丛书”好像有十种，500本。你搭配一下，太旧的就少一点，新的多一点，前三种可以少一点。高仓健那本据说学生还是喜欢。书价要在2.50元左右，不能超过3元（超过了3元的就不要）。

至于书费，因学生没钱，不能叫他们垫付，如果你相信我的话，就先把书寄去算是请他们推销，卖出去的付钱给你。卖不出去的，如果书完好无缺退还给你。书损坏的算我的。（500 本书总价也不过 1500 元，做最坏的打算，我私人全赔也是赔得起的。）这次只是试一试，如果学生中的销路好，还可以到别的学校去联系。但只能找私人，公家不会有积极性。漓江的书总体上是属于阳春白雪这一档，所以面向大学生推销也许还对路，工厂的团组织我也联系过，青年工人文化修养偏低，不太对胃口。

我是诚心诚意想帮助你做点事，因为你很看重我，而我们之间的水平差距又是那么大，所以我感到欠你的情。

祝春安

企业管理办公室　亦艾

4 月 14 日（1984）

## 对照原版看译文收获很大

硕良同志：

你好！

最近有一本书《两个祖国》在日本轰动一时，是女作家山崎丰子写的。书中记述了主人公在二次大战——日中、日美战争中的遭遇（两年前开始连载，已被拍成电影）。不过这本书太有名，也许会有一些名人去译的，我并不想译，怕也拿不下来。

我找来了一些日本名作家的作品和日本文学史，想好好看看书。这些东西很深，要花很多时间和精力才能消化。另一方面，就你出的那几套书，我现在恐怕帮不上什么忙，鉴赏力太低，判断不出一本书有无翻译价值，很难跟你想到一块儿去。其实就我的理解来说，译一些短篇小说或儿童读物倒更为合适。只是又要去重新认识人，我再也不愿回答“上过哪个大学”的提问了（不包括你的提问）。

我将夏目漱石的《心》对照原版书学习了一遍，很有收获。《苍茫的时刻》原版书也看过两遍，只是中译本被别人传丢了，再也买不到。我记得中译本文字挺好，想对照学习一下，你若还有，寄“高书”稿件来时顺便寄来一本好吗？

你手上还压着好几本书，没有时间就不用回信了。

祝好！

亦艾

1984年5月17日

## 看过周炎辉先生的事迹

硕良同志：

你好！

寄来《苍茫的时刻》一书收到了，谢谢你。

那十万字的《高仓健传》，已托人去找。你知道书的名字吗？或者出版社名，封面的特征等，总之有了线索快一些。

前言不要寄回了，你把它撕了扔到废纸篓里即可。反正是一篇难写的东西。我不懂演员，也没有评价人的经验，心有余力不足。这事请你多费心，就是重写也最好能提示一下。

你要给我介绍高明的老师，当然是我求之不得的事。不过无论你们之间的友谊多么深厚，也不能按你的立场来设想我。我和他们中任何一个都没有“编辑和译者”的关系这一工作前提。无缘无故找别人麻烦，实在是太唐突了，近乎不知趣。对他们这种人来说，最宝贵的是时间，而不是别的什么，我不能无端地夺人之宝啊！（周炎辉和湖南大学的事报纸上登过，大概是前年吧。前些时他到苏州讲过学。我在杂志上看到的。）

我过去一个专事文学的人也不认识，不了解（我不善交际）。只觉得作家都有点歇斯底里，诗人多半疯疯癫癫（时而有人自杀），而编辑又总是为他人做好嫁衣裳。最近看了一本书《他人集》，深受感动，好像进入了他们坦荡的内心世界，那里有高尚的情操。我得了你诚恳的帮助和许多好意，我领受的便是漓江水滋润过的心田里产生出来的美好情感吧。

孙教授身体好吗？

祝你工作顺利！

亦艾

1984 年 5 月 26 日

莫爱莲

# 广西人愿为家乡效力

总编先生：

您好！我们素不相识，突然给您去信，惊扰您了。

我叫莫爱莲，是上海外语学院的日语教师、上海外语教育出版社的日语编辑，广西来宾（壮族）人。

我任务不十分重，平时不坐班，搞好本职工作以外尚有余力。因此，贵社如果需要，我愿为贵社的繁荣和发展贡献自己一份微薄的力量。

一、帮贵社看一些日语方面的书稿。

二、上海是我国的文化中心之一，拥有众多的高等院校、科研机关和文化艺术团体，聚集着众多的知名学者、专家和艺术大师。加之，上海又是开放城市，对外联系频繁，信息灵通。因此，在上海，我可以帮贵社组稿，提供有关信息。

何如？务希拨冗函复。

顺颂

编安！

莫爱莲

1986.5.27

※ 莫爱莲，壮族，广西来宾人。关心家乡出版事业。

# 刘和民

## 相当一部分译作质量太差

刘硕良同志：

素昧平生，贸然写信，是因为在《人民日报》（5 月 26 日）上读到一篇短文《敢闯新路》。文中介绍的贵社出版的那些书，有的在书店或各（图）书馆的书架上看到过，抱歉的是并未读过。

我是大连外国语学院的外语教员，专业是日语语言。因语言与文学总不免互有渗透，故也涉猎一些文学作品，去年我们几个人译了一套当代日本文学作品选（共五卷，长篇二卷，中篇一卷，女作家一卷，戏剧诗歌一卷），由我担任主编，已由安徽人民出版社陆续出版。编辑这部书的过程中，感到日本女作家的作品倒颇有特色（这个国家传统上女作家就占重要地位），未尝不可辑其优者出个集子。平日只是有这么一个想法，昨日读报，遂想到向贵社提个建议，请你们考虑。当然，目前“严肃文学”景气不佳，可行性如何就不做妄测了。

还有一个感想是，目前的译作相当一部分质量太差，有的简直令人啼笑皆非。像贵社这样重视翻译文学的出版社，此点望能注意，免得跟着不负责任的译者吃苦头，也可在倡导好的译风上起重要作用——当然，这些也许是多余的话了。

此致

敬礼！

大连外国语学院　刘和民

1986 年 5 月 28 日

※ 刘和民，时任大连外国语学院日语教师，与人合作译有当代日本文学作品选。

# 七、其他语种文学译著者来信

〖28人，49封〗

刘安武　白开元　李　琛　李　铮　林洪亮　刘星灿
冯植生　朱谱萱　杨元恪　周永铭　石琴娥　陈文荣
李之义　李　笠　林　桦　裴显亚　李俍民　肖天佑
赵泮仲　袁华清　马高明　刘习良　董燕生　赵振江
赵德明　沈石岩　林　光　罗海燕

# 刘安武
# （5 封）

## 有缘千里来相会

硕良同志：

你好！

从桂林开会回来，已经一个星期了，留在我记忆里的似乎不是桂林山水和漓江景色，而是人的形象。一周会议期间，开头几天我们没有怎么交谈，但后来我们彼此有了些接触，算初步有了一点了解吧！从听你会上一段发言，我感到怪好听的，我没有隐讳地在饭桌上谈到你的声调“好听”，原来这是对故乡人口音的一种亲切感啊！我们是不是可以称之为“一见如故”呢？我们年纪差不多，我比你痴长一岁，我们一同迎接解放，也几乎在同一时间离开湖南，一南下，一北上，三十多年后，天南地北相逢在一起了，这是不是正像俗语所说“有缘千里来相会”呢？

感谢你送给我的两本书，这两三年我也编或译了两三本书，出

※ 刘安武（1930—　），教授，翻译家，外国文学研究专家。湖南常德人。1951 年春肄业于湖南大学中文系，1954 年冬毕业于北京大学东方语言文学系。旋即被派往印度留学，1958 年夏回国，在北京大学东方语言文学系任教，资深教授、博士生导师。中国外国文学学会理事，中国印度文学研究会会长。1988 年加入中国作家协会。著有《印度印地语文学史》《普列姆昌德和他的小说》《普列姆昌德评传》《印度两大史诗评说》《印度两大史诗研究》等，译著《新婚》《如意树》《割草的女人》《普列姆昌德短篇小说选》《秘密组织——道路社》等，论文《黑天的形象及其演变》《印度和中国文学传统中的某些异同》等 50 多篇，选编及部分翻译《现代印度文学研究》《印度两大史诗评论汇编》《印度古代诗选》等理论著作或作品，合作编撰、编写、编选《简明东方文学史》《东方文学史》《东方文学辞典》《东方文学作品选》等文学论著、辞书、作品集多种。与另外两位同行主编的 24 卷本《泰戈尔全集》，收入河北教育出版社“世界文豪书系”。

了两本，有一本译文出版社说最近将出了，等我收到后一同给你寄来，聊表答谢之意。

如果你今后来北京，欢迎你甚至期待你来我家做客。你不是说过："如果我家在桂林，早请你到我家去了。"我等于已经到过了你的家，下次该轮到你了。

你提到的《印度诗选》，季羡林同志和我在设计中，我初步拟了一个编选计划，等落实后再告诉你。

紧握你的手！

安武

1983 年 3 月 17 日

## 《印度古代诗选》[①] 要再加工

硕良同志：你好！

六月九日给你寄来的一份稿子大约收到了吧？当时情况是这样：五月我收到译者刘国楠同志的稿子后看了一下，感到有些问题不好办，约了稿，人家花了很大力量译出来了，怎么办？于是我送给季羡林同志看。他看了之后也有同样的感觉，他叫我寄给你，请你提出意见，所以给你寄了来。现在已经两个多月了，不知你是否抽空看了，我想请你看一下，提出意见，以便和季羡林同志商量，以便把全部稿子尽快给你寄来。这诗选本应 1983 年年底交，后来一拖再拖，现在是 1984 年 8 月了，心里很不是滋味，言而无信总不是一种好的作风，那以后叫人怎么能相信呢？

记得以前问过你，印度文学研究会打算在十月上旬在杭州召开印度两大史诗讨论会，希望你能参加，当面有机会叙叙衷情。

安武

1984 年 8 月 18 日

① 《印度古代诗选》，列入十一家地方社联合出版的"世界文学名著丛书"，季羡林、刘安武选编，270000 字，1987 年 10 月首印 4500 册。

## 帮助联络季老

硕良老弟:

你三月十九日的信收到了，在收到你的信以前，我给你写的信大约收到了吧!

很抱歉的是，我上次信里说把季羡林的稿子《家庭中的泰戈尔》在四月初寄来。信发走后他说他要在别人给他抄写的稿子上再好好校对和修改，而这段时间正好是开人大会议的时候，他把稿子带到他住的旅馆去了。大会即将闭幕，我通过他的秘书知道，快要完了，所以我估计在四月十五日左右你可以收到。

他要我好好向你表示感谢，他说这使他欠人家的“债”得以偿还了，这是指他答应人家的事要办成了，由于你们的帮助这事才有办成的可能。

使我高兴的是你走上漓江出版社的领导岗位，现在正是中年人发挥作用的时候，成为实体的“漓江出版社”将在你们几位新的领导努力下办得越来越好，你对我的希望和要求，我只有说“敢不从命”“尽力而为”，感谢你对我的信任。我联系了我们系三十来个搞文学的同志，这些同志大部分不在我们文研室，但是这三十来个人算是一个“松散的联邦”，他们虽然分散在各个语言教研室，但是文学任务把我们联系在一起。也有一些出版社通过我组织稿件，我将注意把好的稿件向你们推荐。

《波斯诗选》由于负责组织的同志太忙，现在还没有空。《阿拉伯现代诗选》已完成 2/3，而责任组织的同志却调离北大到外事部门去了，他已把任务交给了另一同志继续在搞，我也过问了这件事，估计今年秋天交稿是可能的。《印度近现代诗选》可能年底交给你们，至于《印度古代诗选》你看后，请不客气地提出意见，部分或全部寄回，以便再进行加工修改。

你希望今后继续出季羡林同志的译著，我已把这意思转告给他。据我所知他目前主要是写单篇文章，内容涉及历史、宗教、语言，有些是应约的稿件，他说自从他译了《多摩衍那》后，不敢再翻译了。不过，我会经常提醒他的，我会说：人家真心诚意想出你的东西，而且有了一个开端，应该继续下去。

至于我自己，看来这一两年比较忙，忙于参加《印度文学史》的编撰工作，还忙组织一部《东方文学通史》，也是季羡林同志牵头的，我负责组织，教育部以之作为东方文学课的推荐教材，北大出版社也说要在本年内赶印出来，以满足教学需要，不过现在还未交稿，恐怕要拖到夏天。这是“正业”，“副业”还有一些，深感精力不足，效率不高，而家务事一天三顿饭都是我做，费去不少时间。

其他都好，请勿念。

紧握你的手

安武

1985.4.8

## 从工作出发，避免个人恩怨

硕良兄弟：收到你的来信，很高兴。

首先祝贺你新年好，其次祝贺你调动工作，这也是一种履新吧！八年后你又回到南宁了，记得我们1983年认识时，你还在南宁筹建漓江出版社，十余年的时间里，在你的努力下（当然还有其他同志）把一个漓江出版社的牌子打响了，关于出版介绍外国文学作品，人民文学出版社、上海译文出版社和漓江出版社，鼎足而三，可真不容易啊！

调动工作，搬家是颇为麻烦的事，好在现在都已办妥了，今后十来年的时间里，就在出版局图书处施展你的才能吧！我认为现在这个地方还不如漓江出版社能发挥你的才能，虽然我不大懂你们的业务，但我总想不通把你这样一个可以打开局面的人放在一个具体的行政小岗位上。好了，这是我的感想、感慨而已。

关于译泰戈尔作品事，大体安排下来了，各个承担的人也大体动手了，只是他们现在还未收到合同书，签订合同书会更落实些。工作中当然能看到一些矛盾和问题，在信中也一言难尽，但总是为了任务和目标，可以避免开一些问题的。我原来以为大家不是一个单位的人，大约不会发生人与人的关系的问题吧，其实不然，也同样产生这样的问题。我的原则是从工作出发，避开个人的恩怨，不去干预与这项任务无关的关系问题，上次给你写信后，我们三人①碰过两次头，最近准备再碰一次，解决任务中小的调整问题，翻译中统一要求、规格、译名等问题。另外还托人从印度弄来了几本较好的印地语译本和缺的译本，个别的译本还在托使馆的人购买。

当然今后要抓进度和质量的问题，你什么时候来京，来后可以更具体地交换意见。好了，不多说了，你建议我安电话的事，不久就会办成。

拥抱你！

你的安武

1994年1月19日

## 《泰戈尔全集》译事进入尾声

硕良同志：您好！

自石家庄相聚几天后，半年来未写信给你，你一切都很好吗？

我们的译事可说进入尾声了。从个人的任务来说，白开元已完，并且已抄好，我的已完，正在托人打印，半个月内将全部打印

① 刘安武、白开元、倪培耕等三人联手主编《泰戈尔全集》，河北教育出版社“世界文豪书系”之一种。

完（免得手抄）。从其他承担的同志方面说，也差不多了，基本上二月底可以完，个别的因不久材料才到手，可能到三月中（如泰戈尔在 1924 年访问中国的讲话，从印度买来了书，三月中才能译完）。倪的任务完成得如何，他总说是差不多了，几天前我到他那里去过，他说已打电话给王亚民三月交稿。问题是他总不说肯定的话，一会儿说身体不好。（人家说他还搞其他的东西，搞其他东西有什么不可呢？但有轻重缓急先后的区别啊！），你过去说担心他拖拉是说得不错的，我何尝不是这样认为，我和他可以合作是说可以不搞僵，当然远不是愉快的。

如何交稿，是把稿分三批（诗、小说、剧本散文）寄到广西南宁你这里呢还是用其他办法，主要是怕书稿丢。桂裕芳、顾蕴璞是如何办的呢？当然他们两人我是可以问的，也极方便，但似乎从你这里得到确切的答复使人更放心。

另外，今年四月中旬在南宁广西师范学院召开印度文学讨论会，预备通知没有给你发，正式邀请三月会给你发来，请你一定参加，最好是全过程四天。晚上还可以和我们住，交谈时间充分些。

好了，我说这些，有什么问题你可以写信给我或打电话给倪培耕[①]说，他会告诉我。

提早向你拜年！

安武

1996 年 2 月 2 日

① 倪培耕（1937—　），翻译家，外国文学研究专家。上海人。1964 年毕业于北京大学东语系。中国社科院外文所研究员。主攻印度文学，为漓江主持“诺丛”泰戈尔卷译事，出了两个本子：一是短篇小说集《饥饿的石头》。412000 字，1983 年 6 月首印 84300 册，“诺丛”最早推出的作品之一。二是诗文集《吉檀迦利·饥饿的石头》，480000 字，1992 年 6 月重印，累计 100650 册。此外，还在“外国文学研究资料丛书”中翻译了印度学者克里巴拉尼的《泰戈尔传》，381000 字，1984 年 9 月第一版，首印 24300 册。

白开元
（2 封）

## 校稿甘苦寸心知

刘硕良同志：

您好！

刘安武先生已把董友忱教授和黄志坤译审的译稿转给我，要我这位副译审校对。按照有关职称的文件规定，这样做是不合适的。但既然让我参与负责全集的编译，我只得硬着头皮拜读他们的大作了。

我已校完董先生译的《画与歌集》，黄先生译的《暮歌集》《晨歌集》《江河集》。从总体上看，董译比黄译好，这与他从事孟加拉语文学翻译时间较长有关。

黄先生的译文大致有三方面的问题。

一、看不懂原文。如泰戈尔把《祭品集》献给他父亲，第一页上写的是："谨将此诗集供奉在天神般先父的莲花似的足下。"他把"莲花似的足"误认为是泰戈尔父亲的名字，译成："此诗集献给最尊敬神圣的父辈——斯里乔龙科英尔。"斯里乔龙科英尔是莲花似的足的译音。他在人称、语态、民俗方面的理解也有许多错误。

※ 白开元（1945—　），翻译家。江苏常州人。民进成员。1965 年至 1969 年在达卡大学学习孟加拉语。1969 年以来在国际广播电台孟加拉语部工作。1995 年加入中国作家协会。译著有《寂园心曲——泰戈尔诗歌三百首》及《泰戈尔爱情诗选》《泰戈尔儿童诗选》《泰戈尔十四行诗选》《泰戈尔叙事诗选》《泰戈尔哲理诗选》《泰戈尔散文选》《沉船》《迷惘的姑娘》《泰戈尔抒情诗选》《泰戈尔游记选》。为《泰戈尔全集》主编之一，并为全集翻译泰戈尔诗歌八万余行。

二、他采用文言体译诗，死凑字数，文白掺杂。如："心灵之重不能载，只是低着大脑袋。"

三、增删原作内容，拼凑韵脚，读起来很别扭。如：唱三五首歌情；如良心春雨猛降；厚爱高傲而华奢；这可怕牢监；春风劲吹坚强；长叹一声悲哀；冲毁海岸让大地遭洪。

黄译中上述不妥之处，我打上了问号。每首译诗都有这样那样的问题，需返工修改。

黄先生认为他是我国孟加拉诗第一位译审，水平很高。我无意硬要他接受我的意见。所以打电话给潘海鸥同志，请他来京看看黄先生的译文，以出版社的名义向他提出三点要求：

（1）认真阅读原作，不懂的地方向别人请教。（2）用白话文译。（3）不要死凑韵脚。

为确保全集质量，出版社有权对他提出要求。

董先生声称身体欠佳，退回3月份应译完交刘先生的八千余行诗。黄先生又译了其中的两千余行。剩下的刘先生要我译，我是业余时间搞翻译，又要核又要译，黄译、董译修改后，我还得再看一遍。我一向主张校对要对照原文，光看译文难以发现错误。但这样很费时间，诗歌估计明年六月份之后才能完成。

另外，除了刘安武先生交给我的已译成印地文的泰戈尔散文篇目，又从孟语译了约76万字。译者有笔者以及李缘山（译审），沈克璞（我的同学，驻孟副武官），潘小珠（我的同学，驻孟首席记者），江锦成（副译审），谈耀康（副译审），他们均第一次译泰戈尔作品，译文不尽如人意是可以理解的。我花了半年多时间校完他们的译文，潘译、谈译因改动很多全部重抄。作为主编之一，我校完的稿件，可以进入编辑阶段。但按照分工，散文由刘安武先生统稿。这76万字的散文由两位主编处理，校编费如何支付，请您提出刘先生和我都可接受的意见。

祝

秋安！

白开元

1996年10月15日

## 全力投入，精疲力竭

刘硕良同志：

你好！我室已迁入新大楼办公。

《泰戈尔全集》的责任编辑潘海鸥近日来京，取走了我译的三十六个诗集以及我与董友忱合译的一个集子。其余的诗集，除了我译的一部分，董友忱、黄志坤的译作，我对照原作校了一遍，改动较大，今年不得已退给他俩重新修改。修改的译文送来，我还要再校一遍。

这几年我的全部业余时间，投入了全集的组织、翻译和校对之中，已经精疲力尽，但愿今年完成此书，之后好好休整一下。

祝

安好！

白开元

1997年5月27日

# 李　琛

## 《一千零一夜》的几个版本

刘硕良先生：

您好！

寄来的稿费、杂志于9月中旬均已收到，谢谢！

电话中问及有关《一千零一夜》版本情况，因十月中旬开阿拉伯文学讨论会，女婿回京探亲开会，家里家外一片忙乱，耽搁至今，实在抱歉。

据我所知，《一千零一夜》最早的阿文本是个全本，流传过程中，由于种种原因被删节后有了洁本和简本。法国的兰伽、美国的巴登根据阿拉伯文的洁本翻译并补充了《神灯》及《阿里巴巴与四十大盗》两篇故事。纳训的中译本也根据埃及的洁本译出。19世纪另一个美国人柏顿编译了一个补编（约六卷），成为全本的译本。目前阿拉伯语界有两批人在翻译研究这个全本。书是我们所的，情况大致如此。估计明后年，中国经历了纪伯伦热之后，又要出现《一千零一夜》热，届时可以从版本异同，中世纪伊斯兰、印度、波斯文化圈的交流与渗透开个大型的研讨会，想必会非常精彩。

我们的《蓝袜子丛书》已出版，估计您能得到一套，我无需再

※ 李琛（1939—　），女，翻译家，阿拉伯文学研究专家。天津人，原籍山西大同。在北京外国语学院学习英语后，入读北京大学东语系阿拉伯语翻译班和北京外交学院阿拉伯语高级翻译班。中国社科院外国文学研究所副研究员。主要著作有《阿拉伯现代文学与神秘主义》；主要译作：《我们街区的孩子们》《落日的呼唤》《这是我的疆域》；主编《阿拉伯经典散文选》《阿拉伯女性文学》等。

给您寄《四分之一个丈夫》了。记得为宣传这套书，钱满素曾把黎巴嫩女作家哈黛的《75 年贝鲁特》寄给您作封面展，不知是否用毕？图书馆催还图书，请抓紧时间。另外，我寄去的 9 张照片，至今没寄回，不知何故？也请您便中寄回，我很少照相，可怜的几张对我来说是珍贵的回忆。

最近，您又在策划什么伟大的工程，出了什么好书，给我通通消息。

不多说。

顺致

健康

李琛

一九九五年十一月十二日

# 李　铮

## 季羡林先生要再买样书

刘硕良同志：

《家庭中的泰戈尔》[①]已重印，但在北京还买不到。季羡林先生想再买十本。刊载《〈罗摩衍那〉在中国》一文的英文《文贝》1987年第4期，亦拟购五册。现汇上书款及邮费叁拾伍元。烦请有关部门代办邮购手续。钱若不够，我们再补。谢谢。

致

敬礼！

邮包请寄

北京大学东语系　季羡林　收

北大东语系　李铮[②]

1988.1.3

---

①《家庭中的泰戈尔》，〔印度〕梅特丽耶·黛维夫人著，季羡林译，1812000字，1985年11月首印5200册。1987年10月重印3000册。

② 李铮为季羡林先生的助手。

# 林洪亮

## 寄上《你往何处去》

硕良同志：

你好。现寄上《你往何处去》①的序言，请审阅。

授奖词和年谱等，请你们复印之后放在正文的后面，此次不再改动了。盼《你往何处去》能早日见书，希望你尽快发排，我可能年末访波，想带几本出去（旧的我已送光了）。米沃什的诗正在翻译中，三月可完稿，有三千余行，其散文是否翻译，待译完诗后再定。米沃什的诗实在不好译，连已译成中文的都不好理解，我只能尽力而为。有什么要求，请来信告知。祝

新春快乐！

林洪亮

1993年2月17日

有家大出版社一直想把《你往何处去》要过去，甚至提出一书两社出版的建议。如果贵社出版有困难，尽可退回，不必顾虑。重用《第三个女人》可以少去许多经费，对贵社更有利些。

---

※ 林洪亮（1935—　），翻译家，外国文学研究专家。江西南康人。1960年毕业于波兰华沙大学语文系，硕士。历任中国社会科学院文学研究所实习研究员、助理研究员、副研究员、研究员。发表专著《波兰戏剧简史》《显克维奇》，译著长篇小说《你往何处去》《人民近卫军》《十字军骑士》，中短篇小说集《第三个女人》《灯塔看守》，长诗《塔杜施先生》（合译），主编《东欧当代文学史》等。《东欧文学史》（合作）获首届全国优秀外国文学图书奖二等奖。1991年获颁波兰文化功勋奖章。

①《你往何处去》系诺奖作家显克维奇最主要的代表作。漓江在首次统一印制诺奖丛书时，坚持采用了原为漓江所组的《你往何处去》，收到了双效，并多少体现了走向、取向上的一种“往何处去”的考量。此书574000字，1995年2月首印6000册。此前所出《第三个女人》，417000字，1987年10月首印20600册，含精装1600册。

# 刘星灿
# （3 封）

## 失误在所难免

硕良同志：

您好！

老白从桂林回来，带来你的书和问候，非常感谢！

出书有误，不要灰心，总结再进，你的成绩是主要的，是大的，是不可磨灭的，我这样看，相信别的朋友也是这样看的。除非不工作，工作越多，不免有失误。

“斯拉夫童话集”大概要年底年初才能脱稿了。

9 月 1 日，我出差陪捷克出版代表团。他们是来参加国际书展和访问的，还要去上海。

这次书展您若来京，我们可能在书展上见面了。

上次来没看见你，以后有机会再欢迎您来京。

祝

精神愉快、万事如意

星灿

1988 年 8 月 29 日

※ 刘星灿（1937—　），女，翻译家，编辑家。笔名乐辛。湖南湘乡人。1960 年毕业于布拉格查理大学捷克语言文学系捷克文学专业。历任中国对外文化联络委员会中捷文化交流及中捷友好协会干部，北京第二外国语学院东欧语系捷语教研组组长，人民文学出版社编辑、副编审、编审。北京东城区人民代表。1990 年曾获捷克斯洛伐克涅兹凡尔奖。1985 年加入中国作家协会。译著有《好兵帅克历险记》《紫罗兰》《情与火》《捷克·斯洛伐克民间故事选》《世界童话之树》《捷克·斯洛伐克文学简史》《再向前》《芭蓉卡》等。《捷克和斯洛伐克儿童文学插图选》获 1993 年冰心文学奖。

# 无声的宣传

硕良同志：

信和年历均已收到，孩子们还一再叮嘱我快回信好好谢谢刘叔叔一家。漓漓（女儿名）在这本《画童》的鞭策下，几天里画了十二幅小彩画，让我给她做了个小挂历，也挂在墙上，别有风味。

你要看看童话，我倒是全部译出了，只是顾不上抄，今年我的《帅克》要交稿发排（明年春是作者哈谢克诞生一百周年），所以我的全部空时间都得用来抄这部稿子。为了便于你决策，我准备花上几个晚上，抄出几篇各种类型的，给你寄来一阅，加上以前的目录、介绍，也许够你决定这选题的取舍了。你若决定要，我想也不必排进今年计划，我抄完《帅克》再抄它，年底以前能交稿，这样行不行？

今年我不打算干别的了，把这两本弄好。顶多临时给少儿弄点一万字以下的。他们已约我给他们译点哈谢克为少儿写的短篇和外国人写的名人传记短篇小说，这是非弄不可的了。

你给我寄来的书为贵社起了很好的宣传作用。我拿着到处看，有位叫赵蔚青的老编辑同志（已过六十，英文，长期主管东欧一些国家）看上了你们的书。他说有几个社（信中不提名为好）都向他约过译稿，可他们的印刷、纸张都使他不够满意，没有答应，这次却主动要我将他的一个选题转告给你们（内容梗概已附上），供你们参考。他过去为我社译过一些罗马尼亚的中、短篇，最近上海译文出版社重印了他和另一同志合译的《蒂特：人的女儿》，你们可从中了解一下他的译文风格。我这么想，如果你们一下决定不了，可不必马上答应他定下来，可根据社里规定让他寄一部分译稿来看看，或等你来京后再视情况而定。我只起个桥梁作用，不好说得过多，因为我自己也没细读过他的东西。这位同志本身倒是一位极其老实的外国文学编辑。

周炎辉同志[①]是我中学的老同学。中学时，我们班上有三两个中文爱好者，关系比较密切。他后来在北大学日语，可惜被打成了右派，很不幸，使他多年未能发挥其才能，现在年纪还不算老，我多么希望我们这一代能多做点贡献以弥补以往的损失啊。

《扬诺西克》原文书，用毕望速寄回，我怕北京图书馆到春节催我。他们每到年底都要催还的。

你的北京之行何时实现？春天可别来，风沙太大，我们南方人受不了。五一前后风沙就停了。

听你谈到你的孩子和爱人，我虽然没有见过他们的面，却对他们怀有一种敬意和情谊，代我热诚地问候他们。来京时欢迎来我家畅叙。劳白[②]出差回来了，春节后又将带着毕业班，到云贵一带收集资料，准备毕业创作两三个月。他也时常念叨你。

祝

工作顺利！

全家好！

刘星灿

（1985）

几篇斯拉夫童话用挂号另寄。

## 东欧四国行

硕良同志：

你好！

好久没联系了。心里却没少惦记着你，尤其是每当收到你们寄

① 周炎辉，著名日本语言文学专家，参见本书“日语文学译著者来信”部分。

② 劳白，本名白崇礼。回族。广西桂林人。留捷归来的服装设计专家，中央工艺美术学院教授。常和星灿合作译事。

来的《出版广角》时，不免内疚地想到我还欠你稿子呢！这次，参加中国作家代表团在访问完捷克之后出席贝尔格莱德第三十四届国际作家会议时，遇见了从南宁直接去的贺祥麟先生，他当然也认识你，我先托他向你带个好，回到北京后，第一封信便写给你，算是"争取主动"吧。稿子，或随这封信寄来，或在本周内发出。这次死活不拖，先完成这件事再干别的。怎么样，我这个人还有救吧？

这次出访，四个人（王火、肖复兴、徐小斌和我），很凑巧，王七十，我六十，肖五十，徐四十余，标准的阶梯式。在捷克一周，南斯拉夫两周。在捷克的时间虽然不长，但我想要见到的人大多见着了。从头陪着我们团的作协主席便是我当年在捷学习时的文学史老师，整天和他聊捷克当代文学情况，自然十分方便。中国只知道个米兰·昆德拉，捷克人却不以为然，而各界人士一致推崇赫拉巴尔（Hrabal），赫拉巴尔也已引起世界的注意，欧美各国都有他的译本，并召开国际研讨会。看来在我有生之年，还得把他认真地介绍过来。别的我真顾不上了。访问期间，自然见到了不少文学界老朋友，我抽空造访了我非常佩服的一位出版家，许多出版社都垮了，他那个却办得很红火，我准备给你写的那篇文章就想介绍他。他名叫伊沃，姓热列兹尼（中文意思为"铁的"），我把他译成"铁伊沃"行不？他这个人的确有着钢铁般的意志，干劲十足，很善开拓，有"铁"味儿。还遇到了友善地将塞弗尔特（她父亲）的版权费免掉了的杨娜·塞弗尔特，她在询问书出了没有。我只好说"快了"，出来后一定寄给她样书。硕良兄，能在明年出来最好了[①]，这可赶上捷文化部"译作"评选活动，如果评上了，出版社你这位主编都受之无愧啊。捷文化部说明年8月以前必须交书，提出申请，而且必须是解决了版权问题的书，这本书好不容易要到了版权，要

① "诺丛"《紫罗兰》，〔捷〕雅·赛弗尔特（1984年获奖）著，星灿、劳白译，有两个中译版本，1986年12月第一版，14800册；1997年12月第二版，2500册。

是不抓住这个机会，我觉得怪可惜，怪遗憾的。赶一赶怎么样？和“漓江出版社”商量一下吧，拜托了！！！

去南斯拉夫开会，遇见了柏杨的夫人、台湾女诗人张香华。南斯拉夫是个诗的国家，走到哪儿都举行诗歌朗诵会。我在那儿还偶然地见到了我编的、他们最大的诗人涅果什的《山地花环》，他们人人都能背上他的几段诗。由于战争的影响，南斯拉夫很穷。我们还去了黑山，那就更乱了。选总统有好几派，我们不介入就是了。看来，安定太重要了。

东拉西扯，打住吧！

问嫂夫人好。

老白问你好。

代我向李元君同志致意。《斯拉夫童话》还出吗？

你近况如何？身体好吧？保重，有空回个信或者电话。

星灿

1997年11月6日

# 冯植生
# （2 封）

## 助漓江广结善缘

老刘：

烟台会议期间，有机会促膝交谈，十分快慰，至今回想起来，还是感到十分欣喜呢。

回来快一个月了，你嘱咐的事，我已尽力去做。陈光孚同志没有出国，所以我一回来就找他谈，他说得很痛快，认为没有必要经上海转手，答应以后就直接跟你联系，稿子出来后就马上寄去给你。另外，他也答应催促电台那位同志。再就是高慧勤同志，我把背景直接同她谈了，她也同意以后直接给你稿子。她说，在这之前，她已经给上海去信催问，但就是得不到答复。经我这么一说，她才明白其中奥妙。据她说，她不想把跟上海的关系搞得太僵，所以我建议她先把稿子要回来，然后就直接给你寄去，她基本同意了。她还说，她准备给你写信，谈谈此事及有关该书中的一些细节问题。第三件事是，关于陈恕林及章国锋的稿子，他们都同意直接寄给你，不愿意再经上海转。我跟陈恕林同志谈了，他是广东人，同我算是老乡，所以问题好谈。至于其他关于英美方面的稿子，我可以进一步了解。看来，上海方面搞这件事也是留有一手的。据我接触的人

※ 冯植生（1935—　），翻译家，外国文学研究专家。广西百色人。在武汉大学学习时被选送赴匈牙利布达佩斯罗曼大学学习匈牙利语言文学。1959 年毕业归来后长期在外国文学研究机构从事翻译和研究工作，为中国社科院外国文学研究所研究员。主要译著有《强盗》《笼中鸽》《米克沙特中篇小说选》《裴多菲·山陀尔传》和《东欧文学史》（合作）等。《强盗》，莫里兹著，182000 字，1981 年 9 月初印 125000 册，1986 年 5 月重印 11000 册。

谈，在此之前，译者都无从知道稿子交给哪个出版社。

我们在蓬莱照的相片还没有冲洗出来，等以后他们给我了，我再给你寄去吧！顺代向阮同同志问好。

祝你全家安好！

植生

1985 年 11 月 16 日

## 听说出版社全部改企业

老刘：

最近很忙吧！

得知漓江出版社从广西人民出版社分出来，专门出版文艺方面的书籍，这样分工得更细，工作起来自然也就方便多了。

改革之风吹遍祖国大地，听说出版社全部改为企业单位，不知你们那里情况如何。我听老同学刘星灿说，他们那里（人民文学出版社）也要改呢，这样一来，从人事安排到出书计划都有较大改革和变化。噢，差点忘记了，去年，捷克有一诗人荣获诺贝尔文学奖，你们有无计划出他的作品，如有打算，可以叫刘星灿早点做准备，她的文学修养和文字驾驭能力都是很好的。她也是位大忙人，要催得紧一点才好。

知悉《笼中鸽》已发排，至为欣慰，亦甚为感谢。所要的译者简介未能及早付上，原因是我爱人张春风的单位是中共中央对外联络部，对外多用国际交流协会名义（今年一月间，她就是以国际交流协会联络员身份访问开罗的），又适值顶头上司出国访问，这个月底才回来，所以得等她回来后才能最后拍板。至于我的情况好办，因为我们社科院是公开的学术机关嘛！估计月底或下月初就能把你所要的译者简介及照片寄上，望予见谅。

顺祝好！

植生

1986.3.20

# 朱谱萱

## 望给修订机会

负责同志：

最近我在书店里看到贵社新出白夫编《世界中篇名作选》(第四集)，其中有拙译(笔名“萱草”)《野姑娘芭拉》[①]一篇，深感荣幸！但此文系我十多年前所译，未曾仔细核对，其后人民文学出版社出版单行本时也没有校订。因此，贵社此书如再版时，务请先通知我，必须对照原文(俄译)做一番修订。我工作单位是商务印书馆(地址见下，职务是副总编辑)。另外还希望能对译者赠送几本样书(因我过去译本已一本没有了)，以便转赠好友，如蒙俯允，不胜感谢。

又阅《选集》编选说明，知将分集陆续出版新集，因此想到拙译有陀思妥耶夫斯基中篇名作《地下室手记》值得推荐。拙译载北京出版的《世界文学》双月刊1982年第4期(笔名“伊信”)。如

※ 朱谱萱(1911—　)，翻译家，出版家。江苏松江(今属上海市)人，笔名伊信、萱草等。1932年毕业于中国公学大学部数理系。1956年加入中国共产党。曾任国民党政府交通部公路总局工程师、中华书局编辑所编审。新中国建立后，历任财政经济出版社、时代出版社编辑室副主任。后任商务印书馆外语编辑室主任、副总编辑、顾问，中国翻译工作者协会第一、二届理事。为解放后我国外语辞书出版的开拓者，陆续策划出版了一大批高质量的外文工具书和语文教学用书。编译有《俄文读本》《中级俄文读本》；译有〔苏〕高尔基《三人》、〔俄〕陀思妥耶夫斯基《地下室手记》、〔英〕司各特《撒克逊劫后英雄传》等。1997年获得中国韬奋出版奖；享受政府特殊津贴及老艺术家补贴；2006年获首届辞书事业终身成就奖。

① 捷克女作家鲍日娜·聂姆曹娃(1820—1862)著《野姑娘芭拉》(1856)，萱草译，载白夫编《世界中篇名作选》第四集，1983年5月印，1992年7月第4次印刷，累计129900册。

荷采纳，我可根据俄文原文仔细校订一遍后寄上。如何处之，请考虑后示复。

专上，并致

敬礼！

顺向选集编者白夫同志致意

朱谱萱

1983年12月

## 杨元恪

# 很高兴《娜嘉》收入选集

刘硕良同志：

你好！

来信收悉。我们很高兴你们社把《娜嘉》[①]收入选集，并感谢你对译文的评价，我们看作这是对我们的鼓励。这本小说很大一部分是我译的，其余部分是我校的。水平不高，望多指正。对稿件，没有什么要改动的。

我的准确地址是中共中央对外联络部六局，你那么写也可收到。六局管苏、东欧，共四处，南、阿是一个处（我负责）。我从1958年从南学习回国至今一直在中联部，基本上都是搞南工作。1971—1976年去驻南使馆工作了四年多。1977年后恢复了两党关系，工作忙起来。两党高级来往和各级代表团互访不少。由于国内需要了解南的经验，我翻译介绍了一些南自治制度以及政治、经济方面的书籍、文章。人民出版社还要我校对铁托选集，已出两卷，

※ 杨元恪（1934—　），外事专家，翻译家。出生于福建省厦门市。1955年毕业于北京俄语学院（北京外国语大学前身），同年进入中共中央对外联络部，1995年退休前任中共中央对外联络部苏联东欧局局长。从1958年起，曾先后三次在中国驻南斯拉夫大使馆工作，最后一任为参赞。在驻外使馆工作期间，曾多次在不同场合见到或接触到铁托。1977年铁托访华时，曾担任随铁托访华的南共领导人的翻译。铁托访华的各项重要活动，作者均在场。曾为邓小平等中央领导担任过翻译。译著有《娜嘉》《铁托传奇》等。

① 南斯拉夫当代作家姆拉登·奥利亚查（1926—　）著《娜嘉》（1963），杨元恪、巢容芬、全容译，载白夫编《世界中篇名作选》第二集，1982年8月首印60000册，1992年第5次印刷，累计168300册。

另两卷将陆续出。很想搞点文学东西，就是抽不出时间，明年也许有可能。

你们在出版南书籍方面如有什么需要我协助的，请来信，我今后如有什么想法，也愿和你们联系、合作。

此致

敬礼！

杨元恪

1982年11月29日

## 周永铭

# 只能利用晚上进行

刘硕良同志：

你好。自今年春天接你的信及稍后来的电话后，《彼尔》一书的翻译工作我即抓紧进行。本着你所说的好中求快的精神，至目前第二卷已译出 2/3。本想争取十月完成，但因为期间的单位出差任务加之今夏北京气候近两个月的反常闷热，进度受到了影响。第二卷从第 16 章开始，甄建国给了我他译出的 16—18 章译稿，但由于译文风格不一，这三章我又重译了一遍。另外，随着第二卷的译出，也看到对已完成的第一卷中无论从理解上和译文上都还需要做些小的修改和润色，这也要占去一些时间。

总之，笔译文学作品是件艰苦的事，我现在只能利用晚上的时间做一些。但我仍有信心把这件事情做好，只是时间上估计要到年底了。

以上一些情况特告，你或是出版社方面有什么要求，请来信告知。

此致

敬礼

周永铭

1994 年 10 月 12 日

※ 周永铭（1946—　），外事专家，中共中央联络部负责工作人员。与外交部西欧司甄建国同志合译诺贝尔文学奖丛书〔丹麦〕彭托皮丹卷、长篇小说《幸运儿彼尔》，52 万字，1998 年 3 月首印 5500 册。

# 石琴娥※（6封）

## 成立北欧文学学会

老刘：

你好！

中国—北欧文学学会在外文所倡议下，得到在京和上海、天津等地从事北欧语言工作的同志积极响应，几乎所有在我国懂瑞典、丹麦、挪威、芬兰和冰岛语言的同志都参加了（当然也有个别的没有参加），由冯至任会长，叶君健、萧乾任顾问。上海译文出版社的任溶溶（他译过不少北欧作品）和我任副会长。成立大会将于4月下旬（大约4月28日）举行，北欧四国驻华使节及文化官员将来参加，我们还将邀请北欧在京的企业、公司、银行、记者代表参加。热烈欢迎你来参加我们的大会，请帖将另外寄上，也欢迎出版社内编辑北欧文学的同志参加。希望今后我们——漓江出版社和中国—北欧文学学会——加强合作。

关于你让我爱人王建兴（即斯文）翻译丹麦诺贝尔获奖者作品问题，他很高兴同你们合作，具体人及具体作品他一时还定不了，得到丹麦去搞到材料后再同你谈及。估计最快也得到下半年才能动

※ 石琴娥（1936—　），女，翻译家，外国文学研究专家。生于上海。中国社科院外国文学研究所研究员。曾长期在我国驻瑞典和冰岛使馆工作，为斯德哥尔摩大学、哥本哈根大学和奥斯陆大学访问学者和访问教授。曾获瑞典作家基金奖、2000—2001年度中国外国文学优秀图书一等奖、第五届国家图书奖提名奖和2006年安徒生国际大奖。主编《北欧当代短篇小说》、冰岛《萨迦选集》；为《中国大百科全书》及多种词典撰写北欧文学词条；著有《北欧文学史》等；译著有《埃达》《萨迦》《尼尔斯骑鹅历险记》《安徒生童话与故事全集》等。

手翻译，一来最近工作比较忙，二来我们两人先合作把《骑鹅旅行记》赶快译出来。这件事因为误解拖宕甚久，深感抱歉。

最后热烈欢迎你及贵社的其他同志来京参加学会的成立大会。

祝

好

石琴娥

4月1日（1986）

## 《骑鹅旅行记》原有两个译本

老刘同志：

你好，来信收到。

关于拉格洛夫《骑鹅》一书，我国五十年代时有人从德文本转译过。1980年初又出版过一本。1980年初的那本译文质量尚可，但里面有些地方太中国化，如把这个14岁的小男孩变成小人的“小精灵”，译成“小狐仙”，狐仙瑞典是没有的。诸如此类的问题还有一些。50年代的那本虽从德文转译，但通顺、流畅。《骑鹅》全书共有40余万字。你建议重译，我也赞成，为了适合青少年读者，我还有一本画册，可加在译文中，不过这样篇幅就更长了。

以上就是《骑鹅》一书的情况，望你看信后给我一个最后答复。我可及早动手。

其余六位北欧作家选目我将再另函告你。

另，你社宋安群同志让我译一下西兰帕的“受奖词”。请转告他，译好后我会寄给他的，但不知要得急不急？

祝

夏安！

石琴娥

1987年6月18日

## 《骑鹅旅行记》新译稿寄上

刘硕良同志：

您好！

今接宋安群同志来信，让我把《骑鹅旅行记》[①]译稿寄来。遵嘱今天已经寄出，望收到后在百忙中来信告知，免得挂念。此外，有几件事想说明一下：

1）附录，也即授奖词、受奖词和生平年表以及前言将于两周内寄出；

2）稿纸的空白上，我用铅笔注明了原书中的插画页码，本来想把原书一起寄来，供插画印影，但是我后来发现你们所出版的其他《诺奖》丛书中没有插画，所以原书暂没有寄，如果您认为需要的话，请来信，我将立即寄上。

另外，您曾说过让我考虑丹麦诺贝尔奖获奖者的选题，我想可译延森和彭托皮丹两位的中短篇小说，因为他们的长篇都是多卷本，实在太长，不知您的意见如何。望能来信告知，我们可以抓紧时间及早动手翻译。

最后还有一个具体问题，《骑鹅旅行记》这一篇名系根据书的内容意译的，按原文直译应为：《尼尔斯·蒙格尔森周游瑞典的奇妙旅行》，篇名采用意译还是直译请您选择。

不多写了，祝

一切顺利！

石琴娥

1989年9月7日

① “诺丛”《骑鹅历险记》，〔瑞典〕塞尔玛·拉格洛夫著，石琴娥、斯文、陈文荣译。51万字，1991年10月首印8500册，1996年9月第二版，7000册。

刘硕良同志：

您好！我于8月1日离京去哥本哈根，年前，也许11月份回国。《骑鹅》清样校对请您寄陈文荣同志。

我去丹麦，不知有什么事要办的，可写信到丹麦我的接待单位转我。

祝好！

石琴娥

9月24日

## 冰岛来信

老刘：

首先向你致以歉意，来冰岛已经5个月才第一次给你写信。

昨天我已将同斯文同志合译的《阿尼阿拉》航空快件寄出，译稿中除了《阿尼阿拉》正文外，还有马丁逊的一篇前言，此外还有一份他的生平年表。关于授奖词和答奖词，因他是同 Eyvind Johnson（埃温德·雍松）同时获奖的，授奖词是给两位作家的，答词由 Eyvind Johnson 代表两人讲的。这些材料是不是两本书，即 Harry Martinson（哈里·马丁逊）的书中也要登出，来信问一下，请有空给我一信。为了争取时间起见，我已向瑞典学院要到了这些材料，并准备立即动手翻译，将同“马丁逊”的介绍及评论文章一起寄你，估计一个月左右。

Eyvind Johnson 的代表作《奥洛夫的故事》长篇也已译了5万余字。

冰岛馆是我国驻外使馆中一个小馆，但麻雀虽小，五脏齐全。我爱人作为馆长，所以我们工作还是十分繁忙的。尤其是刚来时，现在一切已经纳入正轨，时间会富裕些，不像刚抵馆时，我们拜访别人，别人来拜会我们，熟悉人头，熟悉情况，忙得不可开交。

关于埃温德·雍松的《奥洛夫的故事》，我们一定会抓紧时间及早译出，航空快件给你。

过去虽然在瑞典、丹麦等北欧国家长期待过，但从未来过冰岛，这个国家的确和其他北欧国家不同，首先是风光不同，就拿首都来说，面朝大西洋，背靠大山，山上终年积雪，房屋色彩鲜艳，尤其是房顶，红、黄、绿、蓝，五彩缤纷，别有一番情调，但树木不多，冬天气候恶劣，暴风雪不断，不过据说夏天漂亮极了，温度在25℃—26℃左右，一点不热。这里的人非常勤劳，冬天拼命工作，挣钱，一个人不只搞一份工作，而是两份，甚至三份，到了夏天不是在国内旅游，就是到国外旅游。这里另一个特点就是物价昂贵，贵得使人不敢问津。一般说欧洲物价比较贵，而北欧其他国家比欧洲更贵，而冰岛的物价比北欧的瑞典、丹麦更贵，给你举一两个例子，一件普通的浴衣，在国内大约30—40元或50—60元足矣，而这里需要卖8000冰克朗，也即人民币800元！这里盛产羊毛，而一件毛衣也要8000—12000冰克朗（即800—1200人民币），这还不是最高档次的。

不多写了，有空请来信。

祝

好

石琴娥

1993.3.6

## 卡尔费尔德出了，马丁逊呢？

刘硕良同志：

你好！

时间过得真快，自1992年9月抵达冰岛，至今快三年了。今年二月回国休假一次，本来可以待60天，想待在国内把几年来积压下来的事处理一下，没想到刚到国内十天就来电催着回冰岛，原因是钱副总理兼外长将于4月中旬访冰，使馆小，没有人，只好待了一个月就往回跑。

在国内时看到陈文荣的《卡尔费尔德诗选》[①]已出版，深感欣慰。漓江在介绍当代外国文学上的确做出了很大的贡献。

看到陈文荣的译作想起了我的马丁逊的拙译。我记得到冰岛后除了了解熟悉这里的情况外，抓紧时间翻译马丁逊的作品，1993年就给漓江寄去了，译稿寄出后没有收到你只言片语，我想你应该收到了，也许早已出版了，因为从译稿寄出至今已整整两年了。

这次回国碰上陈文荣委托收他稿费的受托人。她说从未收到漓江寄出去的陈文荣的稿费。你在百忙中给我回一封信，告诉我：1）马丁逊的稿子出版了没有。2）漓江给陈文荣的稿费寄出过没有。

我和斯文的稿费请你寄到外文所陈恕林代收，因我在国外期间我在所里的事务及稿费等均请陈恕林同志代我处理和领取。

谢谢，盼来信

祝

好

石琴娥

1995.5.8

---

① "诺丛"《荒原和爱情》，著者为〔瑞典〕埃里克·卡尔费尔德（1864—1931，1931年诺贝尔文学奖获得者，唯一死后获诺贝尔文学奖的作家），陈文荣、王磊译，295000字，1992年8月首印7000册。

# 陈文荣

## 指望孩子的入园费用

刘总，您好！

我和我爱人将于后天离开北京赴印度，途经曼谷时将逗留3天。此番一去至少两年。

上月初，电话里谈起拙文稿酬支付形式问题，我上月中去上海时跑了几家银行，都说无银行转汇个人款项的业务，真是难以理解。北京银行有的东西，上海却没有。

因北京无人看护，我们已把女儿送进上海的幼儿园，由我爱人的姑姑帮助照顾，但上海幼儿园的收费很贵，我们去上海时只带了一年的费用，第二年的费用就指待着那笔稿费了。既然上海的银行无转账这一业务，看来只能通过邮局汇了。还望刘总烦心吩咐一下，及时将款汇至上海，收款人及地址，邮编是：

王建芬　上海市天平路43弄3号　200030

实在不好意思麻烦您刘总，但也别无他法，望今后能多多联系。

预祝新年快乐，身体健康

此致

敬礼

陈文荣

草于1992年12月9日

---

※ 陈文荣，毕业于北京外国语学院，我国为数不多的瑞典文译者，任职于军委总参谋部情报部。斯文（王建兴）、石琴娥女婿。在漓江出版社出版瑞典获诺贝尔文学奖作家卡特费尔德诗选《荒原和爱情》。参见上页注。

## 李之义※
## （5封）

### 会晤埃斯普马克教授

刘硕良同志：

我接到您的电报以后，也接到马思中的电话，谢尔·埃斯普马克夫妇、马思中夫妇与我一起吃了一次饭，饭后我们谈了四个小时，其中也谈到了提供某种资助的问题，他们特别问我您那里的一位英语教授讲的经济困难的问题，我借机介绍了一些情况。他们反应冷淡，只是说我可以给瑞典对外文化交流协会打一个报告，申请出版瑞典书的补贴。马思中夫妇没有讲话。说实在话，我对于写这样的报告信心不大。当然我还准备与马思中深谈一次，看看到底有多大可能性。

北京大学组织了一次小型报告会，英语系的二三十名学生参加了，由杨周翰教授主持。报告分两部分，一部分是讲“解释灵魂是现代诗歌的一条主线”，另一部分是诺贝尔文学奖。听众毫无表情，我怀疑他们是否听懂了，因为他讲英语，没有翻译，低年级的学生是很难听懂的。报告完了以后，他的夫人立即对我说，我们千里迢迢来这里做报告，只有这么少的人听，真是不可思议。我当时也很尴尬，因为他在斯德哥尔摩大学做报告时，听众是很多的，不少教

※ 李之义（1940— ），翻译家，外国文学研究专家。生于北京。曾任人民画报社副总编辑、译审。1961—1966年就读于北京外国语学院，学习瑞典语；1981—1984年在斯德哥尔摩大学文学系学习，获瑞典政府奖学金。主要翻译作品有《瑞典文学史》、《诺贝尔文学奖内幕》、《汉字王国》、《历届诺贝尔文学奖获得者散文全库》（北欧部分）、《外国民间故事精选》，以及瑞典儿童文学大师林格伦全集（14卷）、瑞典现代文学奠基人斯特林堡文选（5卷），另有诗选、散文选和书信选等译著。

授都去参加。当然有不少人是出于礼节。

在我与他们分手时，教授说，他曾把一份参考资料（《诺贝尔文学奖》一书的注解）寄给漓江，请漓江转给我，不知道您收到没有，是瑞典文的。

祝您工作顺利！

李之义

五月二十八日于北京（1986）

## 时间就是一切

老宋：

1月30日的信收到。知悉。

前几天给你回了一封信。资助的事正在进行中，不久就有回音，到时我会写信。

《Espmare的诗集》和《索德格兰》的诗编就，我很高兴。但愿它们能早日问世——时间就是一切。

《瑞典现代诗选》我在出国前（9月初）已寄给刘硕良同志，只是缺了一个前言，谨请您查一下，因我只有这一个手稿，请尽早来信告知下落。

《阿尼阿拉》等我写完序，和作者的另外一些诗一起寄上（估计一个月左右）。

你这里有什么别的事要帮忙，请来信告知！

握手！

李之义

1989年2月10日

# 《诺贝尔文学奖内幕》译事完成

老刘：

你好！

最近一期《国际诗坛》收到，谢谢！

昨天给北岛打了个电话，把这期《国际诗坛》的情况告诉了他。我们有一个想法，如果托马斯·特朗斯特罗默的诗不能成集出版，希望能把稿子寄给我，看看其他出版社能否出版。

谢尔·埃斯普马克的《诺贝尔文学奖内幕》[①]一书我已经译完，作者还要增加1988年获奖者马福兹一节，估计最近就会寄来。我去年到瑞典参加诺贝尔学术讨论会时，直接问了埃斯普马克教授一些书中的问题。他说这本书很难，到目前为止仍未出英文版，德、法文版他发现有很多错误，他希望马悦然教授能帮助我校对一遍，这样就要再拖一段时间。

马悦然教授9月来华访问，他已经要去了你的地址。不知道你有何打算。

还有一件事，李笠已出国自费留学半年多，这期《国际诗坛》没有他的稿子，他收到了稿费，我却没有收到稿费，你们是否搞错了名字？

祝工作顺利！

李之义

1989年3月6日

①《诺贝尔文学奖内幕》，〔瑞典〕谢尔·埃斯普马克著，并为中译本撰序，李之义译，211000字，1996年9月首印5000册，其中精装1000册。

# 马悦然一行取消访华原委

老刘：

你好！接到电报以后，我回了几个字长的电报，现在说一说马悦然一行取消访华的原委。《撒旦诗篇》事件以后，在文学院内部引起争论，一部分院士提议发表一个谴责霍梅尼的声明，但是没有得到多数院士的支持，理由是文学院应该采取中立政策，就像过去做的一样。为此，夏士婷·埃克曼（Kerstin Ekman）——文学院内唯一的一位女性和前任文学院常务秘书、现为诺贝尔基金会主席拉士·于伦斯坦（Lars Gyllen tem）愤然离开文学院。文学院成立以来，从未发生过这类事件。按规定，院士是终身的，别人不能代替，因此造成危机，文学院活动受限。据我所知，如按原计划办，拉什迪很可能获得今年的诺贝尔文学奖，但霍梅尼出言以后，自称"有骨气"的文学院是否真有勇气，还要等着瞧！

《诺贝尔文学奖内幕》一书去年就已经译完，但留下一些问题，在华的瑞典人都不知道什么意思，去年5月去瑞典参加诺贝尔学术讨论会，与作者见面时才得以解决。这本书非常难，马悦然认为无法译成其他文字，直到目前为止，还没有人能把该书译成英文；作者告诉我，法文版和德文版有很多误译之处。我把他说的误译之处与我的中文译文比较时，我没有犯误译的错误，这大概与我的身边总有一位瑞典语言专家有关。不过作者有些不放心，已请马悦然和他的学生帮我校对，费用由文学院出。

卡尔费尔德的诗我一年前就译好了，由于同样的原因——马悦然和几名瑞典文学教授认为无法译成中文——我一直未寄给你。这位瑞典诗人是上一个世纪的"朦胧"诗人、瑞典文学史上最早的"现代派"。请瑞典的汉学家校对完以后再寄给你。

我原计划到瑞典住两年，专门为漓江译书，费用去年三月就有了，但是文化部党组偏偏任命我为《人民画报》副总编辑，把我的美梦彻底粉碎了。我想请马悦然为我跟王蒙讲一讲情，免掉我的副总编（按计划王蒙将宴请这个团）。他不来访问，讲情的事也告吹。

有新情况我再告诉你。

祝你工作顺利！

李之义

1989年4月9日

## 忙于刊物的各种头痛问题

老刘：

已有一年未通信，希望你一切都好。

上次告别时，你似乎有什么心事，想了半天不敢问。也许我太敏感了。

谢尔教授托人问候，并了解他的书《诺贝尔文学奖内幕》的情况。我已经很久未与你联系，所以，只说给你写信打听一下。

我的生活还像过去一样，忙于各种头痛的问题，刊物印数大量减少，记者、翻译因待遇低情绪不稳定。听说你那里还不错。

北岛已经领取中国护照，听说要回国。刘再复在斯德哥尔摩大学教了一年书，对政治不感兴趣。顾城死了，本来想写点儿东西，一看过去的几个熟人吵起来没个完，也就算了。

我们的瑞典朋友所持的人权观念太重，马悦然去年年底来中国一次，也未与我联系。

你交给我的任务仍未完成，我真不好意思告诉你。年龄大了，晚上加班感到非常累，效率也低。

顺致

夏安！

李之义

1994.6.21

# 李　笠

## 手头有拉格奎斯特的三部小说

刘硕良先生：

四月下旬，我曾陪瑞典旅游团来桂林，并特意去您那儿拜访，想与您谈谈出版诺贝尔文学奖获得者，瑞典诗人、小说家帕·拉格奎斯特（Pär Lagerkvist）的作品。不巧正值您在京开会。

目前我手上有三本拉格奎斯特的小说:《绞行吏》《现实的过客》《艰难旅程》。后两本是作者的儿子 Benget · 拉格奎斯特寄给我的，并问我有否出版的可能。我想，倘若你们计划出的话，我可以把这些书的内容写一下。谢谢!

祝好

望复

李笠

1986 年 6 月 9 日

※ 李笠（1961—　），诗人，翻译家。毕业于北京外国语学院瑞典文专业，在人民画报社工作，曾赴瑞典进修，译有北欧现代文学开拓者埃迪特 · 瑟德格朗诗选《色彩的渴望》、瑞典大诗人特朗斯特吕姆诗选、瑞典文学院院士埃斯普马克诗集《遗忘的归途》等。关于“诺丛”拉格奎斯特卷，漓江出有沈东子译《大盗巴拉巴》，收长篇小说 2 部、散文 10 篇，306000 字，1992 年 6 月首印 7500 册（含精装 1200 册）。

# 林　桦
（2 封）

## 若有文字合约为好

硕良同志：

《漫长的旅行》算是完全可以脱我手了。但将稿投邮前我还想表明一些看法。主要是关于合同。

1. 第一条中应像第三条一样，末尾处也应写上乙方若违反合同所应负的责任，以示平等。即写上：乙方若未经甲方同意面向第三者转让出版权，乙方应赔偿给甲方因此而造成的经济损失。甲方并可终止本合同。

2. 第二条中应该写清，未经甲方同意，乙方不得与中国内地以外地区的出版机构签订在有关地区出版本著作的合同。（这一点也可以放在第一条中，即写清不得向第三者，包括中国内地以外地区的出版机构转让出版权。）

3. 关于第四条，我们之间有了一些协议，经双方同意了稿酬每千字（万册）为贰拾元。但您在北京时未提到印数稿酬，也未谈及赠送样书的册数，是不是在合同中提一下。我的希望是 20 册惯例的赠书中含两册精装的自己留作纪念，您还允诺补偿一定的费用。这些写不写进合同都不要紧，但要请您来信表示一下。

※ 林桦（1927—　），外事专家，翻译家。出生于昆明。毕业于清华大学外国语言文学系。在外事部门工作 35 年，其中近 14 年任职中国驻丹麦大使馆。曾获丹麦女王玛格丽特二世颁发的“丹麦国旗骑士勋章”，出任丹麦奥登塞安徒生奖执行委员会委员和担任中国“安徒生形象大使”。主要译著有《安徒生童话故事精选》《安徒生童话故事全集》《漫长的旅行》及《丹麦概况》《丹麦立宪史》与冰岛《埃伊尔萨迦》《北欧神话与英雄传说》等。

我们之间已经建立了一定的友谊，再加上我们有共同的老友。不签合同也不是不可，不过协议了的东西总是以有点文字的东西为好，以免产生误会。

我等您的回信，全稿随时可寄。

给金谷出版社请其关于授权给我们出书的信已发。

耑此敬颂

春祺

我编了个目录，先寄上供您参考。

林桦

1993年4月7日

## “漫长的旅行”快到终点

硕良同志：

您4月10日写的信收到了，社里寄来的征订书的样版也收到了。

读了您的信后，我觉得签合同的事必要性不大了，而且合同的条文也不可能规定得比我们几次来往的信件讲得更准确详细。我看就这样吧。

文稿①全部完毕专快寄上。

我看你们的征订单上用的是约翰·维尔海姆·延森的译法。我的译文中用的是维尔希尔姆，这个字是德语系统的“威廉”，丹麦文无“威廉”。我们一贯译为维尔希尔姆，您要斟酌一下。下厂时不要弄得译法不统一。

昨天接丹麦朋友的来信，说金谷出版社已去征求延森家人的意见，不久可以给我回信。我的朋友仍然说邀请金谷出版社的人来访

① “诺丛”《漫长的旅行》，〔丹麦〕延森著，林桦译，2001年出版。

问一周是很重要的。我的意见也是这样，邀请他们来一人到桂林，往返机票费，他们自付。如果他们要来北京也请他们自理。这样在桂林访问三天，对社里花费不大。也许他们认为赴北京要自理，不划算，便不来了。但是我们的礼貌周到了。

别的就没有什么可说的了。金谷方面有正式答复我会给您去信的。

祝夏安！

林桦

1996 年 4 月 21 日

## 裴显亚

# 找到了比昂逊获奖时的答词

硕良同志：

您好！

在桂林会议期间，您曾托我找挪威作家比昂松的获诺贝尔奖作品，还有授奖时的贺词和答词。贺词、答词现已寻得，获奖作品的书单也有了，据使馆接到国内的电传说，有些书有现成的，有些书正在查找，待找齐后一并发往北京，然后我会及时用挂号给您寄往桂林。您再稍等一会儿。

书寄到后，您可以找译者动手译了，译完后，原书可作为礼品留给贵社，也可留给译者做纪念。

顺祝

春安！

裴显亚

3月9日（1989）

※ 裴显亚，外事专家，翻译家。挪威驻华大使馆秘书。译有获诺贝尔文学奖作家比昂松《挑战的手套》及《红宝石之歌》等作品。

“诺丛”《挑战的手套》，〔挪威〕比昂松著，常力、裴显亚译，363000字，1996年5月第一版，首印10000册（含精装2000册）。

## 李俍民

# 我会为你们留心着

刘硕良同志：

来信收到，谢谢你们提供良好的出版机会！

但我因在“四人帮”统治十年中遭到迫害，身体衰弱、精神不济，已到了衰迈之年，连上海译文出版社约稿，也迟迟未能缴卷。但我会为你们留心着，如有好的译稿，当向你们推荐。

此致

敬礼！

李俍民

1980 年 12 月 11 日

又，广西作协有我的一个老朋友诗人陈白曙同志[①]，不知您是否有机会晤面？如能晤面请代为问好！

---

※ 李俍民（1919—1991），翻译家。原名李恺，又名李星。浙江镇海（今属宁波北仑区）人。李琯卿之子。一生从事文学翻译工作。1953 年至 1986 年曾在上海少年儿童出版社、上海编译所、人民文学出版社上海分社编译所、上海译文出版社编译所等单位任职。在此期间译有《牛虻》《斯巴达克斯》《白奴》等数十部外国进步文学作品，共约 600 万字，被誉为“国内有影响的十大外国文学翻译家之一”，并被联合国教科文组织载入世界名人录。1986 年 5 月被聘为上海市政府参事。

① 陈白曙（1912—1986），诗人。广东台山人。早年参加中国左翼作家联盟，从事新文化运动。历任台山师范学校校长，台山县文教科长，广西师范学院中文系教师，广西文联常委、自治区政协常委。1985 年出席全国第四次文代会。

# 肖天佑

## 重译《神曲》：老而弥坚的信念

刘老：

联系到你非常高兴。我们的合作可以说有二十年的历史了吧。

去年年底在海口，当地电台邀请我做了个节目，让我感动很深：人们记得我，不是因为我教了一辈子意大利语，而是因为读了我翻译的卡尔文诺的《寒冬夜行人》和薄伽丘的《十日谈》，所以我决定再翻译点什么。但丁《神曲》的三个译本我都不满意，在《意大利文学大花园》里早就有过明确表述，我认为律诗就应该用律诗来译，甚至还试译了一段，证明但丁的诗是可以用律诗来翻译的。但一直没有时间实践自己的想法，也没下决心把自己的想法付诸实施。

附件里我给你发去三个文件：1.《重译》，谈我为什么要重译，打算怎么重译。2.《纪实》，记录了我重译地狱第一歌的过程。3.《小样》，我目前已经翻译了十来个歌曲，自己的想法逐渐清晰起来，未来作品的雏形也大致可以看出来了，所以我用前五曲编了个小样。这三篇文章都是为了说明自己的想法，证明自己的想法，是用来征求大家意见的。所以我找你的首要目的，是想听听你作

※ 肖天佑（1937—　），教授，翻译家。湖北郧西人。1955 年考入北京俄语学院留苏预备部，1956 年 8 月被派往苏联列宁格勒大学学习意大利语。1960 年毕业回国。曾任北京对外贸易学院（外经贸大学）副教授、教授，我国驻意大利大使馆一等商务秘书，代理商务参赞，中国意大利语教学研究会会长。参与《毛泽东选集》第四卷翻译工作。出版《意大利语语法》，译著《十日谈》《寒冬夜行人》《六个寻找作者的剧中人》等。

为一个有着丰富经验的编辑的看法；能不能用格律诗翻译《神曲》，值不值得下这番功夫。如果你不吝赐教，那我就感激不尽了。当然，如果你认为拙译还有点特色，愿意为我推荐，那我更不胜感激了。

祝健康长寿

肖天佑

2015.1.15

## 赵泮仲

# 不是为了赚钱

硕良同志：

你好，首先向你拜个晚年。

你寄来的“幸运卡”已经收到，愿托你和漓江出版社的福能够中奖，到时一定向你报喜。

承蒙委托翻译卡尔杜齐卷，不胜感激。现在，原文资料已基本收齐，正如上次对你说的，不久即将动手。由于水平有限，经验不足，需借助外力，为此请你把已经出版的这套丛书及对此书的具体要求（如有文字材料）寄来，作为编译的依据。

我已约好同我合作的译者，我们共同商定要质量第一，好中求快，对译文和前言要反复推敲。我们都是五十多岁的人了，编译卡尔杜齐卷绝非为了挣钱（虽不知贵社的稿费标准），要给后人留下一个站得住脚的版本，也不能此生搞意大利语。因此请在时间上给以宽限，估计年内难以完成。

如有机会来京，请到寒舍一叙。

祝

万事如意

赵泮仲

2月8日（约在90年代）

※ 赵泮仲（1937— ），资深意大利语译者，长期在国际广播电台担任意语节目翻译及编辑工作。译有获诺贝尔奖作家卡尔杜齐作品《青春诗》等。

# 袁华清
# （2封）

## 为介绍意大利文学多做一些工作

刘硕良同志：

您好！（已给您去一信，同时请家人从北京代发此信。）

来电收悉。我已于今年初来意大利米兰进修意大利文学，希望能拿到一个学位，回国后为介绍意大利文学多做一些工作。

离京前给您寄了一封挂号信，内有一个故事的初译稿及十余幅插图复印件，不知您是否收到？

来意后，我一面攻读功课，一面继续翻译。这儿条件很好，我找到了几个最古老的版本，对照最近问世的一个最权威版本对初译稿进行校改，希望能把译文搞得细一些，争取经得起时间的考验。上月，我还有幸带着书中的许多跨文化问题（国内版本中有许多讹译）请教了意大利当代此书的最高权威，得到了十分满意的答复。该教授已有意为新译撰写序言，不知您是否认为有必要？望立即来信告知。译文定稿我拟于年底誊毕请人带上，是否合适盼复。

敬礼！

袁华清

1986.9.14于意大利米兰

---

※ 袁华清（1941—　），资深译者。大学意大利语专业毕业后到国家外文局出版的《人民画报》意大利文版工作，后去意大利进修，从事文学翻译研究与中意文化交流工作。

## 在米兰译《十日谈》

刘硕良同志：

　　您好！来电经家人转来收悉。我于今年初来意大利米兰进修意大利文学，学习之余一直在译您社约稿。初译已于6月完成，现正在润色、修改、誊清。意最近出了一部此书的权威性校勘本。我已买到一部，对照十五世纪的威尼斯版本，对译稿进行校正。上月，有幸与意大利当代此书最大权威在一起待了二十几天，就书中若干问题向他请教，收益不少。总之，我希望能搞出一本质量大有改善的新译；这样也许时间会推迟几个月，不知您意见如何？（我打算今年底之前交稿。）

　　插图本已搞到一些，但都不甚理想。我拟去罗马、佛罗伦萨各图书馆再找找。

　　接信后望复一短笺，三言两语即可。

　　敬祝

编安！

袁华清

1986年9月14日于米兰

# 马高明
# （2封）

## 为《荷兰现代诗选》操劳多多

刘老师：

您好！

寄上《荷兰现代诗选》① 的全部手稿，是复印件，卷面比较清楚，料无大问题。荷兰方面，版权问题已解决，请放心。

经与柯雷协商，最后定下赠送荷兰方面的样书减至120册（包括柯雷、每位诗作者以及赞助者、帮助者的样书），不知可否？荷兰驻京使馆已决定至少买50册，最好是精装本。这些书连同样书都可直接寄给北京荷使馆。新文化参赞还未上任，但穆海蒂已向她交代此事。

柯雷已于7月31日回国，明年年初再来华。临行前他将款项移交给我和另一位外国朋友，钱随时可取出。如按原计划，我将与王逢振保持联系，等待他的机会。因柯雷回国后需对赞助者有所交代，故此写下中英文收条一张，请您阅后签字盖章，再寄给我，由我转寄柯雷即可。钱的事，不会出问题，一切有我负责。

柯雷回国后还要询问有无购买此书的单位和个人。购买数量他会来信通知。

---

※ 马高明（1958—　），诗人，翻译家，编辑家。祖籍山东淄博。1978年进入北京第二外国语学院学习。毕业后在《中国文化报》任编辑。主要作品有：《春天》《影子之歌》《仲夏行为》。另著有诗集《危险的夏季》并编辑《荷兰现代诗选》《外国现代派百家诗选》《希腊现代诗选》等。其诗歌作品被译为英、德、西班牙、荷兰、瑞典、希伯来等多种文字。

①《荷兰现代诗选》，马高明，〔荷兰〕柯雷编译，182000字，1988年1月首印8500册。

因书稿中有不少处外文，且有些特殊的翻译处理，字、格式亦难免有不详之处，因此还请您能在付印之前将校样寄给我核对，以免差错。

另，此书是否可定为大32开本？封面设计等可由您自定。关于此书的出版，有何情况，还烦抽暇告知，有不妥之处，乞望指正。

琼柳附笔问您全家好！

即颂

暑安！

马高明

1987.8.1

## 紧锣密鼓筹划《国际诗坛》

刘老：

您好！

桂林会后，我先去南宁，然后折返北京。回京后，即与王家新着手《诗坛》的准备工作，进展顺利。诗译稿及讨论均不缺乏，所约外国当代诗人的自选诗也在陆续收到，现在主要是建设栏目、筛选稿件。11月9日，我和家新、刘文飞在社科院召开了一个《国际诗坛》的座谈会，题目是“中国诗人与外国诗”，参加者有邹荻帆、牛汉、蔡其矫、刘湛秋、林莽、西川、莫非等共15位诗人。大家都表示热情支持，赞成该刊突出当代特点，加强与国外诗歌界的交流。会议已整理成纪要。张子清、董继平那里均组来了稿件。岛子在京时，我们也碰了两次头。按现在进度，12月底以前能全部完成。

我们也了解了一下彭老办的现代世界诗坛的情况，看来他们也下了大功夫。寄去一些该刊的宣传画供你参考。看来要与他们竞争，宣传工作也是一个突出环节。在京时，许多诗人都以为《国际诗坛》已经没有了。为挽回这一影响，除我们在报刊上宣传外，恐怕还要在诗刊上做一针对性的广告。

听赵琼讲，彭燕郊对我和家新桂林之行极为关注，几次去长沙会议驻地找赵琼了解情况，估计是想摸《国际诗坛》下一步的底。

我和家新等都有信心将《诗坛》办好，这一段时间内，我们将全力以赴。

琼柳仍在荷兰，25 日举行个人作品朗诵会，是由国际诗歌节在鹿特丹举办的。

从 7 月份我回国之后，一直忙乱不堪。先是组织中国当代诗人朗诵会（我们拉到了 1.5 万元赞助），扫尾工作未完又去桂林，回来后先是被借去陪一对美国作家，直到近日方才踏实下来。除写作及打发零散稿件外，年底前主要是编《国际诗坛》和完成《希腊现代诗选》（安徽文艺出版社）。

好，打住。关于《国际诗坛》您还有何意见，盼信告。

问黄姨好，并颂

编安！

马高明

1988 年 11 月 23 日

# 刘习良
# （2 封）

## 配齐《玉米人》

硕良同志：

去年 11 月寄去《玉米人》① 译稿后，曾于 11 月 27 日收到一封来函。嗣后又寄出几件东西，计有：

1.《玉米人》译后记；

2.《玉米人》作者小传及小说梗概；

3.《阿斯图里亚斯全集》（上有作者照片）。

以上材料分别于去年 12 月及今年 2 月寄去，但至今未收到你的来信，不知是否收到？尤其是《全集》系借用别人的，万一遗失不好交代。切望于百忙中来信告知。

另，授奖词及答词，我已托人向瑞典皇家学院索取，但至今尚未回音。序言事我早已托王央乐同志撰写。前些日子见到老王，他说希贵社多印一份清样，读后即可寄出。

祝好！

刘习良

1985 年 2 月 6 日

※ 刘习良（1936—2018），翻译家，电视广播专家。出生于天津，河北黄骅人。1957 年毕业于北京外国语学院西班牙语系。中国翻译协会副会长、国际广播电台台长、广播电影电视部副部长，翻译出版过多种西班牙和拉美国家的文学作品，《玉米人》获首届中国外国文学优秀图书奖一等奖，其他重要译作还有《恶时辰》《枯枝败叶》《幽灵之家》《天谴》《礼拜二午睡时刻》等。2012 年被中国翻译协会授予“翻译事业特别贡献奖”。

① “诺丛”《玉米人》，〔危地马拉〕阿斯图里亚斯著，刘习良、笋季英译，刘习良译序：《魔幻和现实的融合》。275000 字。1986 年 3 月第一版，首印 5800 册。1992 年 5 月第 3 次印刷。累计 24280 册（内含精装 935 册）。

## 有关资讯寄到了南宁河堤路

硕良同志：

前几天见到赵德明同志才知道贵社已迁到桂林。

此前，我曾给你寄过几封信和一些材料。计有：译后记、作者小传和《阿斯图里亚斯全集》（上有作者照片），但一直未见回信。其中特别是《全集》，我最为担心。书是从别的同志那里借来的，如果中途遗失，就很不好了。上述材料均寄往“广西南宁市河堤路14号”。

另外，授奖词和答词我已托人向瑞典皇家学院索取，但至今尚无回音。“序言”本已托王央乐同志代写。上个月他对我说，希你多寄一份清样来，他读后一定能写。不知你那里有无困难？

切盼于百忙中来信告知是否收到我寄去的材料。如没接到，我好去邮局查找。

祝好！

刘习良

1985.6.25

# 董燕生

## 希望能补旧译缺陷

刘硕良先生：

多时未通音讯，想必别来无恙。

前不久，又把《堂吉诃德》原文第一部精读了一遍，扫除了一些障碍，并且做了有关资料的卡片。

上月下旬，着手试译了几页，目的是摸摸自己的底。此举效果甚好，因为在这之前内心颇为惴惴，不知能否与杨绛女士匹敌。现在信心增强了，同时也明确了如何发挥自己的特点。

比起傅东华和武建忠的译文，杨绛女士的笔调无疑更贴近当代口语，相当流畅，但参照原文，至少有两点不尽如人意：

一、译者的西班牙语水平似欠理想，因此时有误译或不甚确切之处。

二、译文过于自由，句序、繁简有时去原文甚远。

我想自己至少可以弥补上述缺陷。

※ 董燕生（1937—　），教授、学者，翻译家。生于北京，后随父母迁居新疆。1960年毕业于北京外国语学院西班牙语系，留校任教，博士生导师。曾赴西班牙马德里大学进修。两次在西班牙马德里自治大学任教，教授汉语和中国历史、文化课程。曾任亚洲西班牙语学者协会主席。主编《西班牙语》教材6册，获1992年国家教委优秀教材二等奖。与刘建合编《现代西班牙语》，获教育部颁发的全国普通高等学校优秀教材二等奖。专著有《西班牙文学》《西班牙语句法》《已是山花烂漫》等。论文有《翻译工作者的光荣和职责》《为什么我们呼唤堂吉诃德的归来？》《论“堂吉诃德”的汉译问题》等。译著有（西译汉）《总统先生》《堂吉诃德》《塞万提斯全集》第一卷等，（汉译西）《红高粱》《美食家》等。获西班牙国王胡安·卡洛斯授予的伊莎贝尔女王勋章，获中国作家协会颁发的第二届鲁迅文学奖翻译奖。

现在要下决心动笔了，却时时受到一种困惑的干扰，总觉得不很踏实。我是指咱们之间协议的非正式性似乎太强了一些。你想，咱们根本未曾见面，而且山水相隔，相距千里，加上长久不通音讯，心里老有一种恍恍惚惚的感觉；每次提起笔来，脑袋里就闪出一个奇怪的念头：真的有人要我翻译这本大部头的书吗？别不是我自己听错了吧！

为了消除这个后顾之忧，希望你来信告知：

一、关于出版《堂吉诃德》重译本的计划[①]，贵社是否有什么变化？咱们之间的电话协议是否继续有效？

二、记得去年夏秋之交，咱们曾在电话里提到的签订书面合同一事，何时能付诸实行？这样一份文件可以保证协议的严肃性，对我来说还能起到督促和备忘的作用——眼下我就记不清楚约定的交稿期限是1994年底还是什么时候。

三、卷首是否需要译者评介之类的文章？大致篇幅应该多大？

望尽快答复。

顺祝

安康

董燕生

1993年3月3日

① 董燕生译《堂吉诃德》88万字，最先为浙江文艺出版社所接受，在世纪之交，累印至8万之巨，并获鲁迅文学奖，全国优秀文学翻译彩虹奖，其繁体字版权还输出到了台湾。2006年6月，长江文艺出版社为纪念《堂吉诃德》问世400周年和北京塞万提斯学院成立，在西班牙各方的支持下，隆重推出此书豪华版。2012年4月，漓江将此书收入“外国文学名著名译丛书”出版。

# 赵振江

## 为了尽快推出米斯特拉尔诗选

硕良兄：

您好。

来信收悉。但光孚同志未和我谈过米诗重抄事。半年前我曾给他写信，欲将原稿从金子信同志处索回，寄予仁兄。他说事情复杂。不知是否要不回来，便采取此方案。

我现在立给光孚同志写封信，我想他会把情况向我说明的。我想，大概是我们各自抄自己所译的部分吧。他原说序言由他撰写，我想一切应按原计划进行。不知他是否向仁兄交代过，稿子共有多少行。我手头只有草稿。现在抄写费些时间，但在抄的过程中，可再加工一次，也是好事。不知几时发稿？我会尽快抄送的。

余不一一，顺烦

文祺

振江

6月16日（1985）

※ 赵振江（1940—　），教授，翻译家，外国文学研究专家。北京顺义人。北京大学西语系西班牙语专业毕业后，留校任教。教授、博士生导师。中国西班牙、葡萄牙、拉丁美洲文学研究会会长。著有《西班牙与西班牙语美洲诗歌导论》《拉丁美洲文学史》，译有阿根廷史诗《马丁·菲耶罗》与《拉丁美洲诗选》《西班牙黄金世纪诗选》《西班牙反法西斯诗选》以及鲁文·达里奥、米斯特拉尔、聂鲁达、帕斯、希梅内斯、加西亚·洛尔卡等人的诗集10余部，还与人合作译出小说《世界末日之战》《火石与宝石》《金鸡》。中译西则有名著《红楼梦》。

赵德明

## 促成《马克思与流浪儿》的出版

硕良同志：

久未通信，甚念。

近从文化部一友人处得知漓江出版社这几年来成绩卓著、硕果累累，出书的格调高雅，社会效果良好。这一切与贵社的出版宗旨不无关系。我听了以后甚为高兴，特写信以示祝贺。

我系德语教师周祖生同志报给贵社一部长篇小说的内容提要，据我了解，该书曾荣获民主德国文化部颁发的促进社会主义青少年文学特别奖。自 1963 年问世至今已再版 16 次，被搬上银幕，并被教育部指定为中学生课外必读教材。柏林少年儿童出版社获悉该书译为中文后来信希望送给他们两册样书以做纪念。

该书[①]的译稿我曾经看过，我觉得译得很好。如能让中国青少年读到马克思在伦敦的生活轶事，当是一件功德无量的事。如能送中宣部和出版总署，定会作为推荐读物发向全国的。

根据上述种种考虑，请老兄促成此书的出版，为盼。

《柔情》[②]《玉米人》等书已从译者途径拿到。这些书的出版质量是优等的。

赵德明

1985.6.18

---

※ 赵德明（1939—　），翻译家，教授。北京大学博士生导师，有译著多种。

① 指《马克思和流浪儿》，〔德〕维·科恩著，周祖生、王燕生译，康克清题词，1990 年 8 月第一版，首印 4000 册。获 1991 年举行的首届全国优秀外国文学图书奖二等奖。

② “诺丛”《柔情》，〔智利〕米斯特拉尔著，赵振江，陈光孚等译，1986 年 6 月初印 19500 册，1987 年 7 月重印，累计 44000 册。

# 沈石岩

## 在西班牙书林中苦心寻觅

硕良同志：

您好！

您于3月4日发往北京的信以及3月19日给我爱人的信均已转到西班牙。

为《获诺贝尔文学奖作家丛书》的埃切加赖卷译书一事过去曾与贵社的吴裕康同志有过联系。由于过去你们曾经考虑将贝纳文特卷与埃切加赖合编为一卷，而《伟大的牵线人》又较长，与《利害关系》编在一起超出贵社为每卷规定的控制字数，故吴裕康同志曾来信询问是否有埃氏其他较短剧目以便入选译出。由于这位剧作家（尽管过去起过不小作用）目前影响不大，属于西班牙后浪漫主义时期戏剧家，书店市面很少有再版著作出售，实在难以寻觅。国内各图书馆与其他外语院校也均无这位作家的作品。我手头上的《伟大牵线人》也仅仅是五六年前，我在西班牙考察时，从马德里大学图书馆借到并复印带回的，当时也仅是出于讲课教学需要出发的。由于吴裕康同志希望我找一部短于《伟大的牵线人》的埃氏其他剧目，而我手中又没有，托人在西班牙寻找并非易事，故曾想等

※ 沈石岩（1933—2017），学者，翻译家。浙江绍兴人。北京大学西方语言文学系西班牙语语言文学教授。长期从事西班牙语言文学教学和研究工作，获中国翻译协会授予“资深翻译家”称号。主要作品有《二十世纪欧美文学史》（合著，西、葡文学分支编委），《中国大百科全书·外国文学卷》（合著，西、葡、拉美文学分支编委），《欧洲文学史》（新编，合著，编委）。译著有《玛利亚内拉》《危地马拉的周末》《伟大的牵线人》《树》《超现实主义》《人民的风将我托起》等。

我自己到西班牙时再去寻觅，所以才将此事搁浅起来。来西后，教学任务很重，而且我所任教的格拉纳达大学又委托我翻译一部晚清文学作品（作为我来西工作量内任务），书为文言文，此地中文参考工具书又极少，该项工作颇为费时费力，故未能挤出时间立即查找。收到转来的信以后，在格城图书馆查找，找到一本西班牙著名出版社阿吉拉尔出版社出版的《获诺贝尔文学奖作家丛书》中的埃切加赖卷，1955年出版。他们这套丛书也是每位获奖作家编一卷，但每卷均很厚，西文版约1300页左右，装帧精细，美观。在这卷中，编者从埃氏70余部戏剧中精选出十三部，我原来认为具有代表性剧目均已入选。我把这十三部作品又看了一遍，为贵社埃氏卷①选入三部:《伟大的牵线人》《不是精神失常便是品德圣洁》(国内又译为《疯子或圣人》《不是疯狂就是神明》)、《向上爬》。西班牙文版原书这三部戏剧总计约为150页。我估计也许符合你们的26万字的要求。至于年表、授奖词、受奖演说（我仅知道他本人未能亲自去领奖）等材料我尚需在格城寻找。不敢保证全部都能找齐，我将尽力而为。由于我手头上没有方格纸，入选剧目简介的草稿将寄回家中，让家人抄在方格纸上再寄给您。

由于北大与格大有合同关系，我必须按合同规定工作，一方面教书，做讲座。另一方面还需将那部文学作品译稿（定稿）在离开西班牙前交出，所以时间也很紧张。我现在只能调整一下原有来西的工作计划，即一方面完成格大方面的各项任务，另一方面，暂时将我个人科研题目（西班牙当代文学）暂时搁下，着手进行埃氏剧本翻译，如按您的交稿时间要求，时间还是很紧，我只能尽力而为。这一具体困难情况尚希谅解。顺祝夏安！

沈石岩 拜

1992年4月20日

---

① “诺丛”《伟大的牵线人》,〔西班牙〕埃切加赖著，沈石岩等译，317000字，1995年12月首印7000册，其中精装1000册。

# 林　光

## 抓住有关电视片播放机会

刘硕良同志：

《阿玛莉亚》一书的校样已在 6 月 7 日用航挂邮件寄漓江编辑部，不知收到否？第二天我又寄了一封航信给您，对校样的改动做了说明。

今天接《世界文学》编辑部林一安同志的电话，告诉我他在中国西葡拉美文学研究会理事会上听国际广播电视电台副台长刘习良同志说，我国已购进一部《阿玛莉亚》电视片，十分可能在年内播放。漓江出版社如能利用这个机会，对《阿玛莉亚》小说做些宣传，并把这一点通报新华书店，也许可以多印一点。今年浙江出版的《女奴伊佐拉》，也因电视台播放《女奴》电视剧而得到读者欢迎，印数比同类书多不少。现将这一点报告您，供您参考。

此致

敬礼！

林光

1986 年 6 月 16 日

※ 林光（1929—　），商务印书馆资深编辑，与人合译的拉美名作、阿根廷第一部长篇小说《阿玛莉娅》于 1985 年 9 月出版，首印 13700 册。

## 罗海燕

# 只要干就还不晚

刘硕良同志：

您好！寄来的书和信都收到了，谢谢您的支持和鼓励，因为学校收发室的通知单发晚了，书和信我都是前天才领到，所以这么晚才回信，请多原谅。

那篇短文[①]的作者基罗加是乌拉圭人。基罗加虽然长期居住在阿根廷，他的作品反映的也主要是阿根廷北部的林莽生活，但他的国籍还是乌拉圭。

译文我曾请北大一位老师校对过。前天张云义老师找我谈到此事，请张老师再校对一下也好，我已把原文给他了。

我本来喜欢文学，也想搞点翻译，但一直没有机会。"文化大革命"十年外国文学成了禁区，我们也被剥夺了继续学习和实践的权利。现在等于是从零开始。困难和问题都很不少。但我总还是相信"世上无难事，只要肯登攀"，只要干就还不晚。您有多年的丰富经验，请对我们这种初学者多多指导和帮助，有什么问题请不客气地指出来。在你们的帮助下，我们一定可以少走点弯路。

祝工作顺利！

罗海燕

3月3日（1983）

---

※ 罗海燕，毕业于北京大学西班牙语言文学专业，广西大学外语系教师。

①《虎子胡安》，西班牙语杰出的短篇小说作家——〔乌拉圭〕奥拉西奥·基罗加（1878—1937）作，罗海燕译，文兮插图，刊《漓江译丛》总第四辑（书名《沼中梦》），1982年8月第一次印刷，45000册。

# 八、作家评论家和媒体人来信

〖55人，87封〗

陆　地　王　力　张　谷　周民震　白　烨　楼肇明
周国平　吴泰昌　梅　志　陈子善　林建法　陆梅林
彭燕郊　弘　征　舒　婷　周良沛　苏　叶　汤　潮
林　夕　韦　丘　潘旭澜　潘　平　苏　敏　季新平
唐锡阳　金　式　谢　逸　林学锦　廖子良　缪俊杰
卢祖品　吴锦才　褚钰泉　陆　灏　徐坚忠　房延军
曹正文　金岳春　鄢烈山　莫家祥　李秀龙　廖经天
黄仁沛　张志浩　李必训　韦剑辉　李　宁　张鸿慰
孙抱今　潘玉梅　谢和会　谢和赓　龙廷霸　伍纯道
魏华龄

# 陆　地

## 借一角之地表平生所悟

硕良同志：

让南南①拿来《出版广角》创刊号。篇幅恢宏，装潢独创新颖。谅能打开局面，但望善自为之，效应于社会，也算不负平生啊。

趁此想起去年早些时候曾就一生弄文有所感悟，作了千字终结。考虑好久，不想也不愿去巴结“新潮”派的门槛，搁置好些日子。今见《出版广角》，或可借得一角之地让它表白一下呢？说来恐怕冒昧了，敬请原谅吧。

匆匆，并祝

春节全家幸福安康！

陆地

1995年1月24日

※ 陆地（1918—2010），作家，宣传思想文化部门领导人。壮族。原名陈克惠，曾用名陈寒梅。广西扶绥人。曾就读于广东省立第一师范学校。1939年9月起赴延安，进入抗大学习，并参加中国共产党。1940年毕业于延安鲁迅艺术学院文学系。历任研究员，部队教员，《部队生活》编辑，《东北日报》副刊主编。1949年8月南下，广州解放后接管广州教育局。11月参加广西工作团，任梧州队副队长，梧州市军管会文教接管委员会主任，中共梧州市委宣传部部长兼《建设日报》社长。1952年7月上调南宁。历任广西省委（自治区党委）宣传部处长、秘书长、副部长。全国政协第三、第四届委员，全国文联委员，中国作协理事、顾问、全委会名誉委员等。1937年开始发表作品。1953年加入中国作家协会。著有长篇小说《美丽的南方》《瀑布》（四部），中短篇小说选《浪漫的诱惑》，短篇小说集《好样的人》《故人》，长篇散文《青春独白》，综合文集《劫后余灰》《广西20人集——陆地卷》，诗词《落花集》，理论专著《怎样学文学》《创作余谈》，自传文学《直言真情话平生》《书信日记选》等。《长夜》（《瀑布》上部）获全国首届少数民族文学一等奖，《黎明》（《瀑布》下部）获广西文学最高奖铜鼓奖。

① 陈南南，陆地之子。文史编辑和研究工作者。时任《出版广角》杂志副主编。

# 王　力

## 王力同意出文学译著专集

缉国[①]：

十二月四日来信收到，知道你们的情况，甚慰。我被北京体育分会和北京市老年人体育协会选为一九八五年北京市健康老人，将于后天（星期二）由你妈陪同参加祝贺大会。你们知道了，一定很高兴的。

关于广西漓江出版社拟出版王力专集事，我是同意的。我的杂文有《龙虫并雕斋琐语》，诗有《龙虫并雕斋诗集》，译著诗有《恶之花》，小说有《小酒店》《娜娜》《沙弗》《小芳黛》《少女的梦》等，剧本有《莫里哀喜剧选》（包括《情仇》《冒失鬼》《斯卡纳赖尔》《丈夫学堂》）、《半上流社会》《伯辽赉侯爵》《佃户的女儿》《我的妻》等（我一时记不全）。但是有些书我手边没有，要出版社向图书馆

※ 王力（1900—1986），语言学家，翻译家。名力，字了一。广西博白人。1926年考入清华大学国学研究院，次年留学法国，获巴黎大学文学博士学位。1932年回国，先后在清华大学、燕京大学、西南联大、中山大学、岭南大学任教，并任中山大学及岭南大学文学院院长。1950年任华南文联副主席，后任北京大学中文系教授，中国社科院哲学社会科学部委员，中国文学改革委员会副主任，全国政协第四、第五届委员，中国译协名誉理事。在汉语语法、音韵、词汇、汉语史、诗词格律等方面发表大量论著，贡献巨大。此外，还长期致力于法国文学的翻译，新中国成立前后均有多种译作发表，尤以《恶之花》《小酒店》《娜娜》《丈夫学堂》等译作见重于文坛，为中国重要法国文学翻译家之一。漓江王力文学译著专集拟议，后因王力作品在广西教育出版社有整体规划而未实现。

① 缉国（1925—1998），王缉国，资深报人。广西博白人。王力先生之女。桂林师范学院中文系肄业。长时期在广西日报工作，任编辑、主任编辑。为广西日报新闻报道的建设和发展做出贡献。

借抄或复印。

书名暂定为《王力文学专集》或《王力文学著译全集》，或其他。

缉慈在加拿大，某图书馆送给他你父亲的著作名单一份，缉慈说不久可以寄来，在国内可能还不全。

我的杂文及译本都用王了一署名，现在可以一律改用王力署名。

余事俟后商量，可以由漓江出版社直接来函商议。此问

近好

胤昌及全家均此问好。

父字

1985.12.8

# 张　谷

## 《李商隐诗译注》得岳父修改

硕良同志：

关于王力文学著译的事，王缉国已去信征求意见。前天王力已来函表示同意。现将他的信寄给你，由你考虑。书目他老人家开得不全，可能还有一些。如《诗词格律讲话》那本畅销书，就未列入，其实也是可以收入的。

《李商隐诗选注》下卷即将挂号寄上。我是希望你认真看看。这里有我的心血，更主要的是得到我岳父的修改。其中关于注释和无题诗的解说，是较有特点的。交给你并得到你的承认，我心里很踏实。总之一切拜托了。

春节后，我将开始漓江的写作。到时定到桂林拜候你夫妇。

匆匆，即颂

文祺

张谷

十二月十七日（1985）

※ 张谷（1926—2012），资深报人，作家，编辑家。本名张胤昌，笔名张谷。王力先生女婿。在桂林师范学院学习时即参加抗日救亡及进步文化活动，曾被捕入狱。新中国成立后，投身新闻战线，任广西日报记者、编辑、读者来信组组长、记者组组长。反右时被错划为“右派”，后获改正。60年代广西日报副刊改版取得成功的主要推动人之一，曾用公之于、章印等笔名发表多篇杂文。在报社工作期间还曾发表连载小说《落胆坡》（与岳玲合作）、《桂西北经行》及负责组编《桂林文化城纪事》等重要专栏，在文化界新闻界引起注意。

# 周民震

## 七十抒怀

硕良、丽清两位好友：

新春好！向你们拜个早年。祝健康长寿，好运频来！

2002年是我的七十华诞之年。我的人生之旅，经过无数酸甜苦辣和喜怒哀乐交织的历程，带着时光刻下的累累印迹，健步走到了立着“古稀”里程的界牌，实在是件可庆幸的事。

同时也令人喟然慨叹：人生苦短，匆匆忙忙地把岁月留给了过去，却没有留下能够告慰社会、无愧时代的业绩。这对一个有着少年立志、追求真理、贡献社会抱负的人来说，不尽汗颜之至，无异于枉此一生。

唯物论者清楚地知道，应该怎样珍惜不多的来日，让有限的生命去挑战无限的时间。以乐观、潇洒、雅达去笑傲人生，用最后一搏的精神和力所能及的力气去做一点有益的事，以慰颐天年。这大概是每一位老人的拳拳心愿吧！为此，我们多么希冀友谊的激励、交流和帮助。

※ 周民震(1932— )，作家，电影家。壮族。广西鹿寨人。1946年考入柳州龙城中学，发起组织文学社团，开展文学创作和学生运动。1949年9月参加柳州人民解放总队，任连指导员。1950赴朝作战。1954年转业到广西文化部门工作。历任桂剧团指导员，广西电影制片厂编剧，广西文化厅厅长，全国政协委员，中国文联委员，中国影协理事，中国电影文学学会副会长。创作《苗家儿女》《心泉》《春晖》《远方》《甜蜜的事业》等电影剧本20部，《三朵小红花》《瑶山春》等戏剧14部，同时发表小说、诗歌、散文、评论数百篇。获全国优秀故事片奖，全国少数民族文学优秀创作奖及中国影协颁发的电影创作终身成就奖。有250万字的五卷本《周民震文集》出版。

寄去“七十抒怀”及自嘲打油诗数首，供你一笑，并盼指教。

周民震

2002年1月24日

## 七十抒怀

2002年元旦

春华秋实天长久，不尽时光滚滚流。
回首何须憾往事，老牛破车不停留。

少年英姿犹可见，而今古稀一老叟。
儿孙绕膝老妻健，无怨无悔无所求。

离休数载居未闲，世外桃源在书间。
电脑打出四十万，“甜蜜”续篇有“新甜”。

冷观时代生巨变，喜忧参半系心田。
万花筒中眼缭乱，唯愿红旗永向前。

## 附旧作：三十有感

作于1962年元旦

冬去春又至，流光易飞逝。
惊捻唇上髭，方知已三十。

熔炉十四载，炼我肝胆赤，
青春有时尽，革命无限期。

## “七十小子”自嘲打油诗四首

七十小子笑哈哈，耳不聋来眼不花。
摩托突突长街跑，吃鸡啃骨响嘎啦。

七十小子一枝花，逍遥过市人人夸，
原是纸扎涂色彩，风雨一吹黑麻麻。

七十小子立镜台，是谁把我容颜改？
当年英俊王心刚，变成丑角严顺开。

七十小子喜心怀，日子越过越发财，
工资涨了八百八，不愁烧鸭上餐台。

离休后创作并发表影视剧本、小说散文等近四十万字，电影《新甜蜜的事业》已由北京电影制片厂拍完。

年轻时在柳州饭店住，被服务员误认是影星王心刚，要求签名；近年在桂林榕湖饭店又被“追星族”误为严顺开，要求合影，两相对照，令人啼笑皆非，感慨又无奈。

# 白 烨
## （4封）

## 交流、共进、互勉

硕良同志：

您好！

惠书（《马尔罗研究》）如数妥收，大札也随即收悉，谢谢！

首先对您荣任副总编表示祝贺！实际上你老兄早已干的是副总编的事情了，此举实不过是“正名”而已。即使如此，也是很令人高兴的。

寄上《萨特研究》五册，前一日已寄去过一本，料已收悉。和社领导商量了一下，觉得原来计划中并无交换一事，因之样书比较紧张，此次就只好奉上五册，以后各集再说吧。

我们在出版外国文学书籍方面，有几个大的计划，都正在落实中。这一方面出的书，我一定保证供应够，请放心！

这一段时间忙极了，整党刚完，又忙着抓选题，再叙吧。

祝

编祺！

白烨

1985年3月22日

※ 白烨（1952— ），文学评论家、编辑家。陕西黄陵人。笔名文波，晓白。毕业于陕西师范大学中文系，历任中国社科出版社文学室主任，中国社科院文学研究所研究员、中国当代文学研究会会长。中国社科院研究生院教授，中国文学年鉴副主编，获国务院特殊津贴。代表作有《文学观念的新变》《文学新潮与文学新人》《批评的风采》《文学论争20年》等。主要编辑成果有：《世界散文随笔精品文库》（8卷本主持策划）、《台湾散文名家名品丛编》（5卷本主持策划）、《杨绛作品集》（协助策划）、《张中行文集》（协助策划）、《顺生论》（协助策划）。

## 千万不要因“清污”而停出

刘硕良同志：

您好！

数次赠书均妥收，感谢！

本社近出《托尔斯泰夫人日记》（上）寄上，（下）尚未出书，待出后奉寄。

此间文艺界的同志对贵社的“诺贝尔文学奖作家丛书”评价很高，选得好，译得好，装帧也好。千万不要因“清污”而停出，这是建设精神文明的需要。

临近春节，诸事缠身，恕不多言。

祝

春节愉快！

白烨

元月25日（1986）

## 能搞科研也能翻译

老刘：

近好，甚念！

听王逢振说，你最近可能来北京，但一直未见到，想必是被别的事拖住了。

我最近抓了几本畅销性质的书，主要是纪实文学集（中国的），很快就会出书，到时一定送你。

吴岳添有部译稿，是法国的法朗士的一部名作，题目叫《鹅掌女王烤肉店》，大约写人道主义的主题，字数12万左右。不知你那里可否考虑。我们原则上还是不出作品，岳添接替宏安当了科研处长，也是能搞科研能翻译，如能帮忙最好！

我的书稿有无可能近期内安排，也望您便中告我。

寄上三本台历（请另给宋安群、邓小飞各一本）。

祝一切好！

白烨

12月16日（1986）

## “诺贝尔文学奖丛书”需要宣传

老刘：

近好！

接大札已久，因被作协抽去搞全国报告文学评奖，未及作复，请谅。

赶写出了我的意见书，不知能否用得上。

你寄来的书，除他们留给我一本外，小寇[①]已把其余的分送了。因之，送了谁我不太清楚。你可便中给小寇打个电话。他前一段时间也被抽出去搞“五个一”评奖，我在中宣部的干部中心（八大处）见过他。那时我也在那里评奖。

“诺贝尔文学奖丛书”确实还须再宣传，我争取尽快写一篇，从选题、编选方式上谈谈此套书的特点；《光明日报》一直找我要书评，我如写好就给他们，怎么样？此套书我还有许多没有，最近在北京买到了《磨坊血案》和《新娘·主人·十字架》两种，还缺《我弥留之际》《人鼠之间》《露珠里的世界》等二十多种。我估计，上述书中，有的尚未出，有的可能已无书，但能弄到的尽量弄到，尤其是你以为比较重要的。

我在去年外国文学图书评奖后，写了一篇文章，发在《中国出

① 寇晓伟，时任新闻出版署图书司图书出版管理处处长。

版》第四期上，里边特别提到“诺贝尔文学奖丛书”未获丛书奖的有欠公正，想必你已经看到了。

我的那本评论家论，我抽空帮理出来，这本书原来人文要出的，但从今年起，他们不出理论书了。小聂那里，我另去信感谢！

就此打住。

祝一切好！

白烨

1992 年 5 月 20 日

# 楼肇明

## 蓝曼译文当推首位

刘硕良同志：

您好！

从流传颇广并得到好评的《西方爱情诗选》的扉页上，得知您是该书的责任编辑，我因而推想您也可能是《漓江译丛》的诗歌编辑。写这封信，我想问询下贵社即将出版的《叶赛宁诗选》什么时候可以问世？我也是叶赛宁诗歌的爱好者和推崇者，我从与中文读者见面的译文当中，私意以为蓝曼同志的译文，当推首位。另，据我所知，年内我国将有三家出版叶氏诗选（上海译文社、北京大学出版社、贵社）。我想写一篇比较对照的书评，出路总是有的。因此，冒昧写这封信请求您的支持。因为叶氏诗选最近不能在市场上与读者见面，能借多余的清样先睹为快不？

经王守仁同志介绍，我与人合作在你社《漓江译丛》（二辑）出过阿赫玛托娃的诗，倘若你社对苏联诗人帕斯捷尔纳克、茨维塔耶娃的诗有兴趣，则我也可毛遂自荐地一试。也请代为问询一下。

贵社出的《山口百惠自传》等外国演员的传记，在学术界和青年读者中是颇受欢迎的。出这样的书，没有开拓者的广阔的视角，是难以想象的。作为一个读者，我向你社表示祝贺。

敬礼！

楼肇明

1982 年 7 月 28 日

※ 楼肇明（1938—　），作家，诗评家。浙江东阳人。1960 年毕业于北京大学图书馆学系。历任中国社科院文学研究所图书室主任，著有散文诗集《细流与暮雨》等。

# 周国平
（2 封）

## 以出版效率争取著译者

刘硕良同志：

你好！

我和我的朋友们都十分欣赏漓江出版的几种丛书，这次我在桂林得以认识它们的设计者和辛勤的培育者，实在是一件快事。

原来我以为漓江只出文学书，这次听你说了，才知其实不然。我很想听听你在这方面的具体打算。目前，现代学术名著的翻译出版相当落后，基本上是空白，甚至还谈不上填补空缺的问题。我考虑，可以从影响最大的第一流思想家的代表性著作入手，搞一套丛书（名称是否可定为“思想家”）。如你有心于此，我可找朋友们议一议，拟一个选题计划。不过，据我所知，一些出版社对这类稿子很感兴趣，竞争是很激烈的。关键在于以出版效率来争取著译者。

我的译稿，不知是否已过目？我知道，眼下还很难敲定，我要等湖南的回音，你要等上海的回音。但我很想早日知道你的印象，就像一个著译者渴望倾听一位行家的意见一样。当然，这同时也是

※ 周国平（1945—　），作家，哲学家，中国研究尼采的著名学者之一。上海人。1967 年毕业于北京大学哲学系，1981 年毕业于中国社会科学院研究生院哲学系。1984 年在中国社会科学院研究生院哲学系在职读博士研究生课程，毕业后获哲学博士学位。1988 年受聘为副研究员。1994 年受聘为研究员。2009 年受聘为西南政法大学兼职教授。著有《尼采：在世纪的转折点上》《尼采与形而上学》，散文集《守望的距离》《各自的朝圣路》《安静》《善良丰富高贵》，纪实作品《妞妞：一个父亲的札记》《岁月与性情——我的心灵自传》《偶尔远行》《宝贝，宝贝》，随感集《人与永恒》《风中的纸屑》《碎句与短章》，诗集《忧伤的情欲》，以及《人生哲思录》《周国平人文讲演录》等，译有《尼采美学文选》《尼采诗集》《偶像的黄昏》等。

我决定自己对于湖南方面的态度的一个依据。

《四个四重奏》书到了没有？先睹为快。

望今后多联系。有机会到北京，与外文所老友会晤之余，请一顾鄙所。我所在九楼。在一般情况下，我只有星期二上午在所里，其余时间在家。住址是：劲松117楼3门01号。欢迎光临。

祝事业兴旺。

周国平

1985.12.9

## 读刊就像在同编辑交流

刘硕良先生：

您好！

久无联系，但按期收到您主编的《出版广角》，就好像一直在同您交流着一样。我很喜欢这本刊物，赞赏它的多视角、严肃性和正气。

写了一篇长文，批评那本畅销书《祭吴宓》，很希望能刊登在贵刊上。请酌。

编安！

周国平

1997年8月10日

# 吴泰昌

## 论创作的书尤受欢迎

硕良同志：

您好。

春节将至，寄予美好的祝愿。

谢谢您惠寄的几本译著。这套书编得有价值，装帧、印刷亦佳。尤其是论创作那几本，会受到创作界和评论界的热烈欢迎。

上次您来本想见面聊聊。听亚丁说您来过编辑部，凑巧我不在。致歉。下次来京，请便中招呼一声，我去看您。有事请来信。

北京已是严冬了，广西想来温暖如春。

匆匆祝

编祺

吴泰昌

1984.1.22

※ 吴泰昌（1938— ），散文家，评论家。安徽当涂人。50年代初开始发表书评、通讯。1955年考入北京大学中文系，毕业后续读文学理论研究生，参与1955级学生编书活动。1964年分到《文艺报》。“文化大革命”期间在《河北文艺》《人民文学》，1978年调回《文艺报》，历任评论组长、副主编。中国散文学会副会长。著有《艺文轶话》《文苑随笔》《文学情思》《书山偶涉》《吴泰昌散文选》等。编有朱光潜《艺文杂谈》、巴金《愿化泥土》、《扬晦选集》《十年散文（一）》等。

# 梅　志

## 胡风书稿何时可出?

刘硕良同志:

前不久曾托《人民日报》记者徐放同志到贵社了解胡风先生的两本书《胡风解放后文论选》《胡风格律诗选》的出版情况。

这书是1988年约稿并订立合同，说明1989年一季度出书。后来我看过清样，并知已打好纸型，但至今尚未见书；多次去信询问，也从未收到答复。

这次徐放同志曾面见贵社总编和你，你所说书稿要出，但须稍等些时日。我觉得这说法不妥，该书拖延已久，再后印出于情于理难以说得过去。我们也感愧对死者！何况许多朋友及读者都常有信来询问出版日期，要求订书。

所以我希望你们给一个确定日期，1991年内能否安排出书。要不我将提出赔偿，并将原稿取回。不情之请，请见谅。此颂

编安

梅志

1990年12月10日

※梅志（1914—2004），女，散文家，儿童文学家。原名屠玘华。江苏武进人。1932年参加左联，1934年开始发表作品，抗战期间协助丈夫胡风工作，包括为《七月》《希望》做编务。新中国成立后创作一批儿童文学作品。1955年受胡风案牵连，被捕受审，1966年陪胡风去四川。1980年返京。获平反改正后为中国作协驻会作家。著有童话长诗《小面人求仙记》《胡风传》和续编以及散文、回忆录等。《胡风晚年作品选》，漓江出版社1987年1月出版。

# 陈子善

## 香港作家林真赞“诺丛”译本前言

硕良先生惠鉴：

昨日在书店幸会，甚为高兴。贵社所出许多翻译和研究著作为海内外文学界所瞩目，这是与您的惨淡经营分不开的，您对出版和读书界的贡献，令人钦佩。

现抄奉我的好友、香港作家林真先生的一段评语，供参考。

台湾联经出版事业公司吴兴文兄处我已去信，如有佳音，当及时奉闻。

今后盼多联系，多指教。并衷心祝贵社更上一层楼。

谨请

编安！

上海华东师大中文系　陈子善　上

1989 年 2 月 11 日

### 林真《不算后记的后记》摘录

最近，广西漓江出版社出版的《获诺贝尔文学奖作家丛书》第一辑列出了十种。书前那篇《译者前言》，确是一篇了解作者的好文章，尤其是莫里亚克《爱的荒漠》由桂裕芳写的《译者前言》，更是启开莫里亚克文学殿堂的一把钥匙。好像是法国的法朗士吧，他把阅读文学作品比作“灵魂的遨游”。我则把这些前言后语比作遨游时的向导或旅游地图。

【原载 1988 年 2 月北京中国友谊出版公司初版《林真说书》（此书最早在香港出版，友谊公司所出为国内版）。】

---

※ 陈子善（1948—　），学者，现代文学研究专家。上海人。华东师范大学中文系研究员、博士生导师。华东师范大学中国现代文学研究中心主任。

# 林建法
## （2 封）

## 为《中国当代作家面面观》组稿

刘硕良先生：

您好！

很冒昧地写信给你。

1991 年我曾出版过《中国当代作家面面观》一书，没想到书出版后引起文坛的一些关切，3000 册书早已售空。最近时代文艺出版社拟再版，并让我续编第二册。在这一集中，我拟增加 10 位有影响的编辑家，你的诺贝尔系列早已家喻户晓，当然在入选之列，今写信，就是征求你，请你或为我出面找一位作家为你写一篇印象，书拟下半年出版，文章自然越快越好。希望能得到你的支持。

即颂

文安

林建法

1993.7.3

※ 林建法（1950— ），评论家，编辑家。福建连江人。中国作家协会会员，中国文艺理论学会理事、中国当代文学研究会理事。1982 年毕业于华东师范大学中文系，任《福建文学》理论编辑，1983 年七八月提议创办《台港文学选刊》，1984 年 9 月调福建省文联理论研究室，参与创办《当代文艺探索》，任编辑。1986 年 7 月调辽宁省作家协会，历任《当代作家评论》编辑、副主编、主编，辽宁省作协创作研究部主任，编审，《东吴学术》执行主编，常熟理工学院特聘教授。荣获辽宁省十佳编辑、东北三省优秀社科编辑称号、2006 年获辽宁省首届“辽宁期刊人奖”。为享受政府特殊津贴专家。

## 作家笔下的编辑家引起关注

刘硕良先生：

您好！

大札收悉，谢谢你的支持。

《面面观》第一册早已销缺，实在没书寄赠了。很抱歉。

作家笔下的编辑家，已引起关注，林斤澜先生写李清泉先生、季红真写王信先生的文章已到，李国文要写崔道怡，其他都陆续在写，这是令人感动的事。文章三五千字，七八千字不限，活泼自由即可。《收获》《中国作家》均发过不少作家写作家，形式与此相近也。你可让作家看看一二即可[①]。

给你添麻烦了。

即颂

文安

林建法

1993.7.22

---

① 黄伟林《一个编辑和一个时代的文学——记编辑家刘硕良》，载林建法选编《中国当代作家面面观》下册，时代文艺出版社，1994年。

# 陆梅林

## 《马克思主义与文学问题》终于推出

硕良同志：

你好！

本来想去看看你，据咸荣同志回话，说你下午外出，要很晚才回来，所以不行了。你所要的“内容提要”已匆匆草出，送去请阅，看是否适用？写得长了一点，由你酌情删改和剪裁。另外，附有一份此书“草目”，内容和框架大体都定下来了，即使有变动，那也是比较少的。请你看看，这样安排是否可行？如有意见，望告。

握手！

谢谢你了，这样支持出这本书。

梅林

1987年5月27日

※ 陆梅林（1923—2012），文艺理论家，编辑家。上海人。抗战时在广西桂林俄文专科学校毕业。1945年任新四军华中《新华日报》负责人。新中国成立后，在斯大林著作编译室和中央编译局工作，后任文化部中国艺术研究院外国文学研究所所长，马克思文艺理论研究所所长。国务院学位委员会评委，全国马列文论研究会副会长。从事马列经典著作美学研究40余年，编、译、著书30余种。译有《马克思列宁主义美学原理》等作品。信中所言“提要”未写书名，多年后回忆不起，依有关情况，当指《马克思主义与文学问题》一书，陈涌、陆梅林、吴元迈、陈燊、程代熙、郑伯农等撰稿，贺敬之代序。1988年10月出版，责任编辑邓小飞、朱寿兴。

## 彭燕郊

# 不要都搞成四平八稳的一锅汤

老刘同志：

你好！

自桂回来后，即着手组织“丛书”[①]编委会的事，开始我还是想保留一部分，所以在去年十二月十日寄上一封挂号信，征求你们的意见，没想到这信你们竟没有收到，后来只好托敝戚前来面询。此事我感觉似乎对你们有些负担过重，和朋友商量结果，决定辞退全体编委，由我、贾植芳、耿庸三人合任主编，不另设副主编，不知你们有什么意见？

其次，丛书已约稿三辑，共三十六种，据安群同志一月二十三日来信，你们希望只出一二辑，如此则须砍去三分之一，当然你们另有考虑，不可勉强，我当尽力处理善后事宜，不留有遗留问题，相信你们会谅解的，不至于有多少麻烦。

我反复思量，丛书内容，与你们的《外国文学名著丛书》有交

---

※ 彭燕郊（1920—2008），诗人，教授。原名陈德钜。福建莆田人。早年参加新四军。1939年开始发表诗作，抗战时活跃于桂林文化城，曾任中华全国文协桂林分会常务理事，《力报》副刊、《诗》、《广西日报》副刊编辑。解放初任《光明日报》副刊编辑。1950年起先后执教于湖南大学、湖南师范学院、湘潭大学。著有长诗集《春天——大地的诱惑》《妈妈，我，和我唱的歌》，诗集《战斗的江南季节》《第一次爱》和散文集《浪子》等。为“七月派”成员。受过胡风案的牵连。新时期出版《彭燕郊诗选》，为漓江主编《国际诗坛》、“犀牛丛书”，并出版《民间文学概论》《湖南歌谣选》等研究成果。

①“犀牛丛书”，彭燕郊主编。漓江出版社出版了《爱经》《卡夫卡随笔》《自杀的女诗人》《乔治·桑情书选》《巴尔扎克情书选》《普希金情人的回忆》等6种。

叉之处，当初我想，是不着重于小说的，但也有一些。现在想仍应以散文为主，另外多少能保留新学科、新观念的介绍的读物。

其实，彼此朋友间是可以不客气地提意见的，丛书编辑过程中我曾一再征求你们的意见，现在你们坦率地提出来了，这就很好。总的来说，我虽然尽力想搞好，但却不能符合你们的要求，请多原谅。

关于《国际诗坛》退订的事，有好几位热心的朋友来问我，都有些迷惑不解，我也不好怎么说，只好说办事人是个新手才发生这种差错，不过，我想他们只要多想一想，也就会释然的了。我们搞这个小译丛，完全是为了“爱美”，只讲学术，不涉政治，百花齐放，各流派皆收。想不致有什么违拗之处。近日出版的《人民文学》一、二月合刊，内容都是些大胆探索、敢想敢做的作品。去年十一月出的《新华文摘》，有几篇大胆文章，几乎发行不了，压到十二月出版后，也发行了，与他们相比较，我们这部小丛刊就可以说完全是学究式的了。这一点我自己心里是有数的。第三辑我们将介绍的英国当代流派，就是白居易风格的。还有法国当代著名的大众诗人，也是如此。事实上，当今世界诗坛，不可能全是“朦胧”的，第三辑我们还将介绍索因卡的诗，他是象征主义的，但也不是我国时下青年所认为的那种玩弄词句的“朦胧”。

叶汝琏兄文字有其“怪”的一面，往往看似不太通顺，但自有道理。我认为作为一部选辑，对这样的文章是应加以尊重的，不可以把所有作者的文章都搞成文从字顺，章安句适，四平八稳的一锅汤，因此我只在极个别地方稍作改动。文字部分比重多了，以后当注意压缩。

到现在为止，已知道代我们发消息的有:《诗选刊》《女作家》《北京晚报》、(香港)《大公报》《诗新探》《外国文学研究》《深圳青年报》(连发两天)、《深圳特区报》、(上海)《文汇报读书周报》。另外，大约还有一两处会发消息。已发消息的，为表感谢，我建议各赠第一辑一册，不知你们以为可以不?

另外，有些热心支持我们的前辈、朋友，我建议每人各赠一册，当然，如你们觉得负担太重，也可以不赠。我都开了地址，凡你认为不必赠的，请告诉我，当由我们购赠。

第三辑要目预告附上，请审稿后寄给小吴备用，另外，我曾给过两批补白用的名家语录，请宋安群同志转交给小吴，不知交给她没有?

另外，还想提个要求：译丛空白可以利用来刊些你社译文出版物的宣传文字。不过，我们希望暂不在译丛上刊登创作方面的，如“黎明散文诗丛书”之类的，希望你们不要刊登在译丛上面，可以吗?

下次再写了，祝真好!

彭燕郊

1987.8.6

## 弘　征
## （2 封）

# 稿酬计算出入太大

硕良兄：

近好，去京前曾奉一函谅已达览，兄以事冗迄未见复。开了一星期会，讨论“八五”和“十年规划”。四月廿日国办发工 2 号文，忝列为新一届规划小组成员，组长匡老，副组长周林、王子野、刘杲同志。会前访王蒙，他正在为贵社弄《红楼梦》。看了燕祥，他说聂震宁同志曾去过，批“三国”他已推荐何满子，亦觉这是一理想人选。这类书，曾与王老谈过，他也认为有时代特色。“三百首”[②]弟未得精装，已将平装送匡老、王老、刘杲同志、牧之同志等匡谬，诸公对格式等都称赞，包括在会上与一些同志谈起。贵社出了不少好书，兄事业心强，成绩卓著，可敬可贺。

《青春的咏叹》稿尚未见寄来，订单亦不知已发否？念甚！盼兄拨冗早日将稿赐下以便付排，原不打算要序的，现拟请公刘兄写一序。几位老诗人年事已高，不便相烦，写也可能应景。“三百首”

※ 弘征（1937—　），学者，诗人，编辑家。原名杨衡钟。湖南新化人。1955 年毕业于株洲铁路机电学校。历任湖南人民出版社编辑、文艺编辑室副主任，湖南文艺出版社副总编辑、社长、总编辑，《芙蓉》杂志主编，编审。湖南省文联委员及作协第四、五届副主席，国务院古籍整理出版规划小组成员，湖南省人民政府参事。1953 年开始发表作品。1984 年加入中国作家协会。著有诗集《浪花·火焰·爱情》《当你正年轻》《青春的咏叹》，评论随笔集《艺术与诗》《书缘》《杯边秋色》《湖湘拾韵》，古典诗论诗歌译析《〈诗品〉今译·简析·附例》《唐诗三百首今译新析》《新编唐诗三百首今译鉴赏》《今评新注唐诗三百首》《汉魏六朝诗三百首今译》，印谱《望岳楼印集》《现代作家艺术家印集》等。

① 《唐诗三百首今译新析》，弘征译析。周谷城题词：“一本青年应当熟读的好诗选”。1991 年 11 月第一版，首印 37000 册（含精装 7000 册）。1995 年 2 月第二版，1999 年 9 月第 6 次印刷，累计 85000 册。

也将有些朋友写评，但不知何故，书店至今未见书。

还有一事想与兄商榷一下，即前天回来从邮件中见到一贵社财务科寄稿酬清单上写基本稿酬计5500元，未见字数及标准，也不知如何算出。弟决不会争稿费，因彼此都是同行，可能是计算上的差距，还是交换一下看法为好。按新的稿费条例，诗词稿10行作千字算，以千字为计算单位。不足千字的按千字计。过去是每首不足20行的按20行算，现在是每首不足10行的按10行算。本书中五七言绝律诗（包括其中的乐府）共230首，计23万字，其余五七言古风乐府82首，绝大多数每首都超过10行。如《长恨歌》120行，是1.2万字，总字数将不少于22万（我没有统计）。译析二者合计须有45万字，按第三条之（3）古籍稿的今译……普通类千字9~18元，特别的可适当提高到不超过30元/千字。弟当然不能自认是最好的，但只按普通类略偏上仅译诗部分就已超过现在的基本稿酬数。其他部分为"赏析"，每篇力求精练，通常是以篇（千字）计，即使减半也有15万余字，这是属于"著作类"的。此外还有作者简介、序言、注释等，原文通常也应按"古籍资料的辑录汇编"计的，至于取各本校勘之类就不计了。自新稿费标准实施后，我们一本36开不足150面的小诗集，按中等标准基本稿费亦已发到四千余元，现穷多年之力成此书和一本小诗集差不多，就觉得太亏了。也许贵社是按版面字数而不是按诗词类10行/千字计算的，加之排的是双栏，实占版面已经压缩一半了，以致有如此大的差距，故敢直率陈之，请兄考虑为感。

稿酬收款人请写弟本名杨衡钟，因身份证上是这个名字。

馀容后叙，盼拨冗赐复。

值此顺祝

夏安

弘征

1992年6月3日　夜

## 写字留念

硕良兄：

那天我以为您是晚上的车，早上问老彭，才知上午已走，未及送别。甚憾！写了一张字，现随函奉上，诗字两劣，但留念而已。

那几件事请帮助，倘能在近期拨冗处理，深谢！书请让发行科寄二十本（含第二次印的十本），因不断有人来要，一再推期，难免误会。

预计明年书业会不十分景气，出版界的改革还有待摸索。

专此顺颂

时绥

弘征

1992.12.13

# 舒　婷
# （2封）

## 为《青年外国文学》鼓与呼

刘硕良老师：

原收到吕同六先生的信，说要我为《青年外国文学》创刊写几句贺词。贺词是写好了，又收到宋安群同志的信，说是300字的短文，这就要稍加斟酌了。

今天下午收到电报，晚上匆匆杜撰300字，不知合格否？如不妥，请别用。

在北京听说《国际诗坛》都已经有第二期了，北岛和您都答应寄给我的，但是你们一起都把我忘了，因为我一期也没有收到。

还是希望有好书寄几本给我们，可以吗？问宋安群、邓小飞等同志好！

舒婷

1987.10.23

※ 舒婷（1952—　），女，诗人。本名龚舒婷。福建厦门人。曾到闽西山区插队，当过多种临时工，1971年开始写诗。1981调入文联从事专业创作。福建省文联副主席、作协副主席，厦门市文联主席。中国作协第四届理事，第五届全委会委员，第六、七、八届主席团委员。全国人大第十二届代表，全国政协第十一届委员。著有诗集《双桅船》《会唱歌的鸢尾花》《始祖鸟》《舒婷的诗》，散文集《心烟》《秋天的情绪》《硬骨凌霄》《真水无香》《露珠里的“诗想”》及《舒婷文集》（3卷）等。在境外出版7种文字诗集、9个译本。诗歌《祖国，我亲爱的祖国》获1980年全国中青年优秀诗歌作品奖，《双桅船》获全国首届新诗优秀诗集奖、新时期首届女性文学创作奖等，1993年获庄重文文学奖。朦胧诗主要代表人物之一。

## 书架上的诺贝尔叫人羡慕

刘硕良老师：

谢谢你的书，我们家的五个书橱，漓江出版社的恐怕已占鳌头，特别是那一套诺贝尔贵重无比，来访的人都十分羡慕。

我现在正在申请明年一月去印度参加国际诗歌节，大约两星期，未知能顺利否。欢迎你们春节期间或三四月份来厦门，我无计划外出，现在的飞机票涨了一倍，外出的机会相对少了。

寄上一册散文，那是1986年上海文艺出版社编辑特地到家里来约的，据说要最快速度，最后见书也要两年。

仲义那书稿究竟如何？他十分关心，到底发排了没有？计划有否改变？希望你能给他一个准确的回答。欢迎到厦门来，问候夫人！

舒婷

12月16日（1988）

# 周良沛（2 封）

## 必须借鉴也是真理

硕良同志：

你好！

承陆地同志介绍过一次，如今又承李萌同志[①]介绍，我写这封信给你。

漓江出“获诺贝尔文学奖作家丛书”，这是一个令人感兴趣的消息，而由你执掌编政，当系你对文学事业的一大贡献。正如我们不能崇洋是真理一样，我们必须借鉴，也是真理。

鉴于书籍难买，我又经常外出，每多误事。我有一个私人的要求——让你再增添一点麻烦：每出一册（《特雷庇姑娘》李萌同志已惠赠，就不再寄了）盼代留一本，告以款价，当即奉上，或许这样未免琐碎，由我一次汇足若干，逐年扣除，如何？我并不指望你送，你的朋友多而可支配的书极有限，这是明明白白的。

盼拨冗复我数字，以便决定是否汇款。谢谢。

专此　致以

敬礼！

周良沛

9 月 28 日（1983）

---

※ 周良沛（1933—　），诗人，散文家。江西永新人。1949 年参加中国人民解放军，历任战士、文化教员、宣传队队员。1958 年被错划为右派，1979 年改正，后任中国作协云南分会专业作家。加入中国作家协会。著有诗集《枫叶集》《红豆集》《饮马集》《雪兆集》《雨窗集》《拼命迪斯科》《铁窗集》，散文集《白云深处》《流浪者》《香港香港》等。

① 李萌，女，诗人，时为广西人民出版社文艺编辑室编辑。

## 徐元度译本能否列入?

译文组:

近好!

我是参加丁玲作品讨论会到的厦大。是因为朱湘、戴望舒等人都有诗赠元度(徐霞村),而访问了这里外语系教授徐元度。

恰好这一期(1984.6)的《翻译通讯》有长文介绍这位老翻译家,对他本人我就不啰唆了。

跟1982年《外国古典文学名著丛书》收了他三十年代译的《鲁宾逊漂流记》一样,他当年译过1934年诺贝尔奖获得者,意大利戏剧、小说家皮兰德娄《皮兰德娄戏剧集》。他问我是否可以带回北京交给人文?

我因为在上海看到贵社出版的《诺贝尔奖作品集》的精装书,很漂亮,就劝他交给你们,在成套的丛书里出更有影响,发行量也会大些。所以,老人请我问声你们:你们这套书里,可有皮兰德娄的著作译稿?是否打算编入?①

如果有兴趣,请同他本人联系或我转告都行。但是,请百忙之中一定给封回信。

顺祝

编安!

周良沛

6月27日(1984)

① 此前漓江已请吕同六先生组译皮兰德娄小说戏剧集,集名《寻找自我》。

# 苏　叶
# （3 封）

## 这个“右派”倒是货真价实

刘硕良先生：

因为在南大读书，厂里懒得去，今天为民生计去取工资，才见到信和书。这么“烫”的礼物，心里好感动。

我一向注意“漓江”的书。您在中国新时期的出版界做的工作是卓著的。我不敢多讲好话，免得有攀附之嫌。说到书籍，还要讨一本贵社的《结婚十年》，是旧中国与张爱玲齐名的一个女子写的。

许钧热心，想帮助我早点将散文集出出来，好赶上下一轮全国散文评奖。我想，现在已快近八月，即使“漓江”拼命为我赶，怕也来不及在年前出书了。何况书稿在“百花”，已再三允诺明年出书，我想，评不评奖终究过眼云烟了，还是看淡些好。我非常感谢许钧，同时，当然很谢谢您。

我的“三月风驻江苏记者站”已于昨日签字正式成立，这方面的工作，我开始学着做。我没有大胆子，不求名利满身，但求做一事是一事是耳。

我的家在南京，爱人在作协搞专业创作。关于他，将来可以写

※ 苏叶（1949—　），女，散文家。原名苏必显。1949 年生于湖南湘西古城洪江，1957 年随父母返回祖籍长沙，1959 年迁至南京定居。1970 年毕业于江苏省戏剧学校，1989 年毕业于南京大学中文系作家班。曾任江苏省歌舞剧院演员，南京电影制片厂编剧，江苏省作家协会《春笋报》编委，北京《三月风》杂志特约记者，台湾《人间》杂志社编辑，南京艺术学院影视系文学教师等职。著有散文集《总是难忘》《能不忆江南》《告别老屋》《当代名家散文精品文集 · 苏叶散文自选集》与短篇小说集《痴心》等。2001 年开始美术创作，并出版画册《无字》。

一本百万字的书。也许您想不到我会找一个“探求者”，我看了许多“五七”战士，高尚、卑劣、为官、为草芥者比比皆是。而这一个“右派”倒是货真价实[①]——其中一言难尽，留给以后有机缘时再谈吧！

我把您当我的长者一样尊敬和爱戴。那一次短短的见面给我留下了那么亲切而睿智的印象。不知您工作一直顺利否？身体好吗？

南京天热，酷暑39℃。我为我延缓了这么久才给您回信感到不安。

再次谢谢您！

祝

夏安

苏叶

1987年7月14日

## 有一个阵地十分重要

刘硕良先生：

您好！

真不巧，我9月4日晚飞到桂林，本以为一定会见到您的，而且我给您带来了宜兴的紫砂壶，可是没想到您却不在！我好大的遗憾。桂林我1983年来过，这次会议我本不想来，完全是因为有可能拜访您我才来的。我想，也许下次还有机会吧？

---

① 陈椿年（1931—　），作家。笔名陈列、陈白、潘勔、春木。江苏宜兴人。1946年发表短篇小说《三朝元老》。1948年在常州中学组织文艺社团“苦辣社”。1949年入苏南新闻专科学校学习，次年毕业，分配到宣传文化部门工作，1954年任江苏人民出版社编辑，1956年任《雨花》诗歌散文组组长。次年因参加“探求者”被错划成“右派”。1980年平反改正，回江苏作协。曾任《雨花》负责人，《十字街头》主编。1982年参加中国作协。主要作品有话剧《敌我之间》《浪潮》（合作），长诗《啄木鸟和兀鹰》，政治讽刺诗《欢送红派司入殓》，短篇小说《铁疙瘩》《她的家屋临街》，报告文学《桃色案件与研究所》，译作《断头台》等。

我的记者站已成立起来，目前正在为经费奔忙。白手起家，艰难创业，也许它有点生不逢时。但正因为目前的状况，有一个阵地是十分必要的，哪怕是从乱石中抠得十指血淋，也值得。当然也伴随着许多无奈。

我爱人陈椿年问您好。“探求者”经过三十多年的坎坷，也不见得均是“同仁”。但您说的方之、高晓声都与陈椿年相好，个性也相近。可惜方之作古也有六七年了。

您上次寄的信收到，书因为是印刷品吧，到得要慢一些。

不知您何时再到南京来？《三月风》在这里的会明天结束，但我订到今夜的火车票，还有几个小时就走。匆匆给您留下一信。

祝您

一切好！

苏叶

9月7日（1987）

## 回到春潮汹涌、激情澎湃的年代

硕良先生：

三月二十七日近中午，我刚到黄山脚下一个乡村，我刚见到久违的山冈上的梨花树，下午即接到您的电话，顿时将我拉回八十年代，亦令我用三言两语的粗率大致讲述这近三十年的概况，无数壅闭的泉眼似被煦阳揭开，滔滔汩汩，纷乱横披。怕您太劳累，我放下电话，看眼前丘峦山野都沐浴在一层微醺的迷离光线中，春风浩荡，乡人捎柴采茶的人影零落散过。我觉得上天又一次来对我耳提面命了。到今天我的心情尚未完全平复，是的，我未曾离开过文学和艺术，只是，我离开那个“坛”很久了，我似乎很不想回到“坛”上去了，但八十年代是不一样的。那还没有成一个“坛”，那是春潮汹涌、激情澎湃的年代。“文化大革命”结束了，改革开放了，阴湿的日子终于迎来了阳光！刘硕良先生编的书源源不断给我送来新鲜的粮食。您的谆谆之言怎不令我激动呢？怎不令我听从呢？一言难尽，今天，我先将一册书[①]寄上（以前出版的书早已散光）。这一本不是全数作品，让我就先报个到，其余的，以后慢慢写来吧。

恭祝安康！

苏叶

2018年4月2日于南京

---

① 苏叶《星空不灭》（“世界华文作家精选集丛书”第二辑），台湾新地文化艺术公司出版，2012年11月。

## 汤　潮
## （3 封）

# 推动海外合作

硕良先生：

惠丞早已收读，本该早日复信，一方面是因为推迟了离国的时间（大约七月中旬），另一方面在筹划去漓江一趟的可能性。上一周我有些事去了上海四天，住在小龙那里，原计划再去您处，不料北京方面告知签证的事需要赶快回来，所以终于未能成行。我再安排一下，看这个月底怎样，如果有时间，我是很想与您见面的，真是觉得有许多话要说。

与外商联合出书的事虽然只是设想，但已与加利福尼亚大学出版社的代表谈过了，同印第安纳大学出版社也在商谈。您所列出的几条，我都记住了，一旦他们同意合出，我就要求按那几条办。其他的情况，我也希望同您保持联系。另外，加拿大的出版界也对出中国的东西有兴趣，他们希望我去后跟他们联系。一旦需要签订合同，恐怕也仍需要您出面。

“超现实主义诗选”我正和马高明一道搞，能列入“域外诗丛”是很好的，谢谢关照。另外我译的维特根斯坦的重要哲学著作《哲

---

※ 汤潮（1950—　），诗人，学者，企业家。出身四川农村。毕业于四川外国语学院。北京师范大学英美文学史教师，加拿大约克大学哲学博士。90 年代初从事房地产业，后创办龙源数字传媒集团，苦守多年，使企业成长为中国数字出版和数学内容产业的领军企业。商企、教学之余仍不忘诗歌和文学。在《诗刊》发表诗作，在《国际诗坛》发表《美国当代诗歌的“新意与传统”》《美国第一个桂冠诗人沃伦》及其诗 5 首。夫人穆广菊也热爱文学，所译《当代日本诗抄》载《国际诗坛》第 3 辑，1987 年 8 月。

学的追寻》(列入彭老的“犀牛丛书”),在今年年底也可交稿。

在上海同小龙谈起您,我们都觉得有一种亲切的感觉。您的魄力和眼光的确是与众不同的。我们都确信您能干出一番事业。同时为能与您建立起友谊感到荣幸。

我此次去北美短则一两年,长则四五年,无论怎样,我都准备多做一些事。您若有需要我帮忙的地方,一定告诉我,我会尽力去做的。

说心里话,这次离国时心中的滋味似乎与上一次(1978—1981)迥然不同。虽然这一次的待遇很优厚,但总感到有许多放不下的东西,其中除了要干的事业,必定还有这些良朋嘉友的原因吧?

高明常见,已转致问候,北岛这两天可能要聚在一起一次。

不知您七月中旬前是否碰巧有机会来北京?我相信我们会有机会倾心谈谈的!

祝您一切好!

汤潮

一九八六年六月十八日　夜　北京

## 外国出版社很想打入中国市场

硕良先生:

新年将至,在多伦多向您及全家遥祝幸福!

上次写给您的信想必收到。记得在日本时也托人带回过一封。

我一面教书一边念书,时间搞得很紧张,但也感到很充实。多伦多是我熟悉的地方,感到很自如,我爱人和孩子不久也可以到,可能时间方面会感到好一点。

您最近依然那么忙吗?虽然跟您见面时是那么匆促,但印象极深刻,仿佛早就是至交了。《中国当代诗选》英文译本仍正在搞,以前谈到的出版社合作事项我初步问了一下，外国出版社很有兴趣同国内出版社建立联系（不仅仅是这一本书），我的印象是他们很想打入中国市场，准备跟他们详细再谈。前一段时间我太忙，圣诞节期间可以多有一些社交活动，新的情况我会及时告诉您。

国内出版界的情形怎样？您有些什么打算和具体的计划？

盼您的信，有办的事也望告。

汤潮

12月10日多伦多（1986）

又:《诗刊》十期有我的八首诗，请您指正。

## 加拿大出版方想跟漓江合作

硕良兄：

您好！

上封信想必收到，但到加后还不曾收到过你的信，近况怎样，非常想念。

加拿大出版界协会主席Louis Aenuy到国内访问，之后要去一些地方，同时想跟漓江出版社进行一些合作。Louis是我的好朋友，请您热情接待。陪同的厦大教师雷兄也是好朋友。Louis还是一家出版社的社长兼主编，许多事可以商量商量，我们已说到由她和国内出版社共同出版英文版《中国当代诗选》的事，希望有所进展。

漓江的情况怎样？还需要我做些什么事请来信告知，一定尽力。

匆匆几言，望能收到。

汤潮

6月4日（1987）

# 林　夕

## 请寄《绿色的泪雨》样书

刘先生：

您好！

湖南的李昆纯向我介绍了您，并说“黎明散文诗丛书”已经出版了。很高兴。

我是“黎明”的作者之一，我的散文诗集名为《绿色的泪雨》。如方便请您先赐我一本。

或者为我定购二百本样书，书款可从稿酬一并扣出，或我汇款去。如何办好望您能通告我。

欢迎您能来牡丹江做客！

欢迎来我家做客！

祝安

林夕

7月4日

※林夕，散文家。李昆纯，湖南新闻干部训练班同学，湖南少儿出版社编审。

# 韦 丘

## 有朋友就不会孤单

硕良同志：

已经记不起我们已有多少年未见，大概是经历了从青年到老年的历程吧？如果不是蒙你赠我以《出版广角》，真是不知你近况。

谢谢你还记得我，并长期赠阅如此内涵丰富、印刷精美的刊物，使我从中得益。

我已于 1990 年退了下来，做了一名散仙，倒也活得自由自在。去年清明，老伴去世，伤心了一阵，但有活干，就不会寂寞；有朋友，就不会孤单。儿女长大，各有其事业（却无一从商下海的），对我很有孝心，也足以自慰了。

现寄上李昭遗作一册，拙作一本，前者做纪念，后者请指教，以后望多联系。

握手

韦丘

1997 年 4 月 14 日

※ 韦丘（1923—2012），作家，诗人。广东清远人。原名黎思强，笔名辛远茶、白江生等。东纵抗日老战士，广东省作家协会原党组成员、常务副主席。1938 年毕业于清远县中学。1939 年在国民党军队做地下工作。开始发表诗作和剧评。1945 年参加东江纵队，历任武工队指导员、政工组长，两广纵队文工团戏剧股股长、创作组组长，广东省军区、华南军区、中南军区政治部文艺科干事。1955 年到作协广东分会专事创作。曾任《作品》杂志编辑、编辑部主任、副主编。主要作品有独幕剧本《回家》，诗集《红花集》《瀑声》等。

# 潘旭澜

## 《新中国文学词典》务必收入

刘先生：

8.22大札奉悉。词典承鼓励，谢谢。沪、京、港、穗的报纸已发了十余篇书评。日前，当代文学研究会给它评了奖。一些老中青朋友、同行的信，更使我觉得亲切。

编撰此书，刀耕火种，既做主编又做勤杂，艰难备尝，“心情难以言喻”，今后倘有时间，拟写一批随笔（或札记），说说过程与感受。

你我虽素未谋面，出于对你劳绩的尊重，故不惮诸多麻烦，务必收入。有些同行，屡屡直接间接要求收入，我则觉得暂缓为好。

书是送你的，“并非推销”，也绝无此必要，听说在江苏就卖了三千几百部。况邮寄麻烦，我只是赠少数友人。

来信说要送我一些漓江版的书，我原无交换意思，虽未收到，也还是感谢你的好意。

潘旭澜

1993年11月28日

※ 潘旭澜（1932—2006），教授，评论家。福建南安人。1956年毕业于复旦大学中文系。历任复旦大学中文系助教、讲师、副教授、教授，日本关西大学文学部客座教授，复旦大学台湾香港文化研究所所长、博士生导师。1946年开始发表作品。1982年加入中国作家协会。先后被选为中国小说学会副会长，中国当代文学研究会副会长、顾问。著有《艺术断想》《潘旭澜文学评论选》《长河飞沫》《咀嚼世味》《小小的篝火》《太平杂说》，主编《新中国文学词典》《十年文学潮流》《当代散文精品珍藏本》等，获国内外奖项20多项。

## 潘　平

# 对新时期青年的影响绝无仅有

刘硕良先生：

您好！

曾经寄去一份《中国文化名人辞典》的征稿，不知是否已收到，因为我们截稿日期快到了，故便再次发信催问一下。

前几天曾遇上广西出版社一同志，证实漓江出版社是在桂林，并多多少少说及了您的一些情况。我个人觉得，您是否能如征稿所述，给我们写一个简历来？

我是学社会科学的，尽管专业是中国历史，但在大学时即非常喜爱外国文学，因为有这个缘故，便开始注意到漓江的出版物。你们那儿出的那几套都非常不错，我以为其所起作用是不亚于湖南的“走向世界”丛书的——因为文学素来便以反映社会生活著称。如《麦田里的守望者》，对新时期青年的影响，可称是绝无仅有的！最近所出《法国二十世纪文学丛书》，也佳作不断。

古圣人有语：“君子坦荡荡”，我以为确是这样的。

请您支持我们的工作。

谢谢您的合作！

此致

春祺并文安！

中国青年出版社　潘平

5月8日（1987）

※潘平，中国青年出版社知名编辑。

# 苏　敏

## 三册诗选水平都极高

刘硕良同志：

您好。

我是《尼采诗选》一书的爱好者。作为读者，感谢您和您的出版社为中国做出的文学贡献。拜读之后，不禁贸然写信，希望能够相识，也希望有机会见到您和译者，当面求教。不知译者通讯地址在哪里？请告。

同时，还拜读了一本《意象派诗选》，也非常喜爱，私心以为也是由您责编，还有那本备受欢迎的《四个四重奏》。这两本书的译者都是裘小龙。我也十分想得到他的通讯地址，您能告下吗？

贵社的书，我只看过这三本，却已经万分感谢了，而且译者中文水平都极高，读来真是享受！我在报社负责旅游报道，还未去过桂林，将来去时一定拜访您！顺附名片及本部门办的星期刊，希望建立友谊。谢谢。方便的话，请回信。

祝好！

苏敏

1986 年 8 月 11 日

※ 苏敏，媒体编辑。

## 季新平

# 我信赖你们出版社

尊敬的刘硕良同志：

在出版界，我对你十分崇敬。

漓江出版社在出书上很有气魄，也很有胆识，这其中有你很大的辛劳。请你不要将这看作是随口奉承。不，奉承和恭维不是我的性格。

据说，你们社的编辑比任何出版社的同志都要忙。他们很有远见，思想也十分解放。我感到欣喜。北京的“三联”书店为一群很有作为的青年作者青年编辑所左右，漓江一定也会如此。

……至少，到目前我信赖你们出版社。

飞白老师的译文在国内诗译界可算是精华了。我为他的译文写的诗赏析，他认为好的，就发给了你们。样书和稿费请及时直接寄给我本人。

祝您一切都好。

季新平

1988年7月31日

※ 季新平，诗评人，飞白弟子。

# 唐锡阳

## 只会给漓江出版社带来荣誉的

硕良，您好！

接家兄来信，说你愿意支持出版《环球绿色行》，我太高兴了。到底是老同学，不忘同窗旧谊。我也代表中国的自然保护事业，代表祖国的绿水青山和子孙后代，向你表示感谢。石健[①]最近仔细通读了我的初稿，提了许多宝贵的意见。正如我给他信中所说：“我之所以长耕不懈，一方面是出自一种使命感，另一方面就是一直沐浴在为了一个共同事业的友谊和支持之中。”

我想这本书真的以漓江出版社的名义出版，它只会给出版社带来荣誉，不会带来麻烦。这本书一不黄色，二无反党反社会主义的内容，其中有些批评时弊的东西，经过左改右改，棱角已经磨去很多很多了。要我一点不说，那也不可能，眼看着山河变色，许多珍稀动物植物消失在我们的眼皮底下，我们的子孙将失去一个可以安居乐业的环境，能昧着良心说粉饰太平的话吗？我这个人的性格是不做则已，要做就尽量做得好一点。我的书不急于出版，也是如此。

---

※ 唐锡阳（1930—　），作家，环保人士。湖南汨罗人。1952 年毕业于北京师范大学外语系，分配到北京日报任编辑、记者。1957 年被错划为“右派”，“文化大革命”中妻子被株连致死。1980 年改正，调北京自然博物馆，创办《大自然》杂志，任主编，出版专著《自然保护区探胜》。1989 年至 1992 年，与美籍夫人玛霞先后考察了 50 多个国家和地区的国家公园与自然保护区，并潜心写作三年，在漓江出版了《环球绿色行》。为国家环保总局特聘的“环境大使”，连续多年组织大学生绿色营，开展环保活动。作品还有《错、错、错》《绿色营》等。

① 叶石健，湖南宁乡人，长沙清华中学毕业后参军、学习、任教。上海海运党校教员。业余从事文史研究，取得不俗成绩。有关于宋诗研究及与钱钟书通信发表。

我认为这本书是百年大计，不在乎晚出两三年。现在我手头有两万块钱，还想再找点钱，一定把这本书出好，也算短短一生的一点贡献。

刚好前两天收到台湾正中书局的来信，同意出版我的书，但又给我出了个难题。和玛霞讨论了两次，准备写封回信。这封信很重要，一定要保留在大陆的出版权，但又不希望把事情搞砸了。我感到台湾人也不好对付，你是行家，因此将信稿寄你看看，请帮我出点主意；另外正中书局是什么背景，我一无所知，如有所闻，亦请尽快告诉我。

你很忙，给你添麻烦了。

可能是蜜月旅行，岳中①夫妇月初从东北来京，我们聚会在罗昭绣②家。去年旷老师③来北京，大家还都见了面。不久，施老师④就去世了。现在老同学相继离退休，所以在北京出差聚会的机会也越来越少了。

明年春天，我和玛霞可能去桂林祝大嫂七十大寿。到时一定去拜访你们全家。祝

你们愉快！

锡阳

1992 年 11 月 30 日

① 尹岳中，湖南衡山人。长沙清华中学校友，曾任湖南日报副总编辑。

② 罗昭绣，湖南平江人。长沙清华中学校友，曾在海军部队和国务院机关工作。

③ 旷璧城（1912—2001），湖南醴陵人。1937 年毕业于清华大学中文系。一生矢志基础教育，历任重庆清华中学训导主任、国文教员，长沙清华中学教导主任，省立一中副校长。

④ 施无己，长沙清华中学国文老师，北京师范学院教授。

# 金　式

## 《秦始皇演义》畅销

硕良学长：

又有多年没有联系了，因为果不出我所料，我的右眼终因脑血栓导致供血不足，视觉逐减，最后完全失明了！由此造成视野失去了一半，平衡能力大减，从此很少出外。（诸妹俱已赴美）

但爱看书和写作的习惯如昔，且有足够的时间将心得写下来，系统化。恰好湖南人民出版社约我写书，我便根据自己古文根底较好和熟悉历史等条件写了这本拙著《秦始皇演义》。自去年 11 月应市以来，“行情看好”，在所有五种帝王演义中最畅销，长沙市的书市上已售罄三个月了。特寄上一本，请不吝赐教。因目力不佳，字写得慢，内容也简单，请原谅。

即颂

编安

金式

1998.5.28

※ 金式（1929—2014），1949 年毕业于长沙清华中学，后入中山大学中文系。在校期间即以国学、英语和演艺出众。曾任长沙市工人文工团编导，湖南省文化厅戏剧工作室专业人员，划右派后在矿山、农场劳教服刑，至 1980 年平反改正。先后在长沙市艺术学校、湖南省艺术研究所从事教学、研究和创作至退休。主要著作有《独慧文存》、《金氏文史》（三部）和长篇章回体历史小说《秦始皇演义》等。

## 谢　逸

# 犹忆当年杂话园边

硕良同志：

您好！前些时看报，知漓江出版社已迁往桂林，听说您已随社同往，且荣任副总编之职，可喜可贺。您是编辑老手，漓江社在你们主持之下，乘改革雄风，定然是更加蒸蒸日上，那是当然的事。

去年在你们大力帮助之下，我的杂文选集得以出版。听说销路不错，非常感谢。现在我手边还有散文40余篇，10万字。前半辑20余篇是1941至1943年写的，发表在桂林文化城的《大公报》《广西日报》《野草》上面，我近年从北京图书馆请人代查代抄，选了这些，另半辑是解放后写的，发表在各地的报刊上，也选了约二十篇。拟结集，出一本谢逸散文选，以和杂文选并为姐妹篇。我是广西人，写的是广西的人和物，而又有大半是发表在桂林文化城的，有此历史因缘，很希望得到您的大力帮助，使这本集子能在漓江出版，非常感谢。

我的《园边杂话》过去在《广西日报》发表，曾得到您的大力帮忙和鼓励，没有您，当时我是写不出来的，至今此事仍铭感于心。现在，这本散文集，非常希望您给以帮助，使能与读者见面。我老

※ 谢逸（1918—　），老报人，杂文家。本名谢逸华，曾在国民党统治时期的广西日报任主笔，有进步表现，1949年以后发掘文史精华，著而为文。60年代在广西日报副刊开辟“园边杂话”专栏，后集结成书出版。《园边杂话》（谢逸杂文选）184000字，1984年7月第一版，首印19500册。

了，来日不多，能出版这一本，看来也差不多了，烦劳之处，容后面谢。

即致

敬礼

谢逸

1985.6.18

# 林学锦

## 汕大一片新气象

老刘：

您好！

来汕头大学已经一个多月了，因搬家安家不容易，迟至今天才给您写信，望见谅。

我是2月23日（年初四）出发，行李租了汽车直拉汕大，人是乘飞机走的。26日到达汕大，分配给我们的宿舍是讲师楼B5 401房，三房一厅，92平方米，厨房和卫生间设备很好。此种宿舍是西班牙式，每幢十二户，造价较高，设有抽水马桶、洗脸池、淋浴、壁镜等，比我们在南宁的宿舍好多了。替我们拉行李的南宁汽车总站司机说，广西的厅级干部不一定能住这么好的宿舍。暨南大学文学院院长詹伯慧教授说，讲师的住房，就他所知，汕头大学是最好的。待遇方面也不错，每月可领165元的工资，比我在南宁翻了一番。

汕头大学是爱国人士香港富商李嘉诚先生捐资兴建的，至目前为止他已捐了港币贰亿肆仟万元，国家对他捐的港元实行兑换优惠价，可兑换人民币一亿二千万。现在是第一期工程。汕大的总体设计是香港建筑师完成的，行政、文科、工科、理科都有大楼，图书

※ 林学锦（1938— ），广东潮州人，中山大学中文系毕业。曾在广西民族大学任教。1985年调汕头大学。副教授，汕头大学外国文学教研室主任。广东省政协委员，民盟汕头市委副主委。著有《萨特、卡夫卡的评价及其他》和《外国文学发展简史》（合作）及论文多篇。

馆、饭厅、学生宿舍、礼堂连成一片，雨天学生可不带雨具上课、上图书馆。所有建筑都贴上白色玻璃马赛克，式样、气派不同。这次李嘉诚先生回汕头大学视察，还会见讲师以上教师。汕大目前十个系，其中有三个系：商业管理、电子计算机、外语与美国合办。现有学生近千人，听说还要提高教师待遇，以吸引高水平的教师。目前全校有教授三人，副教授十人。因各地要来的教师不少，已经采取严格审批的方法了。

我爱人是调到汕头大学医学院附属医院。汕大医学院要在汕头特区建一个面向华侨港澳的附属医院，也由李嘉诚先生捐资兴建。李嘉诚先生那天在接见讲师以上教师时，说要把汕头大学办成全国，甚至东南亚第一流的学校。

我的大儿子还在广西电视台，等我们在此站稳脚跟后，再设法把他调来。汕头特区发展也很快，那天汕大中文系组织刚来的老师去参观，食物用品应有尽有，男女衣着一派外国派头，相形之下，我们是远远落后于生活的“土佬”。

最近几年我有幸认识您，得到您多次的关心和帮助，十分感激。连贺老师都十分佩服您的才华，有一次他对我说，老刘才搞了几年外国文学编辑，其外国文学知识已非一般外国文学教师可比。这次我到汕大，发现图书馆很少漓江社的外国文学书。一问，才知道汕头新华书店没有卖，我知道您所选的书目都很好，特别是诺贝尔丛书，不知出版社还有卖吗？如可以邮购，我建议汕大中文系去买。

搬走前听说您可能到桂林，不知决定了吗？最近出了什么新书？望信告。

祝

编安

学锦

85.4.13

# 廖子良
# （2封）

## 列举名人大费周章

刘老：

近好！

遵嘱对200位寓桂文化名人再粗略地翻视了一遍，并对大作绪论、《广西通志·人物志》所附抗战时期旅桂文化名人表及本院新编《桂林抗战文艺辞典》等书提供的人物线索及记载浏览一过，觉得确实仍有较为重要遗漏，然后从中选择若干以为增补。但200个名额已满，必须从中剔除若干，这是最难的事情，就像减福利、减评优名额一样，很难下决心！这种事，增加比较好办，皆大欢喜，要减少则不好决断。再三权衡之后，增加了张映南（1936年即来桂，后任广西大学校务委员会主任即校长一职，1953年院系调整时才调至武大）、阎宗临、冯雪峰、沈同衡、鲍方（1941年到桂，入西大读书，毕业后的1947年才离开广西，在学校读书期间积极参与抗日话剧活动，赴港后成为电影艺术家）和著名粤剧表演艺术家薛觉先。其中张、阎、冯、薛诸位可算重要遗漏。王德威与汪达之调换了，比较起来沈同衡也属一百单八将之列，只是鲍方稍逊风骚，但他赴港后成了电影名人，可算广西“培养”的罢。不列加有马国良、贾兰坡（在裴文中稍作介绍），列王国惠（在费氏条介绍），李育中，冯英子等人。从文化的角度观照，唐明照这个联合国副秘书

※ 廖子良（1941—2017），历史学家，图书馆学家。广西苍梧人。1966年毕业于武汉大学图书馆学系，曾分配到北京图书馆工作。1979年调广西社科院，任情报研究所所长，广西图书馆学会副会长兼学术委员会主任。撰写学术论文约70篇，参与主编《广西大百科全书》《岭南文化百科全书》《广西地域文化要览》《广西现代文化史》，出版专著《广西地域文化和地区百科全书》。

长也割爱了。还有一个处理办法，是夫妻同时入榜而妻子又并不十分突出的，则将妻附在丈夫名下介绍，以便空出名额，这也是没有办法的办法。由于人物较多，缺乏经验，也没有一个比较客观的标准，因此大费周章，还不能令人满意，抱歉。

大事记我还要过一下，你提的那几款尚未添入，待这次改出之后版面疏朗点再加上去吧。

顺候　编安！

廖子良

2015 年 4 月 13 日

## 地图标样反复校正

刘老：

地图标样已出，现送上，请翻阅。

古代文化地图，主要做出以下处理：1）增加了第 7 批全国重点文物保护单位（广西部分）。2）改正了原来的错漏，如原图把北海海角亭错作地角亭。原图把马君武作为恭城人，现按现代文化地图统一作桂林人。3）原图中南流江和北流河之间的陆桥和富川县的潇贺古道都不准确，已作更正。4）增加了一些文化信息如一门三总督等。

桂林文化城地图（一）机构（二）报刊两图，因空白较多，压不住，故把字体加大了一号。

又，古代文化地图中，把文化信息分为三种颜色，即①红色为全国重点文物保护单位；②棕色，国家级非物质文化遗产代表性项目；③黑色，其他文化信息。这样处理是为了更加醒目，更易于区别。

现代文化地图，凡革命的、与领袖有关的、抗战的文化信息用红字标示，其他文化信息用黑字标示。

廖子良

2015 年 11 月 5 日

## 缪俊杰
## （2 封）

### 诺贝尔文学奖及其丛书需要介绍

硕良同志：

您好！来信及寄来的书均收到，祖品同志也将你们的意见转告。你们出这些书很有气魄，一定会收到好的效果，受到读者的欢迎。

关于“诺贝尔奖丛书”的宣传，我看可以组织一点文章。可否由你们请人（在北京或外地的有影响的人士，如戈宝权、冯至或叶水夫、陈冰夷或你们广西的知名人士）写篇文章，讲讲出这套丛书的意义和打算。在北京请人写，你们可委托杨武能、柳鸣九同志找，他们同外国文学界都很熟悉。

此外，外国作家评论这套书也可作适当简介，你们自己写点短文亦可。文章写好后，可寄卢祖品同志，直接寄我亦可。

余容后叙。即颂

编安！

缪俊杰

1984 年 5 月 24 日

※ 缪俊杰（1936— ），评论家，资深报人。江西定南人。1958 年毕业于武汉大学中文系，1963 年毕业于中国人民大学文学研究生班。历任《人民日报》编辑、记者、评论员、文艺部副主任，高级编辑，中国社科院研究生院兼职教授，中国通俗文艺学会常务副会长，中国文心雕龙学会副会长，中国报告文学学会常务理事。享受政府特殊津贴。著有评论集:《鉴赏集》(1982),《文学艺术与新人塑造》(1982),《缪俊杰文学评论选》(1984),《新潮启示录》(1987),《文心雕龙美学》(1987)、《小说大趋势》(1990),《审美的感悟与追求》(1995),《缪俊杰文论选》(1994)，散文集《域外风情录》(1987),《废墟上的梦》(1996),《刘廷芳传》(1996)，计 300 余万字。《西游漫记》《缪俊杰文学评论选》获中国社科院当代文学研究奖。此外，有散文多篇获单项评奖一、二等奖。

## 尽力宣传漓江版图书

硕良兄：

您好！多时不见，时在念中。上次你们来京开会，未得一见，甚憾。听说漓江社领导已改组，兄仍留任，甚高兴，今后应多联系。

日前《光明日报》金涛同志寄来一篇关于漓江社的文章，内容是好的，对你们（特别是您）在出版方面的贡献应多做宣传。文章准备用，但有关领导觉得对漓江社宣传过密（是全国出版社中宣传最多的一个社），似可缓一下，过些日子再发，此事我已告金涛同志。拙著《小说大趋势》[①]蒙你和各位同志关怀，据说准备再征订。此事，我准备做些工作，待征订单一到，我即与有关方面协商，争取多一点订数。

漓江社的图书，我们当尽力宣传，望多联系。

即颂

近祺

缪俊杰

1990 年 4 月 10 日

---

①《小说大趋势》，缪俊杰著，1990 年 10 月出版。

# 卢祖品

## “文化生活”愿为漓江效劳

硕良兄：

寄来的书收到了，非常感谢，四本工具书的书目也收到了，我们将在“文化生活版”上发简讯，请放心。

漓江这几年成绩斐然，各界人士交口称誉。即使个别有问题的书，依我看，也不见得一无是处呀！

“文化生活”愿为阁下们效劳。

握手！

祖品

1989.2.10

※ 卢祖品（1937—），散文家。祖籍广西浦北。成长于灵山。中山大学外文系英语专业毕业，之后一直在《人民日报》国际部、理论部、文艺部任记者、编辑，出版散文集《九砚台的故事》、诗集《跋涉者的足迹》等。

# 吴锦才
# （2封）

## 《荷兰现代诗选》报道发了四处

老刘：

您好！所托发的稿子我发了四处，一处是英文对外广播，第90页；二处是《广西日报》的专稿；三是《人民日报》（海外版）；四是我社地方报纸接收的中文广播。这里一并寄上。

另请将诺贝尔丛书的全部书目及有关资料给我寄些来。还有其他事要发，也请您留心一下。不多写了，再见。

祝

好

吴锦才

1988.6.25

※ 吴锦才（1962—　），高级记者。江苏句容人。1982年7月南京大学毕业后，分配到新华社工作，历任国内部工业组记者，财贸编辑室编辑，财贸编辑室主任，工商编辑室主任，经济编辑室主任，国内部副主任，总编辑室副主任等职。2006年5月任新华社总编辑室副总编辑。参加过党的十三大、十四大、十五大、十六大报道和多次“两会”报道。1985年被团中央命名为“全国新长征突击手”，1992年起享受国务院颁发的政府特殊津贴。1995年被评为“中共中央直属机关十佳青年”。1993年获新华社首届“十佳记者”称号。2000年获第四届范长江新闻奖。2004年入选中宣部“四个一批”人才建设队伍。采写的重要报道有《关于股市的通信》等，《水水水》1986年获“全国新闻奖”一等奖。出版有《爱与恨：一个时代的倒影》《1978—1992中国沉思录》《决定中国方向的新因素》《中国改革：黄金时间·阳光地带》《怎样当新闻记者》等书。

## 给广西日报发了专稿

小汪[①]：

你好！我近日出差几处，刚回来，收到你寄来的书，十分感谢！

上次老刘让我发个专稿，我当即办了。因我处读不到《广西日报》，所以不知他们用了没有。现将两篇原稿寄上供你和老刘参考。

不多写，祝好！

吴锦才

3月31日（1990）

**附新华社为广西日报采写的一篇专稿**

### 漓江图书已成为广西一大“名特产品”

北京读书界称赞漓江出版社一枝独秀引人注目

本报北京专电（新华社记者吴锦才）漓江出版社近日在北京举行《外国名作家大词典》《外国妇女文学辞典》《诗海（世界诗歌史纲）》和《世界名诗鉴赏词典》四种新书的首发式。邓力群、贺敬之等领导同志及首都文艺界、读书界和发行业的人士在首发式上盛赞漓江出版社近些年来的高质量优秀图书已成为广西新起的一大“名特产品”。

这四部兼具工具书、常备书、礼品书特点的大型著作，是漓江出版社组织中国社会科学院外国文学研究所和有关大专院校的教授、研究员主持撰就的，书中有些内容代表着国内对外国文学研究的最新成果、最高水平。在首发式之后举行的座谈会上，首都各界人士认为，漓江出版社对这些学术著作

① 小汪，汪正球，安徽安庆人。毕业于南京大学日语系。1988年分来漓江出版社，做译文编辑，并做市场营销。

以较大规模、较多投入一次隆重推出，显示了社会主义出版家的魄力。文化部代部长贺敬之指出，现在党中央强调改革开放的政策不变，因此像漓江出版社注意引进优秀文化成果的做法是值得嘉许的，当然在介绍中要有所选择、有所评论。

首都读书界人士指出，漓江出版社这些年以较大规模推出的一系列重点图书，在社会上引起较大的反响，可谓一枝独秀，在出版界很是引人注目。这对地方出版社来说是一种可借鉴的模式。

出席首发式并在座谈会上发言的著名人士有汝信、冯至、梁光弟等。

## 褚钰泉

# 春节在读《出版广角》

老刘：

你好！

这次春节，花了不少时间看你的《出版广角》，上班后的第一件事，便是给你写信。这本杂志办得很精彩，很值得祝贺，你真是一个出版界的能人，放在哪里，哪里便能发出光芒。如今有关出版的杂志不少，但你的这一本能给人一种新意，从内容到形式，都给人留下很好的印象，这是很不容易的。衷心祝愿这本杂志能越办越好。

我一直处于忙忙碌碌之中，很久没与你联系了，但平时倒是经常怀念着你。这些年，《读书周报》的情况发生了一些变化，先是郑逸文同志离沪去京结婚，后又是陆灏提出要去报社经济版工作一段时期，我再三挽留，总不能牵着他的心，去年年底终于离开了《读书周报》。后来我这儿又补充了若干同志，直到最近，才开始正式运转起来。今后周报的工作还盼能得到你的大力支持，有什么事要办，也可直接找我，更欢迎你能多到上海来走走。

《读书周报》能按期收到吗？

※ 褚钰泉（1944—2016），资深报人，书评家。上海人。毕业于复旦大学中文系，长期在《文汇报》工作，创办《文汇读书周报》，任主编。从多方面联系各地出版界人士，成为沟通上海与内地，读者与出版者关系的桥梁与纽带。退休后，赴江西二十一世纪出版社主编《悦读》，开读书类刊物一新生面，受到各方好评。

又:《出版广角》可否再寄三四本给我，我想让更多的人看看。

祝

好!

褚钰泉

1995年2月5日

# 陆 灏
# （3封）

## 当年国内唯一的个人莎著

老刘：

赐赠几册贵版新书已收到了，多谢。来广州后，穷极无聊，唯有翻书消遣。本来你说可能来穗出差，指望能在广州一晤，可至今不见驾到，想必是另有事由。若贵社需在穗办些什么事，请尽管吩咐，我一定尽绵薄之力以效劳。

昨日收到上海方平先生的来信，说明年有一个国际莎士比亚戏剧节在上海举行，方先生想把1982年出版的莎剧论文集《和莎士比亚交个朋友吧》重新增订出版。方先生的那本著作是国内唯一一本由个人撰写的莎剧论文集。贵区贺祥麟先生曾热情洋溢地撰文评价此书（大约刊在1986年第一期《外国文学研究》上）。不知贵社是否有兴趣接受这本书的出版？我想如果搞得精致些，配几幅肯特的版画插图，还是会有销路的，望在近期给予回音。

我大概在下月十日前回上海探亲，先生在上海有什么事要办的话，请来信或来电话。我原想给你挂电话，可一直查不到桂林的直

※ 陆灏（1963— ），散文家，编辑家。笔名安迪、柳叶、陆侠等，人称“沪上陆公子”。曾任《文汇读书周报》记者，后进入《文汇报》任编辑。1998年创办《万象》杂志，2008年为《东方早报》创办周日副刊《上海书评》。在《深圳商报》开设专栏。专栏结集成书有《东写西读》（2006，上海书店出版社）、《看图识字》（2010，上海书店出版社）、《听水读钞》（2014，海豚出版社），另与扬之水合著《梵澄先生》（2009，上海书店出版社）。参与主持编辑书趣文丛、新世纪万有文库、海上文库、海豚书馆丛书等。擅书法、工绘事。

拨号码（可能桂林无直拨电码，也未知。如有，盼告）。

就此搁笔，代向小莫、小金、小汪诸位问好！

此致

颂安！

陆灏

1989年5月26日于广州

## 忙于办新一届“文汇书展”

老刘：

见信好！

“漓江”在京沪两地的书展都较成功，可喜可贺，但愿出版萧条马上过去，漓江社再次腾飞！这几天又忙于筹办第五届“文汇书展”，几无闲暇，然调到《读书周报》后，较合自己兴趣，心情也好了许多，正想干点事情，所以虽忙也有乐趣也！

遇赵兰英，已将《诗海》转交给她，她说已将漓江书展写成一通讯，转广西分社并《广西日报》，不知刊出没有？现将传真稿原件寄上。

以后有事需我帮忙，请尽管吩咐。（存书正在联系下家，四月初即可将书款汇至桂林，勿念！）

代向小汪、小莫、小金问好！

陆灏

1990年3月18日

## 筹建一家书店

老刘：

广西人民社区总[1]带来手书已奉意。所托之事当尽力效劳，勿念。

我正与几位朋友筹建一家书店，大约明年初即可开张，如果执照批得早，今年第四季度可先搞邮购，想与贵社建立特约经销关系。有些具体事情要同您同事商量，不需你们投资，但可否采取七折代销的方式？

这家书店是以“读书周报”为后台的，所以宣传介绍上能更方便些。烦在近期内提供一份可供书目，以便选择一些作为邮购书目。

听区总说，您到十月任期就满了，是否连任？[2]甚为挂念。

匆致，顺颂

时祺！

陆灏

1992年9月7日

① 区向明，女，资深编辑。广东高明人。在广西隆林山区插队后考入广西民族学院政治系，分配到广西出版系统工作，历任广西人民出版社编辑室主任、副总编辑、社长，广西科技出版社社长，广西新闻出版局图书出版管理处处长，广西出版传媒集团公司发展策划部主任、广西大百科全书副总编辑。广西文史研究馆馆员。

② 到1992年9月我年满60，仍在漓江出版社副社长兼副总编辑岗位上工作一段时间，1993年4月调广西新闻出版局，2000年7月离休。

# 徐坚忠

## 朋友自当尽力

老刘：

你好！

特快专递来的稿件已按要求在头条刊出，限于篇幅，略作了些删节，请见谅。

稿件来时，一版（上期）已拼好版面，本想临时换上，但那期上有一篇写你的（毕冰宾，“傻毕”兄所写），这样只能拖一期，今附上样报。

漓江社多仰仗你出力，作为朋友，以后有什么事请尽管吩咐。

最近，我责编的“一句话书评”“出事”，心有不快，故不多写了。

余言不谈。

顺致

编安！

徐坚忠

1991年5月11日

※ 徐坚忠，1960年代生人。1985年毕业于上海大学文学院文汇报新闻班。《文汇报》记者、编辑，《文汇读书周报》副主编。

# 房延军（2 封）

## 写出漓江的自信

刘副总编：

您好！

在沪时匆匆未及细谈，为憾。我嘱本报姜小玲写的一篇访记《“漓江”的自信》，已在《解放日报》“读书”副刊上刊出，寄上报纸，存念。您托小玲惠赠的一部《外国妇女文学词典》已收阅，谢谢。

另外一篇访飞白并推荐《诗海》的访记，将于下次《读书》内发表。只是手头没有《诗海》一书，只能凭贵社一份书目介绍的文字为据了。不过，此访记篇幅是较长的。

此外，您上次向我提及的《外国名作家大辞典》，这是一部有分量的书，《读书》版内可以评介；若需要上海作者写书评的话，则当提供此辞典；当然，你们请人写也可以，写成后可即寄给我。

贵社确实出了不少有价值的书，包括精美的画册，如比亚莱茨的插图选等，实在是令人刮目相看。

《解放日报》是上海和华东地区很有影响的一份报纸，发行量很高；对书刊的介绍、宣传也很引起读者的注目。很愿意与您和贵

※ 房延军（1945—　），散文家，资深编辑。原籍江苏江都，生于上海。笔名司空空、宇文秋野、符为孺、麦天河、中康博士等。曾在大学求学，读至一半辍学。1968年进工厂当工人，1975年入《解放日报》任编辑记者。自幼喜爱文艺，阅读中外古今各类作品。著有散文集《沉思与遐想》《爱心的漂泊》《飘零的思絮》《平视孔夫子》等。其中《沉思与遐想》一书获得全国第一届青年读物二等奖及上海青年最喜爱的十本书之一（1986）。

社建立经常的密切的联系，以期能将贵社的优秀图书及时地推荐给广大读者。不知尊意如何？

顺颂

编安！

房延军

2月24日（1990）

## 可敬的书生

刘先生：

您好！

遵嘱撰成这篇《书生·阿昌——褚钰泉》[①]，请您斧正。前些时忙于冗事，稍晚交了几天，祈谅。

钰泉兄编《文汇读书周报》十多年，自有苦乐辛甘，也有不少“故事”，但由于可以理解的原因，他不想现在详为披述、公开；所以我就只能据一些能说的东西，写成这篇文字，尚不知能勉强及格否？此文我已给钰泉过目一下，个别处小有改动。合用与否，就劳您裁夺了。

附寄上钰泉兄的照片，及江泽民为文汇书展题词的印件。

您工作忙吗？除了编《广角》，还搞译书的事吗？祝您健康、诸事顺遂。

即颂

冬祺！

延军

11月30日（年份不详）

（收到此稿，望便中告知一下。谢谢。又及。）

---

①《书生·阿昌——褚钰泉》，房延军作，刊《出版广角》1997年第1期，见《同步的足音》C卷，广西人民出版社，2000年4月。

# 曹正文

## 厚重的辞书

硕良先生：

您好！

不知最近形势如何，上海出版界情况不太好，征订甚少。

贵社出一套辞典四册，原说要在本版介绍，请兄寄样书各一册（挂号）给我，我将做介绍，飞白已写一文给我。

顺寄表格一份，请您确定谁为本报通讯员。

专颂

编安！

曹正文

（1990）

※ 曹正文（1950— ），作家，评论家。又名曹晓波，笔名米舒、文中侠。江苏苏州人。九三学社成员。通过自学考试毕业于华东师大中文系。《新民晚报》专栏作家，高级编辑。同济大学国际文化交流学院、上海大学文学院兼职教授。上海市九三学社第八、九届市委常委，市政协第九、十届委员。1973 年开始发表作品。1988 年加入中国作家协会。著有长篇小说《唐伯虎落第》《紫色的诱惑》，散文集《无边风月之旅》《秋天的笔记》《米舒书话》，文学评论集《古龙小说艺术谈》《金庸小说人物谱》，文学史《世界侦探小说史略》《中国侠文化史》，共出版作品集 163 部，个人专著 48 部，主编丛书 115 部。1993 年获上海市首届韬奋新闻奖。

# 全岳春

## 《读书乐》需要编书人语

刘硕良同志：您好！

本报“读书乐”专版设有“编书人语”专栏，是发表书籍的编撰者或责任编辑文章的园地。您主持编辑的“诺贝尔文学奖作家丛书”，出版后受到读者的好评。为此，特向您约稿，请您谈谈编辑此丛书的起因、宗旨、工作情况，今后打算或者其他读者感兴趣的事，以增加读者对此套丛书的全面了解，或者对读者阅读此套丛书给予一定的指导，或者为出版史留一点资料。自然，可着重选一二点来写，不必面面俱到，并且最好不要超过 1000 字。

另外，“读书乐”还有“国外作品简介”专栏，要求对新近出版或即将出版的外国作品简单介绍其内容，在国外的影响，并加以简短的评析，800—1000 字。

望常联系，赐稿。

即颂

编安！

新民晚报副刊部　全岳春

1987.4.30

※ 全岳春，《新民晚报》副刊编辑。

鄢烈山

# 努力不辜负读者期待

刘主编：

您好！新年吉祥！

本报同事秦立德[①]，曾转达前辈对本报和晚辈的关切与鼓励，并带来了几期《出版广角》。对此，深表感激。

我办时事纵横版，办得很专心，占用了大部分精力，是想办得好一些，不辜负读者的期待与《南方周末》费劲调动我的苦心。但生怕给本报惹麻烦，所谓“时评”也是在夹缝里求“宽松”和“自由”，离我的愿望相差尚远。前辈经验丰富，还望不吝赐教。

写了一个回顾[②]，不知是否适合贵刊采用，若有一节可取，请您斧正。

---

※ 鄢烈山（1952— ），高级编辑，专栏作家。1952年1月出生于湖北省仙桃市陈场镇沙岭村。1982年7月毕业于北京师范大学中文系。退休前为南方报业传媒集团高级编辑，后为纪事丛书《白纸黑字》主编。已出版《点灯的权利》等个人文集21种，其中《一个人的经典》获全国第三届（2001—2003）鲁迅文学奖。《二十世纪中国杂文史》《当代文学发展史》等大学教材有关章节对鄢烈山的杂文创作成就予以评介。另著有传记《威凤悲歌：狂人李贽传》。1996年—2001年4月用本名或笔名为《南方周末》撰写时评专栏文章，得风气之先，在读者中受到广泛好评，但亦有争议。

① 秦立德，多岗位媒体人。原籍广东鹤山，1968年生于南宁。考理工科高校而被保送进广西师范大学中文系就读。1990年毕业，后又入读北京大学中文系当代文学专业硕士研究生。曾供职于《南方周末》等多家媒体，发表评论多篇。

②《新闻纸上的“新乐府”——〈南方周末〉“时事纵横”版创办一年回顾》，鄢烈山作，刊《出版广角》1997年第2期，见《同步的足音》B卷，广西人民出版社，2000年4月。

因为本报这一批打印纸有问题，总印不好，只能这个样子，很抱歉。

您到广州，欢迎到敝报与寒舍做客。

祝您康健、快乐！

晚生　鄢烈山　拜启

1997 年 1 月 6 日

# 莫家祥

## 武大《写作》杂志销量很大

你好!

寄来的第二版《西方爱情诗选》十本，早已收到，谢谢你。

本书能再版，印数可观，说明深受读者喜爱，这是可聊以自慰的。但是，本书有许多不足之处，可惜未能修订改正，有负众望，甚感不安。这事首先要怪我。当初，我们就打算再版时要修订的，材料也已经准备好了，但后来一直未得到再版的消息，而我又一直忙于工作，尤其是忙于中国现代作家华山、黄钢和“山药蛋派”作家研究资料集及《闽中十才子诗选》的选编（分别由湖北、贵州、福建出版社出版了），修订事宜就搁到了一边；也未给你去信问候、联系，直至收到赠书后，才知道出了二版。本书虽然印了两次，印数亦不少，似乎已经定型了，但因为它是目前唯一的版本，且是青年们的喜爱读物，估计今后还可以重版，盼能修订。

我们系办的《写作》杂志，今年四月份以前每期都给你寄去，不知收到否。《写作》发行量较大（30万份），刊物栏目亦多，你有大作，欢迎赐稿。

祝秋安!

莫家祥

1982年10月16日

※ 莫家祥，广西兴业人，武汉大学中文系副教授，20世纪80年代初曾与高子居合编《西方爱情诗选》，深受读者欢迎。高子居，广西贵港人。武汉大学中文系毕业，广西壮族自治区党校法学教授。

# 李秀龙

## 又一方阵地

刘硕良先生：

您好！

您责编的书（如诺贝尔文学奖丛书中的许多种等）不仅在中国文学界，而且在整个人文学界影响都很大，非常喜欢。

《文论报》是一张文艺理论、美学、文学评论、文化理论方面的专业性报纸，已有12年的历史，在全国这一学界有一定影响。

目前《文论报》也在经历一点改革。其谈论范围也将有所扩大。《文论报》原由河北省文联主办，明年起将由河北省作家协会主办，我将任副主编。

此次给您写信，主要就是也想今后能得到您的支持。

《文论报》除增加文化问题、知识分子问题内容外，还可谈论外国文化、思想、文学、艺术，还将辟“国外当代文学艺术掠影”专栏、“读书”专栏（人文诸学科及文艺作品书籍均可一谈）、“经典重读”专栏（当然主要是世界名著）、“学术随笔”专栏等，欢迎您向本报赐稿。另外，贵社多年来出版了很多高品质图书，也欢迎您为本报代约些书评文章（注重书的精神价值、艺术价值或学术价值）等。

李秀龙

8月24日（80年代）

※ 李秀龙，时任河北《杂文报》负责人。

# 廖经天
# （2 封）

## 编一本当年广西新闻史料

刘硕良同志：

很久不通音问了，近况如何，甚念！现寄上我在冀察热辽时期的《文稿》一册，请指正。

我在广西时期，在《桂北日报》和《广西日报》上也曾写作过一些有关新闻写作的论述，以及近年写作的一些回忆录。这些忆论，现在看起来似乎也还有些意义。不知你以为如何？如果有可能的话，我想请你们给我选辑出版一本小册子（或请报社新闻史志编辑部编，由你们出）？当然我完全付费，出这类书籍是赔钱货，的确具有很大困难的。即使不能出，我也决不会对你有什么意见。因为现在出版界的客观情况就是如此。请你和出版社其他负责同志研究后告诉我。

以后有机会到北京来，请来我家连床夜话，先打个电话来。

---

※ 廖经天（1913—1998），老报人，革命家，编辑家。广东梅县人。肄业于梅南中学。1926年加入共青团，参加梅县地区武装革命斗争。1932—1936年，在印尼出版刊物，从事进步文化活动。1937年回国，1938年在延安入党，历任陕甘宁边区政府教育厅副科长，日本问题研究室研究员，解放日报国际组研究员，《冀热辽日报》主编，冀察热辽中央分局机关报《群众日报》副总编辑，北平市委宣传部编审处处长，《新湖南报》副总编辑，新闻干部训练班主任，《广西日报》副总编辑、《桂北日报》社长、《广西日报》社长。1952年调任《人民日报》副总编辑，1953年到中苏友好协会任党组副书记兼第一副总干事（副秘书长）。1958年被错划为右派分子，下放贵州铜仁，含冤20载。1978年获平反改正，任民政部革命史研究室副主任，《传记文学》主编。1982年离休，享受副部长级待遇。1998年1月20日病逝。所著回忆录《晦明录》（又名《瓮中记》，1957—1928），11万余字，载《〈广西文史〉选二集》下册，广西师范大学出版社2012年6月出版。

祝一切顺利

廖经天

1990.3.26

## 必须十分重视发行工作

硕良同志：

来信及书均收到。钱请千万不要寄回，不要客气！请相信我，我是理解你的。以后有机会来京时，就住在我家里，大哭几场吧！眼泪对于洗涤自己的痛苦和忧伤，常常是很有用的。

漓江的业务，我能给你点什么帮助吗？我想，帮助你们约点稿，还可以做得到，如果需要，请将你们正出的书目和需要什么稿子以及约稿信之类，寄一些放在我这里。

从出版社的经验来说，必须十分重视——而不是八分重视九分重视发行工作。新华书店是要通过的，但不能依赖它，更不能单纯通过新华书店，必须要找一位有事业心的“能人”，自己打开发行局面，自己到全国到处跑，跑地方新华书店及大小书店，跑各大专院校及地方各级图书馆，见缝就钻，决不能采取姜太公钓鱼愿者上钩的办法。现在的情况是：有许多好书压书店里无人过问，而许多想买书的人买不到书。因为文化的流通渠道堵塞了！

还有一条路，是大力发展邮购业务，花点广告费登点广告，书目全登上广告费太大了，可以“书目函索即寄”。当然，发展邮购业务，也不是轻而易举的，也是有许多艰苦工作要做的。

还有一点意见供你们参考：今年的挂历，作为一个宣传文化单位来要求，格调似乎低了一些；和你们出版的书目排在一起，使人有不太和谐的感觉，不知你们以为是否？

廖经天

1996 年 2 月 25 日

# 黄仁沛
# （2 封）

## 桂林一片新面貌

硕良同志：

此次借健康疗养之机，得以重游桂林等地，在南宁会见了广西日报诸位老战友，社领导及诸友好优礼有加，义薄云天，感谢何似！可惜在桂林没有见到你，甚感遗憾，希望你再来湖南时，请来舍下一叙。

在桂林共逗留三天，都由广西日报老干部处同志相陪，游览了七星岩、芦笛岩及叠彩等名胜地，四十多年前芦笛岩尚未开发，只游过一次七星岩，是刘毅生总编请客，当时广西尚属新解放区，七星岩尚来不及修整，所以情景颇为凋零，今非昔比，完全是一片新面貌了。

我们住的地方在汇通路，是国营漓江无线电厂接待处（对外名称是“沁春园饭店”）。离市中心区太远，又不熟悉道路。不知贵社距离有好远，每天打电话找你，答曰：“不在家！”第三天电话里找到了你夫人，才知你去南宁，需次日才返回，可是第二天我们就出发去南宁，可能我们的火车在路上相遇过，而人却无法相见了；临行前，我把带给你的几本书，送到广西日报驻桂林记者站，留交

※ 黄仁沛（1926—2015），资深媒体人。湖南资兴人。1947 年起参加新闻工作，在《实践晚报》等报社任文艺编辑及记者。1949 年 9 月进新闻干部训练班学习后随军南下桂林，在《广西日报》工作，1950 年 2 月调回《新湖南报》，历任《湘江》副刊编辑，文教组副组长，文教部副主任。1958 年 2 月被打成右派，下放农村劳动。1978 年冬改正平反，先后任湖南人民出版社副编审，湖南文艺出版社编审，并任湖南省新闻出版局审编委员。1988 年离休。

给你，不知你去拿了没有？记者站的同志说他认识你（他是一个湖南老乡），相信不会有误的。五本书中，有老的，也有新出版的，是我认为有可读性的。

我于9月30日返抵长沙，出行共15天，行程一千多公里，甚感愉快。只是我一直在患感冒，这是美中不足处。

东风有便，盼畅教言！

谨致敬礼，并问候你的夫人。

仁沛

1991年10月3日

## 难忘的往事

硕良学兄：

十一月一日来信奉悉，真太遗憾了。新干班成立五十周年纪念聚会，真盼望你及广西日报学长们回来叙谈，结果一个也没有来，令人失望得很。长沙书市你来了，却又来去匆匆，连个面也未及见上，至以为憾。我们年纪都很大了，见一回是一回，月圆月缺，以后人事不知又为如何？

《走过五十年》一书中，我的文章，想你已经看了，请提出批评指教。当时集稿时，他们提出两点要求：一、不要诉苦；二、每篇以700字为限。第一点我倾向接受。第二点则碍难照办，因为所写的事情比较复杂，七百字只能写得不痛不痒，毫无作用。最后写了一千余字，突破限额一倍有余，被指为“违规”。我写此文的目的是为了回答一个问题：“为什么新湖南打的右派这么多？”只能从宏观角度概括地写，许多重要细节全部省略了。文章是很低调的，连题目也非常一般化。其间有两处地方还须请你补充和改正：一、官健平①到任时间应为1955年，我写成1954年，是根据报社35周

① 时任新湖南报总编辑。

年时的资料，请把正文第 6 行处改正。二、第 112 页所列报社当年讨论改进工作的几个问题，应加一项：“4. 形式与内容”，序号相应地改为“5”“6”。这个问题当时争论得非常激烈，而一位省领导的攻击也最多，如他在长沙县高山乡开岩村三级干部会就说：“新湖南报讨论改进报纸工作，提出什么‘形式与内容’的问题。什么是形式与内容呀？比如我，形式是麻子，但我的内容是马克思主义者。”所以遗漏了这一条是很大的缺憾。请一定补正。

天气转寒，至盼珍摄！问候你的全家。

仁沛

1999 年 11 月 12 日

# 张志浩

## 六十二年岁月如流

硕良学长：

承惠寄大著两巨册，已于九月二十五日收到，至快至感。不禁使我回忆六十年前新干班的学习，结业后，廖经天老师带着你们几位创办《广西日报》，以后你们就在广西生根开花结果了，我和十多位同学就留在《新湖南报》至今已六十二年了。岁月如流，人生易老，我今年已晋九十又二，距期颐尚差八年，老天佑我尚健康如昔。不知同你去广西的另四位同学尚健康否，请代为向他们问候祝福。

你的大著，我正细细咀嚼。回忆新干班当年的同学136人（包括兰秉刚同志），目前健在者仅80人，已去世56人（这是去年的统计）。在世者都年事已高，极少互通音问，估计只会日益减少。同学中有著述传世据我所知只有钟叔河、朱正、余文奎（湘西吉首大学）、罗印文、俞润泉、李羽立、李鸣高（省文联，已去世）、李勋（湖南师范大学）等少数人。我自费印了一本诗集（今寄奉），文集已初步编订，待出版。目前的出版社生意冷淡，非名家名著，极难出书。余不尽意，即颂阖家康健！并请代问诸位在南宁的老同学。

张志浩　草上

2012年9月28日

※张志浩（1920—2013），湖南新闻干部训练班学员，参加秋征结束后分到新湖南报，1957年被错划为右派，开除公职，送劳动教养，1979年始获改正，仍回报社工作，直至离休。一生爱诗擅诗，留下不少精彩之作。

# 李必训（2封）

## 理论工作有突破

硕良同志：

您好！今早我在外面散步遇到您哥[①]，他告诉我：你那事情平反了。我听了很高兴，特向您祝贺！记得1978或1979年在南宁市新华街新华书店门口，您向我说了那件事，而我是无能为力的。在那样的年代，诸如此类的事情甚多，我们这一代人受害不少。

我长期在《广西日报》工作，但我不研究新闻理论（50年代到60年代还是研究的，以后再不研究）。二十多年来，我主要研究经济理论，越研究越觉得中国非改革不可。我是1976年“四人帮”倒台后到理论部工作的，头几年主要批“四人帮”。1979年初我编发不要再提以阶级斗争为纲的文章，受到当时一位高官的责骂。组织真理标准的讨论。1980年初起，我先后写了关于包产到户的农村改革论文7篇，共5.5万字，其中有两篇被《新华文摘》杂志转载。我还主编了发展农村商品经济通俗讲话30多讲，共5.5万字，在《广西日报》发表，同样遭到一些人批判，但我一概不理。近几年我主要是研究产权理论。

※ 李必训（1930— ），资深报人、高级编辑。壮族，广西上林人。毕业于桂林师范学院附属中学高中部。1949年4月入党，参加地下活动和进步学生运动。1949年12月调入广西日报，在柳州、平桂、桂林等地任记者、记者站站长多年。回编辑部后，从事理论宣传工作20余年。

① 刘植根（1923—2012），教授级高级工程师。湖南宁乡人。毕业于湖南大学矿冶系，1949年6月参加工作，曾在湖南新化锡矿山及广西柳州、西湾、南宁等地工矿企业及广西冶金局、广西有色金属工业公司等处任工程师及技术高管。

您编的刊物都送给我，谢谢。我觉得刊物不错。

李必训

1997 年 12 月 13 日

## 从理论上研究国有企业

刘硕良同志：

您好。

早上到外面散步，有时见到您哥，知道您还在上班。今年我不再走原来的路，见不到您哥，也就不知道您还上不上班。

在我离休前几个月，报社领导就宣布我“不能走”，所以，我离休后一直继续上班。到 1999 年末时，还打算要我再上班一年即到 2000 年底。我坚决不上了。这样，我在广西日报理论部工作了 23 年，从 2000 年起不再上班。

我不再上班，原因主要是要抓紧时间写书，把研究多年的东西写出来。我从 1995 年起研究发达国家为什么都办有国有企业，看了几十本书，明白了发达国家之所以都办有国有企业，是由于市场这只“看不见的手”有缺陷，需要政府这只“看得见的手”来弥补，而国有企业是“弥补”手段之一，即通过办国有企业并用国有企业做政府政策的工具去“弥补”市场缺陷。也就是说，在发达国家，国有企业也是优化配置社会资源的手段之一。这是发达国家都办有国有企业的根本原因。我国的国有企业也是政府政策的工具（这是共性，就是搞市场经济都要这样），是优化配置社会资源的手段之一。

我把上述这些认识写成了一本书，书名是《国有企业：政府政策的工具》，约 18 万字，共 12 章，前 8 章讲发达国家的，后 4 章讲中国的。上面讲的政策工具问题，在几本书中提到或有简短论述，但还未见到写成一本书做较详细论述。我觉得很有必要就这个问题写一本书。于是，在家埋头写了一年零五个月。

您在出版界工作多年，能不能帮我的忙，把书稿推荐给某家出版社？当然，书稿先送给您，请您先看看，如果认为不能出版，就罢了。我对出版界不了解，据说要想出版书，要收相当多的钱才可出版。如果是这样，只好算了，因为我实在拿不出钱。不管怎样，如果您能帮忙，我把书稿送给您。你看如何？

祝您健康长寿！

李必训

2001年6月18日

# 韦剑辉

## 清香吹送远天涯

硕良同志：您好！

那天同必训拜访贵府，蒙热情招待，十分感激。

我那篇仓促而成的小稿甚至来不及抄正就交给你，过后想起来真不好意思。

我只想表达一下读后的心情和敬意，受文字限制，比较抽象概括，多有不足、不当。作为爱好、学习，只供老领导、学长参考，还望予以指正。

现将诗稿重抄寄上，个别地方有修改。

读硕良同志《三栖路上云和月》

岭葩初绽露英发，冬去春来分外佳。

不与群芳争艳丽，清香吹送远天涯。

韦剑辉

2013.5.4

又：每逢收到赠送的书刊，尤其像“通览”这样厚重的精品，感念之余又心有不安。固然是老朋友的深厚情谊，予以关照，但自己无功受禄，总觉不大好。所以，今后如有不便（不管什么情况），

※ 韦剑辉（1931— ），资深报人、高级编辑。壮族。广西武鸣人。1949 年 6 月参加工作，1962 年 9 月在中国人民大学经济系进修班毕业，1980 年中央党校理论班政治经济专业结业。历任广西日报记者、编辑、理论宣传负责人、编委、总编辑助理。主编《坚持社会主义道路问答》。1960 年先后被评为广西壮族自治区及全国文教先进工作者。

要停止寄赠，我们不会在意的。

顺祝

撰安！

剑辉　又及

2013.5.5

# 李　宁

## 奈何分不了身

硕良兄：

26日快信28日收。很高兴收到邀请[①]，但我来不了。事情是这样的：我一直没有像样的唱机听。9月下旬，我在梧州的外甥，在广东某县帮我买了个sharp牌（声宝）唱机（加发声部分，录放音、喇叭），打电报叫我去要回（1050元）。但恐国庆节我不在家，儿子、妻子寂寞，就挨到明早（4号）去梧州。作为出差，我要采写两个稿，这样，10号就赶不到桂林了。为什么这么忙？因机钱是我外甥垫支的，他现又停职一事不干，要开个糖烟饮料摊。做生意的人，多少本钱都不够，所以我要快点将机钱给他，所以要忙着去梧州。你那里，只好忍痛不去了。真遗憾。如果本报文艺部万一没人去，请你在会结束时，自己或组织人写个消息（内容包括各翻译家赞扬漓江的话。李振潜的讲话，要一至二段）。并立即以快信寄我收。一般全国性会，在广西日报一版可以出得去。我14日一定回到南宁，勿念。如文艺部有人去，且又写稿，就算了。我会在他回来时，问

※ 李宁（1933—1995），记者，编辑。天津人。1948—1949年间曾随在海关工作的姐姐、姐夫辗转撤退至海口，在学校读书时参加地下党外围组织，不意姐姐、姐夫受溃退的国民党军人裹胁，逃到台湾，不久又回到大陆。这一涉台历史使他1955年考入复旦大学新闻系成为难以消释的疑点。加之1955年同情胡风受到批判，1957年在广西日报工作时与某些划为“右派”的人来往频繁，遂被扣上“右派”以至“反革命”罪名，被逮捕判刑。1979年改正，回到广西日报，写出多篇新闻佳作，为读者所称道。被评聘为主任记者、政文部副主任，最后住院离世前在病床上得知获得离休待遇。

① 指邀请参加于1988年10月在桂林举行的全国中青年文学翻译会议。

他消息。[1]

你说我那本欣赏书“可写”，使我甚感鼓舞。但希望你在此次会后，一空下来，就给我来封信，再具体谈一下，如字数、角度、注意事项，等等。

余不多赘

祝

顺遂

李宁

1988 年 10 月 3 日夜

①1988 年 10 月 12 日《广西日报》一版刊出记者贺波采写的《全国中青年文学翻译工作者聚首桂林》的详细报道。

## 张鸿慰

# 请写关于《广西日报》的回忆录

刘硕良同志：

你好！前曾逐期寄奉《广西新闻史料》，想均收阅。现特烦请你为本刊撰写《广西日报回忆录》，主要是写你主持副刊时期和政文部时期的工作，为“七性”方针的制定和实施，《刘三姐》宣传的全过程。务望抽冗赐稿。字数不限，一二月内完篇，如何？预致谢忱！

顺颂

编安！

张鸿慰

1990年6月13日

※ 张鸿慰（1933—　），1956年毕业于复旦大学新闻系，与李宁一道分来广西日报，历任编辑、记者、组长、新闻史编辑室主任。出版《八桂报业文存》，主编《广西通志·报业志》《桂系报业史》《广西闻新闻史料》等书刊。

# 孙抱今

## 畅饮一杯诉衷肠

硕良兄：

接到 1.7 回札，欣喜之情难以表述。我南下到广西，在报社工作几个月，就被调到乡下剿匪，土改，后又不让回来，土改结束，调到地委，气不过我去考了大学，1957 年又被划右派，弄得妻离子散！我受的苦比您要大得多！不堪回首，不说了。

后调到广西区党委宣传部搞处遗，又是个得罪人的事。1985 年我还是落知办副主任。这是为知识分子办好事的工作，干了一年，调自治区社科联当副秘书长。芝麻官，事务多，实在无味，想到报社还能发挥点作用，但报社领导迭换，门槛很紧，进不去。去年七月，侯部长把我借到《海外星云》协助工作，美其名曰：加强此刊工作。想想来了也好，搞点文字工作。一年后年届花甲，离休期也到了。我这一生算是要告终结了。

您我命运相似，不同的是，您年轻一些，才华横溢，活力大，特别佩服的是您跌倒了，能爬起来，能做更有益的事。

按我的设想，“星云”是个群众性、通俗性、综合性刊物，应当诸事有关，所以主张有“海外文艺”这一栏，最好是海外短篇小说，我登了几篇，还受读者欢迎。但稿件缺，又短又好的更不易，所以写信给您，希望得到您的支援，尤其是您主编《青年外国文学》资料必多，分给我一点。

---

※ 孙抱今，新中国成立后来到广西的南下干部，曾任广西落实知识分子政策办公室副主任，广西社科联副秘书长，参与《海外星云》办刊工作。

正如您说，桂林、南宁咫尺间事，我们会面机会很多，您到南宁来，务必打个电话给我，咱俩喝一杯，畅叙漓江离别之情！我老伴必然欢迎您。惺惺相惜，她跟了我受了大苦，现是电力局设计院高工。两个儿子、媳妇都是工人。

向夫人问好！再见！

此致

敬礼！

抱今　上

1988 年 1 月 14 日

硕良，我常为报刊写点杂文，您社有杂文集、文艺类的书盼赐一点。我现在用的笔名：碧水。

## 潘玉梅

# 《当代生活报》离不开文化

刘老师：

您好！最近工作和生活都好吗？

我现在调到《当代生活报》主编“文化公园”和“域外采风”专版，如您有时间，望能给我写点图书出版方面的文章。在“文化公园”里，有文化视点、开架书屋、书评、名人沙龙等小栏目。如果您有兴趣，能否给我先写一篇广西出版业的成就，从全国的出版形势中分析广西的状况。字数在1500字左右，或者是针对现在的出版发行体制来谈一谈出版业的现状，最好能写得通俗一点，作为文化视点推出。如果您有更好的选题，您自己写也行。希望以后能得到您的帮助和支持。望能多多合作。

有劳了，谢谢！

祝健康快乐！

潘玉梅

1997年12月9日

※ 潘玉梅，时任《广西日报》子报《当代生活报》文化副刊主编。

# 谢和会（2 封）

## 赏玩北地风光

硕良贤夫妇：

你们好！

久未修书问候起居，良以俗事纷纭，不克执笔，敬希鉴原。

会上月抵京，拟在此小住一段时间，一则老年姐弟欢乐团聚，再则当此秋高气爽之时，赏玩北地风光。

此次长途客旅，本拟偕你表姨同行，无奈她近半年来，体质较差，一听北方寒冷，就有一动不如一静之意。

承惠舍弟新书多本，均已收到。谢谢。

力平[①]近况如何？工作很如意吧。

余不多及，草此顺祝健好！

表姨夫，谢和会手贤！

和赓附笔问好！

和会

一九八三年十月十四日

※ 谢和会（1910—1998），广西文史研究馆员，民革党员。广西桂林人。著名书法家、教育家谢顺慈之子，革命烈士谢铁民胞弟，谢和赓胞兄。北平民国大学经济系和日本东京商科大学选科毕业。曾任陆军步兵学校西北分校秘书科长、四战区经济委员会科长、桂林消费供应合作社经理、广西省政府咨议等职。新中国建立后在中国人民银行柳州支行工作。桂林市政协文史资料委员会委员。撰有《怀念方昭媛女士》等史料性文章。其夫人吴重恒（1917—1989），为黄丽清表姨，广西罗城天河人。早年就读于南宁商校。

① 黄力平，广西师大数学系毕业，时任广西人民出版社文教编辑室编辑。

硕良：十分感谢你赐寄的书籍，附此致谢。

——和赓

## 北京今年至今仍未落雪

硕良贤夫妇：

你们好！

久未修书问候，良以为歉。遥祝身体健康，新年快乐！

北京今年不甚寒冷，但极干燥，至今仍未落雪。我等姐弟多年暌违，故拟多团聚一些时日，可能春节后即将南归。

力平很好吧？春节后有机会，请同到桂林玩玩。

余不多及，草此顺颂。

撰祺！

愚姻长　谢和会　上

1984.1.1

# 谢和赓
# （8封）

## 推荐《宝姑》改编桂剧

刘硕良、张谷两同志：

在京寄给你俩《宝姑》《两种美国人》（再版）各一册（共四册），想收到。希望广西日报赐登出版的消息。再，请硕良同志告我广西党宣传部负责同志和广西戏剧家协会负责同志的姓名或地址。因覃应机同志上次来京开会时，曾有亲笔信给我，愿向广西文化界推荐，将《宝姑》改编桂剧。我想送书给有关同志。我因事来洛，不久即返京。

祝福！

谢和赓

**十一月十二日于洛阳（一九八二）**

※ 谢和赓（1912—2005），革命家，作家，诗人。号赞飏，笔名张诚、谢易、张春熙。广西桂林人。1930年赴北京读大学，1931年初参加反帝大同盟、社会科学工作者联盟。1933年2月受北方党派遣到张家口协助冯玉祥组建察哈尔民众抗日同盟，任吉鸿昌军长秘书，与师长宣侠父结为战友。后与宣一道到广西，打入国民党内部，对白崇禧做工作，随白到南京，任机要秘书、国防会议秘书。还做过五战区司令长官秘书。1942年和夫人王莹奉周恩来指示，赴美学习工作。1955年元旦回到北京，王莹任北影厂编剧，谢任世界知识出版社美澳组组长。1958年谢被错划为右派，被送去北大荒劳动，后经周恩来指示回京与王莹团聚。“文化大革命”祸起，1967年7月1日，两人同时被捕。1974年王莹冤死狱中。1975年7月15日，谢被释放。1979年王谢夫妇得到平反昭雪。谢一面治病，一面整理出版王莹遗著《两种美国人》《宝姑》，勉力写作诗文，参加社会文化活动，关心下一代成长。2006年11月1日，安徽芜湖市建王谢合葬墓，墓碑上刻黄华题写的“革命精神垂范千古”。

# 从我祖父写起

硕良同志：

我昨天刚由河南回京。在洛阳时寄上一函，不知收到否？念念！

我回京后即马上搬家，大约一周后即可开始校读我一些回忆的文章，抄好奉上指教。这些文章都给一些老同志看过，因此我很放心在政治上不会有什么问题。大约需要三个月的时间抄好寄上。因我还要用大部分的时间，办理王莹遗著的日译和英译以及帮助改编电影等工作。总之，我一抄好即寄上，勿念。

同时，我可告您我今后的一个小计划。我原打算回忆的文章写完后，即译英美的短篇小说，以度晚年。但去岁在北戴河见到许多老同志时，他们都不赞成我的计划，而建议我考虑将来试写一部自传体的小说，从我祖父时起一直到“文化大革命”止，包括王莹三十年代后的工作和生活在内，作为《宝姑》的续篇。我有决心努力去做，成功与否在所不计。

目下我因要整理一切书物，匆匆写此奉阅，预祝你和全家新年快乐！

谢和赓

1982.12.4

祖先原是个官僚家庭，但自我祖父起，即没落为一私塾的教师。我父为师范学校教师兼书法家，我哥是大革命时代的烈士。我在初中时即随他参加革命学习和活动……1931 年参加社联反帝大同盟，1933 年即入团入党……

## 《在美国监狱里》略有增补

刘硕良同志：

你好！好久不通信了，我首先祝你在新的一年里身体健康、工作顺利，对文艺事业做出更大的贡献。我很抱歉迟迟没有完成给你几篇回忆文章的任务，这里我应该向你汇报一点情形。我在最近一年里，到处设法找我过去发表的一些文章，同时对你们愿意为我出书的事，也有一点新意见。归纳起来，有下面的原因，打算把下面的准备工作做好，再将续写的文章寄给你指正，然后由你们决定采用处理的方法：

（一）我原寄你的《在美国监狱里》一文，略有增补；（二）我打算把新找到的重要材料，充实我写的回忆文章；（三）想把我最近发表或未发表的诗文增加到小书内；（四）我有的回忆文章因涉及王莹的事情，已分借给写她的传记的同志参考。（内容力求丰富些）

以上四点是我迟迟交稿的原因，希望你和文艺部的同志能谅解。总之，我一天也没忘记我要寄稿给你们和张谷同志。不管怎样，你们一定会了解我的心情，尤其对你们的感情的。

握手！

谢和赓

1984. 元旦

## 写回忆录不能草率从事

硕良同志：

刚接到来信，承你关怀，铭感至深。家兄此来即为协助我工作。我们虽年老，敢不及时争分夺秒，一尽匹夫之责，写好回忆，自愧文章姗姗来迟，但决不草率从事，以报雅望。你社与广西日报，京中友人都说办得很好，我们早引以为豪。乞诸同志继续努力，特此致敬！

我的《在美国监狱里》内容略有补充。

谢和赓、和会 上

1985 年 10 月 12 日

外文局通知《宝姑》英文版尽快出书

## 《王莹传》已协助完成

硕良同志：

您和合家都好！谢谢寄来《天边外》。

我已协助朋友完成了《王莹传》① 和《中国现当代女作家》两书，前书 36 万字，后书约 30 万字、不日即可送出版社考虑出版。现在开始重整旧作，包括已给你的《在美国监狱里》一稿，大约凑足 18 到 20 万字的诗文，即连同增补修改的“监狱”寄贵社审读，如能出版，与《王莹传》先后不久问世，那就是我的希望了。向同志们问好！

谢和赓

1985.10.17

## 血压增高，旧病复发

硕良同志：

您的信和两书均收到，十分感谢。

---

①《洁白的明星——王莹》，李润新著，336000 字，中国青年出版社，1987 年 2 月，首印 22000 册。

我答应您写的东西，虽然尚未动手，但一定照办，能不能用，等写好寄给你们斟酌！

我为什么到现在还不动笔呢？理由很简单，就是在春节前后赶速整理王莹的《宝姑》[①]中英文书稿过于劳累了，结果血压增高，气管炎等旧疾复发，目前，每天早上遵医嘱到公园散步，暂时停止译文工作。前几天量血压，高压已减到180、低压已减到100，故还需要再降一些才能继续做少量工作。——《宝姑》中文稿出版社已拿去，英文稿当停止整理，四月中旬起我便开始写我的东西，能写多少便写多少，字数很难预定，等进行到一定程度时便通知你好吗？

你知道，由于王莹《两种美国人》[②]正在再版，我的小书能早出一点，对发行似有好处，但我因身体关系，无法顾及此事，想你一定能理解。

赵清阁原极愿为我的小书写一序文介绍，但她因病不能写了，现寄上她的来信给你一阅。我打算请别的朋友写，等接洽好了，再和你商量吧！

你编的旧小说和翻译小说，我家人（姐姐及外甥女、侄女等）和朋友都在阅读，他们都觉得非常好，我一时只有时间择要翻翻，尚未细读，但觉得这些文学作品都是目前读书的人所欢迎的。匆匆复候。

祝安！

谢和赓

3月30日（1986）

①《宝姑》，王莹著，中国青年出版社，1982年。

②《两种美国人》，王莹著，中国青年出版社，1980年。

# 总以不赔本不连累你为佳

硕良同志：

这五页编写计划，是我的助手萧阳要我征求漓江出版社是否有兴趣出这类的书，务请你们考虑后即复信，以便进一步联系。如不适宜，请即将此五页字还给我转她。

我正在编我的第一本小书稿（即几年前送你的日记等）。但在目前出版界不景气的情况下，如果印数不多要赔钱，便不烦你们了，怕你们为我赔钱。但我也考虑，可否将王莹过去的文章与我的小书稿编在一块，成为我俩人的“诗文集”，书名当然可另考虑，总以不赔本不连累你们为佳。中青社出的《洁白的明星——王莹》我已请中青寄你社编辑一册。同时，外文局决定明春出《宝姑》英文本，且即将于今冬印刷，出书时我当寄你一册留念。

等一会儿即赴人大会堂参加阳翰笙六十年从事文艺活动庆祝大会。筹备人要我写了小诗一首，附录下页，也请告和会兄抄给我。

桂林日报登载的《马来亚情人》一文，我多次请他们将原校样稿寄回，连载的稿费交桂林市少年宫作为作者的赠款，如他们不愿办，也可当作却酬处理，但必须将连载的报寄我一两份，否则让我怎样向作者交代？此事也请你帮忙向赵元龄主编说说吧！否则，我真无法面见朋友（作者）了。

祝贵社和您全家好！

因忙不多写。

和赓　匆匆上

1987年11月28日早上

## 给小学生送《智慧的花朵》

硕良同志：

接到你的航信及航来你编的小说等三册，十分感谢。漓江出版社出版的东西，受到北京许多老同志和朋友及青年们的重视，使我感到衷心的愉快和钦佩你们的成就。你们认真的工作和严肃的态度必将对文化做出更大的贡献。

我准备的几篇回忆文章，一定争取早日寄给你指教。如果能用的话，还请你们为之加工、润色，宁可慢一点出版，但求好一点，这是我的希望。

你们出版的《智慧的花朵》太好了！许多朋友都很欣赏。我已买了许多册分赠少年儿童，同时也买了少年儿童出版社出版的《谚语选抄》（这书比较浅，但遗漏太多，还应增补，此书适于小学低年级的学生阅读），送给他们作为暑假中的课外读物。

请你代我请你社服务部迅速寄五十本刘武专编的《中外名言谚语选》给北京市少年宫。

我和女儿赠你们台历一本，托人带上或寄上。敬礼！

谢和赓　上

1999.12.20 于北京

## 龙廷霸

# 衷心祝贺漓江出版社来到桂林

硕良同志：

来函及请柬均收到。欣悉漓江出版社迁址桂林非常高兴。奈因五月二十五日至二十八日熊本市书画代表团来桂林访问，外办指定我陪同接待四天，故未能应邀前往祝贺，请原谅！

你从事新闻出版工作有几十年的丰富经验，今后对繁荣我区的文艺工作及推进出版事业必能做出巨大的成绩。在这里我向你表示热烈的祝贺！

龙廷霸

1985.6.6

（以后再去看望你）

※ 龙廷霸（1914—1996），美术家。壮族。广西天等人。1939年入读广西省立艺术师资训练班高级班。在桂林抗战文化兴起时即从事木刻创作，投身进步文化活动，成为桂林及广西木刻骨干人物之一。新中国成立后，和夫人杨慧常为《广西日报》作画。历任广西美协创作员、桂林画院副院长。有《生活难》《屠夫》《候水》《春天里的冬天》《葬仪》《西山战斗》等作品发表。

# 伍纯道

## 介绍青年人前来拜会

硕良仁兄惠鉴：

　　今介绍资源县青年伍锡华前来拜会仁兄，请予接见并予关照，拜托。

　　恭此

编祺

弟伍纯道

12 月 3 日（1985）

※ 伍纯道（1932—1993），书法家，教授。广西全州人。6 岁跟祖父学习书法，以行楷成就最高，作品端庄儒雅，凝重浑厚，雅俗共赏，赢得大量藏家。在日本、韩国也颇风行。广西师范大学中文系教授。

## 魏华龄

# 广西文史之幸

硕良同志：

您好。

《广西文史》得您主持，这是广西文史界之幸，也是《广西文史》之幸，可贺。

我完全同意您写的卷首语《更广更深地认识广西文化》。照这样去做，《广西文史》大有希望。《广西文史》虽属内刊，我觉得比一些公开出版的要好，今后将会更好。

写稿队伍，过去曾以文史馆员为主，这是对的。现在，馆员们都年事已高，能从事文史研究者必将逐渐减少。物色和发展新的一代文史研究队伍，看来是必然趋势。我已快90了，如健康情况允许，我还当尽力。

祝新年好，健康第一。

魏华龄

2007年12月25日

※ 魏华龄（1919— ），文史专家。广西龙胜人。13岁到桂林求学，毕业于桂林师范学校。在桂林抗战文化城时期，参与创办《少年生活》月刊，恢复并主持新知书店下属华华书店业务。1945年5月加入中国民主同盟。1949年以后历任桂林市园林局副局长，文化局副局长兼文物管理委员会副主任，市政协副主席兼政协文史资料委员会主任，撰写并组织出版大量有价值的文史资料，年过九旬仍笔耕不辍。作品有《桂林文化城史话》《一个独特的历史现象：桂林文化城》等。

# 九、出版界与相关人士来信

〖82 人，117 封〗

刘　杲　伍　杰　袁　亮　杨牧之　戴文葆　孙绳武
汤　真　沈昌文　董秀玉　于　青　张泽青　史占旗
胡　真　梁中夫　钟叔河　朱　正　夏剑钦　罗尉宣
岑　桑　叶麟鎏　汤永宽　王为松　金子信　李景端
汪永标　韩沪麟　江奇勇　刘微亮　梁友璋　王鸿雁
员荣亮　黄伟经　林青华　曾霞初　李文杰　阮　同
王慕冰　翁文希　陶雪华　苏　旅　刘迪才　沈东子
莫雅平　韩全学　叶　菁　金斗弼　苏静波　尚书磊
安　宁　邱　燕　吴捷炳　刘孔伏　孔令森　蔡鸿君
翁天培　张秋林　汤皓全　王荣文　马文通　徐中元
龙　龙　马思中　欧义恩　报总社信　吴殿英
易琼、杨庆、肖润萍　申小渝　张　楠　杨　进
王曰成　乐佩华　浙江省新华书店　张忠杰　陈森源
许汝祉　严尧芳　成都古旧书店　刘世久　张笑伟
庞远才　一见喜商店　复旦大学图书馆

# 刘　杲
# （5 封）

## “随想”是对我的宽容

硕良同志：

送上稿件一份，请审处。

你用了“随想”一词，是对我的宽容。随想，可以理解为胡思乱想。图书市场的重新组合云云，是神经过敏，还是预见，有待于实践的检验。姑且立此存照吧。

请多指教。

刘杲

1997 年 1 月 25 日

## 专栏不能再碰

硕良同志：

承蒙不弃，嘱写专栏。我不知厉害，贸然从命。孰料一年多来，

※ 刘杲（1931—　），出版家，出版管理领导人。湖北武穴市人。1951 年武汉大学工学院土木工程系肄业。1956 年到中共湖北省委宣传部，历任湖北省委宣传部《宣传工作》《学习生活》，湖北省委《七一》《湖北通讯》等杂志的编辑，中共湖北荆门县委办公室秘书；1965 年调文化部任办公厅秘书，1972 年以后历任国家出版局党组秘书、研究室主任，中共中央宣传部办公室副主任，文化部出版事业管理局处长、副局长，国家出版局副局长、国家版权局负责人。1987 年任新闻出版总署副署长、党组副书记兼国家版权局副局长，著作权法起草小组组长、出版法起草小组组长。1993 年底退居二线。曾任第八届全国政协委员、提案委员会委员、国家版权局顾问、国家古籍整理出版规划小组副组长、中国出版工作者协会副主席、中国编辑学会会长、中国版权研究会常务副理事长等职务。主要著作有《刘杲出版文集》《出版论稿》，并经常在各类出版专业报刊上发表引起业界反响的文章，如《刘杲随想录》《关于制定出版业“十一五”规划的思考》《该不该重视》等。

如牛负重，尽管勉为其难，毕竟力不从心。捉襟见肘，窘态毕露，滥竽充数，难以为继。更何况年老体弱，日甚一日。知难而退，此其时矣。今年尚有一期，欠债如数偿还，明年一定停止。此后如有机会，我还愿为贵刊出力，只是专栏决不能再碰。回顾一年多来的合作，叫苦之余还得感谢你的督促推动了我的学习。不过有负厚望，实在惭愧。区区苦衷，祈予谅解。专此奉达，并颂

编安！

刘杲

1998年7月29日

## 主编偷不得懒

硕良同志：

来京工作忙碌，还抽空到家看我，十分感谢。约稿事本来觉得难以推辞。近日石峰同志[①]将《新中国出版五十年记事》校样送来。我得审阅一遍，因戴了主编的帽子，偷不得懒。三十多万字，怕是不能再写什么了。专此告罪，以俟来日吧。

敬礼！

刘杲

1999年11月29日夜

## 实在难以承受

硕良同志：

贵刊十二月号收到，我看了大吃一惊。非常感谢你的好心好意，可是我实在难以承受。过誉之词使我惶恐不安。特别是将我和王益

① 石峰，时任新闻出版总署副署长。

同志并列更使我无地自容。现在我既无法发表声明，而不声明等于默认，真不知如何是好。你们在刊物上介绍一些出版界的人物，像去年国庆节做的那样，我是赞成的。只是我不能滥竽其间，因为我不过是个行政人员，自己心里有数。那次蒙你谅解，我得以幸免。没有想到这次你有这么大的动作。我个人尴尬事小，如果因此而有损贵刊令名，我就罪过大了。念叨几句，也算是对贵刊的一种反响吧。

祝

新年快乐！

刘杲

2000-12-18

## 我的文章不能参评

硕良同志：

有关第二届佳作奖[①]的材料收悉。我的一篇文章被收入初选目录，出我意料，我曾是新闻出版署的领导成员，现在也还是在职干部。所以我的文章不能参评，你看此前多次论文评选从来没有我的文章入选，这是首先的原因。这次也还是照例吧，请一定将我的文章从初选目录中删去，如果不便删，万一复评入选，也一定从复评入选目录中将其删去，免得将来人家笑话我也笑话你们。

我的复评意见另函奉告。

敬礼！

刘杲

（2001）

---

①《出版广角》编辑部与接力出版社联合主办的《出版广角》佳作奖。

# 伍　杰
# （2 封）

## 《巨译的诞生》可以给编辑看看

硕良同志：

你好！来信和一纸箱书都已于前几天收到。书只翻了一下，装帧设计都很漂亮，又都是国外有影响的作品，很不错。一下看不了那么多，只好慢慢翻一下了。谢谢！

敬礼！

我写了一本《巨译的诞生》，是江西人民出版的，专写编辑的艰辛。我手头已无书。我觉得你们可以买些给编辑们看一下。

伍杰

12.12（1987）

## 体现刊物水平的三个特点

硕良同志：

你好！你的任务——要我看 31 篇初选文章，并加以评论、投票，我用了一周时间，初步完成了。

设立接力佳作奖，这个主意很好，可能是李元君出钱，你们办事。这将对提高《出版广角》的知名度和刊物质量很有好处。我支

※ 伍杰（1930—　），出版家，书评家。湖南常德人。历任中共中央宣传部出版局副局长、局长，干部局局长，中国出版协会副会长，中国图书评论学会会长，《中国图书评论》编委会主任。有《巨译的诞生》及多篇编辑出版评论发表。参与主编主持《中华大典》出版工程。

持你们的行动。

31篇文章，我都看了，有的看了两遍，并想了想。你们选的是代表作，基本上反映了去年刊物的总体面貌。从选文看，也能看出你们的办刊思想。

你们的选文有几个特点，首先是有前瞻性，想促进出版业的发展，启发人们思考和解决出版业当前面临的问题，特别是思考人世后需要解决的问题。你们这种想法是很好的。《出版产业中的省域经济》《整体变革，良性互动》《锻造出版品牌刻不容缓》《科普精品》《中国出版业应积极迎接加入WTO后的挑战》《最后的盛宴》《哪些出版社会死掉？》等都属这方面的文章。尽管文中有些提法我并不同意，但他们确实提出了许多需要从各方面思考解决的问题，这些问题的解决，将会促进出版业的发展。

其次是关心业内人员的素质的提高。如何提高业内人士的素质应是大家所共同关心的。如心态浮躁，只讲金钱、不认真编书，专业知识肤浅等。这次选的几篇文章是很好的。《美国编辑怎样看待编辑工作》《出版理念和版权合作》《十九春秋，我和〈家庭〉这样走过》等文章，对专业队伍的建设是很有好处的。

第三是对期刊有特别的关照。这类文章有9篇之多。出版社多办期刊，图书向期刊方面发展，这是一种趋势。对此你们多加关照可以理解。各种文章中对如何发展期刊，讲述了许多很好的意见。我觉得这类文章似乎选得多了一些。我特别赞赏《质疑“核心期刊”论》这一篇，讲得很有道理。

所选书评文章太少。《此真活人之书》有代表性，评得也还有些特色。但愿下届能多一点好的书评文章。

资料性太强的文章对人有参考价值，但应有思想，应着眼于多分析。仅是陈列资料，似乎使人不满足。所见肤浅，仅供参考。

伍杰

2001年5月5日

# 袁　亮

## 评十位出版家确实很难

刘硕良同志：

在接到您的电话后，我又想了想，只评十个出版家，确实很难。因为堪称出版家或优秀出版家的，五十年来，远远不止十个。

我想，能否把出版家分成两类，如：老一辈出版家、中青年出版家；或者，冠以不同名称，老一辈出版家叫出版家，中青年出版家则叫出版改革家；或者，一类叫老一辈出版家，另一类就叫出版家；或者，一类叫优秀领导人（主要指在中央出版领导机关的领导人），另一类叫出版家；或者，对去世的老一辈出版家介绍十位，然后介绍健在的老一辈和中青年出版家十位。

我还想到，在老一辈出版家（或叫老出版家）中，似需考虑到以下一些同志：胡愈之、张元济、黄洛峰、包之静、陈翰伯、王益、王子野、许力以、王仿子、陈原等同志。其中，许力以同志的资历、影响和这些同志相同，应放在这一类中。其中，张元济是跨近代和现代的出版家，如不计入这一类，则可以加边春光或罗竹风同志。以上十人，边春光最小，生于1925年。

在介绍上述十位老出版家之后，再介绍十位出版家（或叫出版家，或叫出版改革家），宋木文、刘杲等同志可放在这一类，再加

※ 袁亮（1930—　），出版理论家。湖南邵东人。1957年任《新潮评论》（初名《学习导报》）编辑组组长。1961年调到中宣部出版处，后任中宣部出版局副局长。与人合编《马克思恩格斯关于出版的言论》，主编《毛泽东邓小平出版实践思想探讨》，发表专著《毛泽东邓小平与中国出版》。工作之余，主编或参与主编《出版工作文献选编》《中国出版评论选》《编辑家列传》《发行家列传》及《出版学概论》等书。

上其他适当人选。

以上想法，仅供参考。

随信寄上我的简历和照片，请审处。

致

敬礼！

袁亮

1999.8.31 上午

# 杨牧之

## 刊物是主编身影的延长

硕良同志：

寄上《大中华文库》① 总序，我还代编辑部写了一个按语，做参考。

“总序”我起了个题目《迎接新世纪文明的太阳——〈大中华文库〉总序》。

贵刊越办越好，业内人士颇有好评，全赖您的策划和辛劳。美国前总统肯尼迪在《时代周刊》纪念会上讲过：刊物是主编身影的延长。说得很生动、中肯。

谢谢贵刊对我一向的信赖与支持。

敬礼！

杨牧之

6月6日（2000）

※ 杨牧之（1942—　），出版家，文献学家。吉林怀德人。1966年7月毕业于北京大学中文系古文献专业后，到中华书局任编辑，参与创办并主持《文史知识》杂志工作，历任副编审、编审。1987年5月任新闻出版署图书司司长，1993年9月任署党组成员，1995年12月任副署长，兼任全国古籍整理出版规划领导小组常务副组长、中国书刊发行业协会会长。担任《中国大百科全书》执行总主编，中国出版集团总裁、党组书记，第四届全国人大代表，第十届全国人大代表、教科文卫委员会委员。出版专著《辛弃疾》，主编《中国图书年鉴》《二十世纪中国社会科学回顾》等重点图书，并撰写论文多篇。

①《大中华文库》，新闻出版署策划组织的汉英对照、中国最具代表性的经典著作大型丛书，计划100种，首批在湖南人民出版社和外文出版社联合出版。杨牧之总序载《出版广角》2000年第8期。

# 戴文葆
# （2 封）

## 快递寄上《胡愈之的翻译事业》

硕良主编同志：

十来天前以特快专递寄上拙稿《胡愈之的翻译事业》的修改排印稿，大约给贵刊校改添了麻烦了，杂志事烦，我又添烦，很对不起。

我所编的译林出版社“播火者译丛”，胡绳的序文将肯定由《人民日报》发表。此外，张闻天夫人刘英（现年九十三岁）已请了江泽民题签。为免得在“十一”国庆前忙乱，这个“译丛”将由中共中央党史研究室出面主持，肯定在十月中旬在北京举行发行研讨会（实际是首发式罢了）。他们听说我将拙作胡愈之译文集后记请您考虑发表，就又把程中原的张闻天译文集编后给我拿来。程同志正在审阅、增订郑惠编的胡乔木党史研究文集。他此文，在两月前已给

※ 戴文葆（1922—2008），编辑家，出版家。曾用名戴文宝，笔名慕松、郁进、丁闻葆。江苏阜宁人。中国民主同盟盟员，首届中国韬奋出版奖获得者、“新中国 60 年百名优秀出版人物”。人民出版社司局级离休干部、资深编审。著有《中国走在前面》《刽子手麦克阿瑟》《压不碎的民心》《联合国是美帝国主义的工具》《欧洲社会党真相》《亚洲和平与安全问题大事纪要》及《鉴真》等作品。曾参加《世界知识年鉴》的设计与定稿，组织翻译尼赫鲁的《印度的发现》，并协助范长江编辑《韬奋文集》。为吴晗整理《朝鲜李朝实录中的中国史料》，改编与校勘《谭嗣同全集》，选编《宋庆龄文集》。编辑中英文对照的《长城》文物图集。20 世纪 80 年代以后，结合自己几十年的编辑工作体会，先后出版论著《新颖的课题》和《寻觅与审视》。主编《书海浮槎文丛》，收入包括巴金、冰心、季羡林、萧乾、余光中、林海音、施蛰存、张中行等十六位名家有关读书的系列文集，其中有他自己的《月是故乡明》。主编的《编辑工作基础教程》，是我国编辑学的首批教材之一。倡议成立中国编辑学会，并担任第一、二、三、四届顾问。

我，我改了大半，请《中华读书报》发表了。实不得已，请修改。考虑是否有篇幅在下期酌用。给您添乱，不用为难，不能发，我会给他们解释。烦渎之处，尚望见谅！（请勿介意！）

致

敬礼！

戴文葆拜上

八月二十五日（1999）

## 极少见的“特大号”

硕良同志：

今天上午收到贵刊特大号[①]，这是1949年以来极少见的，不知可否说是仅见的（因我不能全面长期了解）。祝贺你们有胆有识出这么厚的出版期刊。

刊物中人物繁多，各类均有。已经听您说过，是自作主张，并非官方珠笔圈定的。

《报》[②]上介绍（见一版）说得好，这个特辑“预计会在出版界内引起一些不同看法”。听听不同声音也有好处。“人”是不容易谈的。吾乡市井有一句话说：“王麻子看不起天下人，天下人也看不起王麻子。”我少时不知其中寓意为何。让人家说吧，好好听有益。

你辛苦了，特作函慰劳。

戴文葆上

1999年10月23日中午

身体欠好，写得太乱，希见谅！又及

---

①《出版广角·新中国出版五十年特辑》，1999年第10期，总第34期。

②指《新闻出版报》报道，之后，《一次大胆而艰辛的尝试——“新中国出版50年特辑”小记》，载《新闻出版报·采编周刊》，1999年11月11日。

孙绳武

## 理论著作应照顾到普及的需要

硕良同志：

承惠赠“获诺贝尔文学奖作家丛书”五册，非常感谢。这套丛书，除选材外，卷首有适当的序文，书末附必要的附录，编辑工作做得很好，印刷装订也都达到甚高的水平。这些都是和你几年来的辛劳工作分不开的，应当向你表示祝贺。

我们从烟台回来后，关于加强出版外国文学理论和评论著作又谈了两次。总的方面大家的看法是一致的，即除了篇幅较长的专门著作外，还应当照顾大多数文艺工作者和教师的需要，出版一套比较能起普及作用，篇幅在十万字以内的论著。但选题一时还难以补充，《文艺报》曾打电话找我要点消息，我也还未回答。此外，我们在继续修改世界名著丛书的全面计划，想在年内将草稿修改一次。

就写这些，顺祝安好！

绳武

1983.12.2

※ 孙绳武（1917—2014），出版家，翻译家，诗人。笔名孙玮。河南偃师人。1936 年参加革命工作。1942 年毕业于西北大学商学院，主修俄语，后在中苏文化协会编委会任职。1947 年转到苏联驻华使馆新闻处工作。1953 年调入人民文学出版社，历任总编室副主任、外国文学编辑室主任，1978 年任副总编辑。人文社副牌外国文学出版社创建人，《外国文学季刊》创办者。从 1953 年到 1983 年 30 年间，领导人文社出版千余种外国文学名著。1987 年离休。获第四届中国韬奋出版奖和“中国资深翻译家”称号。著有《卢笛集》《希克梅特诗集》《吉洪诺夫诗集》《人》《莱蒙托夫传》《托尔斯泰评传》《论诗的技巧》《俄国文学史》（与蒋路合译）等。

# 汤　真

## “世界文学名著丛书”务实而为

刘硕良同志：

您好！

去年10—12月我因去南斯拉夫考察、采访，前前后后又不得不处理一些积务，忙乱有加，未能及时与大家联系，深感歉意，尚祈多多见宥！

去年昆明会议决定，今年“世界文学名著丛书”编委会于8月份在太原召开。本月中旬，我去杭州与浙江文艺夏钦瀚同志做了商量。我们觉得：1）这套丛书各社虽已都发排几本，但到目前为止，还未见一本出版；估计到8月份，纵有印出者，也为数不多；8月开会，如不能就一年来的编辑、出版实践加以探讨和总结经验，会议就缺了一大内容。2）由于各社尚未出书，原定每本书出版后抽取编辑费200元充作当年会议经费，就无法兑现；北岳张仁健同志建议今年的会议经费仍由各家摊付1000元；我们认为目前有的社刚刚独立门户，文艺书的出版、发行目前又不景气，加以“丛书”还未出书，现在要再出1000元，有的社恐有为难之处。3）个别特

※汤真（1927—　），翻译家，编辑家。本名汤匡时，笔名苏朴、玉寺。浙江萧山人。1949年肄业于浙江大学商学院。1951年起任上海联合文艺出版社、新文艺出版社、上海文艺出版社编辑。1958年调江西人民出版社任编辑。《百花洲》副主编、百花洲文艺出版社领导成员。长期致力于苏联和东欧文学作品的译介，独译或与人合译作品有《东欧作家论》《第三个女人》《黑钻石》《黄蔷薇》《一桌十三人》《喀尔巴阡山狂想曲》等。20世纪80年代牵头组织地方十一家文艺出版社联合出版“世界文学名著丛书”，漓江出版了其中的《印度古代诗选》。

约编辑又来函相告，因为年老体弱，可能不能参加今年的太原会议。为此，我们建议，原定的太原会议最好延期至今年10—11月间再在太原召开。

经费问题既有困难，下次会议最好一切从简从俭。我们建议：1）昆明会议尚余1758.41元，可充作下次太原会议期间租车、照相、租会议室及有关杂费之全部开销；与会者的伙食费、住宿费全部各人回家报销。2）特约编委如参加会议，开支太大，工作量也大。这次太原会议我们可于会前会后派人向他们分别拜访、征求意见和汇报情况，请求协助；而我们11个出版社则每社限1~2人出席会议；纯属内部工作商讨，不另外请人参加。3）会议内容，主要是交流经验，互通信息，改进工作，增强同行情谊和增补决定选题。4）山东宋协周同志来信，说太原会议由山西一手操办；明年会议也由当地出版社独力承办，以免互相客气、推诿。我个人认为此意见好。并且，我觉得承办的出版社最好能资助会议一点钱，补充会议经费之不足。5）时代文艺出版社和花山文艺出版社因是首次参加“丛书”编委会，按例请出资1000元（或500元）。

此函主要是征求意见，俟以后汇总，归纳各方的多数意见，再向大家通报会议的确期及召开办法。因此望尽快回信。回信时请顺便告知您社“丛书”已经发排、付印或出书的情况。

紧紧握手。

致

敬礼！

汤真　上

一九八六年四月二十八日

# 沈昌文
# （2封）

## 香港一位有心人谈《爱玛》

硕良同志：

久违！在上海报纸读到关于您的报道，很高兴。"漓江"这几年办得不错，值得学习。

香港一家刊物发表了一篇对《爱玛》的批评。文章写得很好，作者是老一辈文化人，极有名，本名"林以亮"（或本名"宋淇"，笔名是林……）。此文我们决定转载。

在编辑过程中我们发现，台版《爱玛》，实际上是你社 1982 年版的盗印本。此事宋淇先生也不知道，你们想必也不知，现特奉知。

宋淇先生说，可否送他一套《爱玛》，他是"奥斯汀迷"，一位有心人，书可交我转去。如蒙同意，我想对大家都有好处。

俞凡①在此很好，学习进步很快，望勿挂念。

祝

编安！

沈昌文

1990 年 5 月 21 日

※ 沈昌文（1931—　），编辑家，出版家。上海人。毕业于上海私立民治新闻专科学校。从学徒做起的资深出版人。新时期继承和发扬韬奋精神，开出三联新天地的中坚人物。曾任知名文化杂志《读书》主编，北京三联书店总经理。著有《阁楼人语》《八十溯往》。译作有《控诉法西斯》《列宁对全世界妇女的遗教》《阿多拉茨基选集》（部分）、《马克思恩格斯为无产阶级政党而斗争的历史》（部分）、《苏维埃俄国与资本主义世界》（部分）、《马克思主义还是伯恩斯坦主义》（部分）、《出版物的成本核算》等。

① 俞凡，《出版广角》驻北京记者，曾在北京三联书店见习业务。

## 与《读书》合作彼此有益

硕良兄：

信收到，书亦已于翌日收到。非常感谢！

刘教授此稿[①]，曾投寄我社。当时因不想出小说，乃罢。现在看来还畅销，是一好事。其实此书译文不错。当然，认真推敲起来，总有可议之处。宋先生亦是一番好意。

“漓江”极有生气，十分钦佩！今后如要在北京办首发式之类，可与《读书》合作，彼此有益。《读书》三个女将在办，都不会搞经营，经济上很狼狈。如能利用这刊物的声誉，使他们有点收益，也是好的。

沈双[②]仍在美读英国文学。一部十八、十九世纪的英国文学史，她读了三四年了，仍然乐此不疲，也是怪事。很多人劝她改行，现在她还下不了决心。

望常联系。

敬礼！

沈昌文

1990年8月3日

---

① 指刘重德译奥斯汀小说《爱玛》，后由漓江出版。

② 沈双，沈昌文女儿。当时在美国留学，后任纽约大学教授。

# 董秀玉（4封）

## 编《读书》要多看书

刘硕良同志：

寄来的译丛和《特雷庇姑娘》《英格丽·褒曼传》都已收到，十分感谢。

已跟楼肇明[①]谈好，他准备三本传记一起写一篇。下一期我们发了你们的两篇：郭宏安谈《巴黎的忧郁》，杨武能谈海泽也谈了《特雷庇姑娘》。

上月我去四川，座谈会上我就以你们漓江社为例谈了我的一些想法。你们这个新崛起的社，出书的势头很猛，选题也很准，出的几本书都还是不错的，而且人不多。我准备再看一段时间，熟悉一下你们的书，我们也再进一步熟悉一下，了解你们的计划、设想、体例等后，发一篇报道（出版社的报道我们以后准备陆续发一些）。

寄来的书当然是看的，办《读书》，如果编辑都不了解书的信息，就很难工作了。当然有时看得不细，但好书还是很快就能看完，以便择书介绍。所以如果能把你们出的一些好书寄些来，我们当然

※ 董秀玉（1941— ），女，编辑家，出版家。上海人。1956年进入人民出版社，从校对做起，一步一个脚印，迈入编辑殿堂。1979年任《读书》编辑部副主任，1986年任三联书店副总经理、副总编辑。1987年任香港三联书店总经理、总编辑。1993年回北京任三联书店总经理、总编辑。1994年创办《三联生活周刊》，1996年创办“韬奋图书中心”，2014年创办“活字文化”。于新时期三联格局的开拓与繁荣多有建树。

① 楼肇明，作家，评论家。参见本书第八部分。

是很欢迎的。

如你来北京，欢迎来编辑部聊聊，我也是想争取机会去你们那里看看的。

匆此，祝好！

董秀玉

1983年7月2日

你们这套诺贝尔文学奖作家丛书的设想很好，可以考虑一个形式发点文章。还有一些印数少、读者面不广的书并不见得就不好，尤其要介绍，望能以后给我们介绍一点。

寄上三联出的《傅雷家书》一册，这是本很值得一读的书。

我们三联的一位总编辑很想要一本《我的故事》，你能再给我寄一本吗？他遗憾这又是一个删节本，一些老知识分子总想看到书的全貌，但真自己出起书来大概也只能出删节本了。

## 刊物恐怕近期办不成

刘硕良同志：

书一大包，均已收到，十分感谢。

看了你们十月十八日《光明日报》整整一版的广告，真佩服你们的气魄，也看到了你们近年的工作成绩，在你们那样的条件下，工作能做到这样子，真是不错的了。1984年开始我们要辟个新栏目，请一些较有代表性的出版社负责人谈谈办社方针，雄心壮志等，你们社我也是准备采访的。

杨武能出国前到我这里来，我告诉他最近情况不太好，刊物恐怕近期内是办不成的。现在已传达刊物从1981年8月后都要检查，要关停并转一部分刊物，对外国文学的出版要有所限制。所以，在这关口，要创办一个《青年外国文学》，上面难批，下面也难办，勉强办了上下不讨好，所以还是等一等为好，他也同意这看法，不知你以为如何？

中央台的李淑廉同志告我，巴西大使很希望能出版阿西斯的三部名著，现一部将出，另两部想找个热心此项工作的出版社。想起你，不知道你们是否有兴趣？现将她的信介绍附上，考虑后望能给我一答复。

匆此，祝

好

董秀玉

1983.10.24

## 没想到广西能达到这个水平

刘硕良同志：

久未通信，念念。

谢谢你寄来的诺贝尔文学奖作家丛书的精装本，相当漂亮。说真的，没想到广西的印装技术居然可以达到这个水平，真不错。

上次说了，希望你能先为这套书写个简讯或消息，我们代为宣传一下，等多出几本后我想请人评一下，从编选角度评一评，还是有不少方面值得写的。你说呢？

四月是《读书》的五周年，开了一系列的会，极忙。七月还要去上海开几个会。今年原拟去趟广西的，大概困难了，因下半年我也要出去一趟。不过只一个来月，看有可能的话，我还是要争取去的。

你们那里情况如何，你还那么忙吗？杨武能上次来信还谈起那个刊物①的事，我想等他回来，大概情况会好一些的。

---

① 指未曾定名的《青年外国文学》，后几经努力，终于1988年创刊。

匆此，祝好！

董秀玉

1984 年 3 月 31 日

## “梁漱溟自述”想介绍给香港

硕良同志：

新年好。

知你太忙，两次去信均未见回复，但迫于要尽快回复对方，有两件事还一定要请你立即给我一简复：

一、美“读者文摘”的五部译稿处理情况如何？如不出，请即退，有别的出版社可考虑。

二、《梁漱溟自述》闻你们要出版，能否寄一校样来，如好，我想介绍给香港三联再出一版（可付你们版税）。

此两点万望即复，谢谢！

寄上两本杂志，烦转一本给俞凡。

专此，祝好！

董秀玉

1988 年 1 月 16 日

听杨武能说你的杂志已批下，但在目前形势下又难搞了。

# 于 青

## 及时捕捉读长篇的最初印象

老刘：

您好！

久未与您联系，只是有稿就寄给您，而每次都处理得很好，很感动。

这一次寄上一篇书评，因写这篇书评，给我启发了一个新的选题。我因分管长篇小说，被逼迫读了不少，为了不被时光和杂事挤走，大多做了卡片记录。我想，是否在《广角》开设一个“长篇评书”或“小说长篇”的专栏①，一期谈两部长篇，抓住最初的印象和特点谈，也许能有一些意思。每篇不超过两千字，两篇占一个页。您看如何，若同意，我就开始准备，我觉得这样对我也是一个鞭策，对刊物也增设了一个热点专栏，您看行吗？

匆此，祝编安！

于青

10月15日（1998）

---

※ 于青（1965—　），女，作家，评论家。笔名亦清、亦小井。山东青岛人。1987年毕业于山东师范大学中文系，现代文学硕士。历任新闻出版总署图书出版管理司审读处处长、副司长，《中华读书报》主编，人民出版社副总编辑。1983年开始发表作品。1993年加入中国作家协会。著有传记文学《天才奇女——张爱玲》《张爱玲传》《苦难的升华》，小说集《传说》《繁华世代》《永远的贵族》《秋水目光》，评论集《东方鸿儒——季羡林传》《韩素英传》，译作《平民首相——梅杰传》，主编《张爱玲文集》，中篇小说集《挥去又复来》，长篇小说《上海绝唱》等。曾获1984年教育部红烛奖佳作奖、1986年山东师大科研二等奖、1991年《新闻出版报》新闻一等奖、1992年三连冠杯三等奖、安徽省第一届出版基金奖出版奖、华东地区2005年度优秀图书一等奖。

① 后专栏定名为“长篇短论”。

张泽青

## 点评一篇文章

《出版广角》第8期《寻找市场缺口的多种走向》一文的几点问题：

一、作者是做什么的？

二、《光与影》已停办，改办其他刊物。

三、《凤凰周刊》只批准在珠江三角洲地区发行，不宜宣传。

四、“《母语》被湖南电广传媒股份公司收购”提法欠妥，“收购”与卖刊号是同样的性质，是明令禁止的。事实上，办刊的仍然是原编辑部人员，只能认为是投资行为，或合伙经营行为，如管理部门依此文认定为卖刊号，这家刊物就必死无疑了。

五、所列的刊物发行量大多数水分太大，据我了解至少有7家不实，夸大了2—10倍不等。

（2000年）

※ 张泽青，女，期刊专家。山西人。毕业于山西大学中文系。历任新闻出版署（总署）报刊管理司处长、副司长。发表期刊研究论文多篇。

## 史占旗

### 不愧为出版界的“广角”

硕良同志：

你好！向你拜个晚年。

写了一篇《97十条假新闻》，现寄上，不知能否在《报刊巡礼》专栏刊用。

《出版广角》不愧为出版界的“广角”，内容丰富、生动活泼，跳出了“广西”地域，面向全国，确实办得越来越好，每期收到后我都认真拜读。

致

编安！

史占旗

1998年2月6日

※ 史占旗，报刊管理专家。河北唐县人。曾任国家新闻出版署报纸司副司长，兼任部委报纸编校质量评委会主任和新闻副高职称评委会副主任，《传媒》杂志创办人。出版有关新闻业务及其他评论集四部，数十篇评论获奖，散文《游泰国的鳄鱼湖》被收入北京市小学三年级第五册语文教材。

胡　真

# 《我的出版观》曾广有评论

硕良同志：

山西《编辑之友》杂志的员荣亮（傅岚山）同志来信，嘱我寄赠拙作《我的出版观》（增补本）和生活工作照片一两张，现遵照荣亮同志所嘱，兹特奉上，请检收，并望不吝赐教！

《我的出版观》出版后，出版界的前辈、同行、作家、诗人、专家学者都有评论，现附上一份，供参考。

匆此奉达，敬颂

编祺！

胡真

1997年10月12日

※ 胡真（1921—2011），革命家，出版家。江苏无锡人。1935年8月入党，开始从事地下工作。1936年至上海创办《少年人》杂志，开展抗日救亡活动。1938年至1945年在延安学习和工作，后进入冀东革命根据地。1949年南下，曾任湖南省文化局长、省委副秘书长兼省委办公厅主任、省委宣传部副部长、省出版局局长、省顾问委员会委员。在贯彻十一届三中全会精神的关键时期做了两件大事，一是趁相关部门对平反回收右派尚存犹疑之际，抢先把当年新湖南报打下去的一批优秀青年，如李冰封、柏原、钟叔河、朱正、杨坚等调到出版系统，为湖南出版改革走向全国前列奠定了基础。二是1979年12月9日国家出版局在长沙召开的全国出版工作座谈会上，与四川等地出版界代表，大胆建言地方出版社应适应形势发展的需求，打破以往出书受三化——地方化、群众化、通俗化方针的束缚，立足本省，面向全国，拓宽出版视野和思路，得到国家出版局领导认为可以试行的表态支持，从而使出版改革迈出了有实质意义的重要一步。《我的出版观》体现了胡真的理念和实践，也为新时期出版史研究提供了成功的个案与史料。

# 梁中夫

## 盼寄《简明外国文学教材》

硕良同志；

未曾写信致意过，实在十分抱歉，务请原谅。

现有一事求助，我有一个媳妇，在衡阳教书，正在准备报考省进修学院，复习功课需要熟读你社出版的《简明外国文学教材》。书店均找不到，我局图书室也无此书，因此只好向老战友求助，请您替我弄到一本，并直接寄“衡阳市罗正桥衡阳市十二中张汉英收”。麻烦和破费之事，容当面谢。

我已离休，身体无大病，在家欢度幸福晚年，老伴谭天福快60了，仍在坚持上班，知所关注，特为奉告。

在桂几位新干班老战友想必都好，便时请代我向他们致意。

专此，而颂

文祺！

梁中夫

1982年5月16日

※ 梁中夫（1920—1989），老报人。广东潮安人。自幼失父，依母为生。青少年时期，积极参加抗日活动。1938年5月入党。1940年9月，由于党组织遭到破坏，和当时环境复杂，11月离开广东到衡阳，脱离了党的组织关系。1947年在长沙重新入党。从1941年到解放，先后在《大刚报》《新潮日报》《湖南日报》《晚晚报》和《解放新闻》等报社工作。1948年任长沙市地下新闻支部书记。新中国建立后，历任《新湖南报》编委，总编室主任，中共湖南省委宣传部宣传处副处长、报刊处处长、办公室主任。“文化大革命”时期受到冲击。1973年调湖南师范专科学校，任副校长、党委副书记。1979年调湖南省新闻出版局，任办公室主任。1983年离休。

**附：**

## 解了燃眉之急

刘叔叔：

您好！

您惠寄来的书，已如数收到，喜出望外。您的书解了我的“燃眉之急”，我真不知道该怎样感谢您才好。

十年动乱给我们这一代造成的空白，我们应尽力补上。为此，工作之余，我在市教师进修学院学习中文，去年取得大专毕业文凭。今年我准备报考省教育学院中文系本科。

我比较喜欢外国文学，但学得不好。我盼望能得到您的更多的教诲。我想，您也许不会拒绝我的要求吧？

最后，对您的惠赠再次表示感谢，代表我，也代表爸爸梁中夫。

祝

一切好！

张汉英敬上

1982.5.22　晚

# 钟叔河
# （2 封）

## “此天所以资将军，将军岂有意乎？”

硕良同志：

读到你的来信，不禁惭愧。漓江近年取得的成就，举世公认，实已远迈早几年我所在的岳麓（现在岳麓情况如何，我已不太了解，但愿比我在时要好一点）。尤为不可比的是，你是在顶风逆流中奋力前行打开了新航道，我却在1988年即已弃船上岸躲进小楼。如今只在局里支薪不做事白吃干饭了。此不仅为己为人，独善兼善境界大不相同，尤可看出主持一个出版社的才干，我和你实有云泥之隔。此乃事实，非语言文字可争者也。

陈君处已去信，了却了他对我的一番嘱托了。

如果漓江想开拓古典文学这个领域，则我建议你搞一种“袖珍古典名著读本”，用64开，字典纸精印，厚书一种分为多本，薄书

※ 钟叔河（1931—　），学者，作家，编辑家。湖南平江人。1949年参加《新湖南报》（后改名《湖南日报》）编辑部工作，任记者、编辑、报道组长，同时从事近代文化思想演化的研究。1957年被错划为“右派”，“文化大革命”中身陷囹圄长达十年之久。1979年落实政策以后到湖南人民出版社从事编辑工作，1982年被评聘为编审，1984年为岳麓书社总编辑、编审，1989年任湖南省新闻出版局编审。中国韬奋出版奖获得者。主要著作有《走向世界——近代知识分子考察西方的历史》《从东方到西方》《念楼集》《天窗》《钟叔河散文》《念楼学短》《学其短》等。编辑作品有“走向世界丛书”“凤凰丛书”《知堂书话》《儿童杂事诗图笺释》《周作人散文全集》《曾国藩家书》《唐诗百家全集》《唐宋词百家全集》等。

张中行、朱正等著，梁念之、王平合编，华夏出版社、天地出版社出版的《众说钟叔河》，收录1981—2014年间众多名家评价钟叔河出版成就与创作成果的文章，从评论层面刻析了新中国文化史、出版史上不可多得的成功个案，极具示范性的标本意义。

则一种一本，而合多本共用一硬纸套。纸套书脊仍印成豪华袖珍本的样子。这是英国“企鹅”、美国“矮脚鸡”、日本“岩波”走的路子，也是我国古代“巾箱本”的路子。英美日的出版社都抓两头，一头是豪华本，一头是64开（或36开42开）口袋本，要使旅行的人可装在袋内，休息卧床时可拿在手中，如此则不愁无销路了。中国的唐诗宋词红楼三国，外国的战争与和平，莎士比亚，无不可用此种版本，以求普及，以求畅销。我在岳麓印过一种小32开的“普及文库”，当时一年可赚一二百万，但听说后来印装渐渐偷工减料，选目校对又不精严，声誉已经下降，大非我的本意了。我建议你不要再搞小32开，干脆印64开，从几种保证可以只赚不赔的书开始，既包括中国的古典文学名著，也包括外国的古典文学名著，反正古籍并无版权限制，只要选择好底本，不用别人的现版而重新标点分段就是了。（外国的可选用已过版权保护期的旧译，如伍光建译的《侠隐记》，也可重印本社原出的大开本，当然更可请人新编新译。）这样，《红楼梦》可以印成不过如毛选一卷本那么厚的一册，李杜王孟高岑元白韩柳及中晚唐诸名家几十人的诗也不过同样一册，我看销路是会有的。除这类人人必读世世代代都要读的书以外，还可以选印一点别人还没有注意到的书，如佛经、道藏中的有文学价值的部分，苏雪林、凌叔华的散文等。在这里，我可以套用《隆中对》中的一句话：

此天所以资将军，将军岂有意乎？

而且此事做起来容易，实在也无须外人帮忙，只要你手下有几个能够用心编校的人就足够了。

因为来信中殷勤念旧，又以中国古典文学方面的事情垂询，故以此相报，幸勿以野人献策见笑也。匆此即候

文祺

叔河弟上

11月10日（1990年左右）

1）开本小，字小（印精）则成本低，有竞争力。

2）大本厚本不便携带不能卧读是大缺点。

赠书尚未收到，收到再告。

## 为广西地方文献尽力

硕良学长：

又收到寄赐的《广西地域文化要览》和《广西文史选四集》，吾兄为桂省地方文献尽力尽心，成果丰硕，无限敬仰。谨寄奉《念楼学短合集》一部，不足言报，聊表寸心而已。弟年来体气日衰，已很难再做什么事情了。尚望珍重玉体，再创新功。忝为同学，亦预有荣焉。

即候

文祺

弟　钟叔河

四月廿三日（二〇一四）

## 朱　正

# 《编注例话》一则

硕良兄：

寄上《编注例话》一则[①]，大约有六七千字，不知能用否。倘能用，原信稿中被删段落也要排出，只前后加方括号为记，你看如何？

为避免错字，是否可让我先看看清样？

专此布达，顺颂

撰安

弟　朱正　上

1999.2.25

※ 朱正（1931—　），学者、编辑家。湖南长沙人。笔名莫怪、陈朴。民进成员。1949年肄业于长沙长郡中学。湖南新闻干部训练班学员。历任《新湖南报》编辑，湖南人民出版社编辑、总编辑、编审，第六届全国人大代表。1956年开始发表作品。1957年被划为右派分子，1979年改正，即在湖南人民出版社工作直到离休。1985年加入中国作家协会。编注有《鲁迅全集》第六卷、《瞿秋白文集》文学编第一卷、聂绀弩著《散宜生诗》等，编辑有“骆驼丛书”二十余种。持学以厚实细密著称，在《出版广角》辟有“编注例话”专栏，《南方周末》亦时有专文发表。

# 夏剑钦
# （2 封）

## 一则从业体会

刘主编、硕良先生：

您好！

贵刊越办越红火，尤其是大视角和对优秀社、名编辑、学者的介绍、访谈，已使我每期必罄读，且受益良多，倍生感佩之情。2月13日《新闻出版报》第二版刊登了北京春节订货会的订数排行表，不意我社发行科统计的870万元订货数，竟能名列榜间，且成了除中华书局外的地方古籍出版社之唯一一家，也是湖南入榜的仅有一家。

敝人与社一样，只是多年来默默地干，从不注意宣传自己，更不愿意及时向上级汇报。所以尽管外头说岳麓"社小名气大，人少好书多"，省内却很少有人说你干得怎么样。想我从一个民办中学教师考入复旦，1982年返湘到人民社一干8年，1990年调岳麓社后又一干8年。人民社那段因情况特殊，不必再提；然岳麓8年所走过的路，觉得一步一个脚印，似可总结总结。由此近日写了《找

※ 夏剑钦（1945— ），出版家，古籍整理专家。湖南浏阳人。曾任民办教师13年，1982年毕业于复旦大学中文系汉语专业。历任湖南人民出版社副社长兼副总编辑，岳麓书社社长、编审，《湖湘文库》编委会副主任；兼任国家古籍整理出版领导小组学术委员会委员，全国出版专业职业资格考试命题和编审辅导教材工作专家组成员、组长，船山学社副社长。从事汉语研究和古籍整理出版工作30余年，著有《通假字小字典》《浏阳方言研究》《卓越的思想家王夫之》《魏源传》《湖南纪胜文选》《长沙县名人传》《心仪集》等。主编《魏源全集》《十三经今注今译》，校点《声韵学》，笺注《刘善涵集》。参与校点《船山全书》《太平御览》和《湖湘文库》的编纂和书稿审订。

准位置 形成特色才能发展自己》一则体会，自认较为切合实际，请先生勋鉴，看能否借重“优秀出版社”栏目做一次发言。

与先生忘年神交已久，故信手写来，未及其他，自不足与外人道，并请指点迷津，批评指导。此颂编安！

晚　夏剑钦

1998.2.16 学习上

## 十年艰辛备尝

尊硕良兄：

谢谢贵刊赠刊及寄来的贺年卡。值此新元伊始，万象更新，谨遥向吾兄拜年，恭祝先生并阖府老幼康泰好意。

弟自 1990 年由湖南人民社调任岳麓社后，历时十年半，艰辛备尝，辉煌与低落均亲历感受。岳麓近两年已在产业结构上调整成功，即由原单一出版古籍图书，改为以出版古籍图书为主，辅之以初中历史课本（省编）和杂志《网上俱乐部》，即“一主两翼”三个块面的新结局。目前经济稳定，古籍整理出版有了实力与后劲（2001 年拟启动《魏源全集》《彭玉麟集》等），调整后的重新起飞有了一点希望。

弟主持岳麓社 10 年期间，从评优秀出版社到三大全集的推出并获国家图书奖等，均得到吾兄的鼎力支持与帮助，内心无比感激，无以为报，但愿兄康泰、幸福，青春永在！

耑此，即颂

编安

弟　夏剑钦　顿首

二〇〇〇年一月十八日

# 罗尉宣

## 盼为家乡出版鼎力相助

老刘：

您好。离上次在长沙的晤谈已有个把月了，中间听说您去法国一行，怕联系不上，所以没有去信，现在想已回来了吧，法国风光旖旎，一定是大开眼界，令我等钦羡不已。

上次长沙麓山宾馆所议之事，我们极为关注，也十分感谢您为家乡所做的努力。光华同志①听说您来长沙，还直抱怨我们为什么不告诉她，我们告知您行期十分仓促，她才作罢。社里已开过一次会，研究具体方案，现在有点小分歧，小管②倾向于结构上采用“×国五大名著”的方式，我们则觉得还是您所提“世界长篇经典名著”为好，口子大一点好，弹性较大，操作时也方便，光华也是这个意思。近段社里工作较忙，头绪多，老肖③也抽不出时间，准备本周内研究一次（要等小管从张家界回来）后，再将情况告您。但不管结构上采用什么方式，整个这一块是要搞的。一是湖南整体面貌缺乏这一块，需要补充；二是可作为出版的稳产之田（高产也许谈不上，近年外国文学名著版本已有若干了）。十年间您在译界声名卓著，名流巨匠多和您有交往，组稿较别人优越许多。盼能为扶植

※ 罗尉宣，编审，时任湖南文艺出版社副社长。

① 张光华，从少儿到文艺，从编辑到管理，“湖南人能吃辣椒会编书”在她身上得到生动呈现。离开湖南省新闻出版局副局长岗位后，主持规模宏大的《湖湘文库》，一样干得风生水起。

② 管筱明，时任湖南文艺出版社译文室主任。

③ 肖建国，时任湖南文艺出版社社长。

家乡外国文学出版事业鼎力相助，我们正在考虑采用什么办法表示谢意（不敢说是酬劳）。在具体安排上您如有什么想法，也尽管明示不妨，毕竟我们于私是朋友，于公是工作。

五届书市我去了一天，感受是外表轰轰烈烈，内容却不见得如何。主要是抢眼的东西并不多。也许在南方谈话之后，出版界如何调整、适应市场经济，各家都感困惑，因而踌躇不前？湖南方面各家承包呼声很高，短期内也确可见效，但我觉得从宏观看，出版界并不缺钱，各省每年上交数千万便是明证。如承包，钱在个人荷包会多一些，但如何保证出好书的机制就没了。据说明年全国将有百余种武侠小说上市，您看如何得了。

您处书稿所到情况如何，请勿作其他安排。我这里过几天再和您联系。

颂

文安

罗尉宣

1987.11.12

# 岑　桑

## 我是外国文学爱好者

刘硕良同志：

您好！

收到来信及赠书，谢谢！

我们虽未尝见面，但我早已知道您为出版翻译文学做出了很大成绩。对您的辛劳是很钦佩的。

我是外国文学的爱好者。您的赠书，使我如获至宝。诺贝尔奖得奖者译本，不知已出多少种？我想补足它，如方便，请代购。你们样本不多，不必赠阅了，由我自己掏腰包吧！

这次没有晤面，怅怅。我想我们一定会在不久之后便有把晤的机会。希望您到广州来住几天，交流一下经验。

一再感谢您的关心。

愿安好！

岑桑

十一月十日（约在80年代后期）

※ 岑桑（1926—　），作家，出版家。笔名端木桥。广东顺德人。1949年毕业于中山大学社会学系。1950年参加工作，历任广州市影剧场公司副总经理，广州文化出版社编辑部副主任，广东人民出版社文艺编辑室副主任、主任、副总编辑、社长兼总编辑。《岭南文库》丛书执行副主编，中国作协广东分会副主席。1942年开始发表作品。1962年加入中国作家协会。著有散文集《岑桑散文选》，诗集《眼睛和橄榄》等20余种。评论集《美的追寻》获第二届广东鲁迅文学奖，儿童文学《野孩子阿亭》获1990年新时期优秀儿童文学奖，《岑桑作品选》获首届冰心儿童图书奖等。1997年获中国出版工作者协会首届伯乐奖。

## 叶麟鎏

# 既是熟人，总好商量

硕良同志：

五月三十一日森隆饭庄前匆匆一别，转瞬二十天。想君已安抵桂林，主持社务大政矣。

此次在京，与君同室三天，对君之干劲，实深钦佩。闻君欲收《鼠疫》为诺贝尔丛书之一。现将我社所撰合同书寄上一份，供考虑。如认为有可能做进一步谈判，请赐复函。我想，既是熟人，总好商量。只要对社能交代即可。

前承慨允惠赠《浮世澡堂》与《浮世理发馆》，及《十二郎》，请于便中寄下。君乃忙人，《浮世》拖了一年，尚未寄给老骆[①]和我，故不得不催也。

如来上海，望抽空来我社一叙。切勿过门不入。

匆匆不尽

专颂

撰安

叶麟鎏

1991.6.20

※ 叶麟鎏（1929—2009），翻译家，出版家。上海译文出版社编审，总编辑。从事英文翻译工作50余年。主要译作有《鲁滨逊漂流记》等。为人豪爽散淡，好酒更好武侠。

① 骆兆添，翻译家，出版家，时任上海译文出版社社长。

# 汤永宽

## 《卡夫卡传》已出书

硕良先生：

前曾因漓江出版社未能及时出版拙作《卡夫卡传》，译出已古稀之年，唯恐不及在有生之年见到译作出版，特致函先生，希望影响该社予以照顾及时出书。函发出后未蒙见复，而漓江社于今年一月份即将《卡传》样书寄来。这，可能由先生关照，而提前出书；也可能漓江社原计划出书。如情况属于前者，理应专函先生驰谢！如系出版社计划出书，则请先生不必另函相照矣。

近日上海译文社与上海人民出版社、教育出版社、汉语大辞典出版社及上海书店等五社成立“世纪出版集团”，此举已经报载，想先生已经知道。天下事分久必合，合久必分。到底有无好处，被合者并不清楚。这要看以后的发展了。出版社成立集团，据闻全国目前仅有两例。公开报道则仅为上海一地。广西情况如何？

匆此，专问

编安

汤永宽

一九九九年三月九日

※ 汤永宽（1925—2007），翻译家，编辑家。曾用名沈凝、夏至等。江苏常州人。1949 年复旦大学外文系毕业，到华东文化部工作，1954 年起在新文艺出版社、上海文艺出版社、上海译文出版社，历任编辑、组长、主任、副总编辑。《外国文艺》主编，全国美国文学会副会长。与包文棣（辛未艾）、孙家晋（吴岩）构成“三巨头”，开创了上译发展繁荣的基业。主要译作有《钦契》《游思集》《城堡》《塞姆勒先生的行星》等。

# 王为松

## 为什么你自己不在“广角”上开个专栏呢？

刘总：

一直想写信给您，时近年底，诸事骤来。请谅。我这个人本来就懒散，一忙就又找到了借口。明年《广角》改月刊，您更紧张了，一定要多注意身体。

本来想请小民带些东西回来，他说离开上海还要去山东、安徽等地，然后就直接回广西去了，所以只好请他带一句问候了。

这里寄上《陈子善书话三则》不知是否合用？我是头一回出自己的文章集，仔细读来，很是惭愧，待书出版，一定恳请您赐教。

听说松峭去美术社、俞凡去了北京，变化很大，您的工作就更紧张了。您为我们出版界的小字辈们做出了榜样，我在想，您为什么不在《广角》上开个专栏呢？谈谈您的经历中值得我们青年编辑学习借鉴的经验，比如诺贝尔文学奖丛书的引进、操作、策划、打响等，这些经验对我们来说都是很宝贵的。因为是在自己的刊物上，专栏名称可以低调一点，比如叫“刘硕良琐忆（记）”。我是有感于《广角》上有这么多个人专栏，您完全可以也开一个，我想以您的资历和影响，当不存在什么避嫌的问题。供您参考。

问小民、韦然好！

王为松上

1998.12

※ 王为松，出版家，曾任上海教育出版社编辑室主任、副总编辑，上海人民出版社社长、总编辑。信中提到的何小民、俞凡、黎松峭、韦然均为《出版广角》同人。

# 金子信
# （3 封）

## 请何礼蔚设计“诺丛”封面和广告

老刘：

国庆前两次来信并赠书均收到。谢谢！

一、挂号寄上“诺丛书”广告样一份，系何礼蔚同志设计。何礼蔚嘱我代告：请用彩色胶印，颜色最好 6—7 种；第一辑（十种）预告中的第二本《爱的荒漠》（中篇小说）缺“集”字。制版时请制一个“集”字上去，改正为“《爱的荒漠》（中篇小说集）”；此广告为设计上的需要，托上海人民美术出版社的同志代联系（我社诸多不便）请上海新华印刷厂照相植字，工本费 30.40 元，现将发票随信附上，请贵社财务部门将款子由银行直接转账至上海新华印刷厂（账号发票上有）。

二、挂号寄上诺丛书第一辑其余六种的封面设计样（此前已寄过四种）。第一辑十种的封面色泽和扉页、环衬色样（请以此色样为准），封面美术字六条，作者像规格样和照片六种（前此寄过泰戈尔像，马丹·杜伽尔和温塞特的像）。这样共九种，尚缺川端康成一种。容作几点说明：a）封面和扉页都应排上译者姓名，今后印刷时千万勿忘（以上次寄的《蒂博一家》封面样张为参考）；b）多卷本（《蒂博一家》《克里丝丁》）勿忘在封面，书脊和扉页上注

※ 金子信，编辑家。笔名白夫。浙江杭州人。先后毕业于复旦大学中文系和中国社科院研究生院文学系。上海文艺出版社资深编辑。编有《外国现代派作品选》《外国文学作品提要》《诺言》《长眠不醒》等。八十年代初与郑克鲁倡议策划诺贝尔文学奖丛书，所编《世界中篇名作选》风行一时。

明一、二、三……；c）作者像下的文字说明（作者姓名、生卒年、颁奖年份等），规格请以前此所寄之泰戈尔像为准。每篇稿子印刷时，请烦劳注意统一。

三、我从杭州探亲回上海，因受凉，患了流行性感冒，嗓子失声，精疲力竭；国庆前夕略有好转，今天自我感觉似有复发之可能。

四、挂号寄上《外国中篇小说》（二）（三）各两本，一套送您，一套请给阮同同志；又寄上《中国现代短篇小说》（中）和《奥尼尔剧作选》各两本，同样一套送您，一套请送阮同同志。

五、前期托代为联系之书稿多种，多有烦劳之处，很是不安，若多少有点希望，还请尽力促成。

一时想起来要谈的，大体就是上面这些，其他以后想起再给你写信。

您一人要负责那么多书稿，要多多保重身体，切勿劳累过度。

您的政策落实问题大约可以顺利一些吧。念！

问您爱人和孩子好！

又：《中篇》（一）上海已无处可买，能否再寄我数册。

金子信

1982年10月5日

## “诺丛”要能接上茬

老刘：

您好！

来信并惠寄的书都已及时收到，谢谢！元旦以后，我一直在忙着为本社发一部周作人的书稿，再加上其他杂务，所以未能及时复信，请谅。

得知“诺”书头四本已发排，很是高兴；关于版式上，您设想得很周到，为此套书您花了不少心血了。

明天我要回杭州探亲，并度春节，过完节后就回上海上班。“诺”书其余稿件，将在春节后陆续发给你;《中篇》也在同时进行中。勿念。

“诺”书第一辑虽尚未发完稿，但我想在进行第一辑的同时，第二、三辑的工作目前应该抓起来，以求将来能接上茬，或者交替着进行。所以，前段时间我已着手收集后面两辑的材料，有的稿件也已约人翻译。这次收集的资料稍多，北京部分是委托北京图书馆复印的，上海部分是委托上海教育出版社复印的。现随信将北京复印的单据寄上，共两张：一张 17.60 元，款已代付，劳您报销一下，将款汇给：北京图书馆外事组乔凌同志。另一些 284 元，请贵社从银行转账过去，北图收到款后，会将收据寄给贵社的。

前段时间，接到桂裕芬同志（《爱的荒漠》译者）来信，询及：1）《爱的荒漠》何时可出书？ 2）想预支稿费 14 元。今年她将去法国，为期两年。所以望你能给她复一信，答复上述两个问题；预支稿费问题，如能解决，最好尽快给她办理一下。有劳您了。

近日，我们社正在酝酿体制改革事，大家议论纷纷；究竟如何搞法，总得春节以后才能有分晓。你们那里情况如何？

《中篇》（4）何时能出？发排了没有？

行期匆匆，待杭州回来后再给您写信。

祝

春节愉快。

金子信

1983 年 2 月 10 日

## 居室简陋书事繁

老刘：

您好！

许久没有和您通信了。前一时期寄上的《蒂博》（二）稿件，谅已收到。您的历次来信并赠书，我都及时收到;《特雷庇姑娘》的样书也收到，请释念。

1)“诺”书附录译者“林凡”即黄宝生，您寄样书和稿费可寄：北京中国社会科学院外国文学研究所黄宝生收。

2)近期上海天气炎热，我的居室拥挤简陋，再加健康状况不如前几年，所以工作效率颇受影响。虽然这样，我还是尽力抓紧在搞以后的书稿。我初步打算：甲)年内尽量将“诺”第一辑的稿件全部发给您;《蒂》和《克》的以后几册则要视译者来稿而定。乙)年内再争取发给您“诺”第二辑中的一、二种。丙)在保证上述计划的同时，穿插着给几本《中篇》。这个打算已经够紧张的了，我寄希望于炎夏早点过去，秋高气爽的时序，工作效率当可大大提高。

3)“诺”第二辑中有一种:〔澳大利亚〕怀特《风暴眼》，译者为杭州大学的任明耀和朱炯强两同志；前段时间他们两位来信，谈及国际间版权问题；现将他们二位的来信并文化部有关材料随信附上，既供您和贵社领导了解，对这样处理有何意见也请及时相告。我个人认为由任、朱二位直接写信给布朗公司的做法是可行的，因为文化部版权处的函件中提出可以这样处理。

4)“诺”第二辑可能要将赫塞卷作者列入，为方便，请将您组译的《草原狼》稿寄我。

5)寄上云南出的《中篇》(四)一册，请指正。

听办公室同志告我，前些天有南宁来的长途电话，我正好不在。我想大约是您打来的，不知有何急事?

匆匆先写这些。

祝暑安!

金子信　上

1983.7.27

# 李景端
# （4封）

## 抓紧外国文学出版研究会筹办工作

外国文学出版研究会筹备组各同志：

寇晓伟同志来电话，希望抓紧建会筹备工作。目前已收到入会申请表20张，加上筹备组成员，已有25家会员。地方出版社中还缺四川文艺、浙江文艺、山西北岳、黄河文艺、北京出版社未寄来。

现有几点征求你们意见：

一、会长人选。我觉得，从有利于工作出发，最好由现职人员担任；已离休的专家，不妨多设几个顾问。据此，我提议，可否由人民文学出版社分管外国文学副总编出任会长？若副总编换人，会长也跟着换。这样有利于推动工作。

如果大家仍赞成由孙绳武同志出任会长，我也同意，但我建议再从人文社产生一位秘书长，这样便于联系。

二、要不要个人会员？什么样的人可做个人会员？个人会员与团体会员什么关系？我个人对设个人会员有点犹豫。他去参加会议的旅费由谁负担？这就是实际问题。

三、理事会成员，选举时是选单位还是选具体人？若按“签报

※ 李景端（1934—　），出版家，编辑家。福建福州市人。1951年进入清华大学经济系，1954年毕业于中国人民大学外贸系。曾在外贸部、商业部等机关工作。1975年进入出版界，1979年创办《译林》杂志，1988年出任译林出版社首任社长兼总编辑。现为中国版协外国文学出版研究会秘书长，福建师范大学兼职教授，曾任全国美国文学研究会副会长兼秘书长，国家图书奖及出版政府奖评委，《中国出版史料》编委，“经典中国”国际出版工程评委，香港“全球华文青年文学奖”特邀顾问。出版有散文随笔集《波涛上的足迹》《如沐春风——与名家面对面》《风急偏爱逆风行》等6部文集。发表评论及随笔200余篇。

书稿。

我依然等待和期望力冈的合作，双方的分歧只差 2 年的授权期了。如无别的社吸引他，我相信他会接受的。

我知道你们同力冈关系很好，特来信，一是通报情况，二是希望在版权上互相支持，三是做做力冈的工作。这本书都已出书了，是历史遗留问题。今后若条件不合，你力冈不给稿子就是了。

附力冈的委托书。

李景端

8 月 21 日（约在 80 年代后期）

## 为外国文学出版年会选址

老刘：

你好！秦顺新[①]对我说，他主张今年秋组织一次外国文学研究会的年会。我也赞成。特别是参加版权公约以后，翻译出版怎么搞，如何深化改革，如何保证图书质量等，似都可议一议。问题是上哪儿去开，哪家肯当东道主。在桂林时商定去西安开。去年评奖会上，听说云南有意去昆明开。但均未落实。这件事请你分头去信联系看看，如何？

你同各文艺社头头较熟悉，看哪家有积极性。

你的工作有什么变动？社里近况可好？

李景端

1993.4.10

① 秦顺新，翻译家，俄罗斯文学专家，时任人民文学出版社副总编辑。

书稿。

我依然等待和期望力冈的合作，双方的分歧只差2年的授权期了。如无别的社吸引他，我相信他会接受的。

我知道你们同力冈关系很好，特来信，一是通报情况，二是希望在版权上互相支持，三是做做力冈的工作。这本书都已出书了，是历史遗留问题。今后若条件不合，你力冈不给稿子就是了。

附力冈的委托书。

李景端

8月21日（约在80年代后期）

## 为外国文学出版年会选址

老刘：

你好！秦顺新[①]对我说，他主张今年秋组织一次外国文学研究会的年会。我也赞成。特别是参加版权公约以后，翻译出版怎么搞，如何深化改革，如何保证图书质量等，似都可议一议。问题是上哪儿去开，哪家肯当东道主。在桂林时商定去西安开。去年评奖会上，听说云南有意去昆明开。但均未落实。这件事请你分头去信联系看看，如何？

你同各文艺社头头较熟悉，看哪家有积极性。

你的工作有什么变动？社里近况可好？

李景端

1993.4.10

① 秦顺新，翻译家，俄罗斯文学专家，时任人民文学出版社副总编辑。

# 研究专有出版有感

硕良兄:

接到电话,很高兴。以前我也挂过两次电话到你办公室和府上,可惜你都不在。

老兄办杂志,越办越好,令人钦佩。你又策划举办广西书展,看得出你还相当活跃。不过,毕竟岁月不饶人,还是要多注意自己保重才好。

1996年初我卸任退休,但又返聘,现每天上午到社上班,下午在家里。由于译林社人少,我现在策划选题、组稿、编稿、审稿、对外买版权的事依然很多,加上研究会的事,报刊的约稿等,一直未闲下来。原先我自己组的稿,现在没人接办,还得我自己当编辑,如《20世纪外国文学大词典》(280万字),《冰心译文集》《圣经》(修订本),以及我去年发起同吴元迈合作的《20世纪外国文学史》(5卷本)等,都要我继续联络、组织、编审。所以,想写点东西,还得挤时间。

今年在《人民日报》《光明日报》《新闻出版报》《出版广场》发表了五六篇文章。老兄一直舍不得向我赠阅贵刊,所以看得不多,以后可以多加联系。

遵嘱寄上照片一张。

今年6月,我曾听沈仁干[①]说,在修改《著作权法》时,要将出版社的"专有出版权"去掉,因为国际上没有这个规定,这是中国当年特加的。根据这个精神,我写了一篇文章。上海文汇读书周报嫌长,登不下。现寄给你,看看你们能登否?我是作为一种探讨、研究来写的。若你决定用,请告,我就不再给别人了。

① 沈仁干,知识产权专家,时任国家版权局副局长。

外国文学明年又要评奖，正商量方案之中，关键是找不到赞助单位，没钱就难办事。

南宁我还没有去过，下次你们有什么活动，何不发个邀请给我，趁机一游。

景端

10.13（1997）

## 汪永标
## （3 封）

### 被蛇咬了之后……

硕良同志，您好：

两次赠书均已收到，谢谢！

近来琐事缠身一直未能给您去信，十分抱歉，请见谅！

您一向主持贵社外国文学的介绍工作，出了那么多有影响的书，使我十分敬慕，值得很好学习。有机会一定争取登门求教。友璋兄[①]也常有书信寄来，他们出了不少好书，但由于《爱娃和希特勒》受到措辞严厉的批评，看来情绪不大好，我们也有“一朝被蛇咬，十年怕井绳”之感呢！

寄上几本我们近年来出的书，可以看出我们出书的指导思想上的混乱，缺乏系统性、计划性，有分量的书简直微乎其微，实在是见笑于同行，还望不吝指教！

此致

敬礼

汪永标

1982.10.12

※ 汪永标（1935—2013），资深出版人。安徽肥西人。1954 年毕业于解放军外国语学院法语专业。在西南军区及北京总参三部任军事翻译和研究工作，多次立功受奖。1979 年转业，历任江苏人民出版社译文编辑室副主任，省局图书、版权、发行管理部门副处长。1996 年 8 月退休。组织出版的重要译著有《当代外国文学词典丛书》《外国抒情诗丛书》等。

① 梁友璋，时任云南人民出版社文艺编辑室负责人。

## 推荐钱文彩译《迷惘》

硕良同志：您好！

惠赠之《蒂博一家》等书已收到，谢谢！

前曾有一信给您，谈到我们所了解的有关"通知"的情况，想已收到。对有些问题的提法，我们一时尚难以理解。二中全会上，小平同志讲了思想战线上的问题，但也不知其详，只说另外召集会议，今后到底怎么搞法，我们尚在观望之中。

老刘同志，半年之前曾和您提到德语作家（英国籍）卡内蒂（一九八一年获得诺贝尔文学奖）所著的唯一长篇小说《迷惘》（三十年代发表的）一事，不知还记得否？

该作品由北外钱文彩同志（文学教研室，现在西德进修）译出，原定由北外外语教学研究出版社出版，因文化部规定大学出版社不得出版非教学的文学作品而搁置，北外出版社又不死心放弃，经与文化部交涉仍不同意他们出版。译者爱人又来信请我们替此书的出版找出路。我们想到您处正在出一套"诺贝尔文学奖获得者"丛书，不知是否已另组译，是否仍有兴趣看看译稿？盼示！

据我们所知，钱文彩同志一九六〇年毕业于北外，有一定的翻译水平，您如尚未组译，不妨要去看看也无碍。

此书德语翻译界比较重视，不少译者提及。据说北京外国文学出版社有一个译本，是由外文所两人合译的。听说译文不为责任编辑满意（责编现在联邦德国），已退回修改。因此，此书选题的重复看来难免，就看谁家的译文好，出得快了。客观地来分析，钱本应有一定优势，是不是要看看钱文彩的译本，请来信告我。

明天我将去北京听听阿拉伯文学座谈会，写得很乱。请见谅！

即颂

编安！

汪永标

1983.10.15

# 内部心齐至关紧要

老刘同志：

书、信均已收到，谢谢！

五月中旬，文化部出版局在江苏省镇江市召开了部分省市出版社关于外国文学出版工作的座谈会，江苏省出版社和《译林》编辑部作为东道主也参加了并承担了部分会务工作。除了北京、上海以外，吉林、广东、湖南等少数地方出版社参加会议。许力以同志主持会议。会议为只有20余人参与征求意见的小会。我省与会的是一个原副局长和李景端同志。据说前景是乐观的，没有做出什么不合理的决定，基本精神是加强领导、认真制订选题计划，适当控制印数。没有明确规定地方出版社哪家不能搞，只是提出要有足够的外文编辑力量。地方出版社的同志强调要繁荣就必须充分调动地方的积极性。据说这次北京、上海两大家态度还好。

你们增调外语编辑，正式建立译文室，从组织上落实，有了一套班子，再加上前几年你们出了几套有影响的书，就可以确保能站住脚跟，不必顾虑。根据我们这儿的情况，内部意见一致，党组支持、态度鲜明是至关紧要的。同时省委、省委宣传部的积极扶持也是必不可少的。我们在一九七九年开始创办《译林》，开始介绍外国文学作品，就遇到当头棒击，来势之猛，出乎预料。要不是省委领导主持，局党组成员一致顶住（因为我们自信大方向是正确的），情况就会不同了。所以，除了我们本身做好工作外（当然难免要出疏漏），得到上级主管部门，特别是党组的支持，是一个很重要的前提。

你们机构改革有什么好的经验，岗位责任制，有什么好的办法，请在可能情况下通报一二。

江苏省已成立出版总社，下设人民、科技、教育、少儿美术、古籍六社，总想在改革上有所突破，但苦无良策。在调整中，我已被调出《译林》编辑部，到总社办公室工作，将不再从事外国文学作品的介绍，这是组织决定，个人只能服从。《译林》由李景端同志任主编，尹礼荣同志任副主编。您今后可直接与他们联系，他们对您也是了解的。如果必要我可起桥梁作用。有机会请来南京！

致礼！

汪永标

1984.6.14

韩沪麟

# 出书会日趋困难

硕良兄：

新春快乐。

这篇[①] 是首发，稍长些，如不拟用，望告知。似乎这类刊物也不少。

阁下老当益壮，可敬可佩。

此间一切如常，依我看，出书会日趋困难。

祝

开年大吉。

新春第一天上班　韩沪麟　顿首

1998.2.4

※ 韩沪麟（1939—　），翻译家，编辑家。江苏镇江人。1964 年毕业于北京大学西语系。历任南京解放军外语学院法文教师，江苏镇江制药厂工人，南京栖霞山化肥厂翻译，江苏省技术翻译院翻译，译林出版社编辑、副编审、编审。中国法国文学理事会理事，1999 年曾获法国政府颁发的文艺骑士勋章，享受政府特殊津贴。七卷本《追忆似水年华》责任编辑。著有随笔集《生活笔记》，译著长篇小说《基督山伯爵》（合译）等。《追忆似水年华》（编辑）获全国第一届优秀外国文学图书一等奖、江苏省文学艺术大奖，《蒙田随笔全集》获国家图书奖、全国第三届优秀外国文学图书一等奖、江苏省图书一等奖。

①《编余琐谈》，载《出版广角》1998 年第 3 期。

# 江奇勇

## 出外国文学成气候者不多

硕良同志：

很久没有通信了，也很少见到你编的书，不知近况如何，甚念。

这些年来，各地出版社都在出外国文学，但成气候者不多，唯有你编的书，是我所钦佩的。我衷心祝愿你的事业能发扬光大。

寄上近出的几本书，请查收。

我社出版的抒情小说选集，颇受读者欢迎，但征稿极难。你那里有些已出版的现成稿，我还准备用一些。过去你曾允诺我尽可选用，不知现在还有效吗？

傅译已出到第十三卷，寄你处的是到了第几卷，我已记不清，请来函告知，我好补寄上。

专此，即颂

编安！

小江

1984年11月4日

※ 江奇勇，安徽人民出版社知名编辑。从报社转到出版社，嗅觉灵敏，作风泼辣。所出外国中篇小说选编问世早，延续时间长，发行量大。《傅雷译文集》编辑印制均达到新的水平。

# 刘微亮

## 董先生大译能给我们最好

刘老师：

您好。

上次电话之后，一直很忙。直到今天才坐下来给你写信，劳你久等，望谅。

《堂吉诃德》这个选题我们还是要的，董先生的大译如能给我们最好，这样我们也不必再去组别人的稿子。当然，在正式签订合同之前，最好能让我们拜读一下董先生的文章。这绝无不相信您的意思，只是一个手续而已，我们社一向是这么做的，如果《堂吉诃德》不太方便的话，那么有董先生的其他译书也可。这个选题我们准备近两年内就上出书计划，所以希望能得到您的大力协助。一俟这个手续完成，我准备立即签订正式合同。至于稿件，则越快到手越好。趁着这几年名著还好销，早一点把它推出去，对我们对作者都大有裨益。这件事还希望您能大力促成。你有何困难要求请随时告诉我们，是否需要我们直接与董先生联系，请您看着办。这件事希望能早日听到您的回音。

另外，我们这套名著第一辑十本已经寄给您。与此信同时，我准备再寄六本新的给您，还有四种正在印刷装订过程中。

您是出版界的前辈，希望您能多加指教。我们希望能出些既是名著又比较好销的东西。主要对象是在校大学生，当然我们经验不

※ 刘微亮，女，大学俄语专业毕业，浙江文艺出版社外国文学编辑室主任。接受董燕生译《堂吉诃德》，社会反响良好，印数多至8万，创造了很好的双效益。

足，希望您能帮助我们出些好主意。

别不多说，欢迎您下次再来杭州多住几天，欢迎您夫人也来玩玩。

顺祝

安好

微亮

1994.4.20

书与此信同时寄出。

# 梁友璋

## 去日本进修出版

硕良兄：

收到你最近寄来的书，不错，干得有魄力。中央又有新的文件，你们前途如何？我确很发愁，倘若不让搞，真不好收场。

我最近接到文化部出版局通知，让我去日本进修一年，学习和考察日本的出版编辑工作。最近几天就要动身，先去北京，再到东京。我们将在日本东京一家较大的出版社工作（日本放送出版社协会）。这次只去两个人，另一个人为文化部出版局干部。在日本的一切费用，由日方负责。可能住我使馆招待所，尚未最后决定。

你的书，我已让别人（杨震夏同志）给你寄。倘若有书给我，请写我爱人的名字（李克玲）即可，仍寄出版社。

你们明年的计划确定没有？

前不久，湖北卢明生[①]同志到你那里去了吧。他们劲头也不小，可是不是时候。

你若有什么事要我办，可以写信给我爱人转交给我。我当尽力而为。

再见！

梁友璋

1983.10.29

※ 梁友璋（1935—　），资深出版人。大学日语专业毕业后，在人民文学出版社工作，后调云南人民出版社，在外国文学出版方面，大力开拓，初战获胜，走在地方出版社前列。后被派赴日本进修考察。80年代后期，一度有意调来漓江。

① 卢明生，湖北人民出版社编辑室主任，为开发外国文学图书，曾来广西访问交流。

最近从光明日报上看到了你们出的书，很好，有气魄，实在羡慕，今后如有可能，我愿意到你们那里去工作。不是玩笑话。《荆棘鸟》等，请送我一册。

我定于24日离昆明到北京。——又及

# 王鸿雁

## 五年过去近十种文豪全集面世

刘先生：

您好，寄上《卡夫卡全集》一套，望收。

回想一九九二年三月杭州我们初次见面，谈及出版世界文豪书系事，转眼五年过去，我社已出版近十种文豪全集，由我参加编辑的《卡夫卡全集》现也面世，特寄上一套，请您过目，提意见。

为您与我社的长远合作祝福，也期冀您能永远成为我社发展的“智囊”和朋友。

我想，无论我社将来发展的趋势和格局成为什么样式，您在我们迈向改革起步的初期对我们敦厚无私的帮助，我社同仁将没齿不忘！

祝您愉快！

王鸿雁

1997.7.2

※ 王鸿雁（1956—　），女，资深出版人。河北唐山人。1983 年河北师范大学中文系毕业。1984 年从事编辑出版工作。1996 年获全国优秀中青年编辑称号，2003 年至 2016 年任河北教育出版社副总编辑。曾主持出版国家新课标单科教材，中国现代语言学家传略，传统语言学词典，并参与编辑出版《世界文豪书系》中的《卡夫卡全集》《海涅全集》等重大出版工程，在教育出版基础上开发以名著为主的一般图书市场，取得显著成就。

## 员荣亮
## （2封）

# 紧追世界当代文学潮流

刘硕良老师：

您好！

您主编的《青年外国文学》自创刊以来我每期必读，其中不少外国当代奇书佳作给人教益不浅。青年人译，给青年人看的办刊方针无疑是形成刊物个性的良好前提。

以心理学上讲，求知、创新、冲破陈规另构新格局是年轻人的特点。贵刊要在国内诸多外国文学期刊中崭露头角，办刊宗旨当以文本形式创新为重，紧追世界当代（正在创作的，刚刚面世的）小说创作潮流，大量译介尚属实验中的小说模式。这样既可满足大专院校学生教师的阅读兴趣，更能给正在创作中的中国当代实验小说注入一股活水。就这一标准而言，1989年2期贵刊登载的《美貌的玛伊蕾》属中低格调之作。题材太陈旧，叙事也流于平淡。

其他语种情况不详，仅就笔者译介过的英文刊物而言，有SSI（《国际短篇小说》）《欧·亨利短篇小说作品奖作品》《纽约人》和英国的《文汇》可供选择创新篇目。去年我校寄贵刊的《亲属》（又译《眷属》）是欧·亨利奖头奖作品，后来不知音讯。但《中外文学》1988年第3期、《外国文艺》1988年第6期均刊此作。

当代中国的实验小说创作明显问题是动力不足，马尔克斯、略

※ 员荣亮，资深出版人、传媒人。笔名傅岩山。天津师范大学中文系编辑专业研究生毕业后，到山西人民出版社工作，参与创办和发展中国第一本编辑类期刊——《编辑之友》，发表出版论述文章多篇。

萨、艾托马托夫之后不知该向谁学习。缺乏《断头石》那样深奥的哲理思考能力，怎样把平凡小事写得深刻些也令作家犯愁。贵刊属中上品刊物，何不彻底摆脱言情之类，到较高层次寻求稳定的读者群？——创刊时天津的报刊亭有贵刊，最近不见零售了，这不妨碍阅览室常年订阅。以上意见供参考，望能听听您的高见。

就此

顺颂

编安

员荣亮

1989.3.27

## 集中展现出版风云人物的事功智慧

刘先生：

您好！

去冬12月得知你正筹办《出版广角》，便格外留心，并去函索读创刊号。今读创刊号，印象十分地好。还在读研究生时，我便钟情漓江版的图书，并视之为译文专业社。1992年春与先生晤谈，也是十分快意。在我采访并形诸文字的几位前辈中，先生您独给我高山仰止的感觉。这从文字中可以看出。先生责编的图书与现刊，更坚定了我的一个“偏见”：什么样的人才铸造什么样的出版物。俗话说，文如其人，字如其人，产品如其人。高明光先生[①]的文章中似乎也是这样表述的。所以偏见要加引号。

我模糊地感觉到，我们今天从事出版工作面临着很多矛盾。较之开创之初的商务、中华书局，我们今天的许多老总都得下十二分

① 高明光（1942— ），出版家。四川纳溪人。曾任中共中央宣传部出版局局长，《求是》杂志社社长。现任中国图书评论学会会长。

辛苦去提高“素质”，先从称职编辑、文化人做起才是。文化事业、行政领导、市场运作，这几点之间的矛盾制约着出版业的发展。这几组矛盾，似乎应是《出版广角》关注并试图分析解决的目标。

就《出版广角》以及所有同类刊物而言，谁都认定若成为某省某区御用之器必然死路一条。在大力扩充刊物包容量，广开视野上，各有高招，但如何使刊物与读者结合，还是选题之关键所在。我曾对我刊正副主编讲，刊物只是一个舞台，请来什么样的角儿（作者），唱出什么样的戏（内容），刊物就是什么层次的水准，以前我要把名刊、名社、名编辑都请来亮相，但现在我只着眼于“人”（编辑），以人带事，以事引人，因为人是世间第一可宝贵的。这样做，也与《编辑之友》的刊名更相吻合些。

由此看来，《出版广角》也有一个读者定位问题。立足高，视野广，切入角度新颖，这是不错的，但包罗万象而又独特奇巧，则十分困难。经费问题、人手问题、地区差别问题，种种制约，不一而足。如我刊现在实际上仅两人操作，执行副主编为生计还心悬出书，难得全心全意。世间事，没有不计功利全力以赴持之以恒的追求是难以成功的。因此，我为我刊杞忧，也为《出版广场》《新闻出版交流》《出版广角》等同类刊物担忧。办刊，尤其是行业刊物，寂寞之外加上诸多限制，只能是尽人事听天命而已。

话题扯远了。就《广角》创刊号而言，梁衡、杨牧之、高明光、刘荣坤、周力、何小民、陶雪华、王蒙、李国文等文章都是很不错的。专题文章与名社风采失之于笼统。倒是访谈录先生之文，勾勒出了李元君的眼界、胸襟、追求和执着。其中谈到的一些具体做法，足以启发有心的出版后人。这类可模仿、可操作性强的文章，有血有肉，值得多次阅读。

《出版广角》也好，《编辑之友》也罢，只有加强对出版人的介绍，才有可能引起大家的兴趣。出版人一向以幕后英雄自居，实则相当岑寂。而一社、一刊，有时候就靠那么几个有头脑、有远见、有决策权的人树立形象。不可设想，中青社没有胡守文，青岛没有徐诚，岳麓没有钟叔河、唐浩明，译林没有李景端，湖北没有王建辉，金盾没有谢德元包括漓江社没有先生您，这些社能否有今天在出版界的地位和声誉？人性的弱点使这些出色的同志尽量避免招摇，但我们的杂志如不在这些“个案”研究上多下功夫，何谈对照，何谈引导，何谈鼓励与促动？

出版社因名作家生辉，名作家因名出版社而更红，这样的良性循环来之不易。同理，先生既然以“摆脱平庸”之姿推出创刊号，就应尽力保持。假以时日，“广角”会引起人们关注的。毕竟，追求卓越是人们的天性，见贤思齐是一种本能。以杂志的优势，集中出版界风云人物的言行事迹，还是会有出路的。

古板的论文和老式的书评是刊物的大敌。《编辑学刊》《中国图书评论》各守一端。但都在艰苦地谋求变革。作者需要“有模有样”的文章去评职称，读者需要恣肆纵横的醍醐点拨，这一对矛盾，贵刊以“经典新读”巧妙地绕开了。“丛书览胜”栏目的效果，则不好讲，贵刊新颖处是图文并茂，较吸引人。

拉杂来讲，徒然耗费先生的时光。先生有什么想法，请来电指教我一二。恭候贵刊二期的出版！

祝

健康！

员荣亮

1995.2.12

# 黄伟经（2封）

## 新班子成立后工作有起色

硕良兄：

十一月十九日来信收悉。

我们社新班子成立后，工作有起色，事业正在发展。我们负责散文室，任务是：出《随笔》和散文、报告文学以及传记文学方面的书。

知道你工作十分出色。“漓江”从发展趋势看，以后是大有作为的。如可能，我打算后年交一个屠格涅夫的小说选集给你们，此事先不说死，到明年下半年我安排好或大体译好编好后才跟你联系。可以吧？

另邮挂送你一套《济公全传》，不日间你可收到。

握手！

黄伟经

1981年11月22日

## 告别《随笔》

硕良兄台：

您好！

我呈交辞职报告近月之后，于九月二十八日上午接到上级发给

※ 黄伟经（1932—　），翻译家，散文家。广东人。北京俄语专科学校毕业。在《羊城晚报》任副刊编辑，后转到花城出版社，主编名刊《随笔》，兼及散文室工作。

我的“退休人员申请表”，我即照填上交无误。这样我的确可以完全离开《随笔》了，即从明年第一期起，我已与《随笔》无涉。

我退休后，为了我们的改革开放与文学事业，也为了我尊敬的老长辈、老作家与同辈作家朋友继续做点自己应做之事，我已答应下列刊物、报纸副刊的聘请、邀请，充当他们的特约编辑或顾问，此后为他们如下刊物与报纸副刊组稿：

香港大公报《文学》周刊（每逢星期三出版）；

羊城晚报“花地”副刊；

广东《同舟共进》月刊（广东省政协刊物）；

广东《文艺参考报》“芳洲”副刊。

以后来信赐稿，请直接寄我住家。

即祝

安康！

黄伟经　敬上

1992年10月8日

# 林青华

## 承包制下难免的困窘

老刘：

您好！

早就想写封信向您致谢，您寄来那么一大包好书！现在它们大部分 排列在我的书架上，让它们长下去，是我的愿望。

蔡女良同志展示了您的来信，谢谢您对我们的热情鼓励，和漓江的业绩相比，我们的努力还差得远。我本人对您慕名已久，这次有幸在广州接待，接触您的为人和实干精神，感触良多。您在珠海会上发言时谈的问题，我也有点体会，但不如您体会之透彻。

给您寄上几册《潮汐文丛》，您是最高的识货人，我们这里的书难得您看得上眼。今年我们继续搞承包。编辑部的利润与编辑口袋里的钱直接挂钩。曲高和寡的书就更难出了。

祝您的事业不断发展。

林青华

1989 年 5 月 17 日

※ 林青华，资深编辑，花城出版社译文室主任。

## 曾霞初

# 分别了反而常常想起

硕良同志：

您好。

别后，看到您编的书，就想到您。想到您的工作精神和工作态度。人，在一起工作的时候，见面点点头，似乎也没有什么话说。分别了，倒反而常常想念。真怪。

三月间，我接到北京二外的一位同志的信。信上提到有一位李敬东老师翻译了一部西德的小说，两年前寄给广西出版社了。李老师给您写过信，一直没有得到回信。不知您见到过这部书稿没有？希望您查一查给作者回个信。我春节后回南昌以来，身体一直不太好，此事一直拖到现在，才给您写信，应向您检讨。

向陆、刘、陈[①]诸同志问好。

祝您　工作顺利！

曾霞初

1984.5.2

---

※ 曾霞初（1912—1990），出版家。江西省樟树市吴城乡双港村委曾家村人。1937 年参加革命，1938 年加入中国共产党，先后在江西、云南、贵州、湖南、湖北、重庆、河北、江苏和香港等地的扬子江出版社、三联新知书店、文山书店、新中国书局工作，为战争和解放战争的胜利组织、出版了大量进步书籍。1949 年任江西省新华书店首任经理；1953 年调任北京新华书店总店业务处副主任，为规划和指导新中国的图书发行工作做出了积极的贡献。1962 年支边到广西人民出版社工作，任总编室副主任、副社长。为中华全国出版工作者协会发起人之一。1978 年冒着极大的政治风险与北京第二外国语学院“童怀周”小组合作，组稿并出版《天安门革命诗词三百首》。1979 年离休，任广西出版总社顾问。著有诗集《人生之歌》。1990 年 9 月 11 日在广西南宁病逝，享年 78 岁。

① 陆里、刘名涛、陈肖人，时任广西人民出版社文艺编辑室正副主任。

# 李文杰

## 怀念木文同志

硕良、向明、君达[①]同志：

诸位同仁好！

近日，从12月《炎黄春秋》编委名单中，看到宋木文名字画了框框。我打电话问老谢[②]，谢回答木文走了。

宋木文是改革开放以来新闻出版的掌门人，领军人，是我们尊敬的老领导。他上任后办的头一件大事，是在南宁主持全国出版局长会议。他上任后头一次视察地方出版单位，就是我们这个机关。他对我们指导多多，我们对他很有感情。

为了纪念木文同志，可否将“宋木文在南宁的那些‘没有想到’”（《书里书外》35页）在贵刊重新发表？请酌。

此祝健康，编安！

李文杰

2012.12.16

※ 李文杰（1930—　），出版家。山西灵石人。1949年入读华北大学后南下广西，初在广西军区文工团工作，后参与筹办广西人民出版社，任文艺编辑，到中国作协主办的文学讲习所学习。1957年被错划为右派后，下放农村。“文化大革命”后改正，调回广西人民出版社，任文艺室编辑、编务室主任，广西出版局副局长、广西出版总社副社长、广西版协副主席。回忆录《书里书外》，广西人民出版社出版，2014年。

① 刘硕良、区向明、刘君达，广西文史研究馆馆员，当时分任《广西文史》主编、常务副主编、副主编。

② 谢盛培（1929—　），出版家、书法家。浙江苍南人。笔名谢云。曾被错划为“右派”，从人民美术出版社下放广西人民出版社。后获改正。广西新闻出版局首任局长兼广西出版总社社长，新时期广西出版事业的重要开拓者。离休后，常居北京，曾任中国书法家协会秘书长、党组书记，线装书店社长兼总编辑。

# 阮　同
# （2封）

## 斯人斯境值得同情

硕良同志：

你好。

我昨天到了苏州，见到翟继栋[①]，谈了两个多钟头，他表示愿意回广西工作，晚上送我上车时，他告诉我下午已经寄信给广西人事局，用挂号信寄出，提出听说漓江出版社物色外文编辑，表示希望人事局予以联系。估计这封信到南宁后，人事局会与我们联系的，请你先和编辑部老广、老孙、老韦[②]打个招呼，并且和李优、刚锐也讲一声。对这个人我的印象不错，人很直爽，身体看上去不错，起码比我好多了，今年只有52岁，白白浪费了二十年，太可惜了。他所以遇到问题，恐怕是源于直爽，对于这样一个人才、这样的遭遇，实在值得同情。

※ 阮同（1929—2003），回族，资深文化出版人。原籍北京通州。中央戏剧学院戏剧文学系毕业后，分到中共中央宣传部文艺处工作，后与夫人赵令善（文化部办公厅秘书）一道下放到广西，赵在自治区文化局主持戏研室工作，阮到区党委宣传部文艺处任主管科长。“文化大革命”中一度到《广西日报》编辑部工作。1971年调广西人民出版社，曾任编辑部副主任，主管文艺、美术、少儿图书出版业务，是漓江出版社早期创办人之一。后任广西新闻出版局图书出版管理处处长。为人耿直，不随流俗，曾有多篇评论、杂文发表，惜未成集。

① 翟继栋，参见本书第八部分。

② 老广，欧阳广；老孙，孙权科；老韦，韦峰；时任广西出版局（广西人民出版社）编辑部副主任，分工主管政治、科技、文教等编辑室工作。刚锐，局政治处副主任；李优，人事科长。

我在这里开会到十二日，十三日就动身回南宁，东焘[①]也出来开会，现在苏州，昨天也见到。

握手！

阮同

1982.6.11

## 了解全国和广西出版的渠道

老刘：

你好！

上月中旬我因严重失眠症，住进江滨医院，经过治疗和调理，已基本恢复正常，医生已同意春节前出院回家，女儿也从上海回来看我们俩老。虽然夫妇二人住在南宁，身边无子女照顾，有点寂寞，但十多年来，每日里操持家务，读书看报，生活过得还算充实，也已习惯。

离休后，最初几年，总社曾返聘我看看稿子或搞些扫打黑工作，后因老赵脑梗后行动不大方便，且保姆时有时无，我只好在家里主持家务，但对广西的出版事业还是很关心的。办公楼搬去新址之前，我还经常去大楼图书处和资料室看看各社的样书。前两年搬走了，这条渠道也不通了，只有通过《出版广角》了解广西和全国的出版动态。杂志所载文章虽不能全部看完，但许多有兴趣看的文章还是使我了解了不少有关出版方面的信息。这几年刊物越办越好，现在已成为全国出版界一个著名杂志。最近听说你们还准备新增加《图书超市》和《求学》两种新的杂志，在杂志纷纭的今天，仍敢增加

① 东焘，王东焘，资深文化出版人。20世纪50年代初，从中原大学调来广西，先后在广西革大及羊城晚报等处工作，时任广西出版局（广西人民出版社）副局长、副社长。

两种新杂志，可见你们的勇气和气派。这些年来，《出版广角》由小到大，由少数几个人到现在独立成立杂志社，你花的心血是不少的，没有你的主持、操办，恐怕难于出现今天的局面，这一点为你高兴。

两种新刊物希望能继续送，以满足我想了解出版动态的需要。

匆此

紧紧握手，并问候你的夫人好。

阮同

2000年元月十二日晨于江滨医院

《编辑人的世界》一书，我曾去书店找过，没见有书，你若是有这本书，能否借我看看。

## 王慕冰

# 广西出版界两老联句忆旧

硕良同志：

新的一年又快来临了，想你和小黄定比过去更健康了。我和老程总算又平安度过了一年。虽然，这一年里，我曾因面瘫小住医院半月；老程也因肠炎两次去院急诊，各吊上一整天针又回来了。现在，我算深切体会到什么叫“风烛残年”了！

你知道阳孟琼的情况吧！大约十天前，我听说她突然病重，瘫痪，不能讲话，已住进区人民医院内科病房。原住重症病房，现已转入内科16楼3号。但我也无法去看望她，真是“知交半零落”了。

我和老程都不会写诗，去年，偶然兴起，翻译了几句，老程称

※ 程兴业、王慕冰，一对情深意笃的夫妻出版家，事迹均载中共中央宣传部主编的《编辑家列传》。

程兴业（1925—2013），湖北均县人。毕业于湖北师范学院国文系。学习期间，在地下党的领导下，组织学生运动，迎接解放。1949年7月参加革命工作，入中原大学学习，随军南下广西，历任玉林县人民政府秘书、玉林县人民银行副行长、广西人民银行农金处信用合作股股长、广西银行干校教研室主任、南宁一中教务主任、玉林师范学校教师。1978年5月调广西人民出版社，1986年1月调广西教育出版社，任编辑、副编审、编审。所编《中国现代作家作品欣赏丛书》，洋洋50余卷，风靡内地高校，并输往台湾，成为两岸现代文学交流史上的标志性产品。5卷《中国古代文学词典》开同类出版物先河，发行数十万册。

王慕冰（1928—　），女，湖北汉川人。肄业于湖北师范学院数学系。1949年南下广西在宜山等地做农村工作。1953年调广西日报，任农业部、副刊部编辑，入中国人民大学新闻专业进修三年。1978年到广西人民出版社，编审、政治理论编辑室主任，编辑出版《领导科学基础》《孙子兵法与企业管理》《中国刑法史》《中国新闻业史》等开拓性著作，并推出一系列优秀思想修养读物如《心灵的镜子》《华夏之声》《探索者的足迹》等，受到专家和读者的好评。

之为“联句”，也罢。录于下，就教于老领导。

恭贺新禧（这残手写字老不听话，请原谅）

王慕冰

2010 年 12 月 25 日

## 联句·忆旧

程兴业

（1948 年在国立湖北师院同学，1954 年结婚，迄今 60 年）

同窗结伴六十年，东湖岸边初见面。
战云密布催响雷，八百学子话应变。

千险万难向前行，花甲之年是党员。
终身不悔少年事，结合永感是良缘。

2009 年书于盛天尚都

## 和老程《联句·忆旧》

王慕冰

东湖得座迎解放，始惊老同性也仿。
蛇山脚下沐春风，名曰同窗实导向。

饭桌餐餐摆论坛，何日山顶话沧桑。
朦胧初开看世界，昨天竟似盲眼娘。

# 翁文希
# （3 封）

## 为“漓江译丛”积累装帧素材

刘：

此系苏联版画家冈察洛夫画册目录，请您找人翻译出来以备“漓江译丛”封二、封三用。

文希

1982.3.28

## 装帧设计和印制改革

硕良吾友：

《星运》一书前后勒口尚缺文字材料，已交康谷带去，请补上。《域外》及《爱斯基摩人》的勒口，是否亦如《家庭中的泰戈尔》一样，前勒口印内容简介，后勒口印译者像及简介？请函示，并附所需材料及照片。

※ 翁文希（1941—1986），装帧家，出版家。原名文义，笔名文兮、陆放。福建闽侯人。凭借对美术设计的热爱、憧憬和坚持不懈的努力，由外行、边缘进入核心领域，不仅成为广西人民出版社副总编辑，装帧设计组负责人，即在中南以至全国装帧界也深受瞩目。奈何车祸夺其英年。漓江挂牌伊始，所有外国文学图书均由翁文希主持设计，其文化内涵与市场效应有机结合的设计思路和不辞辛劳、细致认真的操作技艺，成就了漓江出版社当年出手不凡的新锐风貌。《白夜》《家族复仇》《叶赛宁诗选》《西方爱情诗选》《世界中篇名作选》《猎枪》《苍茫的时刻》《家庭中的泰戈尔》……新时期书市诸多亮色都出自文希的精心装扮。1992 年 8 月广西版协编辑，广西人民出版社出版的《文希装帧艺术》一书，刊出名家毛水清、郭振华长文和多幅图片，集中展现了文希的成果与成才之路。

随信附上稿酬单一份，其中，“编辑技术处理费”一项，其内容包括了稿件确定采用后美术编辑的全部劳务性工作。这是今年初正式提出、五月份执行的（赴香港展出的改装、重印书）。最近贵社分出以后，我们觉得此项劳务将会逐渐增多，所以又与个别同志研究了一次（如少儿室甘武炎等），初步决定稿酬幅度为 30 元—300 元，像少儿那本 20 多万字，几百个插图的《绘画入门》，就拟付 300 元的编辑技术处理费。至于你手头上的书稿，技术复杂程度远不及它，即便是其他难度较大的书稿，我估计最复杂的充其量也不过 100 元左右而已。当然老蒋那边的又作别论。特殊稿亦作别论。

还有，标记的设计费，按一般习惯性支付办法支付。建议今后向社会征集社徽，酬劳尽可能高一些（500 元不为多）。举日本三洋商标标记为例，它的设计费是 70 万美元，系美国兰多公司设计的。搞社徽也不宜急于求成。仍以三洋为例，它的现行商标是花了七年时间才确定的。

未来的社址和办公楼，也要从长计议，其外型内观，既要符合漓江社的求实精神，又要有二十世纪新建筑艺术的特征。既要适合各专用部门的实际需要，又要符合现代化发展中的要求。图纸和高明的建议不难找到：我的大哥翁文德，曾在湖北省城市设计院供职，现任葛洲坝水利工程局艺术工程师，他和他的同事和友人对建筑艺术皆有较深造诣（他前不久曾在《美术》杂志上撰文谈城市和工地雕塑）；另外，我的姐夫舒某，现任武汉市洪山区水利局副总工程师，对建筑艺术亦悉心研究。请这些专家出主意，画图纸并不困难。

至于未来的漓江社建筑群将由什么单位承包施工，历来教训多于经验，千万不可掉以轻心。

关于贵社的装帧，要有一个切实的计划，首先要把装帧研究室搞起来，物色第一流的书籍美术家主持工作，抓好设计、设备、材料三件事（设备是指那些带有变革性的印刷机械；其次是研究室本身所需的先进的现代化的设计工具），就有了号召力和吸引力，就会把大作家大翻译家以及设计专家，插图专家吸引到漓江社的周围。

直属印刷机构要由得力的、积极的、私心较少、有志于出版事业的人去抓。工厂的生存和发展始终应与出版社息息相关。

引进设备要谨慎，要充分考虑自身的技术能力。当然，对于那些一段时期内国家无法仿造生产的先进印刷设备，应予引进，并同时或提前安排使用设备的技术工人的学习和深造，使之熟练地操作新设备。

至于一些基本技能（指书刊的印装技术）今后相当长时间内不可缺少。可以从上海北京等地物色退休师傅来桂传艺，而且要从手工操作学起。如精装书的锁线技术，像德国如此先进的、传统的重视书籍艺术的国家，仍然十分重视。他们的许多“礼品书”都是手工印装的。漓江社也要搞点礼品书、特藏、特装书，否则就不能打进世界图书市场。

关于直属印刷厂，我还要说几句话：不要按总社现在的办法抓直属厂。我主张把直属厂分成几个小厂，以其工艺特征大体分成：制版厂、胶印厂、铅印厂（又分正文和封面）、排字厂（或称排浇厂——排字和浇版）等，使它们相互依赖，互相牵制。今后如果条件许可，这类小厂还可以由出版社出资扶持几个，以便让同类小厂进行竞争。在未来的发展中，各小厂可以根据自身的专业需要更新设备，引进技术，但绝不允许它们搞小而全，这应当是个原则。

当然，这样一来就会触动许多部门乃至个人的神经，招来物议。但是这是一个切实有效的改革方案，它将给大而全，但运转不灵的机体注入新的血液。

……

关于我的去向问题，等你“回娘家”时再聊。

就祝

一切顺心！

文希

6月10日（1986）

## 搞设计要有形象的东西

硕良先生：

托小吴带去的稿件等物谅已收到。今天和你谈谈几个稿件的问题。

《意象派诗选》，看了译者的介绍，以及几位有代表性的诗人的诗作，我仍然把握不住意象派的特征。请你百忙中赐教。

《囚鸟》，董乐山先生介绍说，此书所写时间跨度是从本世纪初到尼克松下台。它的主人公是整整一代美国自由主义知识分子。它的主题就是他们由激进而保守的堕落，最后成了水门事件中一个不光彩的丑角。

看了董先生的介绍，得益不少，但仍缺乏形象的东西。我想看译文的重要章节，还想了解作者何以取名“囚鸟”。特别是后者，往往是意味深长的。其实，从某一角度看，这与装帧艺术有共同的语言，是启示设计者进入情况的一把锁匙。希望百忙中赐教。

最近获悉，我岳父患病住院，本地权威怀疑他得了癌症，建议他来邕检查。他们小镇居民所得甚少。看来今后我得支助他——稿酬单开列给你，事出有因，而因在此，还望见谅！

此颂

编安！

文希

1986.6.15

# 陶雪华
# （2封）

## 《七月的人民》封面出错

老刘：

您好！

1）中华厂已与林梅联系，请她尽快寄样（给您寄每件2本，快件寄）。我到目前为止收到8种。书店样书由装订厂直接发，我请她催一下。

2）新华厂进度如下：4本书下星期可出版，其余2本四月底前可以出版。

其中《七月的人民》[1]精装封面出了差错：

具体情况如下：

标的获奖之年，上为1991年，下作者处为1990年，不统一。我查了原稿，有两种写法，当时操作时疏忽了，因为作者文字与年份字分开照排，校对的同志，只负责校原文没有考虑统一性。

---

※ 陶雪华（1944— ）女，装帧设计家。别名雪子。上海人。1964年毕业于上海出版学校，历任上海人民美术出版社编辑、上海译文出版社美编室副主任、主任、编审。享受国务院特殊津贴。上海市“三八红旗手”，上海劳动模范。中国版协艺委会副主任，上海版协艺委会副主任，中国美术家协会会员，民盟上海市委员。设计作品《黑潮》获全国第二届书籍装帧艺术展览封面二等奖，《神曲》获全国第三届书籍装帧艺术展览封面一等奖，《战争风云》《战争与回忆》获全国第四届书籍装帧艺术展封面一等奖，《契诃夫小说全集》等获上海1999、2000年度双年最佳整体设计、优秀封面奖。论文《系列图书的视觉图形设计随想》获全国首届装帧艺术论文与研究成果奖一等奖。为漓江及广西设计的《彩色插图世界文学史》《青年外国文学》《出版广角》及诺贝尔文学奖丛书统一版封面，均取得良好的效果。

① “诺丛”《七月的人民》，[南非]纳丁·戈迪默（1990年诺贝尔文学奖得主）著，莫雅平等译，350000字，1992年8月首印8800册（内精装1250册）。

现在精装封面，一千多份已全部印好。请您决定如何处理。重印还是印勘误表。这件事十分抱歉，校对工作没有做好，匆此。

祝

好！

陶雪华

1.4（1992）

## 有感而作

老刘：

您好！

现寄上小文一篇[①]，请审阅。

这篇文字没有发表过，共有三个段落。现为第一段落，第二段写“意蕴”，第三段写“形式”。以后可续发，不知可否。

关于专栏名称，一时想不出，如“设计工作室”“封面漫话”。近期实在太忙，明春可仔细考虑一下，我晚即去长沙，估计三天时间返上海。

匆此

敬好

陶雪华

12/15（1994）

①《风格之美贵在宜》，载《出版广角》1995年第1期，收入《同步的足音》C卷，广西人民出版社2000年4月。

# 苏　旅

## 从《吕胜中线描选》说起

硕良先生：

新年好！

上次出差途中火车上一叙，印象之深，至今未忘。很希望再有此种机会。

寄上我责编的第一本书《吕胜中线描选》，诚望赐教，您是我由衷钦佩的编辑。我想，这也许是中国许多青年文化精英所认定的。

《吕胜中线描选》组稿已有三年，原来老唐①只打算出一般二十四开本那种类似的东西，但我欲从书的本体上赋予此书更高层次的意义，于是便出成了这种样子，但愿您能喜欢。此次全国美术图书评奖，我社可谓惨败而归，那次我在火车上和您一起分析广西美术图书弊端之谈不幸言中。《当代美术系列》《世界美术丛书》《人体美术丛书》这三套书，在复评中被专家们判了"死刑"。我社实

---

※ 苏旅（1953—　），美术家，装帧设计家。广西柳州人，广西艺术学院毕业，历任漓江出版社美术编辑，广西美术出版社副总编辑，漓江画派促进会秘书长。作品曾入选第六、第七届全国美展和第四、第五届全国书籍装帧展、"平面设计在中国"展等国内外大展，并先后获银奖、铜奖。有数十篇美术论文和作品发表于《美术》《美术观察》《中国美术报》等杂志。策划、统筹、责编、设计《中国美术全集·中国民间美术全集》《中国油画百年图史》《中国山水画》《中国花鸟画》《中国人物画》《中国美术学博士文库》《广西民族风俗艺术丛书》《抗美援朝战争画史》等，先后获重要奖励多项。

① 老唐，唐石生（1940—　），版画家，编审。苗族。广西那坡人。广西艺术学院毕业。时任广西美术出版社总编辑。

际只有一种书获奖，即我策划主编的《中国近代史连环读本》，因为另一本《花山岩画》您是知道的，那实质上是日本出的书。然我社的一些编辑并不以此作为检讨自己的机会，反而认为是评委偏见所致。奈何？！

于是想起先生所编之书，在全国屡屡获奖，跃入前茅，有口皆碑，当之无愧真乃人师风范也。但愿再有向先生请教的机会。

我现在已调到综合编辑室，专门负责《中国美术分类全集》的工作任务，老甘总编①也把希望寄托在我身上，自觉责任非轻，先慢慢走着看吧。

即颂

大安

苏旅

1992年元月4日

① 甘武炎（1940— ），美术家，出版家。广西贵港人。广西艺术学院美术系雕塑专业毕业。长期从事美术创作、设计和编辑出版工作。历任广西人民出版社少儿编辑室主任、副总编辑，漓江出版社美术编辑室主任，广西美术出版社总编辑，社长。编审。广西文史研究馆馆员，广西版协副主席。为广西美术及少儿出版的重要开拓者之一。

# 刘迪才

## 推出第四代实力诗人

刘总：

近好！

作为一个年轻编辑，刚进出版社就搞了这个《风流二十岁——第四代诗人诗丛》选题，着实心里没底，有机会向您请教，我还真意想不到。

“第四代诗人”无论从年龄（20—25）还是从诗风上都有比较突出的特色，这帮年轻诗人多半出生并成长在我国诗歌发展史上比较繁荣也比较混乱的时代，而且大多走过了从儿童诗创作到校园诗到现在比较成熟的阶段。他们中大多数在十几岁甚至几岁时便发表了处女作，成人以后也陆续出版过自己的诗集，有的还在海外产生过一些影响，确实是比较有前途的诗人。在文本与人本的结合上，他们的创作基本上修正了第一、第二、第三代包括朦胧诗创作的偏颇。诗风恬淡，自然，读罢令人赏心悦目。

我们初选的一些诗人诗作得到谢冕、吕进、叶橹等先生的推荐并为他们作序，现在初步入选的年轻诗人有：洪烛、邱华栋、兰兰、孙功兵等。

希望您能帮我活动一下诗界权威人士，充实我们已经聘请的顾

※ 刘迪才，湖南邵阳人，湖南师范大学中文系本科、广西师范大学中文系研究生毕业后，又取得北京大学人力资源管理专业博士学位。历任接力出版社编辑、办公室主任、副社长，广西出版传媒集团有限公司人力资源部主任兼漓江出版社社长。

问队伍，如果能请得艾青或臧克家、冰心老先生题字，我们则更是感激不尽。

接力社文艺室：刘迪才

1992.12.12

# 沈东子
# （2 封）

## 当年求职信

刘硕良老师：

您好！

近因忙于应付自学考试，一直没去看望您，甚为抱歉！

现有一事与您商量，听父亲介绍说，出版社为一经济实体，有意招收一些年轻人做编辑人员。我今年 26 岁，因腿疾未能进大学深造，自 1977 年高中毕业后一直坚持自学，在全国各家报纸杂志上发表过一些翻译文学作品（包括小说、诗歌等），并发表过一些自己创作的作品（包括短篇小说、人物传记和散文等），现为广西外国文学学会会员，桂林市翻译工作者协会会员和桂林市科技翻译工作者协会会员，尚无正式职业，目前已取得大学文凭十一科单科课程的前六科大专结业证书。如果出版社需要编译人员，我希望能有机会试一试，不知您是否可以把我列入考虑名单？

我自己觉得对驾驭语言文字有一定的把握，如果能有机会去您手下做一名小编辑或小校对，相信可以胜任。请您考虑。顺祝

夏安！

沈东子

1985 年 6 月 20 日上

※ 沈东子（1959—　），作家，翻译家，出版家。著作有长篇小说《少不更事》《碎陶》，短篇小说集《空心人》《手感》，随笔集《西风·瘦马》《西窗剪影》等，常年在《深圳商报》开设外国文学专栏。译著有《呼啸山庄》《大盗巴拉巴》《都柏林人》《乌鸦》等。编辑成果则体现在众多名著、丛书的策划出版上，《在路上》《沙丘》《火的女儿》分获第五、六、七届全国优秀外国文学图书三等奖，从下一封信中亦不难看出其编辑视野之开阔和一片为读者考虑的良苦用心。

# “世界少儿文学名著丛书”设想

刘老师：

我原来想编一套“世界少儿文学名著丛书”，现在看来与您为接力社编的那套书有重复，不便实施。我原来设想按书中主人公年龄顺序排列，由儿童至少年依次出书，可供小学至初中的孩子阅读，并列了一个书目，现将书目列举如下，供参考，也许会对您有一定助益。

## 世界少儿文学名著丛书

[德]格林：白雪公主（包括灰姑娘，小红帽等）

[丹麦]安徒生：丑小鸭（包括海的女儿，卖火柴等）

[英]巴里：彼得·潘（包括小白鸟等）

[英]卡罗尔：爱丽丝漫游奇境记

[意]科洛迪：皮诺乔（木偶）奇遇记

[瑞典]林格伦：长袜子皮皮

[美]阿尔杰：流浪儿迪克

[ ]作者不详：海蒂

[西班牙]佚名：托梅斯河上的小拉撒路（即小癞子）

[英]斯蒂文生：绑架　金银岛

[英]科林斯：月亮宝石

[俄]高尔基：童年　在人间

[法]凡尔纳：八十天环游地球　海底两万里

[英]吉卜林：吉姆　勇敢的船长

[荷兰]弗兰克：安妮·弗兰克日记

[美]马克·吐温：汤姆·索耶历险记　哈克贝利芬历险记

[美]海伦·凯勒：我生活的故事

［英］狄更斯：奥利维·退斯特　远大前程

［瑞典］拉格洛夫：骑鹅旅行记

书目大致如上，共计二十五本，如果按每辑五本出书，可出五辑，算作从小学至初中的同步涉外文学读物。如果这个设想你认为可行，我可以译其中的几本，比如《安妮·弗兰克日记》和《我生活的故事》等。另外我还有一个设想，就是把这些书分为“男孩子读物”和“女孩子读物”两种，分别列出十几种，把流浪历险的故事留给男孩子，以培养中国少年的勇敢精神，把童话和少女写的故事分给女孩子，丰富她们的想象力，我想这样对中国的下一代也很有好处。

上面列的书基本上都不存在版权问题，语言也比较流畅易懂，适合少儿读者阅读。唯一的缺憾是，故事都陈旧了些，似乎与当今社会的少儿生活有些距离。好在优秀的文学作品具有持久的魅力和价值，就跟优秀的品质在任何时代都不可缺少一样，因此这套书一定会受到少年读者的欢迎。以上是我的设想，不知您以为如何？

向黄阿姨问好！顺祝

安好

沈东子　上

1994年3月29日

# 莫雅平

## 曾经付出劳动希望得到尊重

刘老师：

您好！

关于《钢铁》一书，社里有些人将它定性为社组选题。在社外人士中，您是该书策划、组稿的第一功臣，而在社内，还没有谁在该书的整个出版过程中像我这样全程投入。现在他们将此书定性为“社组选题”，意在抹杀我曾经付出的劳动。因此我写了一个材料，请您看看是否妥当？祝

全家幸福，万事如意！

莫雅平

2008.1.18

**附：**

### 关于《钢铁是怎样炼成的》的一点说明

《钢铁是怎样炼成的》1994年至2004年的版权页的标注是：“策划编辑：莫雅平；责任编辑：张谦”，现在此书的版权页取消了“策划编辑”的提法，版权页上作的标注是：“责任编辑：莫雅平”。2006年底，有关人员将该书定性为“社组选题”，而非“自组选题”（即编辑自己组稿）。这既不尊重编辑的劳动，也违背了历史事实，实际情况如下：

一、《钢铁》的组稿信息，是由莫雅平从已调广西新闻出版局工作的刘硕

※ 莫雅平（1966— ），翻译家，律师。湖南绥宁人。1987年毕业于北京大学英语系，在漓江任外国文学编辑。译有《魔鬼辞典》《匹克威克外传》《七月的人民》《汤姆·索耶历险记》《里柯克幽默小说选》等。业余写作诗歌，并考得律师执照，后专司法律事务。

良老师处获得的。1993年10月的一天，莫雅平和刘硕良老师通电话，谈起外国文学出版。莫雅平感叹阳刚之气、英雄主义的东西译介太少，刘老师当即提供了一个重要信息：他能拿到黄树南老师正在应约补译的《钢铁是怎样炼成的》(全本)。刘老师和莫雅平都看好此书，尽管当时很多人的目光聚焦在美、英、法等国的名著上。莫雅平恳请刘老师帮忙，和黄老师敲定译稿。两人还探讨了《牛虻》《绞刑架下的报告》《教育诗》等的出版前景。

二、1994年4月份，莫雅平被聘为漓江社策划部副主任。莫雅平计划把《钢铁》《牛虻》《绞刑架下的报告》《青年近卫军》《普通一兵》等以"影响三代人的名著"的主题辞建构丛书，为此征求过刘老师的意见。在第一次选题会上，莫雅平提出了该套选题（注：后来同志们集思广益，把主题辞改成了"影响三代中国人的外国文学名著"）。

三、在选题会议之后，大约是1994年5月底，莫雅平曾特意赴南宁拜访刘硕良老师，阅读黄老师的部分样稿。当时黄老师的补译、修订工作接近尾声，其他出版社的编辑闻讯找到刘老师，希望得到《钢铁》的稿件，刘老师均谢绝了。

四、在《钢铁》的出版过程中，从选题到组稿再到编辑加工，莫雅平是唯一和刘硕良老师就选题策划、稿件组织和编辑加工进行过全程通联并洽谈的漓江社编辑。

五、1994年以后，漓江社实行"策划编辑"署名制。莫雅平曾就"策划编辑"的署名问题和刘老师通话，认为刘老师有最大的功劳，应该署名。但刘老师说：我现在不是漓江社人员，而你莫雅平作为漓江社编辑，是唯一参与了策划组稿的人，是直接责任者，你当然要署策划组稿编辑之名。

六、在漓江版《钢铁》和人文版《钢铁》之间发生译本之争时，莫雅平还曾写了说明文章《和久违的英雄握手》，此文在《新闻出版报》一发表，很快就平息了纷争。

莫雅平

2008年1月15日

韩全学

# 请帮新疆青少社带年轻编辑

刘硕良老师：

您好！近来一切尚好吧！北京、北海两次相见，一见如故，对您的敬业精神十分敬佩，欢迎您到新疆来传经送宝，旅游观光。新疆是个好地方。

在北海和您谈的关于帮我社培训编辑之事，望您能尽力帮忙，今派张红宇同志前往贵处学习培训，该同志系我社新分来的大学生，请您老人家能精心安排她在短时间内学到更多的东西。其他事就拜托您老了。大约元月十日到二月初返乌。请您费心。

祝您健康愉快！

代问张东[①]好！

韩全学

1995.12.28

※ 韩全学，江苏人，新疆青少年出版社社长。执掌全国唯一一家以青少年为对象并标为社名的出版机构，常往来内地通都大邑，为新疆撷选出版资源。

① 张东（1970—　），广西南宁人。广西师范大学中文系现代文学专业研究生毕业，历任《出版广角》编辑，广西新闻出版局报刊处副处长，广西美术出版社副社长，《阳光之旅》主编，北京雅昌印务集团公司副总经理。

# 叶　菁

## 来自澳洲的祝福

刘总：

你好！首先我应向你十二万分地抱歉，我到澳洲半年了，现在才给你写信。（两个月前写过一封信放在包里，不幸小偷把包偷走，如果他们好心会将信寄给你，不过可能性不大。）这是因为我初到一个陌生的地方，存在着一个生活适应问题，其中最重要的是语言难关，其次就是文化震荡。然后是独在异国的孤寂，虽然半年了，我还是不适应澳洲的生活。那种空虚和寂寞是难以忍受的，夜里，常常躺在床上，望着冷冰的墙想哭！真不知啥时候才能适应这种生活。

半年来，我主要精力放在攻读英语，每星期去一所大学做两天教授助手（中国民族文化研究）。钱挣得很少，但教授要我借机加强英语学习，早日读上研究生课程。这个月我在准备“托福”英语考试，争取明年二月份上大学读研究生。

两个月前，我从《中国文化报》中看到一个消息，你责编的《诗海》获中国图书奖一等奖，我在异国为你高兴，愿举杯为你庆贺。

澳洲的图书市场很丰富，我经常到书店看书，但买不起，待我英文好一些，我将向你推荐最新西方流行书刊。澳洲出版业不强，因为这里的人工费用特别高，出版印刷不划算，没有多少人做这项生意，多数图书从世界各个国家进口。如果你需要什么资料可随时

※ 叶菁，女，广西壮族自治区民族事务委员会工作人员，致力广西民族文化研究，参与著作《广西少数民族乐器考》一书，1989 年 3 月出版。后赴澳大利亚留学。

来信，我愿意为你效劳。

你的职称及行政职务怎样？有时候我常常想起这个问题，广西一些人真是有眼不识泰山，委屈了你。

新的一年快到了，我想在新的一年里，你将有更多的好选题，愿你新年再拿一个大奖。

遥颂

一切如意！代向聂震宁、小汪问好！

叶菁

1990年12月16日

## 金斗弼
## （2 封）

### 一个朝鲜族编辑的期盼

负责同志：

您好！

初次去信拜访您，请多指教！

我是黑龙江朝鲜民族出版社文艺部的一名编辑人员。今日有机会向您领教，感到荣幸！

近几年来，我社将陆续出版法国著名的科幻小说家儒勒·凡尔纳的一些著作。比如《格兰特船长的儿女》（1、2、3）、《海底两万里》（上、下），这些已出书。还将出版《神秘岛》《十五少年漂流记》等。

但我社是刚建立六七年的新建单位，缺少有关资料，因此对作者的生平及创作，无法做深刻而全面的了解。对作者的了解和研究，会给我们的翻译出版工作带来好处。尤其对我们朝鲜族读者来说，以前很少接触过凡尔纳的作品，所以我们有决心把凡尔纳的一些好作品逐渐翻译介绍到朝鲜族读者中去。

最近与北京中国青年出版社的同志取得联系，才打听到贵社曾在一九八二年底出版过《凡尔纳传》。

※ 金斗弼，朝鲜族，黑龙江朝鲜民族出版社文艺编辑。

今去信冒昧地求一本《凡尔纳传》，以便我们在翻译出版凡尔纳作品时做参考。

顺致

敬礼！

黑龙江省牡丹江市

黑龙江朝鲜民族出版社文艺部 金斗弼 草

1983.11

## 万里关山情自牵

刘老师：

新年好！

您寄来的书《凡尔纳传》已经收到。借此机会，深表谢意！远隔千山万里，如此受到关心，真不敢当！

虽然没拜见刘老师，但从您对陌生人的热心支持中，感到莫大的温暖。它将成为一股力量推动和鞭策我的工作。我是一个年轻的朝鲜族编辑人员，现年 33 岁，一九七七年毕业于北京中央民族学院语文系，如今从事文艺编辑。希望您多指教！

让我们利用“通信”这一纽带来增进友谊吧！

祝康宁！

金斗弼 草

1983.12

# 苏静波
# （2封）

## 请帮助发行《大家族》

老刘同志：

您好！

最近，我社因出版武侠小说的事与书店矛盾很大，我春节后发了一部书稿：原法国文化部长德吕翁的代表作《大家族》，是一部不可多得、雅俗共赏的佳作，比《富人与穷人》的影响还要大。然而，订数只有两万，叫人痛心。上次听您说八月份准备在桂林召开全国新华书店发行会议，现寄去20份订单，请您与各家书店老板宣传《大家族》。如果他们感兴趣，请直接与福建省图书发行公司、福建新华书店订购。这事就拜托您了。

祝

编安！

苏静波

1985.7.2

## 初步打开了局面

老刘：

您好！

很久没有和您联系，不知您近况如何？

※ 苏静波，女，福建师范大学外语系英语专业毕业后，到海峡文艺出版社编辑外国文学图书，后与文化学者张英进一道赴美发展。

从报刊上得知，几次文学、出版会议均在漓江桂林召开，也许都是您出面主持的。这几年您一定出了更多的成果，祝贺您！

我先生张英进四年前得到斯坦福大学的最高奖学金，所以，转到斯坦福大学比较文学系，如今已考过博士资格，目前正在写论文。他能在美国一流学府深造，机会难得。如今，他已成为一个较成熟的学者了。在美国许多杂志上发表了数篇论文，颇受学术界重视。

我来美国后，在一家美国信息公司做事，也很受老板的器重，去年被提升为我们部门的小老板。

我很想念祖国，也很想找机会回去玩玩。有空来信谈谈您的近况。谢谢！

祝

好！

苏静波

1991.12.18

## 尚书磊

# 很想参加中青年翻译会议

刘硕良老师：

近好！

已有半年多未同您联系了，每日都在匆忙之中度过，不知您近况如何？身体可好？

河南4月份的那次书展中，我见到了漓江来河南办展览的人，向他打听了您，记得他叫黄启明，您因工作甚忙，未来河南，我感到很遗憾。河南是比不上桂林的，不过仍有几个地方可以转转，比如洛阳、少林寺等地，我完全可以抽出时间陪您游览一下的。我希望能够有这样的机会。

书展上漓江出的外国文学方面的书，我随便翻一下，责编几乎全是您一人担当，一年中不下一二十种，我内心不禁感叹，我再干上十年也无法编出您一两年所编的书，这仅仅从数量上来讲。若论质量，层次等诸多方面，只有望洋兴叹了。

我6月份曾去武汉开会，结识了许钧，听他说10月份桂林有个中青年翻译家座谈会。您就是主办单位之一，可是每个省名额仅有3人，只给几家大的出版社发邀请，我社是无法得这种殊荣了，真令人难过啊。

我很想看看桂林，尤其是想看看您是如何治理一个出版社，使之从默默无闻而走入举国闻名的。说心里话，我更想找个机会同您

※ 尚书磊，女，河南人民出版社社科编辑部编辑，参加了1988年10月在桂林举行的全国中青年翻译交流会。

多聊聊，汲取宝贵经验，得到新的启迪，顿悟人生之道。我清楚地记得刘老师曾说过一句话，我们这一代是社会真正的弄潮儿。这种愿望，足以说明您对青年人是信任的，您的思想是开拓型的。通过您编就的那一套套丛书及一批批在国内外文学界引起经久不衰的赞誉之词，我彻悟到，您具有现代人的“超前意识”，这一点并不是国内出版界身居要职的同行中人人都具有的。希望刘老师多给以教诲，能接受我这个学生吗？

就谈到此吧！

学生　尚书磊

1988 年 7 月 1 日

# 安　宁

## 桂林图书馆藏书值得利用

刘硕良同志：

您好！

法国一行，见闻、收获一定不少吧！

你离开海口不久，我即动身去南宁，和新华书店谈点业务，顺便看望一些老友，见到李英敏、陆里、郑妙昌、符昭苏等人，也到文联那边去了一下，见到几位熟人。韦其麟现任文联主席，去北京参加十四大，未见到。陈肖人等去成都书市，也未见到。原打算找出版界朋友介绍几个选题，结果收获不大，陆里退下来了，他们有几个选题，只是书不错但经济效益不行，我未敢要；请农冠品他们帮编一本《幼读歌谣》之类的书，估计效益也不会很好。胡仲实有两个选题，一是《清代禁毁书目十种》，即从清代的禁书中选出十种，如能出版，估计会有些效益，但这些书均是“淫书”，即按出版署前不久下达的文件规定，仍需专题报国家新闻出版署批准。我估计海南省新闻出版局就难以通过。另一选题是《中国古代女鬼故事选辑》，从元朝志怪小说到清代以前笔记、稗史中选出女鬼的故事180则，选辑角度可取，但全系文言文，读者面不会大，效益也很难说。不过，这个选题，我还是打算报一下，争取能发行万把册，还是可以赚点钱的。情况大致如此，我现在身体状况不宜远行，无

※ 安宁，资深编辑。湖北人。从湖北话剧团调至《广西文艺》杂志社，在编辑岗位上为发现、培养新人，推出优秀作品做出了贡献。转到海口后，在海南出版社积极策划出版图书。信中提到广西文化出版界多位活跃人士。

法到处去组稿，只能就近找点米下锅，能过日子就行了。很希望能够得到各位朋友的帮助，介绍一些好点的选题给我。

桂林图书馆藏书不少，这方面很有潜力可挖。解放前上海的一些出版商出版过不少好书，现在仍有重新出版的价值。请您帮忙托人到图书馆了解一下，如有可供再出版的好书，可以设法借出复印一份，复印费用可由我们出。

安宁

1992.10.30

## 邱　燕

# 多认识一位报界朋友

刘老师：您好！

也许您已经不记得我了，但去年 11 月份在桂林召开的“第一届书籍装帧研讨会”您应该是有印象的，会上您还做了十分详尽的学术报告！

会议之余，来访代表您应接不暇，我见缝插针与您攀谈了几句，留下了您的地址，递上了我的名片（武汉工业大学出版社：邱燕），其间，您得知我在武汉，平时喜爱读读写写，便推荐我去认识湖北日报《楚天周末》编辑部的曾楚风女士①，并写下了只言片语。为此，我很感激您。

回汉后，因为种种原因，没有及时与曾楚风联系上，直至上星期我们终于相识，并谈了写稿之事。这时，我想到如果没有您的帮助，我也许没有机会多认识一个报界的朋友。

现在，曾楚风已不在《楚天周末》，而在湖北日报文化版，我去过她那里，谈得投机，她时常问起您，并说您是她爸爸的好朋友。

刘老师，假若有一天，我干出了成绩，便不会忘记曾经给过我帮助的老师、朋友。

顺祝春安！

武工大出版社　邱燕

1991.4.6

---

※ 邱燕，女，武汉工业大学出版社年轻编辑。

① 曾楚风，女，北京大学中文系毕业。湖北日报及其属下的《楚天周末》记者，编辑。父亲曾庆全，湖南邵阳人，古典文学专家，广西师大、中南民大资深教师，对广西历史文化有精到研究。

吴捷炳

# 希望有机会交流

刘硕良同志：

您好！

我是从一位友人和一些书籍上拜识大名的，大概是因为同行的缘故吧，使我早就想给您写封信，结识结识；也想找个机会去贵地拜访你们，向你们取经。但因为太忙，这些想法一直未能付诸实现。今天稍得空闲，提笔写了这些，又有些犹豫，怕占用您的宝贵时间，诸多不便。不妥之处，还请您海涵。

我在这儿的文艺编辑室工作，编的是外国文学，跟贵社的比起来，逊色得多，惭愧得很，因此很想能得到您的指教，使今后的工作能稍有起色，吾愿足矣！

另外，我因为在搞外国文学，趁机也和京沪等地同志联系，两年前办起一个刊物，是电影类的，名曰《中外电影》，发行至今已有八期了，我在资料室见到贵社办的“漓江译丛”，便想通过您与他们编辑部建立长久的交换关系，不知是否允许？

奉上几册本室近来出版的书，请指教。

如有机会，欢迎您光临福建！

祝您编安

福建人民出版社　吴捷炳

1984.5.19

※ 吴捷炳，福建人民出版社文艺编辑室编辑。

# 刘孔伏

## 可否成立中国诺贝尔奖研究会

硕良先生道席：

前接沈昌文先生大札，知仆之信函已转给先生，计已达览矣。先生曾主持出版诺贝尔奖文学作品集，对介绍推进此奖，厥功至伟，甚为钦佩！台北王万福先生系同道中人，拜托先生联系组织几篇文字邮去，以表大陆学人之热忱。甚为感谢！

推广介绍诺贝尔奖，大陆学人责无旁贷，不可袖手旁观。先生是否有意组织成立“中国诺贝尔奖研究会”？若能如此，可与台北、香港同仁携手合作、共同推进。甚盼赐教。

专此　敬颂

文安

仆　刘孔伏　敬上

岁次丁丑十月廿日渝州

※ 刘孔伏，文化界人士，热心两岸文化交流和对外沟通合作。所提倡议颇具开拓意义，惜因编务繁忙，加之操作不易，未暇顾及。

孔令森

## 冤屈已得纠正

刘硕良同志：

您好!

久未通信，甚歉。

在中央负责同志的关怀下，我因《诺奖传》一书而蒙受的冤枉已得到彻底纠正，河北省根据胡耀邦等同志的批示，1983 年 4 月 21 日给我平反，撤销了原处理决定。关于我这一冤情，贵社可询及《光明日报》记者部或河北公安厅处。由于我过去所受的错误处理，未曾在任何场合下宣布，故组织上不再出函更正，不再给贵社发函，只是与我当面宣布了平反决定和书面通告。

如果由此而拖及和影响了《蓝眼睛》一书的出版，请您可考虑发排。

上次所提《诺贝尔奖奖金获得者诗选》已初步译好，等待贵社的意见。

谢谢您对我的关心和信任。

谨致　敬意。

孔令森

1983.6.1

（拙译别雷诗收在贵社所编《西方爱情诗选》中，盼能寄来样书 1—2 册）

※ 孔令森，文学译者，有智利大诗人米斯特拉尔诗译作发表于《诗刊》1980 年第 6 期，被收入 1981 年 1 月出版的《西方爱情诗选》。当时编选者未与译者联系，不知信中所述经纬，一年多后方接此信，亦未作进一步了解。因其一定的史料价值而收入本书。

# 蔡鸿君
# （2 封）

## 步入版权贸易领域

刘总：

您好。来德国三四年，一边读书，一边打工，和好友联系很少，过去的不少朋友也疏于来信。前几年从吴裕康的信里还不时得知一些您的信息，这一两年也没联系，不知他是否还在漓江社。十月初法兰克福国际书展，国内来了几十家出版社的头儿，不少人认识您，提到您仍在发挥余热，在作者和出版社之间牵线搭桥，成就卓著，成了出版界的“大腕”，可敬可贺。

离国几年，对国内出版界的事已陌生。倒是对这里的出版社略有了解，同时结识了一些朋友。这次书展上德国第一畅销作家孔萨利克推出新书《黑品官》内容不错，如能在中国会有较高印数。我和作者很熟，版权出版社委托我代理接洽中文版转让事宜，现寄去梗概。您如果有兴趣，请尽快与我联系。

依我之见，在图书交流方面，中国图书走出国门更有效益，我在这届书展上促成了几桩中文图书转让德文版就是明证。当然，好的选题还得有好的推销。

---

※ 蔡鸿君（1957—　），翻译家，版权贸易专家。生于南京，毕业于上海外国语学院和德国维尔茨堡大学，获德国文学硕士学位。曾任中国社科院外国文学研究所《世界文学》编辑。自 1995 年以来，从事德中书刊版权代理工作。在中国大陆和台湾地区选编和翻译出版了多种德语文学作品。1990 年获中国作家协会“彩虹翻译奖”。妻子任庆莉也是德语翻译。2004 年代理诺贝尔文学奖新主耶利内克版权，在长江出版集团总编辑周百义支持下，与长江文艺出版社达成版权贸易协议，及时推出《耶利内克文集》5 卷，收到良好的双效。

因为没有您的新地址，这封信仍然寄到漓江出版社，但愿能到您的手里，我的地址见字条，欢迎常联系。

顺祝

冬安

蔡鸿君

1994.11.14

## 继续发展合作关系

刘硕良先生：

您好。

国际媒介版权代理公司（V.Fischer-International Media Agency）于 1995 年 7 月在德国法兰克福注册成立，是一个专门从事各种传播媒介版权贸易的代理公司。三年来，我们成功地为德国、奥地利、瑞士、波兰等国家的近百部图书代理了中文版权转让贸易。在此期间，我们与中外许多出版社建立了相互信任的合作关系。贵社一直是我们的重要伙伴之一，我们愿意并致力于继续发展我们之间的多种合作。

由于业务的扩大，国际媒介版权代理公司无论机构设置上还是从人员方面都不足以胜任。因此，我们决定在德国法兰克福近郊的奥芬巴赫成立海格里斯贸易文化发展有限公司，下设版权部。自即日起，原国际媒介版权代理公司的业务由版权部接管，中文方面的事务仍然由蔡鸿君先生负责。我们希望今后继续得到贵社的信任和支持，共同开拓中外图书市场。

蔡鸿君

1998 年 6 月 5 日

# 翁天培（3封）

## 请付译者授权书

刘老哥：

《北回归线》的稿子收到了。

基本上这书稿在我这边可以出版。

希望帮我准备原文书，还有原稿纸P134缺一页。

此次寄来的书中有几本我可先签合同，即1）黑奴吁天录2）爱的荒漠3）巴黎的忧郁4）暗夜行路。其余的部分尚在研究中。还有一件事就是与贵社的合同大致上都缺失译者书面同意书，如此会造成出版社与译者重复授权的情形发生。希望贵社能补及这个手续。

三月下旬本不想来桂林，但秋林说您老哥硬要我来，所以基本上我来，但我不拟参加局里主办的活动，我可能26日到29日离开（赴上海），时间确定了，我会叫秋林打电话给您，届时请您到机场一趟，还有安排住宿……

专此奉上

祝健康

弟　翁天培　拜

1992.3.8

---

※ 翁天培，中国台湾出版家。所领林郁出版有限公司及其下属机构在内地寻购版权，出版了漓江和其他出版社多种图书的海外繁体字版书籍，为海峡两岸图书交流合作做出了积极的贡献。

## 急需《红与黑》

刘兄：

《汤姆叔叔的小屋》(漓江版为《黑奴吁天录》)已经和漓江签了，书也已经出版了。所以，此书可以删除。

另外我要司汤达的《红与黑》(急件)，同时我还要你这套名著的全部书单，也许仍可以找出可合作的项目！

还有再帮我寄本《贾平凹散文选集》。

近两年漓江如有好作品，也帮我选个几本。

漓江已出版的书，最慢2月份会把样书或稿费结清，请转告。

专此

祝愉快

弟　天培

1993.10.12

## 《堂吉诃德》可出繁体字版

硕良兄：

寄来的两本译稿已收到了，勿念。

《堂吉诃德》这本书我可接受(因尚未安排别的版本)。如交我方出版的繁体字版，请和1.出版社，2.译者，事先沟通好，避免日后发生重复授权的困扰(最好向译者拿一纸授权书，再影印一份给我)。

今年我尽量抽空来和您见一面，大约七、八月份，地点可能是桂林(交通较方便)，和漓江社也有很多书要结账了。(对了，漓江的书也收到了)

P.S.有事联络秋林亦可，没禁忌。

弟　天培

1994.3.10

# 张秋林

## 《环球绿色行》要有图片

硕良兄：

寄上《佛经珍言》《环球绿色行》两书的合约。前一本以每千字5美元签；后一本版税6%，初版2000册或千字5美元，由作者自选。合同签好后寄回我。地址：上海市长寿路910号南海书店张秋林，邮编：200060。两书的定金，等翁先生7月底来大陆时再付。

《环球绿色行》书稿何时可交？盼告。图片也请提供一些供选用。

秋林

1993年5月28日

---

※张秋林（1955—　），出版家，少儿出版领军人物。生于江西南昌，大学本科毕业。二十一世纪出版社集团公司董事长、总经理、社长。原在江西人民出版社工作。1985年2月，创办二十一世纪出版社，以10万元起家，经过30余年的发展，由小到大，由弱变强，成长为一家国内外均有影响力的知名出版社，出书品种、品质和市场覆盖率大幅度提升，海外扩展也取得显著成绩，多次获国家级奖项和地区、省级图书奖。其中《光辉的旗帜》《一百个中国孩子的梦》连续获得中宣部第六、第七届“五个一工程”一本好书奖，使该社获得“五个一工程”一本好书奖“三连冠”；《中华文明大视野》获第六届国家图书奖；《图画书：阅读与经典》获首届中国出版政府奖（图书奖）；由他创办的《大灰狼画报》荣获第13届全国连环画报一等奖。90年代前期一度介入版权代理工作，取得成功，为日后21世纪出版社海内外双向发展积累了经验。

汤皓全

## 台湾桂冠公司对漓江“诺丛”深感兴趣

刘硕良先生钧鉴：

桂冠图书公司黾勉经营近廿载，专事于文史哲等人文社会科学经典之编辑出版。与大陆上海译文出版社及北京人民出版社亦有长久且愉快的合作经验。我社新近筹书有《桂冠世界文学名著》之出版。将书目略分为小说、诗歌、戏剧及散文故事等四种。对钧座所主持之“获诺贝尔文学奖作家丛书”深感兴趣，不知有无荣幸展读贵社更详细的出版书目，若有可能，拟进一步与贵社商谈繁体字之出版授权，以充实《桂冠世界文学名著》之内容，嘉惠读者，不知钧座意以为如何？

恳请惠复，顺颂

编安

桂冠图书公司　编辑　汤皓全　敬上

一九九三．四．十

# 王荣文

## 桂林得天独厚

刘先生：

承蒙董秀玉女士的好意，在我们九人来桂林游览前，写信跟您致意，并希望在必要时得到您安排车、船的协助。

一下飞机，大伙儿很方便地找到安排旅游的公司，昨天我们游漓江，今儿做市内观光。桂林旅游业甚发达，风景美丽、得天独厚，桂林山水风土民情让我们都很感动，每个人都觉得不虚此行。特别是我，户外生活出版社的陈远建、香港向学社负责人许礼平，我们三位都来过北京、上海和大陆其他地方，觉得此趟桂林游最为愉快。当然，大地、尔雅、九歌、洪范、金石堂诸位负责人均第一次拜访大陆，大家也得到美好印象。

由于时间匆促，我就没法跟您联络，希望下回有机会再来桂林，再来拜访。

敬祝

安好

王荣文

1998.11.26

※ 王荣文，中国台湾出版家。远流出版公司总裁。在海峡两岸出版交流合作中发挥积极作用。

马文通

# 让海外读者获得更多信息

刘硕良先生：

您好，很冒昧给您写这封信。

我是香港大公报《读书与出版》的编辑，也是广州花城出版社黄伟经先生的朋友。黄先生向我推荐贵社出版的图书，认为值得向海外推介。的确，从我手边现有贵社出版的书（如两卷集《诗海》、《外国名作家大辞典》等）看来，既质高气魄也大。希望今后能与贵社取得更多联系，同时也希望贵社能提供书评和样书，以便海外读者能及时获得更多的出版信息。书评最好限制在一千字左右，样书主要是供参考和制版的。（薄酬由敝报支付）请寄广东深圳 019 信箱大公报我收即可（邮码 518000）。谢谢。

顺颂

编祺！

马文通

1991.1.12

※ 马文通，香港《大公报·读书与出版》编辑，向香港及海外读者推介了内地很多优秀图书。

# 徐中元

## 香港文化出版界一瞥

硕良兄：近佳！

承悉，得知 Verne 顺产，甚慰。

我必须处理一些年度账目后才能抵港会晤，故此，大约不能如期返回了。出于一种寄托，亦是我本身好奇心致使，我在此图书公司干了二十多天。直到今天为止，主要工作即是开单，为各书局配书。这里出版界大多为左派，可能是接触文化界，学生多之故吧。所以，星辉图书公司是广东科技出版社的代理商，并兼营其他大陆书。大陆书在此地是较受欢迎的，只是封面质量太差，以此地之生活水准，光是便宜几个钱是没有吸引力的。望出版界能加以重视。然而，出版行业在这样的一个高速发展的商业社会里，也只能是惨淡经营而已。这里出版的书是多种多样，周期普遍一两个月。但书商们大抵是走法律空隙，把大陆及台湾的好书直接翻版，柯式菲林拍片即可，既省稿费，也很方便，更主要的是节省组稿、审稿、校稿，光照相就行，所以速度更快。台湾的文史类书籍、外国文学作品翻译力量是强大的，质量也不错，是我们在业务上值得分析研究的，特别是选题，有些是有见地的。

我在二十多天的体验后，又值文化界的前辈推荐，今天起正式往一家杂志社任中文编辑，此家杂志是和广东科协密切合作的，加

※ 徐中元，广西南宁人。五四农场插青，借改革开放破茧而出，曾在南宁师范学校工作，业余为广西外国文学学会打杂，边学英语边尝试翻译，竟成功译出《凡尔纳传》，得著名专家徐知免先生赏识，为之作序。后赴香港定居，仍不时回广西行走。

上我与梁烈舅丈关系，董事长经面试之后，很满意我的“杂”。这是一家以翻译外文科普文章及图片的“科技”杂志（名亦然），编辑部连我只有三人。在这种高效率的环境工作，亦是一个锻炼之机会。这里的人都是这样，报酬高，像我这样的“新手”，起薪是2000HK $，每三个月加一次薪，不用评，由董事长加就行了。但工作是卖命的，董事会的要求是：每个人一定是办自己的事业一样去干，否则，即使是博士、名家也对不起，“炒鱿鱼”！

我主要处理大陆一些作家的稿件，拟写大陆商品广告，最后版面总校，兼通联（这里只有我会讲国语，而一些上海籍作者又讲不来白话）。除了梁然，我想认识多几个广东方面的出版人士，是否能给我介绍一下？

你之姨妹我准备星期天休息再去拜候，香港地方，各人都忙于谋生，只有礼拜天才可能有空，一般的工作时间是朝九晚五，加上挤车各一小时，每天回到家里都累坏了，只有富商阶层才能享受“夜生活”的。

香港主权是中国的，回归之日指日可望。此时此地，更需要一些爱国的人士为祖国多做些事，事业应与祖国联系起来。文化界、科技界、知识界的人士均有此感。可悲的是年轻的一代，他们以英国的“二等子民”自居，不知根在何方，听说1997年收回主权，则像大限来临，不知所措，只有爱国的大量的有识之士，才有回归如返祖的感觉。我所认识的文化界人士均如此说。“宁可做祖国的下士，亦不愿做‘殖民地’的庸臣。”（香港为租借地，非殖民地，作者笔误。——编者注）此语落地有声，至为感人。

我先试试几个月，同时读英文夜校，要是发展不大，再决定回程，祖国有我的家，有我的事业，我这个人不单是（要）享受的，而是要工作的。

匆匆打住，又该去“爬格子”了。肖人、玉桦处不另。

愚弟　中元

1982年11月18日于九龙

# 龙　龙

## 钟林侄儿香港来信

尊敬的刘硕良叔叔：您好！

收到本信，您可能感到突然，我是广西日报社钟林、周漂萍的侄儿龙龙（大姨妈的儿子），当时我仅十岁左右，您对我可能没什么印象，但我却清楚地记得您这位常穿浅灰裤，真丝短袖衬衫，戴眼镜的刘叔叔。

我们整个家族的灾难，您一定多少知道一些，在这里实在不愿回首。我于1981年由父亲接到香港，先在“邵氏制片厂”学习特技摄影，四年前到香港最大的出版集团（玉郎集团）工作，现在任职营业经理，以“玉郎贸易有限公司”进入中国内地市场并全权处理这方面的事务。两年多来，我的公司牢牢地在四川站稳了脚，并垄断了整个四川到香港的印刷业务，现在想把业务扩展到广西。

8月初，我由四川到广西，在与广西各同业公司的接触中感到这个市场大有前途，准备9月份再回广西一次，谈点具体业务。我在南宁时，听姨妈说刘叔叔在漓江出版社任领导职务，贵社又有许多业务，所以，我很希望下次回广西时能见到您，并希望我的广西业务由贵社开始发展！希望刘叔叔接到信后能草回几字予我，告诉您大约什么时候在桂林，我好掌握时间。

我曾委托表哥钟安利用出差机会拜候您，不知他有否遇上您？

晚辈　龙龙　（1985）

※ 龙龙，重庆人，广西日报原总编辑钟林和夫人周漂萍侄儿，在报社大院长大。后钟、周罹难，亲属遭到牵连，龙龙得父亲接出。改革开放后，时回内地发展商贸业务。

# 马思中
# （2 封）

## 感谢漓江给瑞典文学院赠送诺贝尔丛书

广西桂林

漓江出版社有关负责人：

您好！

本使馆已收到贵出版社委托北京诗人、作家赵振开①转交的“获诺贝尔文学奖作家丛书”共十册，在此表示感谢。

贵社要我们转交十册给瑞典国内的瑞典文学院，现已寄去，特此表示感谢贵社之好意。

如今后亦需同瑞典文学院联系，请按所列。

此致

敬礼！

瑞典驻华使馆文化专员　马思中　敬上

1986.7.12

---

① 赵振开，诗人北岛本名。

## 瑞典使馆收到诺贝尔文学奖丛书

刘硕良先生：

谢您十一月五日的来函。本人公务较忙，未能提前写回信，为此甚表歉意。

非常感谢您赠送给本使馆的书籍。也为您邀请我和我妻子到桂林访问而表示感谢。今后有机会时，望能实现。

最近瑞典中文教授马悦然先生到过中国，由于时间紧迫，未能应邀到桂林。估计他已经经过赵振开先生向您解释过。他向贵社赠送的瑞典一部介绍诺贝尔文学奖概况的书籍一定已经收到。

您出版社若需要瑞典方面的何种协助，请在需要时同本使馆联系。我地址、电话亦附上。

此致

敬意！

瑞典驻华使馆文化专员　马思中

1986.12.09 于北京

## 欧义恩

# 英国驻上海总领馆很感兴趣

漓江出版社

编辑先生：

我最近读到了贵社今年年初出版的《美国自白派诗选》，这是一本极为有趣引人入胜的书。我本人对英国现代文学作品的中译本特别感兴趣，非常想知道已经出版的或将要出版的这类书的情况。因为在上海要得到贵社出版的图书较为困难，所以我将非常感谢，如贵社能将现有出售的这类书籍样本邮寄给我，费用由我支付。

如贵社能向我提供中国作家写的描写广西和桂林景色的诗歌集，我也非常感谢。

如你们对英国出版的任何书籍感兴趣，请务必告知我。

你们是否有意向出版下列英国作家作品的中译本？一九八八年将是他们重要的诞生日周年。他们是：拜伦男爵，生于一七八八年一月二十二日；亚历山大·波普，生于一六八八年五月二十一日；埃利奥特，生于一八八八年九月二十六日。

英国驻上海总领事馆总领事　欧义恩

一九八七年八月二十八日

# 报总社信

## 与澳大利亚大使馆文化参赞会面

总社：

经我社作者、上海社科院文学所副研究员裘小龙介绍，澳大利亚驻华大使馆文化参赞周思（Nicholas Jose），5月中在上海主动会见我社宋安群同志，5月30日又在北京宴请了刘硕良同志。

在两次会见中，澳方对漓江出版社表示钦佩，希望通过与漓江社的合作，加强澳中文化交流。

周、刘交谈结果，大致意向为：

1. 漓江社组织出版一套五至七册的澳大利亚丛书，包括史话一册，长篇小说二册，诗歌散文一册，风光、艺术一至二册。

2. 丛书由澳方建议选目，免费提供版本、资料，联系有关单位给予资助。

周先生表示将迅速与国内联系，以便同漓江社达成具体安排的协议。关于组织两国文艺出版社人员互访一事，周先生也表示将尽力促成。

特此报告，请指示。

漓江出版社

1988年6月1日

# 吴殿英

## 在上海排印漓江图书

老刘：

您好！

《晚餐》[①]付梓样已收到，昨天刚退厂，工厂正在赶改样，一俟改好，我们复对后，就打纸型寄上。

您要《正义者》附录，我们查了一下，发稿单上没有，是否是序？现复印一份，小裘同志[②]带上。

《长别离》校样已出来，付样托带上，请尽快看，目前已在校对，大约25日定能将校样寄上，请解疑后连同付样上错别字过到我们这份样上，并请签名付型。

你们预备再发稿一事，我准备与工厂再谈一下，但如目前您手上有稿可先发50万—100万字来，以便早日安排，能在四个月排出。

请多多保重身体。

祝早日康复。

吴殿英

8.13（1986）

---

※ 吴殿英，资深出版人，上海印务公司经理。为便于就地发货到京沪宁杭等中心城市，漓江版部分图书曾委托吴先生帮助安排在上海造货发货。

① 即《栗树下的晚餐》。

② 裘小龙。

# 易琼、杨庆、肖润萍

## 欢迎漓江来湖南新华三厂印书

刘编辑：

您好！

来信和书都收到了，非常感谢！由于近来车间工作比较繁忙，所以至今天才给您回信，请谅解。

书已按照您的吩咐，让小肖先挑了。名作家大词典已印装完了吧！您近来工作忙吗？身体好吧？新年即将来临，您一定有很多工作要做，下次有什么书来长沙排版，我们一定尽最大的能力，保证质量快出书。另外主机的小陈叫陈佑红，小周叫周艳霞，余言见面谈。

祝：

新年快乐

健康长寿

易琼、杨庆、肖润萍

1989.12.29

※ 几位写信人均为长沙湖南新华印刷厂三厂员工。漓江版《外国名作家大词典》在该厂印制。

## 申小渝

# 一辈子什么事都会碰到

刘先生：

您好！信悉。

看了电视以后一直想法表示慰问一下，但总脱不了身。一辈子什么事情都会碰到，我想您一定会泰然处之。

明天去车已经安排王阳春现在去社里面议，请您吩咐，以后有什么尽管来电话。

顺致

台安！

申小渝

1988.8.15

※ 申小渝（1945—　），女，高级经济师。湖南邵东人。1964 年毕业于商业专科学校财会专业。分配到广西资源县工作，后调桂林中药厂，1980 年任桂林市印刷厂厂长。1998 年赴美探亲、定居。在资源工作时结识从北大毕业下放基层锻炼的周国平，后介绍他与漓江合作。

# 张　楠

## 一个老校对的感触

老刘同志：

您好！

《蒂博一家》(四)早几天已校完。自校稿以来，这次算是错漏最多了，简直好像没校过。上几次排版规格有些不符，错的也较多，我曾向老梁提过，并没什么改进。希望你社能向工厂提出：按制度校二次完后再送校。这样对提高书的校对质量有作用。所以我噜苏这些。

去年校的书还有《赫索格》《巴比特》《苏联女诗人抒情诗选》等及《苍茫的时刻》补版付印稿40面，如有已出书的，请您通知贺昕①同志将校对费寄来，如能寄几本书来，则更感谢您了。

致

敬礼

顺问

嫂夫人安好！

张楠

1986.4.23

※ 张楠（1921—2001），资深校对。江苏南京人。长期随丈夫［老报人，上世纪40年代《广西日报》百色版社长吴颂平（1918—1997）］，在印刷厂担任签单、校对工作。八九十年代在广西民族印刷厂为漓江版多部书稿印前核红。

① 贺昕，漓江出版社编务室干部。

# 杨 进

## 三联分销店是个好窗口

刘硕良同志：

很久没有联系了，但时时还能在报上或听到漓江社的消息。

我们最近投资在杭州开了一家书店——杭州分销店，从开业半月来看，情况很好。这家书店除去全品种销售三联版的书（作为宣传的一个窗口）外，也销其他版的图书，以高层次学术、艺术性的书籍为主。从现在看，这类书决不像新华书店所讲的那么没有市场，相反，是读者无以购买，所以最有生命力的还是这些书。

杭州分销店的经理叶芳同志，非常想销一部分漓江的书，要我介绍一下。现附上名片一张。叶芳是我社职工，是位很能干的女同志，也较有见识，也有办书店的经验。今后可请她与你们直接联系。如可能，就先适量发一批书给她，如稳妥些，可先寄书目。开张情况甚好，书源紧张，所以很想立即进货。

另，沪港三联书店的翁铭泽同志也有此意，也可建立销售关系。

这两家书店都与我们关系甚好，叶芳同志处更是三联投资兴建，都愿为严肃出版物提供市场，可充分利用。如有些活动想在杭州举办，她那里也可协助。

致

礼！

杨进

1991.11.30

※ 杨进，资深发行工作者。著名编辑家戴文葆先生之子，北京三联书店发行业务负责人。信件提到的叶芳也是三联市场得力干将。他们都给了漓江出版社很多帮助。

# 王曰成

## 北京新华书店愿为漓江效力

刘硕良同志：

您好！来桂林开会[①]，承蒙您及于光同志[②]热情接待，深表谢意。本想返京后即刻给您写信，因年终事情多，所以未能提笔，望多多原谅。

漓江出版物给我印象很深，营业员普遍反映漓江出版社的图书是受读者欢迎的。从桂林回北京前我向广西区店添了批货，目前正陆续到货上架，使专架逐渐丰满。为了介绍漓江图书，我在11月2日和12月3日《中国青年报》每月十大畅销书栏内，分别将《生根》《火坑》列入畅销之内。另外还写了一篇《尼采诗选》介绍给《中国青年报》，不知是否能刊登。

回京后我到访《中国青年报》，同尹宁安同志谈谈漓江出版情况，希望他多帮忙。前些时听他说廖玉桦[③]给他来信，希望于光多和他联系，在可能的条件下，让他多为漓江效劳。

北京大学副教授顾蕴璞，您和他多次信件往来，但未晤面。回

※ 王曰成，资深发行工作者，北京新华书店业务科长。为众多出版社打开北京销售渠道做出努力，人们亲切地称他为“王曰”。

①1986年10月，漓江出版社与新华书店广西分店联手在桂林举行漓江版图书发行座谈会。北京、上海、重庆三大发行所和北京、上海、南京、成都、西安、武汉、大连、杭州、哈尔滨、贵阳、青岛等40多个大中城市书店代表出席。

② 于光，插队知青，考入广西民族学院中文系。毕业后到漓江工作，任读者服务部经理，书法编辑室主任。

③ 廖玉桦，漓江出版社文学编辑，编务室主任，后任副社长。

来后我将您和我去驼峰的照片给了他。这样他从照片中见到了您，以后见面就不会陌生了。

由于出版发行正在改革当中，目标多渠道发行十分活跃，为了跟上形势的需要，北京又成立了“首都发行所”，目标是为出版社服务，为全国书店服务。为了筹备各项工作，我于最近正式调到“新华书店首都发行所”工作，今后跟出版社和书店打交道会更多了。漓江出版社在出版、发行、印刷、征订等方面如有困难，您尽可找我，我一定全力支持，愿为漓江社做点工作。

在桂林与您交谈中，您曾想出版《十日谈》，如果在广西印刷、征订、发行有困难，我可以帮忙，或是利用北京办的《北京图书信息报》代为征订和宣传。

致

敬礼

王曰成

1986 年 12 月 15 日

代问廖玉桦好

## 乐佩华
## （2封）

### 做大上海地区发行量

老刘：

您好！

二月二日来信和订单收到了，这些重点书均有一定水平和质量，我们愿意积极配合贵社搞好上海地区的发行，还有一些具体问题向您反映，供参考。

1. 我属特约店和书店的多渠道进货折扣完全一样，而且事先不了解各店实际报订数量，使我店难以从宏观上安排数量。我们意见，上海地区由我店一个口子进货。

2. 对重点书的发行，要强化一些措施。贵社如能会同广西区店联合行动，那就更好了。

江苏文艺出版社将在本月份派人来沪，同我们联合召开全市书店座谈会，介绍《新诗鉴赏大辞典》，此书定价19.50元，采取寄销形式，同时首批派车送3000部，并给我店优惠折扣（后全市报订数仅330部）。他们还打算在上海新闻界开一个发布会。由该社总编和主编等来沪参加首发式和签名等活动。

3.《世界名诗鉴赏辞典》定价23元偏高，可否降低一些，率先在三月份出版。此书有一定的潜在销售市场，如你认为合适的话，欢迎你们来沪具体商谈发行办法，或者由我们去你那里磋商。您有

※ 乐佩华，女，上海市新华书店供应科文艺图书业务主管。在市店和基层店工作多年，熟悉市场，服务周到，为漓江版图书源源进入上海市场并辐射周边地区出力多多。

什么意见和要求，盼告。

张金福[①]和申屠杰[②]同志向您问好，代问张颉[③]、于光二同志好。

敬礼

佩华

1989.2.1

## 店厂协作快出书

老刘：

好！

关于“获诺贝尔文学作家丛书”[④]，经与中华印刷厂联系，看来出版时间的延期原因主要是封面设计太复杂，印刷要求高，印制技术有难度，费用成本高及预付生产材料费不足等。为了使这套书能如期出版，希望社里能在近期内来人商量解决具体问题。

参加成都书市的书目和具体数量是否落实，望能及时通知，以便配合发运，可否快件运？估计之前能赶出 6 本。

乐佩华

1992.9.21

我已收到川文社通知，5 日去成都报到。

---

① 张金福，曾任上海市新华书店及南京东路新华书店经理。

② 申屠杰，上海新华书店南京东路店业务主管。

③ 张颉，哈尔滨人，转业团级军官，曾任广西出版局办公室主任，漓江出版社副社长。

④ “诺丛”1992 年统一封面版在上海中华印刷厂印制并由上海新华书店就近向江浙等地发行，得到有关书店的大力支持。浙江省新华书店曾发专文进行部署，对各地市书店发刊量提出指标要求，收到良好效果。

## 浙江省新华书店

# 关于做好《获诺贝尔文学奖作家丛书》宣传征订工作的通知

（92）浙书图字第2号

各市（地）、县（市）新华书店、门市部：

为做好《获诺贝尔文学奖作家丛书》的宣传发行，上海市新华书店已于5月6日发出（92）沪店供字第53号函，请重视发好《获诺贝尔文学奖作家丛书》，谅已悉。

目前外国文学名著发行还是一个薄弱的环节，为改变这类读物发行状况，把优秀外国文学作品向广大读者推荐介绍，经省店与上海市店协商，我省该书宣传推广费由原定的2%提高到3%。沪图第11、29期订目特向下列各市店提出订货参考数（可根据该丛书不同内容和当地情况而定）。

杭州160套，宁波70套，温州50套，嘉兴、湖州、绍兴、金华、衢州、舟山、台州、丽水市（地）店20—30套。

余姚、海宁、兰溪、瑞安、萧山、江山、东阳、义乌、慈溪、奉化、诸暨、椒江、黄岩、龙泉、镇海、北仑市（区）店各10套。

其余各县店、门市部可按不同情况自行上报。

以上参考数如有变化，请各店向上海市店供应科及时调整。希各店做好该丛书的宣传征订工作。

浙江省新华书店图书发行科

**一九九二年五月九日**

此件供刘硕良了解。——乐佩华

张忠杰

## 艺术品种很有市场

刘副社长：

您好！新年愉快吧，祝您社在新的一年里工作顺利！祝您在新的一年里出版更多的优秀作品！

寄来的《日瓦戈医生》一书收到，多谢你们的关心！谨此表示感谢！

现寄上文艺、美术方面的剪贴资料，供你们参考之用。我觉得你们的文学方面的书确实不错，但艺术方面的作品欠缺些。建议您社可出些挂历、美术方面的品种，目前这方面的品种很能占领市场。

致

礼

广东省新华书店　张忠杰

1987 年 2 月 15 日

※ 张忠杰，广东省新华书店业务科长，热心为漓江出版社提供参考资讯。

# 陈森源

## 给读者出版者搭桥

尊敬的刘先生，您好！

自您从无锡回去后一直未给您去信，请您谅解。

目前，我们无锡市文艺书的购买力（尤其是在翻译小说方面）还是比较强的。每当新书来时，广大读者都以迫不及待的心情注视着上架的书名。这次您社又出了《初恋的回声》、《梦幻曲》（中篇小说选），效果很好，读者反映也很满意，特别是您编辑的那一套《外国文学名著》丛书效果尤佳。我在向读者推荐这些书时，说这套书的编辑刘先生曾来过我们柜台了解过情况时，读者更为高兴。他们都想有幸和您结识。我很感动，读者、编者能如此心心相印，我作为中间搭桥人也感到十分光荣。

刘先生，我负责我们门市部的文艺书订货工作。所以我非常注意您社发来的订单，您社发出的书目我总要都订一些，我认为这是我的职责，一个发行员的职业吧！同时，我本人也是一位文学爱好者，尤其是外国文学，我觉得一个真正的发行员应该知书、识书、爱书。这样，才能发行好书，您以为如何？

这次来信，主要是想得到您的指教，在文学修养方面我的知识很差，能否请您介绍一下目前您所熟悉的出版情况及您社的方向，同时也想在您的帮助下能得到一些您社出版过的您认为较好的中外

※ 陈森源，江苏无锡市新华书店文艺书发行主管。爱好文艺，钟情漓江，而漓江也十分看重江苏及其中心城市的推广工作。

文学作品样本，到时我将立即汇款来。

最近我正在夜校里上外国文学及中国文学史课程，觉得很有味道，同时也正在阅读一些名著作品，就是时间很紧张。

我柜台的小刘同志也向您问好！

顺致崇高的敬意！

盼听佳音。

学生　陈森源

1983.3.11

# 许汝祉

## 南师大校门外书店想进漓江的书

硕良同志：

您好！

外国文学学会扬州年会上有缘识荆，如今已有数年，祝工作顺利，身体健康。现有一事相托，不知道有无困难。在我们南京师范大学校外开了一家书店，书店主人和我谈起，很希望能进到漓江出版社出版的书。我和书店主人素不相识，但我又对书店情有独钟，总希望可能时帮书店一把，所以写这封信给您，打听看看有什么办法，能让这个书店进到漓江的书。能否请您在可能范围内帮个忙。

听到书店主人赞赏漓江的书，我感到此人有点识见。虽素昧平生，也愿代他想想办法。这事如果牵涉到钱的事，只要在五千元以内，我可以作保。一介书生，穷教授，没有什么钱，这您最清楚，但力所能及帮个忙，还是可以的。不会给漓江造成什么损失。

书店主人给我一个名片，上面写了他的住址和电话。也写了你们漓江发行同志的名字。现将名片附上。回信寄我也可，寄书店主人程伟也可。

给您添麻烦了，谢谢！

敬礼！

许汝祉

1994.4.24

---

※ 许汝祉（1914—2002），南京师范大学知名教授。以教授之尊之忙，如此关怀基层书店，令人油然而生敬意。

# 严尧芳

## 多方联系四川市场

刘老师：

您好！并问候黄老师好！自从成都分别后，您已给我两封信，我均未回复，首先向您表示抱歉！请谅解。原因是我在多方为您社推荐存书找门路。成都书店我去过发行科，人民南路春熙路门市，我也去了，还与绵阳地区负责进货的夏淑萍同志联系了，又找省出版局直属报刊图书发行社我省店第一经营部，以及青川县新华书店经理何杨甫、剑阁新华书店经理孙可正、南充地区新华书店经理申志礼，我把书目给了他们，但他们提出要见样书才能决定订数，商议折扣。现在我店省外地方版与年画合并成为综合科。如果你社有书可与我们省店综合科搞重点发行。新提年轻科长是我女儿小学同学，还比较尊重我。

您寄出的作品我已交第一经营部陈蓉同志，她也很想看样书，我建议你社派人来川带上原有样书和新出样书，这样我可给他介绍与以上一些书店订货，因为不可能对每个店都发样书征订，最好一套样书让他们见样提订货，上门征订加起来有12套就够了，不知您意如何?

祝

您全家身体好！万事如意！

严尧芳

1989.3.13

※ 严尧芳，四川省新华书店老职工，见多识广，服务热忱，绝非一般“小辫子”可比。

# 成都古旧书店

## 成都古旧书店 1983 年 5 月 15 日订单

漓江出版社：

我店曾在前段时期发函贵社，不知收到否？今再发函，欲与建立业务关系，请将贵社情况告知（书目、折扣、运费等），并希望予以大力支持。

我店情况如下：

店名：成都市西城区古旧书店

银行：成都市人民银行青龙街分理处

账号：66051

地址：西玉龙街 126 号（回信请写明地址）

望复函为盼！

致

礼

成都市西城区古旧书店（盖章）

1983.5.15

附：书单一份

书目单

| 书　名 | 册　数 |
| --- | --- |
| 中国散文诗选 | 300 册 |
| 生活和爱情（索菲娅·罗兰自述） | 1000 册 |

※ 此为成都市西城区古旧书店的一次订单记录，从其进货势头不难窥见当年漓江的触角在伸向中心城市的各个角落。

刘世久

## 想从漓江得到货源

刘硕良经理：

你好！

我是大连市新华书店离休人员，前月去贵社，受到贵社的热情接待，回来后已向店领导汇报，为此我代表全体离休同志和店领导向你表示衷心感谢！

我们大连店退休人员，要开办个人书店，需进一些工具书，但是货源太缺，请你帮助把贵社现有出版书目寄来给我。如果可以的话，请你把银行账号告诉我，需要我们去的话也告诉我。（代销与批销都可）

大连市新华书店　刘世久

1989年6月23日

---

※ 大连是漓江注目的一大市场。刘世久退休了，还在为他心爱的发行事业奔走。

# 张笑伟

## 参加第四届山城书市见闻

社领导：

我于十月十六日到重庆，参加由重庆市新华书店主办的“第四届山城书市”，现将情况汇报如下：

这次书市新增西南四省五方图书专柜，集中陈列了 11 家出版社新近出版的图书 450 多种。我社参加书市的图书共 26 种，总册数 1796 本。读者普遍反映不错，认为适合读者的需要，也适合读者的心理。书市开张刚三天，三种人体美术画册即抢购一空，后又发快件补充了一些，亦很快销完，《钱绍武人体素描》《动物画法》销售情况也不错。其他作品中，尤以《意象派诗选》《静静的顿河》《荒原狼》《赫索格》《火坑》《穿紫衣的女人》《玉米人》《生根》《第二代》等书受读者青睐。

总观书市，办得不错。历时十一天的销售量达九十六万余元，发行各类图书七十七万多册，接待各地读者十三万余人次，均创历年最高纪录。应市的品种多达三万余种，较去年书市增加30%左右。

书市期间，与各地出版社、新华书店、图书公司等系统代表进行了交谈，就我社的出版情况，发行情况和图书品种向各地代表做了宣传和解释。各地代表均表示对我社图书更应重视。以下情况我认为值得注意：

---

※ 张笑伟，湖南长沙人，桂林冶金地质学校（桂林工学院、桂林理工大学前身）政治理论教师、桂林市委讲师团成员张泽湘之女，上世纪八十年代在漓江出版社服务部任会计、主任，工作认真负责，为人直率、坦诚，因患抑郁症过早离世。

1. 现各出版社均自办发行，图书市场空前活跃，但也较混乱。一些地方出版社为扩大市场，竞相降低折扣批发，对我社发书影响不利。据反映，一些发行单位对我社图书一是嫌批发价格高；二是认为图书定价较高。

2. 根据目前情况，我认为在一些市场较大的地区建立一至几个可靠的、稳固的基本网点，很有必要。这样可以避免盲目发书，也能有计划调剂畅销与不太畅销的图书比例，款项回收亦顺利些。

3. 办特约经销点的方法值得商议。重庆的一些特约销售点普遍反映，实际起不到"特约经销"的作用。他们进书，实际也是选畅销书进，不好销的书照样拒付货款或要求退货。现发书单位正考虑增加一些条件来改变现状。总之，特约经销协议有待改进。

书市结束后，我抓紧时间到我部在重庆的业务关系单位实地了解情况。对今后的发行基本已心中有数。

书市结束后即到武汉，与欠我部书款的武汉文艺书店反复交涉，最后总算达成协议：该店于十一月十五日前将收到的我部图书全部清理并返回我部，已售的书款亦付清。此事办完后，我又到各业务关系单位走访了一下，武汉的图书市场，有许多所谓的"特约业务员"实际是一些个体户，以各种名义到出版社要书，对这种人发书要慎重。

服务部：张笑伟

1986 年 11 月 4 日

## 庞远才

# 为了及时得到图书信息

漓江出版社：

为了及时收订图书，沟通书讯信息，有利增长知识，为社会主义建设服务，特请你社将各期出版图书预订单寄给我，有关费用由我负担。

此致

贵州省织金县人民医院

庞远才

（约在20世纪80年代）

※ 一家不起眼的县医院职工希望直接得到漓江订单，给漓江想方设法直面群众直面读者提供了动力。

## 一见喜商店

# 敦煌“一见喜”想销漓江图书

漓江出版社发行处：

我店系甘肃人民出版社图书推销点之一，地处甘肃旅游胜地——敦煌，目前随着城市规模的扩大、中外游客的增多、人民文化水准的提高，仅甘版图书已不能满足需求，特向贵处请求建立“互利友好”的业务关系。如蒙同意，请将贵社《新书征订》和合同书（请包括折扣率、清结账期限等）一并寄来。

致礼

甘肃敦煌一见喜商店

1985.2.28

# 复旦大学图书馆

## 请直寄征订单和出书讯息

漓江出版社：

我校每月要征订不少中文图书。但目前上海图书供应部供应给我们的贵社图书目录不够完整和及时，还时有缺漏现象。

为此，我们希望与你们加强联系，能否请你们将每期征订单及时寄来两份，并将贵社社史和贵社近年来出版的著名书目寄来一份。我们将配合教学科研做好这方面的选购和资料工作。

此致

敬礼！

上海复旦大学图书馆采访部

1985.4.19

# 十、读者来信

〖124 人，135 封〗

## 大跃进岁月诞生的一代人的心声

刘老师：

您好！

正如您所猜中的，我是个年轻的工人。您从我的名字也可看出，我是在一九五八年大跃进岁月里诞生的。在我的同学和朋友中，大多是这个时代的产儿，因而，有时我们的许多看法都基本一致。您的来信，我也请他们一同恭览了，现将我们对于贵社发行的图书以及一些别的看法呈上，充数之言，不成意见，请指正。

几辑“译丛”中，《最后一个莫希干人》我认为选得不错，属于“趣味”类欣赏作品；“艺苑人物”系列，大概是“利润”类；而我最喜欢的便是《世界中篇名作选》。若有可能，想请刘老师帮我配齐，不知可否？

您曾说过，图书的发行对象，归根到底主要是青年人。我很同意您的看法。我觉得，青年人主要分为两大类，第一类：在城市里看书是消遣，消磨时间，他们主要是看侠客、惊险、侦探小说，政治人物传记，影星等风云人物自传等。在农村，此类人则主要看《故事会》一类书籍、戏本，现在是武术拳式教材等。第二类除娱乐以外，还希望能从书中学些有用的东西，他们爱看思想性较强、艺术性较高的感人的文学作品，爱看专业书，自修教材……

目前，这两类人的目光都正在转向专业书，他们都想有所成就（不管是出自何目的，什么方式）。拿我们工段的几十个年轻人来说，过去衣柜里无不尽是杂志、小说，一有空就看起来，现在趣味性作品难得有一本，取而代之的是书法、趣味数学、武林、自学教材、外语课本……这虽然只是一个地方的现象，可它不能不算一个大的变化。它标志着读者的趣味正在发生改变，也许您早已注意到了。

您也知道，由于形势的发展，文学出版界也发生了必然的变化。前几日报载，北京王府井新华书店调查所得：惊险侦探等小说销量大减，自学教材、政治、专业书籍畅销。刊物杂志发行也有变化，小说类刊物销量减少，《大众电影》不再居发行首位，而《故事会》以 250 万册高占鳌头，《读者文摘》之类趣味、知识性杂志销量猛增，而且自营书店也如雨后春笋，破土而出，自营或联营出版社可能也会应运而生，这些自营机构的最大优点便是最少包袱，具有灵活性，竞争力很强，公办出版社不能不受到冲击……

但我觉得，贵社还是有远见卓识的，因而出版的各种书籍具备自己的独特风格，读者很欢迎。我曾到几个新华书店去留心观察了一下，贵社及上海译文出版社出版发行的外国作品集是最畅销物，一个星期日就能售销一空。唯一不满足之处，尚觉“小说选”丛书质量不一，若能上升、保持在《世界中篇名作选》（第一集）之水平上，绝佳！

谨致敬意！

叶跃民

1983 年 1 月 29 日郑州

# 一个炼钢工人的心愿

编辑同志：

你们好！我是一个炼钢工人，既爱看书，也爱藏书。就近得知贵社正在编辑出版的一套“获诺贝尔文学奖作家丛书”，深感欣喜，谨表祝贺！并特地来信向贵社订购此丛书精装本一套，至于订购手续及付款问题（一次付清还是分期付款？），我在等待贵社的来信。

但愿我的要求能得到满足！

我想借此机会向编辑同志提两点意见。一是在编辑这套丛书时，应尽可能选编作者的代表性作品，又要力求避免与人民文学出版社编辑的《外国文学名著丛书》和外国文学出版社出版的《二十世纪外国文学丛书》，以及其他出版社已经出版的书重复出版，这对于提高编辑质量，减轻像我这样的靠工资收入，节衣俭食买书的读者经济上的负担，是大有好处的。二是请编辑同志进一步解放思想，在编辑丛书时不要用今天的眼光去衡量作者当时的历史局限，也不要用一种框框来检查书的内容是否符合今天的形势（恕我直言）。更重要的是要相信今天的读者，他们是能分辨是非，从中吸取精华，去除糟粕的。

但愿我的意见是多余的废话！

最后，请接受一个远方的读者对你们的衷心祝愿！

此致

敬礼

湖南省涟源钢铁厂电炉炼钢车间　钟隆安

1984年2月20日

## 部队基层的一次读书调查

尊敬的刘老师：

您好！来信收到好几天了，因为忙于贯彻“十二大”精神，所以今天才回复，实在抱歉。

您的来信，使我非常激动，我反反复复地把它读了几遍，心里热乎乎的。这是因为您，一位编辑，一位可敬的老师，注意了解您的读者。

根据您来信的要求，做了一点调查。现告知如下：

被调查的干部战士共 69 人次，喜欢文学作品的情况是

侦探小说：15 人，占 23%；

爱情小说：12 人，占 18%；

军事题材：4 人，占 6%；

诗集：6 人，占 13%；

报告文学：6 人，占 13%；

散文：6 人，占 13%；

戏剧集：2 人，占 3%；

电影文学：9 人，占 14%；

论创作：3 人，占 5%；

科幻小说：3 人，占 5%。

在调查中有的同志反映，有些好书，往往售缺，难以买到。说出版社为什么不能把那些畅销书多印制一些，读者对此表示遗憾。

还有的同志说，喜欢读富有生活情趣的，积极向上的，富有哲理的爱情小说（我想这大概是年轻人的缘故吧？笑声）。

即祝近好！

八七二七一部队：李树林

1980 年 10 月 14 日

# 让山区孩子多了解社会和世界

刘硕良同志：

你好！

你的来信我于二十日收到，非常感谢你亲自给我回信。当我收到信时，我很激动，因为没想到你们那么快就会回信。以前，我也曾写信给别的出版社询问买书的情况，他们不是不回信，就是两三个月后才发来简单的信。相比之下，你们是多么的不同。

我是一个只有十八岁的山村代课老师。学生们非常爱学习，他们的求知欲常常使我感动，又使我觉得自己的经验不足，知识不够，所以我就想用课外书籍来帮助他们理解社会和世界的风土人情，我希望他们成长、成才。

让我再次感谢你，感谢出版社的同志，感谢你给我推荐的书籍。

谢谢！

成都城隍街　王怡青

1982年8月21日

## 生活好了，文化要跟上

漓江出版社：

我是一个农村社员，地处广西与贵州交界的边远山区。十一届三中全会后生活富裕了，但文化生活较差，农闲没有什么事做。我喜欢古籍图书，近闻您社出版这类书较多。请帮助购买古现代武侠小说，如三侠五义、小五义、续小五义以及梁羽生的作品等。望贵社告知书名、定价、邮费。

此致

敬礼！

付之正　笔

1985年3月20日

## 因出身富农家庭而失学

刘硕良同志:

我是一个二十多岁的青年，曾于1970年至1975年读完了小学，但由于出生富农家庭，所以未被中学录取。于是，就在家自习。在区里工作的爸爸买来了一些书给我看。我渐渐迷上了诗歌，特别是外国诗。比如，我在某些杂志上抄下来的马克思的《给燕妮》、歌德的《野玫瑰》、海涅的《小花儿如果知道》等。读起来像美酒一样，令人陶醉。

最近，我听说1981年你社出过这样一本书，书名叫《西方爱情诗选》，它几乎把所有世界上著名作家的比较经典的爱情诗都收入里面了。现在，这本书你社里如果还有，请写信告诉我，我将把邮费和书本费寄过去。十分感谢。

此致

敬礼

同志: 魏宜才

1982年10月26日

## 一个身残青年要它排解寂寞

尊敬的漓江出版社：

得知贵处曾出版不少好书，欣喜之余，贸然提笔，麻烦贵处帮忙邮购两本，不知可否：

《索菲娅·生活和爱情》

《英格丽·褒曼传》

我是个身残青年，空余时间常感寂寞，但颇爱看书，如能承蒙贵处帮忙邮购这两本书，那真是不胜感激了。

可能的话，望来信告知，再汇款。

广州市东风二路243号　贾诗捷

1982年8月19日

## 队办青年俱乐部急盼好书

出版社的同志们：

你们好！

贵社是否有出版的图书简目，希望寄一份来，以便我们邮购。

因为我大队办起青年俱乐部，欲购买一批好书。但都买不到，所以只好有求于贵社了。

切切，静候佳音。

此致

敬礼

福建南平市五台公社　卢子隆

1982年8月18日

## 读书小组的期盼和建议

尊敬的刘硕良同志：

《青年外国文学》将于1988年元月创刊，我们几个读书爱好者等候着该刊的创刊，相信该刊一定会办得非常出色。我们建议该刊每期至少能有四分之一的版面登载国外微型小说或杂文之类的文章，还可登些漫画、幽默作品，也可登一些长篇连载小说和艺术性强美感强的诗歌。封面设计要美观，少用美女图，多用外国名画，当代名画家的大作，封面纸张最好有光泽，显得光彩照人。把价格印在封面的右上角或左下角，使人一目了然该付多少钱，不需再翻看价格了。

上述建议不知有用否，仅供你们参考。最后，我们敬请您为我们三人在信封上签名留念，或者题几个字。恳求您能满足我们的愿望。

祝您健康快乐！

上海三〇四市政工程所　读书小组

郭如华　国家荣　马金凤

1987年1月6日

# 一定要搞得尽善尽美才好

刘硕良先生：

我非常感激您，漓江出版社能出那么多优秀的外国小说，这里面您的功劳占一半，真难以想象您有如此旺盛的精力和胆魄。最近，对外国文学的出版审查制度又严起来了，福州的最大书店里看不到好的外国小说，像大仲马之流的作品却多得要命。"漓江译丛"第六集是否半路夭折了？今后还能再搞下去吗？

这里，我要向您讨教两个问题：1.《爱的荒漠》中《苔蕾丝·德斯盖鲁》在江苏出版的周国强的译文前有一段小序，还引了波德莱尔的话："主啊，可怜可怜吧，可怜可怜那些疯男疯女吧！"等等，但桂裕芳的译本则没有这段，因为什么？林凡译的莫里亚克的《受奖辞》里有一句外文，是什么意思？干嘛不注释出来？我想这套了不起的丛书如能得以继续出版，一定要搞得尽善尽美才好。2. 能否组织编一套哲学、美学以及属于文学理论方面的小丛书？像梅勒，厄普代克，格拉斯的《铁皮鼓》、亚马多的后期作品等当代享有国际声誉的作家的代表作，你们有计划出版吗？

《赫索格》是否已经发行了？望能告知。

保佑您长命百岁，硕良先生。我一读到漓江出版社的书马上就想到您，猜着您这当儿在干些什么。

顺祝

工作愉快！

鲁元　上

1984 年 3 月 1 日于榕城

## 一分光发出的十二分热

硕良先生：

你好！

在上封信发出后，我心里还打着嘀咕，这责任编辑的姓名会不会是一个小组的代名呢？就好像“文化大革命”后上海《鲁迅》编写组有十一人，就用了“石一歌”，意含双层呢？虽然我百般猜测未有结果，心中依然感到难以抑止的快慰和惊讶，因为就是有这么一个小组，而能在这样短的时间内完成如此繁重又有历史性价值的工作，也不是那样容易的啊！更何况，这一工作只有一位富有独创精神但也同一般人一样需要休息需要娱乐的知识分子在忘我地干着，那快慰和惊讶又怎能表达尽一个普通读者的复杂的心情呢？

为此，我要赞美你，我要赞美像你这样的好同志，虽然为数不多，但你们发一分的光却使我们得到十二分的热！

我是一个比较苛求的读者，纵观全国许多出版社出版外国文学的情况，在计划性、译文水平、装潢设计等方面办得最出色的当推漓江，这里面你的成绩是显见的。湖南的阵容也极大，但他们好像喜欢东一榔头西一棒子，一会儿出几部“毛姆选集”，一会儿出一本《幸运吉姆》。最近还搞了两三套译文丛书，可惜传记部分让人感兴趣的不多；青年读物方面选目不精，出书太慢。云南比较有胆量，但有二弊：有些书太讲究商业效果；有些书（如略萨的《胡利娅姨妈与作家》）出了，后头还要加上“内部发行”，对公认的杰作采取这种态度让人遗憾。江西、广东也搞得不错，可惜装潢和纸张（如广东）太差，使人瞠目。山西、天津较早就抛出几部好书，但译文水平低，很多地方差强人意（如山西《茶花女》、天津《三仲马》)，说明编者和译者配合不当。陕西、山东前一阵出了几本较有价值的理论书，最近也不见踪迹了，叫读者沮丧。安徽编的那套丛书，重译或一稿两用的占了一半。吉林比福建好些，出了一套历史方面的书。而我们这里是最可怜的，领导胆小怕事，更主要的是缺少像你这样有勇识的人，这是实话。

我拉七夹八谈了这些都由于你的那封热情的信，使我有不吐不快之感，而更在于作为一个读者当他知道了你的工作如此艰苦又要排除那么多的干扰和阻力，担心这大好局面有一天要被迫夭折，从内心发出一种祈求！

中国有极其雄厚的文化基础，本来早就应该出现好几位像莫里亚克、马尔克斯、贝娄这样的伟大作家，本来在“诺贝尔丛书”里理应有我们的位置，但是什么原因促使我们留下如此苍白的一页？我们到底有多少理由允许自己闭关自守，并毫无理性地挑剔那一部部光彩夺目的现当代作品呢？

敬礼

福州　鲁元　敬上

1984.3.14

## 尽量少一点遗憾

刘、朱先生：

我和我女儿已买了漓江出版社的多部诺贝尔奖作家图书，今后还将买一些。日前我进市里发现公开出售《为亡灵弹奏》和《太阳石》，我立即买了下来。我先翻朱景冬先生译《太阳石》后面的短文，发现选了一章《孤独的迷宫》，为此我有些想法求教于两位先生。

许多获奖作者著作等身，出一集来反映作家的成就本来就很不易，还要做到少与其他出版社重复，确实颇费思虑。我读了贵社的几个本子，总有些遗憾，但这是没有法子的。但读帕斯，我想除选译最负盛名的诗作外，应该全文刊出《孤独的迷宫》。因为现选的几篇散文作品很难反映作者散文的概貌，给人以支离的感觉，不如全文刊出那部久负盛名的经典之作。这样称为“太阳石·孤独的迷宫”的书，就不仅是文学爱好者和写作者愿买，还将有经济学、哲学、社会学、历史学、风俗学等方面的读者购买，用来作为了解帕斯作品的向导。就朱先生选的《迷宫》一章我也想到了这部杰作的分量，只是割爱太多了。再者，读诗很吃力，读现代译诗更吃力，诗集中刊出散文（情节性文字和论文）也是一种调剂。如艾略特诗中有他的极负盛名的批评文字，读者得益将是双向的。本人是教经济学的，此意见有不当之处，请见谅。

读者　蒋冠群

（未署日期，约在20世纪90年代）

# 中国读者太需要你们了

漓江出版社：

社长及各位编辑，你们好，谨送上八九十年代的致意，为你们对文学的虔诚，对读者的培护，对中国文坛的卓越贡献。可以这样说，在作家群体和读者群体，你们撑起的是茫茫夜海的巨大灯塔，你们架起了中国文学走向世界的桥梁。为了你们的努力，我和我的朋友们一起愉快地当起了贵社的义务推销员。从上海到四川，走一路宣传一路，为了你们的工作。中国的读者太需要你们了。“获诺贝尔文学奖作家丛书”从一辑到五辑，基本买到，我的朋友们也一样。他们中间不乏著名作家，他们一样对漓江翘大拇指。

我希望，能把马尔克斯的《百年孤独》之类也印它一版（是否牵连到版权问题？我不知道）。我相信，印它十万册也不会藏储书店的。其他如古希腊悲剧、斯特林堡戏剧、迪伦马特戏剧、雨果戏剧、卡夫卡、博尔赫斯小说，还有中国的戏剧集等，我相信，我国有那么多青年作者、读者，他们不会不感兴趣的。

另外，埃利蒂斯的《理所当然》遗憾是个残本。艾略特的《四个四重奏》中《小克丁》老裘的译本不如老赵的译本好，但他给了我们一个完整的印象，读者不能不感谢老裘，感谢他对读者奉献的热忱。不足部分，相信读者可以填补译本留下的空间。希望老李能把《理所当然》译完。

作为读者，我们可以利用我们各方面的关系，更广泛地介绍漓江，介绍社长和编辑朋友们。不管是都市还是乡村，漓江，都成为读者心灵中供奉的《圣经》。

四川黔江　王义山

1986 年 5 月

（笔者毕业于上海戏剧学院戏剧文学系，在广西也有许多朋友）

## 把宝押在你们身上

刘编辑您好：

我是一名爱好文学的青年，并有志于研究国外优秀的文艺作品，最近发现您编的“获诺贝尔文学奖作家丛书”，立即喜爱上了它。选篇越来越精，《赫索格》《四个四重奏》等都是久闻未睹的好作品，如今得到了，顿感心满意足。此外卷首的前言和卷尾的附录相当精彩，在国内各版本上当居首指。望您今后再接再厉！

当今出版界较繁荣，各出版社争相出版优秀作品，从读者方面看这个局面较混乱，前阵的《迷惘》就出了四个版本，我怀着焦急心情最后等到了漓江版。我现在把宝押在了你们身上，眼下一群“日瓦戈医生”又将登场，焦急之心实在按捺不住，听说你们也出了，就只好眼巴巴地等着了。还有，为买这些书，得跑遍各书店，也还买不全。

希望得到一份诺贝尔丛书的目录，若能邮购，请指明具体办法。

此致

进步

北京中绦胡同甲 2 号　迟军

1987 年 6 月 19 日

## 见一本买一本

刘硕良先生：

你好。我是哈尔滨电台的文艺专题编辑，十分喜欢你们出版的“获诺贝尔文学奖作家丛书”，并曾系统地介绍过你社出版该丛书的情况。这套丛书我见一本买一本。现在仅缺少《英雄挽歌》《拆散的笔记簿》、“索因卡作品选”、《逃亡》等几本书。

如果这几本书发行，请寄我一套，或来信告我，我把钱寄上。

我觉得漓江出版社干了一件好事，你社出版的书现在在国内是够一流的。

这和先生的努力是分不开的。

握手！

孟凡果

4 月 17 日（年份不详，约在 20 世纪 80 年代中后期）

## 中国一流

刘总编：

您好！

我是您主编的“获诺贝尔文学奖作家丛书”的忠实读者。

今年十月份随班级到苏州秋游，在观前街的新华书店的书架上发现一本与众不同的书。

回到南京拜读之后，我对文学的兴趣浓厚起来。读完此书，我又趁兴到书店买了几本诺贝尔丛书，读后感到非常满意。对这些书我真是爱不释手。这套书无论在内容和编排上都是高质量，中国一流的。在此，我对您所主持的这么有意义的工作致以一位读者的最大敬意。

祝新年快乐，身体健康！

南京读者　娄小桥

1991.12.27

## 相信会有一位国人的大名出现在诺贝尔丛书上

刘硕良先生：

您好！

我是您主编的“获诺贝尔文学奖作家丛书”的忠实读者，我每读一本您所出版的这套丛书，便又翻开了一幅新的人生画面，我不知怎样地向您和所有的工作者表示自己的感谢。漓江出版社出版的这套丛书和上海译文社的“外国文艺丛书”、三联书店的“学术文库”，将打开中国文艺复兴的大门。我相信在经过一段艰苦的孕育后，会有一位国人的大名出现在这套丛书之上。

虽然我有《约翰·克利斯朵夫》的两种版本的收藏，但没有您处出版的这套丛书中的版本，我感到很遗憾。希望以后能够在您处出版的这套丛书中见到《愤怒的葡萄》《百年孤独》《农民》《总统先生》这样的作品出现。

您和许许多多的翻译工作者都辛苦了，祝愿你们在新的一年中取得更大的成绩。

万事如意，工作顺利！

新疆克拉玛依一位读者　吴强

1992年1月3日

## 敬仰漓江的大家气派

尊敬的刘硕良先生：

您好！

您所编辑的“获诺贝尔文学奖作家丛书”我几乎都买了，这将是对中国当代文学产生深远影响的伟大工程，我们十分敬仰漓江出版社的大家气派。

今有一事相求，漓江出版社曾在1988年前后编辑发行过一本在文学青年中产生巨大反响的杂志《青年外国文学》。由于当时我们信息不通，没能订到杂志。特去信向您询问，《青年外国文学》是否有全书邮购？

武汉市东方青年文学院　张先冰

1991.11.1

## 极有收藏价值

刘硕良先生：

您好。由您主编的“获诺贝尔文学奖作家丛书”是我所见过的国内最好的外国文学译著；无论是从翻译的水平，还是从封面装帧来讲，这套丛书都很有收藏价值。我几乎每个月都花五十元钱去收集我所认为是有价值的作品——尽管有时候也不免有上当之感，但这套丛书的确是极有水平的，瑕不掩瑜。

可是，其中许多作品，我跑了几十家书店都没有看到，它们是吉卜林的《老虎！老虎！》，海明威的《老人与海》，拉克斯内斯的《渔家女》，帕斯捷尔纳克的《日瓦戈医生》以及戈迪默的《七月的人民》。不知漓江出版社能否办理邮购业务？如果能够办理此项业务的话，那以上几书的书价是多少？希望能得到您的答复。

此致

敬礼

北京电影学院学生　陈颖

1993.11.27

## 牵挂诺贝尔丛书命运

敬爱的伟大出版家：

您好！

我是"获诺贝尔文学奖作家丛书"的热心读者和购买者，曾购买了丛书六十卷之多。这一两年一直盼望着购买新版的"诺奖丛书"，可令人遗憾的是一直未能看到此方面的出版信息。我四处打听，有的人说您犯了错误被撤了职，还有人说现在国际上实行了知识产权法，因购买不起版权，难以继续维持"诺丛"的出版事业，种种说法不一。

今郑重向您老人家去信询问，"诺丛"的出版事业到底如何，若您老人家还有生命活动，请速来信一封说明。

此致

敬礼！

山东东明　房文堂

1995.10.11

# 由播火者想到编辑

尊敬的刘硕良先生，您好！

我由于买不到您编辑的书，就冒昧向您写了一封信。9月2日收到了您的来信并寄来一本《图书目录》表，承蒙您的关心，我先后向你社邮购了两次书，读后受益匪浅，大开眼界。后来我心想，我只是一位平凡的读者，先生是一位学问博深的编辑，不想打搅先生的工作，所以对于先生的盛情帮助和关怀之情，也没有回信表示感谢。但是，我想每个人都有追求真理的权利，在知识面前人人都是平等的，与社会中的人与人的关系不同，都是朋友和同志，没有高低贵贱之分。踌躇再三，还是写信向您表示敬意和感谢。从先生的来信中，我读到先生不是我想象的那种学问家“道貌岸然”（请原谅，这个成语分量太重了）的形象，而是一位亲切和蔼的人，所以心中对先生越发敬仰和钦佩。

我是从先生编辑的许多书中想到您，从您指点的方向中，去认识人生和世界的。尤其是诗，它们穿越时间与空间，穿越语言与心灵，把无数的孤独的理想连缀在一起，构成了灵魂的星应——美与爱情。那些给人指点迷津，给无数焦渴的心灵降洒甘露的人，不是先知就是布道者，从播火者我想到编辑，他们把心灵的圣经——文学和诗，送给那些迷路者和探索者，这是多么崇高的事业啊！你们是默默无闻的，但却使我听见了声音，美和永恒的呼唤。

我祝愿先生能编出更多更好的书来，尤其是现在这个时代，没有书籍，灵魂就要迷惘就要疯狂，全世界就像突然停电了一样，一片漆黑和无知。

此致敬礼！

一个读者　董永超

1991.11.20 夜于灯下

## 对我国当代文学起了很大的促进作用

刘老师：

近日拜读《腰扎尼龙绳的刘硕良》（作者：胡侃），方知深受广大青年文学爱好者喜爱的“获诺贝尔文学奖作家丛书”的主编就是您老。

熟悉外国文学的人们都知道，当前我国主要有三套系统介绍外国文学名著的丛书：“外国文学名著丛书”“二十世纪外国文学丛书”和“获诺贝尔文学奖作家丛书”。这三套书几乎囊括世界文学的精华，而由您主编的“诺奖丛书”更是为我国当代文学的发展起了很大的促进作用。

从我藏阅的一大摞丛书中，可以看出您所付出的心血和汗水。在此请接受我——一个普通读者的敬意。

暑安！

山东枣庄　祁有理

一九九一年七月十日

# 十年回顾，盼再完善

刘老师：

您好，请允许我十分冒昧地给您写信和这样称呼您，您主编的“获诺贝尔文学奖作家丛书”使我受益匪浅，作为读者对您付出的劳动表示万分感谢。今天去信，是想请您在百忙中满足我的一个小小要求，即我想得到一本有您签名的书。我已通过邮局汇款捌元整，请代购一册《太阳石》(墨西哥帕斯著)，请在扉页上签上您的大名，回寄给我。另外，还想简略地谈一下我对丛书出版十年来的一些粗浅的看法。

首先是译名的统一问题。如在附录授奖词中，致辞者的姓名往往译得不够统一。从 1934 到 1939 年致辞者均为“佩尔·哈尔斯特龙”，而《米佳的爱》却译成“珀·霍尔斯福尔姆”；在《静静的顿河》中，致辞者为“奥斯特林”，而在“作家小传”(2089 页)却译成“埃斯捷林格”；在《大地硕果·畜牧神》中，封顶、扉页、照片下均译作“克鲁特·汉姆生”，而内文则译成“克努斯·汉姆生”，一种书出现了两种译文。另外，还有“基耶罗”译成“吉罗”，“吉诺”(七十年代致辞者)、“吉连斯顿”译成“吉伦斯顿”、“格伦斯坦”(八十年代致辞者)等。

再者是作者选题。莱蒙特集选出了《福地》，托马斯·曼选出了《魔山》，其实这二位作家之所以获奖，是由于他们不朽的著作——《农民》和《布登勃洛克一家》。将《福地》和《魔山》纳入丛书中介绍给读者，我认为有悖于“丛书”的编辑宗旨。马尔克斯的《霍乱时期的爱情》也是如此，何不选收《百年孤独》呢？

第三是译本前言。相比之下，台湾出版的“诺贝尔文学奖全集”

有值得借鉴的地方，贵社出版的“丛书”在译本前言介绍每位获奖者的生平及创作思想方面过于简略，而台湾版“全集”则是在书后冠以“× × 及其作品”从获奖者各方面加以介绍，借以帮助读者更深刻地领会作品。

《癌症楼》一书，由于印刷原因，作者照片很模糊，既然囿于印刷条件，何不采用一幅作者的半身照片呢？

河北省昌黎县统计局　王敏钟

1993.1.29

再附添一句，马哈福兹的《我们街区的孩子》在出版时名为《街魂》，而在本书的内页仍译成《我们街区的孩子》，前后有不统一处。

# 读了中篇名作又想短篇名作

白老先生：

首先向您问好！

真是非常高兴！非常幸运！我仅花了有限的钱、有限的时间竟能读到古典、现代、当代的外国优秀中篇小说。

当我读到《世界中篇名作选》第一集之时，我犹如干渴的沙漠遇到清泉一般，在此，我向您表示衷心的感谢和深情的敬意！

最近我走了几个大书店。想买一本《世界短篇名作选》，可它们都令我失望。于是我终于写信打扰您，也许在您那里能够满足希望。

此致

敬礼

读者　秦松岳

1983年3月10日

## 佳作提要百看不厌

刘硕良先生：

您好！

最近买了由您编辑的《现代主义代表作 100 种 / 现代小说佳作 99 种提要》，百看不厌，爱不释手。近年来贵社出版了很多当代文学方面的好书，这是最有用的一种。希望您今后能多编类似的书，并对这本书的出现向您表示一个读者的万分感谢之情。如有可能，代向翻译者致意。

祝

好！

成都西校场　军区后勤司令部

读者　何红烈

1989 年 3 月 1 日

## 看得越多越觉得才疏学浅

硕良老师：

你好!

接到你的来信，我很高兴，本来觉得很遥远的你，还有漓江出版社，现在一下觉得近了很多。尤其后来，我惊讶地发现《麦田里的守望者》《巴黎的忧郁》《爱的荒漠》《赫索格》《孤雁行》竟然都是你编的书，而我又是如此喜欢这些书，就愈加为能认识你而感到高兴以及荣幸了。同很多青年一样，我非常喜欢《麦田里的守望者》这本书，我看了两遍，另几本书我也很喜欢。这几天朋友推荐给我《你好，忧愁》，也是你编的，我也喜欢，但不如上面那几种书，很可能是受书中对作者的评价（不是世界一流作家）的暗示的缘故吧。你们出的那一套“法国二十世纪文学丛书”相当不错，我看过《悠悠此情》《王家大道》《茫茫黑夜漫游》《背德者·窄门》《东方奇观》《毒蛇在握》以及《嫉妒》中的后一篇，不知《少女们》出来没有，成都怎么没见到?

上次提到的《现代小说佳作 99 种》，很可怜，我看过 20 种吧。虽然并不是顺着书目一本本全看完，但确实希望能多看一些。寄希望于你这样的编辑、出版社和译者了。等我考完自修大学之后，我准备学外语，争取能直接看原作。当然，这需要下一番功夫。

我是成都军区后勤司令部办公室的工作人员，现在刚刚改成文职。我 15 岁当兵，现在在部队待了 12 年了。平时爱好文学，跟那么多的青年一样，还在成都的《西南军事文学》和《青年作家》上发过两篇短篇小说，那是去年的事。由于外国名作看得越来越多，越觉得自己才疏学浅，也越觉得在中国当一个作家还不如当一个翻译家或做你们这样的编辑。

我平时活动能力稍差，看书都是自己上街买，实在不知如何在部队为你们的发行工作出点力，我想由于人人的爱好不同，也不见得我喜欢的就是大家喜欢的，所以很难在这方面出多大力，很感抱歉了。

硕良老师的情况如何？今年还将出哪些书？望告知。

祝

好！

何红烈

1989年4月10日

## 淡妆浓抹总相宜

刘硕良老师：

您好！

很荣幸接到您的来信。

坦率地说，我是“漓江热”中的“外文热”。接信后，我立刻走访了我的一些朋友，并写信与外地的同学，请他们说说各自的看法。

这几天，来自四面八方的建议纷纷集来，多是青年人，先说说我的看法，世界名著、中篇名作等我都喜欢。在这些作品中，我更喜欢现代派的。

一个同事说，有的我们弄不到的世界名著，漓江给我们出版了。就是说漓江专挑优秀的外国文学出版。

一个同学说，漓江出版的书，内容和装潢一样好，精致醒目，我不仅爱看外国的，也喜欢本国的。

一个同学说，这些外国作品不但我们喜欢，中年、老年也喜欢，有的很熟悉。我非常想知道外国文学的现代动向，是否能多出版一点新翻译的？

一位文学老师说，好就好在注重质量，我就烦一些以进步、革命话来弥补写作水平的文章。

他说漓江也有这样的。

一位在部队的同学来信说，尽管漓江的书籍我看的不多，但给我一个印象：那就是好。就拿中篇小说集《旅侣》来说，《旅侣》就是一篇催人向上的，让人寻找答案的小说，读了它的人，无不感慨。

总之，我很喜欢漓江的书，怎么说呢？用苏轼的话说，就是，欲把西湖比西子，淡妆浓抹总相宜。有事请来信，愿效力。

祝

愉快！

辽宁营口第三纺织厂　扬帆

9.15（约在20世纪80年代中）

# 从上海书展看漓江

刘硕良先生：

您好。

短短的几年时间，贵社出版了大量的好书，其中，艾略特的《四个四重奏》《意象派诗选》《尼采诗选》等，在我国皆属首次，就是在上海众多的外国文学书籍中也算得上最畅销的。裘小龙的《四个四重奏》，获得了去年的上海青年文学翻译奖。去年上海举办了规模空前的全国图书展览，全国几乎所有的图书出版社都参加了展览。我特别注意了漓江出版社的展区，说实在的，你们创办不久的新出版社完全可以与上海译文、外国文学、人民文学、四川、湖南、三联等一批办得较出色的出版社相比。在展览上，我还首次看到了你们出版的外国名画选，这样精美的封面（因为不能随便翻阅），在我国是很少见的。

对于我们读者来说，最大程度的关心、爱护出版部门，莫过于对它的工作提出些有益的建议和设想，使它能办得更好。我是一个刚刚踏上工作岗位的工科毕业生，读中学时，一半是出于爱好，一半是由于梦想，对什么都感兴趣，对什么都一知半解。经过几年的摸索，发现艺术的各条支流经过曲折蜿蜒，在哲学（美学）范畴中又汇合在一起了，便立刻奔向新的领域，后来又发现哲学需要许多文学艺术方面的素养作为基础，于是又折回艺术的园地，但这次与上次漫无目标的游弋有了本质的区别。由于我的主要精力必须放在厂里的技术设计方面，对文学我选择了现代派作为自己的爱好方向（从象征主义开始），因为我只是个爱好者。首先，出版时机的把握很重要。例如《蒂博一家》是你们先出版的，但由于速度太慢，现在“二十世纪现代名著丛书”已将它一次出齐，你们今后的几册销路便会大减；又如纪德的《伪币制造者》，国内已有好几个译本，你们今后出到纪德，我想不会重复了吧；其次，出版诺贝尔奖作品丛书确实很好，其中确实有艾略特、叶芝、加缪、纪德、萨特、海明威、福克纳等名家，但有更多的名家在诺奖系列之外，你们如何兼顾平衡呢？

看了你们出版的图册，联想到美术出版社大量画册无人问津，是不是真的国内没有销售市场，或是价格太高，一般读者支付不起呢？我看不是。第一本外国名画册，是辽宁美术出版社出版的，价格7元，结果全部销完。至于后来一再重版又当别论。价格是国内生产、销售环节决定的。出版也无法任意改变。主要是产品对不对路，会不会适合不同人群的需要。

过去的东西介绍得太多，故人创造的艺术高峰是过去的高峰，我们要创造新的高峰，必须多了解现在。

祝工作顺利

读者　孙迪熙

1987年1月20日

## 多出填补空白的作品

出版社编辑部：

近年来，你社出版了一些较受读者欢迎的文学作品，像《文心雕龙译注》《古代诗词曲名句选》《普希金戏剧选》等。我作为一个文艺爱好者，希望你们能再出版一些有过较大影响，而目前其他兄弟出版社尚未重印，或印数较少的作品，以满足读者的需要。

我建议，像肖洛霍夫的《被开垦的处女地》，荷马的《伊利亚特》《奥德修纪》，拜伦的《恰尔得·哈罗德游记》，海涅的《海涅抒情情诗》（一、二集）……既可满足读者需要，又可增加出版社的利润，请考虑。

致

敬礼

广西靖西汽车站　林仲全

3月30日（1983）

## 比其他同类书要强得多

白夫同志：

给您添麻烦了，请原谅。

我去年八月，从书店里购得您编选的《世界中篇名作选》第一集。本分队战友都纷纷借阅传看，一致称赞这本书编得很好！自己知识浅薄，不敢妄加评论。但我认为这书确实比其他出版社编选的同类书要强得多。战友们看完之后，都非常希望第二、三、四集能尽快出版。可时至如今，我们的愿望没能满足，书店里没见着它们的影子。

也不知是我们离售书的地方太远，没能赶上买这后三集，还是没有出版？我觉得后一种情况是不可能的，为此，特向您打听一下，如果您那里还余得有这后三集的话，能不能寄给我们，按价付钱这是不消说的！

祝您工作愉快！

云南剑川部队　马飞

1983 年 5 月 26 日

# 选题能否再宽广些

硕良编辑：

您在来信中说："读者有何反映和意见，盼随时赐告。"也许是出于偏爱，我倒谈不出什么意见，也未听到什么反映。尽管《文学报》上披露了《初恋的回声》载入《北极风情画》引起争议的消息，但此书在我们这里却颇畅销。等我看到报上的消息后去买时已经脱销了。由此想到，贵社在外国文学选题上能否再广些？例如弗洛伊德学说对西方现代派文学和我国当前的文学创作影响都很大，能否把他的有学术价值的著作作为资料出版一些？英国劳伦斯的《查泰莱夫人的情人》一书，我国的一些外国文学专家评价不高，但又有人认为，学英国文学不读《查》是不可思议的。不知此书国内可有出版消息？另外，美国马里奥·普拉的《教父》一书，云南、贵州都已出，广东花城亦纳入三季度的出版计划。此类对西方社会有一定认识价值的畅销书，是否也可有选择地翻译出版一些？还有，现在一些年轻人都喜欢看外国文学作品，但外国文学作品精华与糟粕相间，鉴赏力差的人恐怕会分辨不清，以贵社的力量，完全有条件创办一份《外国文学欣赏》之类的雅俗共赏的评论刊物。相信这是所有喜欢外国文学的读者的共同愿望。你们还可以组织一支遍布全国各地的桂版图书的读者评论队伍。上述希望，信口谈来，纯系门外论书，很不足道，仅供参考。

如能有机会到锦州，我真想见您一面！

致以真挚的谢意！

锦州一个中学教师：张保成

1983.9.13 夜 12 时

还有一事询问：贵社是否需要日文著作的译稿？我有一位大学中文系的老师，此人日文基础较好，五十年代人民出版社就出版过他译的日文马列经典著作。不久前，他译的日文文学作品已被辽宁的《春风译丛》打出目录小样，北京的《鲁迅研究资料》也准备采用他的一篇译稿。日前我到他家做客，他向我谈到以后有时间想把日本川端康成的《小说研究》和藏原惟人的《现实主义问题论文集》翻译出来。他还拿出了原书让我看，是日本一九八一年版的，很新。如你们需要这两本书的译稿，我可以催他把别的译作放一放，先把这两本书翻译出来。不知如何，还望回信说明。

1983.9.13 夜

## 唯艺术特色是瞻

白夫先生：

好！

本人是去年毕业分配工作的。尽管学的是历史，可对中篇却有一种少有的喜欢。这里推荐两部作品，并谈一点想法：

1）法国梅里美的《嘉尔曼》

2）日本武者小路实笃的《爱与死》

既然这套丛书叫“世界中篇名作选”，则入选的作品必须在艺术上确有特色，而不必去考虑它究竟为多少人所知晓，和去计较是否已被其他出版社收入类似的集子。小小学生竟斗胆打扰编辑先生，写完之后竟有些惶恐了。不过好在本人没什么不良动机。

谨祝这套书前程辉煌。

致

礼

福建省档案局　谷森

1983年9月7日

## 不必受别家影响而忍痛割爱

白夫先生，你好！

几年来，购得由您主编的《世界中篇名作选》后，爱不释手，我的藏书也更加丰富了。但最近又有些后悔，因为此书出到第五集后就再也不见下文了。相比之下，由张英伦主编的类似选本已出到十数集。不知您是因为身体欠安呢，还是忙于别的事务，将期待您的读者忘记了！

我作为一个文学爱好者期待您继续将此书编下去。

另外，我觉得您所收篇目大可不必受别人编书的影响而忍痛割爱，我愿在您的书中欣赏到所有佳篇，而不必再寻找别的版本补充之。语不周处，请谅。

祝

安康！

张健

1987年7月9日

我希望能得到您的答复。

地址：北京（卢沟桥）机床铸造厂计量室

# 希望出齐这两部大书

尊敬的刘硕良主编：

我是“漓江”版外国文学书籍的热心读者和购买者。我非常喜欢你编的书，应该说，不管在内容或是装帧上，它们都是上乘的吧。

我最近看了《世界文学》第四期，苏联爱伦堡的长篇回忆录《人·岁月·生活》，很好。介绍说这是一部7卷的大型作品。我忽发奇想，如果您组织力量把它译出来，就太好了。

另外，上海若干年前曾出过俄罗斯赫尔岑的《往事与随想》，只出了第一卷（是巴金译的）。那以后，巴金不可能再译了。上海至今也没再出。而我这样的读者却始终恋恋不舍地盼望着《往事与随想》全部五卷的出版。刘老师，我请求您能为广大读者做一件巨大（伟大）的好事。“漓江”由俄语译过来的书质量高，如《日瓦戈医生》《静静的顿河》很被看好。读者对漓江寄予企盼。

祝身体健康，多编好书！

四川金堂县赵镇上码头13号　张顺源

9月18日（20世纪80年代中期）

## 控制数量，从严精选

编辑同志：

昨天从新华书店买到你社编辑出版的《世界中篇名作选》（第一集），今天就把它看完了，阅后觉得获益匪浅。我对你们的工作表示感谢，并希望你们能继续编好以后各集。本着这个目的，特提如下建议，供参考：

一、所出集数不要太多，一般来说，6集左右为好。集数太多了，超出了读者财力与精力所能允许的范围，就会发生适得其反的效果。因此，希望你们能在编选时，切实从“精”着眼，把真正的“名作”收入选集。一个作家的作品最好只选一篇（当然是最好的），推理小说侦探小说所占比重不要太大。

二、由于分集陆续出版，读者对发行的具体时间不清楚，因而往往不容易买到全集，这对大多数读者来说，未免是一件十分遗憾的事情。因此，建议你们办理邮购业务，扩大发行量，每集出版前最好能在全国性报刊上（如《中国青年报》）做一个预告，既方便了读者，又有利于出版社。

另：如你社办理邮购，请来信告知，以便我能买到以后各集（最好能把多集出版时间相告）。

此致

敬礼

湖北财经学院农经学79级　吴永宁

1983年9月6日晚草

# 当在版面精美上下功夫

漓江出版社外国文学名著编辑部：

贵社所出版外国文学名著，以版本小巧颇为别致取胜。所选之文学作品，本着人弃我取之旨，也颇可取。然而我以为也不妨重复某些外国古典名著。为争取读者，当在版面精美上下功夫。比如插图宜精，尽可能取外国人的原画，非万不得已不要用中国人的插图。因为外国人画外国事物总比中国人熟悉，再当时人画的总比现时人画的准确。再是扉页、题头宜加装饰图案。装饰画在我国书籍中往往被忽视，使书很单调、不好看。须知文艺书本身也是艺术品，必须加以装饰。这一点也应该向外国人学习。要精美、切忌粗糙。再则，装订不要用铁钉。我看到有几本是用铁钉装订，一来是不易翻阅，二来容易生锈，不能长期保存。再封面要讲究些，除图画要吸引人，还要涂上一层塑料，就漂亮多了。

现代作品似乎也可以搞一点，比如苏联肖洛霍夫的《被开垦的处女地》不知现在有没有写完，是否可以出一本来看看。即如奥斯特洛夫斯基的《钢铁是怎样炼成的》也未尝不可以出一个精本，因为开本小巧便于携带，青年朋友也是喜欢的。

敬礼！便望教正！

读者：石祖英　谨启于武昌

1983年3月25日

## 像先辈鲁迅先生那样长期坚持

硕良同志惠鉴：

寄来的《家族复仇》一册及所附大札均收到。非常感谢！

上次因为我买了你社出版的小开本外国文学名著，逐次浏览之后的一些感觉，实在也说不上什么意见。只是我一向爱好文学，十多岁时就曾搜集过当时上海启明书局出版的“世界文学名著”，如《少年维特的烦恼》《黛斯姑娘》《罪与罚》《爱的教育》《鲁滨逊漂流记》等数十册，印象极为深刻。后来流寓各地，上海藏书都散失。“文化大革命”之前也曾搜集过，可惜在“文化大革命”之中，因自己革自己的命，就卖给废品站了。现在虽然年事也不算轻了，然而积习难改。看到你社出版的名著开本小巧、选题不随大流，故觉可爱，所以陆续买来阅读收藏。同时，我总觉得印刷、装订，其中尤其是插图欠惬人意。于是信笔写了一封信，提点粗浅看法，并蒙赞赏，殊为惶愧。

你们虽然夹在京沪出版物之间，但并不气馁，甚为可佩！我看继续努力，精益求精，发展前途还是有的。如能不断锐进，一定能做出牌子，叫作袖珍本，岂不很好。将来销路增加，还可同时出精装、平装两种（当然开本一样），实在非常有趣。

可惜我不搞此行当，实际上我于出版文学作品极有兴趣。不论本国、外国都要像你社一样版式出到底，成为一个专有的文库。一定要让插图、封面设计和整个装帧更加精美起来。当然，局外人说说容易，具体经办起来困难很多，像先辈鲁迅先生那样去努力，一定会做出成绩来的。

武汉　石祖华　谨上

1983 年 5 月 14 日

# 翻阅一两篇就爱不释手

刘硕良同志——尊敬的刘老师：

您好！

今天在一朋友处偶尔发现《西方爱情诗选》，我随意翻阅了一两篇便爱不释手了。这真是一本少有的好书啊。呈现在读者面前的无一不是艺术珍品！我当即到书店去购买，但此书早已抢购一空，我又到省城和托人到外地代购，令人万分遗憾的是，这些努力都落空了。

我是一个文学爱好者，对书——尤其像《西方爱情诗选》这类英雄级的好书有一种特殊的感情，因为它不仅给我以艺术的享受，更为我业余创作之良师益友。在无法购得此书的窘境下，我怀着深深的歉意斗胆向您——《西方爱情诗选》的责任编辑伸出乞求之手：请您代购一本《西方爱情诗选》和广西人民出版社出版的《智慧的花朵》（外国谚语选辑）一本。如蒙复信，学生将不胜感激。

祝您编安

江西省宜春地区航运局：樊晓超

1981年11月7日

## 不是读诗的太少，而是能买到的好诗太少

您好！

寄来的《西方爱情诗选》，我于22日收到了。

对于您的情意，我表示衷心的感谢。在信中您介绍了编选及出版的一些情况，我觉得内容丰富多彩，是有别于当今许多诗选的。

您信中说准备再编一本续集，以及打算发一本《东方爱情诗选》，我表示赞赏，因为从这本诗选能够看出那两本诗集水准。只是不知何时能与读者见面，如能早些出版就更好了。

外国名诗是拥有大量读者的，可是书店却很难买到，其原因就是书店进的太少，甚至一本不进。所谓书店的诗集“卖不出去”，有一个主要的原因，就是他们购进的“诗集”有些，或者可说一大部分根本就没有读者。这并不是读诗的人少，而是读者们（我就是其中的一个）不想、不愿读那些集子，要读真正的诗。我想您若能继三册诗选之后，出版一些如海涅、拜伦、歌德、普希金、裴多菲等人的抒情诗选和代表作品选，我想一定会有大量读者的。

关于您说的向当地书店提出进些诗集的建议，我觉得很好，我准备向当地书店建议希望多进些好诗集。

握手！

哈尔滨道里区城分路77号供销干校　高彧彤

1982年2月22日夜

# 希望爱情诗选重燃起她的爱情火焰

出版社

亲爱的伯伯、阿姨：

你们好！

你社出版的《西方爱情诗选》是一部很好的作品，它深为广大青年男女所喜爱，也包括我在内，它以最美的辞藻，赞美歌颂爱情的坚贞、忠诚和纯洁，是西方著名诗人的杰出作品。

今年5月初，这本书在我市各新华书店出售过。由于数量不多，等我出差回来再去购买，已销售一空。从那以后，我盼望再有此书出售，到现在为止，我腿几乎都要跑断了，也没买着，这可能与城市小有关系。

我是一个走在失恋痛苦道路上的人。我原有个女友，从小我们住在同一个院内，在一起读过书，很要好。我与她两小无猜，青梅竹马，长大后各自都有了工作，随着年龄和知识的增长，我们由友情发展成爱情，热恋的神奇、微妙激发起我俩对未来美好生活的向往。梦幻般的日子一天天过去。不久，女友被录取为电大学员，不同的地位和环境使她变了。天长日久，她与我关系淡薄下来，这究竟是怎么回事？值此苦闷徘徊之际，我想借鉴《西方爱情诗选》这颗火星去撞击她，感化她，使她重新燃起爱情火焰，早日呕出我心中的苦果。

我衷心盼望贵社给予支持，设法让我邮购到此书。

江苏省镇江市水电安装公司器材厂　王念平

1982年9月5日

## 加工车间突闻喜讯

刘伯伯：

您好！

9月17日上午我在厂里和往常一样，紧张而有秩序地画线、钻孔，加工着每一个亮铮铮的零部件。突然间，同伴小汤跑来叫我"小王，你的包裹"，于是，我放下手中的活计，疾步朝收发室方向走去。啊，原来是我梦寐以求的《西方爱情诗选》，像长了翅膀的鸽子，一下飞到我的身旁，我当时高兴得差点跳起来……

初秋的夜晚，微微飘来阵阵凉意，室内柔和的灯光下，我坐在写字台前细心地打开层层纸封，取出书看啊！摸啊！激动和欣慰的内心难以平静。

我是十年动乱中走出来的中学生，文化、社会阅历浅薄，待人处世之道欠缺，请多多指点。

您关心的江苏青年：王念平

1982年9月18日晚

## 贵州水城汽运公司财务科来信

漓江出版社工作同志：

我们是在贵州高原工作的青年，看了贵社出版的外国文学名著，其中的《西方爱情诗选》很想买几本。无奈这里一时难以买到，只因想书心切，写上一封信，托你们给我们买五本邮来，不知是否能行。如果可以的话，具体怎样邮购，切望回个信，以免我们久等。

此致

敬礼

贵州水城汽车运输公司　财务科

1982年9月4日

另：《世界中篇名作选》我们也很想要二、三、四集，不知是否有？

## 钟情诗歌

刘硕良同志：

你好！

我是西北电力建设局一校（高二）文科班的学生。

由于我自小就对文学有浓厚的兴趣，特别是在诗歌方面更为喜爱，自己也时常仿照名诗人的诗歌体裁写些诗。但都不够理想，有的甚至就根本不能称其为诗。恳求您能告诉我怎样才能写好诗歌。

由您担任责任编辑出版的《西方爱情诗选》一书，我特别喜欢，但在我附近的几家新华书店都没有卖这本书，我为此而感到遗憾。麻烦您能在您社有这本书的情况下替我购买一本，我将内心非常感谢。麻烦了！

此致

敬礼

西安市　吴亚萍

1983年6月26日

## 军营也有爱情

编辑同志：

　　您好！

　　我是一名军人，在家时交了一个女友，现分居两地，要经过书信来诉说各自的心里话。我想用诗歌的形式来为她复信，表达我对她的忠贞和爱情。请给我介绍些爱情题材的诗歌和交朋友等方面的书籍。

　　此致

军礼！

未见面的朋友　刘铁中

于 1984.8.25 草

## 大学生求购《西方爱情诗选》

出版社的同志们：

你们好！

读了你社出版的《西方爱情诗选》一书，爱不释手，促使我们想急切地得到它，但到了许多书店都未能如愿。失望之际，想到了你们，特向你们求助。若有此书，麻烦你们答复，我们将钱寄去。

此致

敬礼！

几位大学生

1985年5月9日

来信请投：陕西省西北农学院21信箱7分箱　刘学琴收

## 迷人的保尔和薇吉妮

敬爱的编辑同志：

有一天，我在很远的地方遇到一位朋友，拿着一本别致的小书，我轻轻地从他手里接过来，看了四个小时。由于时间关系，我只看到54页，就回家了。我在路上总是想，为什么有这样美的迷人的一本书啊！保尔和薇吉妮，“大自然的两个宠儿就这样生长起来，没有任何忧愁给他们在前额上添过皱纹，没有任何过度的饮食污染过他们的血液，也没有任何不良的欲望使他们的心灵堕落；友爱、纯洁和怜悯使他们的心灵变得一天比一天更美好，使他们的风度、姿态和动作变得更迷人”。我把这些话牢牢记在心上，记在笔记上，他们后来的情况怎样，你们能告诉我吗？

广西平乐县沙子公社保安大队庙背岭11生产队　毛祖贵

一九八二年四月一日

## 《移民》助我去奋斗

邝、彭先生：

你们好！看了二位译的《移民》一书，感觉非常好。因为我的人生路途上布满了坎坷，缺乏生活的信心与勇气。看了译作以后给我很大的鼓舞，使我觉得人就应该像拉维特那样去奋斗。当然，在我们这个国度里不是像丹那样去奋斗成为资本家，而是奋斗成为一个精神的富有者，对前途充满信心和希望的人。追求的内容尽管不同，但必要的信心和勇气却没有两样。这就是我从书中所得到的主要东西。后闻《移民》的第二部《第二代》也已出版，不知二位先生译了没有？如果译了，国内是否已经出版发行，请告知。我很想看到译作的第二部，望协助满足一个读者的要求，本人万分感谢。

最后顺祝

事业成功！

杨帆

1981.11.30

# 《沼中梦》开启我的文学翻译梦

尊敬的刘叔叔：

您好！

我没有见过您，但心中对您充满感激和敬慕。我在孙日明老师的指导下翻译的《沼中梦》能在“漓江译丛”上登载，对我这个初出茅庐的青年是个极大的鼓励和鞭策，如果没有您的关心帮助和孙老师的心血，《沼中梦》是不可能得以问世的，这里我再次向您和老师表示感谢。

我去年在厦门大学毕业后分配到广州工作，由于专业不对口，我要求调回广西来，现已安排在广西社会科学院工作。希望今后能有更多的机会学到更多的知识。

曹阳

1983年5月12日上

## 《世界中篇名作选》一到就被抢购一空

编辑同志：

您好！我很喜爱文学作品，特别是名作。您责编的《世界中篇名作选》，我只购买到了第四集。没及时去买，书一到就被抢购一空。没办法，只好打搅您，麻烦您在百忙之中帮助我购买其余的第一、二、三、五集，不胜感激。

另外，告诉一下书的价格、邮购方法。

浙江桐庐　巩建华

1983.10.30

## 军警钟情名作选

漓江出版社同志：

不久前，我在一个县新华书店买到了你社出版的《世界中篇名作选》第一集，翻开书后看到此书共分四集出版。我问新华书店的同志后三集能否订购，他们说具体出版时间不详，无法订购。为了能读到后三集，特写此信给你们，不知能否解决。当然，在近期内可能不能全部解决。我是想只要能解决，时间长短无所谓。另外，不知贵社有否其他文艺书籍？

希望你们挤出几分钟的时间给我回信。我期待着。

此致

敬礼！

浙江诸暨县民警中队　谢超

1982年8月1日

尊敬的负责同志：

您好！

得悉贵社出版《世界中篇名作选》丛书，甚是高兴，想购买一套，但本地书店缺货，感到遗憾。

请您告诉我：本丛书已出到几册？1—4册共多少钱？可以邮购吗？怎样联系？急盼。

广东遂溪87271部队：李树林

1982年9月5日

## 请接受最崇高的军礼

刘老师：

不知上次的两封信有否收到。我们的第一次通信是在去年，当时我还是位军人。可现在我已回到浙江嘉善县丁栅公社北港一队——我的家乡务农。

去年，我在本地新华书店买到了你们出版的《世界中篇名作选》第一册，当时欣喜若狂，立即写信与你们联系购买以下几册，并寄钱到您处，在您的亲自关怀下，第二册不久就给我寄来了，您——我的老师还附了亲笔信，我心里感到热乎乎的，渴望其余各册早日到我之手，可是，等到现在还未收到第三、四册，不知你社出版了没有，我一直渴望着早日阅读到这些名作。

请接受一个曾经当过兵的人的最崇高的军礼！

浙江嘉善：谢根泉

1983.10.6

## 清污时《第四十一个》能出吗?

漓江出版社总编办公室:

我部把您社1982年出版的《世界中篇名作选》(第一集)中的《第四十一个》翻成维吾尔文已校订完毕，正要发稿时，有的同志认为，我们正在提倡反对精神污染的时候出版这样的作品不太合适。因此我们想了解一下你们那里的情况，想了解社会上最近对这一个作品有什么反映，你们的看法如何?请来信告知。

此致

敬礼

新疆人民出版社《世界文学》编辑部

1983年11月3日

## 以学习为主

刘硕良同志：

寄来的书已经收到了，我和同学们都很高兴。你的工作这么忙还抽出时间来帮我找书，真叫我过意不去。你编的书如《生活和爱情》《我的故事》同学们都很喜欢，有的同学甚至不厌其烦地往书店跑，为的是买这些书。

我现在还在念书，正如你说那样以学习为主，写诗不过是我的业余爱好，我不会因写诗而放松学习的。请你放心。我写的那些诗糟糕透了，老师正在帮着修改，想到你工作那么忙，我也就决定不打扰你了，说真的，我还真有点不好意思拿给你看呢。我很喜欢文学，常常看一些小说、诗、散文之类的东西。

祝你

一切如意

桂林　胡小兰

1982.7.18

## 圆我父亲梦

编辑同志：

您好！

我父亲是个电影迷，早在国外时他就喜欢看电影，尤其喜欢如英格丽·褒曼、索菲娅·罗兰、葛丽泰·嘉宝等世界著名电影演员主演的电影。他不仅爱看电影，而且还爱收藏他所崇拜的演员的照片，有关他（她）们的报道资料。我父亲回国，这个爱好仍未改变。而国内一般很少放映这些名演员，特别是三四十年代著名影星演的片子，关于他（她）们的报道都是大同小异。

这次我偶然从同学家借到一本贵社出版的《山口百惠自叙传：苍茫的时刻》，父亲看后爱不释手。

他从这本书得知贵社还出版了《索菲娅·罗兰：生活和爱情》及《英格丽·褒曼：我的故事》，父亲就叫我立即写这封信给您，想请您帮忙购买。另外，《山口百惠自叙传》前面登的三十九幅作者照片，是否也能帮我们印一套？

谢谢！

福建厦门市大同路330号

读者：刘鹭春（女）刘思国（父）拜上

**（原信未署日期，约在1982年）**

## 一位马来西亚读者的敬意

启者：

今日阅读贵社出版的艺苑人物——索菲娅·罗兰自述《生活和爱情》一书，甚感喜爱。这位意大利演员的影片我们这里多有放映，本人较喜欢的是《向日葵》《意大利式婚姻》《昨天，今天，明天》及《两妇人》。当年罗兰女士是以肉弹性感女星姿态在美国影坛出现，后来其精湛演技叫人另眼相待，终于成为国际级巨星。阅读了她的自述，使我们明了她的成长过程及如何经历奋斗才能达到今天的地位。令人钦佩的是她具有崇高的品格，忠于工作及爱情，成名后仍保持其一贯生活作风，并不沉醉于好莱坞的纸醉金迷之中。

写信给你们的目的除赞赏你们的出版丰富了读者精神食粮外，我觉得有一点要提出来与你们商讨。自述中第 180 页有关美国女演员玛丽琳·梦露惨死一节，最后一段有“她在那一天悲惨地死于罗马”一行文字。众所周知，玛丽琳于 1961 年在美国加州自杀身亡，当时各地都有报道。故于罗马之说不知是否错译或自述中有误。本人因没机会阅读原文，不便批评，但作为一个艺术爱好者，我认为有必要向你们指出澄清，不知你们重视吗？除日本山口百惠的《苍茫的时刻》，你们还打算介绍什么艺苑人物呢？最后请代转达本人对《生活和爱情》一书的译者及贵社出版工作人员的敬意。

谢谢！

此致

南宁市漓江出版社

马来西亚吉隆坡读者吕基 ×× 　上

1983.6.21

［写信人名字辨认不全］

# 早日重版《苍茫的时刻》

出版社同志：

你们好！

请原谅我们不知道你们的尊姓，只好含糊地称呼同志了。

我们是你社的广大读者之一，给你们冒失地寄来这封信是想报告你们一个情况。从10月8日开始，广东电视台播映山口百惠和三浦友和主演的长达二十九集的电视连续剧《血疑》，即《红色的疑惑》，到目前已演了十二集。上至父母下至兄弟姐妹，有很多人喜爱看这部电视剧。山口百惠的出色表演引起了相当一部分观众的兴趣，大家都想了解已退出艺坛的昔日影星山口百惠。我们的一位老同学，他的哥哥有您社1981年出版的山口百惠自传《苍茫的时刻》，这下成了珍品，大家争相传阅，因此我们希望能够再版。

这部电视剧大约在明年4月中旬播完，目前每星期放一集，不久可能全国其他的电视台也会播放，想必那时就会有更多的人想看看这本书，如果你们能赶在四月份或者后一点出版这本书，那么在广东一定会拥有更多的读者的。希望你们能满足我们的要求，丰富我们的业余生活。

读者：陈飞、赵慧军等

1983.12.28

## 等待《苍茫的时刻》再版

刘硕良同志，您好！

我想你的工作一定很忙吧！感谢你给我的回信。

您在信中猜我是一个中学生，你猜得不错，我正是一个刚刚升入高中不久的女学生，现在我们这正在放映的日本电视连续剧《血疑》是山口百惠和三浦友和早期合作的作品，又由于别的原因，所以便给你写了封信，要买《苍茫的时刻》这本书，可很遗憾的是，您那早已脱销。我把此事对我的同学们讲了，他们也都说要买这本书，大家都同意等一等，就是等到明年国庆节也可以，不过早一点出版更好，如果这本书出版，希望您能给我个消息。

祝

工作顺利！万事如意！

赵丽

1984年6月9日

## 敬佩山口百惠的朋友

出版社的同志们：

你们好！

你们出版的山口百惠自叙传《苍茫的时刻》吸引了不少敬佩山口百惠的朋友。这本书出版后，销售一空，没有买到的人很扫兴。希望你们能再出一批《苍茫的时刻》以及她与三浦友和婚后和生孩子的一些书。

此致

敬礼

敬佩山口百惠的朋友

**上海小东门，1984.6.28 邮寄**

## 全年级同学的心愿

出版社的叔叔、阿姨，你们好：

我是一个十七岁的中学生，我代表全班同学向你们问好，祝你们工作顺利。

《血疑》播出以后，轰动了国内，我们学生也非常喜欢这部电视剧。当然，也很喜欢剧中的演员，像山口百惠我们是最喜欢的。我们谈百惠、说百惠，可是不了解百惠。后来，我们知道贵社曾出版过百惠自传《苍茫的时刻》，我们便写信请求贵社再版，我们想这样的书，不会卖不出去的。

此致

敬礼！

吉林市十五中学三年级全体同学

1985.3.18

## 边防战士发现了新天地

漓江出版社首长同志：

我是云南边防部队的一名战士，看了贵社出版的山口百惠自叙传《苍茫的时刻》，好似发现了一个新天地，对贵社出版的图书发生了兴趣。本书后面有三本书的简介，其中一本是《孤雁行》，记述高仓健影坛生活。这本书很多战友都想买来一读，可附近书店都没有，只好向贵出版社联系了，请首长多帮助。

致礼！

云南个旧　王宝良　谨呈

1985 年 3 月 26 日草

## 看在一个学生的分上

您好：

我是一名中师学生。我是一个山口百惠、三浦友和迷，我正在收集关于他们的资料。

可是自从百惠退出影坛后，中国很少传播他们的情况。因此找资料很不容易。鉴于您社曾出版关于他们的书，所以希望你们能帮我找一些资料，可以吗？这样毫无条件地麻烦您，真不好意思。望您看在一个学生的分上，找找以前的杂志，如果有他们的地址那就更好了。拜托了，谢谢！

此致

敬礼！

辽宁铁岭师范学校读者：文奇

（日期不详）

## 想看到更多的梦露图像

刘硕良老师：

您好！

不知这样称您是否合适，请您原谅！

前不久我买到了一本由您主编、方凯典同志译辑的关于美国影星玛丽莲·梦露（Marilyn　Monroe）的书《凄艳一生》。我是一个影迷，很崇拜国内外的一些大明星，特别是玛丽莲·梦露。《凄艳一生》是国内唯一的一本关于她的书，更使我爱不释手了。

我给您写此信的目的，就是想请您为我提供一些有关玛丽莲·梦露的影集画册（无论价格多高，只要质量高就可），不知您能否办到。

回信地址请写：河南开封化建生活区道北2号楼　谢侃（收）

急切等待着您的佳音！

谢侃

1988年2月

## 多出点明星自传

刘硕良同志：

您好！

关于山口百惠、索菲亚·罗兰的自传，我已在我们这里的新华书店买到了，还有高仓健的自传听说我们这儿已到，我就不寄钱来了。

我很喜爱唱歌，也喜欢电影演员，所以对歌星、影星的自传非常感兴趣。特别是歌唱演员的自传。最近我有了日本著名歌星松田圣子的自传节选和台湾电影演员凤飞飞的自传节选，我很喜欢。热切希望您社能多出版一些自传，如费雯丽、嘉宝等的自传。

祝您身体健康，工作顺心。

一个啰唆的女孩子

（未署日期）

# 酷爱芭蕾、电影

尊敬的刘权叔：

您好！

谢谢您在工作之余给我回信。高仓健《孤雁行》、山口百惠《苍茫的时刻》、英格丽·褒曼《我的故事》这三本书在九月我已买到，谢谢您的帮助，给您添了麻烦。

我从小就酷爱芭蕾、电影，特别喜爱日本的电影演员及舞蹈家。您社有没有日本芭蕾舞蹈家森下洋子的自传性散文集《一个芭蕾舞女演员的热情》，日本著名歌手、电影演员松田圣子的自传《圣子用双手握着您的手》？这两本书的中文、日文版都可以。我懂日文。

还有我特别喜欢日本女演员的图片及日本、法国的风光画报，不知您社是否有？

我们辽化生活好，但买书得到大城市去。

谨祝您身体健康。

张丽君

1985 年 11 月 29 日

## 永远是“漓江译丛”的读者

刘硕良同志：

您好！这么快就收到了你们的回信，是我意想不到的。在信中，您不仅满足了我的要求，还热情向我介绍了其他书籍，使我感激不尽。

现我已汇款至贵社服务部，向他们邮购三本书：《最后一个莫希干人》《苍茫的时刻》和《爱玛》。我曾经看过《傲慢与偏见》，对它印象不错，《爱玛》与它出自同一作者之手，所以我想大概也不错，我就选购了《爱玛》。

另外我想告诉您：昨天我在书店买到了《巴黎的秘密》，现已看完那篇长篇的缩写。不愧为名作，书中的人物一下好像活人一样在我眼前浮现。遗憾的是，它是缩写，而不是全本，而我以为看原本总比缩写后的好，第一优点就是详细，不知您是否同意？

我现在还在念书，课余时间读点文艺书籍，阅读的范围和数量还是很狭小的。

您问我对“漓江译丛”的意见，说不上有什么改进意见，我只想提一点，两期的封面都是外国画家的作品，一般读者不大熟悉（也许是我知识贫乏吧），能不能做点介绍？

再一次感谢您的热情，同时感谢您的出版社，我将是“漓江译丛”永远的读者。

祝工作顺利！

上海闵行区前东街35号　张敏溶

1988年8月21日下午

附上一言：

您集邮吗？或许您的子女集邮，我两次来信所选的邮票，都是不错的，具有收集的价值。不知《猎枪》什么时候再在书店出现，我虽看过，但还想买，因为有二无一总不太好。

## 有没有兴趣发现新人？

刘硕良先生：

您好。我想冒昧请教你一个问题，虽然我还不知道这个问题问得是否恰当。我看过您责编的几本书，无一例外书的质量与销量同样地好。但是您选编的书多是“著名之作”，我猜想您可能是一位老编辑，眼光犀利，但是您有没有兴趣发现新人呢？

我今年二十二岁，钟爱诗歌，平时写散文、小说，诗歌基本上是纯情诗，散文与小说比诗歌深刻、真实些。今年十月刚出第一本散文《际溶的新感觉》，也许第二本散文《遗忘》很快也要交出版社。但是我难以舍却对诗歌的深爱以及5年来诗歌作为艺术表达方式的成绩，我请你相信我说话的诚意，但我有一点不敢肯定，就是你是否喜欢我这些诗。我在信后附上一点，请斟酌，我的诗集名叫《5年诗选拔：际溶爱情诗》。我还没着手选编，这是一项大工程，没得到一线希望我舍不得花掉时间，但一旦动手干起来，我会以最快的速度选编、抄誉。这些“情诗”不光是温和的，从纯情到成熟，展现一个女孩子的纯真心田。

我爱艺术。爱人类孤独、崇高的人格。

这信就不多写了，如果得到您的扶持，我一定会开心得很！

四川达县　际溶

1992.11.9

## 读《月光曲》余味犹存

您好！

偶然在书店见着《最后一个莫希干人》——漓江译丛，爱不释手，便买了。一口气——接连几天，便看完了，觉得很丰富。其中一首莫泊桑的诗《月光曲》真是别具一格的、很有意境的诗，反复玩味，余兴犹存。

大连　吴天笑　手书

1984.8.24

## 高兴之余不忘热忱帮助

刘硕良同志：

你好！

本人需要的《家族复仇》一书，在你和出版社服务部其他同志帮助下，已于近日得到。高兴之余不由想起你们的热忱帮助，在此谨表由衷的谢意！

广东连南歌舞团　刘国庆

1987年9月11日

## 迟到的孩子，你早！

1983年底《麦田的守望者》在北京的大书店露面了。……书卖得很快，也就几天吧。多数更想买的人还没听说，它就无影无踪了。于是青年人跟作家什么的都多了句闲话:“你买了吗？”根本不提名，谁都明白是指这灰不溜秋的小书。我算是个福气不小的人，居然买到了五本儿。奇货可居，想送谁一本送谁一本。……我是在最末一班地铁的车厢里扶着扶手站着读它的。心跟地铁一块怦怦地响，乐不可支的样子恐怕让对面那里的老妇人发笑。读的时候，一点也不觉得骂人什么的。

阿昕

1984年3月6日纽约《华侨日报》

## 《荆棘鸟》连看了两三遍

漓江出版社负责同志：

我是一个文学爱好者，喜欢看中外名著，特别喜欢买中外名著来收藏，贵社出版的澳大利亚家世传奇小说《荆棘鸟》，有澳大利亚《飘》之称，乃真是一部佳作。我从书店买回《荆棘鸟》，爱不释手，马上拜读起来，我一口气看完了一遍，觉得余味无穷，接下又看了两三遍才肯罢休。

广西藤县麻纺厂青年工人　秦一宁

1985年5月14日

## 耿耿于怀的一件事

施咸荣同志：

你好！

我是一名小说迷，前几天朋友借我一本小说，加拿大阿瑟·黑利写的《烈药》，在封底我看到有你编辑的小说名单，其中有一本是美国作家西德尼·谢尔顿先生写的《假若明天来临》，太让我高兴了。我一直想看这本书，可我们边远小城，无法买到，经过多少努力才买到这本书的缩写，一直不甘心。后来电视台播放该书的电视剧，又因为我们这里经常停电，而没能全部看完，一直耿耿于怀，现写信求购。如果已经没有此书，那就请您推荐给我一本您编译的小说，行吗？

祝身体安康，万事如意

李荫

1991年6月1日

## 在书店失声大笑

刘硕良同志：

有幸在本县书店买得您社出版的《爱的荒漠》和《饥饿的石头》，高兴万分。我刚从店员手里接过两本名著时，竟然失声欢笑，忘乎所以，以致店员和周围的人都投以诧异和好奇的目光。那眼神仿佛在审视眼前这个狂笑的青年人是不是一个疯子。然而，高兴之余，又产生一股怅然若失的惋惜。因为贵社出版的“获诺贝尔文学奖作家丛书”第一辑有十种而我只购得其中的两本。询问店员，他们都摇头晃脑，说其他已售完。翌日回到家里，益发沮丧忧郁。思来想去决意千方百计弄来那些书，请给予帮助。

广西合浦沙岗公社浦江小学　庞乃均

1984年5月1日

# 《特雷庇姑娘》引来的读者欲望

刘硕良同志：

您好！

我是一个北京的高中学生，一个贵出版社的忠实读者。不久前，我买到一本属于贵社“获诺贝尔文学奖作家丛书·第一辑”的《特雷庇姑娘》。看过之后，我不但被保尔·海泽精湛的写作技巧和杨武能高超的翻译水平深深打动，而且对贵社及您本人能够毅然担起向中国民众介绍世界文化精华的担子的精神，感到由衷的敬佩和感谢。

但是在北京，想买到那一套十本书几乎是不可能的，所以我想通过邮购的方法来买，可又不知如何办理这个手续，又不知贵社是否仍有存货。即使知道了，又不知与谁联系。因此，就冒昧地按照书上见到的您的名字给您写了这封信，请您原谅我的冒失。

再请问您，那套丛书的第二辑何时出版？请您偷暇复笔，不胜感谢之至。

此致

敬礼

您的朋友：北京 166 中学　李方昕

1986 年 10 月 24 日

## 多年渴望的四重奏

刘硕良先生：

您好！

我是工人出版社文学室的编辑，近悉贵社出版了《四个四重奏》，早在数年前，我就渴望读到这本书稿的译本。现在，尽管出版了，但北京市内根本买不到。我知悉您是此书的责编，求购心切，故冒昧写信，与您联系，若可以购到，我立即将书款寄上。

你们出版此书，足见胆识、学识与魄力。你们为中国读者又做了一件好事。无端相扰，顺致深深的歉意。

赠上几本我们办的刊物，以作消遣吧。

专此敬颂

编安

工人出版社文学室　岳建一

1986 年 4 月 1 日

## 皇皇大作已经买了28套

刘先生：

我于业余时间，比较喜欢一些文学名著，先是古典的，以后自然就是本世纪的了。“获诺贝尔文学奖作家丛书”的确是一部辉煌大作集，我在苏州市的新华书店买了一些，但很不全，我不知道这套上膜的红书面的丛书是否出全了，若出全了，那么它们的价格是多少？我目前买到的书是：1910年，1913年，1921年，1931年，1932年，1936年，1937年，1938年，1939年，1945年，1948年，1949年，1951年，1954年，1957年，1965年，1967年，1968年，1971年，1972年，1973年，1975年，1978年，1981年，1983年，1985年，1987年，1991年，共计28套。若有可能的话，请将我没有的书的价目表寄一份给我，我也许将酌情购买一些。

祝贵出版社一切顺利，

祝刘先生康乐顺利。

苏州广济医院　朱智愚

1994.3.23

## 连标点符号都读过了的60多卷书

尊敬的刘主编：

您好！

多次向贵社读者服务部自费邮购获诺贝尔文学奖作家丛书，已购有六十多位得主的书，以及《诗海》等作品集。

我最近托人通过其他渠道购得大江健三郎亲授版权，由光明日报出版社出版的1994年诺贝尔文学奖获得者《大江健三郎作品集》（全五卷）和中国文联出版公司出版的1994年诺贝尔文学奖得主代表作《个人的体验》，样式基本上参照过去的漓江版，与丛书相似。我想，加入国际版权组织和实施保护知识产权，漓江版理应完善这套丛书的出版发行。

信鸽衔深情，彩云寄丹心。尽管我无力占有原汁原味的原著，但手头已有的这六十多部翻译作品，都是从书脊到内页，从头至尾一字一句连省略号都读过的。攀登人类进步的阶梯，一览漓江美，编辑翻译甘为他人作嫁衣的心灵更美。

专此致敬

秋祺编安！

江苏省东台市　蔡应迅

1995.9.10

# 诺贝尔丛书给我带来平静

刘硕良主编：

您好！

我们曾经有过两次通信，那已是十年前的事了，转瞬十年间每每看到您的名字是在由你主编的“获诺贝尔文学奖作家丛书”封面上。十年中您为世界优秀文学作品在国内的传播做了孜孜不倦的工作，立下了汗马功劳，您的名字一定会在中国、在文化领域留下芳名。十年中您奉献给国人一笔巨大的精神文化财富，您为国人了解世界打开了窗子，为国人走向世界拓展了一条光明大道，祖国为有您这样具有远见卓识的知识分子而骄傲，我们也为能结识您这样一位朋友而自豪，在此请接受我真诚的敬意，祝您精神愉快，身体健康，事业有成。

十数年来我始终是贵出版社忠诚的读者和支持者，无论是在经济大潮的冲击下为了生存苦苦挣扎，还是在物欲横流的现实与“媚俗”做不懈斗争中，只要能获得一片宁静，我便会沉浸在贵社出版的书中。由您主编的“获诺贝尔文学奖作家丛书”给了我这片宁静。

这套丛书我在青岛陆续买了一些，但仍有一些我非常喜欢的书目至今未能买到，心里十分着急，我似乎感觉到错过这个机会，就可能永远失去了，现将急需书目抄给你（附后），是否能购到请百忙之中回信（或电话），我将迅速汇款。

顺颂夏安！

青岛　高兵

1994.6.6 夜

## 保持长期的联系

刘先生：

您好！

思之再三，还是决定给您写这封信。从一九九〇年开始，我就不计价格地购买由您主编的“获诺贝尔文学奖作家丛书”，至今五年已然十有其六，特别是《圣女贞德》《米佳的爱》《老人与海》《日瓦戈医生》《雪国·千鹤·古都》等叫人爱不释手。不过限于条件，还有一些思之未得，其中《苔依丝》《寻找自我》以及《四个四重奏》《我弥留之际》《蓝色恋歌》《等待戈多》《弗兰德公路·农事诗》《太阳石》等更是只闻其名不见其实。急迫之下，求助于您。不知这些书是否尚有存货，是否能够邮购。希望得到您的帮助与指点。而且贵出版社出版的书一本比一本精彩，我真想知道如何与贵社保持长期的联系。冒昧致信给您个人，见谅！

您的读者与学生　江西南昌　颜磊　谨上

1994.3.28

## 我的解放军朋友也要表达谢意

刘总：

您好！您的信和服务部同志寄的书我已经收到了，请不要挂念。

刘总，真是太谢谢你们了，成全了我，帮了我的忙。

我的朋友已随第47野战军归来，您的信和服务部同志的信及书，他也看过了，他让我代他向您及服务部同志表示衷心的感谢。他现在在家探亲，将于今年年底复员回家。

祝您工作顺利！万事如意！

安徽邮电设备厂8车间　李英雯

1987年7月4日

# 《桥·小姐》可去克罗地亚展出

刘先生：

您好！

据言克罗地亚作者的小说《桥·小姐》，曾获诺贝尔奖，中文译本是贵社出版发行的，不知现在有书否？近期内宁夏文物将赴克罗地亚展出。如果贵社有书，请通知我一下。

此

致

陈阅新

1996 年 8 月 13 日

## 请再寄一些宣传品

编辑同志：

你们好！

今接江苏省店寄来贵社宣传品《世界中篇名作选》，很好，可惜只寄来几张，望编辑部在可能的情况下，再寄几张给我们，好放大在全市各门市部的橱窗内宣传。特此谢意！

致

礼

江苏省新华书店连云港高支店

1982年元月17日

# 图书调剂会开得好

广西人民出版社
漓江出版社：

从祖国的北方来到祖国的南疆，参加这次图书调剂会是件难得的机会，尤其是在调剂会上有机会认识了出版社的领导、编辑，受到热情真诚的接待，在这里表示感谢了。更应提到的是文艺编辑部的刘硕良同志，诚恳地征求各方面的意见，便于编辑出版工作的改进，也有助于图书发行市场的扩大、销售金额的增加，广西出版的图书自然会受到更大的重视。谢谢。

黑龙江哈尔滨市新华书店　贾哲夫

一九八四年七月一日

# 要保证贵社服务部有书供应

刘主编：

您好！

我准备邮购一套“获诺贝尔文学奖作家丛书”，并且已经邮购了大半套。但今年邮购遇到了阻碍。我从元月起，每两月给贵社服务部写一封信，询问服务部是否到了“获诺贝尔文学奖作家丛书”中的新书，它们是上海印制的新封面初版书、重版书、一九九三年拟出新书（因为它们都是红色封面，所以下面把它们简称“红色封面书”），服务部回信说：“没有书供应。”因此，我们请您与上海有关方面协商，把上海库存的和待印的红色封面书调一批到贵社服务部，以保证贵社服务部有书供应。

希望得到您的帮助。

此致

敬礼

湖北江陵　朱红

1993.11.13

## 中国青年报想介绍《凡尔纳传》

漓江出版社

总编室：

我们打算介绍一下贵社出版的《凡尔纳传》（英国科斯特洛著），但手头没有样书，可否即寄一到两册来？（并请注明联系人，以便以后联系）

专此

敬礼！

中国青年报《长知识》副刊

1983 年 5 月 28 日

# 特约通讯员评《凡尔纳传》

优点：

1. 封面采用布纹纸和椭圆形肖像，使人想起凡尔纳的那个时代。

2. 定价：0.84元1本，价格适中。在本书的主要读者——中学生的负担极限之下。

可惜，书出得晚一点，如果能在两年前凡尔纳的译著重新出版，一个新的“凡尔纳热”在我国兴起之时推出，一定能引起更多人的注意，从而使更多的人对凡尔纳有更多的了解。

3. 本书的优点在于：结合凡尔纳每一本书写作，出版时的时代背景，当时的科技发明情况，当时的新闻事件，同时代作家的活动来分析凡尔纳著作诞生的始末，这有助于读者更加深入地理解这些书。

缺点：对凡尔纳本人的介绍全部来自别人的著作，也就是说，全是第二手、第三手的资料。全书阅毕，对一些原来不太了解的事，仍然知之不详。

4. 译笔文字流畅，未发现错别字，说明译、校、排认真。

广西南宁教师进修学校　周元

1983年1月15日

※ 改革开放初期，广西人民出版社及其副牌社漓江出版社坚持实施特约通讯员评书制度。每有较重要的新书出版，即优先寄给特约通讯员征求意见，并制表呈现有关内容。本书分列登录1983年1月《爱玛》与《凡尔纳传》二书评点所及。

## 特约通讯员评《爱玛》

对读者介绍一位作家的作品，如同介绍一位朋友，必须慎重。翻译外国的文学尤其是这样。漓江出版社出版的这套“外国文学名著”正是这样，它是比较普遍受读者欢迎的读物。

刘硕良同志在出版说明中强调了这套书的旨意在于“扩大视野，认识世界”。

本书深受读者欢迎，开头的译本前言十分精妙。

译文通顺流畅，基本上表现了奥斯汀的小说特点。

又：不少读者希望将美国作家库柏《最后一个莫希干人》做单行本出版。

南宁市第二人民医院　潘文昭

1983 年 1 月 18 日

# 护封印刷有错

尊敬的编辑先生：

您好！

本人最近购买到一本贵社出版的“获诺贝尔文学奖作家丛书”中的一种《画眉鸟》，遗憾的是当时匆匆未及注意，后来竟发现该精装书的护封印刷出现严重差错，书脊上印的作者是以色列撒母尔·阿瑟夫·阿格农，而非希腊塞菲里斯。所以特去函询问能否帮助寄一张正确的《画眉鸟》护封，以还其书本来面目。顺便说一句，本人因深爱陶雪华女士的装帧设计，已购买了多种她设计的书。《画眉鸟》版权页上印有请与工厂调换的声明，但因不知工厂地址，无奈只得向您请教。

同时请问贵社能否邮购到该丛书的《紫罗兰》《霞珠里的世界》《水与土》《日瓦戈医生》《青春诗》《金岛》《魔山》《老人与海》等精装本图书？

此颂

编安

浙江温州市朔门街 160 号 夏淳西

1996 年 2 月 2 日

# 书不配套带来莫大遗憾

刘硕良先生：

您好！

一九八五年七月我写信给贵出版社询问邮购《获诺贝尔文学奖作家丛书》一事，一九八五年八月十六日，您给我回信说《蒂博一家》第四册，《克丽丝丁》（上、中、下）在一九八六年上半年出书。今年十月份我汇款至贵社服务部，邮购这两种书，但钱被退回，说书还未出，不知何故？

《蒂博一家》第一册是 1983 年出版的。现在 1986 年将尽，书还未出全。我现在已有一、二、三，只等第四册。遗憾的是：第一册印数 84100 册，第二册印数 52600 册，第三册印数平装 11500 册，精装 1000 册。读者的书怎么能配套？

我已经买到《诺丛》第二辑《荒原狼》，第三辑《静静的顿河》，但至今第一辑还不全，且第二、三辑书的印刷质量比以前差多了，纸质差，装订差。

刘先生，今天看 12 月 27 日的《文汇读书周报》上的《知我罪我唯读者》一文，颇为感动，想去年您亲自给我回信就是您人品高尚，对读者关心的表现。这里向您讲一点心里话，想您是会知道读者的心的。

刘先生，我有一个计划，要不惜一切代价收集全您所主编的"诺丛"，望能得到您的帮助。愿"诺丛"早日出齐出全，先生的心血将化作热雨洒向亿万读者的心田。

祝先生健康、长寿！

江苏省如皋县勇敢中学　朱加林

1986 年 12 月 30 日

# 《海盗船长》两处注释查证

编辑叔叔：

你们好！

最近，我读了你社1980年12月第1版的《海盗船长》一书，真是大开眼界。诚如译者所言，书中叙述的海盗生涯，是帝国主义行径的缩影，是当时资产阶级社会的真实写照。这次来信，是其中有几个问题想和你们谈谈，借以增长见识，敬请转告两位译者——张培均和陈明锦叔叔。

（1）书P228所注①中的东京，应是现在的开封市，因为开封那时称东京。

（2）P319所注①中的那不勒斯在地图出版社1984年第7次编制出版的世界地图册（即中学生通用世界地图册）P22上标的，所沿的海应该是第勒尼安海。

祝致

编安！

陈新

1986年7月25日午

## 普希金生年应为1799

尊敬的编辑同志：

最近我在青岛书店买到您社出版的《普希金戏剧集》一书（戴启篁译），在卷首“译本前言”中，普希金的生卒时间有误。开头原文“亚历山大·普希金（1779—1837）是俄国第一位伟大的民族诗人。……”与接下第二段文字有矛盾：“普希金以前，即十八世纪初的俄国戏剧……”经查证，普希金于1799年5月26日（新历6月6日）生于莫斯科。1837年1月29日（公历2月10日）逝世。（材料来源：《北方文学》1983年第2、3期“传记文学专号”第208页《普希金传》）

此致

敬礼

山东青岛崂山县物资局　岑林

1983年5月4日

# 此处有违史实

编辑部同志：

有幸阅贵社1981年7月出版的《西方爱情诗选》一书，见第114页补白小文《崇高的爱情、优美的诗篇》，谈到“1844年，罗伯特·勃朗宁已是闻名英国的大诗人”，觉有违史实。

据其他书籍记载，1844年时，罗伯特·勃朗宁并非“闻名英国的大诗人”，而是一个尚无名声的青年诗人。然而此时的伊丽莎白·芭蕾特（即为勃朗宁夫人），以《诗集——1844》等两卷本出版，成为英国最著名诗人之一，接替衰老的华兹华斯，而与当时闻名英国的大诗人丁尼生齐名。据载，勃朗宁夫人在世时有两件小的遗憾之事，其中一件就是：“英国读者未能像她那样认识她丈夫的天才。”直到1868年勃朗宁夫人逝世后七年，罗伯特·勃朗宁的诗集《指环与书》出版，才终于获得了盛誉，成为当时最著名的诗人之一。

诗歌爱好者　张国青

1984.4.30于上海

## 封面引诗错了一个字

刘硕良编辑：

最近，我有幸在我市的一家新华书店买到了一本您负责编辑的《尼采诗选》(1988年4月第4次印刷)。可当我回到家中仔细阅读后，发现了一个令我迷惑不解的问题。这本书的封面上的诗与书中“人生”这首诗显然是同一首，但读到最后，诗的意思却不同了。

封面上是这样写的：

人生乃一面镜子，
在镜子里认识自己，
我要称之为头等大事，
哪怕是最后就要离开人世！！

而书中收录的“人生”最后一句却是：

哪怕随后就要离开人世！！

两首诗只一字之差，但意思却不相同，请问到底哪个对？

此致

敬礼！

河北石家庄市第三十九中学 王卉

1989年3月10日

## 珍宝岛的来信和郑重的单位证明

编辑同志：

读你社《西方爱情诗选》（莫家祥、高子居编，1981 年版），获益之至。但就选篇问题，有一处相商：

185 页《我曾经爱过你》，普希金著，戈宝权译，选自《苏联文学》1980 年第 1 期。

笔者认为可否换成：

平明出版社《普希金抒情诗集》，查良铮译，1985 年版，第 255 页，《我爱过你》。

试将两译比较：

戈宝权　译：

我曾经爱过你

我曾经爱过你：爱情，也许
在我的心灵里还没有完全消亡
但愿它不会再打扰你
我也不想再使你难过悲伤
我曾经默默无语地、毫无指望地爱过你，
我既忍着羞怯，又忍受着嫉妒的折磨
我曾经那样真诚、那样温柔地爱过你，
但愿上帝保佑你，
另一个人也会像我爱你一样。

查良铮 译：

我爱过你

我爱过你：也许，这爱情的火焰
还没有完全在我心里止熄；
可是，让这爱情别再使你忧烦——
我不愿有什么引起你的悒郁。
我默默地，无望地爱着你，
有时苦于羞怯，又为嫉妒暗伤，
我爱你爱得那么温存，
那么专一；
呵，但愿别人爱着你，和我一样。

笔者认为查先生的译文富于音律美，有诗情，寓意深远。当然，由于笔者不知道普希金诗的样子，所以哪个译篇较符合普希金原诗的本意，也就无从考查，更不敢狂言了。错误之处敬请转告。

另：你社是否有中国古典诗词、外国诗等方面的书籍出售，请告知。也希望重新出版普希金抒情诗，或重印旧版《普希金抒情诗集》和《二集》。

不打扰了，致

礼

偏僻的珍宝岛地区的读者　张鹰

1982 年 1 月 6 日

编辑同志：

张鹰同志系我校青年教师，七七届中师生，教龄三年，中国古典诗歌的爱好者和外国抒情诗的热心读者。特此证明。

黑龙江饶河县小学（盖章） 1982 年 7 月 1 日

## 为什么初夏桂花香？

刘硕良老师以及其他各位编辑老师：

你们好！我是一个文学爱好者。可是我出生于一个僻远的小村庄里，很少能见到优秀的文学作品。前几天，我从在县城工作的一位朋友手中借到一本平装的赛珍珠所写的小说《大地》，津津有味地看了起来。可是，我有一个疑问：就是这本书的P304中第二节有这么一句话："王龙独个儿坐在院子里一株盛开的肉桂树下乘凉。桂花散发着浓郁的扑鼻的香气。"可这一节的开头这么写道："那年初夏的一个晚上"，大家都知道"八月桂花香"，可是书中却说在初夏桂花树开花，难道是桂花树的品种不同而异，还是由于时区差而导致开花的时间差？我们这儿又无资料可查，所以特写信求教，能告诉一下远方的我吗？

此致

敬礼

曹玉梅

1995.12.30. 夜10点

## 对尼采的评价谁错了?

刘同志:

贵社出版的《尼采诗选》(1986版)译者前言第三页倒数第三行有这样一句话。“于是乎，不明真相的轻信之徒就把尼采看成是法西斯主义的思想先驱，极端反动的哲学家。”这么说“尼采不是法西斯主义的思想先驱，不是极端反动的哲学家”，是吗?

但我们的高中课本在鲁迅写的《拿来主义》的注释中，对尼采是这样解释的:“尼采(1844—1900)，德国反动的资产阶级唯心主义哲学家，鼓吹唯意志论和侵略战争，提倡超人哲学。他的反动谬论成了德国法西斯主义的理论根据。他本人狂妄地以‘太阳’自命，后发疯而死。”(第九页注解正数第二行便见)

这和你们出版的《尼采诗选》的译者前言的那一句话不是有天大的差别了吗?为什么呢?到底谁搞错了?望得到您的解答。谢谢!

祝

工作顺利!

广西大化二中　覃有谋

1986年11月18日

## 印装质量太差

刘硕良先生，您好。

承蒙先生指教，由先生主编的“获诺贝尔文学奖作家丛书”我在陆续收集中。由于对该丛书的厚爱我不得不投书先生。

我发现该丛书平装本装订质量太差，书中间的装订线松松拉拉，装订孔也大，胶合也不好，略一翻动，书页就一沓一沓地松下来，特别是第二辑更甚，装订质量与中国友谊出版公司的书籍简直不能比。就是与贵社出版的施咸荣主编的《外国通俗文库》，也不能比，不知何故，且纸质也差，令人遗憾①。买一套丛书，读者是要下大勇气的，如此书刊，使人望而生畏。先生的辛劳，应该得到社会的承认，而书刊的质量则是和先生的名字紧紧连在一起的！

读者需要的是质量，何况这样的书不是消遣小说，读者要作为资料保存，没有质量等于自杀。

感慨由于厚爱而发，见谅。

此致

敬礼

江苏如皋　朱加林

1986.5.17

---

① 诺贝尔文学奖作家丛书每一辑都是漓江的重点出版物，虽存有印刷质量上的问题，但决不致出现这位读者所指出的低劣状况。读者是不是碰到了盗版书，当时未及查证。

## 插图配不上美文

白夫、刘硕良同志：

你们好！

你们选编的《世界中篇名作选》自出版以来，深受广大读者的欢迎，书一到店即选购一空。但普遍地对于书中之插图有不同程度的意见，认为文章好，好比采摘了世界各国一朵朵绚丽的鲜花，而那些插图却像是为花儿配上了一些枯树叶，未免感到太遗憾。且看看出版的一、二集中汇选有法、意、英、美、苏、奥等欧美各国的一些好作品，可插图中的人物却都是千篇一律，好像是中国华侨，至多是日本人吧。如第一集中《第四十一个》(苏联)中有几幅图，任怎么看也看不出是苏联人，使读者觉得与文章不能吻合，无形中有损于作品的本色。再如第二集《假面具下的爱情》中的女主人公(第十五页)那法国贵妇人怎么好似酒吧女郎？这不禁使我想起连环图书《茶花女》中女主人公是一个法国上流妓女，然而全书上下几百张画没有一件是庸俗的，完美地再现了作者笔下那美丽、多情、善良的茶花女。虽然是小人书却同样使读者得到艺术享受。因此，我认为你们选编的这套《世界中篇名作选》还有未出版的各集如能采用原著原插图那是最好没有的，读者一定更受欢迎。如条件不允许的话，或者宁可不用插图也不应用那些滥竽充数的画，使读者感到扫兴。以上意见，望能考虑为感。

江苏苏州吴县新华书店　方君

1982.12.22

# 白璧原本是不该有瑕疵的

刘硕良同志：

您好！

我发现您作为责任编辑的《尼采诗选》中有了错误。封面上和第三页上同一首《人生》的第四行第三个字。封面为“最”，第三页为“随”。

《尼采诗选》是一本好书。封面的设计装帧也很美，我很喜欢它。感谢您的辛勤劳动，造成这一错误的，可能不是编辑而是印刷厂。但我想，它应该引起人们的思考。这个错误很小，也许我不该大做文章，但这只是一个点，牵涉到一个很大的面。近来，国内出版了不少有关弗洛伊德、尼采等的著作，这是件好事，旨在满足读者的需要，但出版书的目的，并不是要迎合“××热”，更不能至于“滥”。前阵子，武侠小说“滥”了，琼瑶的书也“滥”了。一个重要原因，就是不负责任，只求尽快尽多出书，错字、漏字、倒字、空字有之，漏页、跳页、重复、空白者也有之。这些书中，相当的比例来自广东、广西二省区。两广诸多出版社和印刷厂负有不可推卸的责任。

我以为，出书的目的，在于满足读者的需求，出版是一件严肃的事情。一个好的出版部门是不该光看钱的。我们提倡“务实”二字，不是那种市侩的“实惠”，而是务一个“踏踏实实”。所以任何对出版不负责任的表现都是庸俗的，难以容忍的。

我知道，出版是一项艰苦的工作，一个编辑编撰出版一本书，得付出辛勤的劳动，况且人非圣贤，孰能无过？但对一个编辑来说，却不应以此作为任何一个错误出现在书上的理由和借口。一个人要严于律己，每一个疏忽都必须使自己受到责备，这是一个职业道德的问题。

我们并不相识，我无从知道您是怎样的人，也许您是个老者，也许您还只是一个小青年，也没准您是个很辛苦的中年人，不管如何，一种认真负责和有错必纠的美德是咱们中国人所必需的。有恒心，不懈怠，中国人历来强调这些，正是因为真正做到的人很少。像每件事的做成一样，一本好书的出版必须是兢兢业业的。

白璧原本是不该有瑕疵的。

致

安！

上海一读者

1993 年

# 从《约翰·克利斯朵夫》说开去

刘硕良同志：

您好！前段日子，我到书店去，看到一本《约翰·克利斯朵夫》。我早就想买此书了，且现在就只一本了，于是急急从书架上取下，“获诺贝尔文学奖作家丛书”与“主编刘硕良”的字样第一次映入了我的眼帘。

书是由优秀的翻译家傅雷译的，译本里有作家像、作者简介，而且印刷质量也不错（这些恰好符合我购书的标准）。漓江出版社的名字也由此与我相识。回到家后，仔细翻阅了序言和附录，对于这套丛书有了一些了解，并对这套丛书产生了浓厚的兴趣。大有相见恨晚之感。这不光是因为这套书的版本好，配件齐，而且这套书的一些书目是以前所未出版过，为现今出版界注入了新的活力，这一点是值得赞扬的。

对于这套丛书我觉得有些书目选得并不算好，一些作家的代表作未能入选，实在可惜。当然，出版这套书时要考虑多方面的因素（您在总序中提到过），而且你们出版社还将出版一系列与之相关的作品，相信是可以弥补这不足的。对于这套丛书的精装本封面采用函套形式，我认为还是将封面印在硬板上的好，就像上海译文出版社出版的一些精装版那样。采用函套，很容易折损、褪色，容易掉落，看时也不便。而且我认为每个版本之后应注明根据哪个版本译出，并根据哪个版本校注等情况，便于读者了解。此外，我买的那本《约翰·克利斯朵夫》。《作者原序》中“第一册……（黎明，清晨，少年）……第二册（节场）……第三册……”，括号里的字是每册章目，采用黑体字，而唯有第二册（节场）不是黑体字，这就有误了。还有书后出版书目中1923年的《丽达与天鹅》译者袭小龙的袭应为裘。我认为这个版本应该收入1931年《约翰》重版出书时，作者写的一篇《导言》，因为在这篇《导言》中，作者将这部作品的主导思想交代得一清二楚，便于读者掌握本书思想要领。如今没有译出收录，着实可惜。

上面我已经说过很喜欢这套丛书，然而在我市，这套丛书只有少数几种，而且我也并不太喜欢，急切地等待了一些日子，久久不见进购新书，于是就在焦急难耐的情况下，向您提出一个要求：希望您能在百忙之中，把这套丛书作一个介绍，像每卷书究竟收录了哪些篇目，各有谁译，这些篇目又都具有哪些价值，以及每部书的精装本单价，由于出版书目所载的太笼统，我对这些书籍又不太了解，于是就只有麻烦您了。

祝

工作顺利！

浙江宁波第四中学502班　何迟骥

1996年7月12日丙子年立夏

# 不可不留意读者的心态走向

刘老师：

您好！

读了《文学报》的报道，才知道您是漓江出版社的负责人之一，又知道您是个大忙人。像您这样身兼数职的大忙人尚能给我们这些小人物言辞恳切地回信，这正好证明了报纸上说的不错，您是真正准备倾听读者的声音，立足读者办出版事业，这大约也是“漓江”之所以能获得现在这样的声誉的一个主要原因。

既然你们肯听读者的话，我就不妨向您再说些也许于你们毫无裨益的闲话或行外话吧。

读了第一期《青年外国文学》感到的确不错，刊物的确注意了现代感，这不仅体现在所登的稿件上，甚至也体现在封面设计、内页插图方面。封面上登一些西方现代派画家的作品，读者是甚为欢迎的。我们衷心希望刊物能保持现有的办刊方向，如能胆子再大一点（在不太冒险的情况下）当会更好。总要有敢于当出头椽子的刊物冲出去，才能打开局面。就这一期的《青年外国文学》来看，无论是所登的“纯文学”作品还是“言情”作品，我都是满意的。我还有一点希望就是以后宁可不登，也不要登删节过的译稿。那会损害作品原有的完整的美感，从而显得不真实，留给读者的也就不能不是猜揣或遗憾（我指的不是长篇节选，长篇选粹倒是很不错的栏目）。作为出版家不可不留意读者的心态走向。此外一点就是我的杞人之忧，我希望《青年外国文学》创刊伊始就要团结一大批思想解放，能玩点真格儿本领的译家和批评家在周围。随着出版社和刊物声誉鹊起，什么人都可能围过来，但千万不能让某些不利于刊物发展者靠拢。

“获诺贝尔奖文学奖作家丛书”内容、装帧、设计、印刷都令人满意，在安徽非常畅销，其中《弗兰德公路》更好，安徽一系列作家（也是现代西方作品迷）在谈话中很是称赞此书，我对这本书也是十分喜爱的，如能请林秀清先生再译几本西蒙的书可能还会获得欢迎。

最后还有一点就是希望漓江再出一些日本和拉美现当代作品。安徽文艺出版社出了一套“日本当代文学丛书”很受欢迎，十分畅销。拉美一些国家的大作家的作品别的出版社出过一些，漓江似乎应该利用自己在读者中的影响的优势，再出一些好作品。

本人是个教书匠，用本名及另两个笔名发过一些东西，习作无成就，却成了个外国文学迷，漓江出版社作品给我带来了无限快慰，因而一再写信啰唆及此，打扰过多还望原谅。

遥祝工作愉快

安徽淮北市第三中学　黄从慎

（1988）

## 书与刊都有望于漓江

刘硕良老师：

我是一个外国文学爱好者，非常喜欢您主编的“获诺贝尔文学奖作家丛书”，特别是当代近几年的几位获奖作家的作品，每本必买。这里谨再让我向您提点建议：

法国作家普鲁斯特的《追忆逝去的年华》

英国作家詹姆斯·乔伊斯的《尤利西斯》

英国作家劳伦斯的《恰特莱夫人的情人》

苏联作家索尔仁尼琴的《古格拉群岛》三部曲

这几部书都是世界文学名著，是外国文学爱好者盼望已久的几部书，可是至今却不能在我国翻译出版，十分遗憾。据说劳伦斯的那本书湖南人民出版社出版了。送审未通过，不知是否确实。如果您能主持将这几本书不加删节地奉于读者手里，当是做了一项功德无量的事。您是一个有非凡文学头脑，亦即文学眼光的著名编辑，我们衷心希望您在外国文学的译介方面取得新的成就。

祝您工作顺利！

安徽省淮北市第三中学　黄从慎

1992年10月5日

又：

贵社编辑的《国际诗坛》和《青年外国文学》两份杂志也非常受欢迎，本人订了一份《青年外国文学》，因而对这份刊物提点建议：

1. 我希望《青年外国文学》能与英美等主要国家的文学发展现

状保持同步前进，及时地将这些国家的各文学大奖的获奖佳作介绍给读者，少登或不登苏联及东欧各国的作品，因为苏联的作品已有专刊介绍。

2. 希望《青年外国文学》能办成月刊，这样，信息就可来得快些，双月刊周期太长了。

另外，还希望《国际诗坛》能交邮局发行，便于订阅，希望和《外国文学》一样。

# 精彩的小说，精彩的鉴评

刘硕良主编：

您约柳鸣九先生鉴评的《世界最佳情态小说鉴赏》《世界最佳世态小说鉴赏》《世界最佳性态小说鉴赏》《世界最佳哲理小说鉴赏》及《世界最佳风格小说鉴赏》，不知是否还有存余，能邮购否？

我是在大连图书馆偶然发现《世界最佳情态小说鉴赏》的，厚厚的一本已经磨损了许多。一开始读这本书，我便被深深地吸引进去，每每读完一篇“震”得我“神志不清”，再回头看看柳鸣九先生的鉴评，我觉得对小说的理解又达到了一个新高度，并且令我回味无穷。这本书被我一借再借。我开始在大连市各大新华书店中寻找着这套书，但非常遗憾，都无功而返，忽然灵光一现，想到出版社，想到前言中关于您的介绍，便迫不及待地提起笔，望主编能满足我这个远在东北的书迷的小小心愿：拥有这套书。在这里我先衷心地感谢您，并谢谢您请柳鸣九先生编出这套书，使天下读者能一下子读到这么多脍炙人口的小说，并看到那么精彩的评鉴。

一位远方的书迷　徐蓉

1995.3.10

## 糟糕的译作也可以刺激想象力

刘硕良先生：

您好！

无疑，知道您的名字源于您主编的诺贝尔文学丛书。我最早见到译成汉语的诺贝尔文学丛书是台湾出的，那时我还在大学，它们着实让我激动一时，在图书馆没有编目时我就抚摸了它们。但当后来读的时候，看到译文实在受不了。我是一位诗人，对那些译诗更是觉得不能忍受，但后来还是复印了其中一些诗人比如米沃什、萨克斯的作品，强忍着读下去。

那时，我就渴望大陆能有人出版一套丛书。在此前浙江出版的诺贝尔作家中短篇小说是个先锋，此书再版时删去了《伊凡杰尼索维奇的一天》是个糟糕的举动。等你们出丛书后，给中国的读书人带来了好运，在此我不想过多地赞美丛书，只想就它的不足谈一谈。

小说方面，能及时地出版《日瓦戈医生》是个好事，但索尔仁尼琴的作品选得并不恰当，再说上海译文出版社早已出了一个极好的版本。我认为最不恰当的是加西亚·马尔克斯的作品，虽说二十世纪外国文学丛书已出他的《百年孤独》，但"诺丛"仍应选此书出版，此书是对二十世纪文学的杰出贡献，而《霍乱时期的爱情》与之相比只是一部随意之作。我已看到丛书在不断出版中不断调整，比如新见到的《四个四重奏》加上论文就显得完整了。

诗歌除了选题外，更重要的是译者对译诗、语言的修养和把握。丛书中米沃什译的不算佳品，艾略特译得可以，叶芝显得有些粗，几位西班牙语诗人的作品译得不够理想，而《逃亡》也属此列。我集中说一下布罗茨基，这是个我喜欢的诗人，读过一些好的译诗，但《从彼得堡到斯德哥尔摩》中一些公认重要的作品没选，后期作品选的少，而且可以说，译笔极其不理想。虽说如此，此书仍是我喜欢读的书之一，就像布氏所说的糟糕的译作，可以刺激我的想象力。

上面所说只是我的来信的原因之一，不管怎样，我仍要说，丛书意义非凡，虽然诺贝尔奖并不是文学的最高标准。

再者，我想问一下贝克特的《等待戈多》何时出版，我想知道此书选了他的哪些小说作品。我很想读他的小说，他的剧本我已读过。

请原谅我的直率。

敬礼！

哈尔滨　朱永良

1993.10.5

## 读名著是很好的学习机会

贵社出版的《世界中篇名作选》，是否有存货？请给个答复。拜托！

我的部队驻守在偏僻的山沟，远离城镇，杂志之类的刊物都很难买到；至于购买贵社出版的书籍，那就更不用提了。可见这里的清苦不难想象。当然，我作为一个军人，担负的是保国卫民的职责，环境的好坏，我没有理由述说，生活条件的差苦也是不值一提的。但爱好学习的激情却无法控制！

阅读名作是一种借鉴，也是很好的学习机会。文学陶冶了我的情操，填补了我精神上的空寂，也使我为丰富连队文化生活尽了一点微薄之力。我觉得非常高兴与快乐，但我也为自己知识的贫乏而担心。所以，我需要再学习，不学习是赶不上时代的要求的。

致

军礼！

江西鹰潭 87261 部队 4 中队　林虹贵

1983 年 4 月 15 日

# 还是名作的生命力久长

刘编辑，你好！

在新年到来之际，特向你致以节日的问候和新年的祝贺，祝你新年快乐，工作顺利。前不久，接到你在百忙之中给我的来信，并向我推荐了很多书籍，不胜感谢。

我已给你社服务部汇款去购买你向我推荐的全部书籍。至于读者的意见阅后要反馈给你。在这里顺便给你们提个小建议，不知是否恰当。

建议你们挑选世界名作家的代表作，汇成小册子陆续发行。这是读者所渴望的。因为许多文学评论、列举的范例大都是那些名人的代表作而读者却看不到原作。出版这些书籍时，最好附录作者简介、时代背景以及短小的评论，这样可以更好地帮助读者理解和欣赏作品。

还是名作的生命力久长。建议你们还可适当出版一些世界著名诗人的作品，现在这些东西十分缺乏，几乎看不到。

你们准备长期出下去，是否能用一些方法告诉我们所选作品的目录和作者的名字（包括“漓江译丛”）？

你们出版的《世界中篇名作选》是否定期或可在你处订购？

此致

敬礼！

广东海南榆林 38203 部队 140 号　尹富泉

1982 年元月 9 日

## 多年集藏外国文学名著

刘硕良先生：

您好！

贵社出版的外国文学名作，大部分我都买到了，包括大部分头的《外国名作家大词典》《世界名诗鉴赏辞典》，最近出版的《魔鬼词典》。

觉得贵社有一批精通业务的领导和编辑。在外国文学选题翻译、出版方面都有独到之处。电视台新闻节目也报道了贵社多种版本获国家级奖牌。

我今年50岁，系山东省德州地区文联专业作家。我自1964年开始搜集外国文学名作。我个人现存外国中短篇小说集500多册，还有外国文学刊物八种，多年来搜集短篇小说一万二千篇左右。阅读时随手做了笔记，从中选择优秀名作。最近，我整理复印后选编了一部书，题为：世界钻石小说名作1000篇，包括74个国家524位作家的1000篇小说（实际复印了一千三百篇），大约280万字。

所选篇目都是世界各国不同时期、不同风格、不同流派的名作，内容丰富，形式多样。最长的不超过四千字，最短的千字上下。百分之七十以上都在两三千字。读者面广，销售潜力大。

请刘先生劳体费神，是否可列为选题研究。如有意出版，请来编辑考察，我将热情接待。

祝新年愉快！

赵廷辉

1991年12月26日

## 邮购：买书的唯一方式

刘先生：

您好！

我是一位边远山区的中学教师，教学之余喜欢阅读一些文学作品，虽然生活较为清苦，但我每月都要从菲薄的工资中拿出20多元钱用来购书，周围有不少人笑我傻，但我认为：物质生活虽清苦，可我的精神是富有的。由于本地新华书店中书的品种极少，而本人又无外出，这样邮购便成了我买书的唯一方式了，我也很喜欢这种购书方法。

通过邮购，我曾在贵社买到了不少好书，服务部同志很热情，我万分感激；可近年的服务态度已大不如前了，求您给予关照、帮助。

祝先生

工作顺利、心想事成！

安徽无为　徐子君

1994.3.11

## 一封邮购信引起的风波

编辑同志：

你们好！新年过后又开始忙了吧？大概看字迹也许觉得有些熟，不错，一月份我曾写过信邮至您社，要求购买《苍茫的时刻》《文笔精华》等书籍，并同学哥哥（二十多岁）托为代买的两本自传《生活和爱情》《我的故事》及《西方爱情诗选》等，但您社回信时我们正放假，故此信落到老师手里。我们老师（女，五十岁左右）看到什么“生活”“爱情”，便大为恼火，找我去询问，经我将事情始末逐一说明，老师才稍微缓和，答应把买书的卡片还给我。可是赶巧那天全校大扫除，老师查找卡片却没了，作为学生对老师没啥可说。唉！卡片未到我手就没了，多么遗憾。后来同学又让我写信问问贵社，期望再得到回音。故此开笔写了这封信，盼望答复！下面将要买的书名开列如下：

《苍茫的时刻》五本

《文笔精华》五套

《西方爱情诗选》一本

以上所列的书，如有，请速回信通知好汇款，拜托！另外，还请回信一定用信封装好，防止被老师看见。回信请寄：×× 中学 ×× 班 ××× 收，谢谢！谢谢！

祝贵社开市大吉，出版创作两丰收！

刘立新

1984.3.2

## 我不过提一点建议而已

尊敬的刘硕良先生：

您好！

我一点也没料到你会回信，而且是快件。你是一位豁达的长者，从今天起，你将成为我冥梦中令人愉快让人精神振奋的常客。

你的回信给正处迷茫和恐惧的我带来天大的安慰，谢谢你，亲爱的刘先生……

雪莲

1990.12.5

## 一张明信片：弟弟的心意

编辑叔叔：

您好！

这样称呼你怎么样呢？我很想直呼你的名字，但觉得不礼貌，就如此称呼，你觉得合适吗？

你的信，也就是那封带着漓江出版社《图书目录》的信，我很早就收到，由于我很忙，可能比你更忙的原因，一直拖到现在才回信，请你原谅。

先感谢你对一位小朋友的尊敬和支持，使他一直热爱诺贝尔丛书，他无限感激，要求跟你通信，他是何仲健，是我的弟弟。他送给你的明信片，你一定要收下。

祝你新春快乐和健康、友谊永固。

广东中山小榄中学高三（1） 何德雄

1991年3月3日

## “古调虽自爱，今人多不弹”

刘硕良先生：

您好！

我是一名资深的文学爱好者，业余时间写的书评已累计60万字，不过没有投稿，更未发表。我喜欢好书，也因此很喜欢漓江出版社，因为获诺贝尔文学奖作家丛书和俄苏文学作品我都很喜欢。

在阅读获诺贝尔文学奖作家丛书时，我发现了一个问题：诺贝尔文学奖是由瑞典文学院授予的，而在丛书中，有的授奖辞的作者前冠以瑞典科学院理事等职，如第一辑高慧勤先生译的《雪国·千鹤·古都》；有的则冠以瑞典学院秘书等职，如第三辑高年生先生译的《女士及众生相》。在其他书如《赫索格》《爱的荒漠》《磨坊血案》等书中，也有类似现象。瑞典科学院只分管理化奖等事宜，其理事者缘何涉及文学奖？

刘先生，不知丛书是否将《布登勃洛克一家》《福尔赛世家》列入出版计划？我希望看到这些书；同时丛书所收的应是获奖作家代表作，第三辑中显克微奇的作品为《第三个女人》，即中短篇集，但众所周知，他获奖的作品应是历史小说。

刘先生，您工作很忙，这类信很多，我本不该奢望回音，不过作为一个热心的文学爱好者，在一个经济浪潮滚滚而来中深叹“古调虽自爱，今人多不弹”的文学爱好者，我还是深深希望，能有说法。

即颂大安！

山东胶州　张锐强

1992.12.28

## 求之不得，辗转反侧

刘硕良同志：

上街偶然买到《老虎！老虎！》，觉得很适合我们，并因此而知道了另几种获诺贝尔文学奖的书目；接着买了本《暗沟》（“漓江译丛”总第8辑），又知道了这套丛书的另几种书目。眼下许多名著的出版有如雨后春笋，但像这套获奖丛书的出版并不多见。我的看书、藏书“瘾”被勾得高高的，真可谓“求之不得，辗转反侧”。我被折磨了好些晚上，最后决定冒昧打搅，想问这些书能否弄到（名单另附），再汇款去邮购。

盼新年再出好书！

湖南南县　何志飞

1993.2.14. 夜

# 天涯何处无芳草

弘征叔权：

您好！

徜徉书店，徘徊街头，不禁想起“知音少，弦断有谁听”的古语。一次偶然机会，读了您译析的《唐诗三百首》，心中异常惊异，叔叔居然在闲暇之余，译出如此不朽之作。可惜没有人慧眼识珠，你的书居然摆在不显眼的角落里，令我心痛异常。看完了你的书，颇有“天涯何处无芳草”的感觉。

我虽有几本诗词之类的书刊，可不是故弄玄虚，就是庸俗低级。望弘征叔叔告诉我可有唐宋词译析，我想买来再睹弘征叔叔的风采。祈盼！祈盼！

江苏宝应　李朝武

1993.3.9

## 桂林挺漂亮而且非常好玩

刘先生：

您好！工作忙吗？身体好吗？

我已于二月十五日平安地回到了东京。这次在桂林太谢谢您了。我怀着兴奋和紧张的心情，开始了第一次一个人的旅游。那时候我感到一点不安，可是在火车上见到亲切的您以后，一切不安都烟消云散了。

我觉得桂林的什么地方都挺漂亮的，而且非常好玩儿。在桂林我游览了七星公园、叠彩山、芦笛岩、西山、伏波山和漓江。我没想到漓江风光那么令人神往。我忘不了从伏波山山顶望见的风景。我希望开桂花的时节一定再去桂林。而且我相信我们一定会再见面的。如果这个信里有错，请原谅。

祝您

工作顺利

日本车京都都杉并区西荻南　吉永佳代上

一九九八年二月二十三日

# 一个 17 岁少年的渴望

刘老师：

我是一位十七岁的社会青年，特别酷爱文学，前不久在书店买了“获诺贝尔文学奖作家丛书”中的《老虎！老虎！》，发现封三有丛书第三辑的书目，我深觉不拜读这些一流作品，简直白活在人间。因此，我便写信给您，想打听一下这套丛书的情况。

请问：这套丛书除了一、二、三辑外，是否有四、五……贵社是否有存留的？您能帮我购买吗？如能，请老师来信告知我，在信上将几辑的书名、定价及邮寄所需的费用注明，我收到信后便将钱寄给您，您看这样行吗？我希望能将这套丛书一本不少地购买到，望老师能满足我读书的欲望。谢谢！

贵州六盘水市　阳晓军

1989 年 4 月 5 日

## 僻远地区难得一见好书

尊敬的刘硕良先生，您好!

在您百忙中打搅您实在过意不去，但我急切的心情迫使我向您写信，我是通过您编辑的很多书而了解您的。你们漓江出版社出版的书，实在太好了，使我开阔了眼界，增长了知识，希望你能为年轻人奉献更多更好的精神食粮，读者是会感谢你们的。

你们编辑的“域外诗丛”，我除了《叶赛宁诗选》《苏联女诗人抒情诗选》《美国自白派诗选》《丘特切夫诗选》以外，都买到了。以上四本诗集我们县城没有，我专程到汉中市买，仍然没有。由于我太喜欢这些书了，所以心中非常想得到这些书，我想询问一下你那儿是否还留存以上这些书，如果有，我恳切请求你们给我邮寄回来，所付邮资、书价我即寄去。顺便问一下，你们社最近又出版哪些好书，能透露一些吗？我们这个地方小，交通闭塞，很难买到好书。所以才有现在这个唐突的想法。只要先生能理解一个渴望追求知识者的心情就行了。

谨祝刘先生健康！愉快!

一个不识相的读者　董永超

1991 年 8 月 9 日于陕西略阳县金属铸管厂

## 从此难以安神

漓江出版社“诺贝尔奖作家丛书”编辑同志：

由于偶然的机会遇上了《弗兰德公路》，从此便似乎难以安神。我不能形容我的心情，或说就是一种漂浮的感觉吧，我不能没有这样一本书！！我只觉得我非常需要！

还有加缪的《局外人·鼠疫》卖吗？

祝您愉快。

部队读者　陈伟达

1990.3.8

## 做经济工作的也想看看文艺书

漓江出版社编辑部：

你们好！

我觉得你们做了件好事，把获得诺贝尔文学奖的作者的代表作编辑出版。这会帮助人开阔眼界，让中国读者知道这些人和这些作品，从中汲取益处。推荐者、作者和作品都会有自己的意识形态的，让人们了解它，识别它，相信大家会明辨是非，你们做了选择和简介评论当然就更好了。

作为读者，我想知道你们的计划，一来心里有个数，二来不致错过买书的机会。你们在封底里刊印了书名，但没告诉时间，而且整体打算（出多少册，什么时候出完）也应让大家知道。

国外一些得奖的和畅销的书（当然并不一定都是好书），甚至很有名的书，国内出版机关有些没有介绍过。你们还打算做什么呢？我期待着。

我不是青年，也不是搞文学的，是个做经济工作的，干了几十年了，不过也想看看一些好书而已。

你们做了有益的事，我来信是为了表示对你们的敬意和感谢。

顺祝

编安

济南　裘志民

1983.9.11

## 多出点经典剧作和有声读物

刘硕良同志：

我是贵社的一名忠实读者，这非客套语，确实如此。

我读了贵社诺贝尔文学丛书中尤金·奥尼尔专辑，对他本人的作品及戏剧产生了浓厚的兴趣。他的《奇异的插曲》《送冰的人来了》并没有收入这一专辑中，而我看了一些评论文章，极想读，特别写信给中国戏剧出版社询问是否有外国名作家的经典剧作集，但看来好像没有，希望贵社能再出一本，补全奥尼尔的优秀剧作。

我在看了美国剧作家田纳西·威廉斯经典名剧《欲望号街车》的电影录像后，也曾四处托人查找这个剧本。上海译文出版社在八十年代初曾出过一种，现在并无再版，既买不到也很难借到。这部电影是由大导演艾利亚·卡赞，白兰度和费雯·丽两个本世纪最为杰出的演员合作的，我看的中文版是由上海电影译制厂译制的，出色极了！我忽然想到贵社可以同上海译制厂合作，将一些富有诗意，语言和意境都很美很棒的优秀经典名剧编成有声读物出版发行。比如奥尼尔的《进入黑夜的漫长旅程》就非常值得制作成有声读物。目前市场上的书籍，精装本多起来了，像这样的有声读物设计成礼品样式，既有厚重的文学价值，又有实用的商业价值，可做生日礼物之类，应该会大受欢迎。事实上，我已发现市场上有《王子复仇记》《简·爱》等电影录音剪辑出版。

我多次在外国文学评论杂志上看到主持贵社奥尼尔专辑翻译的汪义群同志的论文，评论田纳西的剧作，我看他可以再搞一个田纳西的剧作专辑。

阿瑟·米勒的《推销员之死》我早有所闻，也一直想读，可总找不到书。贵社搞了一个很出色的法国二十世纪文学丛书，我建议可以搞一个戏剧丛书。

另外，我想知道法国二十世纪文学丛书中最近一辑有否出版，我非常想买马赛尔·埃梅的小说，还有就是诺贝尔丛书中的《等待戈多》为何一直没有出版？

可惜，我本人喜欢读书却不在新华书店工作，我倒非常喜欢去卖书，把自己喜欢的书向别人推荐。如果我在本地书店工作，一定会好好推销漓江图书。

读者　陈飞

1992.5.2

# 学术文化著作又呈上升势头

尊敬的刘硕良先生：

您好！

我是一位大学教师，现任上海中医药大学社会科学部哲学教研室主任，同时，我也是一位酷爱文学、艺术类书籍的读书人。前一段时间，从图书馆借到了由您编辑出版的一本极好的书:《彩色插图世界文学史》(李文俊等译)，爱不释手，反复精读，并多次前往上海多家书店购买，然而非常可惜，大都售完。万般无奈，只好提笔写信给您，求得刘先生的帮助，只要能购买到，我马上邮汇钱款，不知还有无希望?

另外，我发现贵社还出了其他几本好书，如《诗海——世界诗歌史纲》，但上海也已脱销，所以请刘先生方便的话，把贵社近几年来有关文学、艺术（特别是史类）方面的书籍、目录及有无库存、邮购方式介绍给我。总之，我很想买到这些书，特别是刘先生编辑的书，想来您是能够理解我的心情的。

虽然这几年物欲横流，但对精彩文化的追求，特别是对高雅的文学艺术的渴望，仍然没有完全被经济的大潮所湮没，而且从上海的情况看，经过一两年的经商炒股的发烧之后，最近已明显地冷却下来了，反之，对学术著作、文学艺术等著作的追求又呈上升势头。在此，我谨以一个普通读者的身份，向您，向贵社表示诚挚的感谢！感谢您和贵社同志为我们的精神生活采撷了一朵朵美丽的花朵。

顺祝

新年好！

上海　李文彦

1994.1.26

## 佳作不多，原因何在？

刘主编：

订阅贵刊快一年了，贵刊给我的总感觉是：贵刊是各出版单位的指南，一个有社会责任感的出版单位，一个对党和人民高度负责的编辑，《出版广角》非看不可；一个爱好看书又不知什么是好书的人，《出版广角》非订阅不可。《山版广角》是另一座亚欧大陆桥，是架通了读书人、出版社、编辑、作家之间的桥梁。它告诉作家应该写出什么样的书，编辑应该编什么样的书，出版社应该出什么样的书，读书人应该读什么样的书。

我生性喜欢看书，所以喜欢逛书店，走书摊，但几乎每次都是高兴而去，扫兴而回。书店里书籍琳琅，书摊上杂志成山，大多是粗制滥造的应景作品，或是黄毒剧烈的流氓之作，真正“鼓舞人”、“引导人”“塑造人”“武装人”的佳作不多见，是什么原因呢？我盼望贵刊能重视这一问题。

致以

崇高敬礼！

湖南隆回　胡玉修

1999.11.1

## 一个文学爱好者的敬意和谢意

刘先生：

您好！不知您是否愿意理会一个普通读者的信件。

在您的主持下，“漓江”取得了令人瞩目的成绩：获诺贝尔文学奖作家丛书，法国二十世纪丛书，等等。您和翻译家们付出了巨大努力和苦心。请您代表他们接受我一个文学爱好者的敬意和谢意！同时，也祝愿你们能出更多更好的书！

冒昧致信，想问两件小事，还望不嫌：

1）“获诺贝尔文学奖作家丛书”已出版多时又重印多次了，然而令我不解的是：其中我梦寐以求的几种，如萨特的《苍蝇》、贝克特的《等待戈多》等，一直未在本地出现过。遗憾之余，我甚至怀疑这几种到底出版了没有。

2）柳鸣九先生编评的《世界最佳情爱小说鉴赏》令我爱不释手。该书前言中提到，这一鉴赏系列是出于您的设想，并说还有“世态”“性态”“哲理”“风格”四大编，然时至今日，未得见之，不知何故？

另：按柳先生前言，此书题目应是“情态”，可封面及扉页上竟都印成了“情爱”，且还故意使这“爱”字很显眼，不知为的哪般？①

如若可能，想要一份近期书目。

此致

敬礼

浙江送变电公司　袁亦敢

1995.7.8

---

① 现存图书《世界最佳情态小说鉴赏》封面均题名为“情态”，本书前文亦有来信者提及本书书名为“情态小说”，该来信者有可能买到盗版图书。

## 千万不要迎合低级趣味

刘主编你好！

从我及我周围一些人的阅读兴趣，我以为《青年外国文学》可在下列几个方面适当组材。

一、每期选择几篇外国名作家的优秀散文。

二、能出一期年度获诺贝尔文学奖作家的作品专辑。

三、当今世界各国文坛掠影。

《青年外国文学》应该以高质量、高水平立足于当今杂志之林，不要让庸俗的东西所左右，应该让人们在十年二十年后赞誉它的价值，千万不能为赢利而迎合文化素质不高的读者的低级趣味。

致

礼

江苏句容湾山煤矿教师　周纪生

1988.11.29

# 向叶老求教世界语学习门径

尊敬的叶老[①]：

您好！

最近拜读了您早期的译作《阿伽门农王》不禁拍案叫绝，感慨万千。

《阿伽门农王》是世界古典文学中一部著名的诗剧，而您译文的纯朴自然、辞贴意达的生花妙笔，更使这部名著锦上添花。这不能不令我这个想搞翻译而从未出版过译作的人叹为观止。敬慕之余，我深感自己外语水平的浅薄。只有刻苦的学习才是我唯一的补救。

小时候我就读过不少您的译作，其中著名的安徒生童话就是我儿时的爱物。

如今我已是一所重点中学的英语教师了。我毕业于师范学院的英语专业，曾试图搞过文学翻译，可从未成功过。

不久前的一天下午，我偶然打开收音机，忽然听到中央台在播讲一个青年如今自学世界语的动人事迹。我一下子就被吸引住了，就听了下去。那位青年就是现在广东世界语协会的秘书长。他曾在您老的指教下自学世界语，并且走过了一条颇为曲折的道路。听了那位青年自学成才的动人事迹，我深为感动。这引起了我许多思考。

我暗暗地下了决心，除了在英语的深度和广度上下功夫外，还要学习其他的外语。

想学世界语的愿望倒并非这几天才有的，自从很久以前报纸上

① 叶君健先生，参见本书英语文学译著者来信部分。

介绍了世界语之后起，我就产生了想学习世界语的愿望，只不过到了这几天才形成了一股不可遏制的感情冲动。

这次来信主要是想在学习世界语方面求教于您老。我从什么地方可以得到世界语课本和字典以及有关资料，应该如何起步，怎样方能精通这门语言。

尊敬的叶老，像您这么一位闻名遐迩的作家、翻译家，为著书立说等事务而奔忙是可想而知的。我，一个无名的青年教师，又给您添了这些麻烦的琐事，心里深感歉意。谢谢了！！！

祝

康乐！

宁波一中外语组　何云

1985年2月15日

# 读书·挫折·奋起

编辑刘硕良同志：

我的爱好，除了音乐（我的本行）外，便是书籍，而我最喜欢的书是《牛虻》。那还是上小学五年级的时候，我便深深地被它吸引，虽那时对它还不甚理解，后来，我又重读了数遍，这书太好了，以至我不知该如何形容它的伟大动人。当然，我还读过其他许多的名著，最近刚读完《约翰·克利斯朵夫》，此书写得非常成功。过去我是一直喜欢小说的，近来突然地也喜欢起诗、报告文学、散文等，特别是报告文学，它真实、动人、可信。我还喜欢看喜剧性的、破案之类的书，我也喜爱那种含蓄的、意境很深、哲理性强的书。

我虽没自立，但我要喜欢哪本书，便尽一切力量把它买来，当然，存书不在多少，看的是从中吸吮了多少知识，充实了多少思想，使自己做个明知懂理的人。

我是个高中毕业生，原在南京市宁海中学就读，现在一所学校借读，准备参加升学考试。我学的专业是音乐（古筝、声乐），不过，我更酷爱文学，家里人都说我兴趣太广，也许是吧。难道这不好吗？我想无论什么知识都可充实人的思想。

我曾遭受过一次沉重的打击，那就是高考的落选（在最后一轮复试中）。理想的破灭，使我好一段时间陷入伤感之中不能自拔，在那之后，我去了趟青岛，在海的怀抱里，我得到了新生的勇气和力量，我抛去忧郁的伤感，回到了故土，重又掌起了我的音乐，为生活奋斗着。

我常念道这样一段话："别以为消沉、抱怨是才华的显露，恰恰相反，这是无谓的呻吟、弱者的哀鸣。"记不起是哪本书上面的话了，但我时时记着它。

我常对自己说，生活要有风格，不要庸俗，不要被尘世的一些丑恶所浸没，要做一个有意义的、平凡的人。

我过去苦闷时，写过一些悲观的文章，同学看了说太伤感了，当然，那不过是自我安慰，现在我懂得了一些生活的哲理，我不再悲观失望，徘徊于愁苦之中了，即使我再考不上，或实现不了我的愿望，我也要生活着，为人类服务。

我的社会生涯仅仅十九年，但生活的琐事启发了我，使我懂得了该做什么样的人，在世上我最恨那些没良心的人，最可怜那些含冤不能伸的人。同学们常说我，太爱想问题，有的还说，国家如此大，你又不是领导管得了吗？现实有许多事是不可行的，正义不一定得到好报，难道真是如此吗？我接触社会很少，许多事都不明了，但有一点我是坚信的，那就是正义永远是抬头的（因为一个国家提倡什么，反对什么，是由社会制度决定的）。

编辑同志，想问个问题，是不是人没有信仰就会精神空虚？我问过许多同代人，他们都说没有信仰或是不知道有没有信仰，但他们仍在努力干着自己的工作，他们精神空虚吗？那么又如何恢复他们的信仰呢？

我们彼此虽不相识，但我却像对自己的知己一样冒昧地写了一些我的看法，你是“过来人”了（也许），望能得到你的开导和指教。

专此即颂

康健！

学生：王珊珊

1983年3月29日

## 局里比社里好吗?

刘老师:

近好！接到您的来信很高兴，春节好吗？久未见到您的消息，不知您的近况怎样？故今得到您的音讯，特别高兴。

我自1989年毕业后留在大学任教，这期间去日本半年讲学，后又去韩国、日本演出多次，故忙忙碌碌的，也未与你联系。望多包涵。

由于我的姐姐6年前去的澳大利亚，已在那儿定居，她想我也过去，但我还未考虑好，因为我不想改行，我的事业只可以在中国。

很希望见到您的新杂志，局里是否比出版社好一些？

非常想念您！身体各方面都好吗？《出版广角》是新杂志吗？工作繁忙吗？是否有许多出差机会，可否有机会来宁玩，南京今年变化很大，你们那儿也是，对吗？总之，甚念！

祝

愉快！

南京　王珊

1995.2.8

## 办刊就像种树

刘总：

3 月 19 日收到您寄来的《出版广角》，许久以来未曾再感受的心潮澎湃又搅乱了我，或者说是《出版广角》诱发了我潜在的不安分……

她让我爱不释手：她既豪迈又细腻，既大气又清秀可人。她身上凝结您多少的心血！每一角落，每一行字我都细细地默读。读她就仿佛接受一次洗礼，提升我愚笨的灵魂。这就是我为什么一直热爱她的缘故。

《出版广角》1999 年第 1 期《马其顿之行》（P64）有言曰："你想一天幸福，就去喝酒；你想一年幸福，就去爱；你想一生幸福，就去种树。"我想到《出版广角》自身，不正是你所栽培的树吗？既然是树，必定能为纯洁的文化保持水土；为物欲横流的商品世界调节空气，涵蓄水源。要想保持五千年文明大国的雄伟气魄，树立新中国的光辉形象，就要在知识，在文化中寻找支点，寻找飞跃的起跑线。民族的希望正源于此！"问渠哪得清如许，为有源头活水来。"

我愿意让这闪烁的火花燃烧成为熊熊烈火。因为生命短暂，要做的事情那么多，能在一生中找到最适合自己情趣爱好的事业有几人呢？而能在自己最喜爱的事业中找到最关键处投入全身的力量者堪称豪杰了。不管他是成功还是失败，我们都景仰他，崇拜历经沧桑而无悔的英雄！

刘总，我上个学期所教地理科参加深圳宝安区统考，在全区二十多所中学中成绩名列第二。我们学校刚创办四年，去年年底刚评上一级学校。由三类上升到二类的地位。两位历任校长立下汗马功劳，我常为这间学校全体工作人员的敬业精神所折服。我身在其中，所教课程又不是自己的专业，自己更加卖力，处处留心便是。想不到还取得如此喜人成绩。它证明我自己的能量。但前路还有数不清的挑战，我会沉着应战的，我始终相信自己将是赢家！现在学生都很喜欢听我的课，这使我信心倍增。

在这纷繁芜杂的世界上，能读懂一些事，又能被别人读懂，实在难能可贵。不再感叹什么“知音少，弦断有谁听！”赶路要紧！不知我能否以浅薄面对博大精深，有机会为《出版广角》效力，呐喊！哪怕永远只能做她忠实的读者。

祝

编安！

注：收到信后请代我向陈南南、韦然问好。

您的学生：邓秋霖

1999.3.20

## 有想法总比没有的好

刘总：

您好！首先抱歉我这么久才给您写信。但今天终于提起笔来向您汇报自己，就不能说我已懒得不可救药了吧？（微笑）

这个学期我教初一两个班和初二三个班的政治，同时负责演讲辩论小组的第二课堂活动，还当初一一个班的班主任。初一的政治课主要讲思想品德；初二的政治课主要讲法律常识，所有的这一切都是崭新的内容，对于我来说，每一天都充满挑战。学校每个学期要搞教育教学开放日活动，全区各中学老师和学生家长可以在这一天任意进入我们任何一间教室听课，学校也会特别推荐一些优秀教师的公开课。我初二的法律公开课得到众多老师的好评。自我感觉也良好，自己制作的多媒体课件被人欣赏，真由不得自己有些满足和飘飘然起来。好在自制力还行，深知教学是一门永远都会有遗憾的艺术，不进则退，来不得半点马虎和骄傲。

10月5—10日，在深圳举办的首届国际高新技术成果交易会，我有幸入场参观，惊叹于人伟大的创造力和自己的肤浅。时不我待，得抓紧时间武装头脑，于是上月底买了一台电脑，是奔腾Ⅱ，挺够我玩的，想等条件成熟再上网。

要成为一个国际知名文化信息传播媒体，得全方位着手，扩大知名度，在国际上提高声誉。让《出版广角》这棵参天大树蔓生出一片森林，构成自身独特的人文环境和经济实体，方能在市场的淘汰赛中胜出一筹啊！

刘总，我的言语或许太过于幼稚，但有想法总比没有好吧。请您及时予我以些许点拨。谢谢您！谢谢《出版广角》！请您平时多注意锻炼身体，注意劳逸结合，该悠着点时，别太吝啬那时间。

您的学生：邓秋霖

1999 年 11 月 7 日

# 《外国名作家大词典》极有价值

漓江出版社

各位编辑：

我公司最近向香港订到贵出版社出版《外国名作家大词典》[1]，内容丰富，极有价值。但唯一缺点即没有外国字母的索引，假如只知道外国作家名字那就很难找了。希望能在再版时改善。

长青文化公司　刘冰　敬上

8/29/1991

①《外国名作家大词典》获首届全国优秀外国文学图书二等奖。评奖会宣布评奖结果后，新闻出版署图书出版管理司司长、评委办主任杨牧之同志不无遗憾地说：《外国名作家大词典》没评上一等奖，可惜了。

## 终于联系上了

刘老：

您好！11月18日北京来电话告知我，我寄给您的信无法投递。因为“硕良文化公司”办公室已经出租，座机为空号，只有退回给我。

我的心一阵揪紧，哎呀！咋办呢？我怎么才能与您联系上呢！只有求助于网络了。在网上查询了几天，我终于查到广西南宁市《广西文史》主编是刘老，而且该刊物仍在发刊。查到了电话，我打电话去把情况告诉了他们。他们同意代我转交信件，我十分感谢他们。原来，刘老现住在南宁，终于能联系上您了，我松了一口气！

愿我的来信能及时达到刘老手中。

晚辈：王新川

补于2013年11月24日

## 请为世界文豪书系签名

刘老：

您好！

上世纪80年代，我通过自己购买的漓江版《保尔与薇吉妮》《白夜》的阅读，从此知道了刘老您。之后，我又通过“诺贝尔文学奖丛书”再一次与刘老“交流”。而更深入了解刘老的是通过“世界文豪书系”的阅读。

刘老与王亚民先生上世纪90年代策划的“世界文豪书系”，是我国翻译出版界迄今为止的一座难以超越的丰碑。不仅为我国经典文学的推广起到了巨大作用，而且也是我国出版界的盛事，功在人间。惜因出版社改制，原计划推出的《契诃夫全集》等5种未能出版。我曾经打电话到河北教育出版社询问是否有出版计划，而被告知不再出版。我甚为叹惜，为走精品路线的河北教育出版社也不得不在市场经济的“大潮”中低下了它高贵的“头颅”叹惜。我们怀念刘硕良先生、怀念王亚民先生……

我从1979年工作以来，就一直没有间断图书的购买、阅读与收藏。已经出版的“世界文豪书系”，我每一种都购买了至少5套，俄罗斯文学是我最喜欢的外国文学，每一种至少达6套之多。每月的工资基本上都用于图书上了。我喜欢阅读。阅读，真是一种享受。

到目前为止，我已经系统全面读完了14种全集或文集，这也包括刘老主编的《屠格涅夫全集》。通过阅读屠格涅夫，我更深入理解了伟大作家的人格，也更深入地走近了刘老、亲近了刘老。从这个意义上讲，我在上世纪80年代不满20岁就与刘老相知、相识了。

我在1995年初购买书系出版的第一种，即刘老主编的《屠格涅夫全集》起，就在心里产生了一个念头，那就是请书系的主编们签上他们的名字，我要珍藏一生。时间在流逝，近20年过去了，由于我的对文化名人的敬畏、犹豫和迟疑，在21世纪的今年才终于下定决心去为实现自己的心愿而努力。而有些著名的翻译家主编们都先后辞世，留下了不能弥补的遗憾。我必须倍加努力……

我请求刘老为我收藏的您主编的《屠格涅夫全集》（十二卷版）新老两种版本的第一卷题签刘老的珍贵签名，满足我近20年未去实现的心愿。如果刘老能够同意，我会将书寄给您的。尽管这会影响您的工作、生活，并给您带来不便，但我心中抱有一线希望。

有希望，我就一定不会放弃追求我的梦想……

我不知道刘老的通讯地址，从网上查到“北京硕良文化发展有限公司”的地址，但愿这封信能够及时转到刘老手中。

北京最近空气不好，请刘老多多保重身体。我盼望着，等待着，心怀一颗急迫的心。

祝您健康长寿！

晚辈：王新川

叩于 2013 年 11 月 15 日成都

## 柳鸣九、朱虹的珍贵鼓励

刘老：

正苦于很多主编无法联系之际，刘老在电话中告知我一些他们的联系方式，我万分欣喜。

在刘老和王亚民先生策划的书系中，第一个给我签名的是老翻译家柳鸣九和夫人朱虹老先生。在给我寄来《雨果文集》（二十卷版）签名的同时，二老还赠给了一些其他书籍。朱虹老先生在赠书中写道：“王新川同志：你来信提到我，我感动又惭愧。我不是学者，跟你一样，爱好文学，也爱好翻译。”而柳老称我是“外国文学爱好者”“外国文学的知音”。“跟我一样”“知音”？我才真正惭愧呢！我知道他们是在鼓励我奋力前行。

另，陈桑老先生已打来电话，取得了联系。再次感谢刘老的帮助！

王新川

2013 年 12 月 4 日

## 工人读者眼中的《出版广角》

编辑同志：

自费订阅《出版广角》，感到杂志总体较好，杂志定位比较准确，结构比较合理，最喜欢的栏目有书人写真、精品幕后、著译者言、学者风范、海外文讯、译事品评、先进出版社，印象较深的文章有《一本沉渣泛起的伪劣书》《台湾出版史话》《百年读史的思绪》《渐渐走近埃尔韦·巴赞》《吕敬人和他的书籍装帧艺术》《造大船——杨德炎访谈录》等，印象最深的作者有柳鸣九、辛广伟。

希望杂志社开展专题讨论、笔会等活动；希望多介绍一些在全国有影响的出版社负责人和出版家、编辑工作者，多介绍一些重要图书出版内幕，介绍些名实相符、勤奋著述的学者、翻译家；继续关注装帧艺术，经常介绍国内外的装帧设计家的优秀作品。加强对港台和海外的沟通，这方面《出版广角》已做了不少工作，形成了自己的特色，希望能保持。刊中的彩页登什么，要有一个较为系统的考虑，现在显得有些杂乱。内文有些过于专门琐碎的内容，不要占用版面。

杂志为一些作者开辟专栏，固定刊出，是通常的做法，只要专栏作者有相当的学识与才情，言之有物，读之有益，读者是不反对那几张"老面孔"经常出现的，而这也有助于刊物风格的较快形成。但是，如何避免杂志因此蜕变为"小圈子杂志"，成为少数人享有的园地，却是编辑者时时要注意的。贵刊目前开设的几个专栏和连载，有的内容扎实，信息丰富，值得读，虽连载数期，却不觉其长，唯嫌其短，柳鸣九的《桥上的回忆》、辛广伟的《台湾出版史话》即是其中的佼佼者。而有的文章则似有吹捧之嫌。贵刊改出月刊后，专栏连载或许会更多，则尤须严于择稿，少登空洞无聊，可有可无之文。

贵刊几年来，着力强调“广角”的辐射力，也得到了较大的反响，但总的说，贵刊仍存在着一些局限性，所报道的仅是全国出版业的一小部分，需要进一步开放办刊，更加全面、迅速、深入地反映出版界的大事、要事，扩大同重要出版社——如商务、三联、人民文学等的联系，并将这种联系体现到刊物中这样就会吸引更多的出版同业与读者注意贵刊，贵刊的影响力才会越来越大。

像我这样的喜欢读书的读者们，订阅出版读书报刊的目的之一，是希望能了解一些出版动态，获取一些出版信息。因此，我对贵刊 1998 年第四期“教育出版界人士座谈《出版广角》”中，有位社长说“只是感觉《出版广角》广告多了一些”的意见，不能苟同，相反，我认为，对出版报刊来讲，广告也是出版信息，是报刊的组成部分，不可缺少。贵刊借此可增加收入，为降低成本缩短周期、增加篇幅积累条件，读者也可以直观地了解出版信息。对选书购书是有参考作用的，完全可以再多些，覆盖面——即做广告的出版社——也应再扩大。

总之，贵刊改为月刊，标志着《出版广角》进入了一个新的发展阶段，面临着机遇，也面临着挑战。如何乘势进取，再上层楼，是你们为之殚精竭虑的，同样也是支持贵刊的读者所关心的。我希望你们能在广泛听取读者意见的基础上，求实、求精、求美，将《出版广角》办成一个既有一定的权威性，又具有较强的思想内涵和相当的可读性的出版文化名刊。

西安国棉三厂工人　李建平

1998 年 11 月

## 您不下五十岁吧？

刘叔叔：

您寄来的书目我浏览了一遍，一些书是我有的，还有很大一部分我没有。鉴于时间和能力的限制，一下子还读不了许多书，但从侧面，我看到漓江出版社的确是一个知识的摇篮，广大的有志于文学的青年一定能在它传播的知识中吸收甘甜的琼浆。大家衷心地祝愿全社同志在改革的强劲春风鼓舞下工作更上一层楼。

刘叔叔，我不知道你的尊龄和身世，这样称呼您是不是确切我不得而知。但从您是《世界中篇名作选》责任编辑看您不下五十岁，对与不对我只是猜测，望见谅。

西安统计学校学生：薛城

1983年4月18日

# 师友来信

旷壁城

## 长沙清华同学首次聚会

硕良同志：你好。

杨衍松教授自南京归来，带来口信，至感关切；得悉近况，更以为慰。

去年，原在重庆清中的老师翟瞻型同志定居桂林，约小憩漓江，一寻归踪。因种种琐事，未曾赴约，现在又承盛意相邀，一定付诸实现，只是今年恐不能南行，因新疆的周光哲、甘肃的李子广（都是五级的），还有其他同学，初议要实现我的愿望——循丝绸之路，

※ 此起 17 封书信出自当年长沙清华中学的老师、同学和湖南新闻干部训练班同学以及一二亲友，所涉多关书事文事。

旷壁城（1912—2001），第九部分有信提到，此处略作补充：这是一位终生未婚，为教育献身，极具个性也极有成就的女教育家。湖南醴陵人，先后就读于周南女中、湖北省第一女中，1932 年 9 月考入清华大学中文系，师从朱自清、闻一多、杨树达、陈寅恪等大师。一面勤奋学习，一面与同学蒋南翔、钱伟长、钱三强、荣高棠等一起参加抗日救亡运动。毕业后到湘乡、衡阳、桂林中等学校任教。1940 年中共中央西南局指示创办重庆清华中学，由清华大学校长室秘书、教育家傅任敢任校长，旷壁城任训导主任兼国文教员。1946 年旷回长沙，受清华大学校长梅贻琦委托，与傅任敢、易仁荄创办长沙清华中学，傅任校长，旷任教导主任，易为总务主任。清华办学理念先进，基础教育扎实，师资优良，管理严格。历时不过三年，培养出大批优秀人才，为社会各界注目。1952 年，长沙清华与省立一中会并为长沙一中，旷任副校长。第五届省政协委员，教育组副组长。几十年间学生逾万，人才辈出。

一发思古之幽情，大概七月中即将首途做西北行。所以再游桂林，只能是明年的事了。

去年底一中举行建校七十五周年庆祝，清华1—9级返校的约百人，三十五年来第一次聚会，话旧忆昔，少年意气，仍似当年。还为我们75、80的老师们祝寿。我们除了感激外，更多的是惭愧，对同学们并没有多大帮助。

另外有一件事相商，原清中校长傅任敢先生去世后，遗著已由湖南教育出版社出版。今接其女公子来信说，解放前曾由商务出版过两本翻译的教育小说。现在她想重行付印，希望我帮忙。我本想和省出版局的杨德嘉（三级的）商量，但杨德嘉已去北京学习，数月后始回长沙。因此和你商量，漓江出版社能否承担。我这里把傅先生的女儿傅平生的信付上，请你斟酌。并希回信。

祝

新年愉快

旷璧城

1982.1.8

## 朱尚同

# 清华中学值得回忆

硕良兄：

你好，长沙一行，又已两年，近况好吗？

去年，岳中曾请你写一点清华回忆，现再寄上原信。

清华也是十分奇怪的，短短不过两三年，在中学教育基础很好的长沙市，名校辈出，清华居然一跃为长沙市有名学校，党员和新研会员[①]超过了解放前的育才（总理直接管的），确有可赞之处。老兄可写一点你最感兴趣的事，以便岳中归总。并望尽快，还望转告大有和泽湘两位。或请你复印一下寄去。万望写一点你印象最深又有意义的事。

我去年9月因心绞病住院，一直住到十一月出院。也是“莫向长安道上行”之意也。最近我即将退出第一线，闲了，或许会去桂林玩玩。这是我抗战时旧游之地了。

好！

尚同上

4月28日（1985）

※朱尚同（1929—　），湖南长沙人。在长沙清华中学时加入地下党组织，领导学生运动，为市学联负责人。解放后历任长沙市人民监察委员会委员兼秘书，后入湖南农学院学习、工作，任副教授，主持的科研项目，获国家科学技术奖三等奖及省部级奖多项。1983年任长沙市委副书记兼组织部长，1985年任湖南省教委党组书记、副主任，1991年离休。参与主编教材和工具书多种，发表专论随笔多篇。其父朱玖莹（1898—1997），为国民党高官，著名书法家。拥护民族振兴大业。在望百之年从台湾回长沙探亲，终于故土。

① 新民主主义研究会会，地下党领导的外围组织。

# 尹岳中

## 旷老师八十大寿

硕良：

您好！

我的二儿柳晨（跟母姓），湖南师大77届毕业生，原是长沙大学教师，现从商，在长沙市黄泥街3号经营宗艺书店，刚开张10天。他跑市场，得知漓江出版社出版的《魔鬼词典》较好销。今特请你帮忙，能否为他提供货源，价格如何？能给他多少折扣？贵社还有其他好销的书，敬请推荐并帮忙提供货源。柳晨有几个同学在湖南教育出版社、文艺出版社工作，他打算和同学合作编些书。我向他介绍你，请你给予指导，以求编出的书能获得较好效益。

您给旷老师的100元彩礼，我早已转交她了。你给我的电报，在为她举行80寿诞庆典的那天，我给她看了，她很高兴并向你表示感谢。她去武汉弟弟家过春节，迄今未回。

你和张泽湘联系多不多，张常回长沙，见过几次面。你回湖南，盼能见面聚谈聚谈。

祝您和您夫人身体健康，万事如意。

尹岳中

1993年3月29日

※ 尹岳中（1927—　），湖南衡山人。在长沙清华中学读书时加入地下党，投身进步学生运动。1949年9月被派去新闻干部训练班学习。结业后分到新湖南报（湖南日报），历任记者、编辑、副社长、副总编辑。

杨筱芳

## 还记得农民送过你草鞋

硕良同志：

自长沙解放分别，三十多年未见，前年您来长沙（听廖说的），未能见到，一直感到遗憾。8 月 17 日在长清华校友开了一天校史学运史座谈会，旷校长、刘正、朱尚同、尹岳中等都参加了，大家决心写好清华学运史，并要我和金式等几个人担任编写工作，大家提供材料。办民校的始末请你一定写份材料来，当时主要是唐（纯彩）、你、我三人在办，您可说全力以赴，我记得一些事，但许多事记不清楚了（如办学的发起、经费的来源，教材、教具设备的筹措等，都讲不清了）。蔡诲文来信说，通过学生家访与贫苦农民建立了感情，你离校时有一讨米的贫苦农民无以为谢，特打了一双草鞋送你，这是很好的细节。另外，学校的社团活动（朱尚同等是疑问社，我是逆流社的，好像你也是一个）也请你回忆一下。总之，请就记忆所及，先写几段材料来，以后你再写成回忆文章，以便编成校史纪念册。如能见到张泽湘，他答应写的，请催他一声。本来邀他回长沙的，他病了。其他不多写。今年秋凉如有可能，我们将邀几个老同学上桂林去看你们。

祝你好！

杨筱芳

8 月 30 日（1985）

※ 杨筱芳，湖南新化人，长沙清华中学学生，地下党领导的新民主主义研究小组成员。长沙解放后参加工作。曾任长沙晚报副刊编辑、副总编辑。

顺告：

唐纯彩:（武汉）湖北省公安专科学校；

李淮:（湖南）益阳市益阳师范专科学校；

张式慈、李岳佑:湖南省商业干部管理学院；

杨德庆：离休后到云南某少数民族地区中学教英语，最后不知游到哪里去了。

罗昭绣
（3封）

## 长沙清华中学北京校友欢聚

硕良：

我很早就想给你写信，因为我从《人民日报》和《文汇报》《文汇读书周报》上，不断知道你的信息，你的事业心，你的苦干精神以及你的成就。1986年，我到过桂林，并见到了张泽湘，他说你很忙，当时没有找到你，而我很快就离开桂林，终于，未能会面。

因旷璧城先生来北京，前几天，长沙清华中学在北京的一、二、三级校友聚会了一次。到会的，除旷先生外，还有施无已先生和宋扬先生。一级同学有吴云霞、张运道、陈晋阳、唐飞霄和我（何达勋、郑逢时因出差未到），二级有成平（中国科学院数学研究所所长），三级有邓彪、潘一民、黄其良、刘元亮、彭国兴，另外还有一个八级的女生李国瑞。一级同学大都年过花甲，有的已白鬓满头了，除何、郑外，都已离休。二、三级的也都已接近花甲年龄，他们大都是教授、高工和研究员，仍在工作。这次聚会，给大家提供了一个怀念母校，怀念老师和怀念自己青春和理想的机会，是很有意义的。长沙清华中学在京的几位一级老同学，虽无固定聚会时间，但来往是密切的，友谊是深厚的。长沙清华中学的民主和科学精神，他后期的理论联系实际、密切联系群众、批评和自我批评的优良作

※ 罗昭绣（1929—　），湖南平江人。入读长沙清华中学时参加地下党，组织进步文化活动和学生运动。解放后参军，在海军学校及机关学习工作，后转到地方，在国务院工业普查办公室任职。信中提到的人均为长沙清华同学或老师，每个人都可写一本书。

风，始终留在每人的记忆中，鼓舞着大家前进。

那天，在去参加聚会的路上，我和陈晋阳骑自行车从北京的北城到西郊，老陈近二十年来，一直在保加利亚、墨西哥、澳大利亚大使馆当武官，因车祸腿骨断过一次，现已恢复到能跑步和骑自行车。路上，我问他："你对长沙清华中学同学中，谁的印象深？"他不假思索地说："郭旦湘和刘硕良。"我说："你还知道刘硕良，是不是因为他年龄最小和长得最矮。"晋阳说："不，我记得他的文笔，他写的'旷氏寒暑表'，那是讽刺旷璧城先生讲了话不算数，图书馆该烧炉子了，就是不烧。"我说："你的记忆真不错，我记得好像也有这么一回事"。看来，几十年过去了，你可能一直还保持了青年时代的热情、理想和追求，保持了那么一股子劲，并在中国出版事业中做了自己的贡献。表现了一贯的作风，这是很使我敬佩和羡慕的。

这两年，长沙清华中学同学来京的不少，有的住在我家。叶石健去年国庆节前后，来北京图书馆看书，在我家住两个月。朱尚同、喻午云到美国学习或访问，在京办手续，也住在我这里。李淮、张成均、谭昌铭、尹岳中、刘正等都在我家聚会过。你到北京的机会可能也比较多，下次来时，望到我家来，我一定带你去探望所有一级在京的同学和老师，共同回忆你的"旷氏寒暑表"，那是肯定很有意思的（当然，我们对旷先生一直是怀着深深敬意的，相信你也一定如此）。　问夫人和孩子们好！

罗昭绣

1991年6月15日

## 闻道欲来相问迅，西楼望月几回圆

硕良：

信收到。尽管信写得很简短，仍使我看到一个热情洋溢和朝气蓬勃的出版家形象，也使我看到了一个 40 多年前坐在长沙清华中学一级文组教室最前排富有心计的刘硕良，不容易啊！经历了我们这个时代的风风雨雨，仍然保持了当年的童心、真诚和热情，仍然朝气蓬勃地在战斗……

在京的清华一级老同学，除郑逢时、何达勋外，都从工作岗位离退下来了，都已开始了另一种生活，也可以说，在人生征途上，基本找到了自己新的位置。晋阳，除在中国战略研究会挂个名，每周去两个半天外，其他时间都在家看书，他的俄、英文都较好，主要阅读国外资料。他的两个孩子（一男一女）都在国外，老伴身体不好，他用心照顾着。正像你说的，他仍然保持着刻苦自励，热情朴素的作风。

张运道已两鬓花白，有气管炎，身体虚弱，近年来正练气功，很有收获，翩翩公子风度仍在，只是有点老态了。他的夫人年轻，仍很有活力，他有两个女儿，都是现代派，一个刚去美国，一个是大学程度的个体户。

吴云霞外形完全是个老头了，现过着田园诗人的生活。平时一人住南口（一机部南口园林处，他离休前在此任处长），种菜、养花、作诗，听说有时也打麻将，星期六和星期天才回家和家人团聚，怡然自得，自有乐趣。

唐锡阳，原名唐飞霄[①]，只在清华读一年半，不知你是否还记得？解放后，他在《北京日报》当记者，1957 年遭难后，一直在工厂、农场劳动，老伴也罹难。1978 年以后，到《大自然》杂志工作，写我国自然保护区的动物，在美国出了一本书，并结识了一位美国在华女专家玛霞，俩人结婚后，周游了一趟世界，正在写《环球绿色行》，可能也在国外出版。他已离休，主要是从事写作。他

① 唐锡阳以兄名飞霄入读长沙清华中学。真名飞霄者后执教于桂林医学院。锡阳、玛霞合著的《环球绿色行》，由漓江出版社出版。参见本书 596 页。

有两个女儿，现都在北京。

至于我，在海军、中央机关、河北省机关当了一辈子基层干部，干过十多种行业，最后的单位是国家统计局办公室，现已不上班，但尚未办离休手续。我现在的功课是：练长跑（每天跑7000米，洗冷水澡，经常参加北京市长跑比赛），读书、写笔记（主要看点散文和传记），买菜做饭，搞家务（我爱人黄华和大儿子、儿媳、孙子仍住在海军大院，安定门外有两间南房，我现一人住此。一切家务都需自己动手。老二及其爱人、女儿住北郊工厂，有时进城来住我这里），访友谈心（我在天津搞过“四清”，在北京支过左，在河北省、地方部门、治安部门、国务院机关工作过，有不少朋友），也过得逍遥自在。我的身体很好，5000米的速度不慢还敢跑100米，速度为15秒99，意志也没有消沉。我相信，“有了健康即有希望，有了希望即有一切”，晚年仍想从实际出发，做一点力所能及的工作，也希望能得到你的指导和帮助。

“闻道欲来相问迅，西楼望月几回圆。”七月路过北京，一定来玩，我平时都在家。

夫人因何病住院，望好好照顾，并望早日出院。问孩子们好！（你爱人来北京玩，你们一起可住我家）

罗昭绣

1991.6.26

## 两种活力的显示

硕良：

京华相聚，就像在40多年前长沙清华中学文组教室课余谈天一样，是那样亲切，那样随便，那样自然，时间和岁月对我们来说，似乎已经凝固了，我们之间的距离，也大为缩短了。我直觉地感到，你不仅在形象上仍然保持一张娃娃脸，仍然显得年轻（只是肚子大一点），而且，从内心深处，好像沾染世俗庸碌的东西不多，仍然是知识渊博，富于幽默，敢说敢干，像留在我记忆中的四十多年前的你一样，这是难得的啊！

京华相聚，也留给我一点感慨。当你们忙着交换名片时，显得你们这些年过花甲仍有名片的人，仍有显赫的社会地位，仍有自己的地盘，自己的事业，还有足够的精力。而离退在家的运道、云霞和我，一个得了脑血栓，一个已不愿动了，一个只会骑着车到处转。这种差距有没有普遍性，我没有深入研究，但年过花甲不愿让位的却相当普遍，特别是地盘深厚的人，总可以找到自己的位置，看来，这是现实对比的结果。

我没有地盘，也没有本事，无法找到新的头衔，也不追求这些头衔。我倒确实想辟一个新环境，使自己活得健康一些，愉快一些，潇洒一些，显示另一种活力，我正在努力，也很艰难。在清中老同学中，像我这样新的名士派，好像还有唐寿光、盛大经等人。我希望我们这些人也能走出一条晚年的新的路子。

下次和夫人一起来，住在我家里，我们可能谈得更深一些。

问夫人和孩子们好！

昭绣

1993年3月13日

## 唐纯彩

### 专程前来探访未得一见

刘硕良同志：

你好！

我出差湖南冷水滩，特专程前来看望，昨电话联系，正好你已去南宁，多好的机会，可惜不能见面叙旧。四十载光阴瞬间流逝，人间沧桑，更惜故情，希见字能拨冗急书，便于今后互通信息也。

今在汉一级同窗有盛大经、谭昌铭、涂楚轼诸友，偶尔从长沙同窗处得到一二你的近况，极不详细，甚念！

回首长清民小办学共事一段，历历在目，不知你可否记得？

要说的话很多，等接你回信后，再谈。

敬礼！

唐纯彩　上

10月15日前信，请寄：汉口古田三路湖北省公安专科学校。

以后地址可写：湖南冷水滩九嶷山学院无线电系。

※ 唐纯彩（1927—　），湖南澧县人。长沙清华中学同学。出身贫寒，好学不倦。积极投身社会文化活动，成为地下党领导的革命组织成员，民众夜校的主要办学人之一，新中国成立后长时期在公安部门工作。

# 谭昌铭

## 要有做大事的人

硕良仁兄，你好：

昨天我从九华山回来，收到你寄赠的十册传世名著，如此厚惠，将极大地丰富我和老伴晚年的读书生活，深表感谢。回来后，同时收到小女大立来信，说她应邀将在今年十月参加美国女诗人 Emily Dickinson 的国际研讨会，打算向会议提交狄金森与李清照比较研究的论文。她要我帮她收集有关材料。我已把北大许渊冲教授英译的李清照词和杭大飞白教授汉译的狄金森诗抄了给她寄去。没想到我在桂林买的书这么快就发挥作用了。你给我的书也一定会陆续发挥作用的。

《诗海》和《世界文学史》我已经读了一些，待读完后再向你汇报读后感。印刷上的错误还有一点。读完后还将给你寄一份勘误的建议表。如果您在百忙中能为大立的狄金森、李清照比较研究给予指导，我们将不胜感激之至。随函寄上谭大立6年前旧作复印件，请不吝指正。

近接金式来信，他还在从事传统戏曲整理和研究工作，苦于患有脑血管硬化症，工作效率较低，力不从心。在我们这一茬同学中，像你这样还肩负重任忙个不停的已经不多了，更可贵的是身体好，精力充沛，乐观自信，有气魄搞庞大出版计划出大部头书。例如，

---

※ 谭昌铭，湖南长沙人。长沙清华中学同学，思维活跃，成绩突出。自武汉水利电力学院毕业后，长期在水电部门工作，高级工程师。文学根底甚好，能译诗评诗。夫人傅庸为重庆清华中学校友。

“获诺贝尔文学奖作家丛书”够得上称之为丰功伟绩。我们见你如此地忙，也就未敢过多打扰。希望你多加保重，避免长时期超负荷运行。我和傅庸已进入“余热发电”阶段，虽然希望我们帮忙的单位不少，但我们已经掌握了自主权。在你忙得不可开交之时，我们愿意给你当“民兵”出点力，你可根据你的需要调用。

祝你

健康！向夫人致意！

谭昌铭　敬上

1992年7月9日

龙麟熙

# 当了26年"中右"农民

硕良：

您好！

承您的深情厚意，由杨德庆同志转来你的厚赠50元，实在是愧领了，谢谢！

别来已40年了，当时我们都是朗朗少年，而今已是老年了！（你可能比我年岁轻点）

时光老人真是无情！我过了24年的农民生活，从"文化大革命"以来竟连小小的民选生产队会计也不同意让我担任（生产队会计每年有千余工分补助，而我生产队每10分工单价只0.2元—0.4元）。如果不是在校友活动会上刘正同志[①]回忆往事中提及我的名字，而由我一同姓亲属在会后谈及我的情况，我请求落实政策的问题根本引不出来。众多的老同学老同志给予诚挚的关怀，使我在迷惘中看到一线希望，得到鼓舞，得到力量。

真是历史的扭曲！所谓"思想排队"给我弄了一顶"中右"帽子，自己却心怀坦荡。直到这一次走访湘中支队的老领导（长期在省委做组织工作）才了解到内中的奥妙。但个人的档案材料据闻是

※ 龙麟熙，湖南长沙市望城县人。长沙清华中学毕业。读书时热心学习，倾向进步，心有不平，慷慨出言。湘中游击队起义，曾参与其事。回乡务农后被内定"中右"，生存困难。后得落实政策，被聘为湖南省政府参事。

① 刘正（1928—2006），湖南长沙人。长沙清华中学同学，湖南学生运动和湘中人民起义的领导人之一。新中国建立后历任邵阳地委书记，湖南省委副书记，湖南省长，湖南省政协主席。

随人走的,“文化大革命”时公社秘书曾对我说过:“你自己应该心里有底呀!‘中右’与‘右派’到底有什么区别呢?!”而今,乡政府里根本就找不到什么档案材料。北京方面,经由望城县委组织部函调,复函中也轻巧地否认有划右、中右等活动情事。时到如今,事情还是胶着状态,不过,由于掺有那么一段湘中游击队的历史渊源,经由张瑞洁同志(原湖大毕业,第一次跟刘正等人去游击队的一员)带领,在8月间会见了刘正,承他的关心,答允在省参事室或文史馆谋一工作岗位,并已与省委统战部谈过一次。最近又由杨德庆会见刘正时,再一次明确了有关问题。刘正要杨传话,叮嘱我耐心等待:一定把我的事放在心上,不会遗忘。

你是怎么到广西的呢?回忆在学校时的生活,我记得你当时对编排出版墙报是顶积极的,而今工作在出版社,一定顺遂的吧!

祝愿您身体健康　工作顺利

长沙望城县大湖乡同祐村　麟熙

1989.1.6

宁　繁

## 迎着古樟香风的吹拂

刘先生：

您好！

早几天上宁乡六中（原来的友仁中学）参加那里的友仁五十周年校庆，在校友事迹展览室里，看到了您的事迹，并得知您原来是漓江出版社的前辈，所以特提笔向您问候，不为别的，就算是一个晚一辈的学生、文艺界的家乡朋友的亲近吧。

刘先生，在六中读书时代我比您晚几届，我是81届毕业生。现在在宁乡县文化馆工作，属中国作家协会湖南省分会会员，于1990年出版过一部长篇历史小说。希望得到您引荐，能在“漓江”出书（一笑）。

让友仁中学古樟的香风使我们伸出手来，紧握在一起。然后我举起右手，致以一个小校友的敬意！

顺祝您全家幸福

校友　宁繁

1992.2.10

※ 宁繁，湖南宁乡人，宁乡六中（原友仁中学）毕业。在县文化馆工作。湖南省作协会员，有作品发表。

## 永　强

### 宁乡人编的书在县城展销

尊敬的刘老师：

您好！

我是您未曾谋面的小同乡，现在吉林大学中文系学习。

很早以前就想给您写信，很想能结识您这位同乡前辈，您主编的书，置于我书架上的就有五本，如《尼采诗选》等。我很喜欢这些书，这些书的发行量都很大，一版再版，我想这是对您学识渊博、编辑水平高超的最好说明。当然，和许多宁乡人一样，我喜欢上这些书，最初是从喜欢这些书的编辑开始的，宁乡的文学青年都知道在漓江出版社有个当总编的刘老师是咱们的同乡。记得县里新华书店曾举行过一次“宁乡编辑出版的书籍”展销，您的名字排在第一。那次书展特别热闹。

我曾听许多家乡父老说起您。虽然没见过您，但您的为人，特别是您对家乡的感情、对青年人热心帮助等情况都为我所深知，我觉得您是一位可亲可敬的长辈。

我是一名成长中的文学小青年，自小喜爱写作，但功底浅陋、视野狭窄，一直进步很小。寄上我以前的一本小书，盼望得到您的指导！

致礼

同乡晚辈：永强　敬上

12.18（20世纪90年代）

谢兆平

## 怀念五十年代相处的日子

硕良同志：

您好。

记得起五十年代大家相处的日子吧！当时我在玉林县委宣传部工作。得到你的指导，使我在宣传方面有些长进，在中央和省级报刊发表过些习作。时隔虽近三十年，但当时情景还如昨天一样。我记得我们最后一次见面是在梧州，你到广州报道苏联展览会回来，到梧州参加区党委宣传部召开的教育现场会议（准确地说是到苍梧县参观[①]）。我记得很清楚你发表在《广西日报》上介绍广州展会的文章，多么生动、活泼、细腻、流畅。

六十年代我离开了宣传部，还到处打听您的消息。我下放区里当书记数年又调到桂平县人大，经历“文化大革命”的十年浩劫，我险遭丧命。落实政策后我又调到贵县，现在人大常委会当个副主任。上个月我向一些老同志打听到您的具体工作地点，真使我万分高兴。

您是我的良师益友，有空望来信指点，最好有机会到贵县来看看。如到广州经过这里转船，是最好不过的。如我有机会到桂林，定到贵处拜访。解放军后勤部20分部政委是我老朋友，曾约我去

※ 谢兆平，20世纪50年代起在玉林县区党政部门工作，并为广西日报写稿，曾任区委书记，县委宣传部干事、部长，后调至桂平、贵县做农村和宣传工作。贵港市人大常委会副主任。

① 参加广西区党委宣传部在苍梧中学召开的全区勤工俭学现场会议。

玩玩，只是总抽不出身来。

人到老年，总有怀旧感。我虽然五十出头，不能称老，但总想见见老朋友，叙叙旧。

这两年我自学一些东西，如合同法、口才学等，也参加函授（土木工程）。学习合同法等是我们人大搞法制工作者所需要的。学习口才学则是我50年代以来的个人兴趣。

请抽空来信指教。

敬祝

安好！

谢兆平

1986年7月28日

## 阮甫堂

# 晚晴岁月思故人

硕良学长：

近好。

《广西文史》今年第2期，已收到多日，也阅读了一部分。承蒙关爱，将我写给您的信摘发了有关广西见闻的一部分，非常感谢。的确，广西是个令人很喜欢的地方，对我而言是这样，对你就更加突出了。

这一期季刊上，刊有您的几篇作品，我都拜读了。品人论事，颇有独到见解，佩服！

罗孚其人，我过去并不了解。去年买了他一本《香港·香港……》，完全出于想对香港多有了解，对于作者的生平、经历和其他作品，都不了解。看了《广西文史》的长篇介绍和您的点睛之笔，才恍然若悟。他在香港生活多年，收集了许多关于香港的资料，才有笔下那么丰富的香港见闻。《广西文史》能够把桂籍和旅桂文人的史料充分发掘出来，功不可没，所以读者爱读，读了便可收益。

※ 阮甫堂，1927年11月生于江西景德镇。1946年夏入香港华侨工商学院读书。1949年夏弃学投奔革命。长沙解放后入新闻干部训练班学习，结业后调入新湖南报社，任记者、编辑、记者站长。1956年入党。1957年被错划为右派。1962年起在益阳地区工作。1979年调回湖南日报社任编辑。1982年调省委组织部任正处级调研员，受聘为《当代党建》副总编辑。1991年离休。

彭华平①接到你发表在《新干班通讯》第22期的那封信后，对筹备纪念建班65周年之事非常积极，广泛征稿、筹款，还专门召开了联络成员和纪念册主编的联席会议。目前已收到来稿30多篇，准备6月底齐稿后即交由朱正、胡光环去编审定稿，设计书册形式。至于纪念集会之事，可能要到临近时才能最后确定。

6月23日，应班友李羽立之约，我去了钟叔河家看望，并提前先到钟家念楼为舍的楼上看望了老同事杨德嘉同志。杨与你和李传礼是中学时代的老同学，又是报社所办第二期新干班的主要学员（第二期新干班办于1955年，专为培养地方记者而办），又曾在报社和出版局工作多年。他知道老新干班的许多人和事，说您今秋可能回湘一行。杨陪我一道下楼到钟家，时羽立和杨益荣大姐已在座，大家忆旧言新，谈文论书，兴致颇高。钟博学多才，成了座谈的主角。他口若悬河，声似洪钟，让我这听力不济的人，在用上助听器之后，字字句句都听得清清楚楚。钟以大客厅做大书房兼客厅，东西两面都是五层书橱，布满了各种精装书册和黄永玉、沈从文的书法作品，让人有置身精品图书馆之感。在座五人（钟、杨、李、杨和我）个个身体都还可以。羽立、德嘉、叔河年纪较轻，自不待言。杨益荣大姐，今年高寿九十有二，仍可独自乘坐公交车来往市内，步履犹健。她学习不辍，经常撰写旧体诗词和短文，颇显智力不凡，真新干班中的健康老人。

总的说来，健在的新干班人中，大部分身体还算可以，但也陆续有人因病谢世。饶华桐之后，又相继走了几位。93岁的张志浩走了，年近90的黄仁沛也走了。还听刘皓宇讲，原在益阳市委办公室工作的黄铁君也走了。不过消息还未得到证实，我打电话问益阳的熟人，尚未找到下落。

① 彭华平（1927—　），湖南祁东人。湖南大学中文系肄业。湖南新闻干部训练班学员。湖南日报记者、编辑、主任编辑，新干班校友联络组负责人，为编印《新干班通讯》做了大量工作。

生老病死，人之常情，在所难免。看了《广西地域文化要览》上录载的李商隐《晚晴》诗，我颇有所感，特撰文提出“珍重晚晴岁月，争做健康老人”的短文，献给新干班成立65周年，祝愿健在的班友善自珍重，争取还能迎接到国庆、报庆、班庆七十周年和建党100周年，在平安、祥和、愉快和有所作为中渐渐老去，无疾而终。

附上钟叔河与我的两张近照，不知尚有印象否。

此复，并颂

撰安

班友：阮甫堂上

2014年7月4日

# 丁补天

## 《陈勃摄影集》留念

硕良老同学：

我回来后身体一直不好，未多与你联系，请谅。

我今天下午又要赴悉尼了，现寄上画册[①]，请留念。回来再联系，如有事，请按我的号码发短信即可。

问候全家！

丁补天

2017.3.15

※ 丁补天（1930—　），女，摄影家，高级编辑。湖南攸县人。1949 年 4 月，在湖南省立一中加入地下党的外围组织，当年 8 月考入湖南新闻干部训练班，结业后到新华社工作。1955 年至 1959 年考入中国人民大学新闻系，作为新华社干部带职带薪学习。曾任总社摄影部编辑室主任、香港新华分社摄影部主任，并在香港广角镜出版社工作，陈勃为其爱人。

① 陈勃（1925—2015），摄影家，高级记者。河北阜平人。1938 年在家乡加入抗日儿童团，1940 年进入晋察冀边区工作，并开始革命摄影活动。参加了新中国开国大典及一系列重大事件的摄影采访。历任《中国工人画刊》副社长，《中国摄影》主编，新华社高级记者，中国摄影家协会副主席，获摄影协会授予的终身成就奖。《陈勃摄影集》于 2015 年 4 月由香港祖国出版社出版。封面题字：郎静山；扉页题字：陈复礼。

## 杨益荣

# 九五高龄仍读书求学

硕良学长：

兹寄去诗稿一份。谢谢你的鼓励。我最近来儿子处住，距省老干活动中心只有半里之遥，我又参加了老年大学的学习。脑子钝了，指望学较多的东西实不可能，只是动动脑子和双脚，也丰富点生活罢了。钟叔河那里，近有张中行、朱正等著，由梁由之、王平合编的《众说钟叔河》一书，我也读了数篇。谭天福九月眼睛动手术（我不记得是哪只眼了），事先还经过打听才到湘雅附二眼科就诊，听说手术前瞳孔尚未完全扩大就做了手术，不仅视力完全没有改善，眼睛还很不舒服。她两眼不能读书看报看电视，只凭对家里环境的熟悉，生活还能自理。她和小儿子、儿媳住。刘皓宇中风后遗症的情况改善不多，仍请人全护（幸那位师傅很有爱心，不过工资每月四千多元得自己负担），要有人扶才能走动。与他通电话时，觉得他的精神及心态还不错。余不一一。顺祝

双安！

杨益荣上

2015.11.2

---

※ 杨益荣（1923— ），女，湖南长沙人，新干班同学。长沙动力设备厂原劳资科长。九五高龄仍求学如常，书信一笔一画，无一疏漏。

# 唐雪梅

## 人生旅途上的新起点

四姨、姨丈：

你们好：

真太遗憾了，这次游桂林竟没能见你们一面！

我们这次夏令营活动都是集体行动，而且我们中间没有一个人知道漓江出版社的处所，老师陪我打了4次电话，都因不知你社电话号码，总机没法帮助查找而以失败告终。

没能看到你们，固然是一个很大的遗憾，但使我高兴的是，我在这次夏令营活动中结识了不少新同学，我们互相畅谈理想，共同探讨人生的真谛，交流学习经验，这在我的人生旅途上的确是一个新的起点站。

姨丈，你知道我是很爱书的。（这次到桂林，我买科技书籍，外文书籍花了将近20元，因为怕车费不够，我没能买到我喜爱的许多文学书籍。）我本打算到桂林向您“讨”点书，无奈找不着你，只好作罢。我想你是否能给我寄来些精神食粮呢？如短小精悍的诗歌、散文，耐人寻味的杂文，等等。至于那种大部头小说，我现在还不敢问津，不过我很喜欢泰戈尔的作品，不知你是否能送些给我。

好了，暂写到此吧，如果我明年考上理想的学校，我还会再上桂林观光。

代向表哥问好！

雪梅

1986年8月3日

※ 唐雪梅，都安瑶族自治县高级中学毕业后，考入清华大学。预科学习一年后进入英语系本科，获文学学士学位。

# 附　录

## 漓江版外国文学丛书目录

### 一、获诺贝尔文学奖作家丛书（1983—1999）/ 刘硕良主编

| 书名 | 体裁 | 作者 | 获奖 | 译者 |
|---|---|---|---|---|
| 孤独与沉思 | 诗、散文 | 〔法〕普吕多姆（1839—1907） | 1901 | 胡小跃 |
| 罗马风云 | 散文 | 〔德〕蒙森（1817—1903） | 1902 | 王建、王柄钧 |
| 挑战的手套 | 剧本、小说 | 〔挪威〕比昂松（1832—1910） | 1903 | 裴显亚 |
| 伟大的牵线人 | 剧本 | 〔西〕埃切加赖（1832—1916） | 1904 | 沈石岩 |
| 你往何处去 | 小说 | 〔波兰〕显克维奇（1846—1916） | 1905 | 林洪亮 |
| 青春诗 | 诗、散文 | 〔意〕卡尔杜齐（1835—1907） | 1906 | 赵泮仲等 |
| 老虎！老虎！ | 小说 | 〔英〕吉卜林（1865—1936） | 1907 | 文美惠等 |
| 骑鹅历险记 | 小说 | 〔瑞典〕拉格洛夫（1858—1940） | 1909 | 石琴娥等 |
| 特雷庇姑娘 | 小说 | 〔德〕保尔·海泽（1830—1914） | 1910 | 杨武能 |
| 花的智慧 | 散文、剧本 | 〔比利时〕梅特林克（1862—1949） | 1911 | 谭立德等 |
| 群鼠 | 剧本、小说 | 〔德〕豪普特曼（1862—1946） | 1912 | 章国锋、陈恕林 |
| 吉檀迦利·饥饿石头 | 诗、小说 | 〔印度〕泰戈尔（1861—1941） | 1913 | 倪培耕等 |
| 约翰·克利斯朵夫 | 小说 | 〔法〕罗曼·罗兰（1866—1944） | 1915 | 傅雷等 |
| 磨坊血案 | 小说 | 〔丹麦〕吉勒鲁普（1857—1943） | 1917 | 吴裕康 |
| 幸运儿彼尔 | 小说 | 〔丹麦〕彭托皮丹（1857—1919） | 1917 | 周永铭等 |
| 奥林比斯的春天 | 诗、小说 | 〔瑞士〕施皮特勒（1845—1924） | 1919 | 施岷 |
| 大地硕果·畜牧神 | 小说 | 〔挪威〕汉姆生（1859—1952） | 1920 | 唐荫荪等 |
| 苔依丝 | 小说 | 〔法〕法朗士（1844—1924） | 1921 | 吴岳添等 |

**续表**

| 书名 | 体裁 | 作者 | 获奖 | 译者 |
| --- | --- | --- | --- | --- |
| 不吉利的姑娘 | 剧本 | 〔西〕贝纳文特（1866—1954） | 1922 | 陈凯先、屠孟超 |
| 丽达与天鹅 | 诗 | 〔爱尔兰〕威廉·叶芝（1865—1939） | 1923 | 裘小龙 |
| 福地 | 小说 | 〔波兰〕莱蒙特（1868—1925） | 1924 | 张振辉、杨德友 |
| 圣女贞德 | 剧本 | 〔英〕萧伯纳（1856—1950） | 1925 | 申慧辉、杨宪益等 |
| 邪恶之路 | 小说 | 〔意〕黛莱达（1871—1930） | 1926 | 黄文捷、肖天佑 |
| 新娘·主人·十字架 | 小说 | 〔挪威〕温赛特（1882—1949） | 1928 | 朱碧恒 |
| 魔山 | 小说 | 〔德〕托马斯·曼（1875—1955） | 1929 | 杨武能等 |
| 巴比特 | 小说 | 〔美〕辛·路易斯（1885—1951） | 1930 | 潘庆舲 |
| 荒原和爱情 | 诗、散文 | 〔瑞典〕卡尔费尔德（1864—1931） | 1931 | 陈文荣 |
| 有产者 | 小说、剧本 | 〔英〕高尔斯华绥（1867—1933） | 1932 | 周煦良、黄梅等 |
| 米佳的爱 | 小说、诗 | 〔俄〕伊·布宁（1870—1953） | 1933 | 姜明河 |
| 寻找自我 | 剧本、小说 | 〔意〕皮兰德娄（1867—1936） | 1934 | 吕同六、刘庭儒等 |
| 天边外 | 剧本 | 〔美〕尤金·奥尼尔（1888—1953） | 1936 | 荒芜、汪义群等 |
| 蒂博一家 | 小说 | 〔法〕马丹·杜伽尔（1881—1958） | 1937 | 郑克鲁 |
| 大地 | 小说 | 〔美〕赛珍珠（1892—1973） | 1938 | 王逢振、韩邦凯等 |
| 少女西丽亚 | 小说 | 〔芬兰〕弗·西兰帕（1888—1946） | 1939 | 黄道生、孙叔林等 |
| 漫长的旅行 | 小说 | 〔丹麦〕约·延森（1873—1950） | 1944 | 林桦 |
| 柔情 | 诗 | 〔智利〕佳·米斯特拉尔（1889—1957） | 1945 | 赵振江等 |
| 荒原狼 | 小说 | 〔瑞士〕赫尔曼·黑塞（1877—1962） | 1946 | 李世隆、刘泽珪 |

**续表**

| 书名 | 体裁 | 作者 | 获奖 | 译者 |
|---|---|---|---|---|
| 四个四重奏 | 诗 | 〔英〕托·艾略特（1888—1965） | 1948 | 裘小龙 |
| 我弥留之际 | 小说 | 〔美〕威廉·福克纳（1897—1962） | 1949 | 李文俊等 |
| 哲学·数学·文学 | 散文 | 〔英〕伯·罗素（1872—1970） | 1950 | 蓝仁哲 |
| 大盗巴拉巴 | 小说 | 〔瑞典〕拉格奎斯特（1891—1974） | 1951 | 沈东子 |
| 爱的荒漠 | 小说 | 〔法〕弗·莫里亚克（1885—1970） | 1952 | 桂裕芳 |
| 不需要的战争 | 散文 | 〔英〕温·丘吉尔（1874—1965） | 1953 | 薛鸿时选编 |
| 老人与海 | 小说 | 〔美〕海明威（1899—1961） | 1954 | 董衡巽、赵少伟等 |
| 萨尔卡·瓦尔卡 | 小说 | 〔冰岛〕拉克斯内斯（1902—1998） | 1955 | 张福生 |
| 悲哀的咏叹调 | 诗 | 〔西〕西门内斯（1881—1958） | 1956 | 赵振江等 |
| 局外人·鼠疫 | 小说、散文 | 〔法〕阿尔贝·加缪（1913—1960） | 1957 | 郭宏安等 |
| 日瓦戈医生 | 小说、诗 | 〔苏〕帕斯捷尔纳克（1890—1960） | 1958 | 力冈、翼刚 |
| 水与土 | 诗、散文 | 〔意〕夸西莫多（1901—1968） | 1959 | 吕同六等 |
| 蓝色恋歌 | 诗 | 〔法〕圣·琼·佩斯（1887—1975） | 1960 | 管筱明 |
| 桥·小姐 | 小说 | 〔南斯拉夫〕安德里奇（1892—1975） | 1961 | 高韧 |
| 人鼠之间 | 小说 | 〔美〕斯特贝克 (1902—1968) | 1962 | 秦似、巫宁坤等 |
| 画眉鸟 | 诗、散文 | 〔希腊〕塞菲里斯（1900—1971） | 1963 | 李野光 |
| 静静的顿河 | 小说 | 〔苏〕肖洛霍夫（1905—1984） | 1965 | 力冈 |
| 婚礼的华盖 | 小说 | 〔以色列〕约·阿格农（1888—1970） | 1966 | 徐新 |
| 逃亡 | 诗、散文 | 〔瑞典〕奈丽·萨克斯（1891—1970） | 1966 | 孟蔚彦 |
| 玉米人 | 小说 | 〔危〕阿斯图里亚斯（1899—1974） | 1967 | 刘习良、笋季英 |
| 雪国·千鹤·古都 | 小说 | 〔日本〕川端康成（1899—1972） | 1968 | 高慧勤 |

**续表**

| 书名 | 体裁 | 作者 | 获奖 | 译者 |
|---|---|---|---|---|
| 癌症楼 | 小说 | 〔苏〕索尔仁尼琴（1918—2008） | 1970 | 姜明河 |
| 情诗·哀诗·赞诗 | 诗、散文 | 〔智利〕巴勃罗·聂鲁达（1904—1973） | 1971 | 赵德明等 |
| 女士与众生相 | 小说 | 〔德〕海因里希·伯尔（1917—1985） | 1972 | 高年生 |
| 风暴眼 | 小说 | 〔澳〕帕·怀特（1912—1990） | 1973 | 朱炯强等 |
| 生活之恶 | 诗、散文 | 〔意〕埃·蒙塔莱（1896—1981） | 1975 | 吕同六等 |
| 赫索格 | 小说 | 〔美〕索尔·贝娄（1915—2005） | 1976 | 宋兆霖 |
| 魔术师·原野王 | 小说 | 〔美〕艾·巴·辛格（1904—1991） | 1978 | 陆煜泰、臧藏 |
| 英雄挽歌 | 诗 | 〔希腊〕埃利蒂斯（1911—1996） | 1979 | 李野光 |
| 拆散的笔记簿 | 诗 | 〔波兰〕切·米沃什（1911—2004） | 1980 | 绿原 |
| 迷惘 | 小说 | 〔英〕埃·卡内蒂（1905—1994) | 1981 | 钱文彩 |
| 霍乱时期的爱情 | 小说 | 〔哥伦比亚〕马尔克斯（1927—2014） | 1982 | 徐鹤林、魏民 |
| 蝇王·金字塔 | 小说 | 〔英〕威廉·戈尔丁（1911—1993） | 1983 | 梁彦华、周仪等 |
| 紫罗兰 | 诗 | 〔捷〕雅·赛费尔特（1901—1986） | 1984 | 星灿、劳白 |
| 弗兰德公路·农事诗 | 小说 | 〔法〕克劳德·西蒙（1913—2005） | 1985 | 林秀清 |
| 狮子和宝石 | 剧本、散文 | 〔尼日利亚〕索因卡（1934–） | 1986 | 邵殿生等 |
| 从彼得堡到斯德哥尔摩 | 诗、散文 | 〔美〕约瑟夫·布罗茨基（1940—1996） | 1987 | 王希苏、常晖 |
| 街　魂 | 小说 | 〔埃及〕纳·马哈福兹（1911—2006） | 1988 | 关偁 |
| 为亡灵弹奏 | 小说 | 〔西〕卡·何·塞拉（1916—2002） | 1989 | 李德明、林一安等 |
| 太阳石 | 诗、散文 | 〔墨西哥〕奥克塔维奥·帕斯（1914—1998） | 1990 | 朱景冬等 |
| 七月的人民 | 小说 | 〔南非〕纳丁·戈迪默（1923—2014） | 1991 | 莫雅平等 |

**续表**

| 书名 | 体裁 | 作者 | 获奖 | 译者 |
|---|---|---|---|---|
| 个人的体验 | 小说 | 〔日〕大江健三郎（1935-） | 1994 | 叶渭渠 |
| 呼唤雪人 | 诗、散文 | 〔波〕希姆博尔斯卡（1923—2012） | 1996 | 林洪亮 |
| 不付钱！不付钱！ | 剧本 | 〔意〕达里奥·福（1926—2016） | 1997 | 黄文捷 |
| 铁皮鼓 | 小说 | 〔德〕君特·格拉斯（1927—2015） | 1999 | 胡其鼎 |

**附：**

## 2012 年出版 3 种

| | | | | |
|---|---|---|---|---|
| 创造的进化论 | 理论 | 〔法〕亨利·柏格森（1859—1941） | 1927 | 陈圣生 |
| 人间食粮 | 散文 | 〔法〕安德烈·纪德（1869—1951） | 1947 | 李玉民 |
| 喧哗与骚动 | 小说 | 〔美〕威廉·福克纳（1897—1962） | 1949 | 李文俊 |

## 2017 年开始出版诺贝尔文学奖作家文集

| 书名 | 作者 | 译者 |
|---|---|---|
| 诺贝尔文学奖作家文集·加缪卷 | 鼠疫、局外人、第一人 | 李玉民 |
| 诺贝尔文学奖作家文集·福克纳卷 | 士兵的报酬、水泽女神之歌 | 一熙、王冠、远洋 |
| | 寓言 | 王国平 |
| 诺贝尔文学奖作家文集·路易斯卷 | 大街、巴比特 | 顾奎、潘庆舲、姚祖培 |
| | 纠缠 | 倪培耕 |
| 诺贝尔文学奖作家文集·泰戈尔卷 | 沉船 | 倪培耕、陈宗荣、韩朝炯 |
| | 泡影 | 倪培耕 |
| 诺贝尔文学奖作家文集·普吕多姆卷 | 枉然的柔情 | 胡小跃 |

## 二、外国文学名著丛书

| 书名 | 作者 | 译/编者 |
|---|---|---|
| 保尔和薇吉妮 | 〔法〕贝纳丹·德·圣比埃 | 亚丁 |
| 白夜 | 〔俄〕陀思妥耶夫斯基 | 王庚年 |
| 家族复仇 | 〔法〕巴尔扎克 | 郑克鲁 |
| 强盗 | 〔匈〕莫里兹·日格蒙德 | 冯植生 |
| 人鼠之间 | 〔美〕斯坦倍克 | 秦似 |
| 西方爱情诗选 | | 莫家祥　高子居　编 |
| 七个被绞死的人 | 〔俄〕列·安德列耶夫 | 陆义年　张业民 |
| 爱玛（上、下） | 〔英〕奥斯汀 | 刘重德 |
| 巴黎的忧郁 | 〔法〕沙尔·波德莱尔 | 亚丁 |
| 麦克白夫人 | 〔俄〕尼·谢·列斯科夫 | 李鹤龄 |
| 黑奴吁天录 | 〔美〕斯陀夫人 | 张培均 |
| 普希金戏剧集 | 〔俄〕普希金 | 戴启篁 |
| 叶赛宁诗选 | 〔俄〕叶赛宁 | 蓝曼　付克　陈守成 |
| 麦田里的守望者 | 〔美〕塞林格 | 施咸荣 |
| 心 | 〔日〕夏目漱石 | 周炎辉 |
| 阿伽门农王 | 〔古希腊〕埃斯库罗斯 | 叶君健 |
| 丁香花开 | 〔苏〕左琴科 | 吴村鸣　刘敦健　戴安康 |
| 暗夜行路 | 〔日〕志贺直哉 | 孙日明　梁近光　梁守坚 |
| 阿道尔夫 | 〔法〕贡斯当 | 黄天源 |
| 笼中鸽 | 〔匈〕米克沙特 | 张春风　冯植生 |
| 十二个 | 〔苏〕亚·勃洛克 | 戈宝权 |
| 哥萨克 | 〔俄〕列夫·托尔斯泰 | 草婴 |
| 囚鸟 | 〔美〕库特·冯纳格特 | 董乐山 |
| 一个迷途的女人 | 〔美〕威拉·凯瑟 | 董衡　等 |
| 熔炼 | 〔法〕玛格丽特·尤瑟娜尔 | 刘板盛 |
| 黑暗中的笑声 | 〔美〕弗·纳波科夫 | 龚文庠 |
| 情投意合 | 〔德〕歌德 | 高中甫 |
| 人面兽心 | 〔法〕爱弥尔·左拉 | 张继双　蒋阿华 |

续表

| 书名 | 作者 | 译/编者 |
| --- | --- | --- |
| 慷慨的情人 | 〔西班牙〕塞万提斯 | 张云义 |
| 爱尔兰日记 | 〔德〕海因里希·伯尔 | 舒柱 英兰 |
| 孤女奇遇 | 〔苏〕亚·格林 | 郑海凌 |
| 天地之间 | 〔德〕奥托·路德维希 | 刁承俊 |
| 布丽吉塔 | 〔奥〕施蒂弗特 | 张荣昌 |
| 武藏野夫人 | 〔日〕大冈升平 | 陈访泽 刘小珊 |
| 收藏家 | 〔英〕约翰·福尔斯 | 李尧 |
| 争风吃醋 | 〔日〕永井荷风 | 李远喜 |
| 生死不明的人 | 〔奥地利〕弗兰茨·卡夫卡 | 阳天 艾瑜 |
| 魔术 | 〔法〕尚皮翁 | 梁启炎 |

## 三、域外诗丛、诗集

| 书名 | 译／编者 |
| --- | --- |
| 苏联女诗人抒情诗选 | 乌兰汗　编 |
| 丘特切夫抒情诗选 | 陈先元　朱宪生　译 |
| 马克思青年时期爱情诗选 | 赖耀先　译 |
| 意象派诗选 | 裘小龙　译 |
| 尼采诗选 | 钱春绮　译 |
| 阿赫马托娃诗选 | 王守仁　黎华　译 |
| 魏尔仑诗选 | 罗洛　译 |
| 美国自白派诗选 | 岛子　赵琼　译 |
| 外国哲理诗选 | 董全煌　编 |
| 俄罗斯情歌选 | 宋安群　译 |
| 外国现代女诗人诗选 | 吴德艺　编 |
| | |
| 印度古代诗选 | 季羡林　刘安武　编 |
| 荷兰现代诗选 | 马高明　柯雷　译 |
| 叶夫图申科诗选 | 苏杭等　译 |
| 恶之花 | 〔法〕波德莱尔　著　郭宏安　译评 |
| 贞女劫 | 〔英〕莎士比亚　著　杨德豫　译 |
| 两个高贵的亲戚 | 〔英〕莎士比亚　弗莱彻　著　孙法理　译 |

### 大师诗选

| 书名 | 作者 | 编译 |
| --- | --- | --- |
| 丘特切夫诗全集 | 〔俄〕丘特切夫 | 朱宪生编译 |
| 斯宾塞诗选 | 〔英〕斯宾塞 | 胡家峦编译 |
| 庞德诗选——比萨诗章 | 〔美〕依兹拉·庞德 | 黄运特编译 |
| 洛尔卡诗选 | 〔西班牙〕加西亚·洛尔卡 | 赵振江编译 |

## 四、法国20世纪文学丛书 / 柳鸣九主编

### 第一批书目

| 书名 | 作者 | 译者 |
|---|---|---|
| 栗树下的晚餐 | 莫洛亚 | 孙传才　罗新璋 |
| 正义者 | 加缪 | 李玉民 |
| 广岛之恋·长别离 | 杜拉斯 | 陈景亮　谭立德 |
| 悠悠此情 | 杜拉斯 | 李玉民 |
| 东方奇观 | 尤瑟纳尔 | 刘君强　老高放 |
| 魔鬼与上帝 | 萨特 | 罗嘉美 |
| 嫉妒 | 罗伯—葛利叶 | 李清安　沈志明 |

### 第二批书目

| | | |
|---|---|---|
| 王家大道 | 马尔罗 | 周克希 |
| 茫茫黑夜漫游 | 塞利纳 | 沈志明 |
| 毒蛇在握 | 巴赞 | 刘君强　佘协斌 |
| 少女们 | 孟戴朗 | 吕永真 |
| 背德者·窄门 | 纪德 | 李玉民　老高放 |
| 你好，忧愁 | 萨冈 | 管筱明 |
| 离异 | 居尔蒂斯 | 李玉民　马素华 |
| 嫉妒 | 罗伯—葛利叶 | 李清安　沈志明 |

### 第三批书目

| | | |
|---|---|---|
| 流浪女伶 | 柯莱特 | 郑雅琴 |
| 在撒旦的阳光下 | 贝尔纳诺思 | 李玉民 |
| 人的状况 | 马尔罗 | 杨元良　于耀南 |
| 魔鬼附身 | 拉迪盖 | 程曾厚　沈志明 |
| 绿色教会 | 巴赞 | 袁树仁 |
| 律令 | 罗歇·瓦扬 | 宋维洲 |
| 我的自传 | 萨特 | 张放 |
| 嫉妒 | 罗伯—葛利叶 | 李清安　沈志明 |

## 第四批书目

| | | |
|---|---|---|
| 变貌记 | 埃梅 | 黄新成 |
| 名士风流 | 波伏娃 | 许钧 |
| 天象馆 | 萨洛特 | 罗嘉美 |
| 圣周风雨录 | 阿拉贡 | 李玉民　陈蔚德 |
| 曾几何时 | 布托 | 冯寿农　王化全 |
| 未婚妻 | 格勒尼埃 | 周克希　罗嘉美 |
| 寻我记·魔圈 | 莫狄阿诺 | 李玉民 |
| 嫉妒 | 罗伯—葛利叶 | 李清安　沈志明 |

## 第五批书目

| | | |
|---|---|---|
| 情界冷暖 | 莫洛亚 | 周光怡 |
| 天根 | 罗曼·加里 | 宋维洲 |
| 冬天的果实 | 克拉韦尔 | 周国栋 |
| 约翰·地狱 | 德库安 | 许钧 |
| 少年心事 | 勒·克莱齐奥 | 金龙格 |
| 一度青春 | 莫狄阿诺 | 李玉民　陈筱卿 |
| 有理性的动物 | 梅尔勒 | 周国强 |
| 嫉妒 | 罗伯—葛利叶 | 李清安　沈志明 |

## 五、外国通俗文库 / 施咸荣主编

| 书名 | 作者 | 译 / 编者 |
| --- | --- | --- |
| 假若明天来临 | 〔美〕西德尼 · 谢尔顿 | 龚人 宁翊 |
| 烈药 | 〔加拿大〕阿瑟 · 黑利 | 李自修 |
| 情盗 | 〔英〕巴巴拉 · 卡特兰 | 柳风 |
| 百分之七溶液 | 〔美〕尼古拉斯 · 迈耶 | 张扬恕 |
| 偷宝石的猫 | 〔英〕阿 · 克里斯蒂 | 吴呵融 |
| 丑角 | 〔日〕大佛次郎 | 周炎辉 李远喜 |
| 夏威夷（上下） | 〔美〕詹姆斯 · 米切纳 | 卢佩文 |
| 斯巴达克思 | 〔美〕霍华德 · 法斯特 | 叶维之 施咸荣 |
| 戒指 | 〔美〕丹尼尔 · 斯蒂尔 | 白祖芸 |
| 71 号街幽灵 | 〔美〕罗伯特 · 鲁德伦 | 杨国庆 田国珍 |
| 战争与爱情（上、中、下） | 〔美〕约翰 · 杰克斯 | 卢佩文 隋丽君 |
| 远海奇侠 | 〔美〕路易斯 · 拉摩 | 胡允恒 |
| 流浪儿迪克 | 〔美〕霍雷肖 · 阿尔杰 | 温洋 陆文岳 |
| 内讧 | 〔美〕比尔 · 格兰杰 | 威建萍 刘亚伟 |
| 政坛三雄 | 〔英〕杰弗里 · 阿彻 | 王理行 |
| 月黑惊风 | 〔英〕玛丽 · 斯图亚特 | 石竹 雨峰 |
| 美国通俗文化简史 | 〔美〕托马斯 · 英奇 | 任越 |

## 六、艺苑人物丛书

| 书名 | 作者 | 译／编者 |
|---|---|---|
| 苍茫的时刻 | 〔日〕山口百惠 | 安可 |
| 生活和爱情 | 〔意〕索菲亚·罗兰 | 舒展　王鼎华　黎力 |
| 我的故事 | 〔美〕英格丽·褒曼 | 曹锡珍 |
| 孤雁行 | 〔日〕八森稔 | 肖亦艾 |
| 一个演员的自白 | 〔英〕劳伦斯·奥立维尔 | 李小棠　晓明 |
| 东方舞后 | 〔埃及〕纳吉娃·福阿德 | 周玉珠　艾文 |
| 功夫巨星 | 〔美〕布洛克 | 高原 |
| 凄艳一生 | | 方凯典　编 |
| 机遇加拼搏 | | 罗嘉　编 |
| 星运久长 | 〔美〕查尔斯·海厄姆 | 王荣华 |
| 好莱坞硬汉 | 〔美〕玛莎·戴利 | 吴呵融 |
| 成熟的女人 | 〔美〕简·方达 | 吴裕康 |
| 少女雏星 | 〔美〕波姬·小丝 | 陈新 |
| 一代佳人 | | 邓峻枫　伍丽华　编译 |

## 七、犀牛丛书、白熊丛书

### 犀牛丛书

| 书名 | 作者 | 译者 |
| --- | --- | --- |
| 乔治·桑情书选 | 〔法〕乔治·桑 | 黄建华　余秀梅 |
| 巴尔扎克情书选 | 〔法〕巴尔扎克 | 管筱明 |
| 自杀的女诗人 | 〔苏〕茨维塔耶娃著 | 陈耀球 |
| 卡夫卡随笔 | 〔奥〕卡夫卡 | 冬妮 |
| 爱经 | 〔古罗马〕奥维德 | 戴望舒 |

### 白熊丛书

| | | |
| --- | --- | --- |
| 金蔷薇 | 〔苏〕K·巴乌斯托夫斯基 | 李时　薛菲 |
| 红莓 | 〔苏〕舒克申 | 朱少华 |
| 鲸群离去 | 〔苏〕Ю·雷特海乌 | 陆永昌 |
| 妈妈与中子弹 | 〔苏〕叶甫图申科 | 苏杭 |
| 活下去，并要记住 | 〔苏〕B·阿拉斯普京 | 王乃倬　杨岱勤　吴俊忠 |
| 牧童与牧女 | 〔苏〕B·阿斯塔菲耶夫 | 白春仁　王忠琪 |
| 解冻 | 〔苏〕N·爱伦堡 | 钱诚 |
| 切文古尔镇 | 〔苏〕A·普拉东诺夫 | 古扬 |

## 八、影响三代人外国文学名著系列

| 书名 | 作者 | 译者 |
|---|---|---|
| 钢铁是怎样炼成的 | 〔苏〕尼·奥斯特洛夫基斯 | 黄树南　等 |
| 牛虻 | 〔爱尔兰〕伏尼契 | 庆学先 |
| 夏伯阳 | 〔苏〕德·富尔曼诺夫 | 高凌　等 |
| 母亲 | 〔苏〕高尔基 | 郑海凌 |
| 卓娅与舒拉 | 〔苏〕柳·科斯莫杰米扬斯卡娅 | 李天民　李业勛 |
| 绞刑架下的报告 | 〔捷〕伏契克 | 蒋承俊 |
| 暴风雨中诞生的 | 〔苏〕尼·奥斯特洛夫基斯 | 黄树南　等 |
| 普通一兵 | 〔苏〕帕·茹尔巴 | 宁珊 |

# 九、川端康成系列、赛珍珠系列

## 川端康成作品系列

| 书名 | 作者 | 译者 |
| --- | --- | --- |
| 东京人(上下) | 〔日〕川端康成 | 郑民钦 |
| 少女开眼 | 〔日〕川端康成 | 曹玉芹　等 |
| 生为女人 | 〔日〕川端康成 | 朱春育 |
| 再婚的女人 | 〔日〕川端康成 | 叶渭渠　郑民钦　等 |
| 天授之子 | 〔日〕川端康成 | 李正伦　等 |
| 雪国·古都 | 〔日〕川端康成 | 叶渭渠　唐月梅 |
| 美的存在与发现 | | 叶渭渠　郑民钦　等 |
| 彩虹几度 | | 孔宪科　杨炳辰　等 |

## 赛珍珠作品系列

| | | |
| --- | --- | --- |
| 大地三部曲 | 〔美〕赛珍珠 | 王逢振　等 |
| 东风·西风 | 〔美〕赛珍珠 | 林三　等 |
| 龙子 | 〔美〕赛珍珠 | 刘锋　等 |
| 同胞 | 〔美〕赛珍珠 | 赵文书　等 |
| 群芳亭 | 〔美〕赛珍珠 | 张子清　等 |
| 赛珍珠评论集 | | 郭英剑　编 |

# 十、世界中篇名作选

## 第一集

| 篇名 | 作者 | 译 / 编者 |
| --- | --- | --- |
| 在前的和在后的 | 〔英〕高尔斯华绥 | 沈长钺 |
| 自杀俱乐部 | 〔英〕史蒂文生 | 汤真 |
| 爱情故事 | 〔美〕埃里奇·西格尔 | 蔡国荣 |
| 卡尔美拉 | 〔意大利〕德·亚米契斯 | 吕同六 |
| 第四十一个 | 〔苏联〕拉甫列涅夫 | 王庚年 |
| 没有寄出的信 | 〔苏联〕阿捷里·库图依 | 曹苏龄 |

## 第二集

| | | |
| --- | --- | --- |
| 脏猴儿 | 〔法〕莫里亚克 | 盛澄华 |
| 一个女人一生中的二十四小时 | 〔奥地利〕斯·茨威格 | 纪琨 |
| 象棋的故事 | 〔奥地利〕斯·茨威格 | 叶芳来 |
| 雪虎 | 〔美〕杰克·伦敦 | 蒋天佐 |

## 第三集

| | | |
| --- | --- | --- |
| 三个正直的制梳匠 | 〔瑞士〕凯勒 | 田德望 |
| 抛锚 | 〔瑞士〕杜伦马特 | 书肆 |
| 同乡朋友 | 〔英〕哈代 | 顾仲彝 |
| 芙蕾娅 | 〔英〕康拉德 | 汪乐春 |
| 艾尔丝 | 〔挪威〕基兰德 | 黄乃勇 |

## 第四集

| | | |
| --- | --- | --- |
| 亚瑟·萨维尔勋爵的罪行 | 〔英〕王尔德 | 冯亦代 |
| 牧师的女儿 | 〔英〕劳伦斯 | 刘文荣 |
| 野姑娘芭拉 | 〔捷克〕聂姆曹娃 | 萱草 |
| 娜嘉 | 〔南斯拉夫〕奥利亚查 | 杨元恪　巢容芬　金谷 |
| 艾尔丝 | 〔挪威〕基兰德 | 黄乃勇 |

## 第五集

| | | |
|---|---|---|
| 海尔曼老爷 | 〔芬兰〕哀禾 | 梅绍武 |
| 胜利者巴尔代克 | 〔波兰〕显克维奇 | 施蛰存 |
| 英雄们 | 〔匈牙利〕米克沙特 | 海岑 |
| 螺丝在拧紧 | 〔美〕詹姆斯 | 何力 |
| 请君入瓮 | 〔美〕德莱塞 | 主万 |

## 第六集

| | | |
|---|---|---|
| 谜 | 〔英〕约翰·福尔斯 | 施咸荣 |
| 死者 | 〔爱尔兰〕乔伊斯 | 智量 |
| 火魔 | 〔俄罗斯〕库普林 | 滨华 |
| 完美的蔷薇 | 〔日〕武者小路实笃 | 林焕平　林怀秋 |

# 十一、译丛、译刊

## 漓江译丛

| 书名 | 作者 | 译者 |
| --- | --- | --- |
| 猎枪 | 〔日〕井上靖　等 | 梁悦　等 |
| 巴黎的秘密 | 〔法〕欧仁·苏　等 | 孟昌　等 |
| 最后一个莫西干人 | 〔美〕库柏　等 | 青竹　等 |
| 沼中梦 | 〔日〕井上靖　等 | 曹阳　等 |
| 在码头上 | 〔美〕伯德·舒尔伯格　等 | 谢榕津　等 |
| 人生游戏 | 〔意大利〕黛莱塔　等 | 沈豪　等 |
| 斜雨 | 〔苏〕谢·克鲁季林　等 | 石国维　等 |
| 暗沟 | 〔阿根廷〕萨瓦托　等 | 徐鹤林　等 |
| 为了你 | 〔印〕西玛秀·乔希　等 | 郝淑敏　等 |
| 甜蜜的生活 | 〔意大利〕费利尼　等 | 刘儒庭　等 |
| 木已成舟 | 〔法〕让—保尔萨特　等 | 程燕如　等 |

## 国际诗坛 / 彭燕郊主编

| 书名 | 主要译者 |
| --- | --- |
| 国际诗坛（第 1 辑） | 袁可嘉、施蛰存、罗洛、吕同六、北岛、叶汝琏、陈耀球、马高明 |
| 国际诗坛（第 2 辑） | 王佐良、王央乐、蔡其矫、陈敬容、李海、汤潮、顾蕴璞、沈宝基 |
| 国际诗坛（第 3 辑） | 绿原、赵毅衡、沈真如、吴剑、袁可嘉、王道乾、丁鲁、葛雷 |
| 国际诗坛（第 4 辑） | 闻家驷、孙钿、曾卓、唐荫荪、吕同六、刘湛秋、程依容、白婴 |
| 国际诗坛（第 5 辑） | 王庚年、杨武能、北岛、吴笛、李之义、张子清、袁安、鲁萌 |
| 国际诗坛（第 6 辑） | 汤永宽、张子清、王希苏、赵琼、袭小龙、孟蔚彦、叶宪、红泥 |

## 青年外国文学

| 书名 | 出版时间 |
| --- | --- |
| 青年外国文学第1至第6期（双月刊） | 1988年 |

## 文 贝

| | | |
| --- | --- | --- |
| 文贝（cowrie） | 中国比较文学英文刊物1–4期 | 孙景尧编 |

## 十二、单出作品

| 书名 | 作者 | 译 / 编者 |
|---|---|---|
| 海盗船长 | 〔英〕笛福　著 | 张培均　陈明锦　译 |
| 芭蓉卡 | 〔捷〕萨波托茨基　著 | 乐辛　译 |
| 阿玛莉娅 | 〔阿根廷〕何塞·马莫尔著 | 江禾　李卞　凌立　译 |
| 火坑 | 〔俄〕库普林　著 | 姜明河　译 |
| 阿尔巴特街的儿女 | 〔苏〕雷巴科夫　著 | 夏仲翼　刘宗次　译 |
| 侨民 | 〔葡〕卡斯特罗　著 | 张宝生　译 |
| 移民三部曲 | 〔美〕法斯特　著 | 邝启璋　译 |
| 香水 | 〔德〕帕特里克·聚斯金德　著 | 李清华　译 |
| 尤伯罗斯自传 | | 张冀元　唐步生　译 |
| 家庭中的泰戈尔 | 〔印度〕黛维夫人　著 | 季羡林　译 |
| 马可波罗传奇 | 〔美〕迈尔斯　勃特勒　著 | 张培均　张健　译 |

# 十三、理论·资料·辞书

## 外国文学研究资料丛书 / 陈燊主编

| 书名 | 编 / 注 / 译 |
| --- | --- |
| 泰戈尔传 | 〔印〕克里希那·克里巴拉尼 倪培耕 译 |
| 马克思主义和美学 | 〔民主德国〕汉斯·科赫 佟景韩 译 |
| 拉丁美洲当代文学论评 | 陈光孚 选编 |
| 杰克·伦敦研究 | 李淑言 吴冰 选编 |
| 惠特曼研究 | 李野光 编选 |
| 文艺学中的形式主义方法 | 〔苏〕巴赫金 李辉凡 张捷 译 |
| 西方马克思主义美学文选 | 陆梅林 选编 陈燊 等译 |

## 法国现代当代文学研究丛刊

| | |
| --- | --- |
| 马尔罗研究 | 柳鸣九 罗新璋 编 |
| 莫洛亚研究 | 罗新璋 编 |
| 尤瑟纳尔研究 | 柳鸣九 罗新璋 编 |

## 理论研究

| | |
| --- | --- |
| 雨果创作评论集 | 柳鸣九 等著 |
| 普希金创作评论集 | 戈宝权 等著 |
| 法国文学论集 | 郑克鲁 著 |
| 西风杂草 | 施咸荣 著 |
| 诗魂 | 王守仁 著 |
| 普希金论文学 | 张铁夫 黄弗同 译 |
| 列夫·托尔斯泰论创作 | 戴启篁 译 |
| 陀思妥耶夫斯基论艺术 | 冯增义 译 |
| 普列姆昌德论文学 | 唐仁虎 刘安武 译 |
| 美国现代作家论创作 | 冯亦代 董乐山 译 |
| 从普鲁斯特到萨特 | 〔法〕莫洛亚 著 袁树仁 译 |
| 彩色插图世界文学史 | 〔瑞典〕托·柴特霍姆、〔英〕彼得·昆内尔 编著 李文俊 等译 |

| | |
|---|---|
| 今日西方文学批评理论 | 王逢振　著 |
| 最新西方文论选 | 王逢振　盛宁　李自修　编 |
| 新概念、新方法、新探索 | 孙景尧　选编 |

## 辞书、工具书

| | |
|---|---|
| 外国名作家大词典 | 张英伦　吕同六　钱善行　胡湛珍　主编 |
| 外国妇女文学词典 | 朱虹　文美惠　主编 |
| 诗海——世界诗歌史纲 | 飞白　著 |
| 世界名诗鉴赏词典 | 飞白　主编 / 译 |
| 诺贝尔文学奖辞典 | 王逢振　主编 |
| 世界长篇名著精华 | 吴岳添　赵一凡　章国锋　石南征　主编 |
| 世界最佳情爱小说鉴赏 | 柳鸣九　鉴评 |
| 魔鬼辞典 | 〔美〕安·比尔斯著　莫雅平　译 |
| 世界文化象征词典 | 〔德〕汉斯·比德曼　刘玉红　等译 |
| 现代主义代表作 100 种 / 现代小说佳作 99 种提要 | 〔英〕西·康诺利　安·伯吉斯　著　李文俊 等译 |

跋　语

# 珍贵的史料和记忆

《春潮漫卷书香永》的出版正值改革开放40周年，全书两卷收入400多位书人为书事而作的书信近800封，从多个侧面反映了编注者40年出版生涯，特别是二十世纪八九十年代汇聚众力开拓进取的不平凡历程，同时也是一面展示中国出版界改革开放进程重大出版史事、重要出版人物的多棱镜。

86岁高龄的编注者刘硕良先生是挂牌于1980年的漓江出版社重要创始人之一，从漓江到《出版广角》，到《人与自然》……他多方位见证并积极参与了中国的出版改革与发展。

如同中国农村政策的重大革新始于基层，中国出版的改革同样肇始于地方出版。党的十一届三中全会开启了改革开放的新时期，正是在80年代初广西出版贡献了全国读者诸如《白夜》《麦田里的守望者》《巴黎的忧郁》《西方爱情诗选》及“获诺贝尔奖文学丛书”“法国20世纪文学丛书”等外国文学的精品译作，为几代中国读书人打开一方新视野，展示了一道新的风景线。也正是在此背景下，一个重要的出版平台——漓江出版社应运而生。

漓江以外国文学的出版确立了自己作为一个地方出版社在全国出版大版图中的地位，老一辈漓江人筚路蓝缕，薪火相传，广西出版界两位“中国韬奋出版奖”获得者均在漓江出版社有从业和履职的经历，其中刘硕良先生在漓江工作达13年。本书从刘先生编辑工作中与读者、译者、评论家、出版人等交流的2000余封书信中收录近800篇成集，饱含作者一生从事出版工作的心血、情怀，折射出传统出版人严谨、务实更敢于创新的工作状态。

仔细读完这些书信，一定会对出版工作的尊严和神圣有更深层次的理解，对选题的把握、作者资源的发掘与维护、编辑读者之间交流互动的提升，更有诸多实用性的启示。同时，作为纪念改革开放40周年的献礼图书，其独特的书信体裁表现形式，无比珍贵的第一手内容材料，也一定会获得广大读者和出版界人士的广泛青睐。

在经济社会发展还比较落后的广西，“广西出版现象”曾经也能影响全国。正是秉持这样一种不忘初心的情怀，坚持文艺立社的自信，漓江出版成为“广西出版现象”中一支坚强的力量。新时代、新担当、新作为，新一代漓江人喊出了“新漓江、新文艺”的口号，在坚持原创文学精品力作出版方向的同时，积极谋求从漓江出版向漓江文化的转型，在知识服务的时代，加强漓江文化平台建设。平凡的工作中，我们将把此书作为员工从业培训的教材，令员工对出版多一份尊重，对敬业守业一辈子的出版人多一份尊敬，也为敢为人先的出版同仁多一种纪念。当然也希望它能引起更多读者的兴趣和关注。

**漓江出版社社长　刘迪才**

2018年9月

编后记

# 一段从春天开始的旅程

## 一

近800封信，400多位来信者，一本本耳熟能详的图书，一个个鲜活的名字，编完最后一页，忍不住轻叹：多么坦诚，丰富的灵魂。多么迷人的一种氛围。

卡尔维诺曾说，“这种作品有一种特殊的效力，就是它本身可能会被忘记，却把种子留在我们身上。”

记得少年时代第一次进入图书馆，我借了一本《静静的顿河》，瞬间被那辽阔的哥萨克风情淹没，久久回不过神来。二十多年后的此刻，《静静的顿河》翻译者力冈先生写给他的责任编辑刘硕良先生的书信就放在我的书桌前，讲述着书前书后的很多细节。我忍不住下单买了一套1986年版的《静静的顿河》。

## 二

担任这本书的责编我颇有些忐忑，因为社里比我更适合编这本书的大有人在。记得那是春天里的某一个下午，我在刘硕良老师家中见到了厚厚的一沓沓泛黄的满带着时光印记的书信。大部分信件都是手写的，“见字如面”的感觉奇妙而独特。“还有很多工作要做，你们近一些，好开展。”刘老师淡淡地说。我感激刘老师的信任，于是开始了前期工作。

这些信里，最早的一封写于1980年11月，那正是改革开放之初。写作者有翻译界专家，也有出版工作者、评论人，读者，身份各有不同，但围绕的话题多是译文类图书。一本图书是如何从选题策划到组稿到编辑印制发行的运营结构，全都跃然纸上。这不仅是一段原生态的外国文学出版史，更是一代中国人的阅读史！透过一页页泛黄的信纸，我们仿佛走进时间穿梭机，近距离看到近四十年中，一批写作者、出版人的思考与选择，一群读者的关注与执着。

把这一封封手写的书信转成电子版，是我们首先要做的工作。

## 三

社里很快敲定了出版方案。刘硕良老师瞬间切换到高强度工作模式。刘老师是一位有着高度使命感的出版人，他对文化传播、文化出版具有与生俱来的信念，对万事万物深具洞悉力。更令人惊叹的是，他有着一股劲——这股劲，是明了前方风景之精彩，不顾一切带更多人去看的热情。正是这股劲，让他在改革开放之初即勇敢地投入全新的外国文学出版领域，并由此出发，走出了一片传奇。

工作果然从一开始就不是那么容易。遴选出来的信件有800多封，刘硕良老师对每一封信都反复阅读，一一加以注解。作为漓江出版社最早的责任编辑，重要建社者之一，刘硕良老师对几乎所有早期漓江版外国文学图书及其作者、译者信息熟稔于心。信里信外，凝聚着一位出版老人的阅历与心血。其间的录入、编辑、校对，都是太琐碎不过的工作，颇耗费时间。而86岁高龄的刘老师始终有条不紊，而且极讲效率，一如他高效地编出那么多外国文学图书一样，不容有半点拖沓、延搁。

从春到夏，暑去秋来，80多万字，终于即将付梓。

## 四

在这部书中，翻译家的来信约占55%，达432封，178人。二十世纪八九十年代的老一辈翻译家，承前启后的挑大梁人物以及新一代翻译家中的佼佼者均有在列。这也许是翻译界，特别是文学翻译界罕见的跨越时空的“相聚”。

翻译家在外国文学图书出版中的作用可谓举足轻重。翻译理论家乔治·斯坦纳曾言，好的翻译是“一面镜子看进另一面镜子里，交换了彼此的光”，他认为“我们之所以能保持我们的文明，就因为我们学会了翻译过去的东西”。在改革开放之初，翻译家是最早

“向外看”的一群人，他们用文字打开人们了解世界的那扇窗，开阔人们看世界的眼界。他们的观察、思考和选择，无疑是时代的回声，亦已成为历史的一部分。

因着书信这一文体的独特性，这部书信选真实还原了翻译家与出版社沟通、往来的大量工作细节，复盘了《麦田里的守望者》《我弥留之际》《洛丽塔》《挪威的森林》等外国文学图书的出版历程，称得上是影响了一个时代的外国文学图书的“出版前传”。

细心的读者可能还会发现，鸿雁传书之后，有些图书最后并没有出版，或转由其他出版机构出版。编选过程中刘硕良老师均予以保留，原生态呈现，专业读者读来或会一叹。

## 五

编辑过程中，刘迪才社长、张谦总编、梁志副总编、李弘副社长、沈东子编审都给予了非常具体的指导和帮助，如此编辑工作才得以顺利进行。艾畅、刘梦思、孙精精、李慧、覃乃川、廖姗、黎子敏、刘春、吕质玉、邓倩伊、梁园媛等编辑、实习编辑亦为本书的问世付出了巨大的努力，在此表示最衷心的感谢。

最后要深深感谢刘硕良老师异常艰辛的付出，其间包括很多个夜以继日。这部书是真正的编辑之书，是刘硕良老师用心保存了这些信，并精心编注，才有了今天这份成果。

今年是改革开放四十周年，很多媒体纷纷评选“40 年 40 本书”书单，漓江出版社无一不名列其中，《洛丽塔》《麦田里的守望者》……进入了不同的书单。漓江已成为几代读书人心中永恒的符号。身为漓江的普通一分子，我为之自豪，亦有所企盼——希望这部书信选能让大家更深地认识漓江，认识外国文学，认识出版；也希望有更多漓江好书继续陪伴亲爱的读者们。

责任编辑　霍丽

2018 年 9 月